Roland Barthes

바르트의 편지들

편지, 미간행 원고, 그 밖의 글들

Album: Inédits, correspondances et varia

롤랑 바르트

변광배 · 김중현 옮김

글항아리

일러두기

• 이 책은 롤랑 바르트의 편지, 미간행 원고 등 여러 글을 모아놓은 *Album: Inédits, correspondances et varia*(Éditions du Seuil, 2015)를 번역한 것이다. 원서는 바르트 전집œuvres complètes의 편찬자 에리크 마르티가 「『부바르와 페퀴셰』의 일곱 문장에 대하여」를 옮겨 쓴 클로드 코스트의 협조를 얻어 기획하고 편집했다.

서문

"R.B.[1]에게서 그가 말하지 않지만 암시하는 것을 읽으면서
나는 베르테르에게서 사랑-정념이
죽음을 위한 우회였을 뿐이라고 상상한다.
『젊은 베르테르의 슬픔』을 읽은 후
사랑에 빠진 자들이 많아지지 않았고
자살하는 자들이 더 많아졌다.
괴테는 베르테르에게 그 자신의 정념이 아니라
죽음의 유혹을 쏟아부었다.
죽지 않기 위해서가 아니라
더 이상 그 자신의 것이 아니었던 어떤 죽음의 움직임에 따라
글을 썼던 것이다.
'이건 안 좋게 끝날 수밖에 없다.'"[2]

모리스 블랑쇼

---

1 롤랑 바르트를 가리킨다.―옮긴이
2 Maurice Blanchot, *L'Ecriture du désastre,* Paris, Gallimard, 1980(Ier dépot légal, octobre 1980), p. 183.

사후 시기는 살아 있는 시기와 마찬가지로 복잡하고 미묘하다. 사후 시기 역시 수많은 사건, 놀라움, 기대, 애도(살아남은 자들 역시 죽는다), 만남(새로운 독자들), 배신, 망각, 연대, 슬픔, 실망은 물론 기쁨으로 짜여 있다. 또한 프루스트가 '되찾은 시간'이라고 명명한 것을 위한 자리가 있다. 수많은 감동, 향기, 단어, 진실, 잊어버렸던 얼굴들이 발굴의 효과로 되살아나는 시간을 위한 자리 말이다. 롤랑 바르트 탄생 100주년 기념 선집選集을 기획하면서 나는 끊임없이 '되찾은 시간'에 다가간다는 느낌이 들었고, 또한 즉각적으로 독자들이 그 시간에 다가가는 데 기여한다는 생각이 들었다. 바르트 자신이 병마와 침묵의 밤을 보냈던 전지요양소에서 쓴 편지에서부터 또 다른 망자 에르베 기베르와 주고받은 마지막 편지에 이르기까지, 이 편지들에서 솟아오른 것은 바로 기이하고도 찬란한 과거의 파편들이었다. 주고받았던 편지들을 잊어버린다면, 바르트 자신에게 있어서 그가 살아 있는 동안 분명 _L_의 삶에서 보이지 않았을 부분, 잠재적 부분이었을 그런 과거의 파편들 말이다. 반대로 편지들을 기억한다면, 아주 다양한 부류의 사람들과 주고받은 내용들을 모아 이 책에서 시도되고 있는 전혀 예기치 않은 그림을 그리고, 또 바르트 자신이 상상할 수도 없었을 수많은 매듭으로 이루어진 양탄자를 짜내게 되는 것이다.

이렇게 해서 이 선집은 바르트의 아버지에게 헌정된 서곡과 이어지는 여섯 개의 합창으로 이루어졌다. 이 여섯 개의 합창은 바르트가 주고받은 편지들이 악보의 대부분을 차지하고 있고, 이 악보는 다시 미간행 원고들에 의해 구분되어 있다(바르트가 1947년에 전지요양소에 대해 쓴 텍스트에서부터 마지막 소설 『비타 노바Vita Nova』를 위한 메모까지). 이 책에서 다시 발견하게 되는 것이 한 사람의 삶이기 때문에 우리는 연대기를 따라

갈 것이다. 우리는 또한 편지를 통해 가장 잘 나타나는 것, 곧 우정을 통해 이 사람의 삶을 펼쳐 보일 것이다. 그런 만큼 우리는 지도 제작의 방식으로 연대기를 조금 변형시킬 것이다. 또한 이런 형태의 지도 제작에서 작가의 삶, 그의 편지 쓰기 여정의 여러 단계와 마찬가지로 각 장의 제목에도 역시 약간의 변형을 가할 것이다. 더불어 바르트가 사후 서간문을 출판할 수 있는 마지막 작가 중 한 명이라는 사실은 주목할 만하다. 실제로 그의 죽음 이후, 쓰기라는 것 자체가 변하고, 또 편지가 점차 사라지고 있다는 사실 등이 편지 쓰는 행위를 하나의 과거 행위로 만들어버리고 있기 때문이다. 바로 이 점이 이 책에 제시된 합창에 되찾은 시간의 취향과 향기를 부여해주는 것이기도 하다. 또한 글쓰기가 무엇인가에 대한 생각을 되찾아주는 시간이기도 하다.

하지만 모두가 알다시피 '서간문'은 인공물이다. 그런 만큼 이 서간문에서 바르트의 실제 삶을 다시 발견하길 바라는 것은 헛된 일이다. 따라서 이 서간문은 결코 여러 사건이나 삶의 정확한 반영이 아니다. 일상의 에로틱한 부분을 제외한다면 말이다. 이 복잡하고 유동적인 서간문에서 분명 결정적인 무엇인가를 볼 수 있다고 해도 사정은 다르지 않을 것이다. 어떤 편지들은 중요한 의미가 없는 것일 수도 있다. 그저 간단한 메모나 예의상의 표현일 수도 있다. 하지만 우리는 이 편지들을 모두 실었다. 편지 애호가들에게는 간단한 표현 속에도 많은 의미가 담겨 있다고 여겨지기 때문이다. 종종 편지를 쓴 자의 이름만이 실질적으로 중요할 때도 있었다. 이름만으로도 우리가 작성하고자 하는 우정의 지도를 완성시키는 데 도움이 될 수 있었기 때문이다.

편지는 분실되고, 소각되고, 찢기기 마련이다. 그런 만큼 이 서간문이 완전하다고 주장하는 것은 아니다. 이 책에서 바르트의 친구이자 편집자였던 프랑수아 발, 그의 동료였던 세베로 사르뒤, 혹은 바르트 자신이 그의 마지막 작품인 『비타 노바』에서 "친구"로 지목했던 장 루이 부트와 같은 아주 가까운 친구들에게 보낸 편지는 읽을 수 없다. 이들은 바르트의 편지를 간직하고 있지 않았다. 그리고 이를테면 나 역시 최근에 바르트가 보낸 편지를 파쇄해버렸다. 간행되지 않은 편지만을 출간한다는 결정으로 인해 우리는 바르트가 프레데리크 베르테,3 레일라 페후니 모이제스,4 미셸 아르샹보5 등에게 보낸 편지를 포기했다. 종종 망각이나 소홀함으로 인한 공백도 있다. 하지만 가장 빈번하게는 편지의 부서지기 쉬운 물질적 특성으로 인한 공백이 크다. 우리는 바르트의 절친 중 한 명인 프랑수아 브롱슈바이크가 바르트에게 쓴 것인지 아니면 바르트가 그에게 쓴 것인지 모르는 편지 한 통을 발견하지 못한 것을 무척 애석하게 생각한다. 바르트는 1964년에 출간한 『비평 선집Essais critiques』을 브롱슈바이크에게 헌정한 바 있다. 또한 우리의 접근 자체를 아예 거부한 자들도 있다. 여러 복잡한 사정으로 인해 몇몇 편지에 접근하는 것을 방해받기도 했다. 우리가 간청했던 바르트의 친구들 중 침묵을 지킨 이들도 있었다. 필리프 솔레르스는 롤랑 바르트의 편지 상당수를 따로 출간하고자 했다.6 1960년대에 바르트의 가장 친한 친구였고, 거의 매

---

3 바르트가 프레데리크 베르테에게 보낸 편지들은 Frédéric Berthet, *Correspondances, 1973-2003*(Paris, La Table ronde, 2011)에 실려 있다.

4 Leyla Perrone Moisés, *Com Roland Barthes*, São Paulo, WMF Martins Fontes, 2012.

5 Roland Barthes, *La plus déchirante des fêtes*, suivi de *A propos de Roland Barthes*, dessins originaux de Josef Nadji, Paris, Archimbaud, 2001.

6 *L'Amitié de Roland Barthes*, Paris, Seuil, 2015.

일 저녁 같이 외출했고, 또 종종 함께 레슬링 경기를 참관하거나 혹은 1963년 1월 어느 날 저녁 벨빌에 있는 영화관에 「마시스트Maciste」라는 제목의 B급 영화를 보러 갔던 미셸 푸코는 거의 아무것도 남기지 않았다. 바르트가 클로소프스키에게 보낸 단 한 통의 편지가 남아 있을 뿐이다. 서로 친했음에도 불구하고 클로소프스키가 바르트에게 보낸 편지는 한 통도 없다. 호소에 응하지 않았거나 혹은 초라하게 이름만 적혀 있는 경우도 없지 않다. 1960년대에 바르트가 종종 만나곤 했던 마르그리트 뒤라스와 주고받은 편지도 없다. 또한 바르트가 아주 친하게 지냈던 앙리 르페브르와 주고받은 편지도 없다. 기대했던 편지들에 의해 부재가 채워진 경우(모리스 블랑쇼), 감동적인 경우(장 주네), 혹은 놀랍거나 그런 만큼 더 기쁜 편지(조르주 페로스)도 있다.

E.M.7

---

7 이 책의 기획과 편집을 맡은 에리크 마르티의 약자.—옮긴이

일러두기

- 날짜를 〔 〕에 넣은 것은 이 날짜가 가변적임을 의미한다. 대부분의 경우 약자를 보완했는데, 이 약자가 유의미하다고 판단된 경우에는 예외로 했다. 몇몇 철자를 바로잡았고 또 바르트나 그의 서신 교환자가 고유명사 표기에서 범한 몇몇 실수를 바로잡았다. 대문자 사용에 대한 바르트의 취향은 존중했다.

- 바르트가 작성한 주註는 *로 표기한 반면, 편집자의 주는 숫자로 표기했다.

- 편지가 앞서 언급된 기관들 중 한 곳에 보관되어 있는 경우, 매번 이 사실을 지적했다. 이런 지적이 없는 경우, '반대 추론'의 결과로 여기에 수록된 편지는 개인 수집가의 소유다. 롤랑 바르트가 쓴 편지들이나 그가 받은 편지들이 보관되어 있는 기관들은 아르스날도서관BA, 자크 두세 문학도서관BLJD, 프랑스국립도서관BNF, 베른 소재 스위스국립도서관BNS, 현대출판물기록연구소IMEC 등이다.

차
례

롤랑 바르트 연표

1915: 11월 12일, 셰르부르에서 해군 중위 루이 바르트와 앙리에트 벵제 사이에서 롤랑 바르트 출생.

1916: 10월 27일에 초계정 '르 몽테뉴' 호에 승선해 북해에서 전투 중 루이 바르트 사망.

1916~1924: 롤랑 바르트는 할아버지 직계 가족이 살던 도시 바이욘에서 어머니와 함께 지냄. 알리스 고모에게 피아노를 배움.

1924: 어머니와 함께 파리에서 거주. 어머니는 쿠르브부아 소재 책제본 작업장에서 일함. 11월에 몽테뉴중학교에 입학.

1926~1927: 학업 중단. 1927년 4월 11일 어머니와 앙드레 살제도 사이에서 동생 미셸 출생. 브르통곳에서 체류.

1927~1930: 파리로 귀환. 몽테뉴중학교 1학년에서 중단된 학업을 계속함. 바이욘의 폴미가街에 있는 할머니와 고모의 집에서 여름에 정기적으로 체류.

1930~1934: 바칼로레아 시험까지 루이르그랑고등학교에서 공부.

1934: 5월 10일 처음으로 결핵에 감염. 8월 말까지 바이욘에서 체류. 그 이후 1934년 9월부터 1935년 여름 말까지 브두에서 어머니와 동생 미셸과 함께 '가정 치유'.

1935~1936: 1935년 10월 파리로 귀환. 제6구 세르방도니가에 정착. 소르본에서 고전문학 공부. 1936년에 자크 베유와 함께 소르본의 고대극회 창설. 1936년 5월 3일에 모리스 자크몽의 연출, 장 바젠의 의상, 자크 샤일레의 음악, 장 다스테의 가면으로 아이스킬로스의 『페르시아인들Les Perses』 공연.8

1937: 헝가리 소재 데브레첸에서 여름을 보냄. 그곳 대학에서 외국인 강사로 근무.

1938: 고대극회 회원들과 함께 여름에 그리스 여행.

1939~1940: 어머니, 동생과 함께 살면서 비아리츠고등학교에서 가르침.

1940~1941: 파리 소재 볼테르고등학교와 카르노고등학교에 중등교육 임시직원. 샤를 팡제라의 지도로 친구 미셸 들라크루아와 함께 성악을 가르침. 소르본에서 폴 마종의 지도로 1941년 10월에 「그리스 비극에서 초혼과 주술」로 고등교육 수료 논문 심사를 받음.

1941: 10월에 결핵 재발. 파리에서 첫 번째 치료.

1942: 1월에 이제르 소재 생틸레르뒤투베에 있는 프랑스학생전지요양소에 입원. 봄에 첫 번째 텍스트 「문화와 비극」9을 『학생 수첩Cahiers de l'étudiant』(파리에서 로베르 말레의 지도를 받음)에 출간.

---

8 *Le Théâtre antique à la Sorbonne*, Paris, L'Arche, 1961 참고.

9 *Œuvres complètes*, t. 1, Paris, Seuil, 2002, pp. 29~32(이하 이 책은 *OC*로 약기).

1943: 파리 제5구 카트르파즈가에 있는 다니엘 두아디 박사 진료소에서 1월부터 7월까지 보양기 치료를 위해 체류. 같은 달에 생틸레르뒤투베 전지요양소에 입원해서 1945년 2월까지 체류. 로베르 다비드와 조르주 카네티와 만남.

1944: 1월에 마르세유에서 게슈타포에 의해 자크 베유가 살해당함. 의학을 공부할 계획을 세움. 의학예과자격증 취득을 위해 등록했다가 포기.

1945: 1945년 2월부터 스위스 소재 레이생 전지요양소[10]에서 1년 동안 치료(새로운 보양기 치료를 9월에 잠깐 중단). 봄에 미슐레에 대한 체계적인 독서를 시작하면서 독서카드 작성. 10월 10일 레이생 소재 미르몽진료소에 입원해서 우측 늑막염 인공기흉법 치료.

1946: 2월 18일에 파리로 돌아옴. 그 이후 바르트는 평생 결핵 후유증을 겪음(정기진료, 검사, 1968년의 입원 등). 봄에 『글쓰기의 영도』의 초안에 해당하는 「수사학의 미래」 집필. 여름에 뇌프무티에르앙브리에서 보양기 치료. 9월에 연극무대장치가인 도미니크 마티의 전시회(파리 제5구, 드라공가 19번지, 니나 도세 화랑)를 위한 텍스트 작성. 르네 팽타르(1903~2002)의 지도로 미슐레에 대한 주제로 소르본에 박사학위 논문 등록.

1947: 레이싱에서 만난 트로츠키주의자 투사 조르주 푸르니에의 주선으로 모리스 나도를 알게 됨. 6월에 사회보조기관에서 교육을 받음. 8월 1일에 『콩바』지에 첫 번째 글인 「글쓰기의 영도」를 발표. 11월에 친구인 필리프 르베이롤이 소장직을 맡고 있는 부카레스트 프랑스연구소에서 도서관 사서 및 교사로 일함. 부카레스트에서 장 시리넬리, 샤를 생크뱅

---

10 바르트의 비망록에 따르면, 1972년 제네바에 체류하는 기회에 그는 그곳을 보러 레이생으로 가게 된다.

을 만남. 루마니아 출신 영화인 페트레 시린(1926~2003)과 알게 됨.

1948~1949: 공산주의 정부의 명령으로 부카레스트 프랑스연구소가 문을 닫게 됨. 문화담당관이 된 바르트는 1949년 9월까지 루마니아 수도에 머묾. 1949년 7월에 루마니아 지식인과 대학의 상황에 대한 보고서(「루마니아 과학의 정치화」)를 작성해서 외무부장관에게 제출.

1949~1950: 1949년 11월에 도착한 이집트의 알렉산드리아대학에서 외국인 강사를 지냄. 알기르다스 쥘리앵 그레마스와 만나 우정을 쌓음. 1950년 11월 9일부터 12월 16일까지 『콩바』 지에 『글쓰기의 영도』의 초고에 해당하는 다섯 편의 글을 연속해서 실음.

1950~1952: 외무부장관 직속으로 문화 관련 일을 총괄. 『에스프리』 지에 첫 번째 글들을 발표. 알베르 베갱과의 만남. 『글쓰기의 영도』를 출간하기 위해 갈리마르 출판사 및 쇠유 출판사와 첫 번째 접촉. 장 케이롤을 만남.

1952: 프랑스 국립과학연구센터CNRS의 어휘론 분야 연구 실습. 언어학자 조르주 마토레와 만남. 샤를 브뤼노와 함께 "입법, 행정 및 학술적 텍스트에 따른 1827년부터 1834년까지 국가, 사용자 및 노동자들의 관계 어휘"에 대한 새로운 주제 등록. 바르트의 두 번째 주제는 마토레의 지도로 이루어진 샤를 푸리에의 『군사 교육에 관하여』에 대한 주석본 편찬이었음. 10월에 『에스프리』 지에 『신화론』의 첫 번째 부분(「레슬링을 하는 세상」)을 발표. 나도가 주도하는 『롭세르바퇴르L'Observateur』 지에 첫 번째 글을 발표.

1953: 3월에 쇠유 출판사에서 『글쓰기의 영도』 출간.[11] 나도가 주도하는 『레 레트르 누벨』 지에 연극에 대한 첫 번째 글 발표. 봄에 로베르 부아

쟁과 함께 '민중연극Théâtre populaire' 창단. 소르본에서 외국인 학생들에게 프랑스문화를 강의. 파리 제6구 생브누아가에 있는 마르그리트 뒤라스와 디오니스 마스콜로의 집에서 장 주네를 만남.

1954: 『미슐레 그 자신으로』 출간. 연구 주제에 대한 조르주 마토레의 좋지 않은 보고서로 인해 CNRS 어휘론 분과에서 받았던 장학금을 받지 못하게 됨. 6월에 바르트는 베르톨트 브레히트의 연출로 극단 베를린 앙상블에 의해 공연된 『억척 어멈』을 관람. 『크리티크』지에 알랭 로브그리예에 대한 첫 번째 글을 씀. 장 피엘을 알게 됨. 미슐레와 관련하여 장 스타로뱅스키와 첫 만남.

1954~1955: 로베르 부아쟁이 운영하는 라르슈L'Arche 출판사의 문학 담당 고문. 로베르 모지의 소개로 미셸 푸코를 알게 됨. 미셸 비나베르를 만남. 조르주 페로스, 미셸 뷔토르, 피에르 클로소프스키, 드니즈 클로소프스키 등과 우정을 맺고 친구 그룹을 형성.

1955~1956: 조르주 프리드만의 연구실 보조연구원의 자격으로 CNRS (사회학 분야)에서 새로이 장학금을 받음. 바르트의 연구 목적은 "인간관계에서 사회적 기호들과 상징들"이었음. 연구 분석 대상은 "현대인들의 의복"이었음. 조르주 프리드만과 이냐스 메예르송이 이 연구의 감독이었음. 의복에 대한 주제로 모리스 메를로퐁티와 만남.

1956: 새해에 샤를 팡제라와 함께 성악 레슨을 재개하고자 하는 바람을 피력했으나 몇 달 후에 포기함. 여름에 『신화론』의 후기가 되는 「오늘

---

11 바르트는 거의 대부분의 저작을 쇠유 출판사에서 출간했다. 예외는 『에펠탑La Tour Eiffel』 (Delpire, 1964), 『기호학 요강Eléments de sémiologie』(Denoël-Gonthier, 1965), 『기호의 제국L'Empire des signes』(Skira, 1970), 『아, 중국이?Alors, la Chine?』(Christian Bourgois, 1975) 등이다.

날의 신화」 집필. 소련의 헝가리 침공에 이어 12월에 에드가 모랭, 장 뒤 비뇨, 콜레트 오드리 등과 함께 『아르귀망』 지의 창간에 참여. 또한 앙리 르페브르와도 교류. 제라르 주네트를 알게 됨. 가장 친한 친구이자 쇠유 출판사의 바르트 담당 출판인이 되는 프랑수아 발을 만남. 조금 뒤인 1961~1962년에 발의 친구인 쿠바 작가 세베로 사르뒤를 만남.

1957: 『신화론』 출간.

1958: 드골의 정권 장악을 "파시스트적"이라고 비난했던 극좌파의 비난에 바르트는 이름을 올리지 않음. 처음 미국에서 체류하며 미들베리 칼리지에서 가르침. 훗날 그의 저작을 번역하게 되는 리처드 하워드를 만남. 뉴욕에서 머묾.

1959: 연구보조원 자격으로 CNRS 장학금 종결. 유행의 기호학에 대한 첫 번째 텍스트들을 발표.

1960: 바르트를 추천한 페르낭 브로델의 지도하에 있던 고등연구원École pratique des hautes études의 제6분과 연구 책임자로 임명. 모리스 블랑쇼가 주도한 "불복종의 권리"에 대한 '121인 선언문'에 서명을 거부. 하지만 10월 6일에 『콩바』 지에 게재된 알제리의 평화를 위한 "여론에의 호소"에 클로드 르포르, 에드가 모랭, 모리스 메를로퐁티, 폴 리쾨르 등과 함께 서명. 클로드 레비스트로스, 마르트 로베르와의 만남. 뤼시앵 골드만과 친교.

1961: 앙다이Hendaye에 있는 가족 소유의 집을 팔고 위르트에 있는 집을 새로 구입. 바르트는 자주 위르트에 가서 장기간 체류. 5월 20일에 미셸 푸코의 논문 심사에 참석. 여름에 강연을 위해 미국과 캐나다 방문. 피에르 불레즈와 만남. 장에데른 알리에의 주선으로 『텔켈』 지 그룹과 첫 접촉.

1962: 고등연구원에서 연구부장('기호, 상징, 재현의 사회학')으로 임명됨.

바르트가 주재하는 '세미나' 시작. 장클로드 밀네르, 장 보드리야르, 자크알랭 밀레르, 뤼크 볼탕스키 등이 세미나에 참석함. 모리스 블랑쇼와 함께 '국제 잡지'의 모험에 가담. 10월에 루이 알튀세르와 첫 만남.

1963: 『라신에 관하여』 출간. 8월 말에 『유행의 체계』의 새로운 판본의 집필을 끝냄. 1964년 4월에 가서야 마지막 손질이 끝났고, 1967년에서야 출간됨. 『비평 선집』(1964), 『비평과 진실』(1966)의 출간으로 『유행의 체계』의 출간이 지연됨. 11월에 프랑수아 브롱슈바이크와 만남. 클로드 시몽과 친교. 『크리티크』지의 편집위원회에 합류. 필리프 솔레르스와 첫 만남. 5월 21일에 첫 저녁 식사. 『텔켈』 그룹과의 동반 관계 시작. 미셸 푸코의 주선으로 장 보프레와 만남.

1964: 조르주 페렉, 모로코 시인이자 지식인 아브델케비르 카티브가 바르트의 세미나에 참석. 필리프 솔레르스의 덕택으로 3월에 자크 데리다를 알게 됨. 4월 21일에 유네스코에서 개최된 키르케고르에 대한 장폴 사르트르의 강연회에 참석. 9월 19일, 피에르 클로소프스키가 바르트에게 그의 『바포메』를 읽어줌. 앙리 르페브르의 주선으로 샤를로트 델로를 만남(장 보드리야르와 함께 12월 7일에 저녁 식사). 12월에 장뤼크 고다르와 첫 만남. 고다르가 만나던 자크 놀로와 친교. 놀로에 의하면 칸영화제에서 첫 만남이 이루어짐. 놀로는 1989년에 영화 「나는 키스를 하지 않아」(1991)를 위한 시나리오를 집필. 이 영화는 바르트가 놀로를 소개한 앙드레 테시네에 의해 촬영됨.

1965: 3월에 프랑시스 퐁주와 만남. 특히 폴 테브냉의 집에서 만남. 가을에 포베르 출판사에서 바르트의 『라신에 관하여』를 통렬히 비판하고 있는 레이몽 피카르의 소책자 『새로운 비평인가, 새로운 사기인가』 출간.

바르트가 장뤼크 고다르의 『알파빌』의 한 시퀀스의 출연을 결정했다가 거부.

1966: 피카르에 대한 응수로 『비평과 진실』 출간. 3월 19일에 앙리 르페브르, 피에르 부르디외와 함께 장 보드리야르의 박사학위 논문 심사에 심사위원으로 참석. 3~4월에 이탈리아에서 이탈로 칼비노, 피에르 파올로 파솔리니, 알베르토 모라비아 등을 만남. 친구인 모리스 팽게의 초청으로 5월 2일부터 6월 2일까지 첫 일본 방문. 쥘리아 크리스테바와의 만남. 10월 18일부터 21일까지 개최된 볼티모어의 대규모 콜로키움에 참석. 르네 지라르의 초청으로 자크 라캉, 자크 데리다, 폴 드 만, 츠베탄 토도로프, 뤼시앵 골드만 등과 동행. 모리스 나도와 프랑수아 에르발과 함께 『라 캥젠 리테레르』지 창간.

1967~1968: 1967년 3월 4일부터 4월 5일까지 두 번째 일본 체류. 9월부터 12월까지 볼티모어에 있는 존스홉킨스대학에서 강의. 『유행의 체계』 출간. 「저자의 죽음The Death of the Author」이라는 제목의 글이 현대예술과 언더그라운드 미국 잡지 『아스펜 매거진』에 처음으로 실림. 이 글을 「저자의 죽음La mort de l'auteur」이라는 프랑스어 제목으로 그 이듬해에 발표. 발자크의 『사라진』에 대한 세미나를 시작. 1967년 12월 17일부터 1968년 1월 11일까지 세 번째 일본 체류. 1968년 사태에 공감하면서도 거리를 둔 채 지켜봄. 1968년 5월에 대한 글 「사건의 글쓰기」를 발표. 『텔켈』지(1968년 여름호)에 「글쓰기 수업」이라는 일본에 대한 첫 번째 텍스트 발표.

1969: 1970년대 중반에 『비타 노바』라는 제목으로 최종 결정될 때까지 『소설』 『일기—텍스트』 『스트로마트Stromates』[12] 등과 같은 여러 제목을 전

전했던『작은 사건들』의 독서카드 작성 시작. 피에르 기요타와의 만남.

1970~1971: 모로코 소재 라바트대학에서 강의. 조엘 레비코르코와 친교.『S/Z』와『기호의 제국』이 1970년에 출간됨.

1971:『사드, 푸리에, 로욜라』출간. 바르트에게 헌정된『텔켈』지 특별호 출간. 그림과 그 자신 "그라피"라고 명명했던 것을 열심히 그리고 씀. 그림에 대한 중요한 텍스트들(앙드레 마송, 베르나르 레퀴쇼, 레오 스탱베르, 사이 트웜블리 등)을 집필. 5월에 피에르 술라즈와 만남. 앙드레 테시네와 친교 시작. 장 스타로뱅스키와 장 루세의 초청으로 제네바대학에서 1971~1972년에 초빙교수. 이와 병행해서 고등연구원에서 강의.

1972:『글쓰기의 영도』의 재판에 이어『신비평 선집』출간. 2월에 토니 뒤베르와 만남. 4월에 장루이 부트와 만남. 파테가 제작하고, 카즈 스캉데라리와 앙드레 테시네가 감독한 단편 영화「롤랑 바르트가 쓴 롤랑 바르트」(6분 30초) 촬영. 여름에『텍스트의 즐거움』집필. 쇠유 출판사의 '텔켈' 총서로 1973년에 출간.

1973: 메디치상 심사위원이 된 바르트는 토니 뒤베르의『환상의 풍경』을 지지함. 뉴욕주립대학의 파리 분교에서 강의. 파트리크 모리에스와 만나 친교를 맺음. 크리스티앙 프리장과 친교. 또한 1월에 리옹에서 있었던 강연회에서 프레데리크 베르테와 만남.

1974: 1월 19일에 녹음된 앙드레 부쿠레슐리프의 작품『테렌Thrène』에서 내레이터 역할을 맡음. 3월에 르노 카뮈와 친교. 필리프 솔레르스, 쥘리아 크리스테바, 프랑수아 발, 마르슬랭 플레이네 등과 함께 중국 여행.

---

12 '태피스트리'를 의미하며, 여러 주제를 섞은 고대의 작품 모음집.—옮긴이

5월 24일자 『르 몽드』 지에 「아, 중국이?」를 발표하고 심한 비판을 받음. 이듬해까지 계속된 "사랑의 담론"에 대한 세미나 개시.

1975: 봄에 파리 7대학에서 『부바르와 페퀴셰』에 대한 세미나 주재. 이봉 랑베르의 주선으로 5월 25일에 사이 트웜블리를 알게 됨. 앙투안 콩파뇽과 친교. 『롤랑 바르트가 쓴 롤랑 바르트』 출간. 세 번째 분석에서 끝나버렸지만 자크 라캉과 함께 정신분석을 시작. 친구 앙드레 부쿠레슐리프와 함께 피아노 레슨을 시작.

1976: 미셸 푸코의 제의에 따라 '문학기호학' 강의를 위해 3월 14일에 콜레주 드 프랑스 교수로 선출.

1977: 1월 7일 콜레주 드 프랑스에서 '취임 강의'를 함. 2월 초에 에르베 기베르를 알게 됨. 5월에 나중에 얀 앙드레아가 되는 얀 르메를 알게 됨. 6월 22일부터 29일까지 앙투안 콩파뇽의 주재하에 '구실: 롤랑 바르트 Prétexte Roland Barthes'라는 주제로 스리지 라 살 콜로키움 개최. 3월에 『사랑의 단상』 출간. 리샤르 아브동, 다니엘 부디네, 베르나르 포콩, 빌헬름 폰 글로에덴, 로베르 마플레토르프 등과 같은 사진작가들에 대한 텍스트를 가지고 1960년대에 이미 다루었던 사진 문제를 다시 다룸. 10월 25일 바르트의 어머니가 세상을 떠남. "애도 일기"를 쓰기 시작.

1978: 2월에 질 들뢰즈, 미셸 푸코 등과 함께 피에르 불레즈의 지도로 파리의 전자음악 및 음향 연구소IRCAM(Institut de recherche et coordination acoustique/musicale)에서 음악 분석 세미나("음악의 시대") 주재. 4월에 문학적 개종의 일환으로 소설을 집필할 계획을 세움. 가을에 1979~1980년에도 계속될 "소설의 준비"라는 제목의 콜레주 드 프랑스 강의 시작. 여름에 1979년에 상연된 앙드레 테시네의 영화 「브론테 자매」에서 윌리엄 테커

리 역할을 맡음. 매주 『르 누벨 옵세르바퇴르』지에 연재되는 "연대기" 란을 시작. 1979년 3월에 중단.

1979: 4월에 사이 트웜블리와 두 번째 만남. 『작가 솔레르스』 출간. 8월 말에서 12월 말까지 『비타 노바』를 위한 여러 계획의 초안 작성. 르노 카뮈의 『트릭』의 서문 집필. 10월에 질 샤틀레를 알게 됨.

1980: 『밝은 방』 출간. 1월 27일에 볼로냐를 방문해서 미켈란젤로 안토니오니가 영화상을 받는 기회에 경의를 표하기 위한 연설을 함. 3월 22일에 개최될 예정이었던 팝 아트를 중심으로 한 전시회를 위해 베니스를 방문할 계획이었으나, 2월 25일 콜레주 드 프랑스 맞은편에 있는 길을 건너다가 소형자동차 사고를 당함. 3월 26일 라 피티에 살페트리에르 병원에서 영면.

아버지의 죽음

제1차 세계대전과 관련된 역사적 이야기들로 아주 인기 있는 작가인 폴 샤크(1876~1945)는 1927년에 출간된 저작들 중 한 권에서 한 장章을 롤랑 바르트의 아버지 루이 바르트가 1916년 10월 26일에서 27일 저녁에 전사한 한 해전에 할애하고 있다.13 함장 바르트의 영웅적 행동은 전쟁에 대한 상세한 이야기를 통해 그 의미가 부각되고 있다.

롤랑 바르트가 이와 같은 성인전을 몰랐을 리 없다. 아버지의 사망 이후 군 당국이 어머니에게 보낸 편지들을 몰랐을 리 없었던 것처럼 말이다. 실제로 바르트는 이 편지들을 해전에 대한 보고서와 같이 간직하고 있었다. 여기에 이 선집의 서곡의 의미로 이 편지들을 싣는다. 물론 그 의

---

13 『플랑드르의 벤치 위에서Sur les bancs de Flandre』(1927)라는 제목의 책에서 다루어진 문제의 장은, 앙투안 콩파뇽에 의해 그의 『작가들의 대전大戰: 아폴리네르에서 츠바이크까지』(Folio, 2014)에 재수록되었다. 또한 앙투안 콩파뇽(*The Romanic Review*, janvier-mars, 2014)과 루이 두르("Les marins bayonnais tombés à l'ennemi", *Bulletin de la Société des sciences, lettres et arts de Bayonne*, no. 3-4, 1917, pp. 14~20)에서 확인할 수 있다.

미는 '아버지 없는' 작가의 아카이브 중 하나로서이며 편지 없이 아버지를 죽음 속에서 전설적으로 재구성하면서는 아니다. 클로드 시몽이나 알베르 카뮈처럼 바르트 역시 전쟁고아 작가, 고아 지식인 세대에 속한다. 그런데 바르트는 그의 모든 저작에서 정확하게 아버지를 지우고 있으며, 영웅적이거나 가정적이거나 혹은 가부장적 신화를 중성화시키고 있다. 1975년에 출간된 『롤랑 바르트가 쓴 롤랑 바르트』에서 바르트는 군복을 입고 있는 아버지의 사진 두 장에 대해 이렇게 쓰고 있다. "(전쟁에서) 아주 일찍 사망한 아버지는 회고담이나 미담에 결코 등장하는 법이 없었다. 어머니를 통한 아버지에 대한 회상은 결코 위압적이지 않았고, 거의 침묵에 가깝게 나의 유년 시절을 그저 조금 스치고 지나가는 것에 불과했다." 또한 같은 책에서 바르트는 학기 초에 칠판에다 친지들 중에서 "명예롭게 순직한" 사람들의 이름을 적었던 한 선생님을 회상하면서, 유일하게 "아버지를 내세운" 예외적인 상황과 동시에 칠판 위의 글자들이 지워지면 "이런 애도의 의식으로부터 아무것도 남아 있는 것이 없는" 순간을 적고 있다. 무덤이 없는 아버지였다. 그도 그럴 것이 아버지의 사체는 그가 직접 승선한 '르 몽테뉴' 호와 같이 휩쓸려 바닷속으로 사라져버렸기 때문이다.

이와 같은 흔적과 사라짐의 유희는 그대로 현대적인 팔랭프세스트14의 특징을 잘 보여준다. 바르트는 이 팔랭프세스트를 잘 이용하여 자서전의

---

14 본래 뜻은 '양피지'다. 하지만 문학이론에서 팔랭프세스트palimpseste는 상호텍스트성intertextu-alité의 특징을 보여주는 개념으로 이해된다. 옛날 서양에서 종이 대신 사용되었던 양피지 위에 글자를 적었다가 다시 그것을 지우고 다른 글자를 쓰는 경우, 이전 글자의 흔적이 희미하게나마 남아 있는 것을 볼 수 있다. 이처럼 하나의 텍스트를 직조하는 데 사용되는 수많은 다른 텍스트의 흔적을 보여준다는 의미로 팔랭프세스트가 사용되고 있다.—옮긴이

새로운 경지를 보여주게 된다.15 이 선집의 서곡으로서 바르트가 글을 쓰기 위해 끊임없이 지우고 또 그렇게 함으로써 썼던 것을 여기서 정확하게 제시할 수 있을 것으로 보인다. 그도 그럴 것이 결국 이 지점이 이 선집을 관통하는 원칙 그 자체이기 때문이다.

15　실제로 바르트는 『롤랑 바르트가 쓴 롤랑 바르트』에서 수많은 텍스트를 인용하면서 자서전의 신기원을 이루고 있다는 평을 받고 있다. 보다 구체적으로 이 작품은 '오토픽션autofiction' 장르에 속한다는 것이 다수 연구자의 견해다.─옮긴이

1916년 10월 27일, 칼레에서

〔루이 바르트〕부인께,

　더없이 안온한 마음으로 지내고 계실 부인께 너무나도 갑작스럽게 이런 불행하고도 끔찍한 소식을 전해드리면서 큰 심려를 끼쳐드려 유감으로 생각하는 바입니다.

　당신의 사랑하는 남편의 이름은 당신의 기억 속에서 아주 용감하고 충성스럽고, 용맹스러우며, 끝까지 임무를 완수하기 위해 모든 희생을 바칠 준비가 되어 있는 장교의 이름으로 남게 될 것입니다. 늘 위험이 도사리고 있고, 종종 성과가 돋보이지 않는 임무, 당신의 남편은 이런 임무를 가장 고귀하고 가장 고결한 마음으로 수행했던 것입니다. 열정적인 활동으로 모든 이에게 모범을 보이면서 말입니다. 부인, 당신의 남편에 대해 저는 찬사의 말밖에 해드릴 수가 없습니다. 저는 당신의 남편을 제 휘하에 있는 모든 장교 중 가장 뛰어난 장교로 평가하고 있습니다. 그 어떤 상황에서도 맡은 바 임무에 열중하고 있는 그를 본 사람이라면 누구나 그의 전사를 몹시 아쉬워할 것입니다.

　제자리에서 전투에 임하고 있던 당신의 남편에게 죽음이 닥쳐왔습니다.

　머리에 부상을 당했지만 당신의 남편은 평소에 하던 대로 계속해서 정확한 명령을 내렸습니다. 하지만 두 번째 포탄이 그의 가슴을 강타했습니다. 불행하게도 그의 사체는 회수하지 못했습니다. 전함이 바닷속으로 가라앉는 동안 그의 사체도 함께 사라졌습니다. 지금 전함은 그리네 갑岬 북쪽 4킬로미터 떨어진 곳에 수장되어 있습니다.

저는 경험으로 부인께서 겪고 계신 끔찍한 고통을 잘 알고 있습니다. 사랑과 애정을 독차지했던 부인으로서의 당신의 마음을 옥죄는 그 끔찍한 고통을 말입니다. 그럼에도 불구하고, 부인, 고통을 이겨내시기 바랍니다. 부인과 당신의 남편에게 크나큰 기쁨이었던 귀여운 어린아이를 생각하시기 바랍니다. 그리고 그 아이에게 당신의 남편은 조국 프랑스를 위해, 조국 프랑스에 대한 의무를 완수하다 전사했다고 자랑스럽게 말해주십시오.

당신의 남편은 그를 잘 알았던 모든 이의 유감에 걸맞은 사람이며, 또한 자기보다 오래 살아남은 자들에게 모범이 될 것입니다.

부인, 존경하는 마음과 애도하는 마음을 받아주시기 바랍니다.

칼레에서,

해군 중령, 제2초계 소함대 함장

르 비앙 드림

북해 함대 대장,

1916년 11월 7일, 덩케르크에서

부인께,

저희가 가진 능력의 한도 내에서 용감한 당신의 남편과 당신이 보여준 헌신에 걸맞은 감사를 표시하기 위해 상급자가 수여하는 표창장과 무공훈장을 받아주시기 바랍니다. 하지만 저는 지체 없이 바르트 군이 우리에게 남긴 자취에 대해 깊은 감사의 마음과 심심한 유감을 표하는 바입니다. 소함대가 분산되어 작전을 수행하기 때문에 그를 자주 보지는 못했습니다. 하지만 그가 저에게 생생한 감동을 주고 또 그 자신의 가치와 성격에서 절대적인 신뢰를 준 만큼 저는 그를 잘 알고 있습니다.

제가 그를 마지막으로 보았을 때, 그는 저에게 너무나도 의젓하게, 너무나도 간결하게, 그리고 너무나도 충성스럽게, 너무나도 영롱한 눈으로 답변을 했으며, 그 결과 그의 고귀한 마음이 뚜렷이 드러날 정도였고, 또한 제 눈이 눈물로 축축하게 젖을 정도였던 것으로 기억합니다. 물론 그 당시 저는 몇몇 규칙으로 인해 그에게 합당한, 그리고 제가 원하는 대로 포상을 해주지 못한 것에 대해 유감을 표하긴 했습니다. 하지만 그때의 그의 모습이 지워지지 않고 지금도 계속 남아 있습니다.

부인, 따라서 저는, 부인께서 어떤 사람을 잃어버렸는지를 잘 알고 있으며, 또한 제가 어떤 고통 앞에서 머리를 숙이는지도 잘 알고 있습니다.

르 비앙 중령께서 부인께 편지를 드린 것으로 알고 있습니다. 10월 26일에서 27일 밤에 어떤 일이 벌어졌는지를 부인께서는 이미 알고 계실 것입니다. 부인께서 겪으시는 고통 앞에서 머리를 숙입니다. 당신의 남편은 파드칼레 해상에서 중대한 일이 벌어지고 있는 것을 알고, 단호하게 소형 함정 두 척을 몰고 그가 지켜야 했던 해상로와 분명 적군이 있었던 곳 사이에 위치하게 되었습니다. 그리고 다섯 척의 전함이 돌풍처럼 도착했습니다. 모든 불을 끄고 어둠 속에 은신하는 것도 가능했습니다. 그런데 아니었습니다! 이 다섯 척의 전함이 아군인지 적군인지를 묻고 파악하는 것이 의무였던 것입니다. 무슨 일이 있더라도 모두에게 비상사태임을 알려야 했고, 아군에게 정보를 전달해야 했습니다. 바르트 군은 식별 신호를 보낼 것을 명했습니다. 아주 가까이에서 끔찍한 포가 '르 몽테뉴' 호를 공격했습니다. 함장은 심한 부상을 입고 쓰러졌습니다. 하지만 계속 명령을 내렸습니다. 그는 내려야만 하는 명령을 분명하고도 명확하게 내렸습니다. 적함대로부터 쏟아진 두 번째 포탄이 그의 영혼을 데려갔습니다. 의무를 생명보다, 그 모든 것보다 더 높은 위치에 놓았던 영혼들이 이미 가 있는 곳으로 말입니다. 명령이란, 그것이 어떤 것이든 간에, 일종의 신적인 명령이라는 것을 우리는 알고 있습니다. 그렇기 때문에 이 명령에 희생된 자들을 위한 보상은 시급한 것입니다.

'르 몽테뉴' 호는 곧 가라앉았습니다. 부상당하지 않은 병사들과 부상당한 병사들은 어렵게 소형 구명보트에 몸을 실었습니다. 사망자들을 운반하는 것은 불가능했습니다. 하지만 전함을 떠나기 전에 중사 쿠랑과 하사 클레르몽은 그들의 함장이 살아 있는 것이 아닌지를 한 번 더 확인했습니다. 저는 그들의 의견을 물었고, 그들은 확실하다고 말했습니다.

이렇게 해서 '르 몽테뉴' 호 함장의 묘지는 이 전함의 함교艦橋가 되었습니다. 그는 자신의 전투 위치를 떠나지 않은 것입니다. 애석하지만 부인께서는 또 다른 묘지, 그러니까 부인께서 직접 찾아가 기도할 수 있고, 귀여운 아들과 함께 갈 수 있는 묘지를 원한다는 것을 저는 잘 이해합니다! 하지만 부인의 눈길과 기도는 묘지보다 훨씬 더 높은 곳을 향할 것입니다.

부인, 저의 존경심과 그를 잘 알았고, 사랑했고, 높이 평가했던 모든 자와 나눠 가진 슬픔을 감히 부인께 전해드립니다.

군함 함장 엑셀망[16] 드림

---

16 앙투안 엑셀망Antoine Exelmans 남작(1865~1944)은 프랑스의 원수元首였던 레미 조제프 이지도르 엑셀망Rémy Joseph Isidore Exelmans(1775~1852)의 손자로, 프랑스의 유명한 군인 가족의 후손이다.

1916년 10월 26일부터 27일 저녁에 영불해협에서 발생한 독일 구축함과 초계정 '르 몽테뉴' 호의 교전

'르 몽테뉴' 호 생존자들이 초계정 '엘리자베스' 호 함장 게네 대위에게 보고한 이야기

밤 10시경, '르 몽테뉴' 호에서 당직을 서고 있던 한 중사가 북동쪽 방향 포에서 섬광과 같은 불빛이 쏜살같이 나오는 것을 확인했습니다. 그는 이 사실을 바르트 함장에게 보고했습니다. 바르트 함장은 처음에는 별다른 우려 없이 명령을 전혀 바꾸지 않았습니다. 11시경, 문제의 불빛에 묵직한 포격 소리가 동반되었으며, 바르트 함장은 함교에 올라 정확한 정보를 확인하면서 그곳에 머물렀습니다. 이때부터 바르트 함장은 상황의 위급함을 느꼈던 것 같습니다. 하지만 너무도 자신 있는 표정으로 아무런 내색도 하지 않고 그는 이미 취해진 예비 조치를 강화하면서 초계 임무를 계속 수행했습니다. 하지만 그 상황에 대해 아무런 의견도 제시하지 않았습니다. 0시 10분, 아주 가까운 거리에 있는 검은색 물체들이 보였습니다. 바르트 함장은 '비상'사태에 돌입하면서 식별 신호를 할 것을 명령했습니다. 바로 그 순간 적군의 구축함들의 탐조등이 드러났습니다. 바르트 함장은 구축함들 중한 척이 영국군의 구축함일 수도 있다는 생각에 서로 충돌하지 않기 위해 후진 명령을 내렸습니다. 거의 같은 순간에 독일군이 포격을 가했습니다.

첫 번째 포탄이 뱃머리에 장착된 57밀리미터 포에 떨어졌습니다. 그 포에 있던 병사들이 바다로 떨어졌습니다. 두 번째 포탄이 함교에 떨어졌습니다. 파편이 바르트 함장의 머리로 날아들었습니다. 심한 부상이었지만 치명

적이지는 않았습니다. 바르트 함장은 아주 침착하게 그리네로 방향을 바꾸라는 명령을 내렸습니다('르 몽테뉴' 호는 파드칼레곶으로부터 북북동쪽으로 약 6마일 떨어진 지점에 있었습니다). 또한 필요한 경우 초계정을 좌초시킬 것을 명령했습니다.

바르트 함장이 이와 같은 지시를 내리자마자 세 번째 포탄이 무선통신실에 떨어졌습니다. 포탄이 터지면서 바르트 함장이 그 자리에서 즉사했습니다. 이 모든 일이 불과 몇 초 사이에 벌어졌습니다. 네 번째 포탄으로 키가 부서졌습니다. 이때부터 포탄이 아주 빠른 속도로 연이어 떨어져 병사들은 포탄이 어디로 떨어질지를 가늠할 수가 없었습니다. 독일군들은 뱃머리에서 발생한 화재로 인해 배가 폭발할 것으로 생각해 포격을 중지했습니다.

'르 몽테뉴' 호는 가라앉기 시작했습니다. 상사는 두 개의 구명보트를 물에 띄웠습니다. 첫 번째 보트에는 부상자들이 탔습니다. 부상당하지 않은 병사들은 사망자들을 수습하려고 노력했습니다. 하지만 함교로 올라가는 계단이 파괴돼 함교에 접근하는 것이 불가능했습니다. 다른 한편, 보일러가 폭발할 위험에 처해 있었습니다. 배의 뒷부분이 물 위로 솟구쳤고, 앞부분이 몇 미터쯤 바닷속으로 처박혔기 때문입니다. 상사는 사망자들의 수습을 포기해야 한다고 생각했습니다. '르 몽테뉴' 호가 가라앉으면서 물결을 일으켜 자칫 구명보트를 삼켜버릴 수도 있었기 때문입니다. 그래서 서둘러서 '르 몽테뉴' 호를 떠나야 한다고 판단했습니다. 병사들은 자신들이 흠모해 마지않았던 고인이 된 바르트 함장에게 열렬한 존경심을 표했습니다.

Copie

Calais, 27 Octobre 1916

Madame   (Louis Barthes)

C'est avec le plus vif regret que je vous confirme la nouvelle de l'horrible malheur qui vous frappe si subitement dans vos plus chères affections.

Le nom de votre cher mari restera dans ma mémoire comme celui d'un officier brave, loyal, courageux, prêt à tous les sacrifices pour accomplir son devoir jusqu'au bout. Cette tâche souvent ingrate, semée de dangers, il l'accomplissait avec le sentiment le plus haut, le plus élevé, donnant à tous l'exemple par son zèle et son activité. De lui, Madame, je n'ai que des éloges à vous dire ; je l'appréciais comme étant de beaucoup le meilleur officier sous mes ordres, et tous ceux qui l'ont vu à l'œuvre en toutes circonstances, sont unanimes à regretter sa perte.

La mort l'a terrassé à son poste de combat.

르 비앙 중령이 바르트의 어머니에게 쓴 1916년 10월 27일자 편지

Quoique blessé à la tête, il continua à donner des ordres précis comme il savait les donner ; mais un second obus le frappa en pleine poitrine. Son corps n'a malheureusement pas pu être emporté, et pendant que le bâtiment coulait, il disparut avec lui. Le Bâtiment se trouvait alors à 4 kilomètres dans le Nord du Cap Gris-Nez.

Je sais par expérience la douleur atroce que vous avez dû éprouver et qui étreint votre cœur d'épouse aimée et chérie ; mais néanmoins, Madame, surmontez votre douleur, pensez à votre cher petit enfant qui faisait votre joie à tous deux, et dites-vous que votre cher mari est mort en accomplissant son devoir envers la France et pour elle.

Il emporte avec lui les regrets sincères de ceux qui l'ont connu et il restera un exemple pour ceux qui lui ont survécu.

Veuillez agréer Madame l'assurance
de mes respectueuses et bien sincères condoléances.
signé : Le Bihan
Capitaine de Frégate, Commandant la 2e
Escadrille de Patrouille.
Calais.

제 1 부

청소년기에서
전지요양소에서의 소설까지
1932~1946

1.

롤랑 바르트가 필리프 르베이롤에게(IMEC)

　필리프 르베이롤(1917~2013)과 롤랑 바르트 사이의 관계는 바르트의 여정에서 아주 예외적이다. 그도 그럴 것이 여기서 읽을 수 있는 편지들이 증명해주는 것처럼, 이들의 편지 교환은 청소년기, 즉 두 사람이 루이르그랑고등학교 1학년에 재학 중이던 1931~1932년부터, 바르트가 죽을 때까지 계속 이어졌기 때문이다. 바르트가 죽었을 때 르베이롤은 그리스 주재 프랑스 대사직을 수행하고 있었다.

　우리는 여기에 바르트가 르베이롤에게 보냈고(르베이롤이 쓴 편지는 찾지 못했다), IMEC에 보관된 편지들 중 일부만을 게재하고자 한다. 첫 번째 편지는 1932년 8월에 쓰였고, 마지막 편지는 1979년 3월 25일에 쓰였다(이 편지에서 바르트는 그 당시 튀니지 주재 프랑스 대사로 있던 르베이롤의 초청으로 이루어진 튀니지로의 여행을 취소한다. 당시 아직은 『밝은 방』이라는 제목이 붙지 않았지만, 이 책을 집필하고자 하는 욕망 때문이었다). 1936년에 고등사범학교에 입학했고, 1941년에 역사 교수자격시험에 합격한 르베이롤은 전쟁 후에 외교관의 길을 간다. 그는 바르트가 레이생 전지요양소에서 돌아왔을 때 큰 도움을 준다. 아주 중요한 외교활동 말고도 르베이롤은 지식인의 길을 계속 걸어갔다. 이는 보들레르, 마네, 스피노자 등에 대해 그가 쓴 많은 텍스트가 증명해준다. 이 텍스트들 중 어떤 것들은 아직 미간행 상태로 남아 있다.

1932년 8월 13일, [바이욘에서]

친애하는 친구,

자네에게 편지를 쓰기 위해 내가 이곳 바이욘에 완전히 정착하기를 기다렸네. 꽤 오래전부터 벌써 정착을 하긴 했네. 그도 그럴 것이 7월 13일에 (연설, E***상, 콩티 왕자가 몰리에르에게 보낸 편지, 이별1 등) 자네를 비롯해 친구들을 만나고 난 뒤에 곧바로 파리를 떠나 이곳으로 내려왔기 때문이네. 자네에게 조금 더 빨리 편지를 쓰지 못한 것은 우선 내가 상당히 바쁘게 지내고 있기 때문이야. 그다음으로는 자네에게 좋지 않은 과거를 지닌 좋지 않은 친구를 상기시키면서 자네를 지루하게 만들지는 않을까 두려웠기 때문이네. 하지만 나는 편지를 쓰기로 마음을 굳혔네. 자네가 내게 답장을 주고, 현재 자네의 변화와 자네가 하고 있는 일, 생각하고 있는 것 등을 알려주길 바라고 있어(물론 나는 경솔하긴 싫네). 나로 말하자면 금욕주의자가 되고 있는 중일세. 아주 박학한 내용의 글을 읽고 있어. 다양한 경험을 쌓고, 명상도 하지. 요컨대 내 스스로 결정적으로 지루한 소년이 되는 데 필요한 일들일세. 나는 많은 것을 하고 있네. 나는 책을 읽고 있고(상당한 양이네), 음악 공부를 하고 있네. 그리고 자부심을 가지고 있는 건데, 화성학을 배우고 있네(수학보다 훨씬 더 어렵네). 또한 가끔 카드놀이도 하네. 고백건대 너무 못하네. 내가 원하는 것은 카드놀이를 하다가 패를 접고 죽는 걸세.

---

1 문제의 텍스트들은 1931~1932년 수상식 때 낭독한 것들이다. 콩티Conti 왕자(1611~1668)는 몰리에르를 후원했다가 그에게 등을 돌렸다. 특히 『희극론과 장경론Traité de la comédie et des spectacles』(1666)을 통해 옛 피후견인 몰리에르를 통렬하게 공격했다.

해변을 산책하기도 하네. 좋은 날씨가 계속되면 스페인에 가서 며칠을 보낼 생각이네. 내가 몰두하고 있는 것에 대해 말하자면, 단순하네. 항상 같은 것을 생각하네. 종종 정치를 생각하네. 하지만 정치를 논하기엔 늘 혼자라네. 그럼에도 『르 피가로』지를 구독하시는 할머니를 사회주의자로 개종시키려고 노력해. 할머니는 전쟁보다 혁명이 더 낫다고 털어놓으셨어. 물론 할머니는 내가 조레스에게 푹 빠져 있다는 것을 모르시지(그로 인해 조레스가 불편하게 되지 않길 바라네).

나는 문학에 대한 애정을 포기하지 않았네. 자네도 알다시피 말라르메는 조금, 발레리는 많이 좋아하네. 자네가 말라르메의 목가를 읽음과 동시에 드뷔시의 「목신의 오후 서곡」을 들었으면 하네. 더 이상 좋을 수 없네. 이 점에 대해서는 더 이상 말하지 않겠네. 자네가 발레리에 대해 열광적인 찬탄을 보내는지 아닌지 모르니까. 『나르시스』보다 더 찬란한 별을 자네가 발견했을지도 모르지.[2] 그렇다면 내게 말해주게. 렝가의 보도 위에서 그 점에 대해 논쟁을 할 수 있을 걸세. 하지만 가장 현실적인 것은 자네가 방학 중에 이 모든 것에 대해 전혀 생각을 하지 않을 수도 있다는 거지. 그렇더라도 자네가 옳네. 하지만 나는 기벽이 생기면 이것을 모든 사람에게 말하고 싶어하는 집착증이 있는 늙은이 같네. 그리고 자네는 내가 조레스와 발레리의 이름을 전혀 언급하지 않으면서 한 통의 편지를 쓸 수 있다는 사실에 놀랄 걸세(기억하겠지만, 나는 언어 순수주의에 반대하는 부류에 속하네). 시에 대해서 말하자면, 자네의 분노를 살지도 모르지만, 나는 자네가 다시 시를 쓰길 바라. 그리고 시를 내게 보여주길 바라네. 자네도 알다시피, 지금

---

2 『매혹Charmes』(1926)에 한데 묶여 출간된 폴 발레리의 3편의 「나르시스 단장」에 대한 암시다.

비꼬는 태도로 말하는 것이 아닐세. 난 아주 신중해. 게다가 나는 우리가 이 주제에 대해 자유롭고 솔직하게 이야기를 나눌 수 있다는 지점에 완전히 합의가 되었다고 여기네.

세 쪽에 걸친 나의 횡설수설과 이기주의적 태도를 용서하게. 하지만 내가 자네를 항상 생각한다는 사실, 곧 자네로부터 도착할 소식을 기다린다는 사실을 행간에서 읽어주었으면 하네. 자네가 내게 줄 영감이 필요하다면, 자네가 그런 영감을 아주 빨리 받기를 바라네. 아나톨 프랑스가 이런 말을 했네. 새학기가 되면 서로 할 말이 많은 학생들이 모여든다고.*3 이 문장이 우리 모두에게 해당할까? 난 그러길 바란다네. 또한 우리가 레크리에이션 시간과 보지라르가에서 배우는 것보다 더 많은 무언가를 배우기 위해 매사를 잘 정리하길 바라네.

친애하는 친구. 이제 펜을 놓겠네. 자네 부모님께 인사를 전해주게. 이만 줄이네.

바르트

*이 인용은 나의 폭넓은 독서에서 나온 결과야. 보다시피 나는 내가 좋아하는 작가들을 선택하는 편이지.

---

3 이 문장은 「라틴어를 위하여」(『라 비 리테레르La Vie littéraire』, Paris, Calmann-Lévy, 1925, première série, 1888~1892, p. 281)에 나온다.

나는 또한 우알리드와 웨르4로부터 두 통의 친절한 편지를 받았어. 이들은 내가 (다른 친구들과 함께) 알게 되어 기쁜 두 명의 용감한 친구들이라네.

바이욘 폴미가에서

---

4 장 웨르와 사디아 우알리드는 바르트의 급우들이다.

1932년 8월 30일, [바이욘에서]

친애하는 친구,

자네가 위대한 시인의 열정을 '높이 사고 있다는' 점에 대해 찬사를 보내고 싶네. 자네가 대화 상대자들을 잘 설득시켰는지 의심이 드네. 대화 상대자들이란 결코 쉽게 설득되는 법이 없지. 하지만 그렇다고 해도 그게 대수겠는가. 시에 입문하는 자들이 실망하지 않는 것으로 충분하네. 내가 발레리를 이해하는 데 자극적인 뭔가를 필요로 할 때, 자네가 추론을 통해 그 뭔가를 내게 주었으면 하네. 자네의 말을 잘 이해하네. 발레리가 시작詩作을 하면서 독자의 생각을 그 자신의 생각과 연동시킨 것이 그의 가장 큰 매력이네. 그 결과 시인의 생각은 독자가 그의 생각을 거기에 더하는 경우에만 긍정적이게 될 뿐이지. 만약 독자가 이와 같은 융합, 이와 같은 생각과 감각의 융합을 이루어내지 못한다면, 발레리는 이 독자에게 죽은 글자, 비非이해, 스노비즘일 뿐이지(누군가가 자네의 마음에 들지 않으면, 그는 스노브이거나 폼을 잡는 사람이네). 가령 우리가 발레리를 '이해하면서comprenant'(우리의 풍부한 프랑스어에도 이와 같은 생각을 표현하기 위해 이 단어밖에 존재하기 않기 때문에) 신들로부터 영감을 받는다고 말하고자 하는 것은 아니라네. 하지만 발레리가 우리 내부에서 아주 시적이고, 아주 새롭고, 아주 아름다운 뭔가를 일깨워주는 것은 사실이네. 우리가 반계몽주의를 내세워 이런 그를 비난할 수 있을까? 내 생각에 합리적인 이해가 반드시 인간에 의해 체험되는 가장 고귀한 행복의 감정인 것은 더 이상 아닌 것 같네. 그 위에 뭔가가 있다는 것을 직관으로 느끼네. 오늘 나는 발레리와 그의 출신에 대한 한 편의 글을—어쩌면 자네도—읽었네. 그의 핏줄은 모계쪽으로 아주 오래된 제노바에 닿아 있네. 그의 조상 한 명이 제노바 역사에서 중요한 역할을 수행했네. 그의 아버지는 코르시카섬 출신이네. 내가 알기로 발레리는 제노바에 거주했고, 또 이 도시를 좋아했네. 하지만 그의 시는 이탈리아적 정신과는 정말로 아주 멀리 떨어져 있지.

자네는 내가 장 조레스에 대해 읽은 것과 생각하는 바를 물었네. 그에 대해 말하면서 흥분하지 않을 수 없네. 오늘까지도 나는 사회주의자라네. 16세의 청소년에겐 어느 정도 거드름을 피울 수 있는 것이네만, 어느 정도는 내가 반동주의자와 민족주의자 진영과 반대되는 정신을 가졌기 때문일세. 그렇다네. 조레스에 대한 책을 읽고 나는 미적지근한 입장, 프랑스인들에게 아주 익숙한 중도적 입장에 서는 것이 불가능해졌네. 조레스는 사회주의를 거기에 저항할 수 없을 정도의 역량, 힘과 진리, 성스러움을 가진 선언으로 만들었네(나는 거기에 반대할 의사가 추호도 없네). 조레스의 저작들을 읽으면 사람들은 그가—이미 그에 의해 예견되었지만—모든 종류의 반대 의견, 볼품없는 반대 의견에 응수하고 있었다는 것을 알게 돼. 그러니까 그가 죽은 지 18년 후에, 그의 죽음으로 인해 보잘것없고 독살스러운 기자들이 그에 의해 규정된 사회주의의 성실성, 정직함, 고귀함 등에 반대해 제기한 그 모든 반대 의견에 맞선 것일세. 게다가 블룸의 사회주의는 조레스의 그것과는 상당한 거리가 있어. 이것이 교육부의 구성을 보고 SFIO(국제노동자연맹 프랑스 지부)와 프랑스 사회당5을 구별할 때 내가 느끼는 바라

---

5 현재 사회당의 전신인 SFIO는 그 당시 폴 포르와 레옹 블룸의 지휘하에 있었다. 반면 사회주의 운동의 우익右翼을 포함하고 있었던 프랑스 사회당(1919~1935)은 그 당시 프레데리크 브뤼네의 지휘하에 있었다.

고 할 수 있지. 하지만 사태를 좀 더 자세히 살펴보면, 조레스의 저작이 정치보다는 인간성의 문제를 더 우선한다는 사실을 알 수 있네. 이것이 그가 가지고 있는 굉장한 장점이네. 그가 말한 모든 것은 현명하고, 고귀하고, 인간적이고, 특히 옳네.* 이렇듯 젊은이들에게 한 연설, 평화에 대한 그의 연설은 우아함과 감동의 걸작일세. 전쟁 발발 직전에(그리고 그의 죽음 직전에) 쓴 글들 역시 굉장하네. 특히―그 시대에―사회주의자들이 취해야 할 태도를 분명히 해주는 글들이지. 한 민족과 한 사람의 불행에 편승한 추악한 정신에 의해 그처럼 비난을 받는 태도를 말일세. 하지만 고백건대, 솔직하고 싶고 또 정신적으로 사소한 어려움 앞에서 포기하지 않으려 할 때, 조레스는 어려운―불가능한―과제를 앞에 두고 있네. 필요한 용기를 갖는다고 해도, 이것이 바로 우리 중 몇몇에게 부재하는 것을 한탄하는 사소한 정신적 위기 중 하나를 이루네. 하지만 이 주제는 미래의 대화를 위해 남겨두자고(대화를 할 수 있는 기회가 있길 바라네). 조레스의 꽤 두꺼운 선집6을 읽고 있어. 그가 책을 집필하지 않은 것을 자네도 알고 있겠지(『혁명의 역사 Histoire de la révolution』7를 제외하고 말이네). 상당한 분량의 『새로운 군대L'Armée nouvelle』8는 『뤼마니테L'Humanité』 지에 기고한 글들의 단순한 모음집이네. 하지만 내가 읽은 책은 아주 잘 쓰였어. 자네 구미에도 잘 들어맞을 것이라는 사실을 굳이 말할 필요가 없을 걸세. 조레스가 자네 마음에 들 테니까 (내 생각으로는 모든 정치적 생각들 말고도 그럴 걸세. 그도 그럴 것이 훌륭한 의지

---

6 조레스의 선집은 두 권이 있다. 폴 드상주와 뤼크 메리가가 펴낸 『선집』(Rieder, 1922)과 에밀 방데르벨드가 펴낸 『선집』(Alcan, 1929)이 그것이다.

7 *Histoire socialiste de la Révolution française*(Librairie de l'Humanité, 1922).

8 Rouff, 1911.

를 가졌지만 에리오9는 조레스를 따라오지 못하기 때문일세). 조레스는 나를 열광시키네. 그리고 지금 나는 그를 존경하고 있음을 느낀다네. 나는 그가 만든 사회주의를 아주 깊이 이해하고 있네. 게다가 그는 아주 우수한 고등사범학교 학생이었고, 이 점이 우리가 그를 존경할 수밖에 없는 지점이기도 하네.

고대 그리스와 특히 그리스어로 된 음악에 대한 몇 권의 책을 읽고 있네. 놀랄 만한 것들을 발견하고 있어. 자네의 박학다식한 독서를 또한 탄복해 마지않네. 여전히 아나톨 프랑스를 읽네. 『라 비 리테레르』(이 잡지에 그가 쓴 유명한 고등사범학교 정신에 대한 글이 들어 있네10) 『전성기의 삶La Vie en fleur』 『타이스Thaïs』를 읽고 있네. 또한 『펭귄들의 섬L'Ile [des] pingouins』 『자크 투르네브로슈의 이야기Contes de Jacques Tournebroche』를 다시 읽었네. 또한 라신의 거의 모든 극작품을 다시 읽었네. 내게 라신은 자네의 볼테르에 해당하네.(내가 틀렸는가?) 나는 『신앙생활 입문L'Introduction à la vie dévote』을 다시 읽었네. 생각보다 지루하지 않았네. 내가 보들레르에게 애정을 느꼈다는 것을 생각해보게(물론 발레리가 질투할 정도는 아니지만). 마지막으로 꼭 말하고 싶은 작가가 있네. 마르셀 프루스트일세. 우선 애매한 점을 피하기 위해 그가 내 마음에 들었다는 사실을 전하네. 많은 사람이 그의 작품을 지루하다고 생각해. 그의 문장이 너무 길기 때문이지. 하지만 프루스트는 산문을 쓰는

---

9 급진당 당원이었던 에두아르 에리오Edouard Herriot(1872~1957)는 1942년에 당위원회 의장으로 선출되었다.

10 바르트의 실수다. 아나톨 프랑스가 『라 비 리테레르』에 실은 글은 없다. 반면, 옛 고등사범학교 학생이었던 쥘 르메트르Jules Maîtres(1853~1914)의 유고 작품인 『동시대인들Les Contemporains』 속에 「고등사범학교 정신」이라는 제목으로 출간된 '유명한' 글이 있기는 하다. *Etudes et prortaits littéraires*, Paris, Boivin & Cie, 1914.

시인이네. 다시 말해 간단한 산문을 쓰는 행위로 그는 모든 감각을 분석하고, 이 행위를 통해 그의 내부에서 깨어난 추억들을 분석하네. 마치 한 관찰자가 물속에 던져진 돌멩이가 연속적으로 만들어내는 원을 분석하듯이 말일세. 그는 이런 분석을 충만한 감각과 슬픔으로 또 종종 예리한 기지를 발휘하면서 하고 있네. 지방에서의 생활(『스완네 집 쪽으로』에서)에 대한 ─단언컨대, 나 역시 거기에 있었네─매우 매혹적인 묘사는 아주 흥미롭고도 감동적이네. 하지만 고유한 플롯을 가지고 있는 제2권[11]은 그만 못하네. 이 줄거리는 약간 설익은 것 같은 느낌이네. 마지막으로 말라르메의 시와 드뷔시의 「목신의 오후 서곡」이 잘 매치되지 않아도 놀라지 말게. 나는 단지 말라르메의 시에 대한 환기일 뿐인 드뷔시의 곡과 말라르메의 시가 그 조합 속에서 놀랄 만한 굉장한 기교로 더 잘 이해된다는 것을 말하고자 하네. 게다가 자네가 말한 것처럼, 드뷔시의 작품은 아주 아름답고, 그런 만큼 음악과 시의 실질적인 관계가 잘 드러나지. 음악과 시에 대해서 말하자면, 어느 날 저녁에 비아리츠에 있는 한 술집에서 스페인 여자무용수─라 테레시나[12]─를 보았는데, 나는 완전히 황홀경에 빠져버렸네. 나는 무용 분야에서의 그녀를 음악과 미술에서의 베토벤과 발레리와 같은 반열에 올려놓았네.

친애하는 친구, 너무 긴 편지와 나의 뿌리 깊은 이기주의에 대해 사과하고 싶네. 이 편지에서도 나에 대한 얘기만 늘어놓았네. 언짢아하지 않았으

---

11 바르트는 여기서 『스완의 사랑』을 암시하고 있다.
12 문제의 스페인 여자무용수는 '라 테레시나'라고 불리는 테레사 보로나트Teresa Boronat(1904~1983)다.

면 하네. 제발 편지를 써주게. 이번에 먼저 쓰기를 원했던 것처럼. 벌써 얘기를 한 적 있지만, 자네 편지를 읽게 되면 무척 기쁠 걸세.

자네 편지를 기다리는 동안, 친애하는 친구, 진한 우정을 받아주게.

R. 바르트

이 편지를 쓰는 동안, 자네에게 언급한 바 있는 독서 목록에 추가될 두 권의 책을 받았네. 번역된 두 권의 '저서' 『기독교의 경건함과 기독교인들의 경솔함』과 『기독교와 계급투쟁』이 그것이라네.[13]

*라세르의 충고에도 불구하고 나는 형용사를 사용하지 않고 글을 쓰는 방법을 모른다네.[14]

13　두 권 모두 니콜라이 베르댜예프Nicolai Berjaeff의 것이다. 앞의 것은 즈 세르Je sers 출판사에서 1931년에 출간되었고, 뒤의 것은 그다음 해에 드맹Demain 출판사에서 출간되었다. 바르트는 1975년 에 베르톨트 브레히트(「브레히트와 담론: 담론성 연구에 대한 기여」, OC, t. 4, p. 789)를 다루면서 『기독교의 경건함』에 대해 암시하고 있다.

14　극우파 단체인 '악시옹 프랑세즈Action française'에 가까운 지식인이자 특히 프랑스 낭만주의에 대해 아주 비판적인 글을 쓴 피에르 라세르Pierre Lasserre는 형용사를 낭만주의적 퇴보를 보여주는 징 후 중 하나로 여기고 있다. 예컨대 조르주 상드의 『렐리아Lélia』에서 "명사와 속사의 남용"을 지적한다 (Le Romantisme français. Essai sur la révolution dans les sentiments et dans les idées au XIXᵉ siècle, Paris, Mercure de France, 1907; réed, Amsterdam, Nabu Press, 2010, p. 202).

1934년 1월 1일, 바이욘에서

친애하는 친구,

자네의 편지는 항상 대환영이네. 곧바로 답장을 하지 못한 것을 사과하네. 나는 파리에서 멀리, 아주 멀리에서 자네가 무엇보다 우리가 하나였던 상태를 회복했다는 것을 알고 아주 기뻤네(이 생각은 『디오도레 또는 옛날』15의 제1주에서 제시된 거라네).

자네 편지에 암시된 생각들을 살펴보세.

내가 바이욘에 있기는 하지만, 이제 더 이상 소설을 생각하고 있지 않네.16 이 소설을 계속 쓰지 않을 거라는 점은 분명하네. 확실하게 그렇게 결정을 내렸어. 이유는 많아. 첫 번째 이유는 이곳에서의 삶이 너무 만족스럽다는 거야. 나는 이 집에서17 아나톨 프랑스의 진짜 수도참사원처럼 사랑과 귀여움을 독차지하고 있네. 그런 만큼 내가 쓰고자 하는 소설을 몇 달 전에 상상할 수 있었던 것과 같은 쓰라림, 신랄한 원한 등으로 채색할 수가 없네. 내 나이에 사람들은 아직 "나는 늙는다"라고 말하지 않네. 하지만 사람은 변하게 마련이고, 또 우리의 강한 분노가 어떤 사회적 환경의 비열한 행위보다 더 강하게 어떤 대상들에게 행해지기 마련이라는 사실을 지

---

15 시칠리아의 디오도레라는 인물로부터 영감을 받아 쓴 바르트의 텍스트다.

16 바르트는 1934년에 소설 한 편을 쓰기 시작했다. 소설의 주인공 오렐리앵 파주는 시골의 부르주아 가정의 후계자로 그의 가정의 억압적인 구조를 조금씩 이해해나가기 시작한다.

17 바이욘의 폴미가에 있었던 집을 가리킨다. 이 집은 현재 사라졌고, 『롤랑 바르트가 쓴 롤랑 바르트』의 앞부분에서 상기되고 있다. 또한 바르트는 이 집의 사진을 싣고 있다(OC. t. 4. p. 58~87).

적해야겠네. 결국 내가 말하고자 하는 것은, 할머니[18]가 재치 있게 해주신 이야기들을 들으면 내 기분이 좋아지고, 또 내가 느끼는 분노가 무장해제 된다는 것일세. 바로 이것이 내가 소설을 그만두는 실질적인 이유라네. 이론적 이유라면, 개인적으로 내가 뭔가를 써야 한다면, 이 무엇인가는 항상 예술의 범주에 속해야 하고, 예술의 '색조'로 물들여야 한다는 것이네. 그런데 소설은 그 정의상 반反예술적 장르지. 소설에서 형식은 항상 내용의 부속물이네. 소설에서 심리학은 필연적으로 미학을 짓누르네. 그렇다고 해서 소설을 비난하는 것은 아니야. 장르마다 제 역할이 있기 마련이니까. 나로 말하자면, 아직까지 문학에서 거의 확인되지 않은 예술 개념을 가지고 있는 것 같다는 생각이네. 「옛날」에서 그런 예를 하나 제시하려고 노력했지.[19] 불행하게도 이 글은 유치하고, 이미 고풍이고, 미완성이기까지 해. 자네가 원한다면 어쨌든 읽을 수 있을 걸세. 해서 지금으로서는 다음과 같은 계획을 세웠을 뿐이야. 우선 피아노로 희유곡을 연주하고 있다네. 자네가 원한다면 언제든 연주를 해주겠네.[20] 또한 소나타를 작곡하고자 하네. 특히 자네가 쓴 무엇인가에 곡을 붙여보면 아주 재미있을 것 같네. 피하지 말고 이 제안을 받아주게. 자네에겐 그럴 능력이 넘치네. 자네 같은 사람이 공부 이외의 다른 지적 활동 앞에서 후퇴한다면, 대체 누구에게 호소하겠나? 제발 이 일을 생각해주게. 새학기가 되자마자 이 일에 대해 얘기를 나누고 싶네. 정서 면에서 우리의 결합을 시도하는 것 자체만으로도 매우 기쁠 걸세.

---

18 바르트가 『롤랑 바르트가 쓴 롤랑 바르트』(OC, t. 4, p. 590)에서 말하고 있는 "어질고, 시골 출신이자 뼛속까지 부르주아"였던 할머니 베르트 바르트를 가리킨다.
19 바르트가 젊은 시절에 썼으나 찾지 못한 텍스트다.
20 1934년 1월 17일에 필리프 르베이롤에게 헌정된 「바장조로 된 희유곡」이다.

자네가 보다시피, 지금 당장으로서는 나는 음악에 흠뻑 빠져 있네. 하지만 나는 예술에 대해 생각하고 있네(다시 말해 뭔가를 쓰고 싶네). 옛날부터 「오르페우스의 탄생」이라고 불리는 것이 내 머릿속에 항상 들어 있었네. 하지만 가장 하고 싶은 것은 내게는 아주 중요한 문제인 기독교와 이교도 사이의 구분 문제를 다루는 일이네. 이 상투적인 문제로 자네를 지겹게 할지도 모르겠네. 니체가 아폴론과 디오니소스에 대해 쓴 글[21]을 읽고 난 뒤에 이교도에 대해 몹시 흥분했다가, 나는 다시 파스칼의 영향으로 기독교적 흐름에 의해 진정을 되찾았네. 파스칼은 경탄할 만한 사람이네. 그는 나를 잘 붙잡아주고 있네. 나는 종종 비난했던 기독교적 미덕에 대해 더 심오하고 위압적인 생각을 갖기 시작했네. 인간의 비참함 속에서 그의 실질적인 위대함과 고귀한 철학적 의미를 보네(비록 이 편지가 그 예에 해당하는 것은 아니네만). 내가 보기에 인간들이 너무 바보 같아 자비를 베푸는 것은 영웅적인 행동(분명 실천에 옮기기에는 쉽지 않지만)인 것 같네. 게다가 기독교에서 모든 것이 모든 노력과 투쟁의 가장 고귀한 방식인 것처럼 보이네. 나는 기독교에서 평화와 위안을 찾으라고 충고하지는 않네. 그보다는 오히려 진정시킬 수 없는 고통, 채울 수 없는 갈증을 찾으라고 충고하지. 이렇게 해서 우리는 일종의 기독교적 피론주의Pyrrhonism에(이해했겠지?) 이르게 되네. 물론이 모든 것이 역설적이긴 하네. 자네가 청교도주의와 기독교주의에 대해 말한 것이 내게 아주 흥미롭다는 것이 그걸 증명해준다네. 자네 말이 옳다고 생각해. 하지만 나의 이교도적 생각이 한동안 무관심으로 이어졌기 때문에, 나는 신교도들과의 접촉을 어느 정도 잊고 살았다고 할 수 있네. 그리

---

21 1901년에 프랑스어로 번역되어 메르퀴르 드 프랑스 출판사에서 출간된 『음악에서의 비극의 기원 혹은 헬레니즘 혹은 비관주의』를 가리킨다.

고 분명 모노22와 같은 친구는 이 문제에 대해 나보다도 훨씬 더 많이 알고 있을 걸세.

마지막으로 이번 학기에 다음과 같은 계획을 세워놓고 있네. 독일어와 영어를 정말 열심히 공부하기, 자네와 함께 열정적으로 음악에 매달리기, 지난 학기보다 자네와 더 많이 토론하기 등이네. 그리고 나는 음악이든 아니면 자기가 생각하는 것을 표현하는 것이든지 간에, 아주 지적으로 똑똑한 친구들을 찾아보고자 하네. 그들에게 하나 요청할 생각이네. "반反순응주의자"가 되는 것, "다윗 동맹, 다비드스빈들러Davidsbündler"23가 되는 것이네. 하지만 이 내용을 설명하려면 더 멀리 가야 하네.

내 얘기만 한 것에 대해 사과하네. 이 편지를 끝까지 읽고 안 읽고는 자네 자유라네. 잘 있게, 친애하는 친구. 곧 또 쓰겠네.(난 금요일 오후에 교실로 되돌아가네!)

그럼 이만 줄이네.

R. 바르트

---

22 모노는 바르트의 급우다. 르베이롤은 모노의 집안과 같은 신교 지도자 집안 출신이다.

23 로베르트 슈만의 작품 「다윗 동맹의 무도곡Davidsbündlertränze」에 대한 암시다. 이 작품에서는 "속물들에 대한 다윗 동맹의 행진", 다시 말해 낭만적 독서 속에서 순응주의적 태도를 보이는 부르주아에 대항하는 행진 장면이 나온다.

[1934년] 7월 23일, 바이욘에서

친애하는 친구,

자네에게 편지를 못 쓴 것을 원망하지 말게. 자네를 생각하지 않아서가
아니야. 반대로 자네가 그립다는 생각을 너무 많이 했네. 자네의 상상력에
위임하지 않은 나만의 '문학적' 생각은 결코 없네. 하지만 지금 이 순간, 글
을 쓰는 것이 너무 힘들다는 것을 자네에게 설명할 길이 없다네. 내 생각이
굳은 것은 아니네. 그 반대야. 내가 아픈 이후로,24 내 삶은 더 격렬해지고
더 치열해졌네. 이렇게 말할 수 있다면, 내 '자아'에 대해 훨씬 더 많이 의식
하게 되었네. 하지만 글을 쓰고자 하는 결심을 할 수가 없다네. 글쓰기로
인해 쉬이 피로해지기 때문인 것 같네. 해서 내 자신을 원망할 필요까진 없
네. 이 힘든 시기가 지나가도록 놔둬야 하네. 내가 부탁하는 것은 가능하면
내게 편지를 써달라는 거라네. 또한 초조하게 자네의 편지를 기다리고 있는
데 반해 지금으로서는 자네 편지에 이어지는 내 편지를 요구하지 말아달라
는 것이네. 보상을 기대하지 말고 나를 위해 그냥 주는 기독교적인 노력을
해주게. 우리 두 사람이 보통 주고받는 편지의 규칙을 뛰어넘기를 바라네.
그리고 무한한 힘을 쓰고도 의미 없는 행위를 마칠 수 없기를 바라는 이
별것 아닌 건강상의 위기에 서로가 더 주의를 기울이세. 분명 생명체가 가
진 이와 같은 신비스러운 변덕을 존중할 수 있는 위대함이 있기는 하네.

---

24 롤랑 바르트는 5월 이후로 왼쪽 폐가 손상되어 첫 번째 폐결핵을 앓는다. 바칼로레아를 치를 수
없었던 그는 우선 바이욘에 있다가 9월부터 1935년 여름까지 피레네산맥에 있는 브두에서 자유치료를
받게 된다. 그곳에서 그는 어머니와 동생 미셸과 함께 지낸다.

자네가 게Guex 부인의 집에 있는 내 책들을 챙겨준 것에 대해 고맙다는 인사를 하지 않았다는 생각이 드네. 그렇다면 지금 하겠네. 자네가 힘든 일을 해주었어. 나는 8월부터 공부를 다시 시작할 거야. 자네가 바칼로레아 시험에 관련된 자료들을 내게 보내주는 친절을 베풀어주었으면 하네. 자네 판단으로 정말로 필요한 것들만 보내주게.

분명 이곳으로 처음 왔을 때보다는 지금 훨씬 컨디션이 좋네. 하지만 만족스럽진 않아. 이런 불만은 지금 내 상태에 대한 끔찍한 불확실성에서 기인하네. 나는 환자의 심리를 터득하게 되었네. 그 어떤 것도 나를 두렵게 하지 못하고, 그 어떤 것도 나를 진정시키지 못하네. 하루하루가 추론의 연속이네. 몸에 나타나는 징후와 외적 요인들 사이의 상관관계에 대한 추론이네. 내 머릿속을 스쳐가는 상념들을 알지 못할 걸세. 결핵은 상상에서나 현실에서나 사람들을 아주 빠르게 죽음에 이르게 하는 심각한 병이네. 거기에다 다음 사실을 덧붙일 필요가 있네. 결핵에 걸리지 않은 사람, 친지들 중 한 명에 대해서라도 결핵 걱정을 해보지 않은 자들은, 이 병에 대해 터무니없는 힘을 부여하고 또 그렇게 하면서 주위에 정말 무서운 공포를 퍼뜨리게 된다는 것이라네. 결핵이 결코 부끄러운 병이 아님에도 불구하고 (세상에 부끄러운 병이 있기는 한가?), 사람들은 이 병을 부끄러운 병으로 취급하네. 내 생각으로는 바로 거기에 우둔함과 위험이 도사리고 있네.

바로 지금, 이와 같은 생각들은 내게서 아주 멀리 떨어져 있네. 반면, 나는 지금 그저 떠나고 싶은 마음, 특히 외국으로 떠나고 싶은 마음뿐이네. 나는 배은망덕한 자도 무정부주의자도 아니네. 하지만 프랑스의 순응주의에 진력이 나기 시작했지. 지금 분명치 않은 순응주의를 경험하고 있네. 내가 지금 정치, 특히 "두메르그25의 정치"와 그가 정치에 대해 쓴 글들에 어느 정도까지 환멸을 느끼는지 알 수 없을 걸세. 모든 것이 참으로 괴상하네. 사회주의자들과 공산주의자들도 순응주의에서 벗어나지 못하고 있네. 급진주의자들은 이런 세력 관계에서 완전히 공중분해될 걸세.25

문학과 음악 분야에서 순응주의는 나를 조금 덜 화나게 하네. 극소수 사람의 일이고, 또 지금 당장으로서는 내가 대중의 보이지 않는 바닥 모를 우둔함 앞에서 공포의 전율을 느끼기 때문이라네.

나는 아직 영국으로 출발하지 않았네. 가능하면 몇 년이고 영국에서 살고 싶네. 그건 그렇고, 자네를 빨리 보고 싶어. 어쨌든 9월에. 만약 부탁한 대로 자네가 8월에 나를 방문할 수 없다면, 더 늦어지겠지.

우정을 담아, 자네 친구

롤랑 바르트

---

25 가스통 두메르그Gaston Doumergue(1863~1937)는 1934년 2월 이후 각의의 의장이었고, 11월에 사임했다.

[1934년 12월 28일] 목요일, [브두에서]

친애하는 르베이롤,

어제 자네에게 긴 장광설을 늘어놓았네만, 오늘 이렇게 또 편지에 답장을 하네. 자네가 말한 것처럼, 편지란 애정 어린 생각, 항상 머리에 들어 있는 생각에 대한 꽤 민감한 증언이네. 자네와 다른 사람이라면, 아주 쉽게, 그리고 충분한 이유로, 나를 잊어버릴 수도 있을 텐데 자네가 나를 생각해주어 행복하네. 아주 행복해. 자네가 한 모든 말을 이해하네. 비록 자네보다 내가 여러모로 한 수 아래이긴 하지만 말일세. 나는 자네가 빠진 열광이 어떤 것인지를 잘 아네. 또한 파란 하늘에서 내리는 눈이라는 표현을 보며 자네가 본 것을 나 역시 보네. 하지만 나는 여기서 공기의 청정함도 그것의 부드러움도 자랑할 수 없네. 오늘 저녁 5시경에 오스에서 돌아왔네. 6월의 저녁이라 아주 맑고, 스페인으로부터 불어오는 바람—우리의 신이네[26]—이 공기를 미지근하게 데워주네. 벌써 공기가 아주 부드럽네. 단언컨대 황량한 거리를 걷다가 잔디밭 위에 눕고 싶고, 대지 속으로 녹아들어가고 싶은 미칠 듯한 욕망을 느낀다네. 움직이지 않지만 장중하고 번식력과 생의 가장 대표적인 예인 이 대지 속으로 말일세. 지금 나는 인간을 정말로 미워하고 있네. 내가 나무나 먼지였다면, 더 행복할 수 있었을 텐데. 자연이 펼치는 공산주의[27]에 참여하면서 말이야. 또한 이 광활한 자연이라

---

26 전지요양소에서 결핵을 치료하고 있는 바르트를 비롯해 다른 환자들에게도 맑고 부드러운 공기가
최고의 치료제라는 의미다.—옮긴이
27 자연은 모든 것에 공평하다는 의미다.—옮긴이

는 유기체로부터 배제되었음을 느끼지 않기 위해, 또 금지된—잃어버린—낙원의 문 앞에서 그랬던 것처럼 자연의 문 앞에서 울지 않기 위해서 나는 더 많은 노력을 기울였을 것이네(이 점에 대해 그렇게 많은 문학작품에서 자연의 사랑과 낭만주의적 우울 사이의 뚜렷한 관계를 더 이상 천착하지 않은 것에 나는 그저 놀랄 뿐이네).

기독교는 여러 역설의 원천이네. 가장 두드러지고, 가장 가증스러운 역설은 정확히 자네가 지적한 바로 그것, 즉 탕아들이 예수님의 탄생을 축하한다는 거라네. 크리스마스이브보다 더 큰 기독교적 범죄를 알지 못하네. 우리는 이처럼 위선자들과 무관심한 자들 사이에서 이런 제도의 기상천외한 성공을 목격하고 있네.[28] 나를 위해서 자네도 그렇게 생각하겠지? 나는 격식에 맞고 조용하고 평화스러운 크리스마스이브를 보냈네. 대다수의 사람들에게는 추태와 골족Gaulois[29]다운 뻐기는 행동들이 내게는 그저 오래전부터 늘 훌륭한 결과를 꿈꿔왔던 몽상일 뿐이었네. 24일 저녁, 나는 9시 30분에 잠자리에 들었고, 그 전에 생테브르몽[30](상식을 갖춘 인물이자 최고로 섬세한 정신을 가진 인물)의 글과 누가복음[31]을 조금 읽었다네. 화요일 오전에 오스에 있는 조그맣고 아름다운 성당엘 갔네. 아주 오래되고 투박한 성당이지. SDN[32]의 열렬한 지지자인 이곳 신부 보스트 씨를 좋아하네. 그

---

28 크리스마스이브가 예수 탄생보다는 오히려 상업적인 축제일로 변한 것에 대한 바르트의 비판이다.—옮긴이

29 현재의 프랑스 땅에 살았던 원주민들을 가리킨다. 카이사르의 『갈리아전기』에서 '갈리아'가 바로 이 '골Gaule'을 의미한다.—옮긴이

30 샤를 생테브르몽(1614~1705)을 가리킨다. 바르트는 이때 1865년에 테쉬네르에서 출간된 『혼합된 작품집Œuvres mêlées』을 읽었음에 틀림없다.

31 『성경』의 누가복음을 가리킨다.

32 국제연합ONU(Organisation des Nations unies)의 전신인 국제연맹Société des Nations의 약자다.

의 가족들은 감격할 정도로 나를 환영해주었네. 영성체도 모셨네. 아마 자네는 잘 모를 수도 있지. 하지만 신교도식 영성체는 이 종교의 잘못을 씻어주는 아주 멋지고 장엄한 의식이야. 그날 저녁, 그 집에서 크리스마스트리를 만들었네. 이건 매년 하는 일이야. 그날만은, 그리고 이어지는 여러 날만큼은 신이 나를 책망하지 못할 걸세. 성당의 크리스마스도 준비했네. 그날 상당한 시간을 사다리에 올라 균형을 잡으면서 "숲의 제왕"인 전나무 가지에다 반짝이는 전등을 달거나 솜화약 길이를 재는 내 모습을 상상해보게나. 보스트 신부는 모자를 아무렇게나 쓰고 나에게 양초를 계속 건넸네. 토요일에 바이욘으로 떠났네.

우리 편지가 서로 엇갈렸네. 자넨 내 편지에서 내가 자네에게 음악을 상기시키고 있다는 것을 알 수 있을 걸세. 자넨 음악 없이 지냈다고 했지. 하지만 이제 자네 혼자 음악 콘서트에 간 이상, 더 이상 나에게 의지하지 않아도 되네. 마법에 걸린 숲속으로[33] 들어가게 되면, 모든 길이 다 좋고, 안내인도 방해물일 뿐일세. 조금 서운하지만 유순함과 동시에 똑똑한 음악의 포로가 혼자 가게 내버려둘 참이네.

제발 편지를 써주게. 교향악 몇 소절을 들으면서 자네 편지를 읽는 즐거움을 가늠해주게나.

따뜻한 우정을 보내네.

바르트

---

33 르베이롤이 본격적으로 음악을 감상하게 되었다는 의미다.—옮긴이

동봉하는 사진을 보게. 1. 브두 마을과 골짜기. 골짜기 안쪽으로 테르모필34(아래쪽, 좁은 길)이 있지. 브두 마을 전경이네. 스페인으로 가는 국도라네. 2. 길 끝에 보이는 집이 우리가 살고 있는 라리크35의 건물이네. 세 번째 창문이 어머니 방의 창문이고, 그 맞은편 창문으로 내가 치는 피아노가 보인다네.

내 문체는 클레망 보텔36의 것보다 더 낫네. 하지만 사과를 해야겠네.

---

34 생테티엔드바이고리의 여러 지역 이름 중 하나.

35 건물주의 이름. 바르트는 「전기Biographie」에서 이 사람에 대해 말한 바 있다(*Le Lexique de l'auteur*, Paris, Seuil, 2010, p. 256). 하지만 카리크Carriq로 잘못 적혀 있다.

36 클레망 보텔Clément Vautel(1876~1954)은 작가, 기자, 대중소설 작가로 『망고 부인의 손녀La Petite-Fille de Madame Mangot』(Albin Michel, 1934)를 썼다.

1935년 8월 13일 월요일,37 브두에서

친애하는 친구,

자네에게 편지를 쓰지 못한 것은 내가 사랑에 빠졌기 때문이네. 미마 Mima라는 이름의 16세 된 아주 매력적인 소녀에게 미친 듯한 사랑에 빠져 있네. 미마는 머리카락, 피부, 눈이 모두 짙은 갈색이네. 아마 내가 금발이고 파란색 눈을 가져서 더 매력적으로 보이는 것 같군. 그녀 스스로 "얄궂거나" 또는 "웃기거나" 또는 "재미있다"고 말하는 듯한 태도를 가지고 있는데, 바로 내가 좋아하는 태도일세. 이것이 코르네유38가 말하는 뭔지 모를 매력인 것 같네. 우리는 아직 서로 많은 대화를 나누지 못했네. 그리고 나는 그녀에게 많은 말을 하지 않길 바라네. 종종 나는 그녀의 가족과 함께 부스케의 잡화상에서 만나네. 그러고 나면 이틀은 행복하네. 일요일 저녁에 광장에서 공중 무도회가 있었네. 우리는 함께 춤을 추었지. 그녀는 춤을 잘 추지 못했고, 나도 그랬네. 하지만 기분은 여간 좋은 게 아니었네. 아주 멋진 한 쌍이었을 테지. 자네에게 그녀의 우아함에 대해 충분히 전달하지 못한 것 같네. 하지만 더 이상 말을 하지 않을 작정이네. 그녀에게서 발랄함, 균형감, 진지함, 어린애다움, 커서도 지니고 있는 어린애 같은 목소리, 깜짝하게 놀라는 표정 등등이 정확히 어떤 비율로 나타나는지를 자네에게 직접 보여주어야 할—어떤 방법으로일지는 모르지만—필요가 있네(나는 이런 낭만주의적인 상투어구의 사용을 부끄럽지 않게 생각하네). 그녀는 짙은 갈

---

37 바르트의 실수로, 8월 13일은 화요일이다.
38 "당신을 향한 뭔지 모를 매력이 나를 사로잡고 있소."(*Polyeucte*, II, 2)

색의 머리카락 위에 약간 뒤로 젖혀 쓴 작고 하얀 모자를 좋아해. 이 역시 그녀의 매력에 한몫하네.

1935년에 나타난 이와 같은 뮈세풍의 작은 여주인공인 그녀를 나는 오 랫동안—그렇게나 많이 또는 적게—생각했네. 그처럼 많은 시적인 요소 들을, 가령 무도회, 모자, 펠로타 경기39 중에 주고받는 평범한 말들과 함 께 내 마음속에 들어와 자리를 잡아버린 그녀를 말일세. 그리고 그녀가 꽃 과 태양이 가득한 길 한복판에서 모습을 드러낼 때, 나는…… 이 모든 상 상은 극도로 낭만적이네. 파우스트를 모방한 이 모든 사소한 사건들, 또 모 든 사랑이 증류해내는 매력과 고통을 솟아오르게 하는 또 다른 종류의 모 험들. 이 모든 것을 왜 자네에게 이야기하는 걸까? 진지해서, 아니면 문학 적이어서, 그것도 아니면 냉소적이어서? 어느 정도는 모두 맞겠지. 모르겠 네. 난 모르겠어. 그저 시, 아름다움, 평범함의 파도 속에 휩싸이게 내 자신 을 내버려두고 있네.

하지만 여기서 갑작스럽게 코르네유식의 비극이 시작되네. 애석하게도 미마에게는 친절하면서 반감을 사는 가족들이 있네. 이것은 아주 오래전 부터 있는 이야기에 속하지. 미마에게는 안나라는 이름을 가진 사촌 언니 가 한 명 있네. 그녀 역시 예쁘고, 어쩌면 미마보다 더 고전적인 매력을 풍 기는 처녀라네. 허영심 많고, 잘난 체하고, 조롱도 잘하는 그녀는 예쁜 여 자가 가진 끔찍한 결점을 모두 가지고 있네. 안니는 자기보다 몇 년 손아래 동생인 미마에게 커다란 우정을 보여주네. 착한 소녀인 미마는 그것을 피 할 도리가 없네. 안니가 항상 옆에 붙어 있는 것은 미마에게는 아주 불편

---

39 바스크 지방 민속경기의 일종.—옮긴이

한 일이네. 미마를 옆에서 보살피고, 그녀를 독점하고, 그녀가 대답하는 것을 허용하지 않고, 심지어는 그녀 자신을 드러내 보이는 것조차 허용하지 않기도 하지. 미마에게는 또 다른 사촌 오빠가 있네. 안니의 남동생으로, 이름은 장이네. 나는 그를 볼 때마다 매번 따귀를 한두 대 올려붙이고 싶은 마음뿐이네. 막무가내로 자랐고, 아주 뻐기고, 으스대고, 그러면서도 파스칼이 말하는 인간보다 현명하지 못한 그는, 자기 내부에 내가 싫어하는 모든 것을 가지고 있네. 증오, 공포, 혐오, 분노, 경악 등. 이 모든 것이 그의 끔찍한 숨결로 그의 내부에서 되살아나네. 이런 혐오의 감정은 그를 쥐어박고 싶은 신체적인 근지러움으로 나타나네. 그런데, 친애하는 친구, 이런 감정의 극치는, 내가 가끔 반파시즘과 사회주의를 옹호하는 순간에, 이 젊은 친구가 흥분한 투사, 극우단체인 크루아드푀Croix de feu의 극렬지지자가 되어 끼어드는 것이네. 나는 이런 사태를 보여주는 물질적 증거를 확보하게 되었네. 토요일에 이곳에서 파시즘에 반대하는 모임, 하지만 조금은 논쟁적인 (그리고 공개적인) 모임이 있었네. 이 모임에서 공산주의 성향의 교수인 베르디에가 강연을 했네. 이 연사가 강연을 시작하자마자 젊은 장이 고래고래 소리를 지르며 화를 내기 시작했네. 그의 부모님이 가세했고, 욕설과 고성이 난무했지. 그 와중에 사람들은 그들이 청중을 바보, 멍청이로 취급하고 있다는 것을 알게 되었네. 이 사건이 있은 후, 이곳에서 그 식구들의 평판이 안 좋아졌다는 것을 자네는 미루어 짐작할 수 있을 것이네.

이런 집안의 구성원 중 한 명과 사랑에 빠진다는 것이 슬픈 일이라는 것 역시 자넨 이해할 걸세.

이 모든 것이 코르네유 극의 제3막처럼 비극적이네. 그처럼 시학적인 경쾌함이 그와 같은 흉측함에 의해 날아가버리네.

가엾은 미마. 그렇게 정직하고 또 그렇게 순진한 그녀는—오! 그렇게 멋있고 매력적인데!—멀리 떨어진 성에 갇혀 살고 있는 중세의 공주 중 한명인 것 같네. 오만함, 광신적 태도, 우둔함, 심술궂음의 혼탁함 속에 있는 공주 말일세. 그녀에게는 성의 꼭대기에서부터 흘러내려 바람에 흔들리는 두 가닥의 줄만이 부족할 뿐이네. 그녀를 구출해내기 위해 평야를 가로질러 달려오는 젊은 기사의 심장을 뛰게 하는 징표인 두 가닥의 줄만이.

친애하는 친구, 자네 친구를 용서하게나. 별 볼 일 없는 내용을 전하기 위해 이처럼 약간은 점잖지 못한 말들을 구사했네. 이런 생각을 실제로 해본 것은 아니지만, 그래도 자네에게 항상 똑같은 이야기를 되풀이하지 않기 위해 상상해본 것이네.

이만 줄이네.

바르트

자네를 생각하네. 빠른 시간 안에 더 현명한 내용의 편지를 쓰겠네. 이번 편지는 분명 자네를 실망시킬 거야. 브리소[40]에게 전해줄 말을 적어 보내네.

---

40 장 브리소는 바르트와 르베이롤의 급우로. 1941년까지 바르트가 결핵을 앓는 동안 그의 용태를 가까이에서 지켜본 브리소 박사의 아들이다.

[1939년] 3월 1일, 파리에서

친애하는 필리프,

 자네를 잊지 않고 있네. 자주 자네를 생각해. 하지만 자네에게 더 이상 편지를 쓰지 못한 것은 진부한 몇몇 사실들을 전하기 위해 몇 자 적어 보낼 용기가 없어서였네. 자네와 함께 나는 항상 완전한 편지를 원하네. 자네에게 종종 이전보다 편지를 조금밖에 쓸 수 없을 것 같아 괴롭네. 이제 편지를 더 이상 쓸 수 없을 것 같네. 사색다운 사색을 하는 힘을 잃어버려서 일세. 어쨌든 젊었을 때, 그리고 멋진 편지를 주고받던 시절보다 사색하는 힘을 더 많이 가진 것이 사실인데도 그렇다네. 부족한 힘을 겪고 난 뒤로, 나는 항상 위기 속에 있다는 느낌이야. 하지만 그것은 소설 속의 영웅이 겪는 것과 같은 화려한 위기가 아니지. 이해할 수 있을 걸세. 자네가 나를 볼 때마다 내게서 불안함과 내적 빈곤함이 이런저런 방향으로 출구가 마련될 때까지 무르익도록 그냥 내버려둬야 할 필요성이 있다는 것을 이해할 걸세. 여기에 있는 친구들이 테오필리앙Théophiliens[41]들과 함께 브뤼주 가까이에 있는 베네딕트 수도원을 방문한 것을 계기로 이 모든 것이 한층 더 민감하게 된 것 같네.
 하루 동안의 체류로 인해 충격이 커. 그로 인해 완전히 방향을 잃었고, 지금도 어리둥절하네. 아직도 정신을 차리지 못한 상태야. 여기에 있는 친구들이 나를 이상한 사람으로 보고 있다는 느낌이 드네. 아마 그들에게 나

---

41 귀스타브 코엔에 의해 창립된 중세극 그룹에 속하는 소르본 학생들을 지칭하는 이름이다.

는 침울한 상태에 있음과 동시에 약간 심술궂고, 피곤한 모습을 하고 있는 사람으로 보였을 걸세. 반면 실제로 그리고 내면적으로 나는 오히려 수도사들의 세계로 인해 어안이 벙벙한(바로 이 단어일세) 상태라네. 물론 그들의 세계를 조롱하거나 낮게 평가하는 것은 절대 아니네. 이건 정당한 평가일세. 나는 가톨릭과 관련된 모든 것에 무한한 존경심과 약간의 갈망을 가지고 있으니까.

문제가 되는 것이 종교적 계시가 아니라는 점을 잘 이해할 걸세. 신과 그리스도는—지금으로서는—완전히 논의 밖에 있으니까. 그러니까 신을 향한 신비스럽고 갑작스러운 도약이 문제가 되지 않네. 이런 도약을 하기 위해서는 각오를 단단히 해야 할 걸세. 그도 그럴 것이 있을 수도 있는 추락—후일에—은 그다지 기분 좋은 일이 아닐 테니까. 나로 하여금 정말로 방향을 잃게 만들었던 것—감동 이상으로—은 그처럼 완전하고, 그처럼 풍요로운 안정성에 대한 생각이었네. 이런 안정성을 유지하기 위해 동원되는 매일매일의 물질적 수단들이 내게는 아주 현명하고 효율적으로 보였네. 어느 정도 인간의 모습을 한 존재라면 가톨릭 의식의 비교할 수 없는 초월적 가치와 무게를 알게 될 걸세. 마지막으로 이 수도사들—게다가 친절한—에게서 하루의 순간마다 절대적 존재와의 실질적인 접촉을 느낄 수 있었네. 아주 멋진 일상의 규칙을 통해서든, 매일매일의 종교적 형식을 통해서든, 이른바 경배를 통해서든—아는 교리문답 없이도 가장 심오한 정신을 아주 잘 포착했네—그런 접촉을 하고 있다고 느꼈네. 우리가 하루 동안 베네딕트 수도사들의 생활을 체험했다는 사실을 지적해야 할 걸세. 그들의 식당에서 밥을 먹고, 성무일도에 참여하고, 그들의 방에서 잠을 잤다네. 물론 자연스럽게 나는 상투적인 단어를, 가령, 이들의 입에서 나오는 평화, 평정, 기쁨 등과 같은 것들도 맛보았네. 이 수도원에서는 이런 것들이 참 진리로 여겨지고 있기는 하지만, 나는 그것들을 무시했네.

하지만 고백건대 이번 방문을 통해 내게 주어진 것, 수도사들과의 접촉으로 인해 내 안에서 일어난 이 기이한 혁명—지금 당장으로서는 신경이 쓰이긴 하네—을 몇몇 문장으로 완전히 설명하진 못하겠네. 오히려 불편함을 느낀다네. 이런 불편함이 피상적일까? 전혀 모르겠어. 답을 기다릴 뿐이네. 결국 내가 그런 변화를 두려워하고 있다고 말할 수 있네. 하지만 무슨 일이 일어나든 아주 멋진 감동을 맛보았다고 생각하네. 그러나 바로 그 '멋진 감동'이라는 표현이 나를 만족시키지 못한다는 것에 거북함을 느끼네. 내가 경험했던 것, 경험하고 있는 것은 전혀 다른 성질의 것이네. 형용사로는 표현이 안 되는 감동, 지금까지 알고 있었던 감동과는 같은 차원이 아니네.

어쩌면 이 모든 것을 과장하고 있는지도 모르겠네. 누가 그것을 말해줄까? 자네 소식을 빨리 보내주게, 친애하는 필리프. 이곳에서는 모든 것이 잘 되어가네. 조금 피곤할 뿐이네.

충정과 우정 어린 마음을 보내네.

자네 친구,

바르트

결국 내가 진실로 느낀 것은, 내 안의 커다란 공백이네. 내 취향을 끄는 것은 아무것도 없네. 이것이 베네딕트 수도사들의 방문과 기이하게 연결되어 있네. 아주 골치 아픈 특별한 것이라네. 나는 매 순간 이것을 나의 내부에서 포착하네.

[1940년 3월] 7일 목요일, 비아리츠에서[42]

친애하는 필리프,

자네의 편지를 보니 기쁘네. 자네가 침착함을 유지하는 것 같아 좋네. 내가 침착해지려면 많은 노력이 필요하네. 이 모든 것을 편지로 말하긴 어렵겠지. 하지만 나는 지금 우리 나라와 세계에서 벌어지고 있는 일들에 대해 생각하네. 종종 지나친 걱정으로 인해 발작이 일어날 지경이라네. 우리 민족의 물질적인 장래에 대해서가 아니라 정신적 장래 때문이지. 신문을 읽거나, 라디오를 들을 때, 새로운 소식을 알게 될 때마다 나는 우리 국민들의 우둔함, 되먹지도 않은 허풍, 편협한 속셈 등으로 깜짝깜짝 놀라곤 한다네. 그렇네. 자네에게 말하지만, 나는 지금 무척 화가 나 있네. 아니 아주 슬프네. 화가 나고 또 슬프네. 나는 라브뤼에르나 나폴레옹의 나라 국민이라고 생각하고 있네. 그런데 결과를 보면 프랑스 국민이라는 자부심을 갖게끔 해주는 위대하고 영광스러운 찬사로부터 아무것도 남아 있지 않은 것 같다는 생각이네. 하지만 이곳에서는 아무 말도 할 수 없네. 말을 해야 하는데, 특히 자네와 함께 얘기를 나눠야 하는데…… 그러면 마음이 조금 풀릴 것 같네만, 마음이 답답하네. 지금까지 이 피할 수 없는 전쟁의 발발 가능성으로 인해 얼이 빠져 있네. 하지만 지금 점점 잔인한 명석함이 내 머릿속을 횡단하고 있네. 세계의 일에 관심을 가지지 않았던 나, 그 분야에 대해서는 아무것도 모르는 나, 그런 내가 점차 눈이 뜨이고, 또 심지어는

---

42   바르트는 1939년 11월부터 비아리츠고등학교에서 '임시 교원', 즉 정식 자격을 갖추지 못한 교원의 자격으로 있었다.

모든 사태가 어떻게 벌어지고, 또 어떻게 전개될지 정확히 내다보고 있다는 느낌이네. 그리고 나의 무기력함, 나의 침묵, 다른 사람들의 침묵으로 인해 몹시 괴롭네. 가끔 끔찍한 진실로 인해 내 몸이 후끈 달궈진다는 인상을 받기도 하네. 심연의 가장자리에 멈춰 서 있는 느낌이네.

이번 부활절에 자네는 어디에 있을 건가? 자네를 볼 수 있다면 좋겠네. 하루나 이틀이라도 상관없네. 자네와 담소를 나누기 위해서라면 어디든 갈 텐데. 그러면 얼마나 좋을까? 자네가 내 의견에 찬동하든 아니면 나를 진정시켜줄 말들을 찾든, 자네는 내 개인적인 비참함을 견디는 일을 도와줄 수 있을 텐데. 세상사에 관련된 고민에 겹쳐지는 내 개인적인 비참함, 고독한 현재, 어둡고 현기증 나는 미래, 이 모든 자연적인 생각들을 말일세.

분명, 이 모든 것으로 인해 이곳 비아리츠에서 봄이 찬란한 정원과 파도가 넘실거리는 해안에서 빛나는 것이 방해받고 있네. 그리고 제발 이렇게 생각해주네. 내가 지금, 이 봄, 이 지역, 이 평화, 그처럼 가까이에 있고, 그처럼 친구 같고, 그처럼 확실한 이 모든 것을 양껏 즐기고 있다고 말일세. 자네 이런 것들을 잘 알고 있을 거야. 자네가 깨끗하고도 황량한 바닷가에서 한 산책에 대해 내게 이야기해주었기 때문이지. 나 역시 종종 집에서 조금 떨어진 곳에 있는 등대로 가곤 하네. 심지어는 어두운 저녁에도 가끔씩 가지. 어제는 영화관에서 오는 길에 등대에 올랐네. 밤이 완전히 기이했고, 완전히 부동이었고, 거의 죽었다는 느낌이었네. 정체되어 움직이지 않는 부드러움으로 꽉 차서 말일세. 바다 위로 난 꽤 높은 테라스 가장자리로 다가갔네. 바로 정면에서 있을 법하지 않은 금빛처럼 노란 초승달을 보았기 때문이었네. 날렵하고, 활처럼 휘었고, 끝이 뾰족한, 진짜 반달이었네. 그리고 우주적인 공포 속에서 바위가 많은 깊은 바다의 그 움직이지 않는 장엄한 운

동을 예상하고 있었네. 아주 가까운 곳이긴 하지만 점차 희미한 지각 속에
서 의자들, 조약돌들이 부딪치는 소리를 들었네. 산책을 하는 커플을 여럿
보았네. 우주에 대해 어떤 종류의 끔찍한 감정을 품고 있는지를 자네는 알
수가 없을 걸세. 마치 내가 한순간에 아무것도 표현할 수 없는 없는 상태에
서 이 모든 것을 이해하는 것처럼 말일세. 가령 사랑, 별, 꽃, 인간. 그리고,

"이 얼마나 큰 우주의 신비인가Questo enorme mister de l'universo!"[43]

내가 이와 같은 예민한 지식에 대해 강한 향수를 품고 있다는 사실을
자네는 잘 알고 있을 것이네. 그리고 내가 계속해서 찾고자 하는 것, 또 매
일매일, 겸손하게, 범속하게 겪는 것, 그리고 음악 속에서 한 순간이나마 재
창조해내는 것이 바로 이와 같은 우주에 대한 참다운 메타심리학적인 지각
이라네.

오래전부터 한 편의 글을 쓰고 싶다는 생각에 사로잡혀 있었다고 말했
을 걸세. "사랑, 음악, 죽음"이라는 제목이 붙을 에세이야. 하지만 전쟁으로
인해 여간 쓰기가 힘든 게 아니네. 우선 전쟁에서 승리를 해야겠지. 그러고
난 후에 이 글을 쓸 생각이네. 자네 생각은 어떤가? 몇 줄 쓰게 되면 내가
그것을 자네에게 보내도 되겠지? "사랑, 음악, 죽음"이라는 글을 기다리면서
(분명 오래 걸릴 걸세) 나는 그레코의 초상화에 대한 사색을 시작했네. 이것
도 끝나면 자네에게 보내주겠네.

친애하는 필리프, 이 전쟁에서 가장 끔찍한 것들, 그중에서도 나를 가장
의기소침하게 만드는 것은, 바로 9개월 전부터 내가 자네를 보지 못하고 있
다는 사실이야. 이런 이유로 내가 오래 침묵을 지키고 있다고 해서 나를 원

---

43 조수에 카르두치Giosuè Carducci(1835~1907)의 시 「목가적인 늪지Idillio maremmano」의 한 연
이다. 여기서 시인은 낭만주의자들의 사변思辨을 조롱하고 있다.

망하지 말게. 우리는 꽤 오래전부터 멀리 떨어져 있었고, 그래서 너무 슬프다네. 서로 볼 수 있는 방법을 강구해야 하네. 그렇지 않으면 이런 상태가 너무 오래 지속될 걸세.

제발 편지를 써주게. 가장 강하고, 충정 어린 마음으로 자네를 생각하네.

롤랑
비아리츠, 라비즈리가, 사이렌

[1941년] 12월 31일, 파리에서

오늘 자네의 소식을 받았네. 자네 생각을 조금 엿볼 수 있어서 너무 좋았네. 하지만 나는 교수자격시험에 대해 상황을 어느 정도 예견하고 있었네. 마침내 자네가 합격했군![44] 하지만 자네가 말해준 것들이 자네를 다시 보고 싶은 향수를 일으키고, 그런 만큼 나는 더 침울해지네. 어쨌든 나도 시험을 치를 수 있는 기회가 오지 않겠나. 나 역시 이 시험에 대해 자네에게 말할 것들이 많네. 나 역시 자네와 같은 생각일세. 내가 시험을 치를 수 있을지 잘 모르겠네. 내 논문 심사에 대해 세샹 교수가 지적해준 사항을

---

44 르베이롤은 전쟁으로 인해 연기되어 리옹에서 치러진 역사 분야 교수자격시험에 합격했다.

자네가 전해줘야 하네.45

  항상 그렇듯 나의 내부에는 일과 삶의 노선 사이에 갈등이 있었네. 이 두 노선 모두 나를 사로잡고 있네. 현재 나는 내면적으로 엄청난 수양을 하고 있네. 어떤 때는 현실의 심연의 바닥에 있다가, 또 어떤 때는 아주 높은 곳에 있는 무엇인가와 아주 가까이에 있다는 느낌일세. 내가 지금 어떤 종류의 아주 강렬한 분위기에 있는지를 알기 위해서 자네가 도스토옙스키의 『백치』를 읽어봤으면 하네. 이 작가는 내 정신을 완전히 결정結晶시켜버렸네. 그 덕분에 나는 2개월 전부터 위로 상승하고 있는 느낌이야. 『백치』를 읽어보게. 비범하기 짝이 없는 미슈킨Muichine 공작46을 만날 수 있을 걸세. 다른 것도 많이 생각하네. 이 모든 것에 대해 자네에게 이야기해야 하네. 자네를 다시 보게 되면 아주 감격스러울 걸세. 만약 내 병으로 인해 자네를 더 빨리 볼 수 있다면, 나는 내 병까지도 축성할 수 있네.47 게다가 결국 병으로 인해 덕을 보고 있기도 하네. 매 순간 나는 자네의 모친, 자네 사촌의 호의를 누리고 있네! 고맙네, 편지를 써주기 바라네.

  친구,

                                                              롤랑

45 그리스 문명 연구가이자 소르본대학 교수였던 루이 세샹Louis Séchan(1882~1968)을 가리킨다. 바르트는 1941년 10월에 세샹과 폴 마종 교수 앞에서 「그리스 비극에서 초혼과 주술」이라는 제목의 고등교육수료 논문 심사를 받았다.
46 『백치』의 주인공으로, 'Mychkine' 공작 이름의 첫 프랑스어 번역본에서의 표기다.
47 바르트는 1941년 10월에 결핵이 재발하여 심각한 상태에 빠졌다. 우선 파리에서 브리소 박사의 치료를 받았다. 브리소 박사는 바르트를 1942년 2월 초에 생틸레르뒤투베에 있는 프랑스학생전지요양소로 보냈다.

1942년 3월 26일 목요일, 생틸레르에서

친애하는 필리프,

오늘 아침에 비시Vichy를 거쳐 온 자네의 항공 우편을 받았네. 오랜 이별이 끝나가고 있네. 자네가 오면 사소한 것들에 대해 얘기를 나누고 싶네. 우선 자네 어머니에게서 자네를 빼앗는 것 같아 조금 망설여지네. 자네가 어머니와 함께 있는 시간도 그렇게 길지 않을 텐데. 그래도 거리가 제법 되는 이번 여행으로 인해 자네가 피로할까 걱정이네. 특히 자네가 이곳으로 오는 게 내키지 않을까, 나는 그게 겁이 나네. 건강한 사람들에게는 아주 슬픈 장소인 이곳으로 말일세. 2년 전에 나도 아시의 고원 전지요양소에 있는 미셸 들라크루아48의 곁에서 사흘을 보낸 적이 있네. 그와의 우정에도 불구하고 나 역시 두려움과 슬픔 속에서 사흘을 보냈다네. 자네가 나 때문에 이와 비슷한 감정을 느끼지 않길 바라네. 희비가 교차하는 이곳 전지요양소에 대해 좀 더 길게 말하겠네. 하지만 자네에게는 이번 여행이 힘들 걸세. 매사에 민감하지 않다면 모르겠지만, 자네가 그럴 리는 없지 않은가. 친애하는 필리프, 이곳에 오지 못하겠다고 느끼면 주저하지 말고 우리의 이별을 좀 더 연장하도록 하게. 그렇게 되더라도 이해할 수 있다네. 내가 자네를 보고 싶은 마음에 흠뻑 빠져 있고, 또 오래전부터 가까운 장래에 자네를 만나는 데서 오는 즐거움을 생각하고 있었던 것은 사실이네만.

---

48 철학자 앙리 들라크루아의 아들인 미셸 들라크루아Michel Delacroix를 가리킨다. 바르트는 그와 함께 샤를 팡제라의 음악 수업을 들었다. 그는 1942년 10월 28일에 죽었다. 아시는 오트사부아에 위치해 있다.

자네가 온다면, 가능한 한 빨리 그 사실을 알려주게. 이곳에서는 숙소를 구하기가 매우 어려워. 만약 자네가 근처 그르노블에서 묵게 된다면, 우리의 귀중한 시간을 자네는 출발에 신경 쓰고, 나는 치료에 신경 쓰면서 뺏기게 될 걸세. 현재 이곳으로 오는 교통편이 아주 용이한 편은 아니네. 두가지 방법이 있네. 직통 버스를 이용하거나, 아니면 직통 버스를 타고 케이블 철도를 타고 다시 택시를 타는 방법이지. 시간표를 보내겠네. 이 편지를 받는 즉시 자네 여정을 보내주기 바라네.

2주 전에 자네에게 편지를 썼어야 했네만 여의치 못했네. 자네에게 얘기해야 할 개인적이고 이기적인 일이 아주 많이 있었네. 이곳 전지요양소가 확 바뀌었네. 너무나도 낯선 풍경이네. 그렇다고 슬픈 것은 아니네. 하지만 나는 조금 침울하고 무기력해지네. 5개월 동안 침대에 누워서 책을 집중적으로 읽으면서 고독하게 시간을 보내던 내 자신, 불평불만을 하던 내 자신을 잃어버렸기 때문일세.[49] 새로운 삶에서 오는 충격을 견디기 위해서는, 대청소를 하고, 뭔가를 비우는 작업이 이루어져야 하네. 알겠는가? 여기서의 모든 고통은 어떤 익숙한 것과의 이별에서 오네. 이곳에서 완전한 행복의 상태란 뭐든 임의로 처분 가능한 상태라네. 한 존재의 연속성을 이루는 내적 추억들, 영혼의 기벽 등을 허물어야 하네. 과거—집, 어머니, 친구들, 파리 거리들, 모든 것이 가능했던 세계의 과거—와 현재—아주 다양한 뉘앙스와 상태로 나타나는 병을 앓고 있는 이곳 사람들의 관계 이외에는 다른 관계를 맺지 못하고 또 오랫동안 더불어 살아가야 하는 사람들의 현재, 그리고 뜨거운 동료애가 가득하고 활기에 찬 순간에 갑작스러운 변화가 나

---

49 바르트는 1941년 10월부터 1942년 2월 말까지 파리에서 치료를 받았음에 틀림없다.

타나는 현재—사이의 비교를 완전히 없애야 하네. 만약 화려한 과거와 분명 견디기 힘겨울 미래로부터 현재의 매 순간을 떼어낸다면, 이 현재는 물리적으로 또 엄밀하게 말해 아주 강하고, 아주 충만한 시간이긴 하네. 자넨 이곳 친구들과 육체적으로 아주 밀착되어 하나가 되어 지내는 것이 불가능하다고 생각할지도 모르겠네. 종종 쾌활하고, 유머러스하고, 게다가 말썽꾸러기들이고, 하지만 마음 한구석에 고통의 짐을 지고 있는 그들과 말일세. 그리고 이런 고통이 죽음에 대한 끔찍한 공포가 아니라면(아주 심하게 앓는 자들의 경우), 그들에게 이곳에서 보내는 현재, 활기차고 풍요로운 현재는, 많은 것을 가져다주지는 못한다 해도 결코 슬픈 현재는 아니라네. 이곳에서는 그 어떤 순간에도 비극이 문제가 되지는 않아. 어쨌든 이곳 사람들은 비극이 아닌 것에 적응을 해야 하네. 하지만 종종 비극적인 일탈도 있네. 나는 자네에게 이 모든 것, 특별한 경우들, 나의 내부에서 이전의 관심사를 지워버리는 셰익스피어 극과 같은 상황들, 호기심을 끄는 모든 것에 대해 얘기해주겠네. 친애하는 필리프, 무엇을 위해 자네에게 이걸 전부 설명하려고 하는 걸까? 여기에 온 이후로 내가 더 이상 읽지 못한다는 사실, 쓰지 못한다는 사실을 말하기 위함이네. 파리에서 그런대로 나를 풍요롭게 해주었던 나의 지적 존재는 단 이틀 만에 나에게서 빠져나가버렸네. 나의 지적 존재는 텅 비고, 바람이 빠져버렸네. 이곳에 도착하기 전에 내 독서에 대해, 내 거창한 생각에 대해, 정신의 영역에서 했던 발견들에 대해 말하면서 즐거워했었지! 하지만 지금은 더 이상 그렇게 할 수 없네. 우리가 이곳에서 좀 더 오래 만나는 행운을 누린다면, 침묵으로 시간을 허비하고 또 무용한 말들로 시간을 허비하는 것을 겁내지 않는 행운을 누린다면, 이곳에서의 내 삶에 섞여서 모든 것이 다시 시작될 수 있을 것이네.

이곳에 도착해서 나는 자네의 긴 항공 우편을 발견했네. 바로 그 순간 내가 얼마나 자네를 보고 싶었는지, 얘기를 나누고 싶었는지, 자네가 그 편지에서 얘기했던 것들에 대해 자네 앞에서 응수를 하고 싶었는지 모르겠네. 우리의 우정이 완전히 허물을 벗고 그 모습을 드러내는 순간이 왔네. 다시 말해 표현이 불가능한 상태, 거의 동물과 같은 상태에 도달한 순간이지. 이 우정에는 생각과 경험을 공유하고자 하는 취향만이 포함될 수 있기 때문이야. 이 우정에는 우리가 서로 얘기할 수 있거나 흥미롭다고 얘기하지 않는 것을 제외하고 실제로 육체적으로 서로를 만나고자 하는 욕망만이 포함되네. 그러니까 주위의 수많은 무용한 것들에 대해 앉자마자 얘기를 하고 싶은 욕망 말일세. 만약 자네가 온다면, 내게 가져다주었으면 하는 사소한 것들의 목록을 보내려 하네. 여기서는 구할 수 없는 것들일세. 가령, 구두약! 이것들에 대해서는 다시 얘기함세.

내 건강은 좋은 편이네. 여기에 대해서도 자네에게 많은 설명을 해야 할 걸세. 이곳에서는 사람들이 의학적인 설명에 현기증을 느낀다네. 끔찍한 의학 용어, 즉 실제 수술 장면과 죽음의 편재성을 아주 기막힌 은유로 표현하는 지칠 대로 지친 의대생들이 사용하는 일종의 속어가 섞인 설명에 말일세.

종이 울리네. 5시 30분. 치료 시간을 알리는 종소리라네. 이만 펜을 놓아야겠네. 자네가 도착하면 즉시 편지를 써주게. 이 큰 편지지 노트를 자유롭게 닫는 이 기쁨이란! 오늘은 너무 감격해서 편지지를 많이 사용하지 못했네. 하지만 곧 따라잡을 걸세. 아마 2주 후면 얼굴을 볼 수 있으니까 말이야. 빨리 편지를 써주게.

자네 친구,

롤랑
생틸레르뒤투베 학생전용요양소
전화: 생틸레르 no. 9
1시 30분~4시 치료 시간 외에 가능

1942년 8월 2일 일요일

지금 프랑스에 있는가? 자네의 편지를 받았네. 예상했던 것보다 내가 상황을 더 잘 가늠했네. 자네가 온당치 않은 불행으로 인해 얻게 된 아픔을 말일세. 지금은 어떤가? 자네 가족은 어떤가?

최근의 편지들과 이번 편지에도 별다른 소식이 없는 것에 놀라지 말게. 나는 더 이상 생각할 수가 없네. 더 이상 쓸 수도 없네. 심지어는 내 자신에 대해 성찰할 수도 없네. 내 안에는 생각이나 침묵을 할 힘이 전혀 남아 있지 않네. 더 이상 독서도 하지 않네. 편지도 아주 불규칙하게 쓸 뿐이지. 같은 이야기로 독서 카드를 그저 메우고 있을 뿐이네. 그게 끝나면 아무것도 생각하지 않네. 그런데 그런 내게 대체 무슨 일이 발생한 것일까? 내가 영광에 대한 욕망이라고 부르게 된 것이 재발한 것일까? 나로 하여금 그렇게 열심히 살게 해주었던, 내가 소르본에서 고대극을 무대에 올렸던 그

때처럼 나로 하여금 완전히 새 삶을 찾게 해주었던 그 욕망이 재발한 것일까? 이것이 지금 내 스스로 가장 많은 설명이 필요한 내 생활의 일부분일세. 아마 자네에게는 가장 이해하기 힘든 부분이기도 하겠지.

우선 사실들을 있는 그대로 제시해보겠네. 이곳에서 처음 몇 달 체류하는 동안—자네가 나를 보러 왔던 그 시기—나는 여전히 파리에 남겨둔 사람들과 생활에 대한 향수 어린 추억으로 아주 침울했었네. 그리고 모든 것이 지긋지긋했네. 친구들의 그림자도, 흥미로움의 그림자도 없었네. 나의 내부에 심한 불만족이 있을 때는 독서조차 할 수 없었네. 내 삶에서 가장 끔찍한 시기였지. 심지어 고통을 느낄 수조차 없었어. 그렇다고 행복한 것도 아니었네. 운명이란 바뀌고 조정될 수 있다는 위대한 법칙과는 달리, 나는 운명이 부과한 것에서 벗어날 수 없다고 느꼈네.

그러고 나서 한 달 동안의 침대 생활이 있었네. 이 기간에 대해 아무런 기억도 가지고 있지 않아. 하지만 이번 달의 자리 보존은 새로운 삶의 세례 같았네. 모든 세례가 그렇듯 알지 못한 사이에 이루어지는 그런 세례 말이네. 내가 그때 알게 된 시간에 얽매인[50] 수많은 사건을 통해서였네. 나는 집의 일부였네. 나는 집에서 시민권을 가졌었네. 그리고 내가 잠에서 깨어났을 때 나는 활동, 삶에 대한 큰 갈증을 느꼈네. 그리고 특히 중요한 사실은, 내가 내 자신을 이해하려고 했다는 점일세. 다른 여러 행동 중에서도 이때의 내 행동이 영향력을 미치기 시작했네. 이것이 자네에게는 이런 의미로 읽힐 걸세. 즉 결국 내가 이 모든 활동에서 찾고자 했던 것은, 새로운 사람들, 가능한 한 더 많은 사람과 알게 되는 것이라고 말이야. 사실 늘 그

---

50 신비주의 신학에서 이 단어에 부여하고 있는 의미, 다시 말해 이 세계의 질서에 속한다는 의미다.

랬었지. 거의 병적으로 그것만을 생각했으니까. 나를 오래전부터 지켜봐온 자네가 이를 부정하진 못하겠지. 나는 어떤 사실들에 대해서는 아무런 호기심도 가지고 있지 않네. 나는 단지 사람들에게만 호기심을—광적인— 가지고 있을 뿐이네.

　방금 내 행동이 영향력을 미쳤다고 말했을 때, 그 의미는 내가 다른 사람들에게 모종의 매력을 발산하기 시작했다는 거야. 그런데 이런 매력이 발산된다는 사실 자체로 인해(비록 이것이 가장 정열적인 것이라고 해도), 이것이 약해지는 순간, 그 일을 견디는 것은 아주 힘들었네. 이 점에 대해 자문해보았네. 사람들이 나를 편하고, 깊게, 오랫동안 좋아해주었는지, 그리고 어떤 방식으로 나를 좋아했는지에 대해서 말이네. 나는 아주 멋진 시간을 보냈네. 이 기간 동안에 나는 여기에 있는 사람들에게 인정받고, 높이 평가되고, 존중받는다고 느꼈네. 분명 지롱동[51]이 나의 내면의 우아함이라고 불렀던 것, 또 친절하고 단순한 사람이 되자고—어쩌면 비겁한—하는 욕망 덕분이었네. 그리고 이처럼 인기가 높아지고 확산되는 동안—나는 그 덕택으로 이곳 요양지 연합사무국의 일원으로 선출되었네. 선거 유세도 없이 꽤 많은 표로 말일세—내 안에서 자라나는 일종의 지배력을 가졌네(이 편지를 다 읽고 난 후에 내가 약간 거만하다고 말하지 말게). 소중한 경험이야. 이 지배력이 같은 부류의 사람들 사이에서 행사되었기 때문일세. 또한 이 지배력이 내 자아의 가장 가벼운 부분으로 이루어진 것처럼 보였고, 치유할 수 없는 희극적 본능으로 이루어진 것처럼 보였네. 하지만 이와 같은 본능은 결국 진지하고 향수 어린 과거의 내 자신과 결합되면서 내게 불행을

51　루이르그랑고등학교 학생이었던 장 지롱동Jean Girondon을 가리킨다.

가져다주었네.

물론 정복의 순간은 달콤했네. 하지만 곧장 나의 어둡고 만족할 줄 모르는 본성이 이런 상황을 덮쳤네. 그런데 이곳의 상황은 나보다 덜 까다로운 사람에게는 행복하기도 하고 심지어는 눈부시기도 하네. 내가 충분한 사랑을 못 받고 있다는 괴로움이 다시 고개를 들었네. 나는 여기에 있는 몇몇 소년들에게 애착을 갖게 되었고, 그리고 그들을 정복한 후에 나는 어떤 의미에서는 그들의 노예가 되었어. 우정의 감정이 항상 마음속에서 극단적으로 떠돌기 때문에 내가 더욱더 힘들게 된 것은 부인할 수 없는 사실이네. 소년들에 대한 나의 거의 모든 우정은 사랑처럼 시작되었지. 분명 시간이 지나면서 그들은 자신들의 모습을 뚜렷이 드러내게 되었네. 비록 그들이 내가 좋아하는 향을 간직하긴 했지만 말일세. 역으로 내가 여자를 사랑하는 경우는 매우 드물고(지난번에 고백하지 않았는가. 내게 딱 한 번 기회가 왔었다고), 있다고 해도 이것 역시 사람들이 우정이라고 부르는 것으로 시작되었네.

결국 내가 사랑의 모험을 소년들과 함께 시작했다는 사실을 이해해야 하네(하나의 모험이란 유희, 전략, 정열을 모두 갖추고 있다고 알고 있네. 지적인 모험? 이런 제약을 두는 것은 바보 같은 짓이라네. 게다가 더 이상 설명하는 것도 마찬가지지). 이 모든 것을 자네에게 털어놓는 것은, 지금 이곳 병원에서, 말하자면, 내 마음이 갈피를 잡지 못하고 있다는 것을 말하기 위함이네. 나는 지금 시련의 시기에 들어서 있네. 내가 여기서 행하고 있는 보잘것없는 공적인 일에 대한 걱정(내가 쓸데없는 걱정을 많이 한다는 것을 자네는 잘 알고 있네)에 의해 붙잡힌 나의 부분이 있네. 이런 부분은 사교적이기도 하고 의식적으로 연출되기도 하네. 또한 이곳에서 끊임없이 깨어나고, 항상 모험적으로 사랑을 추구하는 나의 부분도 있네. 나의 열정은 결코 멈추지 않는다네. 결코 도달할 수 없는 이상형에 해당하는 사람이 없기 때문에 더욱 그러하지. 그리고 이상형과 비슷한 사람, 그런 사람을 만날 수 있는 기회가 사라져버린 것으로 인해 나는 실수를 저지르기도 하네. 명석한 행동을 방해하고, 나의 의식의, 그게 아니라면 나의 의지의 명석함에서 아무런 도움도 받지 못하면서 말일세. 요컨대 한 번 더 나는 피를 흘리고 또 울고 있네. 방전이 되고 있어(스탕달이 말한 의미에서일세).[52] 내게서는 항상 유동적인 것이 문제가 된다네(변덕스러움은 순전히 낭만적인 그 무엇이네).

가엾은 필리프, 이 미친 것 같고 추상적인 편지를 자네가 어떻게 생각할지 나는 감을 잡을 수가 없네. 매번 아주 생생한 고통이 우리의 심연에서 우리를 붙잡고 있을 때와 마찬가지로 말일세. 너무 괘념치 말게. 이런 내용의 편지는 자네에게만 쓰는 것이니까. 내일, 내가 그렇게 하고자 한다면, 다시 하얀 종이를 집어 들고 이 편지에서 초벌만 그렸던 모든 것을 하나하나씩 자네에게 설명하는 것보다 더 큰 고통은 없네.

빨리 편지를 써주게.

자네 친구,

롤랑

---

52 예를 들어보자. "(…) 내가 옆에서 겨우 눈을 감고 있는 한 소녀가 있네. 하지만 다른 소녀를 생각하면서 나는 방전이 되네."(*Œuvres intimes*, t. 1, Paris, Gallimard, coll. Bibliothèque de la Pléiade, p. 709)

1945년 7월 12일, 보, 레이생, 알렉상드르 진료소에서[53]

친애하는 필리프,

자네 편지를 읽고 아주 기뻤네. 자네의 침묵으로 인해 내가 지루해지기 시작했다는 것은 사실이네. 자네를 의심하기 때문이 아닐세. 단지 자네를 몹시 필요로 하기 때문이지. 아무런 과장도 없이 말할 수 있네. 손에 잡힐 듯 확실한 사실처럼 매일 자네를 생각하네. 자네를 다시 보고자 하는 내 욕망이 내 현재의 삶과 여러 문제와 섞이고, 내가 나에 대해 자네에게 말할 수 있는 모든 것은, 내가 자네의 우정을 아주 가까이에서 다시 맛보고자 하는 바람을 자네에게 전달하는 하나의 방식일 뿐이라네.

이곳에서의 생활에 새로운 두 가지 사실이 있다네. 최근 3년 동안의 지적 죽음 상태가 그쳤네. 타인들에 대한 나의 데면데면함, 무관심, 반수면상태에서 다시 깨어나기 시작했네. 내가 이곳에 온 지 6개월이 지나자 전반적인 상태가 양호해졌네. 공부를 다시 시작했네. 그러나 이와 같은 꽤 기묘한 상황에서의 아주 기계적인 공부이고, 이해관계를 초월한 공부라네. 그도 그럴 것이 나는 휴머니즘에 대해 아무런 결심도 하지 못한 상태로 있기 때문이야. 지적인 것들은 내가 세상과 화해하는 데 충분치 못하네. 하지만 모든 형이상학적인 것이 서서히 멀어져가고 있네. 내가 갈증을 느끼는 것은, 내가 남들과 잘 어울려 살 수 있도록 해주는 기술을 터득하는 일이네. 해서 나는 조금은 면밀하게 문학적 지식을 정리하고자 하네(처음에는 학위논

---

53 1945년 2월 초부터 바르트는 일군의 환자들과 함께 생틸레르뒤투베를 떠나 스위스에 있는 대규모 결핵치유센터인 레이생 전지요양소로 옮겼는데, 알렉상드르 진료소는 이 전지요양소에 있다.

문을 위해 이와 같은 구상을 했네. 하지만 나는 지금 논문 주제를 정하기에는 너무 모르는 것이 많네). 3개월 전부터 미슐레에 대해 작업을 하고 있네. 이 선택은 아주 기이하네. 상당 부분은 우연의 소치이고, 어느 정도는 옛 취향의 결과인 셈이네. 이 선택은 썩 좋지 않네. 미슐레가 저작을 많이 남겼고, 그를 잘 알기 전에는 그를 놓아주지 않을 것이라고 명예를 걸고 맹세했다는 면에서 그렇네. 반면 이 선택은 썩 괜찮네. 미슐레가 극단적 휴머니스트이고, 그를 알기 위해서는 나의 일부가 늘 지향했던 백과사전식 지식을 가져야 한다는 비극을 대변해준다는 면에서 그렇네. 또한 그에 대해서 관심을 가지면서 풍요로운 언어에서 기인하는 중요한 문제를 '생생하게in vivo' 연구할 수 있다는 면에서도 그렇네. 아울러 그의 몇몇 기행奇行은—거의 기벽奇癖에 가까운데—내게 구원을 가져다주는 열정을 주기도 하고, 결정적으로 미슐레화되어가는 내 자신의 일부분을 쫓아낸다는 측면에서도 역시 그렇네. 요컨대 미슐레를 연구하면서 나는 속마음에 대해 전반적인 생각을 갖게 되었네.54 가령, 시詩에 마음을 열기 전에 낭만주의를 몰아낼 것, 현명한 자의 멍청함을 명확히 할 것, 파우스트의 불행을 완전히 소진할 것 등이지. 반反시인 미슐레를 공부한 후, 나는 보들레르를 연구해야 할—읽어야 할—필요성이 있다고 생각하네. 내 논문 심사 이후,55 '언어'가 가진 신화적 가치에 대한 막연하지만 아주 강렬한 생각을 품고 있었네. 이런 관점에서 문학을 연구할 수도 있을 것 같네. 마법에서 예술로, 시로, 수사학으로의 잘 드러나지 않기는 하지만, 그러나 동질적인 이행이 있네. 이것이 바로

---

54 파스칼의 "나 역시 속마음을 가지게 될 것이다"(*Pensées*, Paris, Gallimard, coll. Folio, 1977, 단장 659, 404쪽)라는 표현을 참고한 것이다.
55 바르트는 폴 마종 교수의 지도로 1941년 10월에 그리스 비극에 관련된 고등교육수료 논문 심사를 받았다.

내 논문에서 드러내 보이려 했던 것일세. 문학을 그것의 창작의 영역, 그러니까 유기적인 영역—발생하는 산소가 더 강한 것처럼 순수한 영역—에서 이해하기 위해 관념, 내용에서 언어를 해방시켜주는 이 마법적인 노선을 말일세. 결국 모든 것이 잘 맞아떨어지고 있어. 나를 흥분시키는 연결들을 보네. 표층surface을 통한 문학의 역사를 쓰는 것, 다시 말해 가장 심오한 층위를 통해 문학의 역사를 쓰는 것이지. 물론 이 표면은 여러 문학작품에서 발췌한 부분과 영원한 언어의 비극을 보여주는 가장 순수한 일화들에서 포착될 것일세. 가령 그리스 서정시, 궤변술, 스콜라 철학, 프레시오지테 préciosité,56 고전 수사학, 낭만적 환영(이런 환영 속에서 작가들은 마술과 진리를 서로 연결시키고자 했고, 관념과 언어 사이의 성스러운 거리를 강제적으로 제거하고자 했고, 마술을 기독교화하고 또 그것을 증명해 보이려 했네. 그로부터 그들이 제대로 취급을 하지 않은 진리에 대한 즉각적인 평가절하가 기인한 것이지. 미슐레가 제기하고 있는 별 뜻 없는 언어의 문제가 바로 이것이네) 등이 그것이네. 그리고 발레리와 미쇼로 대표되는 상징주의와 그 아류가 있네. 또한 우둔하게 기도와 시를 혼동하지 않고 또 신비화시키지 않을 때의 보통 현대인들도 거기에 포함되네.

이것이 바로 내가 깊이 연구하고자 하는 계획일세. 부족함이 많아 제대로 준비하지 못했네. 지적인 빈곤, 언어 자체의 병폐(내가 찾아낸 것을 언어로 구체화시키려는 순간, 내가 연구하고자 하는 것이 나를 괴롭히고, 나를 무너뜨릴 것이네) 때문이네. 또한 철학교수 자격시험 합격자가 아니지만 더 이상 문학에 관심을 갖지 않는 이 시대에서의 나의 철학적 무능력, 약 50년 전에, 그

---

56 17세기 프랑스 문학에서 재치 있고 세련된 취향을 가리키는 용어.—옮긴이

리고 엄밀하게 현재라는 시간에만 관심을 갖는 자들에 의해 무시당하게 될 그런 부족한 지적 능력—지적 능력이 최고로 발휘될 수 있는 순간에 —을 가졌다는 생각이 드네.

하지만 나는 또한 이런 시기에 정신이 뻔쩍 들기도 하네. 나의 모호한 본성이 나를 괴롭히기 때문이 아니네. 항상 내가 단 하나의 진리 속에서 어리둥절하고 있다고 느끼기 때문이야. 또한 내게 있어서 정치 토론은 진짜 고문이라네. 나는 몹시 슬픈 상태로, 기가 꺾인 상태로 그 고문에서 빠져나온다네. 다른 사람들의 행복과 일상의 권태로움에 내가 근본적으로 적응하지 못한다는 사실을 절대적으로 확신하면서. 하지만 내가 살고 있는 이 나라는 나의 내부에서 잘 알지 못했던 감정 하나를 일깨워줬네. 바로 증오지. 어쨌든 이 나라는 내가 살고자 하는 나라라네. 거대한 전쟁의 파도가 물러나고, 끔찍한 폭풍우가 몰아친 후에, 온통 지저분한 개펄과 기류가 나타나고, 모든 곳에서 어리석음이 기승을 부리고, 쓸데없는 희생이 난무하고, 꽃이 피어야 할 시기에 가뭄이 드는 그런 나라임에도 그러하네. 마지막으로 나는 원하지 않는 사회에 대한 뚜렷한 이미지를 갖게 되었네. 이런 사회는 나에게 구토를 일으키고, 내부의 모든 것을 상하게 하지. 내 주위를 에워싸고 있는 인간들, 습관들, 관행들이 그 핵심 요소라네. 바보 같은 나의 프랑스 친구 대부분도 예외가 아니네. 거의 모든 것이 나로 하여금 분노로 들끓게 하네. 나는 현저하게 참을성이 약해졌네. 화를 잘 내고, 까다로워지고, 심지어는 사악하기까지 하네. 여기서 그처럼 무겁게 발을 동동 구르게 하는 인간의 존엄성을 존중하는 순수주의자였던 내가 말일세. 나는 이곳 거주자들에 대한 서류를 열어보고 있네. 아주 심각할 것이라고 확신하네. 명백한 바보짓으로 인해 나는 끔찍하게 괴롭네. 화가 나고 속이 뒤집어지네. 몇 차례의 모임, 회의, 식사 등이 있었네. 나는 육체적으로 아픈 상태로, 화가 나 창백해져 자리를 박차고 나와버렸어. 까다롭고 가혹한 마음의 동요를 드러내는 대신에 내 자신을 제어할 수 없다는 것, 계산적인 행동을 찾지 못했다는 것에 대해 내 자신을 원망하면서일세. 그리고 미술레가 말한 것처럼 나는 프랑스에 대해 불편하네. 나는 이 나라에 살고 싶고, 거기에서 일어나는 모든 일을 알고 싶고, 이 나라의 고립 상태를 아파하고, 보통 말하는 악에 괴로워하고, 부상당한 짐승에 대한 적당치 못한 치유에 아파하네. 나는 나와 같은 세대의 젊은이들을 다시 보고 싶네. 그들이 생각하는 바를 내게 이야기하도록 할 필요성을 느껴. 나는 그들의 존재를 느끼면서 위안을 받고 싶네. 다시 말해 그들이 생각하는 바에 대해 생각하고 싶네.

건강이 좋아진다면 내가 가을에 돌아가야 할 이유가 바로 이것이 될 걸세. 내 꿈은 집에서 1년 동안 조용히 치료하면서 공부하는 거라네. 4년 이래로 나는 좋아하는 것과 떨어진 상태로 음산한 싸구려 식당에 있었네. 짧게라도 좋으니 어머니와 함께 있고 싶네. 그리고—수줍어서—곧장 말을 못하겠지만, 자네 가까이에서 1년을 보내는 기쁨이 내 귀환의 중요한 이유라고 여기고 있네. 그처럼 오랜 비참한 생활 끝에 이 얼마나 큰 기쁨인가! 거기에 저항한다면 그것이 더 놀라운 일일 걸세. 이번 겨울에 우리는 서로 만날 수 있고, 그것도 일시적이 아닌 만남을 가질 수 있을 거라고 생각해보게. 1년 동안 모든 것을 자유롭게 생각하면서 휴식을 취하고 공부를 하고 싶네. 중요한 문제일세. 8월에 모든 것을 결정하게 되네.

내 친구, 자네가 보내준 옷가지와 돈, 모두 고맙네. 지금 당장으로서는 아무것도 급한 것이 없네. 자네가 '클리어링clearing'57으로 내게 돈을 보낼 수 있는 수단이 있는지를 알아봐주게. 여기에서 구입하고 싶은 물건들이 있네. 프랑스에도 있겠지만, 여기서 아무것도 구입하지 않고 그냥 떠나기는 아쉬울 것 같네. 어머니랑 함께 보자고. 하지만 자네도 알다시피 이건 그다지 중요한 것은 아닐세. 어쨌든 이 나라로부터 가급적이면 좋은 것을 가지고 가고 싶네.

자네 어머니께 인사를 전해주게. 빨리 편지를 써주게.

자네 친구,

롤랑

---

57 스위스 은행과 연동되어 있는 송금 시스템으로, 어음이나 또 다른 송금 제도의 불편함을 피하면서 은행끼리의 거래를 가능케 해준다.

13 Août.

Mon cher ami,

J'attendais pour t'écrire d'être complètement installé ici, à Bayonne. C'est fait déjà depuis assez longtemps puisque je suis parti de Paris très vite après vous avoir quittés, ce mémorable 13 Juillet (Discours, prix d'E***, lettre du prince de Conti à Molière, Adieux etc). Si je ne t'ai écrit plus tôt, c'est d'abord parceque je mène une vie assez occupée, et ensuite parceque j'avais peur de t'ennuyer en te rappelant le mauvais camarade d'un mauvais passé — Je m'y résous cependant car j'espère que tu me répondras, que tu me diras ce que tu deviens, ce que tu fais et à quoi tu penses. (Je ne veux pas être indiscret) — Pour moi, je suis en voie de devenir un ascète : je lis de très érudites choses, je m'instruis, je médite : bref, de quoi faire de moi un garçon définitivement ennuyeux. Quant à ce que je fais, je fais beaucoup de choses : je lis (pas mal).

바르트가 르베이롤에게 쓴 1932년 8월 13일자 편지

Je fais de la musique — et — ce dont je suis très fier — j'apprends l'Harmonie (c'est encore plus difficile que les Math.). Je fais aussi un peu de bridge mais je joue vraiment trop mal. Pour moi les parties rêvées sont celles où je fais le mat — Enfin je me promène un peu sur la côte, et j'espère aller passer qqus jours en Espagne, si le beau temps dure — Quant à ce à quoi je pense, c'est simple : je pense toujours aux mêmes choses ; souvent à la politique mais je suis tout seul pour en parler — J'essaie cependant de convertir au Socialisme ma grand' mère qui lit Figaro : elle a déjà avoué qu'elle le préférerait la révolution à la guerre ; naturellement elle ne sait pas que je suis plongé ds Jaurès (J'espère que ça ne te compromet pas) —

Je n'ai pas abandonné mes amours littéraires qui sont — tu le sais — un peu Mallarmé et beaucoup Valéry — Il faut absolument que tu entendes le "prélude à l'Après midi d'un faune "de Debussy en lisant en même temps l'églogue de Mallarmé : c'est idéal — Je ne t'en dit pas plus long là dessus ; car je ne sais si tu es dans les mêmes dispositions admiratives et enthousiastes à l'égard de Valéry. Peut être as-tu housé un autre astre qui a fait mieux que le Narasse. Dans ce cas, dis le moi: nous engagerions des polémiques sur le trottoir de la rue de Rennes. Je crois cependant que le plus réel est que tu ne penses guère à tout cela pendant les vacances, et tu as bien raison. Mais je suis un vieux maniaque qui, quand il a une marotte, veut en parler à tout le monde; et tu t'étonnais que je ne puisse (je fais partie d'une ligue contre le purisme, tu t'en souviens) écrire une lettre sans nommer Jean Jaurès et Valéry — A propos de vers, et au risque de m'attirer tes foudres, j'espère que tu en as fait de nouveau et que tu voudras bien me les montrer : tu le sais, je ne dis pas ça du tout ironiquement : je parle très sérieusement ; au reste nous avions convenu une fois pour toutes, je crois, qu'étant d'accord sur ce sujet, nous pourrions en parler très librement et très franchement.

Pardonne mes trois pages, mon bavardage, mon égoïsme. Mais il le fallait lire entre les lignes que je pense souvent à toi, et que j'attends dans un court délai, de tes nouvelles. Et s'il te faut l'inspiration pour m'en donner, qu'elle arrive vite — Anatole France dit que la rentrée réunit des élèves qui ont beaucoup à se dire (1). Sera-ce le cas pour nous tous? Je le souhaite, et qu'aussi nous arrangions qque chose pour nous connaître un peu mieux qu'aux récréations et de la rue de Vaugirard — N'est tu pas de mon avis?

Mon cher ami, à la fin, je te quitte. Mes respects à tes parents, je te prie, et pour toi ma pensée bien affectueuse.

Barthes.

J'ai reçu deux lettres aussi gentilles l'une que l'autre de Oualid et de Huerre. Deux braves amis que je suis (avec d'autres) content de connaître.

Allées Paulmy.
Bayonne.

(1) Cette citation est une conséquence de mon érudition. Tu le vois, je choisis mes auteurs.

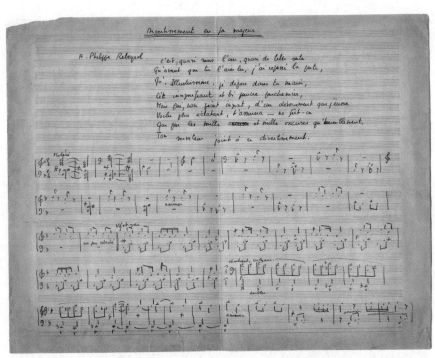

바르트가 르베이롤을 위해 작곡한 소나타 악보의 일부

바르트의 편지들

2.

롤랑 바르트가 자크 베유에게

자크 베유Jacques Veil(1917~1944)는 롤랑 바르트와 함께 1936년에 소르본의 고대극회를 창단했다. 귀스타브 뉘트라는 가명으로 레지스탕스 운동에 참여했던 자크 베유는 1944년 10일에서 11일 밤에 마르세유에서 게슈타포에 의해 살해당했다.

[1940년 또는 1941년?] 3월 16일, 파리에서

친애하는 친구,

지난번 편지가 가져다준 기쁨과 감동을 말로 표현하기 힘들다는 사실을 전하기 위해 급하게 몇 자 적네. 헌신, 돈독함, 적극성, 충실함을 모두 갖춘 자네의 우정과 같은 친구들의 우정을 갖는다는 것은 커다란 힘이 되네. 하지만 나는 늘 자네의 이런 우정을 받을 만한 자격이 없어. 자네는 과분한 친절을 베풀어주네. 자네와 함께 이 모든 것들에 대해 얘기를 나눌 수 있기를 바라네. 나는 부활절에 바이욘에 가네. 내가 그곳에 가는 길에 아르카숑에 잠시 들러 자네를 보러 가도 방해가 안 되겠는가? 자네를 볼 수 있다면 아주 기쁠 걸세. 망설임이 없는 것은 아니네. 혹시 자네가 아주 엄격한 생활을 하고 있고, 내가 가는 것이 자네를 방해하고 또 피곤하게 할지도 모를 일이니까. 자네가 솔직하게 얘기를 해줘야 하네. 나는 오전에 도착해서 오후에 떠나는 것으로 예상하고 있네. 하지만 어떤 식으로든 자네의 생활을 방해해서는 안 되네. 나는 걱정하지 말게. 다만 내가 아르카숑에 내려 어디로 가면 자네를 볼 수 있는지를 말해주게. 주저되긴 하네. 내 방문으로 자네가 불편하지 않다면, 곧 보길 바라네.

　우정을 보내네. 모스 박사 집에서 뵈었던 모노 박사 내외분께 인사를 전해주게. 그분들이 나를 기억하고 있다면 말이야.

　곧 보세.

롤랑 바르트

이곳에 있는 모든 사람이 자네에게 우정을 보내네.

1942년 3월 28일, 생틸레르에서

친애하는 친구,

자네에게 편지를 쓰기 위해 하얀 종이를 집을 수 있어서 아주 기쁘네. 나는 이곳에 일주일 전부터 와 있네. 이곳으로 오는 여행과 정착은 잘 이루어졌네. 벌써 이곳 전지요양소의 단조로운 생활 리듬에 적응했네. 지금 건강은 좋은 편이야. 공부에 대해서는 아무것도 결정한 게 없다네. 가능성을 봐야 할 것 같네.

나는 특히 자네에 대해 얘기하는 것을 듣고 싶네. 이곳 자유 지역58에 있는 친구들 곁에 더 가까이 있음을 느껴 기쁘네. 나는 초조한 마음으로 자네 생활과 계획에 대해 자세히 알고 싶네. 내가 파리에 두고 온 모든 것은 자네에 대한 애정 어린 것들로 채워져 있네. 우리 사이에 편지 교환이 너무 오랫동안 없어서 자네에게 할 말이 거의 없는 것 같네. 그저 이번 편지를 통해—중요한 것은 아니지만—내 모든 우정이 자네에게 전달되길 바라네. 그리고 이 편지가 자네와 자네에 관련된 일들을 내게 이야기하면서 자네가 긴 답장을 쓸 수 있는 기회가 되었으면 하네. 지금 나는 길게 쓸 수가 없네. 새로운 입원 환자라면 누구나 그러는 것처럼, 나도 침대에 누워 많은 시간을 보내야 하네. 물론 읽고 또 읽는 것밖에 할 수 있는 것이 없네! 급변하는 상황과 다른 친구들의 중요치 않은 방문으로 자네가 하는 일이 방해받지 않길 바라네. 나는 이곳에서 자클린 마종59의 동생과 함께

---

58 제2차 세계대전 당시 독일군에 의해 점령되지 않았던 프랑스 땅을 가리킨다.—옮긴이

있네. 그와 더불어 종종 자네 얘기를 해.

친애하는 친구, 편지를 빨리 써주게. 우정을 보내네.

롤랑 바르트

이제르,

생틸레르뒤투베

학생전용요양소

59　그리스 문명 연구자로 널리 알려진 폴 마종의 사촌 자클린 마종Jacqueline Mazon(1918~2008)을 가리킨다.

1942년 5월 28일, 생틸레르에서

친애하는 자크,

자네의 편지를 받고 기뻤네. 하지만 필요한 것은 우리가 만나는 거야. 내 건강이 좋으면 아마 이번 여름에 며칠 동안 외박이 가능할 것 같네. 가능하다면 남프랑스 지방으로 짧게나마 여행을 다녀올 생각이네. 그 경우 자네를 보러 잠깐 들르겠네. 이 모든 것은 아직 계획에 불과하네. 하지만 자네를 보고 자유롭게 얘기를 나눌 수 있다면, 여간 큰 기쁨이 아닐 테지.

자네에게 더 빨리 답장을 쓰지 못했네. 내가 다시 앓아누웠기 때문이야. 기흉 늑막염이었네. 그로 인해 고열이 나고, 피로해지고, 살이 빠졌네. 또 침대에 누워 있는 한 달 동안 옆구리가 몹시 아팠네. 기분이 아주 언짢았지. 내가 파리에서 엄격한 규칙 속에서 아주 힘든 겨울을 보냈지만, 별다른 사고는 없었기 때문일세. 모두 브리소 박사와 어머니의 간호 덕분이었지. 늑막 삼출액이 생긴 것은 기후와 고도 변화 때문일 수도 있네. 이곳에서 이런 병을 앓게 된 것에 나는 몹시 화가 났었네. 특히 폐가 잘 작동하고 있었기 때문에 더 그러했네. 지금은 많이 좋아졌어. 식사를 하기 위해 몸을 일으켜야 하네. 다시 조금씩 활동을 시작했다네. 분비물이 더 이상 안 생기게 되면 또 다른 문제가 발생하지 않길 바라고 있네.

내 문제에 대해서 이렇게 자네에게 이야기하네. 물론 자네 문제와 자네가 영위하고 있을 생활에 대해서도 잊지 않고 있네. 하지만 새로운 경험에 민감한 자네의 성정으로 보아 자네가 대지와 깊고도 진지한 접촉을 하면서[60] 큰 기쁨을 느끼리라 생각하네. 자네가 하고 싶은 말이 엄청 많을 거라고 확신하네. 우리가 우연히 만날 수 있는 날을 기다리네. 그도 그럴 것이 우리는 생각보다 훨씬 더 가까이에 있기 때문이지.

　 자네 부모님께 인사를 전해주게. 자네 동생과 자네에게도 우정을 보내네.

바르트

이제르,
생텔레르뒤투베
학생전용요양소

60　바르트는 자크 베유가 레지스탕스 운동을 하고 있다는 사실을 어느 정도 알았던 것으로 짐작된다. 그런 만큼 독일군의 감시를 피해 은둔 생활을 하고 있는 모습을 이렇게 표현한 것이 아닌가 싶다.—옮긴이

롤랑 바르트가 자크 베유의 부모님과 그의 누이동생 엘렌에게 보낸 편지

1944년 7월 5일, [생틸레르뒤투베에서]

엘렌 그리고 베유의 부모님께,

제가 두려워했고, 클로드의 편지를 받은 이후 계속 생각했던 일이 이렇게 사실로 밝혀지고 말았습니다. 오늘 아침에 받은 엘렌의 편지를 통해 사실을 알게 되었습니다. 저는 엘렌과 두 분 어르신께서 느끼는 고통을 언급하는 것이 두렵지 않습니다. 몇 마디 말로 엘렌과 두 분 어르신의 고통에 저의 고통을 더하면서 말입니다. 그 어떤 것으로도 슬픔을 누그러뜨릴 수 없고, 그 어떤 것으로부터도 위로를 받을 수 없고, 그 어떤 것도 사실을 잊게 할 수 없습니다. 저는 지금 가족들이 슬퍼해 마지않는 그 사람을 결코 잊지 않을 것입니다. 저는 항상 그를 생각했고, 그에 대해 이야기했습니다. 아주 아름다운 정신의 소유자라고 말입니다. 고귀한 정신의 모든 덕성을 가지고 있고, 선택한 대의명분을 위해 선과 악에 대한 날카로운 예지력을 발휘하면서 매 순간 자신의 전인격을 투사하는 그런 정신의 소유자라고 말입니다. 그는 죽음을 통해 더 성장했습니다. 그는 대체불가한 사람입니다. 친지들, 친구들로부터의 애정에서뿐만이 아닙니다. 이것을 입에 올린다는 것은 가당치 않은 일입니다. 또한 모든 사람의 존엄성을 지키고자 했고, 또 그들의 생명과도 같았던 우정과 존경에서도 역시 그러합니다. 말이 두서없이 나오지만, 저는 이 사실을 엄숙함과 확신을 가지고 말하고 있습니다. 앞으로도 계속, 그리고 항상 그에 대해 이야기할 것입니다. 그는 자신의 삶과 죽음을 통해 망각과 죽음의 치외법권 지역에 있습니다. 그에 대해 이야기하는 것은 분명 우리 마음에 대한 위로가 아닙니다. 반대로 그것은 의무이고, 살아 있는 우리 영혼을 위한 하나의 모범적 사례가 될 것입니다. 저는 세 분 가족 곁에 있습니다. 저의 고통을 전합니다. 결코 잊지 않겠습니다.

롤랑 바르트 드림

5 juillet 1944

Chère Madame, cher Monsieur,
Ma chère Hélène,

Ainsi, ce que j'avais craint et auquel je ne cessais de penser depuis la lettre de Claude, est donc bien vrai; la lettre d'Hélène reçue ce matin me l'apprend. Je ne crains pas de réveiller votre douleur en y mêlant en quelques mots la mienne, car rien ne peut atténuer, rien ne peut consoler, et rien ne peut faire oublier. Je n'oublierai pas celui que vous pleurez; j'avais toujours pensé à lui et parlé de lui comme d'une âme très belle, qui avait toutes les vertus de la supériorité, et dont la divination aiguë du Bien et du Juste s'accompagnait toujours instantanément d'un engagement total de sa personne dans la cause chérie; sa mort le grandit encore; il est irremplaçable, non seulement dans l'affection des siens, de ses amis — quelle dérision de le dire, mais aussi cette petite armée d'hommes justes si nécessaire à la dignité du monde, et pour l'amitié et l'estime desquels, dans le fond, on vit. Je dis tout cela bien mal, pêle mêle, mais avec gravité et conviction. Il faudra encore et toujours parler de lui. Par sa vie et sa mort, il s'est situé hors de l'oubli, hors de la mort. Ce n'est certes pas une consolation pour votre cœur, mais c'est une obligation, un exemple pour nos âmes de vivants. Je suis auprès de vous et vous dis toute ma peine. Je ne vous oublierai pas.

Roland Barthes.

바르트가 베유의 부모님과 누이동생 엘렌에게 쓴 1944년 7월 5일자 편지

3.

롤랑 바르트가 조르주 카네티에게

조르주 카네티Georges Canetti(1911~1971)는 엘리아 카네티와 자크 카네티의 아들로, 그
역시 결핵을 앓았으며 1934년과 1941~1942년에 걸쳐 여러 차례 생틸레르뒤투베에 체류했
다. 1944~1947년에 결핵이 재발하기도 했다. 그는 의사이자 파스퇴르연구소 연구원이었다.
롤랑 바르트를 만났을 때 이미 결핵 전문의였으며, 현대적 치료 방법을 대대적으로 혁신한 의사
중 한 명이다.

1944년 3월 24일 수요일,[61] 〔생틸레르뒤투베에서〕

친애하는 카네티,

짐작하고 있겠지만, 자네에게 더 빨리 편지를 쓰지 못한 것은, 뱅상이 언
급했을 각혈 때문이었네. 내가 이곳으로 온 다음 날을 완전히 빼앗겼다네.
양은 많지 않았어. 하지만 일주일 후에 다시 각혈을 했네. 해서 지금 나는
거의 아무것도 먹지 못하고 움직이지도 못하는 상태로 일주일을 누워 있
네. 무척 배가 고프네. 이틀 전부터는 완전히 끝났다고 생각했는데, 다시

61　1944년 3월 24일은 수요일이 아니다. 하지만 바르트가 파리에서 머물다가 생틸레르로 돌아간 것
은 1944년 3월이다. 폐에 다시 통증을 느끼게 된 바르트는 생틸레르에서 움직이지 못하고 오랫동안 머
물러야 했다.

살아나기 시작했네. 열도 나지 않고, 피로도 느끼지 않네. 엑스레이에도 이전보다 더 나빠졌다는 징후는 없네. 뢴트겐 사진 판독 결과를 기다리고 있네. 결과가 나오면 자네에게 알려주겠네.

이곳에 도착하면서 걱정거리가 하나 생겼네. 카롱이 한 달 후에 흉막외 폐전절제술을 받네. 그것도 보니오 박사한테. 르푸아예 박사와의 협진이 불가능하기 때문이야. 알고 있겠지만, 흉막외 폐전절제술에 대한 보니오 박사의 평판이 좋지 않아 이번 수술이 몹시 걱정되네. 나는 아주 암울하네. 심지어는—자네는 이해할 걸세—몹시 불안하기까지 하네. 카롱은 낙천주의자야. 보니오 박사에 관련된 일련의 불행한 사건들은 모두 옛날 일이라고 강변하고 있네. 그리고 이 의사가 론 지역, 민 지역에서 많은 성공을 거두었다고도 한다네. 하지만 파리에서 이런저런 의사의 수술을 받아도 여기서보다 성공할 확률이 더 크다는 사실을 무시할 수는 없을 것 같네. 그리고 고백건대, 이곳 의사들에 대한 나의 애정과 존경에도 불구하고, 흉막외 폐전절제술에서 결정적으로 중요하다고 여겨지는 수술 후 치유에서는 이들이 조금 서툰 것이 아닌가 하는 의구심이 들기도 하네. 친애하는 카네티, 자네 의견은 어떤가? 자네가 이 문제에 대해 의견을 개진하는 것은 아주 곤란할 것이라 생각되네. 그러나, 나는 이런 문제를 자네에게 상의하면서 전혀 곤란함을 느끼지 않네. 그것도 편지로 이런 사소한 의학적인 자문을 구하면서도 말이야. 물론 자네는 평소에 이런 문제로 골치가 아프겠지만. 반면, 나는 아무것도 할 수 없다는 것과 아무런 정보도 없이 무기력하게 있어야 한다는 것을 견딜 수가 없네. 내게 있어서 카롱의 관심을 촉구하는 것, 그가 보니오 박사와 함께 무릅쓰게 될 위험에 대해 지나치게 관심을 촉구하는 것은 어렵네. 그는 분명 보니오 박사에게 수술을 받을 거야. 다른 한편, 그의 관심을 촉구하는 것은 카롱에 대한 애정이 나로 하여금 이행을 강요하는 일종의 의무이기도 하네. 하지만 상당 부분 내 마음에 근거를 두고 있는 이와 같은 우려는 사심이 없는 것이라는 점을 말해두겠네. 나는 카롱에게 더 이상 아무것도 바라지 않네. 내가 마치 좋아하는 누군가를 위하는 것처럼 계속 그를 걱정하는 것은, 내가 그를 떠날 수 있는 순간 중에서 수술이 잘못되어 떠나는 일은 정말로 있어서는 안 되는 유일한 순간이기 때문이네. 내 여행으로 인해 많은 변화가 있었네. 몇몇 습관들을 버렸네. 이렇게 말할 수 있다면, 사랑의 거울을 뒤집어버렸네.**62** 나는 다른 의미에서 그를 부당하게 대하기 시작했네. 그의 많고도 큰 단점들을 과장하기 시작했네. 그의 말을 철저하게 반박하고, 과거에 나를 매혹시켰던 것에 화를 내기 시작했네. 나는 이와 같은 사랑의 추락을 아무 손도 못 쓴 채, 심지어는 이 추락이 멈추는 것을 바라지도 않은 채 그저 보고만 있었어. 결국 해방에서 오는 긍정적인 이점이 있다는 희망을 품었기 때문이야. 어쨌든 나는 그와 나에 대해 불만족 상태에 있네. 나는 희망을 거부하고 또 거기에서 도피하는 것이 지금까지의 멋진 관계를 파괴하고 변질시킨다는 생각에 우스운 기분이 드네. 파리에서 카롱의 가족을 알게 된 것이— 그들과 함께 식사도 했네—기이하게도 내 마음을 흔들어놓고 또 실망시키기도 했다는 사실을 자네에게 털어놓고자 하네. 그 속사정을 자네에게 이야기함세. 나는 일요일 식사 시간에 이 가족의 속사정을 집중적으로 경험했네. 다시 말해 꽤 오랜 시간 동안 유쾌하고도 가슴 아픈 수많은 감정을 느끼면서 부르주아식으로 위계질서화된 이 가족이 식사하는 장면을 보았

---

62 문맥상 바르트는 카롱과 연인 관계에 있었던 것 같다.—옮긴이

네. 이들 식구 한 명 한 명은 내게도 익숙한, 하지만 왜곡되고 풍자화된(진짜로 그랬을까? 바로 거기에서 내 의구심이 시작되었네) 말을 한마디씩 나에게 건넸네. 장 아저씨와 로진 아주머니, 그리고 키가 큰 철부지 여동생 사이에서 카롱만이 매력을 풍겼네. 나보다 열 살 적은 소년들 중에서 그만이 나로 하여금 사랑의 번민을 느끼게 했네. 하지만 나는 한 사람만 고집하지 않네. 나에게 발생한 일이 다른 소년들을 욕망하는 것을 방해하지는 않네.

친애하는 카네티, 어떤 의미에서 내가 이와 같은 기이한 삶을 영위하는 시기에 자네를 알게 된 것을 아주 유감으로 생각하네. 이런 삶이 종종 있네. 이런 사랑에 눈이 멀어 자네에게 아무런 흥밋거리도, 이익도, 가시적으로 느낄 수 있는 애정도 전혀 주지 못했으니까. 우리 자신이 앓고 있는 이 생생하고 개인적인 질병이라고 하는 어둠 속에서 내가 자네에게 해주고 싶었던 모든 것을 말일세. 또한 정념이 숨기고, 후퇴시키고, 파괴하는, 하지만 인간들 사이에서 참다운 기쁨과 참다운 진보가 이루어지는 이 비밀스럽고 진지한 장소에서 말일세.

편지로 쓰면 더 자유로울 거라고 생각했네. 하지만 나에 대해서만 이야기했을 뿐이네. 나를 원망하지 말게. 나에게 답장을 쓰지 말고, 내가 한 것처럼, 자네도 자네에 관한 얘기를 들려주게. 더 멋있게. 나는 자네가 덜 불행해지기를 바란다네.

친애하는 친구, 뜨거운 우정을 생각해주게. 자네가 많이 그립네. 여기서 자네를 그리워하는 사람이 나 혼자만은 아니라네.

R. 바르트

1944년 4월 23일 일요일, [생틸레르뒤투베에서]

친애하는 친구,

지금 아주 전망이 좋은 테라스에서 이 편지를 쓰고 있네. 화창한 날씨네. 오늘 일요일 오후처럼 평온한 광경은 보지 못했네. 거의 모든 사람이 영화를 보러 갔네. 하지만 그들은 자신들이 무엇을 잃었는지를 모르지. 지난번 편지 이후로, 개인적인 이야기를 너무 많이 털어놓은 것을 후회했네. 자네가 느낄지도 모르는 난처함을 생각하고, 또 자네의 불확실한 직업과 거주에 대해 생각하면서 그랬네. 내가 이기적이었네. 하지만 자네는 다른 사람들이 자네의 말을 따르게 하는 데 아주 탁월하네.

또한 카롱에 대한 의학적인 소견을 물어본 것 역시 후회했네. 하지만 자네의 답은 너무 확실하고 분명해서 결국 후회하지 않기로 했네. 정확히 이것이—속세에서—내가 생각했던 것일세. 하지만 무관심 속에서는 아니네. 나는 자네의 답을 인내심을 가지고 여러 번에 걸쳐 카롱에게 피력했네. 내가 그에게 무슨 권리를 가지고 있는 것은 아니네. 그는 곧 수술 받기를 원하고 있어. 그리고 그는 부르주아들의 품에 안기기 위해 파리로 떠나는 것을 계속 기다리고 있네. 그의 주장도 그럴듯하네. 하지만 그는 자기기만에 빠져 자기의 결정에 대해 합당한 이유를 제시하지 않는 것처럼 보이네. 요컨대 그를 비난하는 것이 아니라네. 그는 자기기만으로 위험과 짜증에 노출되어 있네. 친애하는 카네티, 카롱의 문제에 대해 답을 해줘서 고맙네. 그는 자네 소견을 아주 중요하게 받아들였어. 다만 그의 초조함이 승리한 것이네. 게다가 이번 일에서 자네와 나는 어느 정도 거리를 두고, 어느 정도 침묵 속에서 사태를 판단할 수 있을 뿐이네, 그렇지 않은가? 자네는 그를 분명 파리에서 보게 될 걸세. 서류 이송 문제로 그는 분명 보양기 치료를 받게 되겠지. 어쩌면 그는 출발이 더 쉽게, 더 빨리 이루어질 거라고 판단하고 있네.

이번 달에 카롱과 나는 상당히 멀리 떨어져 있게 되었네. 내가 그를 희망을 가지고 사랑할 수 없게 된 날로부터, 나는 그를 아주 빠르게 단념할 수밖에 없었네. 그는 사랑하는 사람이 될 수 있는 일말의 소질을 가지고 있긴 하네. 하지만 그는 친구가 되는 소질은 가지고 있지 않네. 너무 많은 중요한 문제로 우리는 부딪쳤고, 결국 나는 그를 그다지 존중하지 않게 되었네. 물론 사랑하지 않는 것은 아주 고통스러운 감정이네. 그도 그럴 것이 이 감정은 분노, 질투, 멸시, 격하기 쉬움 등과 같은 피곤하고 추하기도 한 마음의 움직임에 많은 빚을 지고 있으니까. 이 모든 것은 뜨거움, 아쉬움, 희망 등과는 거리가 머네. 하지만 전체적으로 보면 이 일은 아주 빠르게 마무리가 되었네. 나는 생각했던 것보다 훨씬 더 침착함을 유지했다고 할 수 있네. 나는 이틀 뒤에 방을 바꿀 결심을 했네. 하지만 카롱의 출발이 확실히 임박해서 기다리고 있네. 또한 내가 신중해졌다는 사실을 말해야겠네. 아주 안 좋은 상태에 있는 일레레가 설상가상으로 나를 이 불행 위로 떨어뜨리려고 위협하고 있기 때문일세.

내 건강 상태는 분명하지 않네. 지금으로서는 모든 것이 불투명하네. 겉으로 보면 잘 지내고 있어. 살도 찌고, 얼굴색도 좋고, 컨디션도 괜찮네. 속을 들여다보면 의사들은 주저하고 있네. 엑스레이 결과에 따라 우선 왼쪽 폐의 구멍(인공기흉법이 불가능한 부분)이 다시 건조해졌다는 결정을 내린 상태야. 그리고 이 구멍이 아주 작음에도 불구하고, 또 나머지 부분이 깨끗

함에도 불구하고, 언젠가 이 부분에 흉부성형수술63을 해야 할 필요가 있다고 결정했네. 하지만 아무것도 급한 것은 없고, 이것에 대해 의논하려면 최소한 두 달을 기다려야 할 거라고 결정을 내렸네. 그리고 최근에 있었던 의학적 [검사에서] 사용하지 않고 있던 폐의 왼쪽 부분에서 소리가 들리는 것 같다고 해서 폐단층촬영64을 할 것 같네.

개인적으로는 이 모든 것이 (…)65 그 어떤 결론도 성급하게 내리지 않고 있네. 게다가 나는 숙명론자는 아니지만 약간 마음이 굳어진 사람이 되었네. 정상적인 미래가 아주 장기간 막혀 있을 거라는 사실, 내가 생각하는 것보다 더 장기적으로 막혀 있을 거라는 사실을 이해하네. 이런 생각을 하면서 살아가려고 하네.

현재 나는 불행하지 않네. 모종의 비관주의에 연동된 모종의 에너지를 가지고 있기 때문이야. 많은 양의 독서를 하고 있네(18세기 위주로. 가능할지도 모르는 논문 때문이지). 하지만 내용보다는 독서 방법, 규칙성, 진행 과정에 더 많은 흥미를 느끼네. 하루의 그 어떤 순간도 무의미하게 보내지 않네. 이렇게 말할 수 있다면, 침울함에 빠져 있지 않으려고 하네. 내가 하는 독서는 아주 방법적이네. 하지만 무슨 원칙이 있는 것은 아니라네. 책 사냥에서 게으름까지 판타지의 부족 때문에 치르는 대가일세. 하지만 현재 이런 태도에 흥미를 느끼네. 그리스에서 했던 짧은 여행을 주제로 『실존Exis-tences』66 지에 몇 줄 쓰고 있네.

---

63 인공기흉법이 실패할 경우에 늑골 하나 또는 몇 개를 제거하는 수술.
64 폐의 얇은 단층이나 일정 깊이의 조직을 관찰하는 엑스레이 촬영 검사 과정.
65 판독 불가.
66 생틸레르뒤투베 전지요양소에서 발행된 잡지로. 바르트는 이 잡지에 1942년부터 여러 편의 텍스트를 게재했다. 1944년 7월호에 「그리스에서」를 실었다(*OC*, t. 1, pp. 68~74).

나는 항상 문장을 공들여 쓰는 일에 기쁨을 느끼네. 하지만 그것을 다시 읽고, 다시 생각하고, 다시 쓰는 일에는 엄청난 메스꺼움을 느끼네. 마지막으로 중요한 것은, 앞으로 나아가는 것, 무너지지 않는 것, 어떤 것에도 겁을 먹지 않는 것이네. 정오를 제외하면 침대에 누워 있네. 음악도 없네. 이것이 아주 불편하네.

나는 열정과 섬세함으로 가득 찬 아주 훌륭한 선생인 그륀발트Grünwald와 규칙적으로 영어를 하네. 그는 수많은 단어를 가르쳐줘. 문제가 되는 대상을 지적해주기 위해 그의 방에서 빈번하게 이리저리 왔다갔다하는 행동으로 표현되는 격렬하고도 집중적인 교육 방식이라네. 한 달 전부터 많은 발전이 있고, 이 결과에 만족하고 있네.

나는 내 생각, 감정, 걱정거리들에 대해 대략 윤곽을 그렸다고 판단하네. 모든 것이 아직은 꽤 희미하다고 할 수 있지. 자네의 모습, 우정, 삶, 모범적 행동, 그러니까 자네의 사소한 것들이 모두 거기에 대체불가능한 불꽃을 더해줄 것이라 생각하네.

친애하는 친구, 우정을 보내네.

R. 바르트

1944년 7월 31일 월요일, [생틸레르뒤투베에서]

친애하는 친구,

카롱을 통해 자네 건강에 이상이 생겼다는 것을 알게 되었네. 정확히 무슨 일인가? 정말로 재발이 맞는가? 상태는 어떤가? 무엇을 할 생각인가? 무슨 일인지 몇 자 적어 보내줄 수 있는가? 아주 초조하네. 내 침묵에도 불구하고 자네를 잊지 않고 있네. 잘 알고 있을 걸세. 항상 자네의 모습과 우정을 아쉬워하면서 말일세. 하지만 나는 자네가 소식을 전해줄 거라고 바라지 않네. 자네가 아주 바쁘다는 것을 알기 때문이야. 그러나 자네가 아주 피곤하지 않다면, 제발 짧게라도 몇 자 적어 보내주게. 단 몇 줄이라도 좋네.

알고 있겠지만, 지난 3월에 재발이 된 이후, 내 상태는 그만저만하네. 상태가 아주 나쁜 것 같지는 않네. 하지만 현재 나는 더 이상 침대에 누워 있지 못하네. 산책을 하기 위해 네 사람에게 매달려야 하네. 한 달 후에 엑스레이 검사를 다시 하기로 했어. 마치 그날이 해방의 날이라도 되는 듯 나는 최면을 거네. 하지만 상태가 바뀔 행운은 거의 없네.

꽤 많은 사람을 만나네. 대화를 나누면서 종종 기쁨을 맛보기도 하고, 또 때로는 고독이 몹시 그립기도 하네. 나는 열심히 책을 읽고 있네. 브리소 박사가 나로 하여금 '데클리브_déclive'[67]를 하라고 권했기 때문에, 나는 편지를 쓰지 않고 있네. 규칙을 위반하는 경우를 제외하고 말일세. 하지만 자책을 하면서도 편지를 쓰기도 하네. 그리고 특히 지금 이곳 전지요양소

---

67 폐를 이완시키기 위해 다리를 머리보다 높이 들어 올리는 자세를 가리킨다.

를 떠나고 싶은 미친 듯한 욕망과 실질적인 필요성을 느끼고 있다네.

부탁하건대, 편지를 써주게. 우정을 보내네.

R. 바르트

1945년 1월 14일 일요일, [생틸레르뒤투베에서]

친애하는 카네티,

이곳에서 보내는 삶이 긴 침묵의 시간을 자연스럽게 만들어버린다는 것을 자넨 잘 알 걸세. 물론 긴 침묵의 시간은 나의 게으름을 제외하면 별다른 의미가 없긴 하네. 책을 아주 좋아한다고 해도 사정은 마찬가지라네. 독일로부터 해방Libération이 되고 편지 왕래가 끊긴 이후, 나는 그 누구에게도 다시 편지를 쓸 용기를 내지 못했네. 하지만 항상 자네를 생각했고, 여전히 자네에 대한 우정을 간직하고 있다네. 9월에 자네로부터 8월 사건 이전에 쓴 긴 편지를 받았네. 나를 감동시키고 또 많은 것을 생각하게끔 하는 편지였어. 당연히 답장을 하고자 했네. 하지만 단조로운 일상, 사소한 감정적인 일들에 사로잡혀 나처럼 심성이 약한(약하면서도 한결같은) 사람의 시간을 온통 앗아가버렸네. 지금 나는 코엔[68] 씨를 통해 자네 병이 재발했다는 사실을 알게 되었네. 또한 자네가 쓴 책[69]이 마침내 출판사를 찾았다는 것 역시 알게 되었네. 내 짐작으로 자네는 책보다는 재발된 병에 더 신경을 쓸 것 같군. 자네가 무엇을 어떻게 할지를 자문해보고 있네. 하지만 자네, 조금 덜 의학적인 내용의 글을 써보지 않겠는가? 나는 자네가 해주었던 설명에 놀라며 늘 진지하게 다시 보고 있네. 그런 방면으로 뭔가를 해볼 생각은 없는가? 자네는 다른 사람들의 사기를 진작시키는 일을 아주 잘하네.

---

68 생틸레르뒤투베 전지요양소의 의사인 르네 코엔René Cohen을 가리킨다.
69 카네티의 저서 『폐결핵 상해 속 결핵균Le Bacille de Koch dans la lésion tuberculeuse du poumon』으로, 1946년 1월에 파스퇴르연구소 전문학술서 총서에서 출간되었다.

그래서 자네에게 건강상의 문제가 발생했을 때도, 마치 자네의 사기를 진작시키는 일은 할 필요가 없는 것처럼 느끼고, 또 위로의 말을 찾을 수가 없네. 자네를 얼마나 좋아하는지, 또 자네에게 일어난 일을 좋건 나쁘건 간에 실감나게 느끼고 있다는 사실을 제외하고 그렇네(나는 자네와 독일로부터의 해방에 대해 많이 생각했네). 이 짧은 편지로 자네에게 전해주고 싶은 말이 바로 이것이라네.

내 건강은 나쁘지 않네. 오랫동안 치료를 받고 있는 중이고, 아직도 더 오래 받아야 하네. 컨디션은 꽤 좋은 편이네. 나는 레이생으로 가는 대부대(내 판단으로는 10배 정도 더 많네)와 함께 스위스로 출발해야 해. 하지만 출발이 점점 여의치 않네. 심지어 오늘은 기차가 끊겼다고들 하는군.

최근 6개월 동안 내 경제적 수익은 빈약하네. 음악 수업을 조금 했을 뿐이네. 성공적이긴 했네. 이게 거의 전부라네. 반면, 나는 정신적으로(!) 한 두 소년에게 관심이 생겼네. 내게서 힘과 시간을 가장 많이 앗아가는 일이네. 하지만 이게 또한 내 자신이 최선을 다할 수 있는 일이기도 하네. 그러므로 아무것도 후회하지 않아. 나는 잘 지내고 있네. 다시 말해 고귀하게 말일세. 내가 한 행동의 가치를 알기 위해서는 나보다는 그들에게 물어봐야 할 것이네. 지금 내 마음은 사막과도 같네.

친애하는 카네티, 깊은 우정으로 자네를 생각하네. 보고 싶네.

R. 바르트

1945년 2월 3일 토요일, (생틸레르뒤투베에서)

친애하는 카네티,

출발하기 전에 짧게 쓰네. 자네를 다시 볼 수 있어서 기뻤다는 말을 전하고 싶어서라네. 너무 짧은 만남이어서 뭔가 아쉬웠네. 지금 출발하면서 착한 수녀님이 방해해서 자네에게 빨리, 말끔히 나으라는 말을 하는 데 어려움이 있네. 그리고 자네와 같은 친구가 나와 같은 사람의 삶에 매번 견딜 수 있는 힘과 확실한 정보를 주어 고맙다는 말을 하는 것 역시 쉽지 않구먼. 반면, 그처럼 많은 사랑의 감정이 마음속에 있었음에도 우리는 아무것도, 특히 유효한 그 어떤 것도 얻지 못했네.[70] 자네에게 이 말을 전했으니 나는 좀 더 평온해질 수 있겠지. 긴 이별이라는 느낌은 아니네. 자네는 조만간 우리와 합류할 걸세. 우리는 함께 이 병을 이겨내고 말 걸세.

자네 친구,

롤랑 바르트

---

70 문맥상 바르트는 카네티에게 사랑의 감정을 느꼈지만 고백하지 못한 것 같다. 그에게 보낸 편지에서 바르트가 카롱을 비판하고 있는 것도 그 증거 중 하나로 보인다.—옮긴이

1945년 3월 16일, 보, 레이생, 알렉상드르 진료소에서

친애하는 카네티,

이 편지가 언제쯤 자네에게 도착할지 알 수 없네. 편지 왕래가 길고도 불확실하네. 실질적으로 거의 효력이 없는 셈이네. 어머니로부터 유일하게 편지 한 통을 받았을 뿐이네. 하지만 유감스럽게도 이런 일에는 뭔가 의심스러운 점이 있게 마련이네. 생틸레르에서는 더욱 그러하지. 실제로 나는 그곳으로부터 아주 곤란한 편지들과 엽서들을 받았네(나의 덕성을 위한 것이 아니라면 최소한 내 답장을 위한 조치였을 걸세).[71]

아마 자네는 여러 경로를 통해 우리가 이곳에 아주 잘 정착했다는 사실을 알고 있을 걸세. 자네가 이 사실을 충분히 이해하기 위해 단순히 자네가 상상할 수 있는 모든 것을 포함시켜보게나. 가령 음식, 주거, 청결 등을 말일세. 이곳에서는 이것들이 거의 완벽하네. 프랑스와 비교할 수 없는 수준—자연스러운 것이네만[72]—특히 생틸레르와는 비교할 수 없는 수준이지. 이처럼 한 달 동안 이곳에서 안락한 생활을 한 후에 환자들은 병원에서 고행 놀이를 면제받았다고 생각하고 있네. 나는 생틸레르를 생각할 때마다 혐오감을 느끼고 심지어는 혹독한 비판을 하게 되네. 이곳에 도착하자마자 운 나쁘게 감기에 걸리긴 했지만, 나는 잘 지내고 있네. 나는 거의 일어나지 않고 있어. 의사들은 극도로 신중하네. 나는 외출을 하지 않아. 분

---

71 어쩌면 환자들에게 오는 편지와 엽서의 내용들이 직간접적으로 검열의 대상이 되었다는 사실에 대한 암시로 보인다.—옮긴이
72 프랑스는 제2차 세계대전을 치르면서 국민들은 물론 환자들도 궁핍한 생활을 했어야 하는 반면, 중립국을 표방했던 스위스는 조금 더 여유가 있었다는 것을 보여주는 대목이다.—옮긴이

명히 오랫동안 외출을 못 할 것 같네. 하지만 그래도 나는 모든 종류의 담배, 궐련, 케이크 등을 잘 처분하고 있네. 3년 전부터는 치료를 받아도 상태가 그대로라는 느낌이야. 이곳에서의 생활에는 긍정적인 면이 있네. 휴식을 잘 이용할 수 있다네. 기후—한 달 전부터 매일 봄 날씨야. 정적과 청결로 휴식이 휴식다워졌네. 항상 긴장이 풀리고 참다운 의미에서 행복으로 몰드네. 아무것도 하지 않고, 잘 살고 있고, 또 나아가고 있는 그런 감정이 생겨나네. 친애하는 카네티, 내가 이런 장면을 강조하는 것은, 생틸레르와 이곳과의 차이를 확인한 만큼 자네도 이곳으로 와야 한다는 생각에 아주 괴롭기 때문이야. 나는 자네가 반드시 이곳으로 와야만 한다는 생각을 아주 진지하게 하고 있네. 자네의 병에 대해 자세한 것은 하나도 모른다네. 자네를 돌보고 있는 모든 훌륭한 의사—그리고 자네 자신—의 치료와 편의 제공 등을 내 의견과 같은 저울에 올려놓는다는 것은—당연히—어불성설이네. 하지만 친구가 다른 친구에게 필요한 것—진짜 구체적인 면에서—이 무엇인지를 더 잘 감지할 수 있다고 생각한다네. 자네가 정말로 수술을 받아야만 한다면, 어떻게 이곳이 더 나을 것이라고 확신하지 못하는가? 나는 의학적인 문제(자네가 잘 알고, 나는 모르는)를 말하는 것이 아닐세. 여기에 랑73이라는 의사가 있네. 수술의 일인자라네. 풍성하고 생기를 북돋아주는 음식, 우리가 5년 전부터 맛보지 못했던, 모든 것이 정상적으로 가득한 음식이 있고, 원하는 모든 약품들과 물건들이 있네. 단언컨대 우리는 점차—그리고 불행하게도—프랑스적 삶에서 겪었던 모든 제한, 모든 불완전함, 비참함, 상당한 정도의 결핍에 적응했지. 하지만 이곳에서 정상적인 제

---

73 1899년에 태어난 스위스 국적의 훌륭한 의사 질베르 드 랑Gilbert de Rham으로. 『흉부성형수술론Traité sur la Thoracoplastie』(Imprimeries réunies, 1944)의 저자이기도 하다.

도를 발견하게 되었을 때, 우리가 모든 프랑스적 삶을 견뎌낼 수 있었다는 사실에 놀랐네. 우리가 좋아하는 다른 정상인들도 이 모든 것을 견뎌냈다는 사실에 또한 놀랐네. 친애하는 카네티, 제발, 가능하면 빨리 이곳에 오도록 노력해보게. 예의상 하는 말이 아니네. 이건 정말로 호소일세. 거듭 강조하는 것을 용서하게. 내 일이 아닌 계획과 결정에 이렇게까지 끼어들고자 하는 것을 용서하게. 근본적으로 조금이라도 정언적定言的인 모든 판단에 거부감을 느끼는 내가, 이번에 자네가 이곳에 오면 맛보게 될 행복에 대해 너무나 확신한 나머지, 자네가 가능한 한 빨리 와서 거기에 적응하라고 애원하다시피 하고 있네.

내 사기는 저조하지 않네. 하지만 일주일 전부터 오히려 게으름을 피우는 데 용기를 내고 있네. 매일 오전에 언어들을 꽤나 진지하게 공부하네. 저녁에는—항상 그 망할 놈의 논문 때문에—계속 읽고 있네. 아무런 주제도 결정하지 못한 상태로 말이네. 현재는—지루하지 않게—미술레 쪽에서 뭔가를 찾고 있네. 일전에 자네에게 말한 바 있는 다비드[74]와 현재 방을 같이 쓰고 있네. 그와 많은 시간을 보내고 있네. 늘 그러는 것처럼 기쁨과 고통 속에서. 나는 카롱을 더 이상 볼 수도 없고, 더 이상 보지도 않네. 그의 커다란 결점 때문에 놀라곤 하네. 그는 말을 할 때마다 독선과 난폭함이 묻어나는 어리석은 말과 허점투성이 문장들의 전문가가 되네. 식사를 할 때마다 그는 걸신들린 듯이 먹고 다른 사람들을 파렴치하게 대하네. 그가 제스처를 할 때마다, 가령 그가 담배를 손가락에 끼우고 돌리는 자세에서 허영심이 드러나고, 질이 나쁜 담배를 피우고 역한 냄새를 풍기면서 스

---

74 로베르 다비드를 가리킨다(뒤에서 바르트가 그에게 쓴 편지를 볼 것).

노비즘적인 태도를 보이네. 남자다움이 밴 일종의 자신감에 의한 우아함이 넘치는 이곳에서 말이네. 심지어—이것이 극치인데—여러 사람 앞에 모습을 드러낼 때조차 그러하네. 가령, 모두를 향해, 모두에 반대해서 정성스럽게. 이마 위로 끝을 올린 머리 스타일을 했는데, 이 스타일은 그에게 끔찍하게도 어울리지 않고, 나의 경멸만을 자아낼 뿐이네. 이와 같은 격정적인 표현에 자네가 웃을지 모르겠지만 최소한 자네와 나는 같은 의견일 걸세.

자네의 건강에 대해 생각해보네. 벌써 출발했는가? 병세는 호전되고 있는가? 수술 날짜는 잡혔는가? 날짜가 다가오는가? 가능하면 이곳으로 빨리 오게. 제발.

우정을 보내네.

롤랑 바르트

레이생빌라주Leysin-Village에 있는 아주 훌륭한 시설을 갖춘 단 한 곳의 진료소에 30명이 있네. 독방을 쓰거나 2인 1실이야. 두 명의 여자 간호원, 한 명의 오스트리아 국적의 상주 의사 브루노 클라인이 있네. 벨기에 국적의 훌륭한 의사인 반 롤레그햄 박사의 주별 검사와 심장 검사가 이루어지네. 생틸레르에서는 몰랐던 아주 세세하고 완전한 치료가 이루어지고 있다네.

1945년 6월 8일, 스위스, 보, 레이생빌라주, 알렉상드르 진료소에서

친애하는 친구,

도착해서 자네에게 긴 편지를 썼네. 답장이 없는 것으로 미루어 보아 자네가 내 편지를 받지 못했을지도 모르겠네. 오늘은 길게 쓸 수가 없네. 자네 소식을 전해달라는 부탁을 하기 위해 간단히 몇 자 적네. 종종 자네 걱정을 한다네. 자네가 치료를 받기 위해 이곳으로 오길 그렇게 바랐네만. 제발 답장을 해주게. 자네 건강 상태에 대해 알려주게.

내 건강은 좋아. 전체적으로 상태가 호전되었네. 완치를 위해 나는 이곳에 가급적 오래 머물 생각이네. 오랜만에 처음으로 계속되는 연구에 재미를 붙였네. 미술레에 대해 연구를 하고 있어. 연구 방법을 찾아내는 데 도움이 되네. 다른 계획들도 있네. 처음으로 진득함과 끈기가 생겼다네.

자네에게 편지를 더 길게 쓰고 싶네만 여의치 않네. 특히 자네가 보내주었던 내용에 대해서 말일세. 자네의 편지를 기다리겠네.

우정을 보내네.

롤랑 바르트

1945년 7월 12일, 레이생, 알렉상드르 진료소에서

친애하는 친구,

자네의 긴 편지를 받으니 아주 기쁘고 감동적이네. 자네를 많이 좋아한다네. 그리고 종종 자네를 생각하네(어느 날에는 자네가 나오는 꿈을 꿨네. 꿈에서 아주 재미있는 일이 많았지). 자네의 지성과 우정이 내게 큰 도움이 돼. 자네의 지성에 내가 조금 주눅이 드는 것은 사실이네. 하지만 자네의 우정이 내게 조금 과분한 것이 아닌가 하는 생각도 드네. 자네가 이곳으로 오지 않은 것을 십분 이해하네. 더 이상 강요하지 않겠네. 이곳에 왔더라면 시설 면에서 충분히 이점을 누릴 수 있었을 걸세. 하지만 설사 자네가 화를 덜 낸다고 할지라도, 프랑스가 저지르는 바보 같은 짓에 실망을 하게 될 것이고, 그러면 자네도 나와 마찬가지로 프랑스를 떠날 생각을 하게 될 걸세. 친애하는 친구, 자네에게 기꺼이 긴 편지를 쓰고 싶네. 하지만 자네가 수술을 받는 기간에 이 편지가 도착할 수도 있다는 점을 생각하면, 그다지 많은 말을 하고 싶은 마음이 사라지네. 자네의 건강에 대해 자세한 내용을 전해주고, 또 자네가 긴 편지를 읽는 것이 가능하게 되면, 그 즉시 짧게라도 소식을 전해주길 바라네. 심지어는 수술로 인해 자네가 피곤하더라도 내게 편지를 써주게나. 내 부탁을 가볍게 여기지 말아 주게. 편지를 자네 소식으로 채우는 것, 자네에 대한 구체적 사실로 채우는 것을 꺼려하는 겸손함 때문에 내게 답장을 하는 것을 너무 뒤로 미루지 말아주게. 자네는 정확히 내가 어떤 감정을 가지고 있는지를 알 수 없을 거야. 내가 자네에게 얼마나 큰 애착을 가지고 있는지 자넨 모를 걸세. 자네 소식을 접하지 못하는 채로 나를 내버려두지 말게나.

아니네. 정말, 아니네. 친애하는 친구. 나의 모든 속내를 자네에게 털어놓고픈 생각은 없다네. 자네가 이 편지를 받았을 때, 수술을 전후해서 수많은 걱정과 번민으로 괴로워할 것이 분명하기 때문이지. 하지만 자네 상태에 대해 전하면서 나를 해방시켜주고 또 진정시켜줄 소식을 학수고대하네. 나는 훨씬 더 잘 지내고 있네. 사기도 높고. 물론 스위스라는 나라의 고질적인 문제에 대해서는 증오심을 가지고 있네. 나는 다시 살고자 하는 미친 듯한 희망을 품고 있네. 지성, 아름다움, 모험, 존재에 대한 열정, 지식에 대한 열정을 다시 찾고자 하는 희망 말일세. 나는 또한 자네의 친구가 되고자 하는 미친 듯한 욕망 속에 있네. 둘 다 더 이상 아프지 않은 상태로 말일세. 제발, 빨리 낫길 바라네. 병세에서 빨리 나를 따라잡게나. 서로 만나고, 세상을 함께 음미하세. 자네의 지성, 배려, 우정으로 나를 위해 이 세상을 밝혀주게나. 조금 감정이 과한 이번 편지를 용서하게. 이번 편지는 약간 느슨하네. 너무 날카롭고 각진 단어들에 주눅 들어 있기 때문이네. 카네티, 이 편지에서 내 뜨거운 우정과 걱정을 느끼길 바라네. 오늘 이 편지를 더 이상 길게 쓰지 못하는 것은 게으름 때문이 아니네. 단지 내 의향이 잘 전달되기를 바랄 뿐이네. 편지를 써주게나. 초조하네. 기다리고 있겠네.

롤랑 바르트

1945년 8월 17일, 레이생에서

친애하는 친구,

라르당세 부인의 말을 통해 자네 수술에 대해 벌써 안심하고 있네. 자네의 편지를 받고 나서 나는 아주 기쁨에 차 있네. 어쨌든 이번 흉부성형수술은 어느 정도 생사를 가르는 경계였네. 지금 자네는 이 장벽을 무사히 넘은 거야. 자네는 살아 있고, 생명을 향해, 더 많은 즐거움, 더 많은 생각, 더 많은 여유, 더 많은 우정, 더 많은 연구 등을 향해 앞으로 나아가야 하네. 이것이 내가 흡족해하는 이유라네. 나는 이기적이지 않을 수 없네. 자네 소식에 내 자신을 위해 즐거워하지 않을 수가 없어. 게다가 자네의 존재, 자네의 생명이 내게 아주 소중하다는 것을 자네가 알고 있는 편이 더 좋다고 생각해. 자네의 존재와 생명이 나의 고유한 즐거움과 안정감에 더해질 것이고, 또 더해지고 있다네. 이런 도약, 경쾌함, 감동을 내 기분 속에(다시 말해 내 모든 '자아' 속에) 계속해서 충전시키고 싶네. 그런데 자네의 편지, 자네의 학문적 성취, 자네의 충고, 혹은 자네에 대한 나의 생각을 통해 이와 같은 것들은 이미 오래전부터 나의 내면을 채워주고 있었네.

이번 달 내내 나는 건강 문제로 곤란했네. 다만 엑스레이 검사 결과를 알게 된 어제부터는 안심이 되고, 삶에 대한 취향을 다시 찾긴 했네. 아주 피곤했지만, 다행히 아무 일도 아닌 것 같아. 엑스레이 검사 결과로 보아 내 상태가 조금씩 나아지고 있어서 그런 것은 아니네. 대단한 것은 아니지만, 여전히 뭔가가 폐에 남아 있기 때문이야. 거기에 감춰진 것에 대해서는 며칠 후에 알게 될 걸세. 늦장을 피우기로 유명한 스위스 의사들이 8개월 전부터 내가 요구했던 국소단층촬영을 하고 난 뒤에 말일세. 내 계획들은 어느 정도 이 결과에 달려 있네. 어쩌면 다음 봄에 프랑스로 돌아갈 수도 있다네.(자기 나라에 대해 말할 수 있다는 것이 국수주의와는 전혀 관계가 없는 이 얼마나 큰 다행이자 불행인가!) 완치가 되어 같은 날짜에 우리가 파리에서 만나게 된다면 더 바랄 나위가 없을 듯하네. 삶과 일에 대해 같은 정도의 욕망으로 충만한 상태로 말일세.

스위스에서 내 삶을 지배하게 된 아주 복잡하고 우연한 사태를 자네에게 어떻게 설명해야 좋을지 모르겠네. 나는 이곳에서 아주 많은 시간 연구를 하고 있네. 얼마나 하냐고? 하루에 몇 시간이고 한다네. 몇 시간이고 희열을 느끼면서 한다네. 또 어떤 때는 고통을 느끼기도 하고 초조하기도 하네. 너무 초조해서 나는 내 자신을 갉아먹고, 내 자신을 닳게 하고, 결국 내 자신을 오랫동안 피곤하게 만들고 있네. 나는 연구에 관련해 마치 운동선수의 정신을 가졌다네. 기록과 결과 면에서 말이야. 나는 매주, 매달 주법 등을 수정했네. 그렇다면 나는 지금 무엇을 연구하고 있는가? 이 편지에서 이 문제를 완전히 설명할 수는 없네. 자네가 놀랄까봐 겁나서 그러는 것이 아니야. 또한 자네의 조롱과 판단—자네의 우정을 고려하네—이 두려워서도 아니야. 나는 지금 지식에 대한 탐욕스럽고 끝없는 갈증을 느끼고 있네(비록 지식에 삶의 본질이 있지 않다는 것을 알고 있고, 또 이와 같은 강한 욕망, 유혹, 현기증, 악습과도 같은 완고한 휴머니스트적 성정을 절망적으로 고려하고 있지만 어쩔 수 없네). 6개월 전부터 내가 과거에 알지 못했던 의지를 가지고, 파우스트의 모든 힘에 내 자신을 맡기고, 삶에 대한 갈증과 지식에 대한 갈증 사이의 모든 대립 앞에서 결코 물러날 수 없다고 생각하면서 그렇네. 하지만 이와 동시에 잘못 알고 있는 것에 대해 구토를 느끼고 있기도 하네. 책을 통해서만 아는 것에 대해, 대담한 거짓, 속임수, 기만 등의 대가를 치르고서만 알려지고 기술된 것들에 대해서 말일세. 내가 아는 것에 대해서만 말하고 싶고, 또 말할 수밖에 없네. 바로 그 지점에서 나의 비극이 시작된다네. 그래서 말하는 것에 대한 기술을 습득해야 해. 이것을 습득하는 데 시간이 오래 걸리고, 아주 힘이 많이 드네. 하지만 나는 포기하지 않고, 끝까지 밀어붙일 셈이네. 비록 문학에 대해 '부차적인secondaire' 이해관계만을 볼 뿐이라고 해도, 내 현재의 삶을 결정적으로 문학으로 채우고 있네. 문학 이외의 나머지 것들은 거절되기 때문이야(후일, 어쩌면 이 나머지 것들의 가치가 더 커질 수도 있을 걸세). 벌써 3개월 동안 미슐레에 대해 아주 정성스럽게 자료를 수집하기 시작했네. 왜 미슐레를? 상당 부분은 우연의 결과이고, 약간은 사색의 결과라네(나는 다음과 같은 사실을 좀 더 면밀하게 보고 싶네. 즉 종종 찬란한 진리를 드러내기도 하는 낭만주의적인 것, 수많은 장광설에 불과하다고 하는 이 기이한 흐름이 대체 무엇일까를 말일세. 나는 낭만주의를 축출하고 싶네. 그리고 굉장한 연구열로 인해 나는 다음 주제에 대해 연구를 하게 되었네. 외관상으로는 몇몇 형식적인 문제에 대한 일종의 직관으로, 내가 임시로 언어의 매혹 또는 언어의 신화론이라고 부르게 될 것이 그것이네). 그러고 나서 미슐레의 저작을 읽고, 해석하고 있네. 그것도 아주 끔찍한 리듬으로 말일세. 이 작자에게 실망해서 사람 자체에 대해서는 할 말이 별로 없네. 내가 흥미를 갖는 것은 이 사람 자체가 아니네. 그의 담론에 엉켜 붙어 있는 매력, 한 명의 작가—비록 낭만주의 작가이지만—가 그 자신의 내부에 간직하고 있는 신화적인 목신牧神, 난삽하기 짝이 없는 저작들을 통해(물론 너무 난삽해 나는 이 저작들을 태워버리기도 하고 또 하루에 그것들을 아무것도 놓치지 않고 베끼기도 하네) 나로 하여금 앞으로 나아가게끔 하는 신화적인 목신 때문일세. 미슐레에 대한 연구에 이어 훨씬 더 흥미로운 자료를 모을 계획을 가지고 있다네. 하지만 시작한 것을 멈출 수가 없다네. 종종 미슐레적 사막에 대한 환영으로 기가 꺾이기도 하지. 하지만 또 종종 열정적인 것을 찾아내기도 하네. 나는 지금 굉장한 용기를 발휘하고 있네. 문학 공부를 가장 척박한 사람으로부터 시작한 셈이야. 하지만 거기에서 성공적으로 빠져나와야 하고, 뭔가 의미 있는 것을 창출해내야 하네. 그래서 지금 내 계획, 아주 규모가 큰 계획에 매달리고 있네. 이 계획에서 미슐레는 가장자리에 있는 것이 아니네. 오히려 그는 정신적인 도구의 시험과 단련을 위한 아주 훌륭한 장場이지.

나는 결코 작품을 창작하는 작가는 못 될 것 같네. 재주도, 취향도 없기 때문일세(오히려 혐오감을 가지고 있네). 하지만 문학에 대한 사랑의 부족으로 사람들은 오히려 (…).75 이와 동시에 나는 지적인 것을 좋아하네. 나는 지식의 내용을 좋아하는 편이야. 그것이 아무리 비합리적이고, 지성적이고 상투적이라고 해도 그렇네. 심지어 미슐레에게 적응하는 것(내가 이렇게 쓰면서 미소를 머금고 있다고 생각해주게나. 얼토당토않은 것을 쓰면서도 아주 초연하네), 그것은 나에게 일종의 자유, 기쁨, 적절함을 가져다주네. 휴식 시간에 미슐레의 『마녀La Sorcière』와 『예수회 수도사들Les Jésuites』 사이에서, 동물적이고 외부에서는 전혀 알지 못하는 동물적인 삶의 모든 의미에서 아름다운 얼굴을 찾아다니며 왔다갔다할 때 그러하네. 또한 자네가 자네 의지에 따라, 위험이나 혹은 휴식의 순간적인 욕망에 따라 원할 수 있는 한 존재에 대한 찬탄과 호기심을 보일 때—이때 얼마나 큰 감동을 느끼는지 자

---

75 판독 불가.

네는 알고 있어. 자네가 그것을 내게 얘기한 적이 있으니까—도 역시 그러하네.

이러한 관계에서 나는 일전에 파리에서 언급한 바 있는 아주 멋진 친구[76]인 이 방의 동료와 함께 거의 부부와도 같은 생활을 하고 있네(자네는 이것을 대략 이해할 걸세). 이런 생활을 하는 중에도 나는 연구 방법 문제에 완전히 몰두해 있네(아니네. 나는 발레리에 대해서는 이 방법을 적용하지 않네). 하지만 학문적인 오염과 3년 전부터 충족되지 못한 그 많은 욕망으로 인한 투덜거림에서 빠져나오기 위해서는 방법론의 모색이 반드시 필요하다네. 나는 조금씩 그 방법론에 도달하고 있다고 생각하네. 그렇다고 해서 내가 행복하다는 의미는 아니라네. 알고 있다시피 우리가 찾는 것은 단지 힘, 숙명, 냉혹함, 일관성의 감각이네. 이것에 대해 자네에게 말하는 것은, 정확히 자네가 이것들에 대해 흥미를 갖고 있기 때문일세. 자네가 보여주는 본보기(모든 차이를 엄격하게 고려하더라도, 자네가 하는 일의 무게와 내가 하는 일—그렇지 않다면, 개인적인 연구—의 무용성 사이의 차이)와 연구의 필요성에 대한 자네의 충고가 내게는 계속 도움이 돼. 그러니 그것들이 나를 궁지에서 빠져나오게 했다는 사실을 왜 자네에게 말하지 않겠는가?

하지만 이 모든 것의 반대급부는, 내가 내 자신에 대해 거의 몰랐던 감정, 즉 내가 증오라고 부르는 것과 그다지 멀리 떨어져 있는 것이 아닐세. 삶에서, 다른 사람들에게서 수많은 것이 나를 근본적으로 반항으로 몰고 가네. 나는 이런 행동을 드러내기 시작했네. 이런 일에 아주 서툴기 때문에, 그로 인해 나의 일상생활에 중요한 변화가 일어났네. 나는 반항 상태,

---

76 로베르 다비드를 가리킨다.

구토 상태, 복수를 하고자 하는 마음으로부터 계속 압력을 받는 상태에 있다네. 아름답지 못한 풍경, 아름답지 못한 신체(여기에 있는 모든 것은 그 어떤 것도 아름답지 않네. 비관주의 없이 단언하네), 평범하고 범속한 친구들, 스위스인들의 역겨움, 비천한 사람들, 이 모든 것이 구역질 나게 하고, 나를 흥분시키고, 열변과 분노를 터뜨리게 하고, 임기응변의 태도를 취하게 하네. 몇 명을 제외하면, 몇 차례의 소동으로 그렇지 않아도 불쾌하게 지냈던 친구들로부터 거의 사랑을 받고 있지 못하고 있네(이들 대부분이 바보 멍청이라는 사실을 지적해야 하네). 나는 스위스인들 사이에서 친구를 사귀지 않았네. 다만 그 불행한 데슈Deschoux와 그가 설파하는 무력한 철학은 예외이고, 나는 그를 반기는 편이네. 내가 스위스인들에게 잘 알려지지 않은 상태에 있는 것을 최대한 즐긴다네. 또한 그렇기 때문에 나는 그들을 판단하면서 두려움을 주고 있네. 나는 그들이 부지불식간에 내보이는 바보짓과 자기도취적 행동들의 특징을 수집하네. 나는 이 두 가지 단점을 가지고서 그들을 가소롭게 대할 수 있네. 이 모든 것에 대해서는 다음에 다시 말함세. 물론 몇몇 예외가—이곳 레이생에서는 아니네—있기는 하네. 가령, 사회주의자이고 이 멍청한 나라에 속하는 불행한 자이긴 하지만, 내게 늘 편지를 쓰는 매력 있는 한 취리히 사람이 그 장본인이네.

나는 여기서 그 어떤 사람도 눈여겨보지 않네. 신토불이 목신은 무색이고, 따라서 눈에 띄지도 않네. 프랑스 목신에 대해서 말하자면, 그는 꽁초를 피우며 자주 침을 뱉는 하사관이나 자네 동료이자 낙천주의자이고 바보 같은 리스트 정도가 있네. 하지만 나는 리스트를 절대 보지 않아.

친애하는 친구, 내가 퍼부은 독설에 대해—아마 유쾌하지는 않을 것이네. 왜냐하면 이것은 내게 익숙한 방식이 아니니까—내가 화가 많이 나 있다고 너무 빠르게 판단하지 말게. 자네도 알다시피, 어떤 사람들을 미워하고, 사람과 일로 괴로워하는 것, 이 모든 것은 우리가 정말로 사랑하는 사람에 대해, 우리가 존중하고 또 좋아하는 것들에 대한 순수함과 상상력으로의 비상을 제공해주기도 하네.

이 편지에 자네가 원하는 내용이 담겨 있지 않더라도 나를 원망하지 말게. 하지만 내 우정을 부인할 수는 없을 걸세. 나는 자네의 깊은 배려가 필요하네. 편지를 써주게.

자네 친구,

R. 바르트

자네 건강에 대해 계속 소식을 주게.

1945년 10월 8일, 보, 레이생, 알렉상드르 진료소에서

친애하는 친구,

자네 소식을 알았더라면 나는 행복했을 텐데, 아쉽네. 자네 편지는 내게 많은 것을 알려준 것만이 아니라네. 자네로부터 아무런 소식이 없을 때 나는 자네가 잘 지내는지 항상 궁금하네.

지금 아주 급하게 몇 자 적네. 수요일에[77] 내가 흉막외 폐전절제술을 받게 되었다네. 국소단층촬영 결과 폐의 공동caverne이 저절로 닫히지 않는다는 것이 밝혀졌네. 나는 이 문제로 평생 괴로웠고, 겨우 목숨을 부지하면서 지내게 되었고, 어슬렁거리면서 평생 하고 싶었던 것을 할 수가 없었네. 나는 수술을 받겠다고 했네. 나의 전반적인 상태는 좋네. 이곳 수술 담당 의사들도 훌륭하네. 모든 것이 정상이라면 다 잘 진행될 걸세. 수술 전에 이 짜증나는 날들을 보내면서 특히 내 삶을 생각하네. 이런 생각을 해보네. 벌써 자네에겐 이야기한 적이 있지. 내가 나의 삶을 위해 싸운다면, 그것은 결정적으로 과거에 또는 앞으로 몇몇 사람들을 알게 되는 기쁨과 완전한 충일함 때문이라고 말일세. 물론 그중 한 명은, 친애하는 카네티, 자네일세. 자, 이제 인사를 보내네. 친애하는 친구. 편지를 써주게. 잊지 말고. 내가 자네를 많이 생각하고 있다는 것을 자네는 알고 있을 테니까.

R. 바르트

---

77 10월 10일이다.

코엔에게 나의 존경하는 마음을 전해주면 고맙겠네. 지금 그에게 편지를 쓰고 싶은 생각이 없네. 하지만 그를 잊지 않고 있네.

항공 우편으로 편지를 보내주게. 이틀 걸린다네.

바르트의 편지들

[1945년 10월 26일] 금요일, [레이생에서]

친애하는 친구,

수술을 받고 이틀 후 자네의 마지막 편지를 받았네. 그래서 자네 편지를
완전히 음미하면서 기뻐하지 못했지. 이번 편지에서 자네가 평소보다 더
쓸쓸하다고 느껴졌네. 하지만 개인적으로는 자네가 계속해서 낙천주의적
태도를 보이지 않는 것이 더 좋네. 그도 그럴 것이 나는 항상 자네의 용기
를 보면서 내가 혼자라는 생각에 더 불행하다고 느끼기 때문일세.

내 수술은 성공적으로 끝났어. 랑 박사가 아주 잘 집도했네. 프랑스에서
했던 수술과는 전혀 다르다는 기분이야. 지금 약간의 합병증세가 있어 열
이 나고 피로가 동반되고 있네. 이 상태가 지나가기를 기다리는 수밖에 달
리 도리가 없네. 일주일 동안 불행했다네(고통이라고 말하고 싶지는 않네. 수많
은 종류의 참담함이네. 구토가 나고, 숨이 가쁘고, 밤을 지새우는 등). 자네도 알
다시피 이 모든 것을 예견할 수는 없는 일이고, 서서히 정상적인 리듬을 회
복하고 있는 중이네.

하지만 정신적으로는 기이한 고통을 경험했네. 뇌가 저절로 눈을 감은 것
같았네. 고통 속에는 그 어떤 단절도, 그 어떤 무감각도 없고, 그 어떤 집중
도 없네. 또한 구원을 가져다주는 심오한 이기주의적인 제스처도 없네. 이
런 것이 있게 되면, 더 이상 고통을 느끼지 않기 위해서 사람들을 부르곤
하네. 내가 느끼는 불편함이 커지면 커질수록 뇌는 더 많이 작동하네.

(…)78

내 친구 다비드가 떠난 후에 아주 큰…… 나는 아주 끔찍할 정도로 명

료하게 느꼈네. 나는 죽음의 극단적인 순간까지 모든 것을 느끼는 그런 스타일의 사람인 것 같네. 모든 것이 타격을 주지만, 그 어떤 것도 나를 완전히 녹초로 만들지는 못해. 나는 이번 수술에 대해 현재 있는 내 모습에 대한 고통으로부터 단 며칠이라도 벗어날 수 있기를 기대했네. 하지만 두 종류의 고통을 포개놓기만 했네. 카네티, 자네는 분명 내 말을 이해할 걸세. 이와 같은 이상한 능력—또는 무능력—의 발견이 내게 얼마나 소중한지 자네는 이해할 거야. 이것은 어느 정도는 저주의 길이네. 그도 그럴 것이 내 삶이 어떤 불행—어떤 찬란함—에 연결되어 있는지를 자네는 알 테니까.

친애하는 친구, 어제 생틸레르에서 온 끔찍한 소식을 알게 되었네. 자네 소식을 제외하고. 그 소녀가.

(…)79

정말로 끔찍한. 자네가 자네 이름의 이니셜로 소규모 요리를 시작했다는 것을 알게 되었네. CED[80]가 자네를 포섭했군! 다행스럽게도 나를 이와 같은 일에 연루시킨 자네의 감언이설 속에서 자네의 미소를 보는 것 같네! 하지만 그들은 내 동의를 얻지 못할 걸세. 나는 다른 쪽에 가담하는 것이 가능해지는 즉시 이곳을 떠날 생각을 하고 있기 때문이야.

나의 내면 상태에 대해서는, 보통 하는 말로, 또 다른 편지가 필요하네. 오늘 이 편지는 외부적인 소식만을 전하기 위함이네.

그리고 친구로서 자네의 소식을 묻기 위해서라네. 자네가 완치되었다는 소식이 내겐 아주 중요해. 뿐만 아니라 자네가 현재의 삶으로 인해 너무 고

---

78 한 줄 누락.
79 한 줄 누락.
80 CED가 정확히 무엇인지 알 수 없다. 아마 조르주 카네티에게 접근한 유럽교육 또는 건강센터 또는 건강위원회가 아닌가 싶다.

통받지 않았으면 하고 내가 바라기 때문이기도 하다네. 내가 아픈 것보다 자네가 아픈 것이 내게는 더 심각하네. 왜냐하면 자네는 사회 속에서 의미 있는 길을 가고 있으니까. 사람들은 자네를 필요로 해. 나 역시 자네가 아주 많이 필요하네. (…)81

---

81 편지의 마지막 부분 누락.

[1945년] 11월 12일, [레이생에서]

친애하는 친구,

자네 편지가 나를 언짢게 하네. 자네는 내가 원하는 바와 반대로 충고하고 있네. 내가 내팽개친 건강에 대해서는 신중하라고 하고, 내가 신경을 쓰는 그 나머지 것들에 대해서는 덜 신중하라고 하네.

우선, 나에 관련된 조치가 변하지 않는다면, 내가 가능한 한 빨리 레이생을 떠날 거라고 확신해도 좋다네(게다가 내가 여전히 아픈 상태에서 이 문제에 대해 더 왈가왈부한다는 것이 우습네). 카네티가 열 명이 있다고 해도 생틸레르로 가고 싶은 생각은 추호도 없네! 자네가 CED에 대해 가지고 있는 생각은 나를 전혀 매혹시키지 못해. 그리고 자네가 나를 효과적인 말로 과대포장할 것이라는 점을 나는 너무 잘 알고 있네. 하지만 (⋯)82을 더 많이 가지고. 정신적인 '프리카렐fricarelle'83을 하는 것.

(⋯)84

그것은 나를 미소 짓게 하지 않을 거야. 코엔 씨를 다시 보고, A층의 공동 식당을 다시 보고, 의료진을 다시 만나는 것, 나는 이 모든 것보다 차라리 이곳 병원에서 진료를 받으며 아픈 것을 택하겠네. 아니네, 카네티, 반복건대, 그곳 생틸레르에서 나와야만 하네. 자네가 흡족해하는 그곳, 내 취향도 아니고 우려되는 생각을 자네에게 심어주는 그곳에서 빠져나와야만 하

---

82 한 단어 누락.
83 여성 간의 에로틱한 행동을 의미한다. 파생어로 여성 간의 사랑 자체를 의미하기도 한다.
84 한 줄 누락.

네. 레이생으로 와야만 하네. 이것은 분명하네. 프랑스 그룹은 완전히 실패야. 코엔 씨가 생틸레르의 모든 불평분자들을 그곳에서 떨쳐내버렸기 때문일세. 가령, 데슈 가족, 센탱 가족, 프레상주 가족, 윌로 가족 등등. 프랑스를 다시 한번 비참하고 가증스러운 대상으로 만들어버린 자들을 말일세. 하지만 둔하고 유치한 벨기에인들이 있네. 그들 중 몇몇은 아주 비극적인 창백한 눈을 가지고 있네. 또한 무미건조한 스위스인들도 있지. 그들 중 몇몇은—애석하지만, 적어도 그렇게 보이네—보이스카우트의 피부처럼 연하고 약한 자들이네. 유고슬라비아인들도 있네.

(…)85

길, 나무, 전차, 빵집 등도 있네. 이런 곳들에서 모든 일이 발생하고, 멈추고, 또 모든 만남이 이루어지네. 내가 다른 곳에서 사랑에 빠지지 않는다면, 나는 이곳에 남을 것이네.

나는 또한 두아디86 진료소로는 가지 않을 셈이네. 그리고 어쨌든 뇌프무티에로는 가지 않을 것이네. 공기도 안 좋고, 순진무구한 신부와 보바리 같은 가정부 사이에서 로돌프 역할은 하지 않을 거야.87

내가 원하는 것은, 집에 되돌아가는 것, 내 방을 다시 보는 것, 내 친구들을 다시 만나는 거라네. 자네는 결코 이런 미친 짓을 하지 않겠다고 내게 맹세하게. 그렇네. 미친 짓. 과장하지 말게. 그리고 여기서 나는 근심하

---

85 한 줄 누락.

86 다니엘 두아디Daniel Douady(1904~1982)는 1933년부터 생틸레르뒤투베 전지요양소의 첫 번째 의사이자 소장을 역임했다. 바르트는 이미 1943년 1월부터 7월 사이에 파리에 있는 그의 진료소에서 보양기를 보낸 적이 있다.

87 플로베르의 『보바리 부인』에서 엠마 보바리와 샤를 보바리 사이에서 엠마의 애인이었던 로돌프의 역할을 하지 않겠다는 의미로 보인다.—옮긴이

면서 초조함 속에서, 분노와 예속 속에서 살고 있네.

내 나이가 더 이상 20세가 아니라고 자네는 내게 주지시키고 있네. 오늘 11월 12일은 내 나이가 30세가 되는 날이니만큼, 내가 그 사실을 더 잘 알고 있네. 자네는 자네 방식대로 내 생일을 축하해주네. 하지만, 친구, 그것은 더 이상 효과가 없는 격려일세. 나는 한창 사랑할 나이라네. 나는 지금

(…)88

이론상으로 모든 것을 토의할…… 내가 말할 수 있는 모든 것은, 사랑의 '무정부 상태anarchie'가 가지고 있는 힘은 이 세상에서 내가 사는 것을 가능케 해주는 유일한 것이라는 점이네. 나머지 것들에 대해서는 그 중요성을 너무 명료하게 알고 있네. 자네가 내게 말한 것은 좋고도 정확히 옳네. 자네 의견에 동의하네. 나에게 위대한 생각을 갖게 해준 미슐레에 대해서도 최근 비슷한 판단을 하고 있어. 그가, 이 가련한 자가 동성애자이기 때문이 아니라네. 하지만 이것을 잘 기억해두게나. 나는 그가 '레즈비언'이라는 것을 알게 되었네. 내가 만약 미슐레와 '세계-여성'89에 대해 뭔가를 쓴다면, 나는 이 사실을 증명해낼 수 있을 걸세.

아니네, 친애하는 친구, 카네티. 그처럼 멋지고, 그처럼 '유용한utiles' 편지를 쓸 수 있는 자네, 지난번과 같은 편지를 쓰지 말아주게. 자네는 이 세상을 열광하지 않고 바라볼 수 있는 60세가 된 것이 아니네. 사랑의 불꽃을 측정하는 것은 불가능하네. 자네는 나의 '슬픔'을 우습게 여길 것이네. 자네

---

88 한 줄 누락.

89 『미슐레 그 자신으로Michelet par lui-même』(1954)의 '여성 폐하'라는 장의 한 부분의 제목이 "미슐레의 레즈비어니즘"이다(*OC*, t. 1, pp. 393~394).

는 내가 입이 무겁다고 말하지. 그리고 나의 슬픔이 내 열정의 외면적 반사라고 말하지. (…)90

---

90 편지의 끝부분 누락.

〔1945년〕 11월 21일 수요일, 〔레이생에서〕

자네 편지를 받았을 때 나는 낭트 칙령을 폐지하고 있었네.[91] 지난번 편지를 쓰고 난 뒤 별로 기분이 좋지 않았어. 자네가 곧바로 내게 편지를 쓴 것은 잘한 일이네. 나는 나를 질책하고 있다네. 코엔 씨에 대해 험담을 했고, 그로 인해 자네가 힘들어했을 수도 있기 때문이야. 내가 코엔 씨에 대해 좋지 않은 감정을 가지고 있지 않다는 것은 자네도 잘 알 걸세. 자네가 그에 대해 이야기한 것에 대해 아무런 이의가 없네. 그를 열정적이고 현실적인 성향으로 분류했다고 해도 나를 원망하지 말아주게. 그의 (시적인) 이미지가 나의 좋지 않은 추억과 연결이 되어 있네. 생틸레르 전체가 그런 것처럼 말일세. 현재 나는 역사적으로, 시간적으로, 현실적으로 보아 내 마음에 들지 않을 이유가 전혀 없는 한 친구와 방을 같이 쓰고 있네. 하지만 나는 그에 대해 우울하게 말하게 될 것 같네. 내가 자제해야 할까? 코엔 씨는 종종 유감스럽게도 널리 퍼지는 골치 아픈 일의 희생자일세. 자네에게는 이런 설명이 인위적인 것으로 보이는가? 아니네. 이것은 사실이네. 그리고 이건 변명도 되네. 제오Géo —내게 아주 친절한— 는 나와의 관계에서 결코 풍문에서 벗어나지 못했고, 또 생틸레르의 벽에서도 빠져나가지 못했네. 이 사람을 잘 알고 있는 자네는 그의 현실과 그의 꿈을 종합할 수 있을 걸세. 나로 말할 것 같으면, 나는 생틸레르의 모든 사람처럼 꿈밖에 없었네. 그리

---

91 낭트 칙령Edit de Nantes은 프랑스 왕 앙리 4세가 1598년 4월 13일 선포한 칙령으로. 프랑스 내에서 가톨릭 이외에도 칼뱅주의 개신교 교파인 위그노의 종교적 자유를 인정한 칙령이다. 여기서 바르트가 이 칙령의 폐지를 언급하고 있는 것은, 앞의 편지에서 코엔 씨에 대해 험담함으로써 카네티가 언짢아할 수도 있었음을 간파하고, 그에 대한 험담을 어느 정도 포기하는 것을 보여주는 것으로 판단된다.—옮긴이

고 자네를 통해 분명 현실의 모습을 알게 되었을 걸세. 어쨌든 이런 이유로 나는 자네를 슬프게 했을까봐 몹시 겁이 나네. 또 이런 이유로 이 편지를 쓰고 있고, 또 그러면서 내가 틀렸다고 고백하고 있네.

사랑에 대한 소크라테스적 토론을 계속 해봐야 무슨 소용이 있겠는가? 자네가 말한 것을 나는 부인하지 않네. 나는 자네가 말한 내용에 민감하네. 왜냐하면 그것이 매혹적이니까. 어쩌면 그것이 나를 흔들어놓기도 한다네. 하지만 정말로 그것이 내가 한 행동과 반대되는 것일까? 자네는 나의 태도에서 자네가 지적한 대로 슬픔과 마비만을 볼 뿐일세. 정열이란 정말로 그런 것에 불과한 것인가? 밖의 어둠은 정열의 불꽃을 더 잘 보호하기 위해서만 어둠일 뿐이네. 사랑받는 자를 심문해볼 필요가 있다는 얘기지. 그는 어쩌면 다음과 같은 말을—동의하지 않으면서도—자네에게 할 수도 있네. 즉 '심지어 거짓말을 하면서까지' 완전히 자기 자신을 내어주는 완전한 사랑의 광경, 영원의 소리는, 그가 지금껏 본 적 없는 가장 강하고, 가장 민첩하고, 가장 생동감 있는 것 중 하나라고 말일세. 끝까지 논리적인 사랑의 압력, 열기, 흥분은 그를 혼미케 하고, 그로 하여금 굴복할 수밖에 없게 만든다고 말일세. 그리고 그의 삶에서 처음으로 자네가 부조리한 환영이라고 부르는 것과의 접촉을 통해 비극이라는 것, 어쩌면 인간이라는 것이 무엇인지를 알게 되었다고 말일세. 자네가 나를 슬픔, 소모, 마비 등으로 비난했다면, 그는 아마 고소를 금치 못할 것일세. 그가 나에 대해 알게 된 것은 이런 것과는 정반대되는 것들이네. 흥분, 희망, 절망, 반항, 사건에 대한 완벽한 지배(타자의 제명, 이별 등), 모든 상황을 분해하고 설명하는, 그로부터 여러 결과를 끌어내고, 또 차가운 논리를 억제하면서 거기에 사랑의 더 고귀한 논리를 이입시키는 생기 넘치고 섬세한 지성, 게다가 그로 하여금

(건전한 사람인) 미친 사람, 귀신 들린 사람 앞에서 굴복시키는 지성 등이 그것이네.(이와 같은 변화가 홀림의 효과가 아니라고 거만하게 생각할 수 있을까?)

　사람이 관계를 맺으면서 자신의 반만 걸 수 있을까? 내게는 그것이 의미가 없네. 그것은 희극이기도 하고 희극이 아니기도 하지. 모든 것을 걸고 또 동시에 아무것도 걸지 않아서는 안 되네. 바로 거기에 아주 특별한 숨바꼭질 놀이가 있는 걸세. 내가 확신하는 바로는 신들을 믿는 방식―혹은 안 믿는 방식―에서 그리스인들이 취하는 태도가 그 전형적인 본보기라네. 우리는 사랑을 통해 우리 자신이 더 이상 개념이 통하지 않는 세계, 진리가 모호해지는 그런 세계로 들어서게 된다는 것을 알고 있네. 그리고 우리를 흔들어놓는 것은 다양한 역사, 문명, 문학, 종교 등에서 이 세계의 거꾸로 된 모습을 다시 발견한다는 것이네. 물론 이런 모습이 사랑에 빠진 우리에게는 환영으로 보이지 않는다는 것은 당연해. 그런데 바로 이것이 우리를 강화시켜주고, 다음과 같은 사실을 생각하고 예견토록 해주네. 즉 사랑 Amour이란 역사적 세계에서 그처럼 오래전에 추방당한 형제애적인[92] 신화들의 체계에 속하는 하나의 신화라는 사실 말이야. 정확히 이와 같은 형제애적인 신화들이 꿈, 격렬한 진리 등을 내세우며 종종 사람을 유혹하러 다시 오는 것일세.

　이야기가 철학이 되어버렸네. 별로 그럴듯하지도 못한 개똥철학 말일세. 사과하네. 내 변명은, 내가 지금 이런 개똥철학을 실천에 옮기고 있다는 것일세. 내 자신을 완전히 구속시키지 않을 그 어떤 가능성도 그 어떤 의미도 내게는 없네. 나는 자네가 말한 위험을 생각하지 않네. 그리고 나는 자

92　동성애적이라는 의미로 보인다.―옮긴이

네에게 완고하기까지 하네. 사실 자네는 나에 대해 위험을 직감하면서, 내가 슬프고, 마비와 소모와 환영의 희생자로의 길로 접어들었다고 판단하고 있다고 말한 적이 있네. 하지만 자네가 나를 그렇게 판단할지라도, 내 판단으로 나의 현재 상태는 그렇지 않다고 말할 정도로 완고하네. 내가 좋아하는 사람만이 나를 볼 수 있네. 나는 다른 사람들의 판단에 대해서는 단 하나의 사실만을 인정할 뿐이네. 그로 인해 내가 고통을 받는다는 것. 하지만 이것을 말로 표현할 만한 가치가 있을까? 서로의 입장에서 아주 자연스럽고 필수불가결한 사항에 대해 토의를 할 이유가 없다고 할 수 있네.

게다가 이 모든 것은 바보짓이네. 바로 거기에 수천수만의 가능한 방어가 있네. 나는 되는대로 사랑에 이끌리게 놔두네. 반면, 우리와 반대의 입장을 취하는 것은 사실상으로나 권리상으로나 아무런 의미가 없다고 느끼네. 우리가 아무런 갈등을 느끼지 않기 위해서는 내가 조금 덜—그만큼 괴로운 것은 사실이지만—불평하는 것으로 충분하네. 우리 두 사람을 대립시키는 것은 규율의 문제지. 말을 하면서 내가 이처럼 부드러운 태도를 취하는 것은 내 잘못이네. 약간은 느슨한 변증법—그리고 게으름—은 나로 하여금 용기란 아주 위선적인 덕성이라는 생각을 갖게 하네. 나는 내게 부족한 것을 얻기 위해 애원하는 것에 대해 부끄러움을 느끼지 않는다네. 나의 불만을 해소시키기 위해 나를 떠미는 것은 위로에 대한 욕망이 아니야. 그것은 오히려 꾸민 태도에 대한 병적인 불신과 나의 허약함—게다가 책임이 없는—을 통해 내가 느끼는 것을 다른 사람들이 보게 되는 위대함이나 엄숙함에 대한 환영이네.

하지만 나는 이것이 잘못이라는 것을 알고—또 체험했네. 불평을 해서는 안 되네. 어쩌면 자네에게 불평하는 것은 예외일세. 자네에게 불평을 하는 것은 내가 혼자라는 사실을 더 느끼게 하는 것이기는 하지만, 그래도 이런 불평은 자네가 내게 써주는 아주 멋진 편지, 부드럽고 단호한 어투로 된 편지로 되돌아오기 때문일세. 하지만 지난번 편지에서는 내 스스로가 바보처럼 굴어 자네로 하여금 그런 어투를 사용하지 못하도록 했네.93 물론 자네는 성격이 좋아서 이런 사실을 나에게 알려주었지만.

자, 친애하는 카네티, 이것은 찬사일세. 자네는 그처럼 진실된 것을 어떻게 다르게 쓰기를 원하는가? 환자들은 자기 자신을 표현하기 위해서 말밖에 가진 것이 없네. 우리가 건강하고 자유롭다면, 우리는 마치 몇몇 미국 소설에서처럼 조용하게 우정을 즐길 수 있을 거야. 내가 병을 앓고 있는 한, 나는 숙명적으로 나를 그처럼 내리누르는 이와 같은 전통적인 형식주의를 고수할 것이라는 생각이 드네. 그리고 종종 나는 지금 걸치고 있는 옷을 구기지 않기 위해 몇 주 동안 글을 쓰지 않고 있다고 생각하기도 한다네.

자네는 내게 공동절개空洞切開94에 대해 말해주었지. 결국—내 편지 내용의 불균형에도 불구하고—자네 편지에서 나를 가장 감동시킨 부분이 바로 이 부분이네. 나는 그 방법에서 기적을 기대하고 있네. 일레레, 로셰 블라즈 등이 그들의 직업을 되찾고, 그들의 몸무게를 되찾은* 그런 기적을 말일세. 하지만 자네가 샤토브리앙으로 떠났다면, 그곳에서 얼마간 머물게 나. 물론 그렇게 되면 우리는 조만간 서로 만날 수는 없겠지.

그리고 지금 나는 덜 이기적인 방식으로 자네를 생각하네. 아니네, 친구,

---

93 코엔 씨에 대한 험담으로 카네티가 마음이 불편하여 바르트에게 언짢은 어투로 편지를 썼다는 것을 의미하는 듯하다.—옮긴이
94 공동절개는 샤토브리앙(루아르아틀랑티크)의 전지요양소에서 베르누Bernou 박사가 고안해낸 결핵 치료 방법이다. 인공기흉법과 흉부성형수술의 실패에 따르는 폐의 공동을 질산은으로 아물게 하는 수술이다.

생틸레르와 관련하여 자네는 내게 완치된 사람의 심성을 가정하면서 나에게 아픔을 주네. 이건 사실이 아니네. 우선, 자네 생각으로 내가 나았다고 해도, 나는 이곳에 있으면서 내 존재를 절대로 특별하다고 느끼지 않네. 종종 많은 자리가 있긴 하네. 분명 있지. 하지만 어떤 친구들은 이곳으로 오고 싶어하지 않았다는 것을 자네는 알고 있어.

곧바로 답장을 하라고 내게 강요하지는 말게. 그렇다고 내가 축 처지도록 그냥 놔두지도 말게. 종종 자네 생각을 하네. 자네가 필요하네.

자네 친구,

롤랑 바르트

너무 신경 쓰지 말게. 나는 아직 이곳을 떠나지 않았네. 정말로 문제가 제기되면 다시 말하겠네.

*하지만 체형이 좋아진 것은 아니네. 최소한 그들 중 한 명은 이것이 염려되네.

[1945년] 12월 20일 목요일, [레이생에서]

친애하는 친구,

자네 편지를 받고 무척 기뻤네. 다른 한편, 자네 편지는 내가 다른 모든 일에 지루함을 느낄 때 알맞게 도착했어. 그런 만큼 즉시 답을 하고 있네. 자네와 함께 있고 싶은 생각에서라네. 이렇게 하는 것이 내게 얼마나 좋은 영향을 주는지에 대해서는 말하지 않겠네. 너무 분명하네. 또한 이렇게 하는 것이 내 '기분을 풀어주네.' 나는 자네만큼 기분을 잘 풀어주는 누군가를 만난 적이 없네. 자네와 함께라면, 자네 편지를 읽고 있으면, 한순간도 지루하지 않아. 자네는 항상 확신을 주네. 그러므로 사람들은 자네처럼 세상을 보게 되고, 좋지 않은 많은 생각을 떨쳐버릴 수 있네. 약간 심각한 바보짓이나 비참함에 빠지기 전에 자네의 조언을 들어볼 필요가 있다고 생각하네. 혼자서 말일세. 그러면 약간의 허영심을 갖기도 하겠지만, 결국 구원을 얻을 수 있을 걸세.

우연히 겹친 세 가지 이유로 미슐레 연구는 이틀 전부터 잘 진행되고 있지 않네. 『현대Temps présents』지(*이해하기 힘든 실수다. 『레탕모데른Les Temps modernes』지다. 사르트르와 성 도미니크회 수도사들을 혼동하다니!)95에 실린 사

---

95 바르트는 1945년 10월에 간행된 『레탕모데른』지 창간호에 실린 사르트르의 창간사(『상황Situations II』(Gallimard, 1948)에 재수록)를 암시하고 있다. 로베르 다비드에게 보낸 1945년 12월 20일자 편지를 볼 것(이 책의 168쪽 참고). 『현대Temps présents』지는 1937년 스타니슬라스 퓌메Stanislas Fumet에 의해 창간된 주간지로, 독일 점령 기간에 폐간되었다가 1944년에 세르프Cerf 출판사와 연결된 성 도미니크회 수도사들의 실질적인 지원으로 재출간되었다.

르트르의 선언에 대한 독서, 『실존』지96에 실린 내가 쓴 짧은 글에 대한 재독, 그리고 사르트르의 최근 소설97의 독서(어제 하루 종일)가 그것이네. 너무 염려하지 말게나. 내가 사르트르주의로 방향 전환을 한 것은 아니니까. 그의 재주가 아주 뛰어나고 또 정말로 통찰력이 있다고 해도 그렇네. 하지만 미슐레를 연구한다는 이 기이한 우회를 통해—이것을 그만두지는 못하겠네—같은 주에 사르트르와 미슐레를 접근시키는 것, 이것은 정말로 기묘한 조합이네. 이 조합에 미슐레는 그만의 고유한 특징들을 많이 잃어버리네(물론 이와 같은 조합에서 생각해볼 수 있는 좋은 이미지가 있기는 하네. 하지만 자네는 극구 동의하지 않을 걸세). 이런 조합에 대해 오늘은 그저 계획 상태로만 생각해보고 있는 중이네. 하지만 그 이전에는 모든 것이 잘 진행되었다고 할 수 있어. 어쩌면 자네가 세밀한 초상화를 잘 알지 못하는 미슐레라는 놀랄 만한 작자에 대해 나는 이미 상당한 아이디어를 가지고 있네. 어쩌면 자네는 그에게서 약간 바보 같은 민주주의와 세속성의 사도使徒를 볼 수도 있네. 하지만 이 점에 대해서도 그의 모습은 안심할 수 있네. 그의 초상화에는 입술이 없어. 아주 완고하고 심술궂은 늙은 마녀의 얼굴을 하고 있네. 몰인정하고 꼬여 있고 쩌든 그의 표정에는 일종의 검은 불꽃, 두 눈에 참을 수 없는 희열을 담고 있는 지옥의 불길이 있네. 이 작자는 아주 특이한 사람이고, 아주 뛰어난 지성의 소유자이며, '실수로 태어난 듯한 지성Intelligence à erreurs'을 갖추고 있네. 나는 그런 그를 좋아하네. 그의 저작은 정말로 '신화적'인 면에서, 반反19세기적인 면에서, '반낭만주의적'(반反텐, 르

---

96 바르트는 1944년 『실존』지에 실렸던 (카뮈의) 「『이방인』의 문체」(*OC*, t. 1, pp. 75~79)라는 글에 대해 암시하고 있다.
97 『자유의 길Les Chemins de la liberté』의 제2권 『유예Le Sursis』(Gallimard, 1945)를 가리킨다. 이 소설은 1945년 8월 31일에 인쇄가 끝났다.

낭, 기조, 쓰레기 같은 과학자들)인 면에서 현대적이네. 이런 그의 저작은 기이한 특징들을 가지고 있어서 그것들을 발견하고 조합하는 일에 흥분되네. 내가 만약 이런 발견에 어느 정도 흥미를 느낀다면, 나는 미슐레에 대해 지루하지 않은 뭔가를 해낼 수 있을 것 같다는 느낌이네. 과거에 살았던 사람들 중에서 이 작자는 나와 궁합이 좋아. 이것은 열정이라고 할 수 없네 (그가 부끄러워할 실수를 저질렀기 때문일세). 하지만 그는 아주 풍부한 이성의 동반자라네. 게다가 사람들은 이성이라는 측면에서도 그의 부인의 몇몇 특징에 대해 열광할 수 있네. 적어도 나는 그렇게 가정하고 있네.

미슐레는 정확히 나와는 다른 존재야. 분명 나와 대조적이긴 하지만, 그렇다고 또 완전히 그런 것은 아니네. 이것이 중요하다네. 그는 완전한 이타성의 정도를 보여주네. 그리고 사람들이 반은 틀리고, 반은 맞게 이야기하는 것처럼, 그는 하나의 세계지. 어쨌든 한 명의 시인이나 소설가에 대한 연구에서보다 아주 강력한 휴머니스트에 대한 연구에서 소리만 요란한 부질없음이 덜하네. 낭만주의적 역사가인 미슐레는 분명 역사가도 낭만주의자도 아니네. 또한 나는 거기에 이렇게 덧붙이네. 그는 프랑스적이지도 않다고 말일세. 그에 대한 이와 같은 표식의 실수는 벌써 아주 훌륭한 출발점이네. 내가 현재 우려하는 문제는 바로 다음과 같은 것이네. 미슐레(다시 말해 그에 대한 연구)가 과연 현재적인가? 그를 연구하면서 1945년 현재의 지구 위에 남아 있을 수 있을까? 이 문제는 중요하네. 우리가 살아야 하는 이 시대를 제쳐놓는 것은 어떤 것도 할 필요가 없기 때문이지. 이틀 전부터 조금 사기가 떨어졌네. 현대와의 화해가 가능하지 않다면—혹은 너무 인위적이라면—이 늙은 사티로스[98]를 냉정하게 포기해버리겠네. 하지만 그렇게 되면 마음이 아플 것 같네. 그리고 특히 어쨌든 혼자서는 '오늘 l'aujourd'hui'이라고 하는 그렇게 강한 불꽃 속으로 썩 유쾌한 마음으로 들어가진 못할 것 같네. 그렇네. 바로 그것이네. 2000년 역사의 기독교(게다가 이미 타락한 플라톤까지)를 정복해야 하네. 그리고 후퇴해서는 안 되네. 끔찍한 일은, 바로 교회—교회들—의 '필연적인nécessaire' 파괴라네. 교회는 세상의 악이기 때문이고, 또한 교회가 여러 악의 본성을 만드는 일종의 악의 콘덴서이자 계시이기 때문이네. 교회를 무화시키는 것은 오늘날에도 여전히 드 라 바르 기사[99]의 방식으로 이루어지는 세속적이고 공산주의적인 일종의 십자군 운동 이외의 다른 것을 의미하지 않는다네. 이와 같은 오해 속에서 자네는 어디에 자리를 잡기를 원하는가? 주의를 해야 하네. 우리는 이쪽에도 저쪽에도 연루되지 않았다는 사실을 소리 높여 이야기해야 할 필요가 있네. 무신론적 유물론도 가톨릭주의와 마찬가지로 구토를 일으키지. 건립해야 하는 것은 오히려 이교도적異敎徒的 세계야. 유신론적도 합리주의적도 아닌 그런 세계 말이네. 결국 이런 세계를 건립하는 것은 우리와 동시대를 사는 사람들에게 멋진 임무가 될 수 있네. 이 점에 대해 내 입장은 점점 더 단호해지고 있네. 자네 역시 기독교적 독毒이 이곳에서는 물론 프랑스의 혈관에서 여전히 그 효과를 잘 발휘하고 있다는 것을 알고 있지. MRP,[100] 생틸레르에서의 메시앙[101]의 활동(나는 자네의 반응을 예상하고 또 이해하네), 실수

---

98 그리스 신화에 나오는 반인반수의 숲의 신으로. 여기서는 미술레를 괴물 또는 방탕한 사람 등으로 규정하기 위해 바르트가 사용한 표현으로 보인다.—옮긴이

99 프랑수아장 르페브르 드 라 바르 기사chevalier François-Jean Lefebvre de La Barre는 1745년에 태어났고, 신성모독을 이유로 1766년 화형에 처해졌다. 하지만 그의 신성모독은 의심적인 것이었으며, 그 결과 볼테르는 그의 처형이 온당하지 못하다고 비판했다. 여기서 바르트가 이 기사의 이름을 언급한 것은 그 자신의 기독교에 대한 비판에도 불구하고 공산주의라든가 세속화의 이름으로 기독교에 대해 온당치 못한 비판을 하는 경우도 없지 않다는 것을 보여주기 위함으로 보인다.—옮긴이

100 1944년에 창당된 민주기독당인 민중공화운동Mouvement républicain populaire을 가리킨다.

를 잘하는 이곳의 사제 족속들, 자신들의 임무의 흉내내기 고수들이고, 고해성사대 주위를 배회하면서, 보이스카우트들의 바보 같은 행동과 규칙이라는 허울 등을 통해 젊은이들을 바보로 만들면서, 또 젊은이들을 부끄럽게도 어린 시절의 가장 유치한—결코 시적詩的이 아닌—상태로 유도하는 흉내내기의 절정에 있는 예수회 수도사들 등이 그 좋은 예가 될 것이네. 나는 이런 부류의 사람들, 이렇게 타락한 사람들과는 아무런 관계도 맺을 수 없네. 나를 믿어주게. 이것은 소위 독립적인 정신 자체를 망가뜨리는 부패의 암적 요소일세. 반드시 고해성사적은 아니라고 해도 기독교적(소크라테스적)이고 불쾌한 사고방식, 추론 방식이 있네. 이런 방식들이 불쾌한 것은 정열의 약화, 부드러운 객관성(예수회적 뻔뻔함, 미슐레가 기가 막히게 '진리라는 백신le vaccin de la vérité'[102]이라고 불렀던 것) 때문이네. 수많은 것을 완전히 인간적으로 만드는 방식이 그것이네. 분명…… 어쨌든. 우리는 이와 같은 부패의 수많은 예시를 가지고 있네.

그리스를 주제로 한 자네의 강연은 나로 하여금 듣고 싶은 마음이 생기게 하네. 여기서 별로 재미없는 강연들이 빈 배처럼 지나가기도 하네. 가령 피에르 에마뉘엘, 지그프리드(그다지 나쁘지 않았네) 등의 강연이라네.[103] 게다가 나는 침대에 누워 있고, 강연은 병동에서 열리지 않았네. 강연을 듣지 않은 지가 꽤 오래되었네. 나는 라디오와 미슐레 사이에서 살고 있네. 두

---

101 올리비에 메시앙Olivier Messiaen(1908~1992)은 1945년 12월에 「신의 모습을 보여주는 세 개의 전례 소품Trois petites liturgies de la présence divine」(1943~1944)을 창작했고, 기독교 음악 작곡가가 되고자 했다.
102 바르트는 이 개념을 이때부터 빈번하게 사용한다. 특히 『신화론』의 시기에 그렇다. 예컨대 「아방가르드 백신Le vaccin de l'avant-garde」, *Les Lettres nouvelles*, mars 1955(*OC*, t. 1, pp. 563~565).
103 앙드레 지그프리드André Siegfried(1875~1959)는 역사학자이자 사회학자이고, 피에르 에마뉘엘Pierre Emmanuel(1916~1984)은 시인이자 작가다.

세 명의 지적인 친구들, 이것이 전부라네. 잘생긴 것은 아니네. 취향을 조금 낮추면 모를까. 이곳에는 친구가 한 명도 없네. 종종 아주 자극적인 고독이네. 가끔은 꼼짝달싹 않네. 무기력하고, 시시하고, 피부가 늙어버린 이 소년들, 내가 2~3년 전부터 속속들이 알게 된 이 모든 소년들, 자네는 내가 이들과 어떻게 잘 지내기를 바라는가? 우리는 모두 35명이네. 6개월마다 바뀌지. 이곳에 온 자들은 생틸레르에서처럼 새싹들이 아니라 죽은 나무들이네.[104] 모험이라고는 도저히 해볼 수 없는 그런 환경이야.

캘리포니아Californie[105]로부터는 그 어떤 좋은 소식도 없네. 소식다운 소식이라도 찾으려면 5~6회의 불행한 경우에서 몇몇 실패한 검사 결과를 뒤져야 하네. 이곳에는 심지어 캘리포니아에서 온 과일도 없네.[106] 약간 주름지고, 벌레 먹고, 맛도 싱거운 프랑스산 작은 사과만 있을 뿐이네. 이번 겨울에 6개월 동안 디저트로 나왔네.

자네 건강에 대해서는 전혀 얘기하지 않는군. 하지만 지금 자네의 건강이 설사 문제가 되지 않는다고 해도, 내게는 그게 항상 궁금한 사항이네. 친애하는 친구, 이것을 잊지 말게.

내 건강은 나쁘지 않네. 나를 잠깐씩이라도 외출시키려 하네. 하지만 나는 게으름을 피우네. 눈과 15분마다 더러운 의상을 한 늙은 농부를 만나는 황량한 길이 싫네. 지난번에 내가 말한 아테네 그림은 어떤가? 우선 그것이 조금 과대평가되었다는 점을 전하네. 자네는 그 운명을 알고 있네. 침대에 누워 3개월 동안 이 멋진 그림에 대해 욕심을 낸 후에, 기분이 안 좋

---

104 초기 환자들이 아니라 중병을 앓고 있는 자들이라는 의미로 보인다.—옮긴이
105 생틸레르뒤투베에 있는 전지요양소의 펜션 중 하나의 별칭이다.
106 바로 위에서 펜션 중 하나를 지칭하기 위해 사용한 '캘리포니아'와 실제 '캘리포니아'를 이용한 바르트의 언어유희로 보인다.—옮긴이

아지려면 교활한 신학생이나 살찐 군인을 한 명 우연히 만나는 것만으로 충분하네. 조금 욕심이 나는 한두 녀석에게 접근해서 관계를 맺고, 외출하고, 얘깃거리를 만들기 위해 고생하는 것은 미친 짓이네. 얼마나 큰 손실인가! 얼마나 많은 쓰레기와 찌꺼기인가! 위험은 자신의 욕망의 수준을 떨어뜨려야 한다는 것이네. 욕망과 미美를 일치시킬 수가 없기 때문에 어쨌든 욕망이라도 살아남기 위해서는 미에 대해 환상을 품어야 하네. 어쨌든 아주 고상해야 하네.

내게 편지를 쓰지 않은 채로 너무 오래 있지 말게. 자네 편지를 정말 필요로 하네. 자네의 편지 없이 지낼 만큼 나는 강하지 못해. 나는 끔찍하게도 '기분Humeur'의 희생자라네. 그 많은 심리학자가 어떻게 인간의 모든 능력 중 으뜸인 기분에 대해 아직 연구를 하지 않았을까? 의지, 주의 등과 같은 의미 없는 것을 연구하는 대신에 말일세.

친구, 나를 잊지 말게. 애정을 보내네.

롤랑 바르트

1946년 2월 21일, [레이생에서]

친애하는 친구,

자네가 출발 준비 중이라는 것을 알고 있네. 벌써 출발한 것은 아닌지 모르겠네. 브리소 박사가 보낸 베르누 박사가 나를 보기 위해 레이생에 들렀네. 그는 공동절개술의 진정한 권위자라네. 자네가 어디에 정착했는지, 지금 어디에 있는지를 알려주게.

나는 일주일 후에 프랑스로 돌아가네. 최근에 이 일로 분주해서 편지를 쓸 수 없었네. 지금 자네 생각을 하고 있다는 것을 전하기 위해 몇 자 적네. 파리에 가면 편지다운 편지를 쓰겠네.

나는 다음과 같은 이유로 프랑스로 돌아간다네.

1) 자네가 알고 있는 이유.

2) 브리소 박사가 동의를 했기 때문이지.[107]

3) 1년 전에 첫 번째 대열에 끼어 도착한 몇몇 환자들의 자리에 다른 환자들을 채우기 위해 몇 주일 후에 그들을 보내야 하기 때문이네.[108] 아주 중요한 문제야. 나를 4월에 보낼 수도 있었기 때문이지.

나는 집에서 몇 달 동안 휴식을 취하려고 하네. 그 이후에는 상태를 지켜볼 참이네. 한 달 전부터 내 건강은 많이 호전되었어.

이것이 있는 그대로의 소식일세. 하지만 당연히 밑바닥 감정이 있네. 집으로 돌아갈 수 있어서 몹시 기쁘네.

---

107 앞서 보았듯이 브리소 박사는 파리에서 바르트의 병을 치료했다.
108 예컨대 바르트가 포함된 생틸레르뒤투베에서 왔던 환자들의 대열이다.

상태가 꽤 좋으면, 이번 여름에 자네를 보러 샤토브리앙 쪽으로 며칠 동안 여행을 떠날 생각이네. 지금 이 순간 자네 역시 모든 걱정을 떨쳐버렸기를 바라네.

자네의 새로운 소식을 간단하게라도 전해주게. 돈독한 우정을 보내네.

R. 바르트

파리 제6구; 세르방도니가 11번지

당통 95-85

내가 도착할 때, 만약 자네가 파리에 들를 수 있다면? 그러면 금상첨화겠네. 나는 2월 28일에 도착한다네.

4.

롤랑 바르트가 로베르 다비드에게

한때 바르트에게 커다란 열정의 대상이었던 로베르 다비드에 대해서는 알려진 바가 많지 않다. 1923년 렌에서 태어난 다비드는 1943년 생틸레르뒤투베 전지요양소에서 바르트를 만났을 때 20세였다. 로베르는 1944년 12월 초 첫 번째 보양기를 위해 생틸레르를 떠나 파리로 간다. 생틸레르의 환자 일부를 스위스로 이송한 1945년에 레이생에서 그는 바르트를 다시 만나게 된다. 하지만 로베르는 1945년 9월 17일에 보양기를 위해 파리로 되돌아온다. 그는 이곳에서 정치경제학 공부를 하게 되고, 후일 역사학 교수가 된다. 두 사람은 1946년 2월에 바르트가 파리로 되돌아왔을 때 다시 만나게 되고, 이들의 관계는 전쟁 후에도 계속된다. 1962~1963년[109] 고등연구원에서 바르트가 주재한 세미나에 '학생'의 자격으로 로베르의 이름이 등록되어 있는 것이 그 증거다. 로베르 다비드는 손수 보관하고 있던 롤랑 바르트의 편지 복사본 뭉치를 베르트랑 푸아로델페슈에게 맡겼는데, 이 복사본이 베르트랑을 통해 우리에게 전해졌다. 복사 상태가 좋지 않아 종종 완전한 형태의 편지를 실을 수 없었다. 여기에 실린 편지는 꽤 제한된 범위에서 선택된 것들에 불과하다.

1944년 12월 8일 목요일,[110] [생틸레르뒤투베에서]

친애하는 친구,

나는 여전히 열이 있네. 상당히 피곤해. 내가 원하는 대로 편지를 쓸 수

---

109 *OC*. t. 2, p. 254.
110 바르트의 실수다. 1944년 12월 8일은 목요일이 아니다. 금요일이다.

없을까봐, 또 자네가 기대하는 대로 쓸 수 없을까봐 걱정이 되네. 자네가 정신적인 양식을 바라면서 내 방으로 왔던 것과 마찬가지로, 또 자네가 불확실한 생각과 허약한 마음을 발견했던 것과 마찬가지로, 지금 내가 자네에게 멋진 것들, 윤리, 자네로 하여금 생각을 유도하는 체계에 대해 쓸 것이라고 기대한다면, 자네는 많이 실망할 걸세. 자네가 출발한 후로 계속 열이 있네. 나는 지금 어둠 속에서 지내고 있어. 자네에게 아주 유약한 사람으로 다가갈 뿐이네. 심지어 아름다운 언어 사용법도 잃어버린 채로 말일세.

일요일 이후로 내 정신은 많은 고통을 겪고 있고, 고귀한 대의명분이라는 감정과 이것을 사용하지 못하는 불가능성이 나를 이처럼 무겁게 내리누른 적이 없었네. 나는 어둠 속에서 몸부림치고 있네. 자네를 생각하면서 내가 찾았다고 생각하는 것은 항상 낮의 다비드이기 때문이야. 내가 상상하기로는 다비드는 밤의 다비드를 부정하고, 나에게 쌀쌀함, 도덕, 확실함 등을 대조시키고 있네. 마치 밤의 다비드가 내게 보냈던 파스칼의 짧은 문장에서처럼 말일세.

(…)111

단호한 고백에 대한 모든 요구가 나에게는 공허하게 들리고, 나의 영혼의 심오한 부분 쪽에서는 이해 불가능한 것처럼 보이기 때문에, 나는 내가 궁극적으로 그 어떤 속임수의 낌새도 느끼지 못하는 모종의 부재의 진리(적어도 언어의 부재)에 대해 자네에게 말할 수 있을 것 같네. 자네의 정직한 마음, 잘 표현된 진리를 갈구하는 자네의 지성으로 보면 이해가 안 될 수도 있겠다는 우려가 되긴 해도 말일세. 자네의 극단적으로 성실하고 섬세

---

111 편지의 일부분 누락.

한 정신은 뭔가 헤겔적인 측면―여기서는 지울 수 없는 것은 상상적인 것일 뿐이라고 얘기되네―을 가지고 있기 때문이야. 또한 자네가 신비스러움을 고백한다고 해도 자네는 자네 고유의 고백의 범위 내에서만 그렇게 할 뿐이네.

단지 자네가 나를 좋아한다면―자네가 나를 좋아하게 될 때―, 혹은 자네가 나를 좋아했다면, 자네는 다음과 같은 사실을 이해할 수 있을 거야. 즉, 내 양심이 신학 너머―신 자신도 표현되지 않은 그곳―에 위치해서만 숨을 쉴 뿐이라는 사실이라네. (…)112

사랑은 우리에게 우리의 불완전성에 대해 밝혀주네. 사랑은 평등하지 않은 두 항을 비교하는 우리 양심의 초자연적인 움직임 이외의 다른 것이 아니라네. 하나는 사랑받는 대상의 완전성과 충만함이고, 다른 하나는 우리 자신의 비참함, 갈증, 지적인 빈곤이네. 아주 멀리 떨어진 이 두 항을 가열차게 통일시키길 원하면서, 한 항의 공백을 다른 한 항의 충만함으로 메꾸길 원하면서 기적이 일어나지. 또 사랑받는 자가 자신을 희생시키고, 또 그가 자유롭게, 너그럽게 사랑하는 자의 갈증과 그 자신의 충만함을 허락한다면, 완전성은 우리 내부로 하강하게 되네. 사랑받는 자들은 '겸손 때문에' 거절당한다고 생각하네. 사람들이 그들에게서 찾고자 하는 것을 이해하지 못하면서 말일세. 그들은 자신들에게 가치의 문제를 제기할 수 있는 강한 자존심이 있다는 사실을 보지 못하네. 한 인간의 가치란 극단적으로 신용과 관련이 있는 개념이지. 직설적으로 말하자면, 가치란 화폐로 평가된 가치라네. 자네는 내가 좋아하는 것만큼의 가치를 지니고 있네. 이것

---

112 판독 불가. 편지 상태가 좋지 않다.

을 이해해야 하네. 사랑만이 유일하게 진정으로 뭔가를 창조해낸다네. 사랑받지 못하는 사람은 아무런 가치가 없네. 그에게는 실존도 없네. 사랑은 사막을 빛내는 장식의 한 요소일세. 내 생각으로는 한 사람에게서의 정신적 진보란 바로 이것을 예견하는—비록 초기에는 소극적으로 할지라도—것이네. 그것은 또한 사랑의 불타는 순환 주기로 들어가는 것에 동의하고, 마침내 참으로 다시 태어나는 것에 동의한다네. 이때 지적 가치, 도덕적 가치, 성격의 가치 등은 얼마나 멀어지고, 얼마나 작아지고 우그러드는지! 또 지적 존재들이 얼마나 죽어버리고, 무용하게 되고 또 건조하게 되어버리는지! 기적이 있네. 삶이 있네. 우리 사이에서 태어나기 위해 투쟁하는 불꽃이 있네. 우리 서로를 진정한 가치, 영원한 가치로 감싸게 될, 우리를 장엄한 것들로 물들일 징후가 있네. 사랑한다는 최후의 유약함에 동의함으로써 우리는 정말로 강해진 우리 자신을 되찾게 될 거야. 하지만 자네는 아직이 모든 것을 보지 못하네. 물론 자네는 아주 통찰력이 있는 밤의 눈으로 이것들을 보고 있기는 해. 밤에, 우리가 서로의 얼굴을 볼 때, 우리의 가슴이 흥분으로 부풀어 오를 때, 우리는 정말로 가치를 갖게 될 걸세. 자네는 나에게서 지적 거울을 보지 않게 되는 기적이 일어날 때만 비로소 이와 같은 사랑의 환희를 느낄 수 있네. 하지만 자네의 환희, 자네의 놀란 눈을 보는 것, 바로 거기에서 내가 가장 큰 가치를 발휘하지 않는가? 그리고 이런 밤의 불꽃 속에서 자네의 가치 역시 가장 빛나지 않겠는가? 자네는 자네만의 고유한 가치에 대해 단 1분이라도 생각해보는가? 이 모든 것은 이미 우리 뒤에 멀리 내팽개쳐져 있네! 하지만 나는 낮에 자네가 나를 거들떠보지도 않는 태도에서 자네로 하여금 사랑이 아니라 오만함만을 투영시키게끔 하는 것들이 뭔지를 알게 되네. 자기 자신이고자 하는 이 지옥 같은 자존심, 바로 그것이 내가 고통받는 이유일세. 내가 옳다고 확신하면서도, 이미 천 번이라도 부자가 되었음에도 고통받지. 파스칼이 괴로워했던 것처럼 말일세. 하지만…… 내가 계속 비교를 하는 것은 자네를 위해서이고, 또 나를 위해서라네.

스위스로의 출발에 대해 새롭게 아는 것은 없네. 나는 침대에 몸을 깊숙이 묻고 있고, 열은 떨어지지 않고 있네. 물론 심각하진 않아. 걱정하지 말게. 자네는 집에 있는지, 거기에서 행복한지 알고 싶네. 자네의 관심사와 계획을 알려주게. 친구, 편지를 써주게. 내 삶은 자네 곁으로 피신해 있네. 내가 살면 살수록, 나는 정말로 자네를 그만큼 더 좋아한다고 느끼고 있네. 이런 감정 속에서 구원을 더욱 강하게 느끼네. 너무 엄격하지 말게. 나의 기쁨은 자네 안에 있어. 그것을 좀 풀어주기 바라네.

친구,

롤랑 바르트

[1945년 9월 28일] 금요일 저녁, [레이생에서]

친애하는 친구,

자네의 25일자 편지를 잘 받았네. 편지를 써주고, 나를 생각해줘서 고맙네. 나는 미사여구를 사용하지 않아. 우리는 지금 이런 것 너머에 있네. 자네는 내 생각을 잘 알고 있고, 자네가 나에 대해 간직하고 있는 이미지에 감동받았네.

자네에게 전해야 할 이야기를 보세.

우선, 적십자로부터 96프랑을 지원받았다네. 모랑[113]의 작품을 구입했어. 그러자 6프랑이 남았네.

르루에 대해서는 어쨌든 그의 침묵을 경계해야 하네. 아주 조심해야 해. 아주 미미한 첫 경종에도 공격을 하게. 철저히 방어하게. 내가 그에 대해 가지고 있는 모든 것을 보냄세. 그것을 더하게.

너무 많은 말을 하지 말길. 심지어 아무것도 말하지 않기 위해서도 침묵을 지키게. 제발, 다비드, 이것을 극복하게. 자네 말을 제어하게. 자네의 첫 번째이자 마지막 단점이라네. 이것을 잘 이겨내야 해. 그러면 자네를 떨게 하는 녀석들보다 10배는 가치가 올라갈 거야. 매력적이지만 쌀쌀한 모세르[114] 같은 자들, 점잖지 못한 빌리에 같은 자들, 바보 같은 풀랭 같은 자들, 유치한 위르뱅 같은 자들을 보면 볼수록, 나는 더욱더 아무런 이유

---

113 프랑스 외교관이자 작가였던 폴 모랑Paul Morand(1888~1976)을 가리킨다. 『세비야의 고행자 Le Flagellant de Seville』(1951), 『헤카테와 그녀의 개Hécate et ses chiens』(1955) 등의 작품이 있다.—옮긴이
114 앙드레 모세르André Mosser는 의대생이자 전지요양소 하숙생이다.

도 없이 가장 냉철한 지성으로 '모든 면에서' 자네가 그들보다 더 가치 있다는 것을 알게 된다네. 따라서 다비드, 내 친구, 말을 너무 많이 하지 말게. 흥분하지도 말고, 너무 도취하지도 말게. 침묵을 견디고, 강자들의 무기를 견뎌내게. 사람들은 말을 하면서 항상 비밀을 털어놓는 것 외에도(자네가 생틸레르에서 보냈던 첫 며칠 밤에 내게 했던 모든 이야기를 생각하면 나는 온몸에 전율이 일어나네), 자네를 더 조용한 사람으로 알고 있는 사람들에게 이와 같은 불균형은 자네에 대한 주의로 이어지고, 자네를 동요시키는 요인 등으로 이어지게 된다네(판 홈베크Van Humbeeck가 틀어놓은 디스크와 자네도 알고 있는 내용의 대화로 시간을 보내고 있는 장군 딸 사이에서 편지를 쓰기가 힘드네. 자네에 대해 점잖게 말하는 다른 사람들처럼 그녀가 자네 소식을 내게 물었네. 자네에게 이것을 해라, 저것을 하지 마라 하면서 내가 자네를 훈계한다고 원망하지 말게. 나는 마치 자네가 지금 내 옆에 있는 것처럼 하고 있네—나는 이 문장을 말할 때마다 그 유명한 공포를 느끼네. 자네는 내가 말하고자 하는 바를 잘 알겠지).

자네 편지는 모세르를 안심시키기에 아주 적당한 시기에 도착했네. 그는 지금 얼굴이 환하게 빛나고, 자네에게 고마움을 표하고 있네. 자네의 마지막 바로 직전의 편지 이후, 그는 그의 사촌에게 낙서 같은 편지만을 썼을 뿐이네. 그리고 그는 내게 그것에 관해서만 얘기를 했네. 그는 그 편지를 내게 읽어주기도 했네. 하지만 나는 겁이 나. 그것은 르루에게서나 볼 수 있는 편집광적인 변증법의 일종이네. 이 때문에 이틀 전부터 기이하게도 모세르가 생각나네.

자넨 지금, 내가 수술을 받기로 결정했다는 사실을 전하는 편지를 분명 받았을 걸세. 내 친구, 자네가 너무 마음 아파하지 말길 바라네. 내가 조금 쌀쌀한 반응을 보여도 나를 용서하게. 부드러운 태도를 취하게 되면 내가 수술을 견디는 용기를 내지 못할까봐 겁이 나서 그런다네. 내게 직접적으로 모종의 심각한 사건이 발생하는 순간에 내가 자네를 생각할 수 있을지 모르겠네. 자네는 내가 이 병을 어머니와 자네 덕분에 견디고 있다는 것을 알 거야. 자네는 또한 나의 (…)115 받았을 것이네.

　이런 시기에 내가 자네에게 의지해서 미안하네. 용서하게. 알다시피 내가 그렇게 할 사람이 한 명도 없네. 자네는 내가 이런 비탄을 다른 사람에게는 드러내지 않는 자존심이 있다는 것을 알고 있네. 하지만 우리 우정의 유일한 표식은 내가 자네 앞에서 그 어떤 유희도 하지 않는다는 것이지. 용기를 내기 위해 나는 하나의 방법을 채택했네(자네는 이 점에 있어서 나를 인정해야 하네). 나는 다음과 같은 원칙에서 출발한다네. 인간은 자기 감성에 비례하는 지성을 가져야 한다는 원칙이야. 지성에 대해 확신하지 못한다면, 감성을 줄여야 하네. 만약 내가 지성으로 힘든 상황을 이겨내지 못한다면, 나는 내 감성을 줄이려고, 그것을 축소시키려고 노력할 것이네. 이를 위해 나를 무너뜨리는 몇 개의 유혹을 떨쳐버려야 하네. 어머니의 이미지, 친구의 이미지…… 그래서 나는 자네를 생각하지 않으려 하네. 자네는 기가 막히게도 항상 내 곁에 '있다présent'는 것을 나는 알고 있네. 하지만 나는 자네의 이미지에 포획되지 않으려고 노력하지. 단순하게 말해 내가 자네의 이미지에 저항하지 못하기 때문일세. 지난번 수요일처럼 여러 날에 걸쳐 이런 일이 일어나네. 다비드, 자네는 이해할 걸세. 오늘 글이 잘 안 써지네. 내가 여자에 대해서 자네에게 얘기하는 것처럼 어느 정도는 악마에게 편지를 쓰는 것 같네. 내가 지금 익숙한 표현을 동원해 자네에게 편지를 쓰는 것은

115　한 줄 누락.

L. 르플라스Replace 씨의 편지를 생각하게끔 하네. 자네는 내가 무슨 말을 하는지 알 거야.

　이틀 전부터 나는 침대 신세를 지고 있네. 공기주입(어쩌면 이 때문에 편두통이 있네)의 반작용 때문일세. 혼자 걷고, 혼자 산책할 수 있어 좋네. 올가을에는 황홀한 향수를 느끼는 순간들이 제법 있어. 언젠가 나는 페를뮈테르[116]와 함께 피아노를 쳤네. 어제는 모세르와 함께 별로 재미없는 연극을 보러 극장에 갔네. 돌아오는 길에 빵가게에 잠깐 들렀네. 같은 행동들이지만, 친구, 자네가 빠진 행동이 하루에도 수천 번일세. 나는 판 홈베크에게는 완전히 쌀쌀맞게 구네. 그는 실망할 걸세. 그의 몇몇 특징이 나를 짜증나게 하네. 나는 연구를 진행하는 데 아주 힘이 드네. 요컨대, 친구, 나는 '지루하네.'

　(…)[117]

116　피아노 연주자 블라도 페를뮈테르Vlado Perlemuter(1904~2002)를 가리킨다. 그는 반유대주의자들의 박해로 인해 프랑스로 왔으나 결핵에 걸려 스위스에서 망명지를 찾았으며, 1946년 전쟁 후에 완치되었다(다음 편지를 볼 것).
117　편지 끝부분 누락.

[1945년 10월 25일] 목요일 저녁, [레이생에서]

친구,

오늘 아침에 알렉상드르 진료소로 돌아왔네. 오후에 바하의 협주곡을 들었네. 이 첫 번째 음악에 감동하면서 내가 받은 수술과 그 이후 2주 동안의 충격을 떠올렸네.[118]

이 음악이 나에게 엄청난 효과를 주었어. 나는 넋이 나갔었네. 이 협주곡, 나는 미르몽 진료소에서 페를뮈테르와 함께 이 곡을 피아노로 연주했네.[119]

그 추운 가을날, 마음에 드는 이 음악과 자네를 생각하면서 레이생으로 가는 길에서 음미했던 고독을 나는 기억하네.

(…)[120]

이것을 제외하고 그곳에서 나는 환영을 받았어.[121] 수녀님들이 중환자들 곁에서 바삐 움직였고, 모렐 수녀원장님은 술 한 병, 정어리 통조림, 담배 한 보루를 제공했네. 클라인 박사[122]는 아주 유쾌하고 매력적이야.

---

118 여기서 바르트는 10월 10일 수요일에 레이생 미르몽 진료소에서 받았던 외흉막 인공기흉 수술을 암시하고 있다. 18일 목요일 편지에서 바르트는 수술 이후를 이렇게 묘사하고 있다. "10일 수요일, 수술로 인한 통증을 전혀 느끼지 않았네. 완전히 평온한 상태였네. 목요일, 금요일. 극심한 고통. 기침, 너무 빠른 맥박, 마비. 나는 모든 것이 잘 끝날 것이라 믿었네(자네에게 나중에 이야기함세). 토요일. 천자술 穿刺術(흉벽 밖에서 폐 속의 공동 병소에 직접 천자하고 그대로 내용을 흡인해 공동을 축소하는 방법인 공동空洞 천자술을 가리키는 것으로 보임―옮긴이), 안심. 피로. 불안, 비참함. (…)"
119 페를뮈테르와의 협주는 9월 후반부에 있었다(앞의 편지를 볼 것).
120 한 줄 누락.
121 미르몽 진료소에서 레이생 전지요양소로 되돌아오는 길이다.
122 클라인 박사는 전지요양소의 주치의다.

내 건강에 대해서는 이제 더 이상 자네가 걱정을 하지 않아도 되리라 생각하네. 친구, 그래도 자네에게는 이렇게 말할 수 있을 것 같네. 끔찍하게 피로를 느끼고, 긴장을 완전히 풀지 못하고, 간이 아프고, 잠도 잘 자지 못하고, 우정으로 인해 상처받아 머리가 지근지근 아프고, 마음도 아프고 또 무겁다고 말일세. 계속해서 열도 있네. 그 더러운 분비물 때문이지. 하지만 걱정은 금지라네. 수술 2주 후에 이런 현상은 지극히 정상이라는 것을 자네 잘 알 걸세. 이런 사실을 말하는 것은, 내 상태, 나의 전신 감각에 대해 알려주기 위함이네. 게다가 문제는 허약함이라기보다는 오히려 신경질이네. 이것도 '걱정 말게'(나는 지금 편지를 제대로 쓰지 못하고 있네. 내가 탐냈던 책상이 너무 높고 또 '조정이 불가능'하기 때문에).

친구, 화요일에 쓴 내 편지와 자네의 편지 이후, 자네로부터 아무런 소식도 받지 못했음에도 이 짧은 편지를 보내네. '정확히' 내가 자네를 용기와 신념을 가지고 생각하고 있다는 것을 자네가 알아야 하기 때문일세. 내 편지들에 대해, 내가 겪는 아픔에 대해 너무 걱정하지 말게. 더 이상 진정성을 보이기 어렵고, 또 모든 것은 항상 거의 같은 상태라네. 하지만 자네의 우정에 대한 감각과 자네가 나를 도와주러 올 것이라는 확신만 남아 있네. 자네를 다시 볼 때까지 이런 것들이 나를 도와줄 걸세.

자네가 상상할 수 있는 것처럼 나는 자네를 생각하네. 자네의 다음 편지에 초조해하고, 아무것도 받을 수 없을까봐 걱정하고 있네. 나를 버리지 말게. 지금 내 삶은 불안정하네. 의지를 불태우고 있다네. 편지를 써주게.

롤랑

[1945년] 12월 20일 목요일, [레이생에서]

친구,

왜 그 잘난 심리학자들은 의지, 주의 등과 같은 주제로 골머리를 앓는 쓸데없는 연구를 하는 대신에 현대심리학에서 유일하게 중요한 주제인 '기분'에 대해 아직 연구를 하지 않는 것일까? 기분, 그것은 고대적 숙명의 현대적 형태이자 오늘, 어제를 같지 않게 만드는 제어할 수 없는 힘이네. 그것은 어느 날 얻은 것을 이튿날 잃게 하는 제어할 수 없는 힘이네. 그것은, 열광 속에서 이룩된 것을 하룻밤에 구토가 나게 할 수 있는 것이네. 기분, 그것은 그 이후 계속 이어지는 날 동안 우리의 마음이 변하지 않는다고 해도, 우리로 하여금 몇몇 단어들 (…)123 사용 불가능성 속에 있게끔 하는 것이네.(점점 다가오는 뻔뻔함. 그런데 이 '우리nous'는 '자네tu'를 예의상 그렇게 표현한 것이 아닐까?124) 마지막으로 기분이란 의기소침, 변화 등과 같은 모든 내면적인 전신 감각이 제한적이고, 동일하고, 기계적인 음계를 가진 건반의 양상을 더 이상 보여주지 않는 것이네.125 물론 이와 같은 음계 속에서 사람들은 의지가 작동하는 확고한 방식에서 무기력으로, 쾌활함에서 우울함 등으로 넘어가게 되네. 이와는 달리 기분이란 계단 없는 난간, 뭔가 분명하지 않은 양상을 띠게 되네. 이와 같은 양상 속에서는 외부로부터 온 무한

---

123 단절.
124 바르트가 다비드와 종종 멀어지고 있다는 느낌, 쌀쌀해지고 있다는 느낌을 드러내기 위한 일종의 우회적인 표현이 아닌가 한다.—옮긴이
125 기분에 따라 나타나는 인간의 내면적 변화가 일정한 음계를 가진 악기와는 다른 모습을 보여준다는 의미인 듯하다.—옮긴이

한 변이가 '느닷없이subito' 불투명함, 도주, 응어리짐(오! 현대인들이 잘 보여주는 이 '응어리진' 특징들!) 혹은 난데없는 해명 등을 창조해내게 되지. 이 모든 것이 바로 '기분'이라는 것이네. 기분, 현대인의 새로운 여신, 현대인의 새로운 심리학, 고전적 열정과는 반대되는 일종의 상징, 지금 유행하는 철학의 원동력, 사르트르 소설의 원동력, 내 자신이 여러 나날을 보내는 원동력(내가 절망을 통해 고전주의적 열정의 유일한 형태, 영원한 형태를 추구하고 있음에도 불구하고)이네. 기분은 또한 다비드가 쓰는 편지의 원동력이기도 하네.(자네의 편지를 받는 행복을 위해 자네에게 깊은 은혜가 있기를!) 지금 자네의 편지들은 규칙적이고 자주 오는 대상隊商들과 같네. 최소한 3~4명(하지만 더 이상이 아니길 바라네)으로 그룹을 지어 다니는 대상들 말일세. 자네에게 그처럼 뜨거운 열광과 존경심을 품고서 자네를 생각하는 나를 위해 나른함, 건조함, 사나움, 무욕의 상징인 작은 사막을 건너는 대상들과 같은 자네 편지들의 원동력 말일세. 오! 내 친구, 다비드, 자네가 알다시피, 기분은 종종 좋은 면도 가지고 있네. 어제는 도저히 어떻게 해볼 힘을 가지지 못한 일을 오늘은 해보게 하기도 하네. 가령, 자네에게 모든 우정의 이름으로 간청하는 것을 가능케 해주네. 또한 자네가 보내는 짧은 편지들(내게 훨씬 더 많은 편지들을 써준 후에)을 보고 자네에게 매사에 주의를 하라는 완전히 예방적인 방식으로 간청하는 것도 가능케 해주네. 친구, 내 모든 애정과 모든 유약함을 빌려 자네에게 간청하네. 자네에게 일어날 수도 있는 비극과 파국을 미리 알려주게. 내가 돌아갈 때까지 잘 버텨주게(목숨을 부지하고 있는 우리에게는 그 어떤 파국도 절대로 일어나지 않아야 하니까). 이 풍요로운 행복 속에서 살아남기 위해 같이 싸우세. 자네는 용기 있는 나를 믿고 싸우고, 나는 내게 다정다감하고, 사려 깊고, 나를 다시 보고 싶어 초조해하는 자네를 알게 된 행복 속에서 싸우네. 친구여, 이번에는 제때에 내 간청을 들어주길 바라네. 아주 간단한 일이네. 자네가 마음이 동할 때 편지를 써주게. 자네 마음이 나를 위한 뭔가로 가득 차 있다고 느낄 때 말일세. 물론 자네는 알고 있네. 내가 너무 빈번한 편지 왕래를 포기했다는 것을. 나는 자네에게 주어지는 그 어떤 예속도 원하지 않는다네. 최근에 나는 많은 일로 심란했었네. 하지만 이 모든 것을 자네에게 흥분해서 이야기하기엔 조금 의기소침하네. 하지만 뭔가에 집착하지 않는 편지, 자기 자신에 더해 이야기를 덜 하는 사람의 편지에 대해서는 항상 현기증을 느끼네.[126]

많은 것을 자네에게 얘기하고 싶네. 편지로는 충분하지 않네. 한쪽에서는 너무 무겁고, 너무 은밀하고, 다른 한쪽에서는 너무 가볍고, 너무 예민한 내용들이 오가는 편지 교환, 이와 같은 일방향의 편지 교환은 불가능하네. 이틀마다 한 번씩, 그것도 매번 8쪽 분량으로 내 자신에 대해 이야기하는 수모를 내가 감히 무릅쓸 수도, 또 견딜 수도 없다는 것을 자네는 이해할 걸세. 실제로 그렇게 하면 어떤 효과가 있는지를 알지도 못한 채 말일세. 나는 요 며칠 아주 힘든 나날을 보내고 있네. 사르트르의 선언,[127] 『실

---

126 다비드는 바르트에게 보내는 편지에서 자신의 건강 상태라든가, 그의 생활의 시시콜콜한 일들을 얘기하지 않은 것으로 짐작된다.—옮긴이

127 1945년 10월에 출간된 『레탕모데른』지의 첫 호에 실린 사르트르의 창간사를 가리킨다(조르주 카네티에게 쓴 12월 20일자 편지를 볼 것. 이 책의 148쪽). 우리가 부분만을 가지고 있는 로베르 다비드에게 보낸 12월 17일자 편지에서 바르트는 분석적 정신과 종합적 정신의 대립을 언급하면서 이렇게 쓰고 있다. "『레탕모데른』지 창간호를 찾아봐주게. 장폴 사르트르의 아주 훌륭한 선언문을 읽을 수 있을 걸세. 자네는 거기에서 분석적 정신, 부르주아 정신, 89년의 정신이 (…) 현대 세계에서 어떻게 인간에 대한 '총체적인' 개념을 요구하는 것처럼 보이는지를 이해하게 될 것이네. 이미 그 종말이 유럽 대륙 전체에 울려 퍼진 89년 혁명은 이 혁명의 총아들, 분석적이고 부르주아적인 심성을 지닌 위대한 사제들인 사법 정신, 사법 구조 속에서 그 최후의 보루를 발견하게 될 것이네. 권리를 부르짖는 곳에는 항상 혁명적 정신이 있어야 하네. '권리'라는 목표를 혁명적 방법에 연결시키는 자네는 이런 정신을 가진 전사 중 한 명일 걸세. 나는 그것을 확신하네. 사람은 혁명적이면서도 아주 부드러울 수 있네. 새로운 혁명은 이제 피가 아니라 노동의 문제였으면 하고 바라네."

존』지에 실린 시대에 뒤지고 좋지 않은 내 짧은 글의 재독, 사르트르의 최근 소설 독서(하루 만에)[128] 등이네. 이 모든 것으로 인해 내 생각과 성격에 대해 격렬한 생각에 사로잡혔네. 하지만 그다지 힘이 나는 사색은 아니라네. 자네도 그렇게 생각할 걸세. 친구, 왜 지금 여기에 없는가? 있다면 큰 도움이 될 터인데. 결국 우리는 각자의 기질대로 살아가지만, 그래도 우리는 같은 지점에 있고, 또 같은 일로 괴로워한다고 생각하네. 나를 혼란스럽게 하는 이와 같은 생각들을 무정부주의적이라고 해두세—미슐레에 대한 내 연구에 심각한 의문을 제기하는 효과가 있다는 것을 자네는 이해할 걸세.

    (…)[129]

---

128 『유예』를 가리킨다(조르주 카네티에게 보낸 앞의 편지를 다시 볼 것).
129 편지 끝부분 누락.

[1946년] 1월 9일 수요일 정오, [레이생에서]

친구,

지금 정오를 틈타 자네에게 짧게 몇 마디 전하네. 병동은 아주 조용하고, 다른 사람들은 식사를 하러 갔네. 이유는 잘 모르겠지만, 오늘 자네의 편지가 유독 그립다네. 어제저녁에 잠을 자지 못했네. 자네와 관련된 몇몇 추억을 생각했네. 자네의 정확한 모습을 떠올리려 했네. 그렇게 하긴 했지만, 완전히 초자연적인 방식으로였지. 기억에 의해서는 거의 그렇게 하지 못했네. 알다시피 기억이란 친구의 특징을 종합적으로 주는 것을 '완전히 거절'한다네. 하지만 특히 몇몇 완벽한 순간들, 몇몇 총체적인 순간들에 대한 일종의 회상, 다시 말해 얼굴, 태도, 자세 등을 통해 자네의 몇몇 표현, 자네의 자세 등을 떠올릴 수 있었네. 굼뜨지는 않지만 에둘러 하는 제스처가 많은, 동작 하나하나는 단호해 보이지만 전체적으로 보면 매력적으로 예측 불가능하고 몽상적인 자세를 말일세.

날씨가 화창하네. 아주 맑은 태양이네. 하지만 내가 아직은 치료를 위해130 밖으로 나가길 원치 않은 것을 알고 자네가 놀랄 수도 있네. 우리가 함께 지냈던 날들, 내가 행복했던 날들에 대한 추억과 대면할까봐 두려워서 그랬네. 자네는 과거에 대해, 미래에 대해 일언반구가 없네. 자네가 어떻게 생겨먹었는지, 자네의 머리와 심장이 어떻게 생겨먹었는지 자문하고 있네. 자네는 무슨 생각을 하는가? 보통 대답을 기대하지 않으면서 던지

---

130 분명 결핵환자들에게 자유롭게 햇볕을 쬐라는 임무가 부과되었을 것이다.

는 이런 하찮은 질문도, 자네가 대상이 되는 경우, 아주 중요한 질문이 되어버리지. 신비스러움에 답을 하는 것과 마찬가지의 태도로 답을 해주게.

2개월 전에 그랬던 것처럼 나는 건강과 발열에 대한 걱정으로 요사이 좋지 않은 나날들을 보내고 있네. 내 생각으로는 오늘 엑스레이를 찍을 것 같아. 건강이란 참으로 엉뚱하네. 건강이 중요하긴 하지. 하지만 건강에 대해서는 평범하게 얘기할 수밖에 없네. 또한 다른 사람들도 건강에 대해 자네에게 매끄럽게 말하지 못하지. 나는 4년 동안 체념하지 못하고 있네.

또한 연구에 관련해서도 어려움을 겪고 있네. 엄밀하게 말해 꼭 미슐레 때문만은 아니네. 하지만 열심히 쓰고자 했던 두세 편의 글(차제에 카뮈에 대한 글[131]을 보내네)을 보면 내가 좋은 글을 쓰지 못한다는 것이 여실히 느껴져. 물론 그로 인해 심한 충격을 받은 것은 아니네. 그도 그럴 것이 오래 전부터 나는 내가 작가가 아니라는 사실을 잘 알고 있었기 때문이네. 하지만 경제적인 면에서 아주 힘이 드는 게 사실이야. 문제가 되는 것이 바로 경제적 수입원이니까. 해서 그 어느 때보다 미슐레를 집중 공략해야 하네. 하지만—커다란 용기도 없이—중세에 대한 그의 책 6권을 읽기 전에 잠시 멈췄네. 모든 것이 너무 기네! 내게서 삶이 이처럼 길게 느껴진 적이 없었네.

귀여운 친구, 이제 그만 쓰겠네. 자네는 4쪽만 읽을 수 있을 걸세. 나를 믿어야 해. 나에게 부족한 것은 내용이 아니야. 나는 자네에게 미슐레가 루소, 여자들에 의해 '곤경에 빠지고' 또 '곤경에서 벗어난' 루소에 대해 쓴 아주 잘된 글에 대해 언젠가 이야기를 해주고자 하네. 하지만 나는 다시 나

---

131 바르트는 1월에 이탈리아 지식인이자 밀라노에서 신문을 운영하던 루소Russo—후일 그의 흔적은 찾을 수 없었다—의 부탁으로 알베르 카뮈에 대한 '2쪽짜리 글'을 썼다.

를 괴롭히는 이별과 매 순간 내 삶의 이유가 되고 있는 '복귀'에 대해 노래를 하고자 하네. 하지만, 친구, 문자 그대로 나는 무척 피곤하다네. 자네가 내 글씨체를 보면 알 걸세. 지금 팔이 아프네. 분명 내일 나는 자네의 편지를 받게 되고, 자네는 8쪽짜리 편지를 받게 될 것이네. 자네는 나를 원망할수 없네. 나는 거의 매일 자네에게 편지를 쓰네. 항상 자네를 생각하네. 오늘도 역시 마찬가지로. 내 아픈 어깨를 주물러주게. 친구, 자네를 친구로 둘수 있어서 행복하다는 소식을 전하네.

내일 보세.

롤랑

1946년 1월 23일 수요일 아침, [레이생에서]

어제는 단조로운 시간을 조금 달래는 하루를 보냈네. 모세르가 빌리에르와 나와 함께 저녁을 먹으러 와서 내 방에서 함께 꽤 맛있는 저녁식사를 했네. 모세르는 반 홈베르크의 침대에서 자고 오늘 아침에 완전히 떠났네. 지금 더러운 방을 정리하는 시끄러운 상황에서 이 편지를 쓰네. 분명 오늘 낮에는 덩치가 크고, 뚱뚱하고 더러우며, 추위를 잘 타고, 크게 웃는 일군의 네덜란드인들 때문에 괴로울 것 같네. 이들의 삶이 여기에서의 끔찍한 내 생활에 더해질 것이네. 그리고 가능하다면 이곳을 떠나기 위해 더 힘찬 날갯짓을 할 것 같네. 하지만 출발에 대해서는 아무 말도 할 수 없네. 애석하게도 이와 같은 내부의 걱정거리 외에도—지난번 편지에서 얘기한 바 있네만—서 있을 때와 걸을 때 너무 힘이 없는 것이 느껴진다네. 불구가 되지 않을까 싶을 정도로 걱정이 되네. 전혀 호전된 것이 없다는 점을 말해야겠네. 하지만 이것들은 별로 중요하지 않네.

약간 우회를 했네. 어제저녁 이야기에 다음 내용을 덧붙이고 싶었네. 여러 사람과 나눴던 대화 중에 나는 아주 고통스러웠네. 솔리에르가 그 자리에 있었고 또 점차 심해지는 그의 허언증 때문이었네. 한편, 나는 자유롭기도 했네. 내가 모세르와 단둘이 있게 되었을 때, 나는 여러 차례 아주 강렬하게 자네 얘기를 했네. 나는 모세르와 더불어 '정열passion'에 대해 많은 얘기를 나누었네(내게는 아주 친숙한 어조로 아주 일반적인 잠언을 말하는 방식으로). 나는 사랑이 가진 뭔가를 만들어내는 힘에 놀랐네. 나는 현재 내가 몰두하고 있는 정열에 대한 이런 취향을 다시 생각했고, 다시 확인했네. 그렇게 해서 정열을 더 잘 이해하게 되었어. 물론 이 정열이 나를 어디로 데리고 가는지도 알지 못하면서. 이번 대화에서도 자네에게 종종 말한 바 있는 여러 요소가 분명하게 드러났네. 내가 알고 있는 가장 놀랄 만한 것들 중 하나인 사랑의 논리적 변증법132이 그것이네.

그 어떤 행동도 무관심하지 않은 것으로 만들어버리는 '사유pensée'가 가진 이와 같은 힘, 전보나 편지의 한 구절을 영원한 '징후signe'로 만들어버리는 사유의 힘, '모든 것'을 변형시켜버리는, '모든 것'을 완전히 절대적인 것으로 변형시켜버리는 이와 같은 '사유'의 힘을 보면서, 나는 거기에 완전히 매혹되어버렸네. 물론 이런 사유를 갖는 것은 아주 힘이 들지. 하지만 그것은 부정할 수 없이 위대하다네. 사람들이 사랑을 하면서 다른 사람들의 움직임 하나하나에 불어넣어주는 이와 같은 '성스러움'은 위대해. 이미 자네에게 말한 바 있지만, 나는 또한 정열에 의해 야기된 '성스러움'(더 좋은 단어를 찾지 못했네)의 발견에 대해서도 또한 생각해보았네. 정열에 대한 취향과 혁명에 대한 취향이 어느 정도까지 동일한지를 나는 느끼고 있네. 이것들은 같은 성질을 가진 참여라고 할 수 있지. 이런 동일성에 의해 우리는 절대적인 것, 영원한 것의 화학적 공식을 잘 이해하게 되네. 이 공식은 아마 일종의 용해 불가능한 결합, 즉 사랑에 대한 공포와 사랑에 대한 사랑—'고통받기souffrir'와 '사랑하기-고통받기aimer-souffrir'—이 결합하여 진짜로 살아 있

---

132 1946년 1월 18일 로베르 다비드에게 보낸 (일부분만을 가지고 있는) 편지에서 바르트는 이 변증법을 다음과 같이 명확하게 설명하고 있다. "자네 보았지. 사랑이란 전도된 이성이네. 바로 거기에 사랑의 끔찍한 특징이 있네. 하지만 끔찍하게 멋있는 특징이지. 사랑은 이성의 모든 특징을 구비하고 있네. 그 어떤 타협도 용인하지 않네. 전개 과정을 추론에 맡긴다고 해도 가장 논리적으로 행해지는 것이 바로 사랑일세. 논리는 이성 속에서 왕의 권한을 보네. 하지만 사랑 속에서는 전제 군주의 권한을 보네. 사랑 앞에서는 당황함을 받아들이는 것 이외에 '달리autrement' 할 수가 없네. 이것은 하나의 원칙에 대한 지적인 충실성 때문이 아니네. 나에게 있어서는 사랑 그 자체와 혼동되는 내적 변증법의 절대적인 압력 때문일세."

는 실체가 되기 때문일세. 『성스러운 사랑과 고통Amor et doloru sacrum』[133]이네. 절대적인 것의 이와 같은 화학적 공식, 영원한 것의 이론적 실체는, 이렇게 말한다면, 그것들의 핵이성체核異性體(isomères)들을 갖네. 사랑 그 자체—내가 현재 경험하고 있는 것과 같은 사랑, 하나의 관념, 하나의 민족 등과 같은 것을 위한 자기희생이 그것이네. 하지만 이 모든 행동에는 다음과 같은 것들이 있네. 1. '내세au-delà', 효율성, 일종의 실천적 무관심, 도덕적인 힘—따라서 절망이 그것이네. 혁명적이거나 사랑에 빠지는 것, 그것은 결국 절망하는 것—혹은 희망이 없는 것(이게 더 낫네)—을 포함하고 있네. 2. '희생적' 요소. 거의 제의적인 요소지. 이것은 모순적이고 진정한 제스처, 자기 자신이 무서워하는 것 속으로 뛰어드는 인간에게 본질적인 제스처네. 이것은 대혁명 기간 중에 여러 세대의 사람들을 단두대로 뛰어들게 했던 공포와 사랑의 극단적인 괴로움에 대한 사랑이기도 하네. 바로 이런 점에서 대혁명은 유일한 신비로 남아 있네. 사람들을 벌겋게 달구는 신비 말일세. 분명 이런 흥분은 정치적이거나 혹은 심지어 이데올로기적인 내용—이런 내용은 거의 부패했네—때문이 아니네. 그것은 오히려 대혁명 4년 동안 어쩌면 모든 역사 중에서 자연Nature(인간들/사물들/역사)의 심장에 가장 가까이 있었던 사회의 한 '예시exemple'인 집단적 희생 때문이네. 그러니까 정열의 한 예시라고 할 수 있지. 이 정열이 끝까지 유지되었다면—왜냐하면 자기 자신을 '통째로intégralement' 불사르지 못한 채 정치적 '관념들idées'을 가지는 것에 만족하는 사람이 혁명적인 성스러움에 대해 아무것도 모르는 것과 마찬가지로—, 사랑의 아픔을 연구하고자 하는 사람은—때

---

133 모리스 바레스Maurice Barrès의 유명한 저서("사랑과 고통에 할애된")의 제목이다. 이 저서는 1930년에 쥐방 출판사에서 출판되었다.

로는 사랑을 끝까지 하지 않기 때문에, 때로는 지나치게 사랑하기 때문에 (가장 빈번한 경우), 또 때로는 숭고화하기 때문에(가장 경멸적인 경우)—사랑의 성스러움에 대해 아무것도 모르게 될 걸세. 이런 사람은 손해만 볼 것이네. 다른 사람에게는 중요한 명령의 씨앗이 있을 것이네. 이런 사실을 자네에게 이해시키기 위해, 그리고 그 어떤 동일성도 추론해내지 않도록 주의하면서, 내가 보쉬에134처럼 말하기를 원했던 다비드, 이런 사랑의 가장 훌륭한 유비analogie는 바로 종교에서의 구원이네. 자신의 정열을 끝까지 추구하는—타락시키지 않으면서—사람 역시 일종의 율법Loi을 완성하는 것이라네. 이 사람은 다음과 같은 의미에서 구원을 받네. 즉 그가 '본질essence'로 존재하지 '실존existence'으로 존재하는 것이 아니라는 의미에서. 하지만 애석하게도 사람들은 보통 이 말을 반대로 말하곤 하지.

나는 또한—지성과 지혜로 나아가도록 노력하면서—이 모든 말에 대해 이렇게 생각한다네. 즉 사랑하는 사람이 친구일 때만 이 모든 말을 쓰는 것이 가능할 뿐이라고 말일세. 한 명의 여자가 문제가 된다면, 완전히 다른 형이상학이 제기될 것이네. 전혀 열등하지 않은 형이상학 말일세. 여자에 관련된 형이상학이 열등하다는 것은 내 생각이 아니라네. 여자에게서 추구하는 이타성의 정도는 남자의 경우와 완전히 다르기 때문이고, 이것은 문제를 완전히 다른 방식으로 검토하는 것이네. 하지만 가엾은 다비드, 이것은 지금으로서는 위험한 방향이네.

결국 우리 우정에 실제로 깊이 육화된 주제에 대한 변주에 불과한 이와

---

134 교황권에 맞서 프랑스 교회의 권리를 변호한 왕권신수설의 주요 이론가로 『성서의 말씀에서 이끌어낸 정치술Politique tirée des propres paroles de l'Écriture sainte』 등의 저서를 남긴 자크베니뉴 보쉬에Jacques-Bénigne Bossuet(1627~1704)를 가리킨다.—옮긴이

같은 모든 생각의 배후에 우리 이름을 붙이지 않는다는 것은 불가능하네. 자네는 이 편지를 내가 자네에게 쓴 편지들 중 가장 개인적인 것으로 여길 수 있을 걸세. 자넨 이것을 잘 알지. 지금까지 나는 결코 이와 같은 '장중함 solennité'을 갖지 못했네. 하지만 이 중요한 감정에 대해 완전히 새로운 편지를 쓸 수 있을 걸세. 자네의 삶에 아주 중요하게 연결된 이 감정에 대해서 말이야. 나는 항상 자네를 다시 보고픈 욕망 속에서 살고 있네. 곧 자네로부터 '좋은' 소식이 오기를 바라고 있다네. 또한 나는 전율을 느끼고 있네. 너무 피로해하지 말게. 행복하게. 나로 인해 너무 불편해하지 말길 바라네.

　자네 친구의 우정을 (…)135 하게.

　　　　　　　　　　　　　　　　　　　　　　　　　　　　　　롤랑

135　한 단어 누락.

[1946년] 2월 15일 금요일, [로잔?]에서

친구,

지금 밀리136의 집, 자네의 추억을 떠올릴 수 있는 그 방에서 자네에게 이 편지를 쓰고 있네. 자네는 이 방에 온 적이 있지. 오늘 아침에 나는 완전히 그리스 날씨 때문에 이곳으로 내려왔네(이 표현은 자네가 처음 사용한 것 같네. 아침에 확인해보았는데 사실이네). 오늘 나는 자네의 출발 이후 처음으로 행복하네. 2주 후에 자네를 다시 만나게 된다는 것을 알기 때문에 지금 완전히 황홀한 시간을 보내고 있네. 이전에 나는 삶에서 정화, 희열, 금욕, 축제 등의 리듬을 맛볼 수 있는 그리스 윤리학에 대한 이론가를 자처했었네. 그리고 자네의 부재로 인한 초상집 분위기 일색인 지난 5개월 동안의 완벽한 금욕이 내가 인간들 틈으로 귀환한 것에 대해 특별한 순수성을 부여해주고 있는 것은 사실이네. 나는 태양이 불타는 레이생을 떠났네. 그렇네. 얼음을 부드럽게 녹이지도 못하면서 작열하는 무섭고도 비인간적인 태양일세. 이곳은 낮은 곳이지만, 태양을 통해 습기가 주는 부드러움이 있네. 나는 레이생에서보다 열 배는 더 기분이 좋다네. 친구, 나는 또한 자네가 우리가 함께할 수 있을 산책에 대해 먼저 큰 행복을 부여하는 것을 잘 이해하네. 지상에서의 삶이 황홀하다는 것을 인정해야 하네. 특히 이틀 후에 친구를 다시 만나게 된다는 사실을 알게 될 때 그러하네. 만약 그렇지 않다면,

---

136 밀리Milhit의 가족은 바르트가 쉐섹의 식구들, 시그의 식구들, 특히 딸 헤이디와 함께 베른에 종종 들렀던 스위스 가족 중 하나다. 밀리의 가족은 로잔에서 살았고, 바르트는 그곳에서 로베르 다비드에게 편지를 쓴 것으로 추정된다.

지금 태양은 애도에 불과하네. 내 전신 감각은 신경질로 (…).137 하지만 이곳 낮은 곳에서 약간 신경질이 풀렸고, 오히려 생기가 도는 편이네. 나는 내 안에서 힘이 나는 것을 느껴. 하지만 동시에 등이 아프고, 숨이 차기도 하네. 그러나 심각한 것은 아무것도 없네. 오늘 아침에는 약간 젊음을 되찾은 것 같았네. 내가 덜 완고하고, 삶에서 별난 것, 종교적인 것을 느끼곤 했던 젊은 시절을 말일세. 나는 내 안에서 명상과 감수성—호기심도 역시—의 샘을 다시 발견했네. 어쩌면 내가 '치유'와 '내 친구'라는 두 개의 행운을 거의 차지한다면 이런 상태는 계속될 것이네.

우리가 함께 보낸 마지막 하루를 다시 생각했다네. 그러자 자네와 이별한다는 멍한 기분과 서두름이 나를 내리눌렀네. 마치 수술을 서두를 때처럼 말이야. 그리고 어머니와 이별한다는 무게가 더해졌네. 자네가 카페에서 나를 기다리고 있는 동안에 발로브로 가는 작은 열차 앞에서 그처럼 완강했던 어머니와의 이별 말일세. 하지만 이런 이미지는 가능하면 빨리 지워버렸으면 하는 괴로움의 이미지일세.

내가 이 편지를 쓰는 지금 자네는 무엇을 하고 있는가? 이 친구야, 나는 자네를 생각하네. 자네가 바라는 대로. 내가 보기엔 레이생이라는 그처럼 인공적인 장소를 떠난 후, 내 우정에 자네가 바라는 것과 같은 외관적인 척도가 이미 주어진 것 같네. 자네를 곧 다시 본다는 것은 즐거움일까? 무슨 상관있겠는가, 친구. 나를 믿도록 해. 이번에 돌아가면서 나는 있는 힘을 다해 뭔가를 자네에게 가져갈 걸세. 믿음을 가지게. 나는 최선을 다해 자네를 생각하네. 내가 행복하면 할수록 나는 더욱더 자네를 생각한다네. 나는 내

---

137 한 단어 누락.

일 베른으로 가. 그곳에서 짧게 쓰겠네. 친애하는 친구 로베르, 곧 보세. 너무 지루해하지 말게. 너무 공허해하지 말게. 곧 그곳에 가서 내가 자네를 구할 것이네! 초조하네.

친구,

롤랑

요양원 공동체에 대한 소묘*

이 텍스트의 복사본은 2002년 조르주 퐁피두센터에서 개최된 '롤랑 바르트' 전시회 카탈로그(쇠유-조르주 퐁피두센터-IMEC, 2002)에 들어 있다. 원본은 프랑스국립도서관BNF의 바르트 장서 소유다.

요양원 공동체에서 모든 것은 인간을 한정된 상황, 진짜 사회의 여러 특징으로 꾸며진 상황 속에 재배치하려는 노력으로 수렴된다. 이런 노력이 인위적인 것의 축적이라는 대가를 치른다고 해도 대수로울 것이 없다. 이 인위적인 것 중 가장 중요한 것은 애석하게도 기생적인 것에 불과한 공동체를 자체 충족적인 것으로 여기는 것이다. 그 무엇보다 중요한 것은, 환자라는 의식과 과거에 환자가 아니었다는 의식을 분리시키는 것이다. 이 두 상태를 결합시킨다면 용납하기 어려운 사팔뜨기 상태가 된다. 그로 인해 앓고 있는 병에 대한 적응이 비교적 쉽게 이루어진다. 또한 그로부터 추방에 대한 의식을 위한 자리는 없을 것이라는 의기양양한 요양원 공동체의 형성이 기인한다. 요양원 사람들은 진짜 사회에서 방금 추방당한 자들의 이미지에 따라 재고안된 사회적 훈련을 통해 환자들이 사회적이지 않다는 불편함을 약화시켜준다. 요양원 사람들은 과거를 모방

---

*이 분석은 인기 없는 요양원 공동체에 관련된 것이다. 문제가 되는 것은 자연적인 사회성이 아니라 의지적인 사회성이다.

하여 새로운 사회적 타협주의 안에서 내적 자유의 장식을 재정립한다. 요양원 사람들은 요양원의 시민정신을 가정한다. 완전한 언어 사용의 자유, 아주 구체적인 족쇄 아래 전적으로 무상적인 의무, 이것이 바로 도피의 노선이기도 하다. 요양원 사람들은 무책임성이 과잉사회화의 순진한 과정에서만큼 더 잘 행해지는 경우는 없다는 것을 잘 알고 있다.

부르주아적 요양원은 유치한 공동체를 건설한다. 첫 번째로, 여기서 의학적 권위는 가부장주의의 원칙을 세운다. 사회적 의식 속에서 의학이 애매모호한 상황에 처해 있다는 것을 잘 안다. 즉 의학이 조롱받고, 반박당하고, 항상 주의의 대상이 되고 있는 것이다. 게다가 여기서는 이와 같은 모순이 약간 희석된 상태로 매 순간 엄청난 무게로 다가온다. 환자 치료에 신통력을 발휘함과 동시에 호텔 접객 임무를 담당하는 요양원 의사들은, 그들 자신과 환자들의 의지와는 상관없이, 최고의 권위를 구가한다. 환자에 대한 동정심과는 거리가 멀고, 그런 권위를 가진 자에게 따르기 마련인 존경심과 경멸과는 독립적인 요양원 공동체의 위계질서는 고정되어 있다. 정말로 절대적이고 영원한 것으로 보이는 불변성으로 말이다. 그도 그럴 것이 위계질서의 상위 끝은 종신직이기 때문이다. 여기서는 그 어떤 권력의 유희도, 그 어떤 책임의 이관도, 가능한 그 어떤 가치의 변화도 없다. 인간이 모든 부분에서 질병과 씨름한다는 것, 다시 말해 일반적이고 자연적인 인간 조건에 부딪친다고 해도 과언은 아닐 것이다. 하지만 그를 환자로 선언하는 자는 의사다. 동시에 그를 그의 병에서 구해주는 유일한 힘을 가진 자도 의사다. 마치 이런저런 공동체에서 신성성이 죄인의 죄를 선포하고 또 용서해주는 것처럼 말이다. 따라서 중요한 것은 자연과 인간 사이에 살아 있고, 의식적이고, 전지적全知的인 요소138가 있다는 것이다. 또한 이 요소는 전능全能한 것으로 여겨진다. 요양원 사람들은 바로 거기에서 공동체의 섭리주의적 모습을 인정하게 된다. 요양원 공동체는 신정정치의 구조에 속한다고 할 수 있다. 이 구조는 분명 의사의 인격 자체, 그의 권위의 자유로운 이용과는 아무런 관련이 없다. 환자의 무책임성이 어떤 병인지를 알고도 아파하지 않는 의사의 숙명적 존재에 의해 정당화되는 것으로 충분하다. 반면, 환자는 아파하면서도 그 자신의 병이 어떤 것인지를 모른다.

두 번째로, 요양원 공동체에는 갱단, 무리, 팀이 있다. 이 공동체에서 이런 봉건적인 상태가 어느 정도 두드러지는지 짐작할 수 있을 것이다. 동질적 집단, 이미 폐쇄된 환경에서 형성된 위계화되고, 배타적인 집단은, 또 다른 의미에서 아주 단단한 잠금장치다. 여기서는 가장 약한 자들이 가장 강한 자들에게 자신들의 자유에 반해 자신들을 방어해달라는 임무를 위임한다. 그들은 모두 그들을 규정해버리는 외부 세계에 대해 서로가 서로를 감싸주고, 또 서로가 서로를 정당화시켜준다. 장난을 치는 무리의 표면상 목표인 기분 전환은 인간관계를 더 뜨겁게 해주는 열기와 과잉사회화의 구실이 된다. 주지하다시피, 이 결사체의 모든 구성원은 사회적으로 가장 의기양양한 행동을—가령 가장 돈을 잘 내는 것—하나하나 쌓아가게 된다. 그룹의 명령어(종종 애매한, 거의 말로 표현이 안 된, 모종의 비의적인 정신에 국한된 명령어)에 의해 생긴 궤적을 따라가며 그 속에 매 순간 제스처, 주도권, 반응, 판단 등을 기입하면서 환자는 혼자

---

138 무소불위의 권위를 가진 의사의 존재를 가리킨다.—옮긴이

적응하는 어려움을 떨쳐버리게 된다. 다른 환자들은 이 환자를 위해, 그리고 필수적인 이타성을 보여주는 '공중public'과의 관계에서 구원을 가져다주는 자동반응적 행위들을 고안해낸다. 여기에 적절한 성향은 제의다. 오락을 직업으로 하는 무리에게서 웃음이 제의적 기능을 가지고 있다는 것은 주지의 사실이다. 무슨 일이 있어도 그들은 이와 같은 응집력을 잃지 않는다. 무리 속으로 받아들여지는 행복, 이것이 바로 과잉사회화의 환상을 벌충해주는 것이다.

"가능하면 항상 함께", 모든 요양원 공동체의 이와 같은 신비스러운 좌우명은 다음 사실을 분명히 보여준다. 요양원에 '자신을 치유하는 인간homme-se-soignant'에 대한 규범적인 이미지, 요양원 밖에서 방황하는 것은 좋지 않다는 사실에 요양원 자체의 본질이 있다는 사실이다. 요양원 공동체는 보통 진지한 것, 혹은 그 자체의 사회적 구조의 유용성을 반박하는 것처럼 보이는 모든 것에 아연실색한다. 폐쇄적인 공동체는 우정에 적대적인 법이다. 복수적이 되면 강하다는 것을 느끼는 관성에 따라 폐쇄적인 공동체는 무용성을 말하는 것을 비난하고, 또 이 공동체 밖에서 사람들이 행복할 수 있다는 사실에 경악을 금치 못한다. 또한 폐쇄적인 공동체는 공감각 위에, 유일하고 통일된 것 앞에서 정립되었다고 믿는 모든 정신에 의해 느껴지는 경멸을 보여준다. 이 공동체에서 자유롭게 행동하는 것과 진짜 사회 속에서 사회성을 위한 충분한 훈련을 정당화해주는 것이 이 공동체가 가진 비사회적 특성이 아닌지를 자문하지도 않으면서 말이다. 고독한 환자에 대해서 보자면, 그는 '요양원 내 인간 본성'을 부정하는 일종의 자유사상가다. 따라서 요양원 사람들은 그를 추방한다. 모순 앞에서 후퇴하지 않으면서 그들은 그를 조직화된 공동체 밖으로 축출해버린다. 이 환자 자신이 공동체에서 떨어져 나가기를 원했다는 이유로 말이다.

요양원 갱단의 가장 자유로운 형태는 문화 활동이다. 통용되는 원칙은 고상한 공동의 취미를 한데 모으는 것이다. 여기서 사회적 유희의 환상은 이해관계가 없는 동인에 의해 장식된다. 물론 그로 인해 모든 인간적인 이데올로기가 정당화된다. 이때 요양원 공동체는 철학적이고, 그 중에서도 플라톤적 구조를 겨냥한다. 성직자들, 예술가들 혹은 토론자들 그룹, 클럽, 이른바 연구하는 팀들이 계속 생겨난다(계속 해체되기 때문이다). 사회적 환상은 극에 달한다. 재미로 소란을 피우는 무리는 모든 것을 오락이라고 표명함으로써 극히 이기주의적 태도를 드러내 보인다. 문화 활동은 영원한 진리의 훈련을 선언한다. 이 훈련은 문화가 가진 자연스러운 우월성을 보여주며, 대부분 말을 통해 행해진다. 문화 활동의 보상은 불안정한 목표와 불충분한 수단의 기이한 협동에 대한 호소를 통해 이루어진다. 하지만 여기서 인간적인 것에 대한 감정적인 윤리는 공전한다. 사람들은 방법보다는 목표의 협력과 혜택을 더 기대한다. 문화 활동에 대한 관념론적인 생각에서는 목적과 수단이 혼동될 수 있다(예술을 위한 예술, 행동을 위한 행동, 선택을 위한 선택 등). 그 이유는 요양원 공동체가 참다운 의미에서의 사회적인 방향보다는 공동체적 방향으로 나아가기 때문이다. 구성원들은 소중한 도움을 발견하기도 한다. 그리고 그들은 이 도움을 통해 자신들의 체류를 단순히 인과적인 질서가 아니라 신학적인 질서로 편입시키게 된다. 우연적인 것에서 초월적인 것으로의 계속되는 이행이 있고, 또한 이해당사자들은 계속 아주 힘든 것을—아주 무용하기 때문에—신적이고, 궁극적으로는 행복을 가져다주는 것으로 가장하게 된다. 이처럼 무위도식에서 기인할 수도 있고 그렇지 않을 수도 있는 명상은 보통 질병의 상황적 산물이 아니라 고통과 진리의 신비한 만남으로, 또 우연적 작용이 아니라 계시로 여겨지게 된다. 혹은 역으로(결국 같은 것인데) 요양원 사람들은 이런 단절을 이용해 환자에게 별 효과가 없는 치료를 요청하게 된다. 이 두 측면, 즉 '자연physis'과 '반자연anti-physis'에서부터, 사람들은 악에 대해 의미를 부여하기 위해 서두르게 된다. 잘 알려진 메커니즘에 따르면, 목적성이 인과성에 대치된다. 정신의 입장에서 보면 의미 없는 파국이라는 생각은 용납될 수 없기 때문이다. 어떤 대가를 치르고서라도 질병은 운명에 협조해야 한다. 그리고 이것이 아주 아름답고, 또 운명을 '정신적 가족'의 무한성으로 장식할 수 있는 협조라는 사실을 지적해야 한다.

가부장적이든, 봉건적이든, 자유주의적이든, 부르주아적 요양원 공동체는 다양한 속임수를 통해 항상 어린 시절의 무책임성과 조우한다. 이 공동체는 본질적으로 유치하다. 이 공동체는 여러 발전 단계에서 부르주아 계급이 어린 시절에 대해 만들어낸 이미지에 부합한다. 주지의 사실이지만, 대부분의 프랑스 작가들에게는, 한 세기 전부터, 어린 시절보다 더 완벽하고 더 행복한 시기는 없었다. 또한 성인이 되어 어린 시절을 되찾는다는 것보다 더 중요한 임무도 없었다. 물론 데카르트와 파스칼이 이성을 기준으로 보아 어린 시절을 잃어버린 시기로 선언한 때부터 가장 바로크적인 표현(콕토의 『무서운 아이들Les Enfants terribles』[139])에 이르기까지, 또 그 이후까지, 어린 시절의 신화에 대한 역사를 쓰고자 하는 것은 아

---

139 Grasset, 1929.

니다. 자발적으로 부르주아 계급이 요양원을 되찾은 어린 시절의 대체물로 이용하고 있다는 사실을 지적하는 것으로 충분하다. 여기에 진지한 사람들로부터 단절된 장소가 있다. 이 장소는 그 자체로 유지된다. 이 장소는 그곳에 사는 자들에게 맡겨져 있다. 하지만 이 장소를 정당화해주는 외적 존재(의사)의 관할하에 있다. 헛간에서의 놀이, 전쟁놀이 등과 같이 다시 체험되고(특히 부르주아적 신화) 이 장소로 옮겨진 어린 시절의 모든 요소가 바로 요양원 공동체의 요소 그 자체다. 응집력과 결사가 모든 인간의 결집을 낳는 우연적인 행동이라고 반박할 수는 없을 것이다. 중요한 것은, 어린 시절과 부르주아 요양원을 제외하고 이 세상 그 어느 곳에서도 이곳 사람들이 하나의 온전한 사회의 원칙들을 제공한다는 주장을 들을 수는 없을 거라는 점이다. 물론 이 온전한 사회 안에서 '사회적인 것le social'은 또한 진짜 사회에서와 마찬가지로 구속적인 가치를 지닐 것이다. 요양원들이 '대가족'이라는 사실을 의심할 수는 없다. 하지만 거기에서 지내야 하는 경우, 과연 질병을 통해 그처럼 손쉬운 가족화의 공모자가 되어야만 하는 것일까?

1947년 6월 25일

제 2 부

초기의 바르트

1.

제도적 세계로의 귀환

롤랑 바르트가 필리프 르베이롤에게

1950년 4월 1일, [알렉산드리아, 이집트[1]에서]

친애하는 필리프,

어머니의 말씀에 의하면 자네는 지금 바르셀로나에 있는 것 같네. 거기에서 무엇을 하는가? 오래 머물 생각인가? 특히 건강은 어떤가? 자네가 지난겨울에 병을 앓은 이후, 한동안 상태가 좋지 않다고 해서 걱정되네. 제발 소식을 전해주게나. 상태는 어떤지, 어떤 계획을 가지고 있는지를 알려

---

1 바르트는 1949년 11월에 알렉산드리아에 도착했고, 그곳 대학에서 가르쳤다.

주게. 나도 올해는 조금 쓸쓸한 일도 있고 썩 만족스럽지는 않네. 나는 지금 알렉산드리아 고유의 척박하고, 비천하고, 타협주의적이고, 허영심 가득하고, 지성과 감성에 적대적인 분위기에 대해 말하고 있는 것이 아니네. 이런 분위기에서는 상처와 분노뿐이네. 직업다운 직업이 없어서가 아니네. 직업은 오히려 괜찮은 편이네. 나는 생즈뱅[2] 가족들과 거의 시간을 같이 보내고 있네. 그의 집에서 붙어 있는 방 두 칸에 살면서 식사도 같이 하고 있네. 나는 또한 게으름과 졸음으로 인해 금욕을 하면서 내 연구의 여러 문제점을 생각하고 있네. 물론 게으름과 졸음은 모든 사람이 인정하는 것처럼 음침하고 고통스럽고 건강에 해를 주는 것은 아니지만, 그래도 노곤하게 만드는 기후 때문이기는 하네. 하루 동안에 직업, 휴식, 사소한 쾌락, 연구 등을 한꺼번에 해내기가 힘이 드네. 여기서는 모든 이가 이러한 문제를 겪네. 불쾌감을 주는 이곳에서 오래 머무는 것이 문제가 아니네. 지금으로서는 어쨌든 내년에도 이곳에 있고자 하네. 그런데 확실하지가 않네. 12월에 메디컬 부서로부터 공무원 신분으로 나에 대한 출석 요구가 있었네. 이 부서는 한 가지 이유로 나의 고용을 거절했네. 내가 기흉氣胸을 가지고 있다는 것이었네(이 사실은 계약서에 명기되어 있네). 하지만 이집트인들의 법이 역행하고 있네. 자네는 기억할 걸세. 같은 기흉에도 불구하고 내가 작년에 부서 배치를 받았다는 것을 말이네. 그리고 그들은 이런 면에서 믿을 수 없을 정도로, 문자 그대로 현실주의적 정신을 내세우네. 이 문제를 질질 끌고 있네. 월급은 받았지만—다행스럽게—, 임명을 받지 못했고, 또 내년에는

---

2 샤를 생즈뱅Charles Singevin(1905~1988)을 가리킨다. 바르트가 부카레스트에서 만났던 철학자로 특히 『일자에 관한 시론Essai sur l'Un』(Seuil, 1969)과 다수의 논문을 썼다. 그는 외국에 있는 프랑스 행정기관에서 주로 경력을 쌓았다.

어떻게 될지 아무것도 결정된 게 없네. 나는 몇몇 행정적 결정에 의해 이 문제가 쉽게 해결될 수 있을 거라고 생각했네. 분명 그렇긴 하네. 하지만 짜증나는 것은, 이 나라에서 외관적인 형식주의가 '뒷배piston'에 의해서만 해결될 수 있다는 것일세. 더군다나 그것도 지속적인 뒷배에 의해서만. 하지만 그 누구도 나를 밀어주지 않네. 그 누구도 실제로 나를 지원해주지 않네. 같은 부서의 팀장인 랑글라드라면 쉽게 우호적인 해결책을 얻을 수 있지만, 그는 아무것도 하지 않네. 이처럼 아무런 조치도 취하지 않아—실질적인 반대가 있는 것은 아니네. 또 그렇다고 배제되고 있는 것 같지도 않네—내 자리가 없어질까봐 여간 걱정되는 게 아니네. 그렇다고 내가 이 사람을 괴롭히고 싶지는 않네. 그의 서류에 이집트인들에 대한 음모와 비열한 행동과 모든 조작을 쏟아붓고 싶지 않네. 처음으로 이런 일을 겪고 있네. 해서 당연히 놀라고 있네. 물론 부다페스트에서의 경험이 있기는 하네. 이 경험으로부터 배운 게 많다는 것을 매일매일 느끼네. 또한 랑글라드는 프랑스가 독일로부터 해방되었을 때 비시정부의 일원으로 마지막 15분을 기분 나쁘게 보낸 원한을 나에게 돌리고 있네. 그는 나를 적으로 느끼는 것 같네. 물론 내가 가지고 있는 생각 때문은 아니네. 내가 이곳에서 입을 함부로 놀리지 않기 때문이네. 게다가 떠들어댈 이유도 없네. 친구, 내가 이 문제에 대해 정확하게 파악하고 있는 것인가? 하지만 어쨌든 그가 역사, 철학, 과학, 비非학술적인 비판 등을 믿는 모든 정신, 또한 내가 현재의 나보다 더 나아지고자 시도하는 모든 것을 본능적으로 싫어하기 때문이네.* 나는 이 모든 것을 믿을 수가 없네. 하지만 이것은 제한된 이해관계의 문제네. 중요한 것은, 이 사람이 다른 사람을 해치지 않는다는 점이네. 이런 상황에서 뭘 어떻게 해야 할지를 모르겠네. 이곳에서—영향력 있는—사람은 누구도 나를 지지해줄 이유가 없네. 무관심하고 무가치한 영사, 복도에서 나를 보고도 아무것도 하지 않는 문화담당관 등이 그들이네. 자네가 이곳 사정을 안다면, 친애하는 필리프, 자네는 분명 내게 효과적인 충고를 해줄 수 있을 것이네. 자네가 나를 내 날개로 비상하도록 도와준[3] 첫해부터 자네가 몹시 그립네. 나는 자네를 여전히 필요로 하네. 결핵이라는 질병이 나를 마치 '운명fatum'처럼 따라다니네. 이 병을 완전히 축출하기 위해 계속 노력하는 과정에서 나를 좋아하는 사람들이 그다지 많지 않네. 외무부 국제교류국의 문을 두드려봐도 될까? 어떤 형태가 좋겠는가? 거기에서 일하는 자들이 순전히 이집트적인 상황에 대해 뭔가를 할 수 있을까?(문화담당관 이브 레니에는 실의에 빠졌네. 장관이 그의 요청을 거절했기 때문이네.) 내가 내년에 이곳으로 올 수 없는 극단적인 경우, 국제교류국이 나처럼 불안정한 지원자에게 다시 관심을 보일 것이라고 생각하는가? 친애하는 필리프, 내년에 어학 담당 강사직을 얻지 못한다면, 다시 말해 내 학위 논문을 쓸 수 있는 돈을 마련하지 못한다면(내가 이곳을 고집하는 유일한 이유는 논문을 쓰기 위해서야), 정신과 마음, 그게 아니라면 최소한 몸이라도 편하게 하기 위해 파리에 있는 고등학교의 말단 자리라도 노려보는 것이 더 나으리라고 생각하네.

자네는 일상적인 내 생각 전체, 아주 실질적이고, 아주 즉각적인 나의 미래에 관련된 내 생각 전체가 어떤 것인지를 알고 있네. 종종 약간 더 힘들게 생각되는 주제 중 하나는 학위 논문 그 자체라네. 아주 자세한 계획하에, 전체를 잘 요약하고 있고 반드시 필요한 초벌 원고를 위한 모든 주석을

---

3 아주 친한 친구이자 후일 외교관이 된 필리프 르베이롤의 도움으로 외무부 소속으로 부카레스트, 카이로 등에서 일을 할 수 있었다는 사실에 대한 암시로 보인다.—옮긴이

작성했네. 최근 몇 년 동안의 불규칙한 작업 중에도 말일세. 그런데 이제 보니 이런 방향으로 진행되었던 연구 전체의 가치가 한 편의 에세이 정도에 지나지 않는 것 같네. 거기에 대학 수준의 내용—따라서 문자 그대로 역사적인 차원—을 보완해야 하는 일이 남아 있네. 그런데 내게는 이 작업에 필요한 책이 단 한 권도 없네. 따라서 곧 논문이 교착 상태에 빠질 위험이 크네. 이것이 끝이 아니네. 연구의 현 단계에서 역사적 방법과 구조적 방법이 문제가 되고 있네. 나는 구조주의적 비평을 역사주의적 비평에 필요한, 하지만 충분치는 않은 서론과 다른 것으로 생각하고 있지 않네(구조주의적 비평은 현재 진행 중인 연구의 일부분에 해당하네). 그런데 하나의 연구에서 이 두 방법을 적용하려니 너무 많은 노력이 들어서 이 작업을 할 수가 없다는 생각이네. 적어도 충분히 빠른 속도로 말이네. 대학교수들이 텍스트에 대한 광범위한 설명에 불과한 논문을 결코 통과시켜주지 않을 것이네. 그런데 어떤 식으로든 후일 프랑스 고등교육기관에서 가르치고 싶다는 희망을 주지 않는 논문이 내게 무슨 소용 있겠는가? 나는 평생 전체주의적 성향의 나라들에서 방랑할 생각일랑 추호도 없네. 평생 걸릴 비평적 작업—이미 시작되었네—에 필요한 모든 자료도 없이 말일세……. 이론과 실천 사이에는 밀접한 관계가 있다는 것을 자네도 알고 있을 걸세. 이곳에서 리투아니아 출신 젊은 연구자인 그레마스[4]—학위가 있네—는 나더러 장래가 기대된다고 하면서 내 논문 주제를 어휘학적 연구로 바꿔볼 것을 권유하고 있네. 이 주제로 논문을 쓰면, 내가 원하는 연구를 할 수 있을 것이라면서

---

4 알기르다스 쥘리앵 그레마스Algirdas Julien Greimas(1917~1992)를 가리킨다. 언어학자이자 기호학자다. 그는 1948년에 샤를 브뤼노의 지도로 유행에 대한 어휘 연구로 국가박사학위를 취득했다. 그는 당시 알렉산드리아대학 교수로 재직 중이었다.

말이야.5 게다가 지원자가 형편없이 부족한 프랑스의 문헌학 분야에서 적어도 단기간 내에 자리를 잡을 수 있다고 하네. 좀 더 멀리 보자면 그렇게 하는 것이 능동적인 연구 분야를 찾는 것이고, 언어를 통해 사회학을 연구할 구체적인 방법을 찾을 수 있을 거라는 의견이야.

정겨운 향수일세. 나는 이 모든 것에 대해 그레마스와 많은 토론을 했네. 내 나이를 생각하면 이런 위기감이 절정에 달한다네. 내 연구는 언제나 하나의 여정 이상이 될까? 그리고 무엇을 향한 것이 될까? 2주 전부터 나는 기이하게도 데카르트주의에 빠졌네. 부분적으로는 아니지만 적어도 개별적인 진리를 위해 연구하는 것을 받아들여야 할지도 모르겠네……. 우리 두 사람은 다른 길을 통해서 서로 비슷한 지점에 와 있네. 자네의 대답이 필요하네. 편지 검열을 신경 쓰게. 어머니를 통해 곧 편지를 해주게.

자네 친구,

R.

*그가 미워했던 생즈뱅과 레니에처럼 우리도 역시 국제교류국에서 파견되었기 때문이네.

---

5 바르트는 결국 1952년 가을에 샤를 브뤼노의 지도로 어휘론에 대한 논문을 쓰기 시작하며, 이 논문으로 CNRS에 연수생으로 들어가 장학금을 받게 된다.

1952년 5월 15일 목요일, 파리에서[6]

친애하는 필리프,

조금 여유가 있어 자네에게 짧게 쓰네. 지금 이곳에서 할 일이 많아. 하지만 내 자신을 위해 연구를 할 만한 시간은 조금도 없다네. 해서 새학기에 대학에 자리를 잡고자 하는 내 결심은 그 어느 때보다도 더 확고하네. 아직은 모르겠어. 그 어떤 것도 완벽하지 않을 테지. 하지만 최소한 조용한 지역에서 절대적으로 필요한 시간을 가질 수는 있을 것이네. 나에게 시간의 부재는 모든 면에서 타격을 주는 진정한 추락이니까. 가령 개인 연구, 교양(거의 읽지 못하네), 지성(더 이상 참신한 생각이 안 떠오르네), 신념(체계, 방법, 심지어는 관심도 없네), 우정(많은 친구를 포기했네), 음악, 윤리(예컨대 나로 하여금 파리를 사랑하게 하거나 혹은 산책을 하면서 행복을 느끼게 해주는 일종의 지드적인 열의와 여유가 더 이상 없네) 등등. 미래에 대한 전망은 정말로 어둡네. 항상 걱정에 차 있고, 긴장되고, 동시에 기분이 가라앉아 있는 게 다가 아니라네. 늘 생동감 넘쳤던 나의 '기투projet' 능력도 이제 꺼져버린 것 같네. 매사에 자신이 없네. 내 스스로 의지박약자라고 선고하고, 그리고 내 자신의 미래를 위해 뭔가를 결정하기가 '두렵네'. 이런 결정이 필요하네. 지적 연구에 내 휴머니즘의 전부를 투사하긴 하지만, 그것을 실천에 옮길 수 없어서 정말로 '비인간적inhumain'이 되어가는 것을 느낀다네. 가끔 섬광처럼 스스로 가장 깊은 심연에 가 닿았다고 느껴. 그런데 이 구역은—발견

---

6 바르트는 이집트에서 귀국한 이래로 외무부 문화교류국에서 근무했다.

되고 황폐화된―한 인간을 알아보기 어려운 존재로 만들어버리네.

　국제문화교류국으로의 부서 이동은 완전히 실망스러운 경험이야. 나는 여기에서 새로운 것을 아무것도 만들어내지 못하고 있네. 이 부서는 오로지 원칙을 중요시하는 나 같은 사람에게 저 '문화'라는 단어가 그 내용 면에서 최소한의 의미를 갖는 곳이네. 가령, 동료 바리용에게도 많이 실망하고 있네. 그는 문화를 이해하고, 그것을 실천하기 위한 동력을 보여줄 전반적인 생각을 전달하지 못하네. 실제로 그의 계속되는 혼란 뒤에는 끊임없는 회피와 협력자들에 대한 무관심이 감춰져 있는 게 아닐까? 나는 그가 구체적인 업무 수행을 할 수 없고, 함께 일하는 사람들의 본질적인 상황을 이해하는 능력도 결여되었다고 생각해. 더욱이 그는 흔히 말하는 "많은 도움을 받는" 가운데서도 그러하네. 물론 나는 지금 말로나 글로 쓰여 있지 않은 터부, 들춰낼 수 없는 터부에 대해서 말하는 것이 아니야. 학력에 따라 서열이 매겨지고, 또 외국과 마찬가지로 이곳에서도 변변한 미래를 생각하지 못하게 하는 그런 터부에 대해서 말하는 것이 아니란 말이네. 게다가 모험을 감행할 정도로 건강이 좋지도 못하기 때문에(기초 교육 쪽에 모험의 가능성이 있기는 하네7) 내 생각이 재차 학위논문의 필요성에 미쳤네. 지금 논문을 쓰는 일의 무게에 짓눌릴까봐 완전히 겁을 먹고 있고, 또 외국에서 그럴까봐 불안해하면서도 생각이 거기에 미치고 있다네. 하지만 한 번 더 도전해보기로 결심했네. 이렇게 이런저런 생각의 틈바구니에서―불안해하면서―많은 고민을 하고 있네. 그리고 점점 더 그렇다네. 왜 이토록 걱정에 민감할까 스스로 원망도 하고 있네. 그 어떤 것보다 끔찍했던 병마의 시련

7　바르트는 1947년에 사회 구호와 대중 교육을 위한 연수 교육을 받을 생각을 하기도 했다.

을 이겨낸 내가 말일세. 하지만 이것은 아무것도 설명해주지 못하네. 왜냐하면 국제문화교류국, 즉 파리에서 보낸 2년 동안의 방랑으로 타격을 입은 것, 그것은 바로 내 삶의 의미 그 자체이기 때문이지. 또 헛되이—성과 없이—삶을 유지하려고 애쓰는 과정에서 내 스스로 무너질 위험이 있기 때문이네. 이제 현기증이 나네.

물론 가망이 아주 없는 것은 아니네. 어쨌든 이번 여름에 일을 그만둘 거거든. 그렇게 해서 시간을 조금 되찾고, 독서를 다시 하고, 약간의 게으름과 좋아하는 일로 '정신의 힘'—이 힘의 부족으로 인해 현재의 삶이 우울하고 불안하네—을 회복하고자 하네.

이 지나치게 명료한 '상황 판단'에 대해 노여워하지 말고, 특히 내 걱정은 하지 말게나. 곧 보세.

자네 친구,

롤랑

1956년 12월 9일, [파리에서]

친애하는 친구,

자네 일이 조금 걱정되네. 자네가 보내준 소식으로 안심이 되었네. 하지만 이 얼마나 우울한 바보짓인가![8] 자네는 당연히 화가 나겠네그려. 얼마나 통탄할 일인가!

이곳에서는 헝가리 사태[9]가 단연 큰 사건이었네. 내가 속한 좌파 진영에서 특히 그랬네.

이 사태로 많은 사람이 동요했네. 아직도 그 여파가 남아 있네. 얼마나 많은 정치적 동지가 갈라지고 방향을 잃었는지 모르네. 스탈린주의가 사회주의의 우울한 일탈이라고 생각해왔던 내 입장에서 보면, 사회주의는 중병에 걸린 것이네. 사회주의 자체는 극히 엄격한 제한적 조건하에서만 스탈린주의와 협력할 수 있네. 사회주의가 포위하고 있는 두 개의 거대한 자본주의—하나는 국가자본주의이고, 다른 하나는 서구-미국자본주의일세—사이에서 이 체제가 어떻게 계속 유지될 수 있을지 모르겠네. 지금 세계 도처에는 식민지 전쟁들만이 있을 뿐이야. 폴란드에서 발생한 사건만이 유일

---

8 1956년에 필리프 르베이롤은 카이로에서 문화참사관으로 일하고 있었다. 바르트가 우울한 바보짓이라고 말한 것은 분명 1956년 11월에 있었던 나세르 대통령의 수에즈운하 국영화 조치에 이은 영불 합동 군대 파견이 아닌가 싶다.

9 1956년 공산 독재에 항거해 일어난 헝가리 민중봉기에 소련군이 헝가리를 침공했고 부다페스트를 포위했다. 소련군의 진압으로 2500명의 헝가리 국민이 사망했다. 반스탈린주의를 표방했던 좌파 세력 대부분은 이 봉기를 지지했다. 1956년 12월에 에드가 모랭, 롤랑 바르트, 장 뒤비뇨, 콜레트 오드리 등에 의해 창간된 『아르귀망』지는 좌파의 스탈린주의에 대한 반대 기치를 새로이 내걸었다.

하게 공산주의 혁명에 대한 마지막 '수정correction'의 이미지를 보여준다네.10

이 모든 상황 속에서 연구를 진행하기가 무척 힘드네. 다시 시작하긴 했네. 마침내 유행의 사회학으로 뛰어들었네. 지루하진 않네. 아주 평안하네.

이것을 제외하면 새로운 소식이라곤 없네. 파리가 점점 나를 짓누르네. 하지만 경제적 능력이 없어서 집을 더 이상 찾을 수 없네. 프랑스에 웬 무질서인가! 내 민족적 감정이 퇴보했다고 생각해주게. 결국 내가 프랑스에 대해 용서하지 못하는 것은 우파의 나라가 되는 것이 아니네. 오히려 프랑스가 하는 바보짓이네.

자네는 새로운 소식이 없는가? 편지를 써주게. 짧게라도 좋으니.

우정을 보낸다네, 친애하는 필리프.

롤랑

---

10 1956년 6월 폴란드에서 발생한 봉기는 진압되었지만, 10월에 바르샤바에서 있었던 스탈린주의를 강력하게 비난한 고물카의 연설과 더불어 일종의 '해동dégel'이 시작되었다고 할 수 있다.

2.

『글쓰기의 영도』의 주변

갈리마르 출판사, 레몽 크노, 장 폴랑, 마르셀 아를랑과 주고받은 편지들

크노, 폴랑, 아를랑과 주고받았던 편지 모음은, 바르트가 갈리마르 출판사와 유지했던 관계를 잘 보여준다. 무엇보다도 레몽 크노(1903~1976)의 지지에도 불구하고 이 출판사의 『글쓰기의 영도』에 대한 출판 거부가 그렇다. 그리고 알베르 베갱과 장 케이롤의 지지에 힘입어 이 책이 쇠유 출판사에서 출판된 이후 장 폴랑(1884~1968)과 마르셀 아를랑(1899~1986)(1953년 1월 재간된 『엔에르에프』지의 공동편집자[11])은 계속해서 바르트에게 간청했다. 간청의 주된 내용은 1953년 1월 이 책의 재출간 이후, 이 잡지에 글을 써달라는 것이었고 바르트는 단호히 거절했다. 우리는 여기에 『글쓰기의 영도』 출간 이후 시기까지의 편지들을 실었다. 바르트가 1972년까지도 갈리마르 출판사 쪽의 간청을 거절했기 때문이다. 바르트가 1980년에 『밝은 방 La Chambre claire』을 쇠유 출판사와 공동으로 갈리마르 출판사에서 출간하기 위해서는 『카이에 뒤 시네마Cahiers du cinéma』의 중재가 필요했다.

---

11 『엔에르에프NRF』지는 1953년에 『누벨 누벨 르뷔 프랑세즈Nouvelle Nouvelle Revue française』라는 제목으로 재간되었고, 1959년에 이전의 제목을 되찾았다.

레몽 크노가 롤랑 바르트에게

1950년 11월 9일

선생님께,

선생님의 글에 대한 "기사의 첫 문단"[12]은 아주 도식적인 방식으로만 그 내용을 보여주는 것으로 보입니다.[13] 편집인에게 좀 더 광범위한 설명(물론 양적으로요입니다)을 해주실 의향은 없으신지요? 제가 추구하는 갈리마르의 '기본 입장assis'에서 보면 선생님의 대의명분(앞서 언급했던 『연애편지Billet doux』와 마찬가지로)을 즐거운 마음으로 지지할 수 있을 것입니다.

선생님의 다음 글을 초조하게 기다리고 있습니다. 완성된 원고를 전해주실 수 있으신지요?

이만 줄입니다.

---

12 '샤포chapeau' 또는 출판계의 속어로 '샤포chapô'에 해당하는 단어로, 원래는 '모자'라는 뜻이다. 하지만 조금 변형되어 신문이나 잡지 등에 게재된 기사나 글 등을 소개하는 짧은 문단의 의미로 사용되며, 기사나 글의 첫인상을 좌우한다.—옮긴이

13 1947년 8월과 9월에 「글쓰기의 영도」와 「문법을 죽여야 하는가」를 게재한 후, 『콩바』지는 바르트가 쓴 다섯 편의 글을 실었다. 이 다섯 편의 글은 1953년에 가서야 쇠유 출판사에서 출간되는 저서의 핵심적인 내용에 해당된다. 그중 「부르주아적 글쓰기의 승리와 단절」이라는 첫 번째 글은 1950년 11월 9일에 게재된 것이다. 크노는 이 글이 게재된 바로 그날 바르트에게 편지를 쓴 것이다. 이 글에 대한 "기사의 첫 문단"에서 모리스 나도는 이렇게 쓴다. "그[롤랑 바르트]는 그 자신의 전망을 도식화하고 또 그 특징을 확대해야 하는 만큼, 이 모든 것이 논의되기를 기대하고 있다." 크노의 이름은 "플로베르, 말라르메, 랭보, 공쿠르 형제, 초현실주의자들, 크노, 사르트르, 블랑쇼, 카뮈 등"이 포함된 목록에서 인용된다.

크노 드림

Lit. 28. 91[14]

1952년 2월 8일

선생님께,

순전히 출판의 관점에서 보면 그처럼 짧은 책이 출간될 가능성은 거의 없습니다. 보급이 어렵습니다(서점에서 관심을 보이지 않습니다). 하지만 이곳에서 (어쨌든) 책 출간에 대해 논의를 해보고, '거의' 없는 가능성을 타진해 보겠습니다. 선생님의 원고를 보내주실 수 있으신지요?

어쨌든 이 책의 한 부분을 『레탕모데른』지에서 출간하는 것은 문제가 없을 것입니다.

선생님, 이만 줄입니다.

크노 드림

---

14 갈리마르 출판사의 서류 분류 번호가 아닌가 싶다.—옮긴이

1952년 3월 28일

선생님께,

깜짝 놀랐습니다. 이곳에서 선생님 원고가 다른 원고더미 아래에 깔려 작업 중단 상태에 있는 것을 보았습니다.[15] 저는 이 원고를 벌써 한 달 전에 읽었습니다. 그리고 오랫동안 선생님과 상의하고 싶었습니다. 요컨대 (제가 모레 한 달 보름 일정으로 출장을 가서) 선생님과의 개인적인 상의가 아주 중요하다고 생각합니다. 저는 아주 우호적인 입장을 표명했습니다. 하지만 반대도 있었을 것입니다. 적은 분량(혹은 그 반대)의 문제가 그것입니다. 이 텍스트를 'Les Essais' 총서[16]로, 그것도 양을 좀 부풀려서 출간해야 할 것 같습니다. 그러려면 몇 쪽이 더 필요할 것입니다.

이 텍스트에 대해 선생님께 상의를 드리고 싶어 다시 읽어보려 합니다. 하지만 출장을 떠나기 전에 해결해야 할 일이 산더미입니다.

제가 없는 동안 이 책의 운명에 대해 로베르 갈리마르와 전화로 이야기해보실는지요?

거듭 사과를 드립니다. 저는 선생님께서 쓰시는 글을 아주 흥미롭게 읽고 있습니다.

이만 줄입니다.

---

15 계속해서 『글쓰기의 영도』 원고가 문제가 되고 있다.
16 갈리마르 출판사의 총서 중 하나다.―옮긴이

1952년 10월 30일

선생님께,

「레슬링을 하는 세상」[17]이라는 선생님의 글이 얼마나 '훌륭한지excellent'
말씀드리려고요.
　반복합니다. '훌륭합니다.'

　이만 줄입니다.

크노 드림

17　1952년 10월 『에스프리』 지에 실린 '신화론'의 첫 번째 시리즈 중 하나로, 같은 제목의 책 첫 장에
실리게 된다.

nrf

30 oct, 1952

Cher monsieur

Permettez-moi de vous dire combien
j'ai trouvé excellent votre article
le monde où l'on couche.

Je répète : excellent.

Bien cordialement

Queneau

Paris, 43, rue de Beaune — 5, rue Sébastien-Bottin (VIIe)

크노가 바르트에게 쓴 1952년 10월 30일자 편지

1955년 3월 4일

선생님께,

조만간 한번 만나 뵈면 좋을 듯합니다. 선생님께 합당한 제안이 있습니다(백과사전에 관련된 제안입니다).[18] 세바스티앵 보탱가로 한번 들러주실 수 있으신지요? 저는 매일 오후 그곳에 있습니다. 가끔 자리를 비우는 경우도 있기는 합니다만…… 약속을 정하는 게 가장 좋을 것 같습니다. 어쨌든 화요일 오후 2시 30분에서 4시 30분 사이에 저를 보실 수 있을 겁니다.

이만 줄입니다.

크노 드림

---

18 분명 크노가 시작한 "플레이아드파 백과사전" 계획을 가리킨다. 이 계획으로 집필된 제1권은 1956년에 출간된다. 실제로 바르트는 『스펙터클의 역사』Histoire des spectacles』(1965, OC, t. 2, pp. 724~744)의 일환으로 「그리스 연극」에 대한 글을 써서 이 계획에 참여했다.

1955년 11월 4일

선생님께,

화요일 4시 어떠신지요? 아니면 약속을 다시 잡기 위해 그 시간에 저에게 전화를 주실 수 있으신지요?

이만 줄입니다.

크노 드림

장 폴랑이 롤랑 바르트에게

[1953년] 7월 21일

선생님께,

마르셀 아를랑이 전해준 소식에 매우 기쁩니다.[19] 매당 2000프랑을 받으시겠는지요? 그러면 시사평론 한 편에 (대략) 1만 프랑, 그에 대한 간단한 해설 한 편에 500프랑입니다. 매달 그렇습니다.

이만 줄입니다.

장 폴랑 드림

---

19 분명 오해가 있는 것 같다. 바르트는 이어지는 제안을 한 적이 없다.

[1953년] 11월 29일

선생님, 『글쓰기의 영도』에 대해 오래전에 감사를 드렸어야 한다는 말씀을 드리며(하지만 모리스 블랑쇼가 저희를 대표해서 감사를 표하겠다고 했습니다), 또 『엔에르에프』 지에 실릴 한 편의 글과 한 편의 해설을 부탁드리고자 합니다. 알랭 로브그리예를 통해 선생님께서 화요일에 저희를 보러 오신다는 얘기를 전해 들었습니다. 뵙게 되다니 기쁩니다.

이만 줄입니다.

장 폴랑 드림

1953년 12월 20일

선생님께,

막 끝내셨다고 들은 마르셀 주앙도에 관련된 글을 저희에게 주시지 않으시겠습니까?[20]

이런 희망을 피력하는 것이 시기상조인지요? 저는 선생님의 존함이 내년에 『엔에르에프』지에 종종 오르내렸으면 합니다.

이만 줄입니다.

장 폴랑 드림

---

20 보관된 바르트의 문서에 이와 관련된 글의 흔적은 없다.

롤랑 바르트가 마르셀 아를랑에게(BLJD)

1953년 12월 28일

선생님께,

베풀어주신 호의에 감동받았습니다. 감사드립니다. 그런데 제가 지금 CNRS에서 장학금을 받고 있어서,[21] 논문 주제에 대해 매년 보고서를 작성해야 합니다. 금년에도 보고서를 제출해야 하는 시기가 다가왔습니다. 전적으로 거기에 집중을 해야 하는 상황입니다. 제가 평소에 일이 워낙에 더디고 또 잘 못하기 때문에 더욱 그렇습니다.

그 대가가 어떤 것인지를 잘 알고 깊이 감사해 마지않는 협동 작업에 지금 당장 응할 수 없음에 저를 너무 책망하지 말아주시기 바랍니다.

R. 바르트 드림

---

21 롤랑 바르트는 1952년 말부터 CNRS 어휘학 분야에서 연수를 받고 있었다.

1954년 9월 4일, 앙다이

선생님께,

자유로운 시사평론으로 『엔에르에프』지에 정기적으로 협력할 수 있도록 선생님이 호의로 주신 제안을 잊지 않고 있습니다. 이 제안에 제가 감동했다는 사실, 그것을 받아들이겠다는 사실, 하지만 또한 저에 대한 CNRS 쪽의 상황이 분명해질 때까지 대답을 유보할 수밖에 없다는 사실을 이미 말씀드린 바 있습니다. 제 상황에 대해 이미 말씀을 드렸죠. 제 생각에는 이번 가을에 모든 것이 해결될 것으로 기대했습니다. 하지만 안타깝게도 아무것도 해결되지 않았습니다. 해서 제가 여전히 사회학 분야[22]에 소속될 것인지를 알려면 1955년 봄까지 기다려야 할 것 같습니다. 또한 그 경우에도 저는 충분하고도 설득력 있는 연구를 수행해야 하는 입장에 있을 것입니다. 애석하게도 이걸 준비해야 하는 중요한 임무를 지고 있는 상황에서 또 하나의 새로운 임무를 더한다는 것은 어불성설로 보입니다. 그도 그럴 것이 이 새로운 임무에는 완벽을 기해야 하는 많은 우려가 뒤따르고, 해서 오래전부터 또 가볍게 쓰기로 약속했던 시사평론을 『에스프리』와 『롭세르바퇴르』지에 제때 원고를 보낼 수 없을 것이기 때문입니다.

제 핑계 아닌 핑계가 얼마나 짜증나는 것인지를 잘 알고 있습니다. 하지만 이것은 다른 그 어떤 임무보다, 다른 그 어떤 만족보다도 진정한 사회학

---

22 바르트는 1954년 말에 어휘학 분야의 논문을 위한 CNRS 장학금을 받지 못하게 되고, 사회학 분야에 장학금을 새로이 신청해서 1955년에 받게 된다. 그동안 그는 로베르 부아쟁의 도움으로 라르슈 출판사('연극에 대하여' 참고, 이 책 257쪽을 볼 것)에서 일하게 된다.

적 작업을 최우선시하고자 하는 욕망 때문입니다. 물론 이를 위해 CNRS
의 재정적 지원은 절대적으로 필요합니다. 해서 이 지원을 받기 위해 모든
노력을 경주하기 전에는 정말로 자유롭지 못하다고 느끼고 있습니다.

감히 선생님께 답을 청할 수가 없습니다. 하지만 선생님께서 저의 사정
을 잘 이해해주신다면, 또 저를 너무 원망하지 않는다는 것을 알게 된다면,
제 마음이 조금은 놓이겠습니다. 선생님의 평가와 지지를 제가 얼마나 중요
하게 여기는지 잘 아실 것입니다.

이만 줄입니다.

롤랑 바르트 드림

마르셀 아를랑이 롤랑 바르트에게

1954년 9월 10일

선생님께,

　폴랑과 제가 이미 논의되었던 시사평론을 지금부터 게재할 수 없다는 사실을 유감스럽게 생각한다는 건 선생님께서도 잘 아실 것입니다. 하지만 필수불가결한 연구로 인해 시사평론을 쓰기가 곤란하다면, 다음 봄을 기다리기로 하지요······ 다만 지금부터 그때까지 선생님께서 저희에게 주실 수 있는 이런저런 글을 쓴다는 조건이긴 합니다.

　선생님, 이만 줄입니다.

마르셀 아를랑 드림

롤랑 바르트가 마르셀 아를랑에게(BLJD)

1954년 9월 24일

선생님께,

제 의지와는 상관없는 핑계 아닌 핑계를 양해해주시다니 정말로 감동했습니다. 선생님을 불편하게 해드렸으면 어쩌나 하고 걱정했습니다. 시사평론을 더 정기적으로 쓸 수 있는 날을 기다리면서 금년에 잡지에 새로운 시론을 써드릴 것을 약속드립니다.[23]

이만 줄입니다.

R. 바르트 드림

파리 제6구 세르방도니가 11번지

---

23 이 약속은 지켜지지 않았다.

1966년 11월 17일, 파리

마르셀 아를랑 선생님께,

『엔에르에프』지가 준비하고 있는 브르통에 대한 특집호에 참여해달라고 하신 선생님의 편지에 이렇게 늦게 답을 드리는 것을 용서해주시기 바랍니다. 제가 미국에 체류하고 있던 바람에,24 귀국 후에야 편지를 읽을 수 있었습니다. 주신 제안에는 큰 관심이 있습니다. 하지만 애석하게도 순전히 연구에 관련된 이유로 이번 특별호에는 참여할 수가 없을 것 같습니다. 제출해야 할 보고서용 연구가 너무 지체되었고, 그로 인해 어떤 새로운 일도 받아들일 수 없는 상황입니다. 제발 저를 책망하지 말아주시기 바랍니다. 선생님께서 보내주신 신뢰에 감동했고, 또 감사드립니다.

마르셀 아를랑 선생님, 이만 줄입니다.

롤랑 바르트 드림

---

24 바르트는 르네 지라르의 초청에 따라 "구조주의 논쟁"이라는 주제로 1966년 10월에 볼티모어에 있는 존스홉킨스대학에서 개최된 콜로키움에 참석했다.

1972년 1월 9일

마르셀 아를랑 선생님께,

　선생님 말씀에 감읍할 따름입니다(이렇게 늦게 답을 해드리는 것을 용서해
주시기 바랍니다). 제 청소년기 환상의 고귀한 실현을 상징하는『엔에르에프』
지에 뭔가 많은 것을 기여하고 싶습니다! 그리고 저를 불러주셔서 감사합
니다. 하지만 (교수라는) 직업상 해야 하는 연구가 넘쳐 아무런 준비도 되지
않은 상황입니다. 제 삶이 조금 편해지기를 기다리고, 자유롭게 텍스트를
쓸 수 있는 가능성을 되찾기를 기다릴 수밖에 없을 것 같습니다.

　어쨌든 감사드립니다.
　이만 줄입니다.

롤랑 바르트 드림

쇠유 출판사, 알베르 베갱, 장 케이롤과 주고받은 편지들

　스위스 출신 지식인이자 미셸 푸코에게 큰 영향을 준 『낭만주의 영혼과 꿈L'Âme romantique et le rêve』의 저자 알베르 베갱(1901~1957)은 분명 장 케이롤, 모리스 나도와 함께 바르트의 열렬한 첫 번째 독자이자 편집인이었다. 베갱은 1950년부터 『에스프리』지를 이끌었으며, 바르트는 1951년 4월에 이 잡지에 미슐레에 대한 첫 번째 텍스트를 게재했다. 베갱은 클로드 에드몽 마니와 함께 쇠유 출판사에서 "살아 있는 돌Pierres vives" 총서를 주도했으며, 바르트는 1963년 『라신에 관하여Sur Racine』까지 그의 저작을 이 총서에서 출간하게 된다.

알베르 베갱이 롤랑 바르트에게

1950년 10월 2일, 『에스프리』

선생님께,

선생님과 약속을 잡고 싶습니다. 그리고 가능하다면 『에스프리』지에 협력해주실 것을 부탁드리고자 합니다. 지난해 출간된 『글쓰기의 영도』에 대한 선생님의 글[25]을 읽고 큰 충격을 받은 후 선생님을 뵙고 싶었습니다.

이런 욕망을 이제야 전해드리고 또 그러면서 뵙기를 청하는 것을 송구스럽게 생각합니다.

알베르 베갱 드림

---

[25] 바르트가 『콩바』지에 1947년 8월에 게재한 글을 가리킨다. 놀랍게도 베갱의 바르트 글에 대한 언급은, 1950년 11월 9일자 첫 번째 텍스트로 시작하여 후일 『글쓰기의 영도』에 포함될 『콩바』지에 실린 바르트의 새로운 시리즈의 글보다 한 달 앞서 있다.

1951년 1월 16일

선생님께,

조금 늦었습니다. 용서해주시기 바랍니다. 하지만 선생님께서 귀띔하신 미슐레에 대한 원고를 좀 보여주셨으면 합니다. 또한 간단하게든 길게든 언어의 위기(문학적 언어든 일반적인 언어든)에 대한 여러 사람의 생각을 잡지에 게재하고 싶습니다.

저를 보러 오실 수 있도록 노력해주십시오. 미리 전화를 주시기 바랍니다.

이만 줄입니다.

알베르 베갱 드림

1951년 1월 31일

선생님께,

미슐레에 대한 선생님의 글은 정말 훌륭합니다. 사유, 관점, 그리고 장점을 짚어야 할 것입니다만, 글쓰기 면에서도 그렇습니다. 『에스프리』지에 이 글을 게재한다면 저는 기쁜 정도를 너머 '뿌듯할' 것 같습니다. 4월호에 게재할 수 있는 지면이 있을 듯합니다.26 선생님의 글은 훌륭한 독자들의 눈에 잡지의 수준을 끌어올리는 의지를 보여줄 것입니다. 물론 이와 같은 의지를 실천에 옮기도록 도와주는 필진은 그리 많지 않습니다. 따라서 과거보다도 더 빈번하게 협조해주십사 선생님을 유혹해야겠다는 소망을 피력해봅니다.

이번 주에 선생님을 뵐 생각입니다. 편집장 도메나흐27의 병가病暇로 인해 이탈리아로 출발하기 전에는 시간을 낼 수가 없는 상황입니다. 하지만 돌아오는 즉시 뵐게요. 2월 25일경이 될 것입니다.

이만 줄입니다.

알베르 베갱 드림

---

26 「미슐레, 역사와 죽음」이라는 제목이 붙은 바르트의 글은 실제로 1951년 4월호에 게재된다.
27 에마뉘엘 무니에와 가까운 지식인이자 특히 『비극의 귀환Le Retour du tragique』(Seuil, 1967)의 저자인 장마리 도메나흐(1922~1998)다. 도메나흐는 미셸 드 세르토와 미셸 푸코의 친구다.

〔1951년 말〕

선생님께,28

이렇게 늦게 답을 보내 죄송합니다. 아주 바빴습니다. (바욘, 포, 닥스 등과 같은 지역으로) 일주일간 여정이 잡혔는데 출발하기 전에 케이롤에 대한 선생님의 글이 가진 장점을 전해드리고자 합니다. 선생님의 글은 아주 드물게 처음부터 끝까지 탄탄하고, 또 그 분석도 지적인 훈련에서 오는 즐거움에 잘 들어맞는 것 같습니다. 한 작품에 대한 해설에서 선생님이 보여주신 것과 같은 진지한 정신을 보는 것은 대단히 드문 일입니다! 선생님께서 보여주신 통찰력, 정확함, 그리고 글쓰기에 필요한 만큼의 권위를 갖춘 어조, 이 이상을 보여줄 수는 없다고 생각됩니다. 케이롤은 정말 감동했고, 전적으로 선생님 의견에 동의했습니다. 그가 직접 선생님께 말씀드릴 것입니다. 제가 귀국하면 세 명이서 만날 자리를 마련할 거거든요. 해당 호의 지면이 꽉 차 이듬해 1월로 연기되지 않는다면, 선생님의 글은 12월에 게재될 예정입니다.29

다시 한번 감사를 드립니다. 곧 뵙지요.

---

28 여기서는 '선생님'에서 '친구'로 호칭이 바뀌고 있다. 아마 출판 일로 만난 베갱과 바르트는 그 사이에 친구가 된 것으로 보이나 계속 '선생님'으로 옮기기로 한다.—옮긴이
29 『에스프리』지 12월호나 1월호에 케이롤에 대한 바르트의 그 어떤 글도 실리지 않았다.「장 케이롤과 그의 소설」이라는 제목의 꽤 긴 글, 거의 에세이에 가까운 글일 것이다. 이 글은『에스프리』지 1952년 3월호에 실렸다.

이만 줄입니다.

알베르 베갱 드림

1952년 9월 7일

선생님께,

장 케이롤이 선생님의 '레슬링'에 관련된 글을 건네주었습니다. 이 글을
저희에게 주셔서 감사드립니다. 대단한 글이더군요. 정확히 항상 『에스프
리』지에 신고자 하는 유형의 문학적인 글입니다. 즉 평범성에 기초해서 이
루어진 인간적 사실들에 대한 성찰을 가장 확실하게 표현해주는 글입니다.
선생님의 방법과 선생님께서 쓰신 이 글에 담긴 모든 완벽한 것에 찬사를
보냅니다. 선생님께서 이런 종류의 성찰이나 혹은 일종의 날짜가 없는 시사
평론을 통해 쓰시고자 하는 모든 것을 좀 더 정기적으로 투고해주실 것을
바라 마지않습니다. 가령 이와 같은 호소로 두 달마다 한 번씩 글을 써주
시면 어떨는지요?

도메나흐도 귀국하자마자 선생님의 글을 읽었고, 저와 같은 의견이었습
니다.

상의 드릴 문제가 하나 있는데요. 선생님께서는 어떤 제목을 원하시는지
요? 저는 "레슬링의 도덕성"을 제안합니다. 하지만 결정은 선생님께서 해주

셔야겠죠.[30] 교정을 보실 때 거기에 적어주실 수 있을 것입니다.

며칠 여정으로 토스카나로 떠납니다. 귀국하는 대로 선생님을 뵙고자
합니다.

이만 줄입니다.

알베르 베갱 드림

---

30 바르트가 선택한 제목은 「레슬링을 하는 세상」이고, 이 글은 『에스프리』지 10월호에 게재되었다.

장 케이롤이 롤랑 바르트에게[31]

〔1951년 1월〕

선생님께,

알베르 베갱의 소개로 선생님께서 『콩바』지에 실으신 글들을 혹시 나흘 정도 제게 빌려주실 수 있는지 여쭤보려 이 편지를 드립니다. 저에게 아주 중요한 글들이어서요.

제가 영국에서 강연을 하게 되었습니다. 저는 그 기회에 언어와 시의 세계에서 언어가 가진 힘을 주제로 다뤄보고자 합니다. 또한 브리스 파랭의 언어철학이나 크노가 사용하는 구어口語에 대해서도 의견을 피력해보고자 합니다.

선생님께 폐가 되지 않는다면, 위에서 언급한 글들을 쇠유 출판사로 급히 보내주실 수 있으신지요?

인사가 늦었습니다만, 롤랑 바르트 선생님, 이 밤을 어떻게 보내고 계시는지요? 아마 선생님께는 이 밤이 낮일 듯싶습니다. 저는 작가들이 항상 속임수를 쓰는 카드놀이에서 제 역할을 못하고 있습니다.

장 케이롤 드림

---

31 케이롤에 대해서는 이 책 349쪽을 볼 것.

롤랑 바르트가 장 케이롤에게

1951년 2월 7일

선생님께,

일전에 말씀하신 『콩바』 지에 실린 글들을 기꺼이 전해드립니다. 애석하게도 저는 이 글들이 선생님께 전혀 도움이 되지 못할 것이라 생각하고 있습니다. 그도 그럴 것이 이 글들이 적극적인 조사가 아닌 단순한 감정에 바탕을 두고 있기 때문입니다. 선생님께서 이 글들을 더 필요로 하지 않으실 때 알베르 베갱 씨를 통해 돌려받도록 하겠습니다.

영국에 잘 다녀오시기 바랍니다.

이만 줄입니다.

R. 바르트

3.

『미슐레』와 『신화론』의 시기

『미슐레』의 독자들

장 주네가 롤랑 바르트에게

[1955년] 이스바, 코르티나 담페르32

친애하는 바르트 선생님,

이것이 세 번째 초고입니다. 그래도 백지를 앞에 두고 있는 것보다는 이 글을 마주하니 더 편안함을 느낍니다. 저는 선생님과—편지를 통해—역사의 여러 사실과 인물의 소설적 변용에 대해(벌써 시작되었습니다!) 말하고

---

32 장 주네가 오랜 감옥 생활로 인해 얻은 관절염 치료를 위해 머물렀던 베네치아 북쪽 지역에 있는 돌로미테스의 마을 이름이다. 주네는 그곳에 작은 별장을 소유하고 있던 소련 후원자 갈라 바르비산의 집에 머물렀을 것이다. Catherine Robbe-Grillet, *Jeune mariée. Journal, 1957-1962*, Paris, Gallimard, 2004, p. 122 참조.

자 했습니다. 선생님의 『미슐레』(코르티나에서 벌써 1년 전부터 저의 손길을 기다리고 있었습니다. 하지만 저는 이 책의 내용에 대해 전혀 아는 바가 없었습니다)는 굉장히 흥미롭습니다. 몇몇 구절을 다시 읽었습니다. 선생님의 확실한 안내가 있어서 저는 미슐레의 피와 기분뿐만 아니라 당시 역사의 피와 기분 속을 헤엄쳐서 거슬러 올라가는 듯한 인상을 받았습니다. 이와 동시에 선생님께서 어린 시절, 어린아이, 장난감에 대해 쓰신 글33이 실린 잡지 한 권(NRF34 Lettres nouvelles)도 받았습니다.

이 모든 것에 대해 선생님과 함께 얘기를 나누고 싶었습니다. 괜찮으시다면, 제가 파리로 돌아가는 즉시 저녁 식사를 같이하시지요. 가능할는지요? 선생님 저서에 대해 답이 조금 늦어진 것은, 제가 코르티나에 다시 가지 못했기 때문입니다. 그리고 솔직히 말하면 선생님께서 마르고 마스콜로의 집35에서 저를 만난 사실을 잊고 계신 것이 아닌가 하는 생각도 했습니다. 2주 정도 후면 파리에 있게 될 것입니다. 선생님께 소식을 드려도 괜찮을는지요? 제 파리 주소는 다음과 같습니다.

파리, 프로망탱가 11번지
루아얄프로망탱호텔, 장 주네
Tri. 85.93

이만 줄입니다.

---

33 이 '신화지'는 『레 레트르 누벨』 1955년 2월호에 실렸는데, 그 제목은 「어린 시절의 역사를 위하여: 어린이-스타, 어린이-모방, 장난감」이다.
34 이 부분에는 줄이 그어져 있다.
35 생브누아가에서 디오니스 마스콜로와 함께 살고 있는 마르그리트 뒤라스의 집을 가리킨다.

장 주네 드림

선생님께서 써주신 헌사를 자랑스럽게 생각합니다. 어떤 작가가 저에게
이런 헌사를 써준 것은 이번이 처음이었습니다.

자크 오디베르티가 롤랑 바르트에게

〔1954년〕

선생님께,

선생님 저서에 대해 갈채, 큰 갈채를 보냅니다. 일급의 저서입니다. 아주 훌륭합니다. 모든 것을 알고자 하는 천재성에도 불구하고, 서정적 휴머니즘에서 모든 것을 분리시키면서 그처럼 독특하고, 맹목적이고, 천재적인 미슐레라는 인물을 탁월하게 묘사해주신 것에 대해 감사를 드립니다.

미슐레를 주제로 한 선생님의 멋진 저서에 대한 저의 감탄과 찬사를 믿어주십시오.

자크 오디베르티 드림

가스통 바슐라르가 롤랑 바르트에게

1954년 4월 8일

선생님께,

선생님의 저서는 눈이 부시고, 놀랍습니다. 82쪽까지 읽었습니다만, 벌써 저는 이 책을 다 읽고 곧바로 다시 읽을 것이라는 사실을 알고 있습니다. 하지만 이 책에서 얻은 열정을 선생님께 전해드리는 것만은 더 이상 기다릴 수가 없네요. 선생님의 글에서는 상세함이 곧 깊이가 됩니다. 빛을 쏘아 해석하는 선생님의 기법은 존재의 심연을 파고듭니다. 선생님께서는 존재의 계속성을 포착하기 위해 역사라는 '도선'을 필요로 하지 않습니다. 여러 주제가 잘 선택되었고, 그것들의 부조浮彫에서 내적인 충동이 드러납니다. 아주 조용하게 대단한 책을 쓰셨습니다. 저 역시 조용하게 읽고 있습니다.

제가 얼마나 초조하게 미슐레의 일기를 읽는 시간을 기다리는지 모릅니다. 그의 일기에서 그 어떤 부분도 누락되지 않았으면 합니다. 또 그의 모든 '기분'이 드러나 있었으면 합니다. 미슐레라는 위대한 사람의 비밀을 알려면 선생님으로부터, 즉 선생님의 식탁, 선생님의 즉석요리와 음식으로부터 출발해야 할 것입니다. 물론 과일도 함께여야겠지요.

선생님 저서의 여러 요소에서 저의 연구에 참고할 점들을 발견할 수 있어서 감동했습니다.

이만 줄입니다.

바슐라르 드림

UNIVERSITÉ DE PARIS

INSTITUT D'HISTOIRE
DES SCIENCES
ET DES TECHNIQUES
—x—

13, RUE DU FOUR, 13
PARIS-VI'
—x—

LE DIRECTEUR,
—x—
2, rue de la Montagne Ste Geneviève, 2

PARIS-V'
—x—

LE *8 Avril 1954*

Cher monsieur,

Votre livre m'émerveille,
et m'étonne. Je n'en suis qu'à
la page 82, mais déjà je sais
qu'après l'avoir lu, je vais le
relire. mais je ne puis attendre
pour vous dire la passion que
j''y prends. Chez vous le Détail
devient Profondeur. Votre
technique d'éclairage par
jet de lumière pénètre dans
la profondeur de l'être. Vous
n'avez pas besoin du fil de
l'histoire pour tenir la
continuité d'être. Les thèmes
sont si bien choisis que le

Paris I.A.C.

바슐라르가 바르트에게 쓴 1954년 4월 8일자 편지

relief révèle la pensée intime. Vous venez tranquillement de faire une grande œuvre. Je vous le dis moi aussi tranquillement.

Dans quelle impatience je suis de lire le journal de Michelet. J'espère qu'on n'en retranchera rien, qu'on nous donnera toutes ses "humeurs". Il faudra alors partir de vous, de vos tables, de vos instantanés, de vos nourritures, pour lire avec fruit les confidences d'un grand Vivant.

J'ai été bien ému en lisant une référence à mon obscur travail sur les éléments. Je vous en remercie.

Et croyez, Cher Monsieur, à ma bien vive sympathie

Bachelard

장 게노가 롤랑 바르트에게

1954년 4월 19일, 파리

선생님께,

우선 책을 보내주신 것에 대해 감사의 말씀을 드립니다. 아주 열정적인 관심을 가지고 독파했습니다. 미슐레를 총체적으로 파악하려는 노력이 돋보였습니다. 제 생각으로는 선생님 저서의 바탕이 되는 '주제들' 역시 미슐레에게 정확히 들어맞는 것으로 보였습니다.

제 책36을 다시 쓸 생각을 하고 있습니다. 이제 책의 부족한 점들이 보입니다. 저는 미슐레를 단 하나의 관점에서만 붙잡고 있었을 뿐입니다. 선생님의 저서가 정말 큰 도움이 된다고 확신합니다.

이만 줄입니다.

게노 드림

---

36 장 게노Jean Guéhenno(1890~1978)는 1927년에 그라세 출판사에서 『영원한 복음서. 미슐레에 대한 연구L'Evangile éternel. Étude sur Michelet』를 출간한 바 있다.

『신화론』에 대한 편지들

롤랑 바르트가 앙드레 프레노[37]에게(BLJD)

〔1957년 5월?〕 월요일

프레노 선생님께,

선생님의 편지에 '아주 감동했습니다.' 저에게는 매우 중요한 편지입니다. 물론 이 편지에서는 저의 감동을 전해드리는 제대로 된 문장을 볼 수 없을 것입니다. 하지만 언젠가 생생한 목소리로 선생님의 반응이 저에게 개인적 가치문제 이상이 되는 정확한 이유를 말씀드리겠습니다. 제 최근 텍스트가 '저 자신에게' 중요하다는 것—사기 면에서입니다—을 말씀드리고자 합니다. 그리고 선생님 같은 분이 이 텍스트를 '인정해주는 것'은 제 깊은 내면의 삶과 관계된 일입니다.[38] 선생님의 저작들을 읽은 후에 제가 시작한 것—드디어!—에 대해 다시 말씀드리겠습니다.

술자리라도 한번 마련할 수 있도록 소식을 주십시오.

---

37 앙드레 프레노André Frénaud(1907~1993)는 프랑스 시인으로 『낙원은 없다Il n'y a pas de paradis』(1962)의 저자다.
38 프레노의 편지는 분명 『신화론』에 관련된 것이고, 특히 '마지막 텍스트', 즉 「신화, 오늘」을 말하고 있다.

프레노 선생님, 이만 줄입니다.

R. 바르트 드림

롤랑 바르트가 장 라크루아[39]에게 (리옹 가톨릭대학도서관)

1957년 5월 11일, (파리)

장 라크루아 선생님께,

『신화론』에 할애된 선생님의 『르 몽드』지 기사에 대해 감사를 드립니다. '정말' 진심으로 감사드려요. 이 얼마나 멋있고, 유연하고, 단호하고, 일관성 있는 글입니까! 논리적으로 결함투성이인데다 불순물로 가득 찬 저의 책에는 너무나도 과분한 글입니다. 선생님께서는 저를 '헤겔화'하셨습니다. 합당한 것 그 이상입니다. 아주 멋진 지적이었고, 보통 사람들이라면 할 수 없는 그런 지적입니다. '타자'가 가진 독특한 의미에 대해 말하면서 많은 사

---

39 장 라크루아Jean Lacrois(1900~1986)는 교수이자 루이 알뛰세르의 친구였던 프랑스 철학자다. 바르트는 그를 생틸레르뒤투베에서 만났다. 라크루아는 1943년에 그곳에 '우정'에 대한 강연을 하러 온 적이 있다.

람이 이 점을 지적했습니다. 하지만 선생님의 글에서는 이 '타자'에 대한 지적이 소리만 요란한 것이 아니라 정말로 그 본질과 지성을 꿰뚫고 있습니다. 저는 선생님의 제자들이 부럽습니다. 저도 그들 중 한 명이고 싶습니다. 철학을 진지하게 공부하고픈 갈증을 가진 저로서는 더욱 그렇습니다.

선생님의 글이 저에게 물질적으로도 큰 행운을 가져다줄 것이라고 생각합니다. 일반적으로 글은 타인들을 위해 쓰기 때문입니다.[40] 정말 다행스럽게 쿠아플레의 글[41]이 완전히 잊혔습니다.

감사와 존경의 말씀을 전하면서 이만 줄입니다.

롤랑 바르트 드림

---

40 『르 몽드』지에 실린 글을 통해 바르트의 『신화론』이 더 많은 독자들에게 읽힐 수 있고, 또 그만큼 더 많이 판매될 수 있다는 의미다.─옮긴이
41 로베르 쿠아플레Robert Coiplet는 『르 몽드』지 기자로, 과거 비시정부에서 출간되었던 『시간 Temps』지의 검열담당관이었다. 그는 1957년 3월 9일자 『르 몽드』지에 『신화론』에 대해 아주 비판적인 서평을 쓴 바 있다. 장 라크루아의 글은 같은 해 5월에 실렸다.

장 폴랑에 대한 『신화론』의 헌사, 1957[42]

장 폴랑 선생님께,

『신화론』에 대해 꽤 격렬한 토의가 있었습니다.[43] 이 모든 과정은 오늘 존경과 애정이 담긴 저의 감정을 선생님께 전해드리기 위함이었나 봅니다.

R. 바르트 드림

---

42 이 책 243쪽의 사진 참조.
43 실제로 장 폴랑과 롤랑 바르트 사이에는 상당히 격렬한 논쟁이 있었다. 장 폴랑은 장 게랭이라는 가명으로 1955년 6월 『엔에르에프』지에서 바르트를 공격했고, 바르트는 『레 레트르 누벨』지에서 7~8월에 이에 응수한 바 있다. *OC*, t. 1, p. 596 참조.

Cher Jean Paulhan,
nous avons assez
librement disputé
autour de ces

MYTHOLOGIES

pour que je vous
dise aujourd'hui
un sentiment
qui est fait de
beaucoup de
respect et d'af-
fection,

R Barthes.

바르트가 『신화론』에 쓴 장 폴랑에 대한 헌사

다른 편지들

롤랑 바르트가 로베르 팽제에게(BLJD)

1953년 12월 9일

선생님께,

영국에서 돌아오는 길에 선생님의 편지를 보았습니다. 선생님의 책[44]을 저에게 보내주실 생각이었다니 감읍할 따름입니다. 미리 감사를 드립니다. 부디 보내주시기 바랍니다. 책을 받으면 아주 기쁠 것입니다. 조만간 알랭 로브그리예를 만날 생각입니다. 그에게 셋이 같이 볼 수 있게끔 약속을 잡아줄 것을 부탁하겠습니다.

거듭 감사드리며 이만 줄입니다.

R. 바르트 드림

파리 제4구, 팡테옹 광장 1번지[45]

오데옹 44-24

---

44 로베르 팽제Robert Pinget는 1953년 갈리마르 출판사에서 『여우와 나침판Le Renard et la Boussole』을 출간했다.

45 1953년 6월에 외할머니 노에미에 레블린이 세상을 떠나자 바르트는 1954년 봄까지 팡테옹 광장에 있는 아파트에서 머물렀다.

『페스트』에 대하여,[46] 알베르 카뮈가 롤랑 바르트에게

1955년 1월 13일, 파리

선생님께,

『페스트』에 대해 선생님께서 표방하시는 방법을 잘 이해하면서도 선생님의 주장에 동의할 수 없다는 사실을 카를리에 씨에게 전했습니다. 그랬더니 저의 시각과 선생님의 시각을 동시에 공개하면 어떻겠느냐고 제안해왔습니다. 그에게 이 일로 선생님을 언짢게 해드리지 않는다면 그렇게 할 수 있다고 했습니다. 그가 선생님께서도 동의하셨다고 전해 왔습니다. 이와 같은 선생님의 공정한 처사에 감사를 드리는 바입니다. 이와 같은 공정함이 흔하지 않다는 것을 경험을 통해 잘 알고 있습니다.

하지만 제 대답에 대해 선생님께 반론이 있는지의 여부를 알기 전에는 카를리에 씨가 이 대답을 공개하는 것을 허락하지 않으려 합니다. 저의 공개서한을 이 편지에 동봉합니다. 동의나 다른 견해가 있다면, 그것과 더불어 제 공개서한을 돌려보내주시기 바랍니다.

---

46 『페스트』 출간 전에 바르트가 아주 비판적인 글을 썼다는 것을 알게 된 카뮈는 공개서한을 통해 바르트에게 응수한다. 이 공개서한은 『양서클럽 회보Bulletin du Club du meilleur livre』에 바르트가 쓴 「페스트, 전염병 연대기 혹은 고독 소설?」이라는 제목의 서평에 이어 게재된다. 바르트는 이 공개서한에 대해 같은 회보 4월호에 다시 글을 써서 응수한다. *OC*, t. 1, pp. 540~547, 573~574 참조.

이만 줄입니다.

알베르 카뮈 드림

롤랑 바르트가 장폴 사르트르에게

1955년 12월 7일

선생님께,

지난여름, 제게 『레탕모데른』지에 정기적인 시평을 실어볼 것을 제안해 주셨습니다. 아쉽게도 제가 그 이후 CNRS 연구원이 되었습니다(적어도 올해까지는 그렇습니다). 그로 인해 제가 행정적으로, 물리적으로 연구 이외의 다른 새로운 일을 하는 것이 금지되었습니다. 나도[47]가 운영하는 잡지에 겨우 협력하고 있는 정도입니다. 이 일은 제가 쉽게 포기할 수 없는 성격의 것입니다. 감히 다른 일을 할 엄두를 못 내고 있습니다.

선생님께서 저에 대해 가지고 있는 신뢰에 심심한 유감과 감사의 말씀을 전합니다. 이 신뢰는 제게 아주 중요합니다. 게다가 제가 페쥐[48]에게 기

---

47 모리스 나도가 주도하는 『레 레트르 누벨』지를 가리킨다.
48 마르셀 페쥐. 『레탕모데른』지의 사무국장이었다.

회가 되면 제 연구와 관련이 있는 주제로『레탕모데른』지에 글을 써보겠다는 의견을 피력했습니다. 그렇게 해서 선생님의 잡지와의 유대관계가 계속 이어지기를 희망합니다.

　이만 줄입니다.

〔롤랑 바르트〕드림

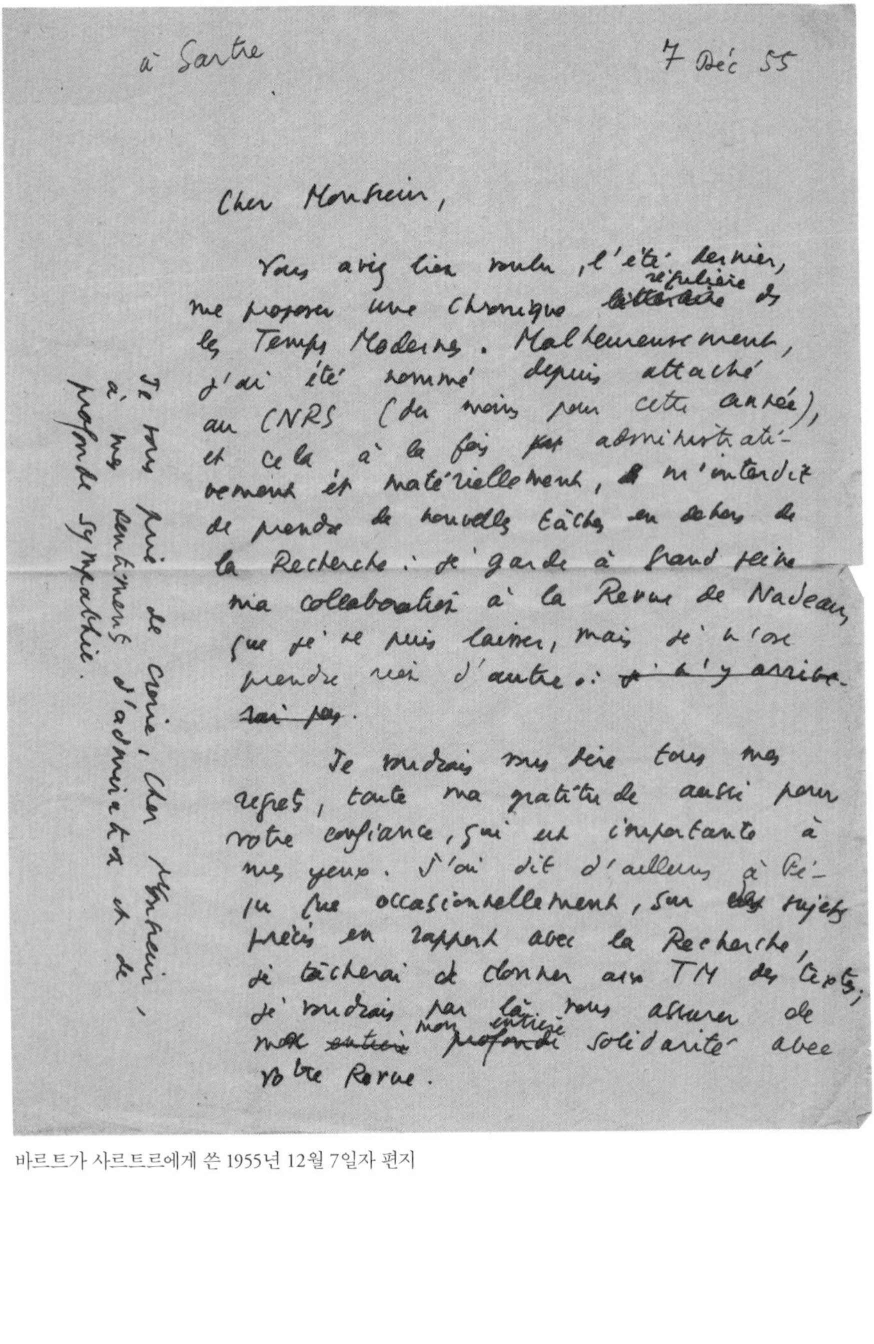

à Sartre

7 Déc 55

Cher Monsieur,

Vous avez bien voulu, l'été dernier, me proposer une chronique ~~littéraire~~ régulière des Temps Modernes. Malheureusement, j'ai été nommé depuis attaché au CNRS (du moins pour cette année), et cela, à la fois ~~par~~ administrativement et matériellement, m'interdit de prendre de nouvelles tâches en dehors de la Recherche : je garde à grand peine ma collaboration à la Revue de Nadeau, que je ne puis laisser, mais je n'ose prendre rien d'autre : ~~je n'y arriverai pas~~.

Je voudrais vous dire tous mes regrets, toute ma gratitude aussi pour votre confiance, qui est importante à mes yeux. J'ai dit d'ailleurs à Péju que occasionnellement, sur ~~des~~ sujets précis en rapport avec la Recherche, je tâcherai de donner aux TM des textes; je voudrais par là vous assurer de ~~ma entière~~ mon entière ~~profonde~~ solidarité avec votre Revue.

Je vous prie de croire, cher Monsieur, à mes sentiments d'admiration et de profonde sympathie.

바르트가 사르트르에게 쓴 1955년 12월 7일자 편지

롤랑 바르트가 마르셀 아를랑에게(BLJD)

선생님께,

다음과 같은 이유로 선생님께 이 편지를 드립니다. 제가 가르치고 있는 외국인 프랑스어 교수준비학교에서 기회가 되는 대로 매년 2~3회에 걸쳐 학생들과 프랑스 작가 사이의 만남을 주선하고 있습니다. 금년에 선생님께서 방문을 수락해주신다면, 저희에게 얼마나 기쁜 일이 될지를 전해드리기 위해, 제가 동료들, 학생들—감히 말씀드리자면, 특히 저 자신—의 중개자 역할을 자청했습니다. 지난해에 선생님께서 이 학교에서 강연을 해주시겠다는 계획을 언급하셨다는 얘기를 들은 바 있습니다. 하지만 이번에는 강연이 아닙니다. 행사 자체가 훨씬 더 간단합니다. (아마도 5월의) 어느 금요일 저녁 6시경에 모입니다. 선생님께서는 아무것도 준비하지 않으셔도 됩니다. 학생들이 선생님의 작품이나 프랑스 문학 전반에 대해 질문을 합니다. 여기에 편하게 답을 하시면 됩니다. 학문이나 통찰력에 대해서는 아니라 할지라도 최소한 모든 학생의 선의와 충만한 호기심에 대해서는 안심하셔도 됩니다. 한번 오시지 않으실는지요?[49] 모든 학생의 이름으로 걸음해주실 것을 거듭 간청드립니다. 개인적으로 이 학교에서 선생님을 뵐 수 있다면 제게도 큰 기쁨이 될 것이라는 점을 덧붙입니다. 아주 간단한 대화 주제로도 우리 문학의 밝고도 합당한 이미지를 전해주실 수 있으리라 생각합니

---

49 마르셀 아를랑은 바르트의 초청을 수락했지만, 마지막 순간에 피치 못할 개인적 이유로 초청에 응하지 못했다.

다. 학생들은 이런 이미지를 필요로 하고 있습니다. 그리고 저는 선생님만이 그들에게 이 이미지를 심어줄 수 있을 것이라 생각합니다.

이번 초청을 수락하신다면—애석하게도 보답은 거의 없습니다!—날짜를 정하기 위해 제가 선생님께 전화를 드리도록 하겠습니다.

선생님, 이만 줄입니다.

R. 바르트 드림

파리 제6구, 세르방도니가 11번지

롤랑 바르트가 미셸 레리스에게(BLJD)

1957년 4월 5일

선생님께,

감히 전화를 다시 드려 불편을 끼쳐드릴 수가 없네요. 선생님의 참석을 그토록 고대했던 연극에 대한 민족지학적 모임에 관해 한두 가지 사항을 말씀드리고자 이 편지를 적습니다. 물론 청중 입장에서 보면 간단한 세미나 차원을 넘어서는 모임입니다(특히 선생님께서 발표를 해주신다면 더욱 그럴 것입니다). 제 생각으로는 수적으로 보아 과장할 필요 없이 대략 200여 명이 될 것 같습니다. 하지만 질적으로 보면 아주 수준 높은 청중은 아닙니다. 주로 CNRS 연구원들, 사회학, 민족학 분야 학생들 정도입니다. 게다가 모임에서 '토의' 양상이 지루하다고 판단되시면, 선생님 발표 말고도 가령 클로드 레비스트로스 선생님께 토의의 나머지 부분을 맡아주십사 부탁을 드리지 못할 이유가 없지 않을까요?

제 이 간곡한 부탁에서 오직 선생님을 모시고자 하는 간절한 바람만을 봐주시기 바랍니다. 저희에게는 선생님의 발표가 꼭 필요합니다. 그러나 만약 제가 선생님을 설득하는 데 실패한다고 해도 선생님께 그럴 만한 충분한 이유가 있다는 것을 십분 이해한다는 말씀 함께 전합니다.

이만 줄입니다.

R. 바르트 드림

파리 제6구, 세르방도니가 11번지

Dan. 95-85

롤랑 바르트가 나탈리 사로트에게(BNF)

[1959년?] 6월 12일

선생님께,

곧 방문할 앙다이에서 선생님의 작품[50]을 읽게 될 것입니다. 책을 보내
주셔서 감사합니다. 아주 기뻤습니다. 서둘러서 주옥같은 내용을 알고 싶
은 마음을 다스리지 못하고, 몇 쪽을 읽고 난 뒤 제가 얼마나 이 작품을
좋아하는지를 말씀드릴 기회를 갖고 싶어졌습니다. 그도 그럴 것이 저에게
참다운 의미에서의 독서는 앙다이에서만 가능하기 때문입니다.

이만 줄입니다.

R. 바르트 드림

---

50 갈리마르 출판사에서 5월에 출간된 『천상의Planétarium』를 가리킨다.

4.

샤를 팡제라에게 보낸 두 통의 편지

바르트에게 성악가 샤를 팡제라Charles Panzéra(1896~1976)가 얼마나 중요한 의미였는지 우리는 잘 알고 있다. 클로드 모포메와 가진 한 인터뷰에서 바르트는 팡제라에게 받은 성악 레슨과 특히 전쟁 전에 친구 미셸 들라크루아와 함께 받은 레슨에 대해 언급한 바 있다. 여기에 실린 1956년 두 통의 편지 중 첫 번째 편지에서 바르트는 1941년의 레슨, 즉 결핵이 발병하기 직전의 레슨에 대해 말하고 있다. 이 날짜는 믿을 만한 것이다. 샤를 팡제라는 피에르 베르냐크(1899~1979)와 함께—바르트는 그에게도 레슨을 받고자 했는데—프랑스 성악의 모델(토레, 뒤파르크, 드뷔시, 라벨……)이었다. 팡제라는 독일 낭만주의 가곡의 명연주자였지만, 바르트는 그의 가창법에 대해 글을 쓴 바 있다.[51] 바르트는 팡제라의 가창법을 글쓰기와 언어에 대한 그 자신의 견해를 보여주는 패러다임의 하나로 여기고 있다.

1956년 1월 10일, [파리에서]

선생님께,

1941년에 저와 제 친구 미셸 들라크루아에게 해주시고자 했던 레슨을 여전히 기억하고 계신지 모르겠습니다. 선생님께서는 제가 병에 걸려 레슨을 중단해야 했던 사실과 몇 년 동안 전지요양소에 가 있었다는 사실을 기

---

51 1972년의 「목소리의 씨앗Le Grain de la voix」과 1978년의 「음악, 목소리, 언어La musique, la voix, la langue」 등이 그것이다(*OC*, t. 4, pp. 150~153; t. 5, pp. 524~527).

억하실 것입니다.

10년 전부터 완전히 회복되어 이제 저는 성악을—물론 혼자입니다—다시 공부하고 싶은 간절한 욕망을 가지고 있습니다. 제 나이(이제 마흔입니다)가 장애물이 될까 두렵습니다. 해서 선생님의 조언을 구하고자 합니다. 제가 다시 흥미를 가지고 배울 수 있다고 생각하시는지요? 질병과 짧은 호흡으로 인해 자연스럽게 변한 목소리 상태에 대해서 속단하지 마시고, 원칙적으로 반대 의견이 없으시다면, 제게 정기적으로 다시 레슨을 해주실 수 있을까요? 선생님의 레슨이 저에게 얼마나 소중한 기억으로 남았는지, 또 선생님의 가창법에 대해 제가 얼마나 찬탄했는지를 잘 알고 계실 거라 믿습니다.

성악의 거장 선생님, 저의 존경과 찬사를 담아 보냅니다.

이만 줄입니다.

R. 바르트 드림
파리 제6구, 세르방도니가 11번지
당통 95-85

1956년 4월 21일 토요일, 〔파리에서〕

선생님께,

많은 생각을 했습니다. 선생님과 몇 달 전에 시작했던 성악 공부를 포기하게 될 것 같습니다. 아주 멋진 경험이었습니다. 처음부터 아주 멋진 일이었습니다. 하지만 저는 이 상황을 쓰라림 없이 받아들입니다. 제가 시도하는 객관적인 정신 속에서도 그렇습니다. 게다가 제게는 음악이 남아 있습니다. 경험상으로는 아니라고 해도 정신적으로는 선생님의 레슨을 통해 다른 사람들의 음악을 이해할 수 있는 가창법도 남아 있습니다. 선생님께 드리는 저의 심심한 감사를 믿어주시리라 생각합니다. 당장 내일은 없다고 해도, 이번 레슨이 저에게는 풍요로움 그 자체였습니다. 선생님께서도 잘 아실 것입니다.

거듭 선생님께 저의 찬사를 전해드리는 일만 남았습니다. 그도 그럴 것이 그 어떤 성악가에게서도 그와 같은 것을 경험하지 못하기 때문입니다.

제가 이번 금요일에 가는 것은 소용없다고 생각합니다. 저 스스로는 이미 정리가 되었고, 그 외 모든 상황에 대해 제가 잘 판단할 수 있도록 선생님께서 호의를 베풀어주실 것이기 때문입니다.

거듭 선생님께 감사와 찬사의 말씀을 보내면서 이만 줄입니다.

R. 바르트 드림

파리 제6구, 세르방도니가 11번지

5.

연극에 대하여

1949년에 설립된 라르슈 출판사 운영자이기도 한 로베르 부아쟁(1918~2008)을 비롯해 롤랑 바르트, 모르방 르베스크, 기 뒤뮈르, 장 뒤비뇨 등에 의해 잡지 『민중연극Théâtre populaire』52이 1953년에 창간되었다. 이 잡지는 처음에 장 빌라르의 국립민중극단TNP, Théâtre national populaire과 밀접한 관계를 유지했으나, 1954년부터 바르트와 베르나르 도르의 영향으로 브레히트극의 본거지가 되었다.

롤랑 바르트가 로베르 부아쟁에게

[1953년] 7월 19일 일요일, [그로닌겐에서]

친애하는 친구,

내 글을 보내네. 늦지 않았으면 하고, 또 내용도 합당했으면(이 점에 대해서는 별로 자신이 없네) 하고 바라네.53 내가 주소를 가지고 있는 뒤뮈르54에

---

52 이 잡지에 대해서는 Marco Consolini, *Théâtre populaire (1953~1964). Histoire d'une revue engagée* (Paris, éditions de l'IMEC, 1993)를 볼 것.
53 1953년 7월 장 케이롤에게 보낸 편지를 볼 것. 이 책의 349쪽. 「고대 비극의 힘」(『민중연극』, no. 2, 1953년 7~8월호)을 가리킨다.

게는 직접 이 글의 복사본을 보내겠네. 뒤뮈르에게는 그의 동의 여부를 가능하면 빨리 자네에게 보내달라고 부탁을 했네. 자네에게도 복사본 한 부를 보내니 그것을 모르방 르베스크[55]에게 전달해주었으면 좋겠네.

우리가 발행하는 잡지 제2권을 위해 자네가 책임을 져야 할 극작품에 대해 조금 우려되네. 내가 출발하기 전에 이 점을 충분히 자네에게 얘기하지 못한 것을 후회하고 있네. '언뜻 보기에' 걱정이 많이 되네. 나도 쥘 루아를 기억하네. 하지만 지난번 '논Rizières'에 관련된 작품[56]은 많은 우려를 자아냈네. 요란한 비행기 엔진 소리, 항상 파시즘의 형태로 끝나는 전쟁에 대한 보이스카우트주의 등의 내용을 담고 있는 작품을 나는 항상 경계한다네.[57] 보브나르그의 시대는 끝났네.[58] 하지만 이 작품에 대해 자네가 나와 같은 반응일지는 전적으로 자네 소관일세. 자넨 벌써 결정을 내렸겠지.

이곳은 아주 편안하고 약간은 지루하네.[59] 하지만 이런 분위기가 필요하네. 나는 8월 15일경에 돌아가네. 자네도 노르망디 지역에서 잘 쉬다 오길 바라네. 멀리 떨어져 있지만 필요하다면 편지와 전화로 연락을 주기 바라네.

---

54 기 뒤뮈르(1921~1991)를 가리킨다. 작가이자 연극평론가로 『민중연극』 지의 편집위원회 일원이 었다.
55 모르방 르베스크(1911~1970)는 기자이자 에세이스트로 『민중연극』 지의 편집위원회 일원이었다.
56 쥘 루아Jules Roy는 갈리마르 출판사에서 『논에서의 전투La bataille dans la rizière』를 막 출간했다. 『민중연극』 지 1953년 7~8월호에 아르튀르 아다모프의 『타란 교수Le Professeur Taranne』가 게재되었다(여기에 대해서는 이어지는 편지를 볼 것).
57 바르트가 암시하고 있는 작품은 쥘 루아의 『사이클론les Cyclones』이다. 이 작품에서는 최신식 비행부대의 시험 비행이 다루어진다. 1954년 갈리마르 출판사에서 출간되었다.
58 바르트는 여기서 보브나르그Vauvenargues(1715~1747)의 도덕주의를 통해 쥘 루아의 스토아주의를 비판하고 있다.
59 바르트가 이 편지와 이어지는 두 통의 편지를 쓰고 있는 곳은 네덜란드의 그로닌겐으로, 이곳에서 휴가를 보내는 중이었다.

이만 줄이네.

R. 바르트

전화. 그로닌겐 32.588

[1953년 7월] 화요일 아침

친애하는 친구,

괜찮은 아다모프의 작품[60] 게재에 반대하지 않네. 개인적으로 나는 그의 작품이 벌써 '유행에 뒤처졌다'고 생각하네. 그가 제시하는 아이디어는 곧장 신화가 되어버리기 때문이지. 가령 쫓기거나 미친 사람(외관적으로 보면 이것은 같네)은 이미 과거의 문학에 속하네. 자네는 우리 시대를 앞서 예견했던 아주 멋있는 작가인 카프카를 언급했네. 하지만 정확히 지금은 우리가 그런 예견을 해야 하네. 그럼에도 아다모프가 분명 진정성 있는 연극을 하고, 이데올로기적으로도 건전하고, 해서 그의 작품이 우리 잡지에 실릴 만하다는 것은 사실이네. 우리는 이런 필요성을 정당화하기 위한 객관적인 이유를 마련한 셈이네. 신학기에는 우리가 발행하는 잡지를 조금 덜 즉흥적으로 준비했으면 하네. 뒤비뇨[61]가 내게 편지를 보내 도움을 주기로 했네. 적어도 그를 통해 선택의 폭을 넓힐 수 있을 걸세. 중요한 것은, 지난

---

60 『타란 교수』, *op. cit.*
61 장 뒤비뇨는 이 잡지의 발기인 중 한 명이다.

2호가 그래도 도약의 발판이 되었다는 점이네. 숨이 차서 헉헉대는 것보다는 높이 도약하는 것이 백 번 낫지.

아다모프가 제안한 일이네. 나는 개인적으로 그의 짧은 서문을 같이 실었으면 하네. 그가 "민중연극"이라는 단어의 의미를 너무 머리를 써서 왜곡시키지 않는다는 조건에서 말이야. 우리 중 누구도 이 단어의 정확한 의미를 모르고 있기는 한 것 같네. 또한 그가 이 단어를 너무 지엽적인 의미로 국한시키지 않는다는 조건에서라네. 그렇게 되면 후일 우리가 곤란한 상황을 겪을 수도 있네. 하지만 이 모든 것은 사소한 일이지. 그도 그럴 것이 결국 그는 자기가 하고 싶은 말을 할 권리가 있으니까.

급한 와중에도 이 텍스트를 보내주어 고맙네.

우정을 보내네.

R. 바르트

〔1953년 7월〕 토요일

친애하는 친구,

나는 다음호를 위한 내 논문62의 삽화 문제를 생각해보고 있네. 사진을 보내달라고 부탁하기 위해 고대극회63 측에 편지를 썼어. 하지만 보내주지 않았네. 아마 휴가를 간 모양이야.

자네에게 내가 원했던 삽화가 아니라 그에 대한 몇몇 지시 사항을 보낼 수밖에 없어서 난처하네.

논문에 필요한 삽화를 구하기 위한 두 가지 방법이 있네.

1) 소르본 고대극회 대표인 다니엘 베르네와 접촉하기. 주소는 페루가 6번지, 문인들의 집Maison des Lettres, 6 rue Férou64이네.

2) 사진을 복사해주는 국립도서관에서 다음과 같은 복제품을 구하기.

(1) 바우마이스터.65 『고전고대유적Denkmäler des Klassischen Altertums』 (1885~1888), 그림 1637. 「비극 배우(여성 마스크) 전설」.

(2) 마르가레테 비버.66 『고대 극장의 기념비Denkmäler zum Theaterwesen im Altertum』(1920), 도판 53, 「비극적인 의상을 한 안드로메다」.

(3) 마지막 방법. 보나파르트가 6번지 빌로즈 또는 센가 4 또는 6번지 사진자료보관소에 가서 에피다우로스 극장의 멋진 사진을 부탁할

---

62 「고대 비극의 힘」, 앞에서 언급된 논문.
63 바르트가 전쟁 전에 창단한 소르본 고대극 그룹을 가리킨다.
64 파리 제6구에 있다.
65 바우마이스터(1830~1922)는 독일 교육자이자 고대 문헌학자다.—옮긴이
66 비버(1879~1978)는 유대계 독일-미국인으로 예술 사가이자 고대 고고학자다.—옮긴이

것. 예컨대 「에피다우로스: 무대」.

이만 줄이네.

바르트

[1954년 3월] 일요일

친애하는 부아쟁,

우리 잡지 6호를 잊지 않고 처리했네. 하지만 결과는 완전하지 못하네.

1. 겔데로드. 그는 그의 텍스트를 직접 사무실로 보내야 하네.67 토요일 에는 아직 아무것도 없었네. (…)68 부인이 주소를 줄 거야. 내 생각으 로는 전보를 쳐야 할 것 같네.

2. 뒤비뇨. 시평과 논문이 월요일까지 송고되어야 하네.69 뒤비뇨가 토요일 까지 강연을 위해 일하기 때문에 주의해야 하네. 하지만 약속을 했네.

3. 로드.70 자네는 모든 것을 가지고 있네. 꽤나 대학 논문다운 논문으

---

67 겔데로드는 1954년 3~4월호에 「오스탕드의 대담」을 실었다.
68 판독 불가.
69 장 뒤비뇨는 「부르주아극의 세 개의 작은 신화」를 게재했다.
70 장 로드는 「드라마의 기원으로」를 게재했다.

로 진지하고 훌륭하네. 게재하는 데 아무런 유보도 없어야 하네.

4. 아다모프. 이 편지에 그가 기고한 모든 글을 동봉하네. 『깨진 단지 Cruche cassée』[71]의 교정본. 앞부분. 아다모프에 대한 해제, 클라이스트에 대한 통고, 뒤비뇨의 논문에 대해서는 정정 필요.

5. 바르트. 내가 쓴 「뤼 블라」네.[72] 아비뇽의 짧은 강연 원고를 준비해야 해서 더 이상은 다듬을 수가 없네.[73] 이것으로 충분하지 못하다면, 다음 주 수요일에 조금 손을 보겠네. 따라서 자네는 4월 10일에 내 글을 보게 될 걸세. 마감일로 생각되는데?

6. 메아리 부분. 사실을 말하자면 아비뇽 일로 너무 바빠서 뭔가 기사거리를 찾을 수가 없네(뒤비뇨는 강연으로 바쁘고, 파리[74]는 컨디션이 안 좋네). 수요일에 도와주겠네. 약속하지.

7. 편집자의 말. 지난번 회의 때 작은 책상 위에 있던 파리의 텍스트에 손을 댈 수가 없네. 내 생각으로는 그냥 신는다면, 1) 프랑스인들에 대한 판단을 대폭 약화시키고, 2) 소련을 공격하는 듯한 그 어떤 인상도 풍겨서는 안 되네. 물론 우리가 현재 알고 있는 서류로 미뤄보면,[75] 공격은 '객관적으로' 보면 아무것도 아니긴 하지만.

---

71 『민중연극』 1954년 3~4월호에는 하인리히 폰 클라이스트의 작품이 프랑스어로 번역되어 실렸다.

72 바르트는 장 빌라르가 연출한 위고의 『뤼 블라Ruy Blas』에 대한 짧은 해제를 게재했다(OC, t. 1, pp. 486~488). 하지만 같은 호에 빌라의 텍스트 「뤼 블라: 배우를 위한 해설」도 실렸다.

73 4월 초, 바르트는 구성된 지 얼마 안 된 '민중연극 친구들Amis du Théâtre populaire' 지부를 위한 강연 때문에 아비뇽을 방문해야 했다. 「아비뇽, 겨울」, *France Observateur*, 15 avril 1954(OC, t. 1, pp. 472~475) 참고.

74 장 파리는 1년 전에 쇠유 출판사에서 『햄릿Hamlet』을 출간했다. 바르트는 이 작품의 서평을 썼다(OC, t. 1, pp. 280~282).

75 1954년 3~4월호의 편집자의 말은 코메디 프랑세즈와 모스크바 발레단과의 교류를 주제로 장 파리가 썼다.

다른 가능성도 있어. 다른 편집자의 말을 쓰는 것이네. 솔직하게 필요한 주제라네. 우리 잡지와 빌라의 연결 관계가 그것이네. 느린 작업들에 종지부를 찍기 위한 좋은 기회지. 하지만 이를 위해서는 18일 수요일 회의를 기다려야 할 걸세. 우리는 이 회의에서 루베-빌라르76의 썩은 고름을 짜내야 해. ATP77에 대해서뿐만 아니라 잡지에 대해서도 그렇네. 나중에 자네에게 설명함세.

회의가 있은 후에 아비뇽 출장을 가는 것이 더 낫다고 판단되네. 그 이유는 내가 아주 뒤죽박죽인 상태에서 출발하기 때문이네. 하지만 대수로운 것은 아니네. 최선을 다해보겠네.

일이 제대로 진행된다면 화요일 저녁에 돌아올 걸세.

우정을 보내네.

R. 바르트

---

76 장 루베는 문화부의 고위직 공무원으로, 그 당시 장 빌라르가 운영하는 TNP 담당 행정관이었다.
77 '민중연극 친구들'을 가리킨다. ATP와 장 루베가 직접 담당하고 있던 TNP 사이의 '특히 이데올로기적' 갈등에 대해서는 Emile Copermann, *Le Théâtre populaire, pourquoi?*(Paris, Maspero, 1965, pp. 64~72)를 참고할 것.

[1955년 7월] 토요일, 아비뇽에서

친애하는 부아쟁,

방금 제라파[78]를 보았네. 그의 말을 들어보니 자네만 피곤한 것 같더군. 7월 14일에도 종일 일을 했다고 하던데. 이곳 한가한 남프랑스 지역에서 나만 혼자 편하게 지내는 것 같아 미안한 마음이 크네. 여행은 완벽하네. 님[79]에서의 행사는 아주 흥미로웠어. 아주 많은 대가를 지불해야 했다네! 어제 저녁에 공연되었던 『마리 튀도르Marie Tudor』는 그저 그랬네. 연출도 괜찮았고, 주인공 역을 맡은 카사레스는 인상적이었지만, 전체적으로 보면 맥이 빠지는 작품이었네. 이곳 사람들도 이 작품을 보았네. 그리고 비아르가 어느 방향으로 나아가고 있는지, 또 그처럼 형편없는 작품에 그처럼 많은 노력과 재능을 쏟아부은 것이 무슨 소용이 있는지를 자문하고 있네.

지금 마르세유로 가서 리샤르[80]의 식구들과 합류하려고 한다네. 화요일 또는 수요일 저녁에 파리로 올라갈 걸세.

곧 보세. 이만 줄이네.

R. 바르트

---

78 미셸 제라파(1918~1985)를 가리킨다. 작가, 에세이스트이자 CNRS 소속 연구원이었으며, 『프랑스 옵세르바퇴르France Observateur』『레 레트르 누벨』지에서 활동했던 문학평론가였다.
79 바르트는 님Nimes의 연극 축제에 참석했다. 1955년 7~8월호『민중연극』지에 레이몽 에르망티에가 연출한 『율리우스 카이사르Jules César』와 『코리올랑Coliolan』에 대한 감상을 볼 것.
80 마르세유에서 태어난 장피에르 리샤르를 가리키는 듯하다. 그의 부인이 그곳에 집을 가지고 있었다.

〔1956년?〕 일요일, 앙다이에서

친애하는 부아쟁,

그렇네. 내 잘못이야. 다행히 어떤 의미에서는 내 혼자만의 잘못이 아니기도 하네. 드디어 자네가 필요로 하는 서류를 보내네. 하나는 『민중연극』용이고, 다른 하나는 헝가리인들을[81] 위한 거야. 시간적으로 조금 여유가 있다면 다시 내게 편지로 보내주었으면 하네.

이번에는 파리에 거의 없네. 이곳 앙다이에서 한 달 중 3주를 보낼 거야. 내가 원하는 대로 작업을 할 수 있다면, 이곳에서의 체류가 끝날 무렵에는 연극에 대해 어느 정도 마음에 드는 뭔가를 구상할 수 있을 걸세. 내 스스로 아이디어상에서의 논리, 구체적 계획에서의 분명한 방향이 필요하네. 아무것도 약속하지 못하겠네. 다만 우리가 정리를 잘할 필요가 있다고 느끼고 있을 뿐이라네.

여름 잘 보내게. 이만 줄이네.

바르트

앙다이 해변가 에체토아[82]

---

81 바르트는 여기서 분명 1956년 반소련 헝가리 혁명을 암시하고 있다.
82 바르트가 그 당시 앙다이에서 묵었던 빌라의 이름이다.

1956년 9월 28일, 취리히

친애하는 부아쟁,

이곳에서 연극에 관심이 있고, 작년에 제네바에서 나를 초대한 적 있는 한 젊은 친구를 보았네. 그는 우리 잡지에 세아데[83]의 작품에 대한 서평을 제안해왔네. 바로가 열흘 후에 이곳 취리히에서 공연하는 작품이야. 이것이 어떤 가치가 있는지는 잘 모르겠지만, 여러 방면으로 노력해볼 수는 있을 것 같네. 이 젊은 친구에게 우리 잡지의 로고가 찍힌 종이에 (자네가 동의한다면) 그가 쓰는 글에 대해 도움이 되는 말을 짧게 써서 반송우편의 형태로 보내줄 수 없겠는가? 가령 『민중연극』지는 00에게 00의 작품 공연을 관람할 수 있는 기회를 마련해준 취리히 연극 담당 행정관님께 감사드리며, 이 주제에 대해 00가 한 일에 대해서도 감사를 드립니다 등.

이 젊은 친구의 이름은 필리 드리아즈이고, 그의 주소는 취리히 트리틀리가스 5번지라네.

고맙네. 이곳에서 있었던 러시아인들과의 만남[84]에 대해서는 나중에 다시 얘기하겠네. 물론 특별한 내용도 없고, 별다른 효과도 없는 일종의 쇼였

---

83 조르주 세아데의 첫 작품 『바스코의 역사Histoire de Vasco』가 장 루이 바로의 극단에 의해 1956년 10월 15일 월요일에 공연되었다.
84 바르트는 취리히에서 이냐시오 실로네와 모리스 나도가 주도했던 최근 프랑스-러시아 정치문화 만남에 참석했다. 이 만남은 흐루쇼프 당서기장의 연설에 이어 이루어진 구소련의 '해동'에 힘입은 것이다. 이 만남에는 조르주 바타유, 알베르 베갱, 장 뒤비뇨와 구소련과 동구 유럽의 여러 지식인과 공산당 중진급 인사들이 참석했다. 모리스 나도는 『그들에게 은총이Grâces leur soient rendues』(Paris, Albin Michel, 2011, pp. 179~180)에서 이냐시오 실로네에 대한 멋진 초상화를 그리면서 이 만남에 대해 언급하고 있다.

네. 하지만 소련과의 문화 교류는 가능하다고 생각하네. 어쩌면 『민중연극』 지의 입장에서 보면 확장의 기회일 수도 있을 것 같네(분석을 잘 해야겠지만, 우리가 자신 있게 말하는 우리 잡지의 미래를 위해서 말이네). 뒤비뇨도 이곳에 있었네. 하지만 그를 따로 만나지는 못했네. 후회가 돼. 어쨌든 따로 만났더라면 지금 상황[85]에 필요한 것들을 준비할 수 있었을지도 모르니까.

또 쓰겠네. 이만 줄이네.

바르트

---

85 『민중연극』지 내부에 여러 분파 갈등이 있었던 것으로 보인다. 가령, 순수예술인들과 정치 성향을 띤 인물들, 브레히트파와 비알라파, 이론가들과 실천파들을 대립시키는 갈등 말이다. 장 뒤비뇨는 특히 브레히트에게 할애된 『민중연극』지 1955년 1~2월호의 출간 이후에 브레히트파 진영에 가담하지 않았다. 반면 바르트가 쓴 이 호의 편집자의 말은 아주 급진적인 내용을 담고 있었다(『비평 선집 Essais critiques』, *OC*, t. 2, pp. 314~316). 장 뒤비뇨는 1956년 이후 이 잡지에 글을 쓰지 않았다. 그럼에도 바르트와 뒤비뇨는 계속 관계를 유지하는데, 가령 에드가 모랭 등과 함께 같은 해에 창간한 『아르귀망』지를 통해서였다.

[1958년 4월] 토요일

친애하는 부아쟁,

『위비Ubu』[86]에 대해서는 찬성이네. 자네에겐 함구했네. 그 이유는 TNP에 대한 관람평을 쓰는 사람이 나라는 것이 조금 짜증났기 때문이고, 그리고 또 항상 우호적인 글이 아니었기 때문이라네…… 게다가 사실을 말하자면, 나는 직접 극장에 가지 않는다네! 다만, 4월 22일까지 마감 연장을 부탁하네. 절대 기한을 넘기지 않겠네(내 일정을 늦추고 싶지 않기 때문이야. 그중 일부가 오는 4월 20일에 끝나네).[87]

벌써 익숙해져버린 체류와 비슷한 체류라네. 조용하고, 변화무쌍한 날씨지만, 항상 온화하네. 일은 원만하게 진행되고 있어(지금 라신에 대한 글[88]에 박차를 가하고 있네. 4월 20일까지라네). 5월 초에 파리로 돌아갈 예정이네.

이만 줄이네.

R. 바르트

다음 사항을 생각해주게. 중요하다네! 모네의 『위비 왕Ubu roi』(1955년 말

---

86 1958년 5월 『민중연극』 지에 실린 TNP에서 공연된 장 비알라의 연출에 대한 바르트의 글(OC, t. 1, pp. 929~932)을 참고할 것.

87 바르트는 여기서 CNRS를 위한 유행에 대한 연구를 말하고 있다.

88 라신의 작품에 대한 서문을 일컫는다. 이 서문은 1960년에 클럽 프랑세 뒤 리브르Club français du livre 출판사에서 간행하는 『프랑스 고전극Théâtre classique français』에 포함되었고, 또 『라신에 관하여』의 제1부를 구성하게 된다. 바르트는 1958년 3월호에 「라신을 말하다」라는 제목의 글을 게재했다. 이 글은 『라신에 관하여』의 1부에 해당된다.

경의?)에 대해 내가 쓴 글이 포함된 『민중연극』 지89를 한 부(또는 그 부분만 잘라서) 보내줄 수 있겠는가?

[1959년 여름] 금요일

친애하는 부아쟁,

거듭 보내준 두 번째 어음90 고맙네. 아주 소중했다네. 반가운 마음으로 픽91을 보았네. 그가 이 사실을 지네에게 말했을 수도 있겠군. 나는 아직 일을 엄청나게 하지는 못하고 있네. 항상 조금 처져 있다는 느낌이야. 하지만 최소한 『억척 어멈』에 대해서는 늘 작업을 하고 있다네. 다시 말해 거의 매일 하고 있지. 자네가 보내준 두 권의 텍스트 덕택에 지금 『억척 어멈』 자체에 대한 자세한 주석을 달고 있는 중이라네. 사진에 대해서는 아직 본격적으로 손을 대지 못했네. 이 텍스트는 그야말로 풍부해. 한 번에 텍스트, 사진, 해설을 모두 포함하고 있는 판본을 내지 못해 유감이네. 내 해설은

---

89 가브리엘 모네의 『위비 왕』 연출에 대한 바르트의 글을 담고 있는 1955년 9~10월호 『민중연극』 지를 가리킨다.

90 부아쟁이 『민중연극』 지에서 일한 바르트의 반년 치 월급을 지불한 것이다.

91 로제 픽Roger Pic(1920~2001)을 가리킨다. 바르트는 브레히트가 직접 연출한 『억척 어멈Mère courage』에 대해 픽이 찍은 사진을 해설했고, 이 해설이 『민중연극』 지 1959년 제3분기에 해당하는 호들에 실렸다(OC, t. 1, pp. 997~1013). 특히 바르트는 1960년에 라르슈 출판사에서 출간된 『억척 어멈』의 서문을 썼는데, 이 서문이 포함된 작품에 픽의 사진도 포함되어 있다.

지금 상태로는 출판할 만한 가치가 없네. 결정본에서 어떤 형태를 띨지는 나도 모르겠네. 새로운 아이디어가 없어. 텍스트 해석에 시간이 조금 걸리고 있다네. 그리고 이어서 '내가 직접' 사진에 대해 해설을 할 참이네. 이 두 가지 작업을 마친 뒤에야 비로소 이번 편집에 대해 정확한 제안을 할 수 있을 것 같네. 지금 당장 내가 추구하고 있는 것은 작품 그 자체에 대한 충분한 이해뿐이네.

나는 우리가 하고 있는 작업의 중요성과 참신성을 절대적으로 확신하게 되었네. 이것은 그저 한 편의 에세이일 뿐이네. 하지만 내가 픽에게 말한 것처럼, 우리는 이번 작업을 아주 진지하게 하고, 또 연극 사진을 그것의 사치, 무위도식, 신비화로부터 끌어내기 위한 작업으로 여겨야 할 필요가 있네. 이 점에 대해서만큼은 자네가 내 작업에 흡족해했으면 좋겠네. 우리는 이 작업이 갖는 진지함, 복잡함, 총체성 등에 대해 같은 의견을 가지고 있네(멋진 사진 앨범에 대해 단순한 서문—심지어는 브레히트의 서문이라고 해도—을 붙이는 것이 능사가 아니네). 픽에게 그의 '모든' 필름의 현상을 부탁한다고 전해주게. 이것은 필수불가결하네. 그가 직접 이것을 제안했고, 그의 입장에서도 괜찮은 일이네. 나는 이곳에 최소한 10월 3일까지 있을 걸세. 이곳 빌라가 팔리는 날까지라네.[92]

그 이후 내가 다시 파리로 갈 것인지 아니면 이곳에서의 체류를 연장할 것인지를 알려주겠네. 어제부터 태풍이 부네. 장관이야.

친구,

---

92 앙다이에 있는 빌라 에체토아를 가리킨다. 바르트의 어머니가 가족에게서 물려받은 이 빌라는 1961년에 가서야 팔린다.

아주 주의 깊게 윌릿[93]의 저서를 보았네. 아주 소중해. 로비셰[94] 유의 아주 훌륭한 저서야. 이 저서를 통해 브레히트에 대한 정확한 사실들을 배울 수 있었네. 다음 세 가지를 암시해주는 것 같더군.

1. 브레히트주의자들에게는 이 저서가 서둘러서 타이프를 친 것 같은 번역서라는 느낌.
2. 이론에 대한 장章을 우리 잡지에 게재하는 것.
3. 브레히트 작품 전체에 대한 고문서보관소 마련.

---

93 존 윌릿John Willett(1916~2002)을 가리킨다. 브레히트 작품의 영어 번역자이자 작품 해설자인 그는 1959년에 『베르톨트 브레히트의 연극The Theatre of Bertolt Brecht』을 출간했다.
94 자크 로비셰Jacques Robichez는 1957년 『연극의 상징주의Le Symbolisme du théâtre』를 라르슈 출판사에서 출간했다.

[1960년] 8월 9일 화요일, 앙다이

친애하는 부아쟁,

자네 소식을 받고 기뻤고, 또 모두 좋은 소식이어서 기뻤네. 여기 『억척 어멈』 교정쇄를 동봉하네. 8쪽 (주)에 『민중연극』 지의 정확한 호수를 넣어 줄 것을 부탁하네. 이 호에 내가 언급한 W. 벤야민의 글이 실려 있을 걸세.95 여기서는 확인이 불가능하네. 잊지 말아주게.

『어머니La Mère』96에 대한 내 글에 대해서는 내 주장을 '형식적으로나마' 조금 완화시킬 걸세. 『어머니』의 주제가 마르크시즘이 아니라는 주장 말이야…… (교정쇄에다 하겠네.) 그렇게 하지 않으면 내가 『민중연극』 지 좌파 진영 사람들의 원망을 살 것 같네. 사실을 말하자면, 『어머니』의 목표는 마르크시즘을 더 잘 설명하는 것일 수도 있어. 하지만 이 작품의 주제는 '모성애'라네. 일에 대해서는 이것이 다네.

나머지는? 오늘 아침에 유행에 대한 글을 쓰기 시작했네.97 하지만 완전히 공황 상태야. 백지 한 장을 앞에 놓고. 언제쯤에나 돌아갈지 모르겠네. 일에 따라 결정될 걸세.

---

95 로제 픽의 사진이 포함된 베르톨트 브레히트의 『억척 어멈』에 대한 서문에서 바르트는 실제로 발터 벤야민의 글을 인용하고 있다. "단절은 형식적 완성의 근본적 방식 중 하나다."(OC, t. 1, p. 1075) 모리스 르노에 의해 번역된 벤야민의 「서사극이란 무엇인가」에 있는 문장이다. "중단은 모든 형식화의 근본적 과정 중 하나다."(Walter Benjamin, Œuvres, t. 3, Paris, Folio essais, 2000, p. 323)
96 막심 고리키의 소설에 바탕을 둔 브레히트의 『어머니』. 국립극장에서 브레히트의 연출로 공연되었다(OC, t. 1, pp. 400~402).
97 1967년에 가서야 출간되는 『유행의 체계』다.

시간도 주고, 자네 소식도 전해주게. 짧게라도.

이만 줄이네.

R. 바르트

1961년 9월 3일, 위르트

친애하는 부아쟁,

방금 유행에 대한 글을 마쳤네.[98] 내가 이 '형식주의적'인 입문을 위해 팽개친 모든 일, 그중에서도 제일 먼저 『민중연극』에 대해 생각해보았네. 내가 이 잡지를 잘 보살폈어야 했네. 소홀히 했던 동안에도[99] 자네가 계속 신뢰를 보여줘(더 이상 말이 필요 없네) 고맙기 이를 데 없네.(적어도 우리가 함께했던 마지막 저녁까지?!) 해서 내가 지금 사태를 어떻게 보고 있는지를 전하네. 내 개인적인 문제는 빼고서 말이야.

세 가지 해결책이 있어. 첫 번째 해결책은 노력, 시도, 행동을 포기하면서, 하지만 그것을 말로 하면서라네. 대차대조표의 형태로 우리 연극(우리가 연극에 대해 신뢰한다는 가정하에)이 부딪친 진퇴양난—이 진퇴양난은 그대로 우리 잡지와 우리 사회의 그것이네—을 정리하면서라네. 혹은 최소한—역사에는 진퇴양난이란 것이 없기 때문이네—우리 사회의 정확한 성격을 포착하는 데 있어서 우리의 사유—창조적이든 비판적이든 간에—가 보여주는 무력감을 고발하면서라네. 물론 그 방식은 우리 사회가 필요로 하는 진보적인 연극을 제공하거나 제안하는 것이지. 우리 사회가 이런 진보적인 연극을 필요로 하지 않는 것 같아 보이지만 말일세. 사실을 말하자면, 나는 기억으로만 이 첫 번째 해결책을 말할 뿐이네. 그도 그럴 것이,

---

98 바르트는 1960년에 『유행의 체계』에 들어갈 여러 텍스트를 썼다.
99 1960년과 1961년 사이에 바르트는 『민중연극』지에 단 한 편의 글만을 실었다. 주네의 『발코니Le Balcon』에 대한 글이다(no. 38, 1960년 2분기).

한편으로 과거의 설명 도식은 현재 세계의 상황과 잘 맞지 않는다는 감정과, 새로운 세계를 이해할 수 있다는 감정은 허위의 감정, 너무 쉽게 느껴지는 감정, 게으른 감정일 수 있기 때문이지. 다른 한편으로, 비록 이런 감정에 근거가 있다고 해도, 우리의 것과 같은 잡지를 통한 성찰과 투쟁을 위한 도구를 포기해야만 한다는 결론이 도출되지 않기 때문이네. 이와 같은 해결책—변명과 더불어—은 어느 정도 유혹이 느껴지는 것이었네. 하지만 정확히 유행에 대한 글을 썼기 때문에 나는 다시 이 해결책으로 돌아왔네. 이번 기회가 내게 보여주는 완벽한 의미는 정확히 내가 유행과 같은 주제에 대해서 글을 쓰면서도 『민중연극』지를 놓지 않는다는 것이네. 하지만 이와 같은 변증법이 그 기조를 유지하려면 분명 한동안은 여전히 유행과 같은 주제에 대해서'만' 써야 하네……

두 번째 해결책은(나는 지금 마치 위기가 닥친 것처럼 말을 하네)—이미 우리가 얘기를 나눈 바 있네—『민중연극』지를 모든 공연물을 위한 잡지로 만들면서 그 형태를 확장시키는 것이라네. 감히 '대중적populaire'이라고는 말을 못하겠네. 만약 대중적이라면, 그것은 민속적folklorique이 될 것이기 때문이네. '비세속적non-mondains'이라고 해두세. 내 생각으로는, 그렇게 되면 『민중연극』지는 참신하고 또 확고한 뿌리를 내릴 수 있을 것 같네. 또한 그렇게 되면 현대 사회에서 연극과 모든 공연의 경제 문제를 연결시킬 수 있을 걸세. 게다가 영화에도 너무 미학화하고 너무 순수문화주의적이지 않은 비판을 적용할 수도 있을 테고. 어쩌면 바로 거기에 브레히트가 우리에게 가르쳐준 것을 행동으로 옮기기 위한 열정적인 문화 이식이 있을 수 있네. 그리고 이것이 우리에게는 '새롭고', 따라서 거의 역동적이 되겠지. 그러면 다른 공연들도 자연스럽게 활성화되지 않겠는가? 가령, 뮤직홀, 스포츠 등 말일세. 이 모든 것으로부터 끌어낼 수 있는 '의미'가 있네. 누구도 끌어내지 못하는 의미지. 우리가 그것을 끌어내는 첫 번째 사람들이 될 걸세. 하지만 이 해결책 역시 생각으로만 있네. 왜냐하면 결국 자네는 연극의 충분한 자율성을 믿고 있으니까. 자네는 연극을 사랑하고, 궁극적으로는 "대중적 귀족주의"에 해당하는 『민중연극』지와 라르슈 출판사를 기꺼이 포기하지 않을 것이기 때문이네. 특히 자네가 강하게 비판한 바 있는 '대중문화'와 가까워질 수도 있는 이와 같은 영역 구별을 포기하지 않을 것이기 때문이지. 자네는 문호를 개방하는 것이 '있는 그대로tel quel'의 세계에 대한 인정과 만나게 되지 않을까 우려하고, 또 잡지의 형태의 확장에서 '판단중지la suspension du jugement'가 있지는 않을까 우려할 것이네. 비나베르가 인용하고 있는 정체불명의 영국 시인100이 말한 것처럼.

그리고 이와 같은 두 번째 해결책이 세 번째 해결책으로 이어지네. 간단하게 새로운 '구원자secouesse'를 만나 계속하는 것이지. 새로운 원고, 새로운 협력자들(?) 혹은 새롭게 부탁받은 사람들, 그리고 어쩌면 새로운 편집위원회—장식으로서가 아니네. 표지에 이름을 올리는 것 따위는 중요하지 않네, 연극에 대해 공동으로 사소한 것이라도 함께 생각해보는 정기적인 모임의 성격을 떠는 편집위원회 등이지. 종종 얘기한 바 있네. 과거와 같은 방식으로 일을 다시 시작할 수는 없다고 말일세. 그렇다고 이 말이 다시 시작

---

100 T. S. 엘리엇Eliot(1888~1965)을 가리킨다. 영국 국적을 취득한 미국 출신의 시인이다. 그는 단테에 대한 유명한 글에서 이렇게 쓰고 있다. "몇몇 믿음을 치명적인 죄의 질서로 여기는 정신상태, 배신과 자존심이 욕망보다 더 크고, 절망이 가능한 한 가장 큰 정신상태, 해서 우리는 우리의 판단을 함께 중단한다A state of mind in which one sees certain beliefs, as the order of the deadly sins, in which treachery and pride are greater than lust, and despair the greatest, as possible, so that we suspend our judgement altogether."("Dante", in T. S. Eliot, *Selected Prose*, Londres, Faber & Faber, 1975, pp. 221~222)

해서는 안 된다는 걸 의미하지는 않네. 차이를 만들어내면서 다시 시작해야 하네. 강요하지도 않고 저절로 되도록 말이네. 오늘날 연극적인 공백이 있다 해도, 그것이 '반드시forcément' 침묵을 지켜야 하는 이유는 못 되네. 빌라르에 대해, 플랑숑에 대해, 다른 사람들에 대해 '다시 말하기re-parler' 위해 노력할 수 있을 것이네.

나로 말하자면, 나 혼자 이 모든 것을 해결할 수 없네. 혼자 한다고 해도 그것은 아무런 의미도 없을 거야. 나는 내 자신이 생각하는 것, 원하는 것이 뭔지도 모르네. 해결은 결국 우리 모두에게 달려 있어. 많은 부분은 자네에게 달려 있고, 오늘 내가 자네에게 말할 수 있는 것은—사실, 이것 때문에 이 편지를 쓰네—늘 예견했던 것처럼, 자네가 하는 모든 일에 내가 현실적인 방식으로 협력할 철저한 준비가 되어 있다는 거라네. 그것이 『민중연극』지든, 라르슈 출판사 일이든 간에 말일세. 나는 현재 있는 내 모습대로 협력할 거라네. 과거의 내 모습대로가 아니라. 차이가 있다면, 그것은 내가 내 자신의 심연을 완전히 믿지 못한다는 거지. 답장을 하지 않아도 되네. 내가 돌아가면(9월 20일경에) 우리가 만나 토론할 수 있도록 이 편지를 (나는 '중요한' 내용의 편지를 좋아하지 않지만) 미리 쓰는 것이네. 무엇을 결정하든지 간에, 지금부터라도 나의 현실적인* 지지에 대해서는 안심해도 된다는 것을 전하기 위함이네.

주느비에브와 자네에게 우정을 보내네.

R. 바르트

＊다시 정확하게 전하네. '실천으로en praxis' 이어지는 지원, 다시 말해—지식인의 숙명이네—본질적으로는 '작품으로en œuvres'의 지원이라고 할 수 있지.

미셸 비나베르와 함께

본명이 미셸 그랭베르인 미셸 비나베르는 1927년에 태어났다. 갈리마르 출판사에서 두 권의 소설을 출간한 후, 그는 아주 비중 있는 극작가가 되었다. 이와 병행해서 그는 경영자로서의 경력도 쌓았다(질레트사[101]의 프랑스 지역 회장). 극작가로서 그는 1956년에 로제 플랑숑에 의해 리옹에서 공연된 『한국인들Les Coréens』을 집필했다. 비나베르의 마지막 작품인 『베탕쿠르대로 또는 프랑스의 역사Bettencourt boulevard ou une histoire de France』는 2014년에 라르슈 출판사에서 출간되었다.

미셸 비나베르가 롤랑 바르트에게

[1956년 11월 1일] 만성절

친애하는 롤랑,

자네 편지가 전해주는 소식을, 나는 전혀 예기치 못한 사람을 반기듯 맞아들였네. 내게 그것은 하나의 사건, 보상보다 더 나은 하나의 '승리'라네(콘래드[102]의 의미에서). 방금 읽은 자네의 글[103]은 이 작품이 전체적인 흐름

---

101 면도와 면도날로 유명한 질레트Gillette를 가리킨다.—옮긴이
102 조지프 콘래드Joseph Conrad의 소설 『승리Victory』에 대한 암시다.
103 1956년 11월 1일 『프랑스 옵세르바퇴르』지에 실린 바르트의 「오늘 또는 한국인들」을 가리킨다. 이 글은 리옹의 코미디극장Théâtre de la Comédie에서 로제 플랑숑의 연출로 공연된 비나베르의 작품

속에서 찾는 그런 자리를 마련해주고 있네. 이 글은 빠른 속도로 흘러가. 그러면서도 많은 것을 안내하고 있네. 여기서 비평은 뭔가를 인도하고 있네. 바로 그 점에서 이 글은 평가할 수 없는 도움을 주네.

자네가 토요일 저녁에 그곳에 없어서 좋았네.[104] 작전이 성공하는 것처럼 그날 공연은 성공적이었네. 일반적인 의미에서는 승리였네. 하지만 공연 특유의 허탈감이 따르는 승리이기도 했네. 나는 플랑숑과 함께 이런 감정을 공유했다네. 그러니까 공연 현실이 항상 거대한 '술책' 뒤로 사라진다는 감정 말이야. 자세한 것은 주말에 얘기하세. 내일 금요일 저녁에 리옹에 가네. 거기에서 심야 열차를 타고 파리로 가려 하네. 파리에서 토요일과 일요일을 보내면서 세로[105]가 하는 일을 참관할 예정이네.

미셸

『한국인들』에 대한 글이다. 이 작품은 10월 25일에 초연되었다(*OC*, t. 1, pp. 666~667).

104 10월 27일 공연을 가리킨다.

105 장마리 세로Jean-Marie Serreau도 플랑숑과 같이 1957년 1월에 오늘의 극장Théâtre d'aujourd'hui(알리앙스 프랑세즈)에서 『한국인들』을 연출했다. 바르트는 「오늘」에 대한 메모에서 이 연출에 대해 언급한 바 있다(*OC*, t. 1, pp. 646~649).

롤랑 바르트가 미셸 비나베르에게

[1957년 말 또는 1958년 초] 목요일

미셸, 드디어 자네의 『집달리들Les Huissiers』을 독파했네.106 아주 재미있더군. '대찬성'이네. 이 작품에서 아주 단순하면서도 동시에 아주 흥미로운 것들을 많이 보았네. 『한국인들』에 비해 상당히 유연해 보여. 그러면서도 잃은 것은 아무것도 없네.

『집달리들』의 한 부분의 내용이 너무 '정확해서juste' 이번 여름으로 예정된 프랑스에 대한 강의 자료로 쓰기 위해 벌써 몇 쪽을 복사했네. 다만 딱 한 가지를 반대하기 위해 토론을 해볼 걸세. 장광설을 보여주기 위한 정치 토론이 너무 길다는 인상이야. 알제리식 '구멍'(이발사들이 하는 것처럼)을 만드는 방책을 강구할 필요가 있을 것 같아. 미사여구로 구멍을 너무 부풀리지 않고서 말일세. 내가 지금 표현을 잘 못하고 있지만 자네는 이해할 걸세.

토요일에 안시에 도착한다네. 리옹에서 출발하니까 오후 3시 19분에 도착할 걸세.

나에 대해서는 걱정하지 말게. 버스를 타고 5시경에 망통에 도착할 거야. 거기서 집으로 가는 수단만 찾아주게. 스키를 즐기다가 돌아오는 것을

---

106 1956~1957년에 걸쳐 비나베르가 쓴 이 작품은 1980년에야 비로소 질 샤바시유의 연출로 리옹의 아틀리에극장Théâtre des Ateliers에서 처음으로 무대에 올랐다. 이 작품은 『민중연극』지 1958년 3월호에 처음 게재되었다.

너무 서두르지 말게나.

　토요일에 보세.

롤랑

　나는 금요일 12시에 파리를 떠나 리옹에 있는 장 라크루아(라파예트 광장, 107번지)의 집에 있을 걸세. 일요일 저녁에는 돌아와야 하네. 아무 일도 없는 것보다야 낫지.

1961년 1월 5일

미셸, 자네의 브뤼셀 주소를 가지고 있어 자네 작품107이 얼마나 훌륭했는지를 전할 수 있다네. 아주 힘들게, 의무감으로 읽고 나서, 나는 이 작품을 다른 차원, 그러니까 즐거움과 유혹의 차원에서 즉흥적으로 다시 읽어보았네. 그러자 세상에 대한 생각과 판단에서 상당한 '수정correction'과 연결된 뭔지 모를 '굉장한' 확신을 갖게 되었네. 그래. 플랑숑이 무대에서 이것을 보여주었으면 하고 바란다네. '즉석에서' 보여주는 것을 바라는 것이 아니야. 그가 충분히 잘하겠지만, 이것을 보여주려면 '저속함이 없어야sans vulgarité' 하기 때문이지(그는 이것을 갖고 있지 않지만, 배우들은⋯⋯). 그렇네. 이 작품은 아주 훌륭해 보여. 자네 작품 중 가장 좋아 보인다네. 우리 세대에서 '애매함ambiguïté'과 '수정correction'을 폭발적으로 한데 섞을 수 있는 사람은 자네뿐이네. 다른 작가들은 뒤죽박죽이거나(다시 말해 더러운 작자들이거나) 아니면 이데올로그들이네.

식구들에게 새해 인사를 전해주게.

R. 바르트

---

107 『호텔 이피제니Iphigénie Hôtel』를 가리킨다. 『집달리들』과 같은 시기에 집필된 작품으로 1977년에 앙투안 비트레의 연출로 조르주 퐁피두센터에서 초연되었다.

미셸 비나베르가 롤랑 바르트에게

1961년 1월 15일

롤랑,

나 또한 읽는 고통, 의무감을 느끼고 있는 것이 사실이야. 종종 미케도니아인들Mycéniens[108]에 대해서는 비통함과 즐거움이 교차하네. 최근에 파베르의 『아름다운 여름Le Bel Eté』을 읽었네. 내가 읽은 것을 작품으로 쓰고 싶다는 기이한 느낌이 들었어. 최근에 또한 『비와 달의 이야기Contes de pluie et de lune』[109]를 읽었네. 이 작품은 내가 쓸 수 있는 것과는 대척점에 있네. 하지만 뭔가 새로운 독서를 '시작하는 것'에 대한 이 저항은 왜일까? 어린아이가 엄지손가락을 입에 물고 빠는 것처럼 아무런 문제도 일으키지 않는데 말이네.

10년 전에, 내게는 세 가지 일이 똑같이 필요하고, 똑같이 불가능한 것처럼 보였네. 글쓰기, 생계유지, 가정 꾸리기. 다른 사람들에게는 열려 있는 이 일들이 내게는 닫혀 있었네. 이 세 가지 일을 따로따로가 아니라 한꺼번에 얻기를 원했던 나, 그런 나에게 오늘, 옛날보다 더 진전이 있다고 느껴지지 않네. 어쩌면 내가 너무 숲만 보고 잔가지를 충분히 보지 못했기 때문이겠지. 즐거움에 대해 충분히 주의를 기울이지 못했기 때문일 걸세.

---

108 『호텔 이피제니』를 암시한다.
109 1776년에 쓰인 우에다 아키나리의 이야기들은 18세기 일본의 중요한 문학작품으로 꼽힌다.

친구,

미셸

1961년 11월 21일

롤랑,

오늘 아침에 「지식과 광기」[110]를 읽었네. '거기'에서 자네를 알아볼 수 있어서 좋았네.

자네는 거의 글을 출간하지 않더군. 자네의 작품 중에 거의 아무것도 가져다주지 않는 것은 없네. 매번, 자네 글을 읽으면서 육체적인 감각을 느끼네. 뭔가를 암중모색하는 와중에 아주 확신에 찬 손에 의해 내 손이 덥석 붙잡히는 그런 느낌이야. 나는 자네의 글을 읽네. 그것은 고마움인 동시에 놀라움이네.

무엇을 향한 암중모색일까? 어쨌든 자네 글의 행간에서 다음과 같은 것을 읽을 수 있다고 생각하네. "우리는 벗어날 수 없다." 자네는 이것을 강한

---

110 1961년에 출간된 『크리티크Critique』지의 한 호에 계재된 미셸 푸코의 『고전주의 시대에 있어서 광기의 역사Histoire de la folie à l'âge classique』(Plon, 1961)에 대한 바르트의 서평을 가리킨다. 이 글은 『비평 선집』에 재수록되었다(OC, t. 1, pp. 422~427).

힘으로 느끼고 또 표현하는 저주와 특권을 동시에 가지고 있네. 자네의 글을 제외하고는 그 어떤 글도 이와 같은 부동과 운동의 느낌, 중심에서 밀려나는 느낌을 동시에 주지 못하네(나는 항상 이 지점으로 돌아오곤 해).

자네에 대한 우정을 생각하면 언제나 휴가를 떠날 수 있다는 터무니없는 확신이 생기네. 자네가 거기에 있어서, 나는 언제라도 되돌아가지 않을 수 없네.

미셸

수사학의 미래

프랑스국립도서관 문서보관소에서 꺼내온 이 미간행 텍스트는 롤랑 바르트의 초창기 비평 텍스트 중 하나로, 1946년 봄에 쓴 것으로 추정된다. 이 사실은 『콩트르프웽Contrepoints』 지 1946년 1월호의 주 10번에 암시되어 있다. 그러니까 이 텍스트는 레이생 전지요양소에서 돌아와서 집필한 것이다. 그 시기는 『글쓰기의 영도』의 앞부분에 수록된 글들이 『콩바』 지에 게재되기 1년여 전이다. 『글쓰기의 영도』에 포함되는 첫 번째 글은 같은 제목으로 1947년 8월 1일에 발표되었다.

우리는 문학에 적용된 역사적 방법의 원칙(랑송)을 알고 있다. 그것은 텍스트를 역사 내부에 위치시키고, 그것을 역사적으로* 이해할 것을 요구하는 것이다. 랑송은 그의 방법이 가진 과학적 정신에 굉장한 애착을 보였다. 하지만 이는 가장 논란의 여지가 많은 요소다. 이런 과학적 태도로 인해 이 분야에서 너무 자주 문자가 정신에 대해, 주변적인 것이 본질적인 것에 대해, 원본과의 대조가 잘 구성된 작품 설명에 대해 승리를 구가하곤 했다.** 랑송 이후, 문학 텍스트는 이제 더 이상 초자연적이고 알 수 없는 질서에 속하지 않게 되었다. 문학 텍스트는 이제 정확한 결정과 역사적 특징의 결과물이 되었다. 문학 텍스트는 하나의 대상, 구체적인

---

* 우리는 이 방법을 알고 있다. 글을 설명하는 데 유용한 모든 자료—이전 시대의 작가들, 동시대 작가들, 나중에 태어난 작가들의 작품, 편지, 풍자satires, 일기, 호적에 관련된 서류 등—를 모으는 것이다. 요컨대 자료들을 접하면서 그것들에 대한 주관적인 반응이 섞인 취향을 잘 조절하는 것이다(Gustave Lanson, *Méthode de l'histoire littéraire*, Paris, Les Belles Lettres, 1925, premier cahier).

** 우리는 지금 다음과 같은 사실을 보기 시작했다. 학자의 전통적인 자질은 그 자체로 역사적 과정의 일부에 포함된다는 사실이다. 하지만 이폴리트 텐, 샤를 세뇨보, 귀스타브 랑송 등이 말하는 것처럼, 반드시 과학에서의 발견이 과학적 세심함에 대한 훈련에서 기인한다는 것은 그다지 확실하지 않다.

것은 아니라 해도, 적어도 관찰 가능한 하나의 대상으로 나타난다. 영감靈感이라는 이름하에 언어적 창조의 여러 다른 과정을 가렸던 터부의 일정 부분의 베일이 걷힌 것이다. 이제 비평은 이해를 도모하기 시작했고, 비평은 더 이상 해설에만 국한되지 않게 되었다. 비평은 주관적 판단의 한계를 긋는다고 주장한다. 이 주관적 판단의 단점은 그 매력에도 불구하고 그 어떤 결과도 낳지 못한다는 것이다. 요컨대 예술작품의 초자연성을 제거하는 데 기여하면서, 랑송식의 비평은 어쨌든 개방된 방법이었다. 다시 말해 텍스트가 하나의 대상으로 제시되는 순간부터, 순전히 역사적인 방법을 즉각 참고할 수 있는 관찰과 기술記述과, 이렇게 말하자면, 경험이라는 자료 전체를 보완하는 것이 가능해졌다. 그런데 이와 같은 자료 전체를 통해 문학비평은 다른 학문과 무관하지 않은 일반적인 학문과 연결되는 것이 가능해졌다.

*

하지만 랑송식의 비평을 추월하기 전에 정확한 원칙에 입각해 이 비평의 적용이 어떤 점에서 불만족스러운 것인지를 밝혀야 할 필요가 있다. 무엇보다 그의 비평은 부자연스러운 심리학에 기초한 비평이다. 이 비평은 그 설명과 결론을 내리는 작업에서 계속 세계에 대한 어떤 철학적 관점과 인간에 대한 존재론적 관점에 호소한다. 이러한 시각이 허약하고, 반성되지 않은 것이라고 해도 이 비평이 작동하는 것은 사실이다. 이 비평은 아주 자연스럽게 당대의 철학적 색채에 의해 그려진 비평인 것이다. 분명 능력들의 객관적인 분리를 위해서 고전적 문학비평은 그 방법의 즉각적인 목표를 넘어설 수도 있는 것으로 보이는 문제들을 제기하지 않는다. 하지만 이런 방식으로 객관적이라는 것, 그것은 아주 단순하게 전통에서 명령어, 다시 말해 상투어를 끌어온다는 것을 의미한다. 따라서 랑송주의는 비평을 인간에 대한 이중 체계dualisme 위에 정초하게 한다. 물론 순진하게, 거기에 커다란 책임이 있다는 것을 생각하지 않은 채로 말이다. 그런데 여기서 인간의 이중 체계란 이성과 기질의 분리, 관념과 감성의 분리, 사고와 언어의 분리 등을 가리킨다. 요컨대 랑송주의는 비평을 절대적 심리 질서 위에 정초하는 것이다. 순수 역사 분야에서 박사학위를 받은 전문가 중 한 명인 가브리엘 모노는 이렇게 생각한다. 즉 랑송주의가 미슐레를 '이원적 인간homo duplex'으로 몰고 갔을 때, 이 랑송주의를 통해 미슐레의 모든 것이 설명되었다고 말이다. 물론 이 이원적 인간안에서는 상상력이 현실주의, 관능적 성향, 이상적 바람 등을 물리친다는 것이다. 랑송주의의 입장에서 모순은 아방가르드적이다. 프랑스 문학에서 한 명의 시인이 지적이면서 동시에 예술가적 뇌를 가지고 있다는 생각을 하는 것은 터부에 속한다는 것은 주지의 사실이다. 이와 같은 분석적 심리학에서는 총체적 인간에 대한 배려가 전혀 없다. 그렇게 하는 과감성이 한 번쯤 발휘되었다고 해도 이와 같은 모순을 그 뿌리까지 천착한적은 결코 없었다. 그런 모순을 발견했다는 사실과 이 모순을 또한 균형의 원칙처럼 그와 대조적인 형태하에 제시했다는 것을 너무 만족스럽게 생각했던 것이다. 그런데 통일에 이르는 변증법적 과정 없이는 결코 진정한 설명이 있을 수 없다. 랑송과 그와 같은 방식으로 연구를 하는 자들은 역사적 비평 방법의 결과를 추상적인 심리학의 정립을 위해 사용하게끔 하는 데 전혀 불편함을 겪지 않았다. 그들은 자신들이 인간에 대해 판단을 하는 것이 아니라고 생각했고, 또한 그들이 자신들의 시대에 대해 영원한 것으로 여겨지는 관점을 취하는 것으로 충분하다고 생각했다. 그들은 아주 순진하게 그 자신들이 쓴 저서의 장章들을 감수성, 상상력, 관념, 그리고 작가의 형식에 대해 문단 단위로 풀어냈던 것이다. 하지만 그들은 가장 사소한 글도 어느 정도까지 참여할 수 있는지를 잘 가늠하지 못했고, 또 잘못된 심리학이 그들의 연구를 심하게 망친다는 것을 잘 예측하지도 못했다.

하지만 이것만이 전부가 아니다. 플레하노프는 데카르트의 생각을 역사적 상황milieu 속으로 옮겨놓았다고 랑송을 칭찬한 바 있다.[111] 실제로 이것은 아주 중요한 작업이었다. 하지만 이런 작업이 '상황'이라는 단어를 정확하게 정의할 수는 있어도 결정적일 수 있었을까? 한 편의 작품에 대한 이데올로기적 결정은 이차적일 뿐이다. 만약 이 작품에 대해 역사적 비평을 하려고 생각한다면, 중간에서 멈춰서는 안 된다. 사회의 근본적 구조를 문제 삼는 것을 피할 수는 없는 노릇이다. 그리고 여기서도 다시 한번 순수한 역사 이론, 모든 사회적 동인과 동떨어진 방법의 설파가 사실상 객관적인, 하지만 편향적이고 역사와 사회에 대한 총체적 설명에 포함된 비평보다 훨씬 더 피상적인 결과에 이르기를 원한다는 뚜렷한 역설을 볼 수 있다. 우리는 모든 것을 역사에 복종시키는 동시에 역사 그 자체를 지배하는 것을 원할 수는 없다. 랑송은 이 모순을 해결하지 못했다. 그 결과 랑송과 문학에 대한 사회학적 비평의 개방 가능성 사이에는 이폴리

---

111 게오르기 플레하노프Georgii Plekhanov(1856~1918)는 소련의 마르크스 이론가다. *Notes sur l'histoire de la littérature française de Lanson*: G. Lanson, *L'Histoire de la littérature française*, Hachette, 1898, pp. 394~397.

트 텐과 유물론적 역사가 사이에 있는 것과 동일한 거리가 생긴 것이다.

상황은 저자의 중개를 통해서만 작품을 결정할 수 있을 뿐이다. 고전적 비평은 작가의 전기傳記를 전면에 부각시킨다. 이것은 예술작품의 창조에서 시간에 탐욕스러운 자리를 부여했다는 것을 의미한다. 위기, 진화, 역전, 영향 등에 날짜를 매겨야 하기 때문에 작품이 갖는 지적인 내용을 지속이라는 감동적인 개념에 종속시켰다. 글로 된 텍스트는 순간들의 순수한 연속으로 여겨졌다. 비평가들은 고정되고 고집스러운 요소들, 또 이렇게 말할 수 있다면, 이 텍스트에 포함된 습관들에서 고개를 돌려버렸다. 비평 방법의 과학적 근거에도 불구하고, 그 결과는 소통 불가능하고 시대를 지배하는 개인적인 시간 개념과만 잘 어울릴 뿐이다. 인간의 모든 주관적인 관점이 뚜렷한 메마름, 객관적인 연대기 아래로 흘러나간다. 여기서는 단지 감동적인 '지속'만이 창조적일 뿐이다. 작품은 지속이라는 실체의 우연적인 사태에 불과할 뿐이다. 작가들이 낭만적인 전기를 쓰기 시작한 것은 랑송 이후의 일이다. 물론 이와 같은 전기의 주요 목표는 한 작가의 작품을 전적으로 그의 삶의 우연적 사태들에 의존하게 하는 것, '체험된 시간'을 섭리적으로 유의미한 드라마로 만드는 것이다. 이렇게 해서 '운명'이라는 아주 장식적이지만 거짓된 개념이 비평 속으로 도입된 것이다. 위대한 작가들의 삶을 드라마로 구성하기 위해 천재성, 임의성 등을 경쟁적으로 도입했다. 매년 또는 거의 매년, 라신, 파스칼, 볼테르, 샤토브리앙, 푸시킨, 말라르메, 페기 등의 삶이 소설 형식의 통일성 아래에서 변화하고, 그들의 작품은 개인적이고 내면적인 이야기로 환원되고 있다. 비평은 이들 작품의 구체적 내용에 대한 분석, 글로 된 사유의 언어적 실체의 분석에 대한 고려에서 아주 멀리 떨어져 있다.

작품을 이 작품이 쓰인 가장 광범위하고 가장 생생한 상황에 의해 결정해야 하기 때문에, 작품 그 자체가 무시되고 있다. 작품은 더 이상 구체적인 분석 작업의 총체가 아니다. 작품은 유일한 실재이지만, 거의 준準정신적이고 곧장 부차적인 것이 되어버리는 '작가'라는 존재의 발산, 기화다. 여전히 이 작가라는 실재는 확실하게 관찰 가능한 것을 드러낼 수 있는 것 안에서 아주 드물게 인간의 신체처럼 여겨진다. 여기서 저자는 단지 다양한 모험, 위기, 정념, 영향 등이 발생하는 기하학적 장소에 불과할 뿐이다. 저자는 장식裝飾 속의 한 인물이다. 상황 그 자체만이 생동감 있는 부활의 재료일 뿐이기 때문이다.

문학작품을 지나치게 설명하다보면 그것에 대한 기술記述을 소홀히 하게 된다. 설명은 그 대상에 대한 시각을 잃어버린다. 설명은 작품에 대한 정신적 구상을 신봉하기 때문이다.『인간협오자Le Misanthrope』를 설명하고자 하면서 고전적 비평은 몰리에르 이전의 희극과 심지어는 몰리에르의 삶을 완전히 밝히고자 한다. 하지만 작품 그 자체를 밝히는 일은 결코 하지 않는다. 물론 이와 같은 노력은 필요하다. 하지만 예비적으로만 필요할 뿐이다. 랑송 비평의 흐름은 인과성의 변증법보다는 더 기계적인 관점을 취하는 약간의 실수를 저질렀다. 저자가 작품에 대한 결정권을 갖는다는 사실을 보았다. 하지만 작품이 저자에 대해 갖는 반대 작용, 작품 그 자체에 의해 구상되고 자리 잡은 여러 종류의 정신적 범주, 여러 종류의 언어적 반사작용, 여러 종류의 수사학적 자동주의 등을 충분히 드러내려는 노력도 있지 않았는가? 이와 같은 요소들은 작품 그 자체에 의해 구상되고 자리 잡은 것이다. 잠재적이고, 작가에 대해 장차 갖게 될 사유와 미리 일치할 정도로 아주 강력한 습관의 자격으로 말이다. 이때 나타나는 위험은 문학 텍스트를 여러 영향의 순수한 합으로 여기는 것이다. 이렇게 해서 세계에 대한 가장 객관적인 관점을 취하고자 하는 의지에도 불구하고, 비평가들은 점차 텍스트와 글이 항상 구체적으로 관찰 가능한 하나의 대상, 설명뿐만 아니라 기술에 합당한 하나의 대상이라는 건전하고 필수불가결한 생각을 상실하게 된다. 사실을 말하자면, 역사적 방법만이 유일하게 마지막 심급에서 절대적 정신 질서를 참고할 수 있을 뿐이다. '영향' '상황' '대조' 등을 강조하는 랑송적 전제前提는 관념과 언어와 독립적으로 존재하는 관념론의 범위 내에서만 가능할 뿐이다. 또한 이와 같은 전제는 텍스트 속에서 직접 관찰 가능한 것, 즉 언어적 실체가 스타일—시학적 화학작용의 마지막 순간에 아주 강력한 관념 위에 던져진 일종의 기적적이고 인지 불가능한 시료試料—에 대한 마지막 몇몇 장으로 이관된 관념론의 범위 내에서만 가능할 뿐이다. 실제로 내용과 형식 사이의 전통적 구분을 없애는 것은 랑송주의의 범위 내에서다. 모든 고전문학은 플로베르와 함께 문체를 뼈에 붙은 살로 여겼고, 은폐되었으나 생동감 있는 본질의 외관으로 여겼다. 비평에서 정신과 신체, 심적인 것과 물질적인 것, 지성과 감성을 구분하는 스콜라학파적 이원론이 명맥을 유지한 것이다. 우리가 사용하는 문학비평서에는 이와 같은 구분이 여전히 넘쳐흘렀다. 이와 같은 방식의 분석에서 형식이 항상 가난한 부류에 속하는 것은 당연하다. 형식은 흐릿하고 짧은 해설, 즉 조화를 향한 일종의 가짜 창문만을 열어젖힐 뿐이다. 그럼에도 엄격함과 역사적 정신이라는 장점을 가진 문헌학 그 자체는 형식들의 연대기에 그치고, 한 명의 작가에 고유한 언어적 자동주의를 파고들려고 애쓰지는 않는다.

이제 문학의 탈초자연화를 끝까지 밀고 나가고, 또한 문학 텍스트에 대한 완전히 객관적인 비평의 범주를 더듬거리면서라도 기술할 필요가 있다는 것을 이해하자. 글로 쓰인 작품을 하나의 관찰 가능한 주제, 또 따라가야 할 노선인 주제로 환원시키는 것은 분명 새로운 작업이 아니다. 그것은 널리 퍼져 있다. 외관적으로 아주 다른 면을 가졌어도 작가들은 영감을 구체적이고 기술적인 작업의 합으로 환원시키고자 노력했다. 이것은 아주 풍요로운 결과를 약속하는 것이었다. 그도 그럴 것이 그렇게 하면서 형이상학적 노선에서 자연의 노선으로 이행하는 것이었기 때문이다. 이 모든 문제는 발레리나 초현실주의자들에 의해 아주 친숙한 것이 되었다. 초현실주의자들의 반항적 작업과 발레리의 아리스토텔레스적 작업에서 시학적 화학작용은 마술적 특성을 상실해버렸다. 초자연적인 것을 포기하면서 건전하게 창조의 기술 쪽으로 방향을 틀었던 것이다.

*

문학을 언어의 훈련으로 끌고 가지 않는 한, 유물론적 문학사란 존재하지 않을 것이다.

환경이 작가에게 영향을 끼친다고 말하는 것은 아무런 의미가 없다. 이 기회에 물어보자. 대체 작가란 무엇인가? 작가란 행위가 아니라 언어만으로 적응하는 유기체다. 그런 만큼, 만약 문학비평이 온전히 역사적이길 바란다면, 이것이 옮겨가야 할 지평은 당연히 언어의 차원이다.*

---

* 가령 페르디낭 브뤼노Ferdinan Brunot(1860~1938)의 훌륭한 저서의 한 부분을 이용하면서 말이다.[브뤼노는 아르망 콜랭 출판사에서 1925년에 출간된 아주 중요한 저서 『프랑스어사Histoire de la langue française』의 저자이자 언어학자다.]

그리고 여기서는 문학비평이 실험심리학의 발달에서 합리적으로 기대할 수 있는 것에 대해 말해야 한다. 비평의 미래, 개방되고 독단적이 아닌 미래는 언어의 메커니즘, 즉 사고의 메커니즘이 다른 학문들과 점진적인 조화를 이루면서 밝혀지는 그런 곳에서 열리게 될 것이다. 비평은 앞으로도 꽤 오랫동안 부분적으로만 객관적일 수밖에 없을 것이다. 비평은 가정, 근사치로만 만족할 것이다. 지금부터 언어 행위, 말해진 반은 전체라는 형태하에서 고려된 글로 쓰인 텍스트에 대한 연구를 역사적 연구와 연계시키는 경우를 제외한다면, 비평은 초조하게 기다려야 할 것이다. 글로 쓰인 사고를 언어적 과정의 질서로 환원시키는 것, 다시 말해 수사학으로 환원시키는 작업부터 시작해야 할 것이다. 실제로 우리는 늦건 빠르건 간에 언젠가는 수사학의 부활에 이를 것이다. 물론 이때 수사학은 형식적인 비결과 분류를 이용하는 설득의 기술로서의 수사학이 아니다. 그것은 오히려 실험심리학이 우리에게 가르쳐준 모든 것을 고려한 언어과학으로서의 수사학이다. 가령, 언어 습관의 획득, 파롤의 조건, 단어들의 블록의 열거, 해체, 사용—형식이나 혹은 주제라는 이름하에서 그 중요성을 알게 되는—등에 대한 가르침이 그것이다. 지금부터라도 비평은 이와 같은 언어 질서의 구성 요소들에 대한 열거, 근사치 책정, 관찰의 작업에 착수해야 할 것이다. 심지어는 언어적 차원으로 먼저 옮겨가지 않고서라도, 또 일시적으로 순수한 심적 질서의 가정 속에 머물면서라도, 지금까지 연대기의 문제점들을 향했던 비평은, 이제 작가의 작품이 갖는 '불변적constantes' 요소들에 대해 질문하는 것을 소홀히 했다는 사실을 말할 수 있을 것이다. 비평은 이 작가의 고집스러운 특징, 그의 고유한 어조와 방식의 통일을 낳았던 몇몇 관념과 몇몇 과정에 대한 비의지적인 것으로서의 특징에 주의를 환기시켜야 한다. 비평가는 한 작가의 작품에는 거의 항상 그 자신과 그가 살던 시대에 대한 다소간 복잡하고, 다소간 분명한 주제가 포함되어 있다는 사실을 재빨리 알 수 있을 것이다. 이와 같은 주제는 이 작가만의 아주 특이한 특징이기도 하다. 그런데 이 주제가 관념의 뚜렷한 변이에 가장 빈번하게 저항하는 것이다. 사실을 말하자면, 미슐레에게서 보는 기독교에서 비기독교로의 이행과 같이 신앙에서 뚜렷한 변화가 나타나는 경우, 변화보다는 오히려 도치inversion가 더 두드러진다. 다시 말해, 가령 관념은 변하기는 하지만, 거의 항상 고집스러운 같은 범주 안에 갇혀 있는 것이다. 물론 여기서 교정 불가능한 징후는 종교성의 징후와 역사에 대한 묵시록적 관점의 징후다. 이것은 비평이 시대 외적인 무엇인가를 발견할 수 있기 때문이 아니다. 오히려 그것은 시대가 단지 여러 다른 역사적 상황의 연속, 다른 방식들로 결정적 영향을 미치는 여러 역사적 상황의 연속으로서 작동할 뿐만 아니라, 또한 역방향으로, 즉 우리가 작가에 대해 가지고 있고, 그의 재주와 천재성의 일부를 구성하는 그의 특수한 이미지에 기여하는 사유에 포함된 자동주의의 창조적이고 보수적인 계기로서도 작동하기 때문이다. 이러한 점에서 시대는 더 이상 하나의 영혼이 장엄하게 변화해나가는 그런 장소가 아니다. 시대는 그 유일한 물리적 기능을 되찾는다. 다시 말해 항상 경제성과 동시에 효율성을 추구하는 하나의 유기체 안에서 몇몇 반복적인 과정의 정착에 기여하는 기능을 말이다. 시대는 지속된다. 왜냐하면 작가가 그 안에서 우선은 행복하게, 나중에는 편안함을 느끼면서 생각하는, 그 밖에서는 더 이상 생각할 수도, 생각하는 것을 원할 수도 없는 그 자신의 고유한 수사학의 문채figures가 시대에 의해 비판되기 때문이다. 한 작가의 노년 시절에 인습이 되어버린 고랑을 보는 것은 드문 일이 아니다. 성숙기를 지나 쓰인 작품은 이제 집착들의 집합 이외의 것이 아니고, 애지중지했던 주제들의 되새김 이외의 것이 아니다. 그로부터 천재성이 습관의 맹목적인 힘을 발휘하게 되는 수많은 늙은 문인들의 괴물적인 특징이 기인하는 것이다. 그 이유는 실제로 무엇보다도 고전적인 정신적 양상 속에서 편안함을 위하는 것으로 여겨졌던 주제를 통해 시대의 병리적인 왜곡에 편승해 본질적으로 언어적인 성격이 드러나기 때문이다. 우선 주제들은 충분히 생동적이다. 다시 말해 유기체는 단어를 사용하면서 여러 가능성 중에서 항상 가장 훌륭한 적용 가능성을 조금은 찾으며, 또 선택한다. 하지만 곧바로 반사가 창조된다. 작가가 서정적 장르에 아주 조금 속하기만 해도, 다시 말해 영감을 믿기만 해도, 그는 거기에 끝까지 내기를 걸려고 한다. 미슐레, 위고, 클로델 등의 말년 작품들이 이들 각자의 특수한 특징의 집약체라는 것을 알 수 있다. 그런데 이와 같은 특수한 특징들은 그 작품들에서 하나의 기계처럼 완벽한 효율성을 발휘하면서 작동하기는 하나 공전을 거듭하고 아무런 효과를 내지 못한다. 이런 상태는 이른바 언어가 관념에게 승리를 거둔다는 것을 의미하지 않는다. 여기서는 고전적 언어주의에 대해 기술하는 것이 문제가 아니다. 말하거나 글을 쓰는 개인처럼 작가는 시종일관 그저 언어에 불과하기 때문이다. 모든 담론을 정복하는 것은 오히려 언어적 자동주의인 반면, 균형 잡힌 작품은 미세하게 불안정하지만 대부분은 즉각적인 구어적 적응의 결과인 것이다.

요컨대 여러 경우에 다음과 같은 언어적 범주들, 즉 이미지, 주제, 암시, 유비, 은유, 대조, 결합, 문채, 박자 등이 현실적으로 결정적인 역할을 하는 것으로 보인다. 하지만 지금까지 이와 같은 범주들의 형식적인 양상은 사유의 순수한 산물, 순수한 의복으로만 여겨져왔다고 할 수 있다. 우선 이 범주들은 사유가 발생하는 이러저러한 상황의 요구에 대한 대답으로 주어졌고, 그러고 나서는 자극제로 작동하는 것으로 막을 내리고 말았다. 그러니까 작가는 수사학을 이끄는 만큼, 그 자신이 이 수사학에 의해 이끌리게 된 것이다. 문학 텍스트는 가역적인 연쇄의 총합으로 존재한다. 굉장히 복잡하고, 또 완전히 고정된 요소들만을 볼 뿐인 계속되는 변증법이 글로 쓰인 사고를 동요시킨다. 글로 쓰인 사고는 문채와 리듬의 작용과 반작용이 이루어지는 가운데 스스로를 창조해나간다. 물론 이와 같은 작용과 반작용을 통해 단어들이 덜 직접적으로 조직되고, 기성旣成의 형식들 사이에 남겨진 공백들을 훨씬 더 공들여 채워 넣으면서 그렇다. 이런 의미에서 한 작가의 텍스트는 확실하고, 빠르고, 독창적인 제스처들(이런저런 종種이 적응에 필요한 특별한 수단을 소유하고 있는 것처럼, 이 작가가 혼자 또는 시대와 더불어 소유하고 있는)의 연속과 어려운 노력들의 연속으로 존재한다. 그런 것들을 배우지 않았기 때문이다. 하지만 이런 노력들은 결국 더 정확한 것이다. 이 노력들이 더 유연하고 더 새로운 것이기 때문에.

이렇게 해서 대조와 같은 평범한 문채는 우선 실질적으로 이율배반을 포함하고 있는 사고의 상황에 적응하기 위한 가장 자연스러운 수단일 수 있다. 하지만 애초에 대답에 불과했던 것은 결국에 가서는 자극제로서의 역할을 하게 된다. 대조라는 '문채'는 그것대로 '대조적'인 문채를 고안해낸다. 낭만주의적 웅변에서 담론의 대상이 항구적인 결합couple의 형태하에서, 최종적으로는 단지 수사학*에 속하는 과정을 따라 정리되기에 이른다. 발자크에서 환칭換稱[112](쿠르티우스[113]), 보들레르에게서 카타크레즈catachrèse[114]를 이미 지적한 바 있다. 이와 마찬가지로 몰리에르의 담론에서는 중복법적 구조(그가 이 구조를 의식하고 있는 경우, 거기에서 희극적 효과를 끌어낸다), 재치 있는 언어에서는 은유의 원동력적 기능, 낭만주의적 웅변에서는 상징의 원동력적 기능을 보여줄 수도 있을 것이다.

수사학적 리듬으로서의 알렉상드랭도 여전히 사고를 형성하며, 계속해서 원동력적이고 조건적인 요소로 작동한다. 아마 어느 날 비평이 시인 라신이나 시인 몰리에르의 수사학을 발견하는 것이 가능할 수도 있을 것이다.(이런 부류의 시도가 코르네유의 운문에 대해 행해지지 않았던가?) 다시 말해 그들의 사고라고 불리는 것에 대한 수사학 말이다. 또한 라신의 영혼에서 천사와 악마의 분할에 대해서, 몰리에르와 마들렌 베자르[115]의 관계에 대해서 묻는 것도 풍성한 성과를 거둘 수 있을 것이다. 상상력, 상징주의, 감수성, 관념 등등…… 이것들은 객관적 수사학 밖에서는 진정한 의미를 가질 수 없을 것이다. 그런데 이 객관적 수사학은 문학 텍스트의 형성을 그 표면에서, 이 텍스트를 통해 우리 시각에 주어지는 언어적 사

---

112 사람을 다른 것으로 바꿔 부르는 수사법.—옮긴이

113 에른스트 로버트 쿠르티우스Ernst Robert Curtius(1886~1956)는 저명한 독일 로망어 연구자로 『발자크Balzac』(1923년에 시르트 출판사에 불어로 번역됨)를 출간했다.

114 말의 고유한 의미에서 벗어난 비유적 전용의 수사법.—옮긴이

115 마들렌 베자르Madeleine Béjart(1618~1672)는 17세기 연극배우로 특히 몰리에르 작품의 여주인공을 거의 도맡았다.—옮긴이

＊결정된 하나의 사회계급은 여기서 정확히 천재처럼 기능한다. 우리는 언어에서 상투어가 갖는 중요성을 잘 알고 있다. 각 집단은 이 집단의 고유한 상투어(수사학 문채)를 가지고 있다. 많은 사람의 능동적인 사고가 여러 형식의 연쇄로 환원된다는 사실에 반론을 제기하지 않을 것이다. 일반적인 논거는 원동력적인 기능을 갖는다. 하나의 일반적 논거는 다른 것들로 이어진다. 예컨대 이것이 바로 프레베르가 패러디를 통해 기가 막히게 보여준 것이다.

태 속에서 연구해야 한다. 물론 이 연구는 작가의 "영혼"이나 "심리학" 속에서 행해지기 전에 이루어져야 한다. 정태적인 기술에 이르는 것이 중요한 것이 아니다. 담론의 언어적 구조는 그것의 창조적인 성격 속에서 포착되어야 한다. 결국 수사학의 문채가 가지고 있는 원동력적 기능을 밝혀야 하는 것이다.

모든 작가에게서 이와 같은 언어적 범주들, 수사학적 문채들이 분명하게 드러나는가, 이들 각자에서 그 기원은 무엇인가를 묻게 될 것이다. 역사를 다시 도입해야 하는 것은 바로 이 차원에서다. 어떤 작가가 다른 시대가 아니라 바로 이 시대에 태어난 것은 수사학의 시각에서 보면 분명 중요하다. 시대, 혹은 더 정확하게 말하자면 주어진 한 시대의 이런저런 사회는 문헌학의 관심 대상이 되는 언어의 역사적 상태만을 결정하는 것이 아니다. 구속들과 숙고들의 모든 유희, 고백되었든 그렇지 않았든 간에 여러 동인의 모든 유희를 통해, 수사학의 전체적인 방향이 시대에 따라 허용되기도 하고 옹호되기도 한다. 물론 이와 같은 수사학 안에서 작가는 다소간 조심스럽게 그 자신의 자동주의가 기능하도록 내버려둔다. 일반적으로 같은 시대의 작가들에게 공통되는 글쓰기의 '목적성'이 있다고 말할 수 있다. 이렇게 해서 뚜렷한 철학의 신화(여전히 살아 있는 신화다. 외교적 논의에서 프랑스어가 가진 변치 않는 장점을 계속 우리에게 반복하기 때문이다. 마치 한 언어의 사용이 기적적으로 정치 세력들 간의 관계의 이유이지 표현이 아닌 것처럼 말이다. 이에 대해서는 뒤아멜116이 『피가로』 지에서 밝힌 불평과 희망을 볼 것), 그 유명한 프랑스적 명료함clarté이라는 신화는 역사의 열

---

116 조르주 뒤아멜Georges Duhamel(1884~1966)을 가리킨다. 프랑스의 의사, 시인이자 작가다.—옮긴이

매다. 그것도 잘 규정된 한 계급, 즉 상승 국면에서 권력을 열망했고, 그 것을 실현할 수 있는 수단을 갖춘 계급[117]의 역사의 열매 말이다. 하지 만 왜 이와 같은 명료함은 18세기 프랑스 부르주아 계급에 고유한 것일까? 분명 여기서 새로운 역사적 설명, 이번에는 보다 더 기술적인 설명을 예견해야 할 것이다. 이 언어의 명료함에 대한 언어적 설명을 할 수 있어야 하고, 이 구어적 언어의 기원을 완전히 밝혀야 하고, 또한 과거에 프랑스에서 문학이 대화를 아주 가까이에서 추종했다는 사실을 검토해야 할 것이다. 고전적 언어의 분절과 수사학적 자리는 분명 이와 같은 일반적인 성격을 지녔다. 이와 같은 것들이 진정한 제스처의 대치물이기 때문이고, 또 작가 한 명 한 명에게 관심을 갖는 개별적인 정신분석보다는 훨씬 더 동질적인 사회의 의사소통 요구로부터 출발해서 이루어지기 때문이다. 이와는 반대로, 낭만주의 시대에는 다양한 사회적·이데올로기적 요인의 영향 아래, 문학은 대화와 이별하고 예언으로 흐르는 경향이 있었다. 위고가 요구했던 수사학적 혁명(사회적 의미에 대한 요구로, 이에 대해 뭔가 이야기할 것이 있을 것이다)은 설득을 협박으로 대치했다. 그리고 작가들은 언어적 제스처와 보편적 수사학적 문채들의 공통의 몫(그들의 계급에서 통용되는)을 포기하면서 그들 내부에 약 50년 후에나 그들만이 이해하게 될 모든 개인적인 언어적 족쇄가 자리 잡도록 방임했다. 대화의 일부인 수사학, 다시 말해 문학은 장엄함으로 넘어가고, 이어서 신비로 넘어갔다. 그리고 이와 같은 움직임은 관념의 설파보다는 단어들의 역사적 사용에서 더 잘 드러난다. 따라서 문학의 수사학적 과정에 대한 탐사

---

117 부르주아 계급을 가리킨다.―옮긴이

는 그 연구 대상이 되는 시대에서 그 수단을 찾아내야만 한다. 정신분석학에 호소하지 않는다면 이와 같은 낭만적 시도의 기원을 이해하는 것은 훨씬 더 어려운 작업이 될 것이다. 아주 다양한 지적인 사용 안에 자리가 정해진 문체의 기원에서 우리는 하나의 동일하고 유일한 잠재적인 감동을 발견하게 될 것이다. 또한 그 기원에서 우리는 하나의 동일하고 유일한 반응, 그것도 빛, 공백, 여성성 등과 같은 자연적 자극에 대한 유기체적 반응 또한 발견하게 될 것이다.*

분석에 가장 잘 들어맞는 텍스트는 그 안에서 일반사와 개별사(이 개별사가 일반사에 당연히 포함되기 때문에)가 혼동되지 않는 텍스트일 것이다(개별사가 일반사에 결정적으로 포함되기 때문이다). 따라서 언어적 비평을 이른바 서정적 작품에 적용시키는 것이 더 쉬울 수 있다. 이 비평 개념은 아주 형식적인 의미를 부여받기 위해 고전적인 내용을 비워야 할 것이다. 로트레아몽과 볼테르 사이에서 대립되는 것은 질료가 아니다. 그것은 무엇보다도 언어적 행위다. 극단적으로 보면 로트레아몽은 완전히 생물물리학적이고, 볼테르는 완전히 역사적이다. 그리고 만약 직접적인 수사학적 비평에 로트레아몽의 접근이 더 용이하다면, 그것은 그에게서 언어적 자동주의가 훨씬 더 많이 나타나기 때문이다. 이와는 달리 볼테르에게서 언어적 적응은 의사소통만을 겨냥하면서(게다가 '대화'의 사회적 단계를 자

---

* 텍스트는 기능하는 유기체의 산물이다. 부정할 수 없이 이 유기체는 주어진 사회 안에 상황지워져 있다. 이 유기체가 역사에서 어떤 역할을 하는가를 말하는 것이 우리 몫이다(이것은 아주 불완전하게 이루어졌다). 하지만 이 유기체는 그 자체의 고유한 결정에 따라 기능하기도 한다. 물론 이 유기체의 개별화는 신체의 개별화, 다시 말해 생물학적으로 폐쇄되고 통일된 하나의 존재의 개별화다. 따라서 이 단어의 고유한 의미에서 텍스트는 역사적 문제만을 제기할 수 없다. 거기에는 또한 각 작가에게서 언어에 대한 기술적이고 운동적인 문제들도 있다. 각 개인에게 있어서 개별적인 생화학적 문제들이 있는 것처럼 말이다.

세히 연구할 필요가 있다) 자기 시대의 언어의 일반사 안으로 용해되어버린
다. 따라서 수사학의 부활은 장르, 언어, 문체 등과 같은 낡고 스콜라학
파적인 개념들의 부활을 가져올 수 있다. 하지만 어떤 정신 속에서 그렇
게 되는지를 우리는 잘 알고 있다. 가령, 주제를 통해 정치적 연설과 탐정
소설을 대조시키는 것은 흥미롭지 않다. 하지만 펠릭스 구앵과 사드의 형
식화 과정 사이에는 얼마나 많은 교훈적인 요소가 있는가!*

소설가에게는 하나의 정확한 글쓰기, 다시 말해 추구된 글쓰기, 모든
기존 상황에 자동적으로 적응하지 않는 글쓰기, 하지만 새로운 문제에
맞서 영리하게 적응을 고안해내는 글쓰기, 순수하게 자동적인 형식화에
만족하지 않는 글쓰기가 있다. 반면, 정치가에게는 희미한 글쓰기가 있
다. 다시 말해 본능적인 제스처처럼 즉각적으로 솟아오르는 견고한 형태
의 직물, 오래된 문제에 대한 비이성적이고 거의 동물적인 적응을 고안해
내는 글쓰기다. 소설가의 재능은 순수하게 수사학적인 자동주의를 통해
적응하지 않으면서도 훨씬 많은 상황에서 적응할 수 있는 것이다. 그는
자신의 원시적인 불완전성에서 최종의 우위성을 끌어내는데, 이 우월성
은 정확히 결코 도덕적인 것은 아니지만 인간이 동물에 대해서 갖는 것
은 그런 종류의 우월성이다. 오늘날에는 볼 수 없는 다음과 같은 역설을
잘 이해해야 한다. 기존 형태의 세세함과 안정성, 이것들의 유희 완전성
자체가 언어활동의 거의 동물적인 구성을 잘 보여준다는 역설이다. 이에
반해 그것은 또한 정확성을 특징으로 하는 언어적 적응의 불완전성이기
도 하다. 이런 점에서 몇몇 작가들은 산문에 대한 시의 선행성先行性을 주

---

* 여기서 사드는 그의 글쓰기의 굉장한 밀도 때문에 선택되었다. [펠릭스 구앵Félix Gouin(1884~1977)
은 제3, 5공화국 당시 활동했던 사회주의 계열의 정치인이다.]

장할 수 있었다. 역사적으로 협소한 형태에서 유래한 만큼 시는 전적으로 동물적인 언어 축조다. 발레리는 오직 말해진 관념의 기원에 관심을 갖지 않았기 때문에 시인이 될 수 있었다. 언어적 발생의 문제를 더 잘 해결할 수 있고, 또 형태화의 메커니즘을—그는 이와 같은 메커니즘이 사고의 메커니즘 그 자체라고 느꼈다—더 잘 포착할 수 있는 것이 바로 시라는 것이 발레리의 생각이었다. 드물게 실험적이기도 한 시로의 회귀는 수사학적 노선을 통해 동물성(시인들은 이것을 '순진함innocence'이라고 부른다)에 대한 향수를 나타낸다. 그런데 이 동물성에서 인간은 '생각하다'라는 동사를 떨쳐버릴 수 있고, 다시 말해 언어적 자동주의의 외부에서 적응할 수 있을 것이다. 우리는 여기서 모든 시적 각성*(이 단어의 규범적 의미가 아니라 애매한 의미에서)이 실제로 책임에 대한 전체적인 거부와 일치하는지 물을 수는 없다. 또한 이와 같은 시적 각성이, 한가한 장경 또는 불행한 장경에 의해 괴로워하고 구토를 하거나 혹은 만족해하는 어떤 사회적 그룹이 이와 같은 상황을 일종의 언어적 숙명주의와 언어활동의 초기 조건들로의 회귀를 통해 정당화를 시도하는 시대에 특히 더 꽃을 피우는지에 대해서도 물을 수 없다**(이것은 시적 어린 시절에 대한 현대 신화와 만나게 된다).

* 언젠가 시詩도 역사적이라는 사실을 고려해야 할 것이다. 그리고 순수하고 직접적인 지식, 정신적 훈련(시인에게만 관련이 있는 신화의 자격으로가 아니라면) 등과 같은 것으로서의 시에 관련된 이론들과의 관계도 정리해야 할 것이다. 시는 역사 속으로 편입되어야 한다. 객관적으로 시란 결국 언어활동 이외의 것이 아니기 때문이다. 다시 말해 매 순간 이 언어활동은 사회적·역사적으로 매우 복잡하게, 하지만 정확하게 한정돼 있다. 시의 역사는 역사와 언어활동으로서의 문학 사이의 관계를 더 잘 이해하게끔 해줄 것이다. 깊이가 있는 역사를 형식적인 역사로 환원시키는 것이 문제가 아니다. 분명 근대 시는 외관상으로 보면 종교적인 특징을 상실했다. 하지만 시는 투시력과 직관적 진리의 이론에 의해 종교와 같은 목적성을 간직했고, 또 같은 기능을 수행했다. 역사는 이와 같은 변화와 동일성을 동시에 기록해야 한다.

정밀 심리학의 발전을 기다리면서 수사학적 비평이 사용하는 첫 번째 도구는 통계적 방법이다. 우리는 어떤 작가의 파란만장한 언어의 변화를 헤아리는 작업에 내포된 모든 원시적인 요소를 알고 있다. 우리는 또한 이런 작업이 객관적으로 보아 문학비평에서 사용되는 관습적이고 영광스러운 도구인 섬세함의 정신으로부터 그 어떤 것보다 더 멀리 떨어져 있다는 것을 알고 있다. 하지만 수사학은 통계적 정보를 이용해야만 한다. 그 이유는, 어떤 한 문채가 어떤 한 작가의 작품에서 중요한 뭔가를 의미한다기보다는 20번 또는 그 이상 사용되고 있기 때문이다. 따라서 통계를 고려해야만 한다. 물론 무엇보다도 면밀한 관찰과 불확실한 결과에 의존하는 이 섬세하고도 무용한 연구는 한 명의 연구자의 작업일 수는 없다. 여기서는 문학비평이 전형적인 개인 작업이라는 뿌리 깊은 편견을 극복해야 한다. 비평이 취해야 할 준準과학적 작업 속에서 집단 연구는 필요불가결한 것으로 보인다. 이것은 지성인의 연구활동에서 금기시되는 것과 완전히 반대되는 연구 형태를 수용하는 것이다. 가령, 고독한 노력, 개인적인 작업 일정, 결과에 대한 독점적인 영광 등이 그것이다. 하지만

** 몇몇 시인들이 그런 것처럼, 18세기에 나타난 시의 수면睡眠 상태에 대해 놀랄 필요는 없다. 사실, 18세기에는 관심을 둘 만한 것이 없었다고 할 수 있다. 또한 1940년에서 1945년 사이에 나타난 시의 깨어남에 대해서도 놀랄 필요가 없다. 분명 문학이 보여준 주의 깊은 형식이 실제로 초자연으로 인해 이성을 잃은 시학의 범주 내에 위치하고 있었다는 사실을 지적해야 한다(다음과 같은 단어의 유행. 시적 메시지, 증거, 전신적 훈련으로서의 시, 시인의 방문 등). 마르크스의 용어를 (그의 문맥 속에서) 바꿔서 우리는 다음과 같이 말할 수도 있을 것이다. 즉 시(어떤 의미에서는 문학 전체)가 권력을 장악하고 있는 계급의 아편이라고 말이다. 이 계급이 겪고 있는 악惡이 아니라, 이 계급이 직접 목격하고 있는 악에 대한 아편이라고 말이다(이와 같은 단언은 철학에 대해서도 역시 가능하다. 철학적 언어가 가지고 있는 비의주의).

이제부터는 연구소 개념과 세미나 개념이 자연과학적 실험실 개념에 일치해야 한다. 소르본이 중요한 역할을 담당할 수 있을 것이다. 그도 그럴 것이 소르본대학 단독으로도 언어과학의 다른 여러 분야 사이를 쉽게 연결시킬 수 있을 것이기 때문이다.

언젠가 가능한 모든 섬세함과 더불어 비평이 표현의 문제를 적응의 문제로 변형시키고, 이런 의미에서 천재의 문제를 해결해야 할 것이다. 거기에는 태어나야 할 정신, 재료, 구급 조치 등의 문제 역시 포함되어 있다. 그렇다면 왜 이런 노력이 필요한가? 왜 수사학을 부활시켜야 하는가? 왜 문학비평의 생명을 연장시켜야만 하는가? 아주 간단하게 답을 하자면, 이 모든 것은 '이해'하기 위함이다. 그런데 이해하는 것, 그것은 자유를 만들어내는 것이다. 그리고 이와 같은 목적은 그 자체로 사소한 것이 아니다. 위축된 사회의 예술과 문화적 훈련 주위에서 태어난 가장 주관적인 분야(가령 미학, 심리학, 문학비평)는 다른 여러 과학과의 점진적인 종합을 이루게 될 것이다. 그리고 이렇게 종합되는 것이 필요불가결하다. 그런데 정확히 그 순간에, 이런 분야에 대한 정확한 지식은 이와 같은 종합 안에서 자유를 만들어내는 것이다. 자유가 필연성을 얻게 되는 날로부터 태어난다는 것이 사실이라면 말이다. 따라서 우리가 작업할 수 있는 권리를 갖게 되는 것은 결국 시학의 필요성에 대한 인식에서다.

이런 분야에서 자유가 산출해낼 것을 미리 규정하거나 예상하는 것은 가소로운 일이다.* 언어적 창조라는 이 금기의 세계에서 햇불을 높이 들

---

* 문학이 갖는 구체적 기능은 결국 언어활동의 변형을 드러내는 것(혹은 최상의 경우, 이 변형을 돕는 것)이다. 우리는 이와 같은 변형을 무정부주의적이고 무용한 형태하에서, 이 변형을 비합리적인 환상에 연결시키면서—초현실주의자들이 했듯이—구상할 수 있다. 우리는 또한 이와 같은 변형을 훨씬 더 '자연스러운' 형태하에서, 다시 말해 무엇보다도 관습적인 자동주의를 안고 있는 언어활동 속에서 구

어야 하는 문학의 운명이 좌우될 곳은 역시 언어활동의 차원, 사회적 언어활동의 차원 위에서라는 사실을 아는 것으로 충분하다.** 비록 이런 사실이 현재 문학이라고 불리는 모든 것의 죽음을 돕고 있다고 해도 말이다.

어디語로 말해진 형태의 분출물로서(가령 프레베르, 크노, 『이방인』에서 볼 수 있는 카뮈의 '백색'의 문체) 구상할 수도 있을 것이다. 이와 같은 변형은 분명 훨씬 더 혁명적이다. 이와 같은 변형이 문학의 죽음에 이르게 할 수 있을 테니까. 그렇다면 문학을 계속해야 할까? 바로 거기에 여러 문학적 사실이 대답을 떠맡아야 할 윤리적 질서의 문제가 자리한다.

** 그리고 예컨대 음악 창작의 경우의 금기다. 음악 비평은 현재 설명적 환원의 형태로만 존재할 뿐이다. 역사적 비평은 분명 음악에서는 무기력하다. 비평가가 미학적 창조의 메커니즘에 대해 객관적으로 정보를 얻을 수 있는 한에서 그러하다(분명 사유와 언어의 메커니즘과도 유사할 것이다). 다른 분야에서보다는 음악에서 현재의 분석에 의해 제공되는 재료들은 보통 본질적으로 교조적이고 또 경향적이다. 형식에 대한 고전적 분석(주제, 문장, 문장의 구성 등의 개념)은 음악 담론의 순전히 정태적이고 기계적인 시각—고정된 인간적 본성이라는 이미지와 일치하는 시각—위에 정초되어 있다. 음악 비평은 본질주의적이다. 음악가들 절반이 자신들의 작업을 초자연과 연결시키고 있다(최근 『콩트르프웽』지에서 실시한 설문조사에서 뤼메, 플리베, 미고, 카프르비엘, 메시앙 등의 답을 볼 것). 다른 절반의 음악가들은 침묵을 지키고 있다. 그런 그들은 옳다(*Contrepoints*, no. 1, 1946년 1월, 미뉘 출판사에서 프레드 골드베크가 주관. 디낭빅토르 뤼메, 앙드레 플리베, 조르주 미고, 피에르 카프르비엘, 올리비에 메시앙의 글을 참고할 것).

롤랑 바르트가 루마니아에서 쓴 두 편의 글

롤랑 바르트는 1947년 11월에 보조 사서 자격으로 부카레스트에 도착했다. 그는 그곳에서 곧바로 교사가 되었다. 그 이후 1948년 11월에 프랑스연구소가 폐쇄될 무렵, 그의 친구인 필리프 르베이롤이 떠나자 바르트는 그곳에서 문화담당관으로 일하게 되었다. 이후 1949년 9월에 파리로 돌아왔다. 이 두 편의 글은 이 시기의 체류에 대해 증언해주고 있다. 하나는 1948년 「오늘날 파리에서 유행하는 대중음악」이라는 제목으로 했던 샹송에 대한 강연이다. 다른 하나는 1949년 7월 귀국 바로 전에 외무부장관에게 보낸 보고서다.

오늘날 파리에서 유행하는 대중음악

1948년, 바르트는 부카레스트 다시아 대로boulevard Dacia 77번지에 있는 프랑스연구소의 대강당에서 토요일 오후마다 개최되었던 프랑스어권 청중을 위한 '대규모' 강연에 가끔 강연자로 초대되었다. 강연 주제는 프랑스 음악, 라벨, 『펠레아스와 멜리장드Pelléas et Mélisande』[118] 등이었다…… 바르트가 했던 강연 주제 중에는 프랑스 샹송에 대한 것도 있다. 프랑스국립도서관 롤랑 바르트 기증 도서에 보관되어 있는 이 텍스트에서는 샤를 트레네, 이브 몽탕, 그리고 에디트 피아프가 특히 자세히 다뤄지고 있다. 바르트는 『사랑의 단상』에서 「마이 로드Mylord」[119]를 인용하면서 피아프에게 찬사를 보내고 있다.

(⋯)

---

118 벨기에 출신 극작가 모리스 메테를링크Maurice Maeterlinck(1862~1949)의 1892년 극작품으로, 상징주의극의 걸작이며, 특히 드뷔시가 작곡한 음악에 의해 널리 알려진 작품이다.—옮긴이
119 *OC*, t. 5, p. 223.

'도시'라고 하는 특별한 공간에 거주하는 한 계급의 음악. 그로부터 다른 계급들과의 접촉, 계속되는 억압이 기인한다. 항상 분명하지 않은 경계. 프티부르주아 혹은 하층프롤레타리아의 압력. 그로부터 '혼합 양식style composite'이 기인한다. 가능한 비속함에 대한 장벽이 없다. 이것은 '순수 음악'이 아니다. 순수 음악이 될 수 없다. 예를 들어 가난한 자들을 위한 이런 음악은 종종 멋있고 비싼 카바레에서 태어난다. 취향에 의해서가 아니라 돈에 의해 하향탈계급화된, 상향탈계급화된 프롤레타리아 계급으로부터 유입된 요소들.

프롤레타리아. 움직이는 계급. 정의상 '재산이 없는 계급la classe sans propriété'이다. 그로부터 이주, 분산, 상승, 하락 등이 기인한다. 거대한 도시 주거 밀집 지역의 노동자 인구의 브라운 운동[120](농부들과는 대조적으로). 그로부터 목록의 취약성이 기인한다. 하나의 특별한 요소의 창안. 일종의 '대중적 유행mode populaire', 강하고 빠른 유행이 그것이다. 초기에는 종종 미래의 형태를 예측하기 힘든 불꽃.

그로부터 '해석자'의 특별한 역할이 기인한다. '스타vedette'. 중간자적, 마법적 역할. 스타는 음악을 드러낸다.

또한 이동 대상의 역할. 겸손하고 가난하며 힘이 없는 개인은 스타에게서 자기 자신을 본다. 영광스럽고, 부자이고, 전능한 자기 자신의 모습. 못생긴 자들도 잘생겼다고 느끼고, 불행한 애인들도 행복하다고 느낀다. 대중적인 대스타를 통해 음악은 "인정 없는 세상의 영혼, 기지 없는 세상

---

120 브라운 운동Brownian motion은 1827년 스코틀랜드 식물학자 로버트 브라운이 발견한 것으로, 액체나 기체 속에서 미소입자들이 불규칙하게 운동하는 현상을 가리킨다.―옮긴이

의 기지"121가 된다.

　스타의 역할: 총체적이다.

　용모 + 목소리 + 예술 + 시 + 음악

　도시 민속은 아주 강하게 중앙집권화되어 있다. 파리.

　a. 도시복합주거단지로서의 파리의 특성: 최고급의 화려함, 가장 활발한 상업, 가장 날카로운 지성, 많은 공업지대, 강한 매력, 특별한 조건. 부, 권력, 행복의 드러남과 함께 가난과의 접촉도 빈번하게 이루어지고 있다.

　b. 잘 형성된 대중의 역사. 파리 노동자들의 지성과 활동의 거대한 전통. 교외지역의 산업 프롤레타리아도 오랜 전통의 수공업자들의 활발하고 깨어 있는 토대와 연결되어 있다. 공장의 프롤레타리아트와 수공업 및 프루동주의적 부르주아지 사이의 특별한 혼용. 이것이 바로 여러분이 보비노, 알람브라 극장 같은 데서 발견하는 것들이다. 특별한 지적 능수능란함. 아이러니에 대한 취향, 운명에 대한 취향. 상상적인 마음과 비판적인 정신. 이야기로 꾸며대는 힘과 신화적 힘.

　c. 파리 '거리rue'의 역할. 파리: 거리들로 꽉 조여진 도시. 극단적으로 거리의 밀도가 높은 도시. 초감각화된 거리. 총체적 감각화의 지점들. 바스티유 광장, 레퓌블리크 광장, 샤펠 광장, 에투알 광장(멋있는 사람들). 개

121　카를 마르크스 참조. "종교는 불행에 눌린 피창조물의 탄식이고, 인정 없는 세상의 영혼이다. 종교가 기지 없는 세상의 기지인 것처럼 말이다. 종교는 인민의 '아편'이다."(*Contribution à la critique de la philosophie du droit de Hegel*, 1844, trad. fr. Jules Molitor, Paris, Allia, 1998, p. 8)

별적인 감각화의 지점들: 지하철 입구들

일상적인 광경: 지하철 입구. 가령 바르베스 로셰슈아르 역을 예로 들어보자. 부드러운 모자를 쓰고, 접이식 간의 의자에 앉아 만돌린, 아코디언, 북을 연주하는 세 명과 함께 메가폰을 들고 가운데서 한 남자가 누구나 알 수 있는 노래를 부른다(「봄은 없네Y'a pas de printemps」[122]). 모자를 쓰지 않은 한 여자가 노래 가사가 인쇄된 종이를 팔고 있다! 그러면 관중은? 특징적이고, 역설적이고, 감동적인 사실. 관중은 노래를 하지 않는다. 혹은 적어도 마음속으로 노래를 한다. 하지만 그처럼 빈정거리기를 좋아하는 파리 시민들은 합창으로 노래를 하지 않는다. 쓸데없이 구경을 좋아하는 자들의 콤플렉스. 그들은 결코 나서지 않는다. 감동적인 것: 사람들이 오래 머문다. 촘촘하고 침묵을 지키는 관중들. 그들은 '침묵으로en silence' 집단적으로 노래한다.

(…)

에디트 피아프, 젊은 여자 피아프.

사실주의적 여가수의 전통 + '무엇인가'. 무엇일까?

아주 젊지도, 아주 예쁘지도 않은, 앙증맞은 검은색 치마를 입은 작은 여성. 약간 쉰 목소리, 전혀 달콤하지 않은 목소리, 약간 귀에 거슬리고 슬픈 목소리. 대성공. 노래를 하고 싶어하는 민중의 거대한 파도를 대변한다. 왜일까?

a. 민중의 직접적인 시, 민중의 언어. 하지만 지나치지 않고, 흉내내지 않는 소박함. 다른 사실주의 가수들(다미아[123]). 속임수. 부자들을 위해

---

122 에디트 피아프의 노래.
123 그 당시 아주 유명했던 여가수 마리루이즈 다미앵(1889~1978)을 가리킨다.

민중과 사실주의를 대변한다. 피아프. 하루에 네 번 지하철을 타는 모든 작은 여성들과 같은 키가 작은 여성이다. 또 일요일마다 '빨래하고, 다리미질하고', 가난을 '답습하는' 그런 여성이다.

b. 대담성, 용기. 연약함도 사랑 후의 달콤함도 없고 밀어密語도 없다. 다른 여가수들은 부양받는 사람들의 정신을 가지고 있고, 부자가 되고자 하는 민중의 욕망을 어루만진다. 멋진 모험, 약간은 바보 같고, 쉽고, 특징도 없는 멋진 동화를 믿는다.

피아프, 그녀는 자신의 가난을 완전히 떠맡고, 돈보다는 사랑을 더 선호하고, 동화를 믿지 않는다. 도전한다. 진지하다.

c. 착한 마음. 약한자들, 피억압자들, 불행한 자들을 노래한다. 불의의 거대한 숙명을 노래한다. 버려진 흑인, 민중의 가난한 딸들을 노래한다.

d. 운명의 의미를 안다. 하지만 절도 있게, 깊이 있게, 진리와 더불어서다. 기이한 조화와 함께 이루어지는 직접적 사실주의. 일종의 꿈의 베일. '운명의 비극적인 의미'. 다른 여가수들은 멜로드라마, 민중의 무지를 어루만진다. 피아프는 종종 비극으로까지 고양된다.

피아프는 자신들을 초월하는 운명의 포로가 된 민중의 비극적인 슬픔을 표현한다.

(『가난한 흑인의 여행』124)

(…)

---

124   에디트 피아프가 노래한 『가난한 흑인의 여행』(1936)이라는 곡이다.

「아코디언 연주자」

배경: 하층프롤레타리아의 집. 홍등가. 감동적인 주제. 창녀의 집에서의 사랑. 거칠고 직접적인 언어를 통해 아주 정숙한 이야기를 하고 있다. 굉장한 성공. 사랑받는 남자로부터 오는 모든 것은 음악을 통과하고, 창녀를 통해 오는 모든 것은 그의 시선을 통과한다. "그녀는 듣고, 그녀는 바라본다." 이것은 운동이지 접촉이 아니다.

「봄은 없네」

아주 가난한 사람들에게는(피아프) 봄이 없다. 다시 말해 아주 중요한 요소, 자연의 리듬, 자연의 순환, 하찮은 잡초를 어루만지는 것이 없다. 노동에 찌든 인간에게는 최소한의 동물성도 제거되어버린다. 노동이 자연을 없애버린다.

그러나 한 가지가 도시, 노동을 극복한다. 한 가지가 계절과 같은 가치를 지닌다. 한 가지가 도시에 자연을 다시 주입한다. 한 가지가 불의, 억압, 예속 상태를 지워버린다. 사랑이 바로 그것이다(항상 우연적으로 만난 사랑).

(…)

「길에서 나를 쫓아오는 한 남자」

가장 기이하고, 가장 낯선 이야기 중 하나가 여기에 있다. 완전히 비극적인 운명이 아주 평범한 행위를 통해 표현된다. "나는 길에서 미행을 당했다." 이 이미지는 자신을 따라오는 모든 남자들의 발걸음을 통해 자기 삶을 되돌아보는 이 여자의 기이한 몽상에서 중심을 차지하게 된다. 이 주제는 숨 막히는 전개, 거의 서사시에 가까운 전개를 보여준다. 우선 길 거리에서 한 남자에 의해 미행당하는 한 여자가 있다(하지만 이 남자는 혐오스러운 늙은이에 불과할 뿐이다). 그러고 나서 또 다른 일화가 전개된다. 전적으로 도시적이고, 현대적인 공포의 신화인 경찰의 개입에 의해 전혀 다른 일화가 전개된다. 사람들이 길거리에서 나를 따라온다. 사람들이 길거리에서 나의 장례 행렬을 뒤따르고 있다.

(…)

「모두 꺼져버려」

여기 한 남자의 대단치 않은 운명에 대한 일종의 반철학적이고 반사 실주의적인 성찰이 있다. 위에서 보면 우리는 아무것도 아니다. 아래에서 보면 우리는 아무것도 아니다. 그 어떤 것도 안정적이지 못하다. 삶에 대한 일종의 거의 실존적인 감정의 외침, 일종의 환원, 인정 없는 세계에서 정당화될 수 있는 마음의 보상.

(…)

「내 마음이 선택한 자가 바로 그다」

예컨대 [사랑은] 이 세계 전체, 자연을 보상해준다. 사랑은 이 세계와 사랑받는 존재를 등가로 만든다. 사랑은 하나의 세계를 그것의 전체 차원과 같이 뭔가를 다시 창조해낸다. 완전히 직접적이고 은유가 없는 찬사를 통해서 그렇다. "그는 말할 필요가 없어요. 그는 나를 바라만 보면 돼요. 그의 애무하는 눈 속에서 나는 사라져가는 하늘을 보죠. 좋아요. 멋져요."

「길의 다른 편에서」

[사랑은] 또한 돈을 보상해준다. 그리고 민중에게서는 이것이 가장 멋진 승리다. 예컨대 상층계급의 문학에서 죽음에게 승리를 거두는 사랑을 보여주는 아주 멋진 소설의 전통이 있다. 그리고 이 주제는 실제로 죽음이 가장 무서운 주인이었던 중세의 민중시에서도 찾아볼 수 있다. 하지만 지금은 돈이 가장 무서운 주인이다. 또한 사랑을 위해서는 돈보다 더 강하게 되는 것보다 멋진 승리는 없다.

루마니아에서 과학의 정치화[125]

루마니아 주재 프랑스외교단 소속 문화담당관이

외무부장관님께(문화관계국)

루마니아 주재 프랑스 공사관을 경유하여

몇 개월 정도 지체했지만, 루마니아는 지금까지 상대적으로 독립성을 유지했던 분야인 과학과 관련하여 소비에트 러시아와 보조를 같이하게 되었습니다. 이와 같은 흐름은 최근의 미추린 사건[126]에 대해 소련이 취한 입장과 일치하며, 루마니아 언론은 그 논조나 용어 사용에서 소련 언론을 충실하게 재생산하고 있는 실정입니다.

최근(1949년 6월 29일, 30일) 루마니아인민공화국RPR[127] 언론은 자국 내의 과학 동향과 활동에 대한 두 편의 한림원 보고서 내용을 보도한 바 있습니다. 첫 번째 보고서는 RPR한림원의 의학 분과에서 작성된 것입니다. 타이핑한 18쪽 분량의 보고서입니다. 두 번째 보고서는 첫 번째 보고서에 대한 해설에 불과합니다. 이 보고서는 한림원 의장인 트라이안 서불레스쿠 교수가 작성한 것입니다. 이 두 번째 보고서는 타이핑한 22쪽 분량입니다.

---

125 롤랑 바르트가 작성한 1949년 7월 12일자 보고서. 외무부 고문서, 낭트, 부카레스트(프랑스연구소, no. 126PO/1/23).

126 이반 미추린Ivan Michurin이라는 이름은 1948년에 발생한 리센코주의가 문제가 되었을 때 거론되었던 트로핌 데니소비치 리센코Trofim Denissovich Lyssenko라는 이름과 연결된다. 그런데 리센코주의는 유전학을 신뢰하지 않으며, 심지어는 유전자와 염색체의 존재도 부정하고 생물학과 농업의 프롤레타리아적 융합을 약속하고 있다.

127 République populaire roumaine의 약자.

보고서 작성자들은 루마니아에서 발행되는 안과 전문학술지의 두 개 호에 대한 자신들의 개입 내용을 주로 다루고 있습니다. 이 학술지는 유명한 대학의 교수인 블라트 박사의 주도하에 이어져오고 있습니다. 이 학술지는 "옛 착취계급의 이데올로기에 의해 오염된 잔재"를 담고 있다는 비난을 받았습니다. 더 정확하게 말하자면, 이 학술지가 루마니아 의학계를 무시했다는 것이고, "서구 자본주의 국가들의 전문가들이 쓴 논문만을 게재했다"는 것입니다. 또한 이 학술지가 영어나 프랑스어를 더 선호하면서 루마니아어 사용을 무시했다는 것입니다. 이 마지막 비난은 더 폭넓게 전개되고 있습니다. 한 보고서에서는 필라시예프가 각막 이식과 조직 배양 치료 분야에서 발견해낸 공적을 길게 설명합니다. 안과 전문학술지가 스위스의 프란체스체티를 필라시예프와 비교하는 것을 암시하는 실수를 저질렀다는 것입니다. 그런데 보고서에 따르면, 이 스위스 학자의 연구가 팔라시예프의 그것보다 더 월등한 것으로 평가되고 있다는 것입니다. 또한 이 안과 전문학술지는 과립성 결막염에 대한 서구의 비에트라는 교수의 논문을 싣고 있습니다. 소련 학자 K. 트라페젠체바와 치르콥스키의 이름을 언급하지 않은 채 말입니다. 게다가 소련 과학에 대한 이와 같은 모욕적인 태도로 인해 이 학술지는 『미국 안과 논문집American Journal of Opthalmology』에 동의하는 내용을 담은 논문의 형태로 "서구 제국주의적 환경"을 찬양했다는 비난을 낳기도 했습니다. 이처럼 우회적으로 죄를 지은 또 한 명의 책임자는 블라트 박사인데, 그는 "가짜 과학인"으로, 미국 제국주의의 비굴한 하수인이며 오직 더 많은 고객을 유혹하기 위한 목적으로 학술지를 운영하는 벼락출세주의자라는 것입니다.

*

이런 내용을 담고 있는 보고서 작성을 주도한 자의 입장에서 보면, 블라트 박사에 의해 주도되는 이 안과 학술지에 대한 이와 같은 공격은, 몇몇 일반적인 주제를 다루고 있고, 또 그것을 한목소리로 널리 퍼뜨리는 것을 제안하고 있어 더 흥미롭다고 하겠습니다.

그중 첫 번째 주제는 겉으로 보면 순전히 원칙에 관련된 것입니다. 보편적 과학은 없다는 것을 단언하는 주제입니다. 조국이 없는 과학을 신봉한다는 것은 바로 "부르주아적 교육에 의해 퍼지는 바이러스에 감염된 편견"이라는 것입니다. 심지어는 그 이상입니다. "이단"이라는 것입니다. "날조"라는 것입니다. 사실, 보편적 과학의 "범세계적인" 이론은 인민민주주의를 표방하는 나라들을 굴복시키기 위한 부르주아 계급의 이해관계를 감추고 있다는 것입니다.

따라서 보편적 과학에 계급의 과학(계급의 정의와 계급의 문화가 있는 것과 같이)을 대체시킬 수 있습니다. 이와 같은 구별을 통해 보고서 작성자들의 정신 속에서 소련 과학과 서구 과학이 심각하게 대립된다는 것은 자명합니다.

이렇게 해서 첫 번째 주제는 정치적이라기보다는 오히려 이데올로기적인 두 번째 주제의 서론에 해당할 뿐입니다. 사실, 이 보고서의 근본적인 동인은 소련 과학의 우수성을 단언하는 것입니다. 소련 과학이 "가장 앞선 과학"이라는 것입니다. 소련 과학의 결과가 "가장 앞선 자본주의 국가들의 과학을 초월했고 압도한다"는 것입니다. "자본주의의 이해관계에 종속되고 퇴폐적인 부르주아 과학과는 반대로 소련 과학은 생생하고, 건전하고, 과감하며 세계에서 제1의 자리를 차지하고 있다." 소련의 학자들은 모든 분야에서 과거에도 혁신가들이자 선구자들이었고, 오늘날에도 그렇다는 것입니다. M. V. 로모노소프는 18세기에 물질보존의 법칙을 발견했고, V. V. 페트로프는 근대 전기기술의 토대를 놓았고, A. S. 포포프는 마르코니에 훨씬 앞서 라디오를 만들었고, N. N. 주콥스키는 근대 공기역학이론을 정립했고, M. 부틀레로프는 근대 유기화학 이론을 정초했으며, D. C. 체르노프는 금속조직학을 창안했다는 것입니다. "소련에서 물리학은 다른 나라들에서는 알려지지 않은 미증유의 성과를 거두었다." "소련 학자들은 핵물리학의 주요 문제 해결에 결정적으로 기여했다." 미추린과 그의 제자들이 생물학을 지식, 해석, 응용 분야에서 한 차원 더 높은 수준으로 끌어올렸다는 것입니다. 소련 생물학은 서구 생물학보다 분명 더 뛰어나다는 것입니다. 요약건대 "소련 학자들은 최근의 가장 중요한 과학에서의 발견과 관련해 논의의 여지가 없는 우월성을 가지고 있다."

과학과 국가에 대한 보고서 문제가 추상적이고, 개념적이고, 이데올로기적인 정신 속에서 다뤄지고 있는 것처럼 보여도, 그 해결책은 얼핏 보기에는 교리와 아무런 관계가 없다는 것을 알 수 있습니다. 여기서는 마르크스적 방법에 대한 요구가 간략하면서도 스치듯이 제기되어 있습니다. 보고서 작성자들은 규칙을 존중하고 있습니다. 특히 다음과 같은 경우에 그러합니다. 그들이 마르크스-레닌적 과학만이 유일하게 이론과 실천을 통합할 수 있다고 주장하는 경우, 그리고 이 이론만이 유일하게 "죽음이 임박한 곳에서 생명이 태어난다"(각막 이식)고 주장하는 경우입니다. 마르크스적 이데올로기는 용어 사용 면에서 거칠게 제시되어 있습니다. 하지만 실제로는 모든 정치의 보조 맞추기인 이 이데올로기는 내용 면에서는 그렇지 않습니다. 루마니아 학자들도 소련의 국가 과학이라는 족쇄하에서 보조를 맞추라는 명령을 받은 자들입니다.

*

두 보고서를 통해 드러나는 상투화된 기법들을 열거하는 것은 전혀 무익하지 않을 것입니다. 이 기법들이 글로 쓰인 스탈린의 저작에서 볼 수 있는 요소들을 변함없이 그대로 보여주기 때문입니다.

그 첫 번째 기법은 보고서를 모든 공식적인 상투어들로 "채우는 것"입니다. 이 상투어들은 선전에서 이용된 것들이고, 또 어떤 주제든지 간에 모든 저작에서 단어 하나하나를 그대로 볼 수 있는 것들입니다(단어 하나의 위치 이동은 그대로 노선 이탈이 됩니다). 이렇게 해서 과학 텍스트에서 공산주의의 "기본적" 언어를 구성하는 문장들, 문장의 파편들, 용어들을 재발견하게 됩니다. 사회주의 정립, 역사적 과업, 민중의 지도, 반동적이고 반애국적인 성향, 마르크스주의-레닌주의라는 확실한 무기로 무장한 노동자계급, 삶의 현실, 이단, 노선 이탈, 영국과 미국의 공격 표적이 된 민족, 평화를 위한 투쟁, 민족 독립과 사회주의, 퇴폐적인 세계평화주의, 붕괴 중인 부르주아 사회의 쇠퇴, 전쟁 도발자들, 사회주의의 심오한 내용, 평화와 발전을 지지하는 진영, 전쟁과 반동의 진영, 고귀한 애국적 도약, 티토의 트로츠키화로의 일보 전진 등등. 이와 같은 상투어구들은 문장이 바뀔 때마다 아무런 논리적 필연성도 없이 사용되고 있습니다. 마치 신수사학의 그 많은 결구結句처럼 말입니다. 하지만 독자의 비판적 사고에 국가가 소망했던 자동주의를 점차적으로 부과하는 것을 겨냥했던 이와 같은 기법이 가진 매혹적인 힘을 과소평가할 수는 없을 것입니다.

두 번째 기법은 유명론이 가진 다양성에 의해 이루어집니다. 이 다양성 안에서 각각의 단어는 그 대상과 동시에 사람들이 이 대상에 대해 갖게 되는 판단을 내포하고 있습니다. 민족주의와 범세계주의라는 단어의 역사가 그 좋은 예입니다. 경멸적인 이 두 단어는 "서구적"인 감정에 한정되어 있습니다. 동일한 감정이 "동양적"이 되면, 그 이름이 바뀌게 될 것이고, 완곡한 의미를 띠게 될 것입니다. 가령, 애국주의와 국제주의가 될 것입니다. 이렇게 해서 각각의 단어는 신뢰의 남용을 낳게 됩니다. 이 단어는 모든 비판적인 반응을 흐리는 것을 겨냥하는 의지적인 모호성을 담게 될 것이기 때문입니다.

앞의 기법과 친척 관계에 있는 또 다른 하나의 기법은 동어반복의 조악한 사용입니다. 이 기법을 사용하여 텍스트의 어느 한곳에서 졸리오와 같은 진정한 학자들이 민중의 편에서 투쟁한다고 말합니다. 하지만 이 학자들의 진정성은 그들 자신의 정치적 신념과는 독립적으로 증명될 수 없을 것입니다. 정치화된 과학만이 있을 뿐이기 때문입니다. 진정한 학자들이란 정말로 민중의 편에서 투쟁하는 자들이라는 것을 이해할 필요가 있습니다. 따라서 동어반복에 의한 이와 같은 말장난은 당국에는 별로 중요하지 않습니다. 독자가 텍스트의 내용에 양보를 하고, 또 과학적 가치와 공산주의적 확신 사이에 당국이 원하는 혼동을 받아들이기만 한다면 말입니다.

게다가 이와 같은 기법은 훨씬 더 일반적인 메커니즘의 한 양상일 뿐만 아니라 모든 스탈린적 이론 제시의 근본적 기법의 메커니즘이기도 합니다. 추리 과정은 항상 공개되었고, 용어는 항상 초기의 가정, 모든 비판을 넘어서는 가정, 애초에 세계를 선악, 즉 소련적인 선과 서구적인 악으로 분리하는 가정에서부터 시작해서 선택되었습니다. 이와 같은 태도의 가장 빈번한 예는 "서구의 부패"라는 개념입니다. 하지만 자주 사람들의 입에 오르내리는 이 '부패'는 기술되고 분석된 적이 없습니다. 이와 같은 부패가 분명하게 있다는 사실은 단지 그 이유의—이론적인—존재로부터 기인하는 것입니다. 가정假定에 입각한 병인론病因論이 적극적인 검토를 대신하는 것입니다. 거기에서 문제가 되는 것은 분명 투쟁의 위치입니다. 전체적인 진리가 있다는 것을 믿으면서도 부분적인 결함 앞에서 물러서지 않은 그런 투쟁의 위치가 관건입니다. 또한 이런 기법이 갖는 항구성을 지적해야 할 것입니다. 그런데 이런 기법으로 인해 모든 사유, 모든 예술에 소련식의 복종이 새겨져 있어 동구에서 가정Postulat의 문명을 입에 올리는 것이 과장이 아닐 정도입니다.

이와 같은 기법은 결국 이렇게 해서 작성된 텍스트에 체계적인 도식을 따라 전개되는 선전을 제공해주는 것을 강제하는 기법입니다. 가령, 같은 날 모든 언론에 여러 텍스트를 갑작스럽게 동시에 게재하는 일 등이 그것입니다. 몇 주에 걸쳐 신문마다 반복되는 매일매일의 설명(이 학술지 사건과 관련된 캠페인은 아직도 끝나지 않았습니다), 연구소나 대학에서 개최되는 모임(이 모임에서는 해결책이 광범위한 캠페인의 기초 텍스트가 되어버리는 초기 보고서의 용어들을 거칠게 다시 사용하게 됩니다) 등이 그 예입니다. 스탈린식 캠페인은 하나의 '전형어mot-type'를 통해 의미를 갖거나 혹은 가능한 모든 수단을 통해 모든 의식 속에 온전히 기입되는 하나의 "주제"를 제시함으로써 시작됩니다. 비판적 정신의 위치는 이처럼 계속적인 캠페인, 즉 진정한 전략에 의해 수행되는 작전에 의해 바뀌게 됩니다. 물론 작전 하나하나에는 고유한 이름이 붙습니다. 가령, "원칙성"을 내세우는 캠페인이 있습니다. 여기서 문제가 되는 것은 '범세계적인' 캠페인입니다. 지금 이 단어가 유행하고 있습니다. 기자들에게 신문 기사의 주제로 제시되었고, 또 모든 발표에서 다시 언급된 이 단어는—의지가 가미된 화려한 기법을 통해—공산주의적 정통성의 어휘를 고양시키는 새로운 용어가 되었습니다.

*

안과 전문학술지와 과학에서의 "범세계주의"에 맞서 펼쳐진 이와 같은 광범위한 캠페인으로 인해 많은 루마니아 학자가 피해를 입었고 또 앞으로도 피해를 입게 될 것입니다. 벌써 부카레스트대학 학장 로세티[128]가 주도하는 언어학 전문학술지가 안과 전문학술지와 비슷한 표적이 되었습니다. 하지만 모든 것을 따져보면, 과학자들은 소련의 명령에 의해 완전히 굴복한 루마니아 지식인들, 하달된 명령어에 더 큰 의미를 부여한 지식인들보다는 덜 비극적입니다. 두 번째 보고서의 저자인 루마니아 한림원 의장인 트라이안 서불레스쿠가 이 경우에 해당합니다. 프랑스에서 과학 교육을 받았던 이 교수는 서구 학자들에 반대해 주저하지 않고 비난을 퍼부었습니다. 그런데 이와 같은 비난은 소련 과학에 대해 끝없이 가해진 비굴한 아첨과 마찬가지로 터무니없는 것입니다.

128　알렉산드루 로세티Alexandru Rosetti(1895~1990)를 가리킨다. 언어학자로 1946년부터 1949년까지 부카레스트대학 학장을 역임했다.

루마니아의 지식인들 중 일부가 관련된 이와 같은 비굴함은 결정적으로 이 안과 전문학술지 사건에서 가장 씁쓸한 부분입니다. 트라이안 서불레스쿠의 운명은 보브나르그[129]의 다음과 같은 말을 떠올리게 합니다. "예속은 인간을 그 스스로 이 예속을 좋아할 때까지 비굴하게 만든다."

---

129 프랑스 작가이자 도덕주의자로 많은 교훈을 남긴 보브나르그 후작을 가리킨다.—옮긴이

제 3 부

중요한 관계들

1.

롤랑 바르트가 모리스 나도에게

롤랑 바르트는 모리스 나도(1911~2013)를 1947년 6월에 조르주 푸르니에[1]의 주선으로 알게 되었다. 바르트와 푸르니에는 레이생 전지요양소에서 만났다. 푸르니에는 그 당시 저항운동을 하다가 체포되어 부센발트에서 포로생활을 하다가 걸린 결핵을 치료하기 위해 그곳에 머물고 있었다. 그 당시 나도는 『콩바』 지에서 문학을 담당하고 있었다. 나도는 『콩바』 지에 바르트의 초기 텍스트(「글쓰기의 영도」가 1947년 8월 1일에 게재됨)가 아주 이른 시기에 출간되도록 도와주었다. 그 이후 나도는 『프랑스 옵세르바퇴르』(『누벨 옵세르바퇴르』 지의 전신), 『레 레트르 누벨』(1953년에 창간) 또는 『라 캥젠 리테레르La Quinzaine littéraire』(창간호는 1966년에 발행) 등에서 바르트가 글이나 강연록을 계속 출간할 수 있도록 도움을 주었다.

[1952년] 수요일 저녁

친애하는 모리스. 오늘 저녁에 자네 책을 받았네. 저녁 시간을 집에서 보내게 되어 그 책을 벌써 거의 다 읽었네.[2] 잘 읽히고, 긴밀한 연관성이 있

---

1 1946년 1월 29일에 로베르 다비드에게 보낸 편지에서 바르트는 푸르니에와의 만남을 이렇게 말하고 있다. "나는 여기서 푸르니에라는 이름을 가진 한 사람을 통해 많은 것을 배우고 있네. 투사이고, 포로수용소에서 돌아왔고, 감수성이 예민하고, 아주 단단한 지성의 소유자라네. 나를 아연실색하게 만들고, 겁나는 세계이자, 나를 몰아붙이는 그런 사람이네. 하지만 그는 나에게 많은 것을 가르쳐줘. 나의 내부에서 그가 어떤 지적 성실함을 느끼는 것을 원하기 때문이네. 해서 그는 감정을 잘 드러내지 않네. 내 앞에서 자기 자신을 많이 드러내지 않네." 후일 「대담」에서 바르트는 그를 자신을 마르크스주의로 입문시킨 자들 중 한 명으로 여기면서 그에게 경의를 표한다(*OC*, t. 3, p. 1026).
2 『콩바』 지와 『르 메르퀴르 드 프랑스Le Mercure de France』 지 등에 실렸던 글들의 모음집인 『현재의 문학La Littérature présente』(Corrêa, 1952)을 가리킨다.

어. 매주 자네 글을 읽는 데 익숙한 모든 독자를 위한 하나의 설명이 될 수 있는 '속편'도 가능할 것이라고 확신하네. 이 책은 나에게 기쁨을 주네. 그도 그럴 것이 결국 자네 의견과 다른 것이 하나 있을 뿐이기 때문이네. 거론된 모든 작가에 대해 자네와 같은 감정을 느끼고 있네. 내용으로만 보면 주간지 하나를 만들면 훨씬 더 용이했을 것 같네! 본능적인 통일성이 있네. 그리고 자네 책은 이것을 아주 '명쾌하게'—내가 이 단어를 함부로 사용하지 않는다는 것을 자네는 잘 알고 있을 거야—잘 표현해주고 있다네. 또한 큰 기쁨을 주고, 결정적인 '신뢰감'을 주는 힘 역시 잘 보여주고 있어. 이 신뢰감이란 표현이 아무것도, 거의 아무것도 하지 않는 내 입에서 나와 자네에게, 그것도 이미 많은 것을 성취한 자네에게로 향한다는 사실로 인해 자네가 충격을 받는 것은 아니겠지.

이 책을 읽고 난 다음, 자네가 여러 명에게 바치는 '헌정사'에 내 이름이 있는 것을 보았네. 그로 인해 감동했다는 사실을 전하네. 나는 정말로 자넬 멋진 친구로 생각해. 자네를 위해, 자네와 함께 새로이 일을 할 수 있게 되어 아주 좋아.

지금 제대로 표현하기가 힘들군. 감동과 기쁨이 넘치기 때문이지. 하지만 이렇게 하는 것이 생생한 목소리로 전하는 것보다는 더 낫네. 그렇다고 자네를 곧 보러 가지 않겠다는 뜻은 아니라네.

나는 이 책의 출간이 그렇게 임박했다고 생각하지 못했었네. 이 책이 출간된 것을 보면서 나는 여러 가지로 아주 기쁘고 만족스러웠네.

두 차례의 헌정사에서, 또 그것을 내게 보내주면서 나를 생각해준 것에 대해 거듭 고마움을 전하네.

이만 줄이네.

바르트

[1954년] 토요일 저녁

친애하는 모리스,

오래전에 로브그리예가 『레 레트르 누벨』 지에 게재되는 것을 보고 싶
어했던 이 텍스트3를 자네에게 보내네.
로브그리예의 주소라네.
케랑코프 평야Plaine de Kerangoff 24번지
브레스트, 생피에르Brest, Saint-Pierre

곧 보세.
우정을 보내네.

R. 바르트

---

3 알랭 로브그리예는 『레 레트르 누벨』 지 1954년 8월호에 「귀환의 길」을 싣는다. 이 단편은 『스냅
사진들Instantanés』(Minuit, 1962)에 재수록된다.

[1954년 9월 9일] 목요일 저녁

친애하는 모리스,

자네는 오늘 『롭세르바퇴르』지에 실린 쿠페르니크의 그랑 로베르Grand Robert에 대한 글4로 인해 다음 주에 내 글을 게재해서는 안 된다고 생각하고 있을 것 같군. 우선, 너무 분명하고, 너무 비슷한 이중 사용, 주제의 특수성 때문에 거북한 이중 사용이 문제가 되기 때문이지. 그다음으로는 내가 연극적인 최면에 대해서 말하는 것이 정신의학의 결과를 지나치게 반박하는 일이기 때문이고. 이런 "유능한" 반박에 내 자신을 결코 노출시키고 싶지 않네.

따라서 나는 당장 새로운 글을 썼고, 이 글로 첫 번째 글을 대체해줄 것을 부탁하네. 친애하는 모리스. 자네가 글을 대체해줄 거라고 '철석같이' 믿네. 반복되는 말과 내 글에 대한 자네의 너그러움을 믿어 의심치 않네. 더 나은 방법이 없다면, 내 생각으로는 두 번째 글을 머리기사로 실어도 좋을 듯하네. 반은 시사적이고, 반은 일반적이어서 지금 어울리는 주제라고 판단되네. 종종 이런 주제에 대해 글을 쓰고 싶기도 했고.

이번 쿠페르니크 사태는 이중 사용을 피하기 위한 조치의 필요성을 깨우쳐주었네. 자네와 함께 그 어느 때보다도 『롭세르바퇴르』지와 함께하겠다고 결심했다네. 나를 믿어도 좋아. 하지만 신문 전체와 판권을 맺는 것은

---

4 시릴 쿠페르니크Cyrille Koupernik (1917~2008)를 가리킨다. 정신의학자인 그는 『프랑스 옵세르바퇴르』지 no. 226(1954년 9월 9일)에 「파블로프주의는 썩은 내가 진동한다」라는 제목의 글을 게재했는데, 이 글에서 그는 유명한 최면술사 그랑 로베르에 대해 문제를 제기했다. 바르트는 이 최면술사에 대해 글을 쓴 바 있다.

중단해야 한다고 생각하네. 돌아가는 대로 이 주제에 대해 정확한 제안을 하겠네.

오늘 저녁에 전화를 하려 했네. 자네가 첫 번째 글을 취소하고, 두 번째 글로 대체했는지 확인하고 싶었네. 하지만 이제 이 모든 명령 취소를 용서해주게. 자네 일을 너무 복잡하게 만들지 않았기를 바라네.

자네가 『레 레트르 누벨』지 10월호5에 첫 번째 글을 싣기를 원한다면, 내가 그것을 수정하겠네. 괜찮겠는가?

곧 보세(화요일경에).

친구,

롤랑

---

5 실제로 바르트는 1954년 10월에 『레 레트르 누벨』지에 「그랑 로베르」를 실었다. 그랑 로베르에 대한 첫 번째 글을 대체하는 『프랑스 옵세르바퇴르』지를 위한 바르트의 두 번째 글은, 1954년 10월 3일자 『피가로』지에 실린 장 자크 코티에의 「어떻게 그것 없이」라는 연극평론에 대한 가차 없는 비판이었다(*OC*, t. 1, pp. 517~519).

[1955년] 8월 21일, 발랑스에서

친애하는 모리스, 대체 이 글에 대해 무슨 얘기가 그렇게 많은가!6 (자네가 파리에 있다면) 이 글에 대해 많은 걱정을 했을 걸세. 하지만 나 역시 걱정을 하긴 했다는 사실을 전하네. 12일 금요일까지 강의를 하는 한,7 그것에 대해 한 줄 쓰는 것도 불가능하다네. 아침부터 저녁까지 그야말로 스케줄이 꽉 차 있네. 우리는 13일에 출발했네. 가족을 기다리게 할 수는 없었어. 자연스럽게 여행이 시작되자, 필요한 일을 하는 데 몇 시간을 확보하는 것을 매일 방해했던 장애물(가령 불편함, 꽉 들어찬 호텔, 소음 등)에서 벗어나게 되자, 필요한 이틀을 확보하기 위해 발랑스에서 내렸네. 결과는 그다지 좋지 않았어. 주제가 너무 무겁고, 해서 제대로 다루지 못했네. 하지만 어쨌든 글을 썼네. 내 자신도 걱정을 많이 했다는 사실을 전하네. 내가 잡지의 출간을 지연시켰다는 것을 잘 알고 있어서 그로 인해 마음이 아프네. 제발 나를 너무 많이 원망하지 말아주게.

이것을 제외하면, 내가 투르 드 프랑스Tour de France(프랑스 일주 자전거 경기)를 통해 보았던 것에 비하면 이번 여행은 아주 멋진 여행이었다네! 우리는 남쪽으로 계속 내려갔네. 10일경에 돌아간다네. 하지만 지금부터 다음 신화 집필을 시작할 셈이야.8 믿어주게. 너무 걱정하지 말게.

자네가 시간이 있다면 마드리드 중앙우체국 국유치 우편으로 짧게 편지를 써주게. 나를 너무 원망하지 않는다는 것과 자네 휴가에 대해서 말을

---

6 1955년 9월 『레 레트르 누벨』 지에 「무훈시로서의 투르 드 프랑스」라는 제목으로 실린 투르 드 프랑스에 대한 신화지를 가리킨다. 이 글은 『신화론』에 재수록되었다(*OC*, t. 2, pp. 756~764).
7 그 당시 바르트는 소르본 프랑스문화센터에서 강의를 하고 있었다.
8 분명 1955년 10월에 『레 레트르 누벨』 지에 실린 「여행 가이드 북」을 가리킨다.

해주게나.

이만 줄이네.

롤랑

내일 이른 시간에 샹트네로 원고를 보내겠네.

1957년 9월 22일, 앙다이에서

친애하는 모리스,

어떤 사람이 이 텍스트를 자네에게 전해주라고 내게 보냈네. 내 생각으로는 질적인 면에서는 괜찮은 것 같아. 하지만 이 착하고 시골풍의 사실주의 뒤에 뭔가가 숨겨져 있는 것이 아닌지 모르겠네. 판단을 못하겠어.

곧 파리로 가네. 옛날 앙다이에서 보냈던 여름을 내 안에서 아직 완전히 지우지 못했어. 다시 말해 작업을 잘 못했네. 별로 의욕도 없고, 별다른 참신한 생각도 없네. 나는 메말랐다네.

화내지 말게, 모리스. 하지만 편집위원회9 참여 문제에 대해서는 함께 논의할 수 있길 바라네. 분명 부담은 아니야. 내가 평소 하는 대로 아주 게으르게 참여할 테니까. 또한 이것은 자네의 책임도 아니네. 자네가 이 잡지에서 하는 모든 일에 대해 절대적인 신뢰를 보내고 있으니까. 나는 오래전부터 모든 공식적인 참여를 그만두고자 했네. 게으름, 유아론적 발작 등으로 인해 모든 참여가 다 환상이 되어버렸네(5월의 상, 『아르귀망』지, 『민중연극』지 등10). 그리고 내가 편집위원회에 참여한다면, 부담과 책임을 위한 것이어야 하네. 자네 생각이 어떤지 말해주게. 어떤 일이 있어도 나는 자네를 곤란하게 하거나, 자네와 갈라서고 싶지 않아. 이건 분명해. 하지만 어떤 방

---

9 나도가 운영하는 『레 레트르 누벨』지의 편집위원회를 가리킨다.
10 5월의 상은 알랭 로브그리예가 제정한 것이다. 심사위원으로는 조르주 바타유, 모리스 나도, 루이 르네 데 포레, 나탈리 사로트, 롤랑 바르트 등이 위촉되었다. 『민중연극』지에 대해서는 롤랑 바르트가 이 잡지의 편집장인 로베르 부아쟁에게 보낸 편지를 볼 것. 이 책 257쪽. 『아르귀망』지는 에드가 모랭, 롤랑 바르트, 장 뒤비뇨, 콜레트 오드리 등에 의해 1956년에 창간되었다.

식으로 전해야 할지 모르겠네. 나는 올해를 '안식년'처럼 준비하고자 한다네.[11] 미국 교수들이 7년마다 한 번씩 '무책임'의 시간으로 12개월을 보내는 것처럼 말이야. 예컨대 종종 파리를 떠나는 것이지(그렇게 하기 위해 소르본에서 하는 강의를 그만둘 생각이네).[12] 결국 '파리'에서 살아가는 것보다는 종종 자네에게 한 편의 글을 써 보내는 일이 내게는 더 용이하네. 아마도 이것이 주체성의 위기일지 몰라. '참여'의 관점에서 보면 이것은 그다지 멋있는 일은 아니야. 하지만 나는 이런 위기를 끝까지 살아보는 것을 더 선호하네. 결국 그다지 극적인 것도 없고, 급한 것도 없네. 잡지에 대한 전반적인 시각에서 답을 해주길 바라네.

곧 보세.

롤랑

앙다이 해변가, 에체토아

---

11 프랑스의 신학기는 보통 9월에 시작된다.—옮긴이
12 외국인 학생들을 위한 프랑스문화센터에서의 강의를 가리킨다.

1965년 6월 21일, 위르트에서

친애하는 모리스,

자네를 못 본 지가 꽤 오래되었네. 일이 쌓여 있고, 또 자네가 잘 아는 파리에서의 부산함 때문이라네. 하지만 나는 애정을 가지고, 한결같이, 연대하면서 자네를 생각하네. 자네가 하는 모든 일이 위협받고 있는 오늘에도 마찬가지야. 『르 몽드』지가 보도한 내용을 자세히는 모르지만 분개하고 개탄할 정도로는 충분히 알고 있네.[13] 초창기의 한 친구가 늘 자네 곁에 있다는 사실을 알아야 해. 어떤 방식으로든 자네가 나를 필요로 하면, 꼭 말해주게. 휴가 중에 파리에 있지 않을 걸세. 급한 일로 들르는 경우를 제외하고 말일세. 하지만 편지를 쓸 수 있네. 새학기에 많은 얘기를 해보자고.

마르트와 자네에게 우정을 보내네.

친구 롤랑

위르트, 바스피레네

---

13 『레 레트르 누벨』지와 그때까지 쥘리아르Julliard 출판사에서 같은 이름으로 간행되던 총서가 중단되고, 모두 드노엘Denoël 출판사에 의해 인수된다는 내용의 보도를 가리킨다.

[1966년] 4월 13일, 위르트에서

친애하는 모리스,

벤브니스트에 대한 글[14]을 보내네. 중요한 책에 대해 쓰게 되었기 때문에 글을 더 잘 쓰려고 했네. 하지만 아주 어려웠네. 글을 다 쓰고 나니까 비로소 이 저서를 더 잘 소화할 수 있는 방법이 떠올랐네. 하지만 유감스럽게도 다시 시작하기에는 너무 늦었어. 이 짧은 글이 이 저서에 대한 훌륭한 기억으로 남게 해주게. 나와 관련된 르벨이나 피나의 글[15]은 다음 주에 파리로 올라가서 읽을 걸세. 나는 이곳에서 조용히 작업을 하고 싶어. 그리고 여러 글을 시기별로 한꺼번에 읽는 것도 좋은 방법이라네. 그렇지 않으면 쓸데없이 번민하게 되네. 모리스, 르벨과 『라 캥젠』에 대한 나의 협력 사이에 문제가 없는지를 결정하는 일은 전적으로 자네에게 일임하겠네.[16] 자네가 '아니다'라고 말했기 때문에, 나는 자네 말을 믿고 있네. 하지만 마지막으로,* 어쨌든 이 문제를 한번 검토해주길 바라네. 돌아가면 통화하세.

*자네 문제인 것처럼.

---

14 에밀 벤브니스트Émile Benveniste(1902~1976)의 『일반언어학의 제 문제Problèmes de la linguistique générale』에 대한 서평인 「언어학자의 상황」이라는 글이 『라 캥젠 리테레르』 5월 15일호에 실렸다.
15 『라 캥젠 리테레르』는 1966년 3월 1일호에 철학자이자 기자인 장프랑수아 르벨Jean-François Revel(1924~2006)이 국회의원 선거 출마 즈음에 한 인터뷰를, 4월 15일호에는 바르트의 『비평과 진실』에 대한 뤼세트 피나Lucette Finas의 텍스트를 게재했다.
16 장프랑수아 르벨에 대한 바르트의 적개심은 포베르Pauvert 출판사의 '자유' 총서에서 1965년 가을에 바르트의 입장에 반대하는 레이몽 피카르Raymond Picard의 아주 격렬한 소책자(『새로운 비평인가, 새로운 사기인가Nouvelle Critique ou nouvelle imposture』—옮긴이)를 출간한 사실에서 기인한다.

우정을 보내네.

롤랑

[1967년 4월?] 금요일

친애하는 모리스,

세베로 사르뒤17에 대한 글을 보내네. 글이 조금 애매하지 않을까 우려
되네. 에르발18의 얼굴이 창백해질까 걱정이야. 하지만 더 나은 글을 쓰기
에는 시간이 부족하네. 어쨌든 자네 도움을 받아 세베로를 돕고 싶네. 내일
6일 일정으로 위르트로 출발하네. 급한 문제가 있으면 전화를 주게(47, 위르
트, 바스피레네).

이만 줄이네.

롤랑

---

17 세베로 사르뒤Severo Sarduy(1937~1993)의 『춤을 추면서 쓴Ecrit en dansant』이라는 저서에 대
해 바르트가 쓴 「언어의 즐거움」이라는 글로, 1967년 5월 15일 『라 캥젠 리테레르』에 실렸다.(세베로
사르뒤는 쿠바의 시인이자 희곡작가, 쿠바문학비평가다.―옮긴이)
18 프랑수아 에르발François Erval(1914~1999)로, 모리스 나도와 함께 『라 캥젠 리테레르』의 공동편
집인이었다.

1969년 1월 21일

친애하는 모리스, 자네를 보고 싶은 것 말고도, 『라 캥젠 리테레르』에서 장 루이 셰페르[19]의 『그림 한 점의 원근화법Scénographie d'un tableau』[20]에 대한 글을 쓸 수 있기를 바라네. 셰페르를 아주 젊었을 때부터 알았네. 그를 좋아하고, 그를 높이 평가하네. 그가 가진 것이 없다는 사실을 알고 있어. 그를 돕고 싶다네. 하지만 내가 알기로 그의 책은 읽기도 쉽지 않고 해설하기도 쉽지 않네. 어쨌든 내 생각으로는 아주 괜찮은 책이기는 한데, 자네 생각은 어떤가?

친구,

롤랑

---

19 장 루이 셰페르Jean Louis Schefer(1938~)는 작가, 철학자, 예술비평가, 영화이론가로 활동하고 있다.—옮긴이
20 1969년 쇠유 출판사의 '텔켈' 총서로 출간되었다.

1969년 2월 15일

친애하는 모리스,

셰페르에 대한 글을 보내네. 이 글이 꽤 생략적이라는 것을 알고 있네. 내 눈에 이 글은 진정한 서평이 아니네. 그저 일종의 '경고alerte'지. 이 글이 자네 마음에 들길 바라네. 이 글을 받아주어 고맙네. 자네도 알다시피 나는 『라 캥젠』에 글을 쓰고 싶네. 자네는 이 사실을 잘 알 거야. 게다가 나는 다른 글은 거의 쓰고 있지 않아. 나에게는 고등교육원에서의 강의가 진정한 일이 되었고, 그것조차 버거운 일일세. 최소한 책을 한 권 쓸 수 있는 시간적인 여유를 확보하고자 끊임없이 발버둥치고 있지만 여의치 않네. 자네와 이 모든 문제에 대해 얘기를 나누고 싶네. 마르트와 자네에게 오랜 친구 롤랑의 우정을 보내네.

1971년 10월 7일

친애하는 모리스,

자네는 나를 곤란하게 만들어. 그게 뭐든지 간에 나는 자네 부탁을 거절할 수 없기 때문이야(미슐레에 대한 나의 애착을 제외하고 말일세). 동시에 세미나를 준비하는 것 말고는 아무것도 할 수 없는 1년 중 3개월이 시작되네. 매년 일주일에 두 시간 동안 새로운 강의를 해야 하네. 하지만 이 일을 잘 해내지 못하고 있네.

지금 당장 해야 할 일이 산더미처럼 쌓여 있는 것은 아니지만, 그래도 미슐레에 대한 글이 좋지 않은 시기에 출간되는 것 같네.[21] 내가 보내는 2쪽짜리 글—비평이라기보다는 증언이라네—로 자네가 다른 글과 함께 뭔가를 만들어낼 수 없을까? 엄격하게 말해서 이 정도는 할 수 있을 것 같네. 그 전에 읽어야 할 것이 그다지 많지 않고, '서평'이라는 초자아 때문에 곤란한 일도 없는 상황이거든. 자네 생각은 어떤가?

될 수 있으면 오전에 전화를 주게.

친구

롤랑

---

21 이해에 미슐레에 관련된 행사가 많았다. 피에르 가조트에 의해 『프랑스사』가 재출간되었고, 플라마리옹 출판사에서 폴 빌라넥스에 의해 『전집』이 재간되었다. 빌라넥스는 같은 출판사에서 『왕도: 미슐레의 저작에 나타난 민중 관념에 대한 시론Voie royale. Essai sur l'idée de peuple dans l'œuvre de Michelet』 등을 출간했다.

1973년 3월 15일

친애하는 모리스,

『라 캥젠』에 실린 자네 글[22]에 대해 거듭 고맙네. 20년 전에[23] 그랬던 것처럼 자네 스스로 신선함이 가득한 독자라는 것을 느꼈다니 나도 아주 기쁘다네.

친구

롤랑

22　모리스 나도는 『라 캥젠 리테레르』 1973년 3월 16일호에 「롤랑 바르트의 소책자 카마수트라」라는 제목으로 『텍스트의 즐거움』에 대한 서평을 실었다.
23　1953년 7월. 즉 20년 전에 출간된 『글쓰기의 영도』에 대해 모리스 나도가 『레 레트르 누벨』 지에 중요한 글을 실었던 것에 대한 암시다.

1975년 1월 25일

친애하는 모리스,

아이디어가 좋네. 내가 가능한 한 빨리 해보겠네.24 제안해줘서 고맙게
생각하네.
  서두르겠네. 하지만 한결같이 하겠네.

                                                           R. 바르트

---

24 분명 『롤랑 바르트가 쓴 롤랑 바르트』에 대해 『라 캥젠 리테레르』 지에 바르트 자신이 직접 서평
을 써보라는 모리스 나도의 제안을 가리킨다. 이 서평은 1975년 3월 1일에 「바르트 세제곱」이라는 제
목으로 나도의 잡지에 실렸다.

1975년 10월 26일

친애하는 모리스,

기꺼이 자네와 함께하겠네. 나는 '그림'을 내놓겠네. 약소하지 않았으면 하네.25 다만 언제 필요한지, 어디로 보내야 하는지만 말해주게. 토론에 대해서는 거절하는 것을 용서하게. 그런 일에서는 내가 용기가 부족하네. 나는 소심하게 임하게 될 것이고, 그렇게 되면 누구에게도 도움이 되지 못할걸세. 어느 정도 기질상의 문제라고 할 수 있지. 이 점에서는 내 기질이 별로 도움이 안 되네. 결코 바람직한 기질이 아니라네!

한결같은 친구,

롤랑

---

25 『라 캥젠 리테레르』지의 재정적 어려움 때문에 모리스 나도는 이 잡지를 지원하기 위해 경매 행사를 개최했다. 많은 작가와 예술가가 원고를 주거나 바르트처럼 '그림'(데생, 수채화, 고무 수채화)을 기증했다.

1976년 12월 23일

친애하는 모리스,

'강의'[26]의 출간을 제안해줘서 고맙네. 이 제안에 감동했네. 가장 믿을 만하고 기민한 시험관이었던 자네 출판사에서 내 생의 마지막 '시험'이 출간되게 되어 감동이네. 물론 이 강의에 대한 원고 청탁은 이미 있었네. 쇠유 출판사는 물론, 노라[27]를 통해서도 있었네. 사실, 아무것도 결정된 것은 없네. 콜레주 드 프랑스—국가기관이네—가 먼저 이 텍스트를 소책자로 간행하고, 납본 6개월이 지나야 비로소 (상업적으로) 출판할 수 있기 때문일세. 자네에게 해줄 수 있는 말은, 내가 이 원고를 진정으로 자네에게 주고 싶다는 것뿐이네. 내가 처음에 자네에게 얘기했던 애정과 상징적인 요소를 감안해서 말일세.[28]

친구

롤랑

---

26 1977년 1월 7일에 있을 콜레주 드 프랑스 취임 강의를 가리킨다.
27 피에르 노라Pierre Nora는 갈리마르 출판사의 인문학 분야 담당자다.
28 결국 취임 강의는 『강의Leçon』라는 제목으로 1989년 쇠유 출판사에서 출간된다.

1977년 2월 21일

친애하는 모리스,

자네 계획을 이해하네. 하지만 나는 아마 불가능할 것 같네. 최근 내가
무리했고, 괴롭힘을 당했고, 또 일이 많네. 모든 '공적인 자리'에서 발을 빼
는 것, 딱 한 가지만 바랄 뿐이야. 나는 공적인 토론을 잘 못한다네. 나이
를 먹으면서 편하게 느껴지지 않는 일을 강제로 하지 않기로 작정했네. 이
런 이유로 나는 베르나르 앙리 레비가 집요하게 보부르그에서 아탈리와 벌
이는 토론에 참여해달라는 요청을 거절했네. 그쪽에서 거절한 일을 이쪽에
서 승낙할 수는 없네. 그보다, 나는 훌륭한 토론자가 아니라네. 권력이라는
주제는 나보다는 푸코나 들뢰즈에게 더 어울리네.[29] 모리스, 용서해주게. 용
기를 내기를. 성공을 빌겠네.

친구

롤랑

---

29 1977년 4월 조르주 퐁피두센터에서 레오나르도 샤샤Leonardo Sciascia(1921~1989. 이탈리아 작
가, 기자, 정치인—옮긴이)가 참석한 가운데 열렸던 토론회를 가리킨다.

[1979년 2월]

모리스, 나의 무관심의 징후라네. 자네 전화번호가 없어. 『라 캠젠』 사무실 전화번호도 없네. 내가 가지고 있는 전화번호부는 낡았어! 그래서 짧게 몇 자 쓰네. 2월 21일 수요일 약속을 변경해주었으면 하네. 나는 두 차례의 모임을 해치울 수 있었네(수요일과 금요일). 그 결과 이번 학기에 기적이 일어났네. 며칠 동안 자유를 누릴 수 있게 되었다네. 해서 어디론가 잠시 떠나고 싶네. 더 이상 견딜 수가 없어. 수요일을 확보할 수 있다면, 화요일 저녁에 떠나 다음 주 월요일 저녁에 돌아올 수 있네. 전화를 해줄 수 있겠는가?(금요일 아침은 빼주게.) 날짜를 다시 잡아보세. 이번에는 자네 전화번호를 받아놓겠네.

고맙네.

친구

롤랑

2.

롤랑 바르트가 장 케이롤에게

장 케이롤Jean Cayrol(1911~2005)은 바르트가 가장 많은 편지를 쓴 현대 작가다. 1951년 1월 이들의 첫 만남은 「글쓰기의 영도」를 중심으로 이루어졌다.[30] 1950년 『콩바』 지의 주선 으로 케이롤이 바르트의 텍스트를 낭독한 것이 그 시작이었다. 그런데 바르트는 벌써 케이롤에 대한 글을 『콩바』 지에 쓴 바 있었다. 이 글은 『우리 사이에서 라자르Lazare parmi nous』(La Baconnière, 1950)에 대한 일종의 서평과 함께 실렸다. 이 서평은 나치 포로수용소에서 돌아온 ―케이롤은 1942년에 마우타우젠 포로수용소를 탈출했다―라자르인을 중심으로 쓰인 것이 었다. 케이롤에 대한 바르트의 마지막 중요한 글은 「삭제」라는 제목이 붙은 『이상한 신체Corps étrangers』(Seuil, 1959)에 대한 1964년의 후기다.

〔1953년 7월〕 월요일

네덜란드, 그로닌겐,

피에르 기로[31]의 집

친애하는 장, 이곳에 도착하자마자 부아쟁이 주도하는 잡지[32]에 기고하 는 글을 써야 하는 궂은일을 해야 했네(반년마다 돌아오는 의무이고, 원고료는

---

30 1951년 1월 바르트와 케이롤의 첫 번째 편지 교환을 보라. 이 책 228쪽.
31 바르트가 알기르다스 쥘리앵 그레마스를 통해 알게 된 언어학자 피에르 기로Pierre Guiraud를 가 리킨다. 기로는 그 당시 그로닌겐대학에서 가르치고 있었는데, 여름 동안 바르트에게 자기 집을 빌려주 었다.
32 바르트가 로베르 부아쟁에게 보낸 1953년 7월 19일자 편지를 볼 것. 이 책 257쪽.

매월 어음으로 지불되네). 지금에서야 헤쳐웠네. 이곳에서 우리 가족의 하루는 매우 만족스러워. 아주 편하게 쉬고 있다네. 어머니도 이곳에서 행복하신 것 같네. 동생도 기분이 아주 좋고, 강아지 룩스도 분주하네. 자동차가 많은 도움이 돼. 오후에는 산책을 하네. 어제는 바람과 하늘을 벗 삼아 환상적인 북해 쪽으로 항해했네. 북해는 납빛이고 동시에 차가웠네. 반 고흐의 그림에서처럼 태양이 빛나는 것이 아니라 뭔가 어두운 갈색이었네. 저녁이 되면 새장에 갇힌 기분이네. 시골풍의 도시에서 도저히 바람을 쐬러 돌아다니고 싶은 생각이 나질 않네. 초현대식 도시에서 하는 산책은 도저히 불가능하기 때문이네. 정신적으로도 나는 모래에 발이 빠져 허우적대는 느낌이네. 비극에 대해 10여 쪽을 쓰는데33 무척 힘이 드네(정신성이 부족한 이 행복한 나라에서 완전히 천방지축의 작업이네). 내가 쓴 문장들에서 끔찍하게도 네덜란드산 치즈나 이탄질泥炭質 매립지의 끈적끈적함을 보네. 해서 미슐레에 대한 작업34을 시작하기가 두렵다네. 내 의도와는 달리 붉은 덴마크산 치즈 주위만을 맴돌까봐 겁이 나네. 반면, 파리에서라면 훨씬 반짝반짝 빛났을 걸세. 하지만 이 모든 것은 쓸데없는 환상이야. 애써 털어버려야 하네. 여기서 나는 여전히 『르 몽드』지와 아셰트 출판사에서 나온 여행가이드 책만 읽고 있네. 내 짐작으로 자네는 쇠유 출판사를 떠나고 있으리라 생각되네.35 최근 며칠이 너무 힘들지 않았기를 바라네. 자네가 원한다면 언제든지 이곳으로 올 수 있네. 다른 것은 없고 오로지 휴식만을 얻는다고 생각해야 하는 것이 조건이라면 조건이네. 다만 자동차 덕택에 아주 멋

---

33 로베르 부아쟁이 운영하는 『민중연극』지 1953년 7월호에 게재한 「고대 비극의 힘」을 가리킨다.
34 『미슐레 그 자신으로』는 1954년에 출간된다.
35 장 케이롤은 쇠유 출판사를 그만두지 않았다. 이 출판사에서 그는 1956~1966년 『쓰기Ecrire』지를 담당했으며, 같은 이름의 총서를 맡았다. 바르트는 케이롤이 바캉스를 떠나는 것을 암시하고 있다.

지고, 아주 광활하고, 아주 인간적이고, 동양에서처럼 수직적이 아니라 약
간 느슨한 거대한 주름처럼 넓게 순환적인 하늘을 보는 것을 제외하고 말
일세.

나는 함부르크나 암스테르담에 들를 생각이네. 잠깐 다녀올 것 같네. 오
래는 아니라네. 언제일지는 모르겠네. 일주일 정도. 날씨가 좋지 않네. 스포
츠와 살을 빼는 계획은 아직 실천하지 못했네.

자네 소식과 생세롱36 소식을 전해주게. 어쨌든 곧 보세.

친구

바르트

가능하면 이곳으로 오게나.

주소
네덜란드, 그로닌겐,
기로의 집, Van Ketwich Verschuurlaan
전화번호: 32-588

---

36 케이롤은 파리에서 약 40여 킬로미터 떨어진 에손Essonne에 있는 생세롱Saint-Chéron에서 어머
니와 함께 살고 있었다.

[1954년 이후] 수요일

친애하는 친구,

우선 자네가 보내준 작품37과 자네가 손수 적어 넣은 문구에 고마움을 전하네. 감동했고, 기뻤네. 작품을 아주 빠르게 읽었네. 자네가 창조해낸 인물들의 '배은망덕'—이른바 사춘기—에도 불구하고, 자네 작품 속에는 일종의 주문, 지속, 억압, 속도, '리듬'—생트뵈브가 말한 것처럼38—등이, 그 내용을 묻기도 전에 벌써 이 작품을 성공한 작품으로 만들고 있어. 그리고 계속되는 긴장감으로 작품을 빨리 읽게 되네. 자네의 새로운 작품에 대해 본격적인 비평을 하려는 것이 아니네. 나는 생각이 느리게 떠오르는 편이야. 『에스프리』지에서 자네의 이전 소설들에 대해 내가 말했던 것과 같은 정신으로39—주제나 발생적인 측면에서—이번 작품에 대해서도 얘기를 해야 한다면, 다음과 같이 해보려 하네. 자네가 이번에 어떻게 완전히 소설적인 질료를 시간에서의 일종의 집중과 폭발—의식 소설에 고유한—을 동반하는 지속持續과 잘 어울리게 만들었나를 보여주고자 하네. 지금 표현이 잘 안 되지만 이미 말한 것처럼, 그리고 자네가 겉표지에 인용한 것처

---

37 편지 날짜가 불확실해서 케이롤의 소설을 확정하기가 어렵다. 『이사Le ménagement』(Seuil, 1956)와 『실수La Gaffe』(Seuil, 1957) 사이에서 주저한다.

38 생트뵈브Sainte-Beuve(1804~1869)의 소설 『관능Volupté』 제2장에 나오는 그 유명한 쪽에 대한 암시다. "달리기 운동, 공기와 하늘의 아침나절의 신선함, 매 순간 다시 시작된 변화무쌍한 대화의 리듬, 이런 상황에서 쾌활하게 깨어나는 자존심, 마지막으로 남자들과 젊은 여자들의 모임에서 불가한 경쟁심이 나를 열광케 하고 대담하게 만들었다(…)."(Paris, Garnier-Flammarion, 1969, pp. 40~41)

39 바르트는 『에스프리』지에 장 케이롤의 이전 소설에 대한 세 편의 글을 실었다. 마지막 것은 1954년 쇠유 출판사에서 간행된 『하룻밤 사이L'Espace d'une nuit』에 대한 것으로, 같은 해에 이 잡지 7월호에 실렸다(OC, t. 1, pp. 506~508).

럼, 『나는 체험할 것이다』[40]에서는 지속이 끌어 모으기에도 무기력하고, 겹치기에도 무기력한 일방적인 질료로 주어졌네. 이 작품에서는 지속이 비극적이게도 더 쉽고, 잘 구축되고, 따라서 훨씬 더 사회적인 소설 시간을 향해 나아가고자 하네. 반면, 이번 작품에서는 현재에서 시작해서 과거로의 편성이라고 정의를 내릴 수 있는 그런 소설적 혹은 역사적인 시간을 보네. 나는 또 이렇게 생각하네. 시간의 차원에서 소설이 처음부터 제 역할을 다하는 것은, 자네의 전체 작품, 이미 쓰였거나 앞으로 쓰일 작품의 주요 노선을 따르기 위함이라고 말일세. 이 주요 노선은 타자의 문제를 제기하기 위해 시간—현기증에서부터 출발하는 것이네. 시간이 조직됨에 따라 인물들이 그 모습을 드러내네. 인간의 불편함과 동시에 찬양인 이 이중 운동을 자네는 느껴야 하네(자네는 복음서에서 '찬양하다glorifier'가 적어도 카를 바르트[41]에 의하면 '본질 속에서 나타나는 것'이라는 사실을 알고 있네). 지금 형편없는 철학적 어조로 두서없이 말하고 있지만 결국 내가 자네의 소설에 대해서 글을 써야 한다면, 이번에는 첫 번째 글보다는 더 명료하게 사회성이나 자비에 대해서 말할 수 있을 것 같네. 자네가 창조해낸 인물들의 '배은망덕한' 성격—이 단어를 반복하네—에 의해 충격을 받았고 타격을 입기까지 했네. 이들은 '사랑스럽지' 않아. 이것이 핵심이라고 생각하네. 보통 소설은 인간들을 유혹의 저장소처럼 생각하게 하지. 소설은 욕망할 수 있고, 성공하고, 흥미롭고, 열정적이고, 악이나 선에서 모범적인 인물을 선택하는 법이네. 요컨대 꿈을 꾸게 만드는 인간적인 질료를 선택하는 것이지. 또한 다

---

40 『나는 타인들의 사랑을 체험할 것이다Je vivrai l'amour des autres』(Seuil, 1947)를 가리킨다.
41 카를 바르트Karl Barth(1886~1968)는 스위스의 저명한 신교신학자다. 바르트는 여기서 그리스도 교리를 완벽하게 보여주고 있다.

른 소설들에서는 일반적으로 열정적이고, 결국 에로틱한 인간적인 문제 이외의 다른 것이 없네. 하지만 이번 자네 소설에는 전혀 다른 관계, 추하지도 아름답지도 않은 인물들이 나오네. 모든 소설이 찬양해 마지않은 관능의 극치를 준비하는 인간적 선집anthologie이 아니네. 자네 소설들의 인간적 질료는 사회학이나 신학을 끌어들이네. 다시 말해 '인간'이 '인격'을 완전히 흡수해버리는 질서 말일세. 거기에는 거의 수도사와 같은 시선, 어쨌든 아주 절대적인 시선—이 단어가 최상급을 의미한다면—이 있네. 이런 이유로 자네 이야기의 특별히 일상적인 질료에도 불구하고, 종종 아이러니로까지 이어지는 현상들에 대한 아주 특별한 감수성에도 불구하고, 이번 소설은 이전 소설들보다 더 명료하게 초월성을 보여주고 있네. 자네 소설이 상징들로 가득 차 있다고 생각하네. 상징이라는 것이 '자연스럽게' 꾸며진 사고의 형태라는 것을 감안한다면 말일세. "결코 번역도 아니고, 결코 번역될 수도 없는 것"이기 때문일세(이 말은 장 바루지가 장 드 라 크루아42에 대해 한 말이네).

(···)43

생세롱. 기차가 12시 16분에 도착하네. 토요일에 보세(일주일 안에).

우정을 보내네.

---

42 장 바루지Jean Baruzi는 『장 드 라 크루아의 잠언Aphorismes de Jean de la Croix』(Fèret et fils, 1924)의 번역본을 출간했다.
43 한 쪽 누락.

R. 바르트

파리 제6구 세르방도니가 11번지

[1956년 4월 초] 토요일, 보르도에서

친애하는 장. 친구 올리비에 드 메슬롱[44]과 함께 이틀을 보내러 온 보르
도에서 이 편지를 쓰고 있네. 언젠가 자네도 카페 드 [되] 마고에서 본 적
이 있는 친구로, 이곳 출신이네. 내가 여기서 자네를 생각하는지를 궁금해
하겠지. 출발 전에 전화를 할 수가 없었네. 또한 오래전부터 자네를 보지
못한 것 같네. 파리에서 하루를 보내네. 하지만 곧 일주일 일정으로 비나
베르의 집이 있는 안시로 출발하네. 거기서 『신화론』 서문을 쓰기 위함이
네.[45] 지금으로서는 여전히 신비로운 상태로 남아 있는 '서문'이네. 4월 13일
경에 돌아가면 연락하겠네. 친애하는 장, 휴가 기간에 조금 쉬면 안 되겠는
가? 나는 우정을 가지고 자네를 생각하네. 그리고 결국 이 말을 하기 위해
이 편지를 쓰네만, 『렉스프레스』지에 실린 나를 위한 자네의 글에 내가 얼
마나 감동했는지를 전하네. 감동을 받은 한편 짓눌리기도 했네. 내가 몹시
약한 것처럼 느껴졌기 때문이네. 자네 답신은 모두 멋지네. 그 점에 대해 그

---

44 올리비에 드 메슬롱Olivier de Meslon에 대해서는 T. 사모요Samoyault가 쓴 『롤랑 바르트Roland
Barthes』(Seuil, 2015), 407쪽을 볼 것.
45 1956년 9월의 책과 바르트가 날짜를 매겨놓은 후기가 된 '서문'을 가리킨다. 바르트가 조르주 페
로스에게 보낸 1956년 9월의 편지를 볼 것. 이 책 597쪽.

렇게 단도직입적으로, 그러나 또 그렇게 비밀을 지키는 것은 자네뿐이네.

곧 보세.

친구

롤랑

자네 어머님께 인사를 전해드리게.

[1965년 1월 14일] 목요일 아침

친애하는 장, 1분 후에 기차를 탄다네. 하지만 자네 영화46로 인해 우리 (프랑수아 브롱슈바이크와 나)가 완전히 '넋이 나갔다'는 사실을 어떻게 말하지 않을 수 있겠는가? 얼마나 강한 힘인가! 얼마나 멋진가! 얼마나 어려운 수수께끼인가! 하지만 또 얼마나 명료한가! 아주 애절하네. 하지만 나는 살아가야 하는 용기를 내 영화에서 빠져나왔네. 아주 모호하네. 하지만 위험한 언행은 없네. 굉장한 기쁨으로 우리 모두 이 영화에 '찬성'이라네. 자네가 원하는 곳이라면 어디서든 이 말을 할 걸세. 이 소식을 클로드 뒤랑에게도 전해주게. 이 영화에서 그는 케이롤적인 목소리, 영화 곳곳에서 인지할 수 있는, 배제할 수 없는 목소리를 주었네. 그만의 공간이 있는 거지. 돌아가자마자 이에 대해 자네와 얘기를 하고 싶네.

친애하는 장, '감사'와 우정을 보내네.
자네를 포옹하네.

롤랑

기가 막히게 잘되었네. 최근의 "새로운" 영화들과는 아무런 관계가 없네.

---

46 클로드 뒤랑Claude Durand과 장 케이롤이 함께 쓰고 1964년에 촬영한 영화 「최후의 일격Coup de grâce」을 가리킨다. 바르트는 이 영화를 1월 13일에 프랑수아 브롱슈바이크와 같이 보고, 이튿날 이탈리아로 떠났다.

결국 영화사映에서 중요할 뿐만 아니라 '우리'에게 중요한 것이 무엇인지를 말해주고 있는 아주 '진지한' 영화라고 할 수 있네.

[1977년 이후]47

장, 자네 작품은 아주 멋지네(방금 다 읽었네).48 얼마나 부드럽고, 고귀하고, 뉘앙스가 풍부한 글쓰기인지! 또한 얼마나 허약한 글쓰기인지! 상승하고 내리누르는 저속함에 맞서는 한에서 말이네. 자네 작품이어서 정말 다행이야! 같이했던 저녁 식사도 좋았네. 지금은 귀가 덜 웅웅거리네. 많이 좋아졌어. 곧 다시 시작하세. 오기 전에 전화를 주게.

변함없는 친구

롤랑

---

47 이 단어는 콜레주 드 프랑스 로고가 찍힌 카드 위에 적혀 있었다.
48 『훔치는 아이들Les Enfants pillards』(Seuil, 1978)이나 『하늘의 이야기Histoire du ciel』(Seuil, 1979) 중 하나다.

3.

롤랑 바르트가 알랭 로브그리예에게

1977년 스리지 콜로키움에서의 롤랑 바르트와의 대화에서 알랭 로브그리예Alain Robbe-Grillet(1922~2008)는 바르트에 대해 소설가, 작가로서의 초상화를 그린 바 있다. 게다가 로브그리예는 그의 영화 「쾌락의 점진적인 미끄러짐」(1974)을 미슐레의 『마녀』에 대한 바르트의 주해에 바탕을 두고 각색했다는 사실을 털어놓은 바 있다. 분명 이와 같은 이들의 관계에 대한 평가는 우의적이라고 할 수 있을 것이다. 그도 그럴 것이 알랭 로브그리예는 그의 소설에 대한 바르트의 주요 글을 비평이나 해설보다 오히려 자기 자신의 작품과 나란히 가는, 일종의 형성 중에 있는 하나의 작품으로 여겼기 때문이다.

1953년 6월 8일

선생님께,

선생님의 작품49을 보내주십사 했던 것에 대해 너무 늦게 감사를 드리게 되어 용서를 구합니다. 장 케이롤이 이 작품에 대해 귀띔을 해주었습니다. 게다가 비평가 중 한 명(쿠아플레)50을 통해 이 작품에 대해 알게 되었습니다. 그러니까 그의 몰이해는 선생님의 작품이 항상 중요한 작품이라는

---

49 미뉘 출판사에서 간행된 로브그리예의 첫 번째 소설 『고무지우개Les Gommes』를 가리킨다.
50 로베르 쿠아플레는 『르 몽드』 지의 기자였다. 바르트는 『신화론』(장 라크루아에게 1957년 5월 11일에 보낸 편지를 볼 것. 이 책 240쪽)의 출간 때 쿠아플레와 정면으로 맞섰던 기억이 있다.

신호였습니다. 그로 인해 비평도 뭔가에 쓸모가 있을 때가 있다는 것이 증명되었습니다. 저로서는 선생님의 작품에서 새로운 문학의 중요한 주제들(지금 급히 이 편지를 쓰고 있어서 이 단어를 사용합니다)을 인지했다고 생각합니다. 가령 운명으로서의 시간(다시 말해 비극으로서의 시간), 대상의 흡입하는 힘(이 역시 비극의 아주 새로운 형태이고, 아주 잘 감춰진 형태입니다), 마지막으로 운명으로서의 공간 전체—순환적 도시 형태로, 게다가 도시는 시간의 '순환circulus'을 조화롭게 보여주고 있습니다. 지금 이 모든 것에 대해 잘 표현이 안 됩니다. 만약 제가 『고무지우개』에 대해 본격적인 비평을 한다면, 그것은 심농51—제가 곧 다루어야 할—에 대한 것과 유사하지는 않을 것입니다. 오히려 그것은 그리스 비극에 대한 비평의 형태가 될 것입니다.

선생님 작품의 글쓰기에 대해 한 말씀 드리겠습니다. 제가 보기에 이 글쓰기는 현대 문학 언어의 문제를 아주 훌륭하게 의식하고 있고, 또 그것을 거의(이 "거의"라는 단어는 선생님께 달려 있는 것이 아니고, 아마도 일종의 선생님 작품과는 구별되는 제4의 비극을 이룹니다) 해결하고 있는 것으로 보입니다.

선생님을 한 번 뵐 수 있다면 큰 영광이겠습니다. 파리가 괜찮으시다면, 쇠유 출판사에서 케이롤과 함께 회합을 가지면 어떨런지요?

선생님 작품에 대한 생생한 존경심, 이 작품이 저에게 주고 있는 신뢰감, 이 작품이 '중요한', 아방가르드적인 작품, 한마디로 '성공한' 작품이라는 확신을 전합니다(여기서 '성공'은 보통의 성공 이상의 의미를 지닙니다. 가령 역사적 의미에서의 성공이 그것입니다).

---

51 예컨대 베르나르 도르는 『고무지우개』가 "심농과 조이스의 중간쯤"에 위치한 작품이라고 설명하고 있다(『레탕모데른』, 1954년 1월호).

존경하는 마음을 보냅니다.

R. 바르트

파리 제6구 세르방도니가 11번지

〔1953년〕 6월 12일

선생님께,

어제 미뉘 출판사로 선생님께 편지를 보냈습니다. 하지만 오늘 선생님의 파리 주소를 건네받았습니다. 케이롤이 선생님께 쇠유 출판사의 3분기 출판 계획에 대해 말씀드렸을 것으로 생각합니다. 이 계획52에 선생님께서 참여해주신다면 무척 기쁠 것입니다. 이 주제로 빠른 시일 내에 한 번 뵐 수 있기를 바랍니다. 세 명이서 약속을 잡기 위해서 저에게—또는 케이롤에게—전화를 해주실 수 없으신지요? 될 수 있으면 빠르면 좋겠습니다.

존경하는 마음을 전하며 이만 줄입니다.

R. 바르트
파리 제6구 세르방도니가 11번지
당통 95-85

---

52 3년 후인 1956년에 장 케이롤의 주도로 창간되는 『글쓰기』라는 잡지의 창간 계획을 가리킨다. 최종호가 1966년에 간행되었다.

〔1953년 6월〕 목요일

선생님께,

보내주신 편지에 감사드립니다. 뵙지 못한 채 선생님께서 파리를 떠나셔서 아쉽습니다. 특히 제가 선생님 계시는 곳으로 당분간 갈 예정이 없어서 더욱 그렇습니다.53 하지만 선생님께서 말씀하신 짧은 텍스트들을 곧장 보내주시기 바랍니다. 그리고 제가 선생님에 대해 알고 있는 바와 선생님께서 저에게 한 문장으로 들려주신 바에 따르면, 이 텍스트들은54 저에게 할당된 출판을 위해 찾고 있던 것과 완전히 일치합니다. 선생님의 신중함에도 불구하고 케이롤에게 원고를 보내주시면 감사하겠습니다.

그 누구보다도 느리게, 적게 쓰는 것의 필요성을 제가 더 잘 이해하고 있습니다. 이와 같은 침전작용의 리듬은 선생님께서 말씀하신 본성 자체의 일부에 속합니다. 단지 이 점에 대해 긍정적으로 생각해주실 것을 부탁드립니다. 하나의 계획이 아니라 저희가 선생님께 기대하고 있는 뭔가로, 저희가 구상하는 잡지의 창간호나 그다음 호에 실을 것을 염두에 두고 있는 뭔가로 여겨주시면 감사하겠습니다.

미리 감사의 말씀을 전하며, 이만 줄입니다.

---

53 그 당시 로브그리예는 브르타뉴 지방의 브레스트, 더 정확하게는 케랑고프에 있는 집에서 살고 있었다.

54 그 당시 로브그리예는 많은 단편을 썼다. 그중 일부는 1954년과 이후 몇 년에 걸쳐 『엔에르에프』지에서 출간되었고, 나중에 『스냅사진들』(Minuit, 1962)에 재수록되었다.

R. 바르트

제가 『레 레트르 누벨』지에 기고하고 있기 때문에 이 잡지에 실린 비평들을 알고 있는 것이 아닙니다. 선생님 작품에 대해 제가 직접 글을 쓰는 일은, 할 수 있는 일입니다. 하지만 제가 선생님 작품을 너무 늦게 읽었습니다. 그렇다고 『고무지우개』와 같은 작품을 그런 식으로 공중에 날려 보낼 수는 없습니다……

1953년 9월 23일, 앙다이에서

친애하는 친구,[55]

자네가 케이롤에게 보낸 텍스트들을 읽었네. 자네가 쓴 모든 글과 마찬가지로, 나는 이 텍스트들이 중요하다고 생각하네. 그리고 정의상 비평의 대상이 되고, 다시 말해 문제제기적 문학이라고 생각하고 있네. 나는 아직 이 텍스트들을 어떤 식으로 소개할지를 모르겠네. 여전히 이 잡지의 전체 구성 문제를 해결해야 하네. 내가 아는 것은, 이 텍스트들이 우리가 이 잡지에 대해 가지고 있는 생각과 '이상적으로' 일치한다는 사실이네. 이에 대

---

55 알랭 로브그리예에 대한 호칭이 '선생님'에서 '친구'로 바뀌었다.—옮긴이

해 고마움을 전하네.

게다가 자네가 파리에 있다면 우리는 이 모든 것에 대해 얘기를 나눌 수 있을 걸세. 나도 며칠 내로 파리로 돌아가네. 파리에 오면 한 번 보자고.

『고무지우개』에 대한 비평에 대해 얘기를 나누고 싶네. 『크리티크』지의 피엘이 나에게 일임한 비평이라네.56 내가 이 비평을 쓰는 걸 주저하는 이유를 자네에게 설명하고 싶네. "내가 비평가가 아니기" 때문이야. 나는 비평으로부터 궁지만을 볼 뿐이며, 나에게 중요한 것은 방법을 찾는 일이네. 또한 내가 비평에 대해 말하는 것이 허락되었다고 느끼네. 하지만 작품에 대해서는 아직 아니네. 그런데 어떤 비평이든 방법을 찾게 되면 아주 멀리 나갈 수 있네. 이 문제에 대해서는 더 생각해보고 얘기를 나눌 필요가 있어. 그러니 반복건대 한 번 만나세. 내 책에 대해 글을 쓰는 수고를 해준 것57에 대해 고마움을 전하네.

곧 볼 수 있기를 바라네. 우정을 보내네.

R. 바르트

파리 제6구, 세르방도니가 11번지

당통 95-85

---

56 바르트는 1954년 6월 24일자 『프랑스 옵세르바퇴르』에서 처음으로 『고무지우개』에 대해 이야기하고 있다(*OC*, t. 1, pp. 500~502). 장 피엘이 요청한 텍스트는 『크리티크』지 1954년 7~8월호에 「객관적 인문학」이라는 제목으로 실렸고, 『비평 선집』(*OC*, t. 2, pp. 297~303)에 재수록되었다.
57 1953년 출간된 『글쓰기의 영도』를 가리킨다. 로브그리예는 이 책에 대해 아무것도 쓰지 않았다. 그러므로 이 부분은 로브그리예가 쓴 편지 중 한 통에 대한 암시일 것이다.

[1955년 10월 14일, 파리에서]

친애하는 알랭, 편지 고맙네. 이 편지로 조금 마음이 놓였네. 모든 사람이 그 주제에 대해 나와 그렇게 다른데, 자네만이 나의 유일한 희망이라네. 최소한 이 글이 누군가를 위해 쓰였기 때문이지. 이 글은 하나의 기회야.[58] 이 모든 것에 대해 다시 얘기하세.

자네의 여행은 신비롭네. 여행이 끝나면 소식을 주게. 그리고 목요일 저녁 11시에 물랭 루주Moulin Rouge에 가보게(입장료 300프랑+넥타이와 정장 차림+500프랑에 해당하는 소비). 아마추어 스트립쇼 대회를 '엿보기voir'[59](이 경우에 사용되네) 위해서지. 아폴로보다 훨씬 더 비싸네![60] 자네는 거기에서 '서툶'과 에로티즘의 관계를 보게 될 걸세.

우정을 보내네. 곧 보세.

R. 바르트

58　바르트는 『크리티크』 지 1955년 9~10월호에 로브그리예의 『엿보는 자Voyeur』에 대해 「있는 그대로의 문학」이라는 제목의 글을 발표했다. 이 글은 『비평 선집』(OC, t. 2, pp. 325~331)에 재수록되었다.
59　로브그리예의 소설 『엿보는 자』를 염두에 두고 바르트가 '보다voir' 동사를 강조하면서 스트립쇼를 '엿보다'는 의미를 강조하고 있는 듯하다.—옮긴이
60　그 당시에 예컨대 레몽 크노가 자주 다녔던 스트립쇼장(『일기Journaux, 1914~1965』, Paris, Gallimard, 1996, p. 903). 바르트는 '신화지'에서 「스트립쇼」라는 제목이 붙은 글에서 물랭 루주의 스트립쇼 대회와 로브그리예의 『엿보는 자』에 대해 말하고 있다(『레 레트르 누벨』, 1955년 12월. 『신화론』에 재수록, OC, t. 1, pp. 785~788).

Ministère des Affaires Étrangères

Cher Alain, merci de
ton mot, il m'a réelle-
ment soulagé ; tout le
monde est si en désaccord
avec moi sur ce sujet,
que tu restais mon seul
espoir que ce papier fût
écrit au moins pour quel-
qu'un : c'est une chance
que ce soit pour l'auteur
en question. Mais nous re-
parlerons de tout cela.

Tes voyages sont bien
mystérieux. Fais moi signe

바르트가 로브그리예에게 쓴 1955년 10월 14일자 편지

quand ils seront finis.
Et tâche d'aller un Jeudi
soir vers 11 heures au Mou-
lin Rouge (entrée : 300 frs,
cravate et veston obligatoires,
+ 500 frs de consommation)
pour y voir (c'est le cas de
le dire) un concours de
strip tease amateur : in-
finiment plus riche que
l'Apollo ! Tu y verras
les rapports de la mala-
dresse et de l'érotisme.

   Grandes amitiés et
à bientôt

      R Barthes

[14-10-1955]

[1959년 3월 20일] 금요일, 앙다이에서

친애하는 알랭,

『레 레트르 누벨』지 3월 25일자에 게재될 신화지를 라운드 테이블, 특히 누보로망에 대한 라운드 테이블61에 할애했네. 자네에 대해 새로운 것은 전혀 없네. 벌써 사람들이 다 말했기 때문이네. 어쨌든 자네는 '과장해서 말하네'. 한 주제에서 다른 주제로 너무 빨리 넘어가버리지. 이 모든 것에 대해서는 차차 애기하세. 다음번 글의 제목은 '로브그리예에게 보내는 편지'가 될 걸세. 뭐라고? 또 한 차례의 선전이라고? 어쨌든 자네가 보내주기로 약속한 글의 시작 부분을 초조하게 기다리고 있다네.

친구

롤랑

---

61   바르트는 로브그리예에 의해 주최된 라운드 테이블에 대해 아주 엄격한 태도를 보이고 있다. 이 신화지는 『신화론』에 재수록되지 않았다(*OC*, t. 1, pp. 900~962).

1961년 12월 20일, [파리]

친애하는 알랭,

우선, 오래전부터 자네를 보고 싶었네. 자네도 그랬을 거라고 생각하네. 우정을 통해 맺어진 모든 이를 보고 싶었네. 그다음으로 블랑의 『나Je』에서부터 자네의 『마리앵바드Marienbad』까지 우리 사이를 멀어지게 했던 확산되고 있는 분쟁[62]을 해결하기 위함이네. 서로 소식을 주고받지 못한 채 몇 주가 지나가버렸네. 내가 대학 일에 관련되어 있기 때문이고(학위), 또 내가 자네 작품에 대해 좋은 컨디션으로 전력을 다해 다시 쓰고 싶기 때문이기도 해. 지금으로서는 더 잘해보자고 하면서도 아무것도 못하고 있네. 하지만 그렇다고 해서 우리가 만나지 못할 이유는 없어. 자네가 원한다면, 1월 신년 행사들이 끝나고 2주 후쯤이면 좋겠네. 그때 전화를 하겠네. 어느 일요일에 자네가 내게 차 대접을 해줬으면 하네. 괜찮겠는가?

답을 기다리겠네. 새해 인사를 보내네.

R. 바르트

---

62 바르트가 미셸 뷔토르에게 보낸 1960년 6월 6일자 편지를 볼 것. 이 책 388쪽. 이 편지에서 바르트는 뷔토르에게 자신이 메디치상 수상 작가로 이브 블랑Yves Velan의 소설을 지지한다는 사실을 알리고 있다. 그런데 이 사실로 인해 알랭 로브그리예의 심기가 불편해졌다. 베르나르 도르의 신중치 못한 언행을 통해 로브그리예가 1961년 영화 「마리앵바드에서의 마지막 해L'Année dernière à Marienbad」에 대해 바르트가 내켜하지 않는다는 사실을 알게 된 것이다(Catherine Robbe-Grillet, *Jeune mariée, op. cit.*, p. 416). 또한 같은 해 9월 17일자 장 피엘에게 보낸 편지를 볼 것. 이 책 416쪽. 이 편지에서 바르트는 『크리티크』지에서 이 작품에 대해 글을 쓰는 것을 포기한다고 말하고 있다. 하지만 바르트는 브뤼스 모리세트Bruce Morrissette의 『로브그리예의 소설들Les Romans de Robbe-Grillet』(Minuit, 1963)에 대한 서문에서는 여전히 모호한 태도를 취하고 있다.

1970년 12월 7일, 파리

친애하는 알랭,

한때 우리는 서로 칭찬을 아끼지 않으면서 시간을 보냈지.(자네에게 불성실한 적은 없었던 것 같네!) 어쨌든 자네의 『혁명 계획』[63]에 대한 찬사를 전하네. 아주 완벽한 작품이야. 그 완벽함 속에 자네 자신에 대한 아주 멋진 충실함, 자네가 항상 하고 싶었던 것, 자네 예술의 '이론적 비밀' 같은 것이 녹아들어 있네. 어떤 면에서 자네는 전체 작품의 모델(라이프니츠적인 의미에서[64])을 창안해낸 걸세. 그것도 움직이는 모델이지. 아주 멋진 생각이네. 요컨대 이 작품을 써준 자네에게 고마운 마음을 전하네(프로이트가 부재한다고 해도, 이것이 자네와 나를 약간 구별해주네).

이만 줄이네.

롤랑

---

63 1970년 11월 미뉘 출판사에서 간행된 『뉴욕에서의 혁명을 위한 계획Projet pour une révolution à New York』을 가리킨다.

64 라이프니츠 철학에서 기본 단위인 '모나드monade' 개념에 해당되는 듯하다.—옮긴이

4.

미셸 뷔토르와 나눈 편지들

바르트와 미셸 뷔토르(1926~2016)의 우정은 바르트와 로브그리예, 필리프 솔레르스 사이의 우정보다는 덜 알려졌지만, 주고받은 편지들을 보면 그들이 거의 가족과 같은 긴밀한 관계였음을 알 수 있다. 그들의 관계를 더 구체적으로 알기 위해 미셸 뷔토르가 조르주 페로스와 피에르 클로소프스키와 주고받은 아주 아름다운 편지들을 주의 깊게 읽어볼 필요가 있을 것이다.[65] 그 우정은 무엇보다 한 '그룹', 즉 1954~1955년 사이에 바르트와 뷔토르, 클로소프스키, 페로스로 이루어진 한 그룹의 우정이었다. 당시 그들이 관계를 맺게 된 것은 피아노와 글쓰기, 연극 등을 통해서다. 바르트와 뷔토르의 관계를 파악하기 위한 또 다른 방법은 (뷔토르의)『모빌 Mobile』(1962)에 대한—아주 중요한—첫 번째 글[66]을 읽어보는 것이다. 이 글에서 바르트는 —특히 모형작품œuvre-maquette의 개념을 통해—그의 콜레주 드 프랑스의 마지막 강의 '소설의 준비'에서 한층 더 발전시킨 문학작품의 '개념적' 해석에 대한 범주들을 처음으로 개괄적으로 기술하고 있다.

롤랑 바르트가 미셸 뷔토르에게(BNF)

〔1956년 말〕일요일

---

65   미셸 뷔토르, 조르주 페로스, 『서한 1955~1978』, 낭트, 조셉 K., 1996. 이 서한집에는 바르트에 관한 문제가 자주 언급된다(이 책 592쪽, 롤랑 바르트가 조르주 페로스에게 보낸 편지들을 볼 것). 미셸 뷔토르와 피에르 클로소프스키가 나눈 편지들은 곧 출간된다.
66   「문학과 불연속」(1962), 『비평 선집』(OC, t. 2, pp. 430~441)에 재수록된다.

친애하는 미셸,

내 생각에, 최근에 우리가 겪은 심한 정치적 충격들을 통해 자각해야 할 중요한 문제는 바로 소련이라는 나라의 실체가 정확히 뭐냐는 것인 것 같네.67 경제적이며 역사적인, 이를테면 구체적이고 본질적인 답변을 통해서만이 이 동요를 극복할 수 있으리라고 말하고 싶네. 선언과 서명, 그리고 신념들에 기초한 이 동요는 사회주의의 모든 미래(또는 모든 죽음)가 관련된 이 문제 위에 다소곳이 내던져진 펄럭이는 베일 같기만 하네. 요즘 나는 정치에 대해 많은 글을 읽고 있네. 이데올로기에 좀 빠져 있었네. 이제 정치가 우리를 깨어나게 하고 있어. 그것이 바로 정치의 잔인한 기능이라네. 그럼에도 불구하고 나는 여전히 아무것도 모르겠네. 하지만 정치적 현실에 대한 학습에 전념할 때 금기들이—적어도—사라진다고 생각하네.

몇 자씩일지라도 이렇게 편지를 보내주게. 기쁠 거야. 헬베티아의 미개68 속에서 잘 견뎌내기를.

그럼, 안녕히.

R. 바르트

67　편지는 1956년 10월 헝가리 공산주의 체제에 대한 봉기에 관련된 내용이다. 이 봉기는 마르크스주의 지식인들 사이에 소비에트 체제에 대한 아주 중대한 비판적 성찰을 불러일으킨다. 그 작업에서 실제로 소련의 실체가 무엇이냐(예를 들면, 변질된 노동자 계급의 국가냐 아니면 국가 자본주의냐 등)는 문제가 제기된다.
68　미셸 뷔토르의 스위스 거주지에 대한 농담. 당시 뷔토르는 제네바의 국제학교에서 가르치고 있었다.

[1957년 3월] 월요일

친애하는 미셸,

자네에게 스위스로 『신화론』을 보내줬어야 하는 건데.

학기가 끝나가고 있다는 생각이 드네. 힘내게. 부활절 때면 다 끝날 테니. 나는 그때까지 스위스에 가지 못할 것 같네. 4월 3일에 '유행'에 대한 발표를 프리드만[69]의 집에서 해야 한다네.

자네와 만나 이야기를 나누고 싶네. 말하자면 나에 관해 말이야!

그럼, 잘 있게.

롤랑

---

69   조르주 프리드만(1902~1977)을 가리킨다. 그는 당시 프랑스 고등연구원에서 가르치고 있었다. 바르트는 1960년 그와 에드가 모랭과 함께 매스커뮤니케이션 연구센터를 설립한다.

[1957년] 5월 21일

성신강림대축일에 자네가 파리에 올 거라고 풀로[70]가 말해주었네. 잊지 않고 내게 연락하겠지?

나는 6월 15일에 휴가를 떠나는데, 제네바에 들러 자네와 하루 정도 시간을 보낼 생각이라네. 이 문제에 대해서는 그때 가서 다시 이야기하세.

이야기 나눴듯이 환전도 좀 해줄 수 있겠지? 2만 프랑 정도는 가능하지?

나는 모든 일을 중단하고 보다 더 겸손하게—또는 보다 더 멋지게—철학 공부를 하고 있네. 실존주의 철학을 읽고 있어. 그에 대해 이야기를 나누세.

그럼, 곧 또 보세.
자네의 친구,

롤랑

---

70 풀로Poulot의 진짜 이름은 조르주 페로스다.

[1958년 4월?] 금요일, 앙다이에서

행복해 보여 기뻤던 자네의 아름다운 그리스71 우편엽서에 비해 내게는
이 네덜란드 기념품72밖에 없네. 이곳은 날씨가 고약하네. 나는 아주 열심
히 작업을 하고 있네. 반은 라신에 대해73 그리고 반은 미국에서 할 내 수
업에 대해서네. 파리에 있는 미들베리 칼리지 학장인 부르시에 씨가 자네
를 만나고 싶어하네. 내년에 자네를 초청할 생각을 하고 있네.74 그는 자네
에게 소개글 몇 자를 써줄 것을 부탁하네. 이렇게 말일세! 이곳에서도 작
업이 잘될 것이네. 그러니 5월에 한번 오지 않을 텐가? 내달 초 며칠 동안
파리에 있을 거야. 연락하겠네.

변함없는 우정과 함께,

R. 바르트

---

71 뷔토르는 당시 그의 아내와 함께 그리스에 체류했다. 미셸 뷔토르, 조르주 페로스, 『서한 1955~
1978』, op. cit., p. 22 참고.
72 바르트가 쓴 우편엽서는 렘브란트의 「사울과 다비드」(헤이그 마우리초이스 미술관, 1657)가 인쇄
되어 있다.
73 『민중연극』지 1958년 3월호에 「라신을 말하다」를 게재한 바르트는 1960년 라신의 연극 총서의
서문을 쓴다(『라신에 관하여』, Seuil, 1963).
74 롤랑 바르트는 그해 가르치기 위해 미국에 가기로 되어 있었다(다음 편지를 볼 것). 클로드 부르시
에의 내방은 그 체류 준비차 이루어진 것이다. 미셸 뷔토르는 1960년에 실제로 미들베리 칼리지에 간다.

[1958년 여름] 월요일, 미들베리 칼리지75에서

이곳에서의 체류는 아주 흥미진진하네. 하지만 곤란한 점이 없지는 않네. 그 모든 것에 대해 자네에게 말해주겠네. 변함없는 우정과 함께 자네 부부를 생각하네. 마지막 달을 뉴욕에서 보낼 생각이네. 정말 박진감 넘치는 도시야.76

그럼, 안녕히.

R. B.

---

75 미들베리 칼리지는 버몬트에 있다. 뷔토르도 그곳에서 가르친다(1960년 2월 16일자 미셸 뷔토르의 편지를 볼 것. 이 책 382쪽). 바르트는 이 학교에서의 경험에 대해 스리지 콜로키움에서 단 한 번 암시적으로 언급한다(앙투안 콩파뇽, 『구실: 롤랑 바르트』, UGE, 1978. p. 413). 바르트 번역가이며 미국인 친구인 리처드 하워드의 증언도 참고할 수 있다(*Signs in Culture: Roland Barthes Today*, Uni. of Iowa Press, 1989. p. 32).
76 롤랑 바르트는 베르나르 뷔페의 전시회에 대해 『아르』지 1959년 2월호에 게재한 비평의 글 「뉴욕, 뷔페 그리고 탁월함」(*OC*, t. 1, pp. 937~939)에서 뉴욕에 찬사를 보낸다.

[1958년 말~1959년?] 금요일

미셸,

드디어 나는 내일 토요일 저녁에 망통에 있는 미셸 비나베르 집에서 잘 예정이네.[77] 그곳까지 내가 그의 동생 조르주를 (그리고 나의 미국인[78]도 함께!) 데리고 가기 때문이네.

토요일에는 나를 기다리지 말게. 하지만 일요일에는 분명히 가겠네. 정오 무렵에 자네에게 전화하겠네(하지만 너무 기다리지는 말게).

만일 뜻밖의 일이 생기면 비나베르의 집으로 내게 전화를 줘도 좋네. 망통 생베르나르(오트사부아) 94번지.

일요일에 보세.

롤랑

77　바르트는 오트사부아에 있는 비나베르의 통나무집에 여러 번 간다(전해에 비나베르에게 보낸 편지를 볼 것. 이 책 282쪽).
78　리처드 하워드를 말한다.

[1959년] 8월 3일, 앙다이에서

친애하는 미셸,

　지난번 파리에 다녀올 때 자네를 만나지 못한 것에 대해 자책했네. 자네의 '걱정들emmuis'을 알고 있다고 자네에게 더 잘 말하지 못했던 것에 대해서도. 아니 자네의 '걱정emmui'이라고 말해야겠네. 17세기의 단수單數는 세상과 인간관계에서 매끄럽지 못한 것의 일관성 자체를 우리 자아에 드러내 보이는 그 사소한 우연들의 총체를 더 잘 설명해주기 때문이지. 자네도 알겠지만, 나는 자네에게 이렇게 말할 수밖에 없다네. 이를테면 그런 불안들은 우리 모두가 자네에게 기대하는 작업, 다시 말해 지속적인 창작 속에서만 객관적으로 고찰된다는 것을 말이네. 내가 너무 쉽게 훈계를 늘어놓는 것 같네. 분명히 자네에게 말하지만 나 자신의 나약성에 대해 모르는 바는 아니라네.

　마음의 상처, 불안, 분노 등으로 며칠씩 얼마나 여러 번 작업을 중단하는지 모르겠네.

　가족 모두 건강하기를 바라네.

열심히 하기를.
자네의 친구,

롤랑

앙다이 해변가 에체토아

1960년 2월 14일, 앙다이에서

친애하는 미셸,

(자네의) 『정도Degrés』79를 읽고 있는 중이네. 그런데 내가 이 책과 얼마나 긴밀히 연관되어 있는지 자네에게 말하기 위해 기다릴 필요는 없는 것 같네. 내 생각에 이 작품은 자네의 가장 훌륭한 소설이며, 어쨌든 가장 친근감을 느끼는 소설이네. 이를테면 이 작품은 플라톤의 한 대화편만큼이나 완전하네! 나는 그 안에서 마치 물속의, 대양의 물고기처럼 헤엄치네. 어쩌면 내가 교수였고, 가르치는 것이 사실상 내가 좋아하는 유일한 기술이기 때문인지도 모르겠어. 하지만 그 기술에 얼마나 욕구불만인지. 나는 자네의 『목록Répertoire』의 마지막 텍스트에 대해서도 아주 친근감을 느끼네. 그 글에서 자네는 어떻게 소설 쓰기로 옮겨가게 되었는지를 말하고 있지 않나.80 그런데 나도 자네와 꼭 마찬가지라네!(내가 시도─아직─소설도 쓰지 않은 것을 제외하면 말이네!) 하지만 글을 쓰고 싶은 마음은 크네. 장편 소설이 아니고 콩트를 말일세. 요컨대 자네의 모든 것에 나는 아주 기뻤네.

자네 부부는 어떻게 지내는가? 뉴욕은? 그 대학은? 자네 자신은? 이곳은 정말 새로운 일이라고는 아무것도 없네. 알제리의 불안을 제외하고는 말일세. 그것도 물론 새로운 일은 아니지만. 나는 『아날』지에 게재할 문학사

---

79 『정도』는 1960년 갈리마르 출판사에서 출간된다. 뷔토르는 바르트의 이 편지를 페로스에게 보낸 자신의 편지에서 인용한다(『서한 1955~1978』, *op. cit.*, p. 42).
80 1959년 루아요몽Royaumont에서 발표된 글이다. 뷔토르는 이 발표에서 자신이 철학에서 소설로 옮겨간 것에 대해 언급한다(『목록』, Minuit, 1960, pp. 271~274).

에 대한 글을 한 편[81] 쓰기 위해 며칠간 여기에 있는 중이라네. 그 후 나는 나의 '유행'을 다시 시작할 것이네. 문학에도 친구들의 얼굴에도 아무것도 주목할 만한 것이 없는 것 같네. 길고 은밀한 작업, 그게 전부라네.

변함없는 우정을 전하면서.

R. 바르트

미셸 뷔토르가 롤랑 바르트에게

1960년 2월 16일, 브린 모어[82]에서

도서 목록을 펼치면서, 잡지들을 훑어보면서, 분류표들을 읽으면서 자네를 생각하네. 먼지투성이의 그 마이크로 신화micromythologie에 사로잡힌 나라가 있다면, 이 나라가 바로 그 나라일세. 자네의 비평에 쓰일 얼마나 놀라운 자료인지!

우리는 새 환경에 적응하기 시작하고 있네. 첫 며칠은 무척 피곤했는데,

---

81 「역사 또는 문학Histoire ou Littérature」, *Annales*, mai-juin 1960. 『라신에 관하여』에 재수록된다.
82 뷔토르는 그 당시 필라델피아 교외에 있는 브린 모어 칼리지에 체류하고 있었다.

이제 원기를 좀 회복했다네. 마리조[83]가 휴식을 취하기만 한다면 아주 잘 지내게 될 걸세. 세실[84]은 건강이 아주 좋네. 인기도 많다네. 마리 M은 친절하게도 그녀가 이곳을 비운 동안 차를 우리에게 빌려주었네. 마리조는 운전을 아주 잘해. 운전은 아내의 삶에 변화를 주네. 조금이라도 드라이브를 하려면 멀리 나가야 하기 때문이야. 나도 드라이브를 시작하려 하네만, 펜실베이니아주의 운전면허(영어로 된 86문항의 문제와 답안을 외워야 한다네)를 따야 해서. 이 차는 자동기어 변속장치여서 그렇게 어렵지는 않을 것 같네. 둘째 애를 데리고 브린 모어에서 미들베리로 다시 이사[85]를 해야 하는데, 사고가 나지 않을까 싶네. 사람들은 우리의 대담함에 깜짝 놀란다네. 우리가 화성인들처럼 보이는 모양이야.

나는 이달 말부터 5월까지 주당 한 번꼴로 강의(그다음에는 가족 부양……)를 한다네. 그 덕에 로스앤젤레스까지 가게 됐어. 예상이 되겠지만, 샌프란시스코를 거쳐서 올 예정이네.

필라델피아는 흥미진진한 도시여서 열광적으로 탐사하고 있다네. 자네는 말하겠지. 내가 많은 친구들처럼 뉴욕 가까이에 살고 있다고……. 하지만 나는 운 좋게도 아직 뉴욕을 알지 못하네. 즉시 브린 모어로 떠나 그곳에서 휴식을 취하며 체류했기에 뉴욕을 슬쩍 스쳤을 뿐이야. 요컨대 그 첫 접촉이 강렬했다는 이야기야. 다음에 많은 이야기를 해주겠네. 그때를 기다리며 미들베리에서의 부동을 참아내고 있다네.

나는 아직 작업을 다시 시작하지 못하고 있네. 해결해야 할 급한 문제

---

83 마리조 뷔토르Marie-Jo Butor(1932~2010)는 그의 아내다.
84 세실 뷔토르Cécile Butor는 미셸 뷔토르의 네 딸 중 한 명으로, 그녀는 미국 일주에 대해 쓴 책 『부메랑』(Gallimard, 1978)에 등장한다.
85 미셸 뷔토르는 버몬트의 미들베리 칼리지에서도 가르친다.

들이 너무 많았네. 『정도』에 대한 소식들을 듣기 시작하고 있어. 그로 인해
좀 힘이 난다네.

눈부신 태양 아래 눈 덮인 자연이야. 편지를 기다리겠네. 자네 주변의 모
든 것은 더 잘 되어가겠지? 조르주로부터 소식이 왔네.[86] 보다 더 느긋해진
모습이었네.

우정과 함께,

미셸 뷔토르
로 빌딩
브린 모어 칼리지
브린 모어
펜실베이니아, 미국

자네를 마지막으로 프랑스 에세이스트들에 관한 내 수업을 마칠 생각이
네. 잘 지내게.

---

86 며칠 전 조르주 페로스가 미셸 뷔토르에게 보낸 편지 참고(『서한 1955~1978』, *op. cit.*, pp.
41~42).

롤랑 바르트가 미셸 뷔토르에게(BNF)

1960년 4월 11일, 앙다이에서

친애하는 뷔토르,

비록 추상적일지 모르지만, 나의 변함없는 마음을 전하기 위해 한 자 적네. 올해도 일이 잘 풀리기를 바라네. '자네의 미국'에서의 경험을 잘 축적하는 것 역시. 그리고 미들베리도 잘 준비하게. 그 심정, 마음으로 이해되네.

여기는 어떠냐고? 자네는 조르주의 책을 틀림없이 받았겠지.[87] 드니즈[88]와 함께 치는 피아노는 좀 자연스러워지는 것 같네. 누보로망은 멀어졌네. 나는 사회학밖에 생각하지 않네. 구조주의는 생각조차 하지 않네. 나는 몇 가지 일을 소화해냈네. 이제 '유행'에 대해 쓰려 하네. 하지만 마음이 편치 않네. 글쓰기가 가능할지 의구심까지 드네. 그렇지만 그 불안을 잘 몰아내야겠지. 여행 계획은 없네. (최상의 경우겠지만) 평온한 상태에서 은밀하게 작업을 할 수 있기를 바란다네.

자네 가족 모두 건강하기를 바라네.

이만 줄이네.

R. 바르트

---

87 『콜라주 작품들』은 1960년 갈리마르에서 출간된다.
88 피에르 클로소프스키의 여주인공 로베르트의 모델인 드니즈 클로소프스키를 말한다. 클로소프스키 부부는 세르방도니가와 아주 가까운 뒤 카니베가에 살고 있었는데, 바르트는 클로소프스키의 아내와 함께 자주 피아노를 쳤다.

미셸 뷔토르가 롤랑 바르트에게

1960년 4월 17일, 브린 모어에서

친애하는 롤랑,

일들은 잘 풀리고 있네만 곡예가 아주 심하네! 아이가 태어나면[89] 오는 6월부터 따로 숙소를 마련하여 이사를 해야 되고, 미들베리 칼리지의 '실질적인' 준비도 해야 되고. 이 일은 조금씩 구체화되기 시작하고 있네. 우리는 마리조의 여동생을 오게 해 도움을 받을 생각이네. 7월 17일에 올 걸세.

나는 부르시에와 기요통[90]으로부터 편지 세례를 받고 있네. 그들은 여러 문서와 책 목록들과 각 주의 강의 초안 등을 요구하고 있네. 자네도 그런 일을 겪었겠지. 좀처럼 끝나지가 않네. 이 일은 나를 아주 불행하게 만드네. 내게는 그런 것들을 생각할 시간이 절대적으로 부족해서 어떻게 해결해야 할지 모르겠네. 한꺼번에 열 가지 일을 하는 습관이 있어도 소용이 없네. 한계가 있는 법이니까……

미국에 대해서는 이 나라에 대한 엄청난 소재거리를 걸러내어 축적하고 있다네. 나는 목요일에 로스앤젤레스로 떠나네. 두 번의 강연이 있었네. 토요일 오전에 샌프란시스코로 다시 가서 일요일에는 아주 자유롭게 그곳을

---

89 아녜스 뷔토르의 탄생을 말한다.
90 클로드 부르시에와 뱅상 기요통Vincent Guilloton은 뷔토르가 강의를 하게 될 미들베리 칼리지 프렌치 서머 스쿨의 책임자들이다.

거닐어볼 참이네. 이곳에는 월요일에 돌아올 텐데, 시카고에서 환승을 할 생각이네.

조르주의 책은 받았네. 아주 훌륭한 책이야.91 마르셀 아를랑92은 그 책에 대해 『엔에르에프』 지에 언급해줄 것을 부탁했네. 불행히도 현재로서는 할 수가 없네. 타니아93가 곧 아기를 낳는다는 것을 알고 있는가? 우리 문제는 그들 부부의 문제에 비하면 아무것도 아니네.

자네도 알다시피 '유행'에 대한 글에 대해서 초조하게 기다리고 있네. 자네가 쓰게 될 것이 현재 자네가 생각하고 있는 것과는 아마 상당히 다르리라는 것만을 제외하면, 글쓰기는 (…)94 할 것이네. 하지만 그것은 그 이름에 걸맞은 모든 책의 한 법칙이 아니던가?

힘내게. 곧 소식 주기를 바라네.

우정과 함께,

미셸 뷔토르

---

91 앞서 본 것처럼, 1960년 3월에 출간된 조르주 페로스의 『콜라주 작품들』을 말한다.
92 마르셀 아를랑(1899~1986). 프랑스의 작가, 문학비평가. 『에티엔Étienne』(Gallimard, 1924), 『모니크Monique』(Gallimard, 1926), 『물과 불L'Eau et le Feu』(Gallimard, 1960) 등 많은 작품을 남겼다.—옮긴이
93 타니아 페로스Tania Perros는 조르주 페로스의 아내로, 조르주 페로스는 당시 경제적으로 아주 어려운 처지였다(미셸 뷔토르, 조르주 페로스, 『서한 1955~1978』, *op. cit.*, pp. 47~48). 타니아는 유산을 한다(*Ibid.*, p. 56).
94 판독 불가.

롤랑 바르트가 미셸 뷔토르에게(BNF)

1960년 6월 6일

친애하는 미셸,

　서둘러 한 자 적네. 미국에서와 마찬가지로 파리에서도 삶은 실망스러우니 말이네. 난 자네가 막 미들베리에 정착하지 않았을까 추측해보네. 아무튼 자네가 휴식은 취할 수 있으리라 생각되네(장소를 바꿔 가면서 식사를 하는 것과 정신적으로 지치게 하는 어떤 것을 제외하면 말이네). 곧 우리는 즐겁게 다시 만나게 될 걸세. 이곳에서는 모든 것이 잘 되어가네. 모든 것이 끈질기게 자신의 존재를 지속하고 있네. 나는 이론상으로는 '유행' 준비를 끝냈네.[95] 여름에 앙다이에서 쓸 것이네. 그 전에 이탈리아에서 보름 동안 아주 평범한 휴가를 보내려 하네. 문학 전선에는 (아주 단편적인 생각이지만) 내가 아는 바로는 아무것도 없네. 마르트 로베르의 아주 훌륭하고 중요한 『카프카』[96]를 제외하면 말일세. 우리는 '5월의 상'을 탔네. 나는 블랑[97]의 『나』를

---

[95]　실제로 『유행의 체계』의 탄생에는 우여곡절이 많았다. 바르트는 1964년에 가서야 집필을 끝마친다. 그 뒤 1967년에 출간된다.

[96]　마르트 로베르Marthe Robert의 이 책은 1960년 갈리마르에서 출간된다. 바르트는 이 책에 대한 글을 1960년 『프랑스 옵세르바토르』지에 게재한다. 「카프카의 답변」이라는 이 글은 후에 『비평 선집』(OC, t. 2, pp. 395~399)에 재수록된다.

[97]　이브 블랑(1925~2017). 스위스의 작가. 『나』(Seuil, 1959), 『소프트 굴라크Soft Goulag』(éditions Bertil Galland, 1977) 등이 있다.—옮긴이

위해 누보로망을 저버렸네. 그것은 내게 전광석화에 비길 만했네.[98] 나는 나의 '유행'에 대한 글에서 다른 작업들과 다른 관심사들을 후에 언급하겠다고 미룸으로써 여전히 이해 수단의 결여를 노출시켰을 뿐이네! 나의 (학문적) 통합 운동은 통시적일 수 있을 뿐이네.

풀로에서부터 피에르[99]에 이르기까지 친구들은 자신들의 길을 가고 있네. 피에르는 그의 세 번째 『로베르트』[100] 작업에 매진하고 있는 것 같네. 풀로는 나의 답장을 기다리고 있네.[101] 그를 보지 못한 지 아주 오래되었네. 상황이 이렇다네.

나의 변함없는 마음을 전하고자 쓴 것이네. 자네를 기다리네.

롤랑

---

98 1960년, 『나』로 '5월의 상'을 탄 사람은 이브 블랑이다. 롤랑 바르트는 『크리티크』지에 그 소설에 대한 글을 싣는다. 「노동자들과 목사들」이라는 이 글은 후에 『비평 선집』(OC, t. 2, pp. 389~394)에 재수록된다.
99 조르주 페로스와 피에르 클로소프스키.
100 클로소프스키는 1953년에 『로베르트, 오늘 저녁에』를 출판하며, 1959년에는 미뉘 출판사에서 『낭트 칙령의 폐지La Révocatin de l'édit de Nantes』를, 이어 1960년에는 포베르 출판사에서 『프롬프터, 혹은 사회 극장Le Souffleur, ou le Théâre de société』을 출간한다.
101 바르트가 페로스에게 보낸 편지들을 볼 것. 이 책 592쪽.

[1960년 12월 30일] 금요일, [앙다이에서]

　친애하는 미셸, 자네 가족 모두 새해 복 많이 받고, 행복하고 보람찬 해
가 되기를 바라네. 이번 학기에 자네를 보지 못해 안타깝네. 하지만 자네나
나나 여행을 했고, 그 나머지 시간은 계속 작업이었네. 곧 또 보세. 2월 초
에 다시 캐나다로 떠나는데,102 그렇더라도 말일세.

　잘 있게.

R. 바르트

1962년 3월 2일

　친애하는 미셸,

　『르 피가로 리테레르』지의 캉테르의 글103은 무기력에 빠져 있던 나를

102　바르트는 1961년 1월 15일에서 2월 5일까지 오랫동안 북아메리카에 체류한다. 그는 특히 위베르
아캥과 스포츠에 대한 영화「스포츠와 인간들」을 찍기 위해 몬트리올에 간다. 이 영화는 1961년에 상
영된다. 영화 대본은 2004년 몬트리올대학출판부에서 출간되었다.
103　벨기에 출신의 작가이자 비평가로 누보로망과 근대성에 아주 적대적인 로베르 캉테르Robert
Kanters(1910~1985)는 『모빌』에 대해 매우 부정적인 비평(「뷔토라마의 아메리카」, 『르 피가로 리테레

깨어나게 하네. 그것은 나로 하여금 『모빌』에 대해 자네에게 감사하도록, 또 내가 그 소설을 좋아한다고 자네에게 말하도록 부추기네.104 알다시피, 스스로 돌아가는 '등받이'보다, 그리스 비극의 놀라운 묘사들이나 내가 그토록 좋아하는 네덜란드 화가들의 묘사들을 시조로 삼는(하지만 알다시피, 그 시조는 아득히 먼 옛날이네) 그 서사시의 목록보다 내 정신에 더 잘 맞는 것은 아무것도 없네. 자네가 말했듯이 세상은 충만하다네. 그 점에서 나는 자네의 작품이 아주 혁신적이라고 생각하네. 캉테르는 얼간이야. 그는 문학이 뭔가를 표현하는 데 소용되기에 책의 '규칙들'이 있다고 믿네. 그는 문학이, 반대로 언어와 맞붙어 싸우는 데 있기에 그 싸움을 극단으로 밀고 가는 것이 언제나 올바른 일이라는 것을 모르네. 그는 사르세105가 말라르메의 『주사위 놀이』에 대해 썼을 것 같은 것을 쓰고 있네. 어쨌든 그 모든 것은 아주 좋네. 아주 명쾌하기 때문에.

곧 또 보겠지?
모두에게 다정한 마음을 전하네.

롤랑

르』, 1962년 3월 2일)을 썼다.

104　바르트는 1962년 『크리티크』 지에 『모빌』에 대한 아주 중요한 글을 싣는다. 이 글을 『비평 선집』(OC, t. 2, pp. 430~441)에 재수록된다.

105　프랑시스크 사르세Francisque Sarcey(1827~1899)는 매우 반동적인 프랑스의 비평가이자 저널리스트다.

1962년 11월 25일 일요일

친애하는 미셸,

자네의 우편엽서를 받고 기뻤네. 자네와 멀리 떨어져 사는 일이 끝나가고 머지않아 자네가 우리 곁에 있게 될 것이라는 생각 또한 기쁘네.[106] 자네는 물론 다음과 같은 파리의 현재 상황을 접하게 될 걸세. 즉, (나와 같은) 지식인은 넘쳐나는데 문학은 아주 무기력한 상태인 것 같고, '국제 비평지'[107]는 파탄 지경에 있네. 이번 학기에 중요하고 새로운 일은 나의 세미나 수업이네.[108] 부담이 크고 공부를 아주 많이 해야 하지만 즐거운 일이네. 내 삶에 이런 일밖에 없다면 분명 아주 유쾌한 삶이 될 텐데. 하지만 그 밖의 일도 있으니. 'no라고 말할 줄 몰랐던'[109] 고대인들처럼 우리를 죽을 지경으로 만드는 생계를 위한 활동들이라네.

'새로운 아메리카'를 가지고 돌아오게. 자네를 기다리네.

이만 줄이네.

롤랑

---

106 뷔토르는 미국에 있다.

107 국제 비평지는 바르트와 블랑쇼의 서한의 중심 주제다. 뷔토르도 그 비평지 창간에 참여하는데, 1962년 12월 5일자 디오니스 마스콜로의 편지는 그 사실을 증언한다. 「국제 비평지'에 대한 자료」, *Lignes*, 1990년 9월호, pp. 264~265.

108 그해 바르트의 세미나 수업의 주제는 '현대의 의미 체계 목록-사물들의 체계(의복, 음식, 주거)'였다.

109 세바스티앵로슈 니콜라 드 샹포르Sébastien-Roch Nicolas de Chamfort에게서 착상을 얻은 말로, 그는 이렇게 쓴 바 있다. "스파르타인들이 'no'라는 음절을 발음할 줄 몰라 페르시아인들의 종노릇을 했던 것처럼 인간은 거의 모두 그런 이유에서 노예들이다."(*Maximes et Pensées*, 1795)

[1964년] 2월 19일 수요일

친애하는 미셸,

그곳에 도착했다는 자네의 편지에 기뻤네.[110] 지금쯤은 이미 자리를 잡고 작업을 하고 있을 것으로 기대하네. 자네가 하고 있는 일에 대해 좀 말해주게. 2개월여 전부터 나는 그 어느 때보다 삶이 추상적이야. 사교생활이라고 할 것조차 없네. 그냥 관계만 있는 삶일 뿐이야. 작업은 많이 하고 있지만 전혀 중요하지 않은 것들일세. 처리해야 할 해묵은 일들이 많아. 하지만 곧 다 마무리될 걸세. 그러면 마침내 자유로운 여름을 맞이할 것 같네. (어쩌면 내 생애 처음이지만) 나를 위해 뭔가를 자유롭게 할 수 있는 여름 말이네. 바로 그것이 나의 멋진 계획이라면 계획이라네. 미슐레는 50세 무렵 그의 신생新生(vita nuova)을 가졌지. 나도 쉰에 가까우니 같은 욕심을 가져보네. 아직 글을 쓰지 못했다고 생각되기에 곧 쓰겠다고 마음먹고 있네.[111]

내가 자네를 잊지 않는 것처럼 파리에 은거하는 나를 잊지 말아주게.

자네 부부에게 변함없는 우정을 보내네.

롤랑 바르트

---

110 뷔토르와 그의 가족은 포드재단의 장학금을 받고 서베를린에 막 정착한 상태였다.
111 이 문제에 대해서는 뷔토르와 페로스가 작가 바르트에 대해 교환한 편지(『서한 1955~1978』, op. cit., pp. 159~160) 참조.

미셸 뷔토르가 롤랑 바르트에게

1964년 3월 8일, 베를린에서

친애하는 롤랑,

자네의 편지와 책112 매우 고맙네. 곧 파리로 달려가겠네. 16일에서 20일까지 머물 생각이네. 자네를 무척 보고 싶네. 자네는 '대학출판사' 사장인 M. 장피에르 들라르주로부터 초대장을 받게 될 것이네. R. M. 알베레스가 나에 대해 쓴 조그만 저서113의 발간에 즈음하여 여는 칵테일파티라네. 19일일세. 자네가 참석한다면 자네와 알게 되어 기쁨을 느낄 모든 이에게 큰 즐거움을 줄 걸세. 시간이 되면 전날인 18일 수요일에 자네와 조용히 만나 저녁을 같이하고 싶네. 가능한지 한 자 적어주게.

지난번 잠시 머무를 때 2월 15일경에 조르주 풀로114를 보았네. 꽤 큰 수술이 있기 전날 그는 자기 아버지를 보러 (…)115 병원에 갔었네. 아주 불안해하는 편지를 그에게서 한 통 받았네. 그는 두아르네즈로 이사했네.

112　얼마 전에 출간된 『비평 선집』을 말한다.
113　르네 마릴 알베레스René Marill Albérès(1921~1982)는 그해 '대학출판사Editions Universitaires'
에서 뷔토르에 대한 책을 출판한다.
114　조르주 페로스.
115　판독 불가.

나는 몽테뉴에 빠져 있네. 16일 이전에 서문을 써서 갖고 가야 한다네.[116]
우정을 보내네.

미셸 뷔토르

---

116 뷔토르는 UGE 출판사의 '10/18' 총서 중 세 권으로 출간될 몽테뉴의 『수상록』의 서문을 쓴다.
이 책은 1964년에 출간된다.

1964년 6월 2일, 베를린에서

친애하는 롤랑,

자네의 소식을 들은 지 아주 오래되었네. 자네가 그립네.

이달 말 파리로 달려가겠네. 6월 25일에서 7월 1일 사이에 파리에 있는가, 아니면 위르트? 정답게 자네의 시간을 좀 빼앗고 싶네만.

곧 강연을 한다는 것을 쇠유 출판사 소식지에서 접했네. 무엇에 관한 것인가? '누벨 누벨 르뷔 프랑세즈'라고 말하듯이, '누보 누보로망'에 관한 것인가? 내게 이야기해주게.

아마 자네는 조르주 페로스의 부친의 사망에 대해 알고 있겠지. 그의 어머니와 그의 의붓딸 엘리자베트[117]가 합류한데다 곧 낳게 될 아이까지 합하면 그는 일곱 가족의 가장이 될 것이네! 얼마나 힘들지!

어디로 연락을 하면 될지 넌지시 한 줄 부탁하네.

우정과 함께,

미셸 뷔토르

---

117 그의 아내 타니아의 딸. 미셸 뷔토르, 조르주 페로스, 『서한 1955~1978』, *op. cit.*, 173쪽 참조.

롤랑 바르트가 미셸 뷔토르에게(BNF)

〔1964년〕 8월 16일, 위르트에서

친애하는 미셸,

베네치아에서 만나지 못할 것 같네. 슬프네. 9월 말인 27일경에야 그곳에 가기 때문이네. 거기에서 만날 수 있으면 정말 좋을 텐데. 파리에는 언제 오는가? 나는 9월 초 사흘간 파리에 있네. 10월 이전에는, 다시 말해 베네치아를 다녀온 이후에는 파리에 없네. 나는 '휴가'에 빠져 있었네. 한 달 이상을 여행(모로코와 이탈리아)했어. 지금은 위르트에 있네. 악착스러운 작업의 이 묘한 부동不動 속에서 말이네. 나는 지연된 일들을 처리하고 있는데, 무엇보다 다음 세미나 수업을 위한 수사학에 열심이라네.**118** 고대 저자들을 읽고 있는데, 그들 체계의 일관성에 아주 매료되어 있지만 어떻게 그들을 우리 문학에 연결시킬지는 잘 모르겠네. 그렇지만 그 생각은 내 아이디어의 핵심 출발점이야. 이에 대해 정말 자네와 이야기를 나누고 싶네. 아직 확실치는 않지만, 자네도 내 관심사에 동의할 것으로 알고 또 느끼네. 키케로와 심지어는 플라톤까지 몇몇 사람들은 나를 짜증나게 하네. 하지만 아리스토텔레스와 쿠인틸리아누스 같은 사람들은 나를 매료시키네. 어떤 한 구조주의자한테서 기대되는 사고의 공유 같은 것으로! '마음' '영혼'

---

118 그해 바르트의 세미나 주제는 '수사학의 연구'였다.

은 그 어느 때보다도 무력하고 동요하여 '이해할 능력이 없네'. 하지만 다행스럽게도 쿠인틸리아누스와 status causae[119]의 분류법이 있네. 나는 자네를 만나서 '마음'과 지성의 혼합물을 발견하고 싶네. 그것은 이곳에서의 고독과 내 문제들이 매우 필요로 하는 것이네.

답장 주게.

이만 줄이네.

롤랑

미셸 뷔토르가 롤랑 바르트에게

1964년 8월 24일, 베를린에서

친애하는 롤랑,

실제로 나는 아리스토텔레스와 쿠인틸리아누스에 대해 자네가 말해준 것에 아주 흥미를 느낀다네.

---

119 이를테면 쿠인틸리아누스가 선先가설. 정의, 성질에 따라 분류하는 '판단 항목point à juger'을 가리킨다.

우리 삶은 조금 변화가 있을 것 같네. 파리로 돌아가면 이사를 하기로 했다네. 파리 남쪽 교외인 생트주느비에브데부아에 주택을 한 채 살 참이네. 생샤를에 있는 아파트는 너무 좁아서 팔고 말이야.

이제 그 아파트로 오지 말게나(어쨌든 더 이상 우리 집이 아닐 테니). 자네가 생트주느비에브의 우리 집을 찾을 날이 곧 오리라 기대하네.

마리조는 오늘 아침 그 일로 파리에 갔네. 우리 집에는 처제 둘이 딸들을 돌보고 있네. 나는 이 중요한 일 때문에 9월에 파리에 갈 계획이네. 베네치아를 다녀온 뒤일 걸세. 그리고 나서는 11월에나 다시 파리에 갈 것 같은데 날짜는 아직 정확히 모르겠네. 『삽화Illustrations』[120]의 진전에 달려 있을 것이네.

그럼, 3개월 후에 만날 수 있기를 기대하네.

우정을 보내네.

미셸 뷔토르

---

120 Gallimard, coll. Le chemin, 1964.

롤랑 바르트가 미셸 뷔토르에게(BNF)

1965년 11월 21일

친애하는 미셸,

피카르 사건121에서 자네의 옹호 고맙네. 나는 그 사건과 관련된 온갖 종류의 행태에 몹시 시달렸네. 그 사건을 통해 적의를 가진 한 집단(문학은 얼마나 대단한 결정結晶 촉진제인지! 진정 마술방망이네)뿐 아니라 자네와 같은 우정을 드러내 보여준 어떤 한 위기(물론 내적인 위기는 아니네. 출발이 기만 적이기 때문이네)의 모습이 조금은 명확해진 것 같네. 나는 내게 필요치 않 는 이 사건으로 인해 폭증한 일과 싸우고 있네. 친애하는 미셸, 자네가 2학 기 세미나의 한 주를 맡아 해줄 수 있는지 묻고 싶네. 올해는 수사학에 대 한 일종의 연구를 계속하고 있는데, 현대를 다루고 있네. 이를테면 말라르 메와 같은 과거의 작가들이든 자네와 같은 현재의 작가들이든 우리 문학 의 작가들을 살펴보고 있네. 만일 자네가 허락한다면 자네 마음대로 할 수 있을 거야(나는 그런 자유에 애착을 갖네. 경험을 통해 나는 작가들이 항상 요청 받은 인물에 대해서만 강의해주고 싶어하지는 않는다는 것을 알기 때문이네). 이를 테면 자네 자신의 것이 아닌 어떤 언어 경험(예를 들어 초현실주의자들의 언어

---

121 1963년에 출간된 바르트의 『라신에 관하여』를 거칠게 비판한 레이몽 피카르의 『새로운 비평인 가, 새로운 사기인가』(Pauvert, 1965)의 출간으로 야기된 논쟁을 말한다. 이 논쟁은 1966년 『비평과 진 실』의 출간으로 해결된다.

경험)에 대해 말해주든지, 아니면 글쓰기 기술에 직면하여 자네 자신의 언어 경험에 대해 말해주든지 말이네. 후자에 대해서는 발표에 이어 학생들과 나의 질문들로 진행하든, 아니면 내가 자네에게 제시할 문제들로 진행하든 자네 좋을 대로 하면 될 걸세. 세미나 수업은 학생들이 많고 분위기가 좋아 딱딱하지 않네. 자네가 그렇게 해준다면 나로서는 아주 기쁠 것이네. 수업은 목요일 18시부터 20시까지네. 날짜를 자네에게 제안해보겠네. 1월 20일, 1월 27일, 2월 10일, 2월 17일, 2월 24일, 3월 10일.[122] 자네가 돌아오기 전에 자네의 마음을 간단히 알려줄 수 있겠지?

마리조가 출발하기 전에 전화를 하고 싶었는데. 모로코 여행이 (아주 성공적으로) 이루어졌던 만큼 더욱더 시간은 그 마음을 앗아가버렸네. 자네 부부에 대한 소식을 주게. 나의 변함없는 우정을 자네 부부에게 전하네.

롤랑

---

122 뷔토르는 3월 10일을 택한다.

미셸 뷔토르가 롤랑 바르트에게

1966년 3월 17일, 생트주느비에브데부아에서

친애하는 롤랑,

자네의 책[123]을 받고 온 가족이 기뻤네. 세 딸은 헌사에 아주 매료되었네. 나는 내가 얼마나 그 책에 감탄하고 있는지 말해주고 싶네. 비판에 응수할 때 적들의 수준 이하로 떨어지지 않기가 아주 어려운데, 자네는 그야말로 완벽하게 피카르를 그저 꼬투리나 잡는 한 인간으로, 파리의 끓는 물방울 속의 그 많은 평범한 한 극미동물로 만들어버릴 줄 아네. 그 모든 인용이 자네의 책 제1부의 주(註)들 속에 그토록 우글거리고 있다니!

얼마나 많은 사람이 자네를 옹호하지 않았던 것을 후회하게 될지. 그들은 그 부분이 얼마나 아름다운지, 얼마나 고상하고 얼마나 통찰력 있는지를 알게 될 것이네! 그 사람들, 유감스럽지만 할 수 없네.

제2부에서 나는 극도의 정확성을 보네. 그렇다네, 많은 페이지가 보다 더 확실한 어떤 형태를 부여하면서 수많은 성찰을 행하고 있네. 그 성찰들은 내가 과거에 했던 것들이거나 아직도 매달리고 있는 것들이네. 자네는 얼마나 나아가고 있는지! 자네는 이미 얼마나 먼 길을 주파했는지! 자네보다 더 젊은 사람들을 그토록 자주 참고하는 자네의 용기를 칭찬해도 괜찮

---

123 『비평과 진실』.

겠지? 내게는 자네처럼 그런 용기가 없다네.

　그러니 진심으로 감사하네. 마리조가 자네의 어머님께 안부를 전해달라고 하네. 우리는 머지않아 자네를 만나기를 바라고 있네.

　이만 줄이네.

　　　　　　　　　　　　　　　　　　　　　　　　미셸 뷔토르

롤랑 바르트가 미셸 뷔토르에게(BNF)

〔1966년 3월〕 월요일

친애하는 미셸, 자네의 편지에 무척 기쁘네. 내가 자네 가족 곁에 있는 것 같기만 하네. 그러니 마음이 아주 찡하네. 수고스럽게도 내게 그렇게 만족스럽게 말해주다니, 고맙네. 아주 아름다운 '삭제들ratures'124에 대해서도 고맙네. 그것들은, 모든 '삭제'가 이중인화surimpression, '폐허'의 심층, 의미들의 퇴적일 뿐임을 드러나게 할 정도로 그것들 자신의 이름을 초월하네. 그런데 표면 위로 나타나는 것은 아주 아름답다네. 자네의 세미나 수업을 비롯하여 그 모든 것에 다시 한번 깊이 감사하네. 사람들이 그 수업에 대해 내게 적잖이 이야기했다네. 4월에나 자네에게 연락하겠네.

자네 부부에게 우정을 전하네.

롤랑

---

124 어휘의 원뜻보다는 그래픽 놀이jeux graphiques를 말한다.

[1966년] 5월 22일, 도쿄에서

친애하는 친구, 자네는 아마 세상의 어떤 그림엽서도 이것과 실로 닮은 것은 없으리라 생각하겠지.[125] 내게는 이 엽서가 경이롭네. 무엇보다 얼굴 사진이 있는 그림엽서가 없다네. 하지만 나는 이곳 사람들보다 더 아름다운 사람들을 본 적이 없네. 자네 부부도 이 나라에 와서 영감을 얻는다면 정말 기쁘겠네.

곧 또 보세.
변함없는 자네의 친구,

롤랑

[1967년] 3월 29일 수요일, 도쿄에서

자네의 넷째 딸[126]이 태어난 소식을 이곳에서 듣고 아주 기뻤네. 마리조가 너무 피곤하지 않기를, 아울러 모든 것이 아주 잘 되어가기를 바라네. 나는 자주 팽게[127]와 함께 자네에 대해 이야기하네. 나의 이 두 번째 여행은 강렬함과 즐거움, 그리고 발견의 측면에서 첫 번째 여행을 훨씬 능가하

---

125 바르트는 교토의 아주 유명한 황궁인 슈가쿠인 별궁의 그림이 있는 우편엽서에 편지를 쓴다.
126 마틸드.
127 모리스 팽게Maurice Pinguet(이 책 685쪽의 그의 편지들을 볼 것).

네. 오로지 지각하는 데 그칠 뿐 글쓰기는 전혀 못 하고 있네. 일주일 뒤에 돌아가네. 연락하겠네.

R. B.

1969년 10월 20일, 라바트에서

친애하는 미셸,

자네의 우편엽서에 행복했네. 자네와 똑같이 내게도 이사에 대한 걱정이 있네. 그래서 아직 공부를 시작하지 못하고 있네(수업이 아직 시작되지는 않았지만[128]). 나의 체류에 대해 아직 말하지 못하겠네. 금전적인 걱정밖에 없으니, 이 새로운 생활이 제대로 기능할지 아직 잘 모르겠어. 파리를 떠나기 전에 자네의 푸리에[129]와 정말 즐거운 시간을 보냈네. 훌륭한 성공작이네. 자네는 그 대상과 동질의 텍스트를 썼네. 그러니 결과적으로 그 텍스트는 텍스트와 텍스트의 비판의 이율배반을 제거하고 있네. 자네가 많이 보고 싶네. 6월에나 파리에서 한번 보세. 우리는 동일한 등적위선에서 돌아오

---

128 바르트는 1년 동안 라바트대학에서 가르쳤다.
129 뷔토르는 1970년 초 갈리마르 출판사에서 『방위들의 장미: 샤를 푸리에를 위한 32 나침 방위La Rose des vents: 32 Rhumbs pour Charles Fourier』를 출간한다. 바르트는 뷔토르의 이 텍스트를 원고로 읽었을 것이다.

겠지(거의 쥘 베른과 같이 말이네).

자네와 자네의 모든 가족에게 우정과 안부를 전하네.

롤랑

라바트, 피에르세마르가 11번지

1970년 10월 20일, 파리에서

친애하는 미셸,

자네의 소식을 듣고 기뻤네. 자네가 내게 말해준 푸리에[130]에 대한 이야기, 감동적이었네(자네를 제외하면 푸리에에 대해서는 거의 이야기를 듣지 못했네). 물론 그 글을 자네에게 헌정하고 싶었네. 하지만 자네 자신의 헌사에 답하여 너무 기계적으로 쓰는 것 같은 인상을 주지 않을까 걱정이 되었네. 다음에 또 하나 쓸 생각이네. 얼마 전에 모로코에서 완전히 돌아왔네. 나는 매우 의기소침해 있네. 일이 과중하네. 당연한 일이겠지만, 그 느린 글쓰기에서 멀어져, 실제로 도가 좀 지나친 글쓰기를 해야 하니 말이야. 내 바람과는 거리가 먼 일이네. 파리에 가면 자네를 만나기를 바라네. 잠시 나를 좀 보살펴주게.

모두에게 안부를 전하네.

변함없는 자네의 친구

롤랑

---

130 바르트는 『크리티크』지 1970년 10월호에 「푸리에와 함께 살기Vivre avec Fourier」를 게재한다(이 글은 1971년에 『사드, 푸리에, 로욜라』에 재수록된다).

1971년 3월 15일

친애하는 미셸,

자네의 소식에 기뻤네. 그런데 자네의 경제적인 어려움에 가슴이 좀 아프네.131 어려움이 짐작되네. 대학 일에서 나는 문제에 봉착해 있네. 프랑스 고등연구원의 지위 변화에 관한 일인데, 그렇게 되면 박사학위 논문에서 문제가 제기될 걸세. 그 문제는 늘 피하고 싶었고 또 피할 수 있었는데.132 제네바에서의 강의는 끝났네. (무엇보다 미리 수업 준비를 해놓지 못했기에) 피곤했지만 그 경험에 대해 아주 좋은 추억을 간직하고 있네.133 모두가 무척 친절해서 제네바가 마음에 꼭 들었어……. 하지만 나는 다시 일을 시작해야 해(나는 그때 여기에서 나를 녹초가 되게 하는 모든 약속을 멀리하기 위해 그 구실을 만들었네).

개인적인 작업을 다시 시작했네. 사드에 관한 작업134을 하고 있어. 하지만 그 밖의 일로 아직 아주 복잡하다네.

이제나저제나 자네를 다시 만나기를 기다리네, 미셸.

가족 모두에게 나의 심심한 안부와 변함없는 우정을 전하네.

롤랑

---

131 뷔토르는 니스대학에서 가르치고 있었기에 생로랑뒤바르에 살고 있었다.
132 고등연구원의 지위가 있으면 자신이 박사가 아니더라도 연구 책임자는 박사학위 논문을 지도할 수 있다. 바르트의 경우가 바로 그렇다.
133 바르트를 제네바대학에 초청했던 장 스타로뱅스키와 나눈 편지를 볼 것. 이 책 640쪽.
134 『사드, 푸리에, 로욜라』에 대한 집필.

1977년 10월 20일, 파리에서

미셸, 어머니가 몹시 편찮으시네. 그래서 거의 어머니를 돌보는 일밖에 하지 못하고 있네. 모든 활동을 접은 상태야. 전에 알리기는 했는데 메디치상 심사위원직 사표를 써 보낼 생각조차 못하고 있었네.135 그러니 나는 11월에 수상작에 대한 투표를 해야 할 것 같네. 물론 회의에는 갈 수가 없네. 현재로서는 어떤 이름도 염두에 두고 있지 않네. 메디치 외국문학상으로 어쩌면 고이티솔로136나 비앙시오티137를 제외하고 말일세.138

편지 고맙네, 미셸.

자네 친구.

롤랑

---

135 바르트는 1973년부터 심사위원이었다.
136 후안 고이티솔로Juan Goytisolo(1931~2017). 스페인의 시인이자 소설가. 『전쟁의 풍경』(2000),
『낙원의 결투Duelo en el Paraíso』(1955) 등이 있다.—옮긴이
137 비앙시오티Hector Bianciotti(1930~2012)는 아르헨티나 출신의 프랑스 소설가. 아카데미 프랑세
즈 회원. 『낮이 밤에게 하는 이야기Ce que la nuit raconte au jour』(1992), 『아주 느린 사랑의 발걸음Le
Pas si lent de l'amour』(1995) 등이 있다.—옮긴이
138 그해 메디치상은 미셸 뷔토르의 『다른 사랑L'Autre Amour』에 주어지며, 메디치 외국문학상은 비
앙시오티의 『계절론Le Traité des saisons』에 돌아간다.

5.

롤랑 바르트가 장 피엘에게[139]

롤랑 바르트와 『크리티크』 지와의 관계는 1954년부터 시작된다. 그해 1월호에 장 피엘[140]은 『글쓰기의 영도』에 찬사를 보낸다.[141] 같은 해 바르트는 조르주 바타유가 창간한 잡지에 알랭 로브그리예의 『고무지우개』에 대한 그의 유명한 글 「객관적인 문학」을 싣는다. 1962년, 조르주 바타유가 사망한 뒤 곧 장 피엘은 롤랑 바르트, 미셸 드기, 미셸 푸코를 포함하는 편집위원회를 새롭게 개편한다.

〔1959년 6월 24일〕

친애하는 친구,

『지하철 소녀 자지Zazie dans le métro』에 대한 글을 보내네.[142] 글이 그리 명

139　롤랑 바르트의 편지들은 IMEC의 '장 피엘 장서'에 보관되어 있다. 우리는 실비 파트롱이 1996년 파리 7대학에서 마친 『크리티크』 지에 대한 박사학위 논문 부록에 실린 것들을 여기에 다시 싣는다. 그의 저서 『크리티크 지, 1946-1996. 현대 정신의 한 백과사전』(éditions de l'IMEC)은 이 논문의 일부를 발췌한 것으로, 롤랑 바르트에 대해 많은 지면을 할애(115~124쪽)하고 있다.
140　장바티스트 피엘Jean-Baptiste Piel(1902~1996)은 프랑스의 작가이자 철학자, 비평가다. 롤랑 바르트, 모리스 블랑쇼, 이브 본푸아, 질 들뢰즈, 자크 데리다, 미셸 푸코, 미셸 레리스, 에마뉘엘 레비나스, 장프랑수아 리요타르, 알랭 로브그리예, 미셸 세르 등에 대한 글을 썼다. 1962년부터 1996년 사망할 때까지 『크리티크』 지를 이끌었다.—옮긴이
141　그의 글 「비평의 사회적 기능」에서.
142　롤랑 바르트는 크노의 소설 『지하철 소녀 자지』(Gallimard, 1959)에 대한 글 「자지와 문학」을 『크리티크』 지 8~9월호에 싣는다. 이 글은 『비평 선집』(OC, t. 2, pp. 382~388)에 재수록된다.

쾌하지 않은 것 같아 걱정이야. 하지만 시간이 촉박했네. 에드가 모랭143의 작품에 대해 뭔가 계획하고 있는 것이 있는가? 어쨌든, 나는 그에 대한 작업을 할 생각이 있네. 하지만 모랭에게 아직 말하지는 않았네. 나를 믿지 못했네.

7월에나 한번 만나세.

이만 줄이네.

R. 바르트

내게 별쇄본은 필요치 않네.

---

143 바르트는 모랭에 대해 단 한 편의 글을 쓰는데, 『콩바』지 1965년 7월 5일자(*OC*, t. 2, pp. 718~719)에 게재된다.

[1961년 8월 24일]

친애하는 친구,

미안해하지 말게. 자네에게 답장을 보내야 했는데, 기억하지 못하고 있었네. 할 수 없지 않은가. 『유행의 체계』를 끝내려 하니 너무 바빠 여전히 아주 경황이 없네. 하지만 빨리 뭔가를 써서 보내려 애써보겠네. 세 가지가 가능하니, 자네의 계획에 따라 선택하게.

1) 푸코의 책.144 이 책에 대한 글은 가능한데, 벨라발145이 그 책에 대해 물어왔었다고 미셸 푸코가 내게 말해주었네. 그 책을 미쇼의 책146과 연계해서 쓸 모양인가? 의심스러우니 난 그만두는 게 낫지 않을까 싶네. 그 책에 대해 언급할 자격이 없으니만큼 더더욱 그런 생각이 드네.

2) 지라르의 책147에 대해서는 여전히 가능하네. 그런데 그 책을 파리에 놓고 와서 더 늦어질 것 같네.

3) 내게 아이디어가 하나 있는데, 자네가 이미 언급했던—아니면 어쩌면 다룰 생각을 했던—책들에서 그 아이디어에 대한 정보를 얻었네. 즉,

---

144 1961년에 플롱 출판사에서 『광기와 정신착란: 고전주의 시대에 있어서 광기의 역사』라는 제목으로 출판된 『광기의 역사』다.

145 이봉 벨라발Yvon Belaval(1908~1988)은 프랑스의 철학자이자 문헌학자. 라이프니츠와 18세기 전문가다.—옮긴이

146 앙리 미쇼는 1961년 갈리마르 출판사에서 『구렁에서 얻은 지식Connaissance par les gouffres』을 출판한다. 실제로 이봉 벨라발은 미쇼의 그 책에 대한 글 「실험적인 시 입문」을 1962년 11월 『크리티크』지에 싣는다.

147 르네 지라르는 1961년 그라세 출판사에서 『낭만적 거짓과 소설적 진실』을 출판한다. 바르트는 그 책에 대해 서평을 쓰지 않지만 1963년 12월 『프랑스 옵세르바퇴르』지에 실은 「소설의 두 사회학」(OC, t. 2, pp. 249~250)에서 그 책에 대해 암시하고 있다. 지라르의 책에 대한 서평은 미셸 드기가 이 잡지의 1962년 1월호에 게재한다.

문학 묘사에 관한 것으로, 다음과 같은 책들을 다룰 수 있을 것 같네. 리카르두148의 『칸의 천문대Observatoire de Cannes』, 레리스의 『어둠이 없는 밤들Nuits sans nuit』, 브로스149의 『사물의 질서Ordre des choses』, 로브그리예의 『지난해 여름 마리앵바드에서』150(『텔켈』지에 게재된 텍스트. 안타깝게도 그것 역시 파리에 있네).151

글 제목은 '묘사, 공간, 언어' 정도가 될 수 있을 것 같군.

자네의 선택을 속히 말해주게.

이만 줄이네.

R. 바르트

바스퍼레네 위르트에서

나는 9월 20일에나 파리로 돌아갈 생각이네.

---

148 장 리카르두Jean Ricardou(1932~2016)는 프랑스의 작가이자 누보로망 이론가다. 1962년부터 1971년까지 『텔켈』지의 편집위원이었다.—옮긴이

149 자크 브로스Jacques Brosse(1922~2008). 프랑스의 종교 역사학자이자 철학자.—옮긴이

150 바르트는 제목을 잘못 말하고 있다. 그것은 1961년 봄 『텔켈』지 5호에 게재된 『지난해 마리앵바드에서』의 발췌본이다.

151 생각해보면, 이 작품은 (바르트가 쓰겠다는) 그 글을 쓰는 데 그다지 필요치 않을 것이다. 로브그리예의 이 작품(하지만 그 작품은 잡지에만 게재되었다)에 대해서만 벌써 네 번째 글이기 때문이다. 바르트는 1954년에 「로브그리예 분석?」을 게재한다. 이 글은 『비평 선집』(*OC*, t. 2, pp. 452~459)에 재수록된다.

[1961년 9월 3일]

친애하는 친구,

자네의 편지와 물건 고맙네. 푸코의 책(정말 아주 훌륭한 책이네)과 지라르의 책을 서둘러서 주의 깊게 읽고 있어. 두 책 중 어느 것을 택할지 하루바삐 자네에게 알려주겠네. 자네가 선택권을 내게 주었으니 말이네. 푸코쪽으로 마음이 많이 기울기는 해. 문학 관련 시론을 하나 쓰고 싶은데, 내가 가진 카드를 다 써버리면 난처하게 될 것 같기 때문이네!(내겐 카드가 그렇게 많지가 않아.) 나와는 표현 방식이 좀 다르지만 지라르의 책을 제외하면 말이네……. 어쨌든 3~4일 내로 자네에게 편지를 보내고, 작업을 시작하겠네.

이만 줄이네.

R. 바르트

[1961년 9월 17일]

친애하는 친구,

마침내 미셸 푸코에 대해 쓰기로 결정했네(그 글152을 함께 보내네). 자네
가 문학에 대한 글을 더 바랐을 거라는 걸 알고 있네. 한 철학자에 대해 말
하는 것이라면 자네에게도 아마 언급하고자 하는 철학자가 있을 테니까.
그런데 푸코의 책은 내게 아주 재미있는 한 문제(그렇지만 안타깝게도 내 글
에서 그 문제를 썩 잘 검토하지는 못한 것 같아. 정말이네)를 제기한 반면, 지라
르의 책이나 『마리앵바드』는 글을 쓸 만큼의 생각을 불러일으키지는 못했
네. 장황하게라도 쓰면 어떨지 몰라도. 지라르의 책은 아주 뛰어나. 하지만
기분이 상당히 거슬리네. 그래서 나는 적어도 『크리티크』 지에서만은 논쟁
을 하고 싶지 않네.153 『마리앵바드』는 좋은 작품이네. 하지만 로브그리예
라는 작가 전체를 다시 다룰 필요가 있을 것 같아. 그런데 현재로서는 그
럴 의욕이 없네. 내 생각은 그렇다네. 하지만 오래지 않아 자네에게 글들을
보낼 수 있기를 바라네.

---

152 바르트의 서평은 1961년 11월호에 「지식과 광기」라는 제목으로 게재된다. 『비평 선집』(OC, t. 2,
pp. 422~429)에 「쌍방이 모두」라는 제목으로 재수록된다.
153 기독교적인 화해의 사상인 지라르의 사상은 현대의 '허무주의'와는 정면으로 대치된다. 지라르
의 책의 '제11장 도스토옙스키의 묵시록'의 이 구문이 그 사실을 증명하는 것처럼, 그는 현대의 허무주
의에서 '낭만적 거짓'의 변형을 본다. 바르트는 그 장을 직접적으로 겨냥한다. "우리는 '백색의 글쓰기
l'écriture blanche'와 '글쓰기의 영도degré zéro'에서 갈수록 더욱 추상적이고 덧없으며 초라해지는 낭
만적 귀족 새들의 변형들을 알아보게 되는 데 10년도 걸리지 않을 것이다."(『낭만적 거짓과 소설적 진
실』, 1961, Hachette Littérature, 2011, pp. 297~298) 그럼에도 불구하고 지라르는 '논쟁' 기간 동안
피카르가 아닌 바르트를 지지하며, 1966년에는 그가 기획하는 볼티모어 콜로키움에 바르트를 초대한
다(이 책 423쪽의 8월 27일자 편지를 볼 것).

이 오랜 침묵을, 그럼에도 글이 짧은 것을 용서하게. 그럼.

R. 바르트

이번 주에 돌아가네.

[1963년 말~1964년 초]

친애하는 친구,

편지 잘 받았네. 알다시피, 지금 위르트에 와 있다네. 며칠을 묵게 될 걸세. 수요일쯤에나 돌아갈 텐데, 자네가 말한 그 회합은 그때 가서 자네가 적절히 정하면 될 것 같아. 목요일 이후 아무 때나 전화 주면 고맙겠네. 별건 아니겠지만 더 많이 자네를 돕고 싶은데 그렇게 할 수가 없네. 모든 것이 한마디로 요약되네. 느린 내 작업을 고려하면 일이 너무 많아서라고 말일세. 주문에 비해 생산량이 너무 저조해. 주문이 아주 작아 그것에 내가 아무리 신경을 써도 말일세. 전혀 줄일 수 없는 고등연구원의 일들이 나를 기다리고 있네. (일반 대학에서와는 달리) 매년 새 주제로 해야 하는 매주 열리는 세미나에, 『코뮈니카시옹Communications』지 같은 전문지에 기고하는 글들, 끝내야 할 박사학위 논문 등등 말이네. 내가 하는 것이 별 건 아니지만 '문학' 분야에 대한 것도 있네. 그리고 (물론 확실히 드문 일이지만) 종종 돈이 좀 필요할 때마다 여기저기에 서문도 써야 해. 이 모든 것으로 나는 갈수록 핵심을 놓치고 있다는 절실하면서도—고통스러운—느낌을 점점 더 느끼고 있네. 내게 그 핵심이라는 것은 크게 보아 책이라고 부를 수 있는 어떤 것을 말하지. 나는 나 자신을 어떤 직무를 수행하는 자로 여기지 않네. 나는 나의 지나치게 느린 작업이 곧 내 개인적인 딜레마라는 것을 인정하네. 그렇지만 달리 어떻게 할 수가 없어. 나로서는 그 느림에 내 보조를 맞추는 것이 신중함이고 완숙함이므로. 나는 자네에게 정직하게 말하겠네. 『크리티크』지에 대해 자네에게 아무것도 약속할 수 없다는 것을 말일세. 내게는 3개월이나 밀린 일이 아직도 있네. 절대적으로 긴급한 것인데도 말이야. 내가 전혀 지키지도 못할 약속들을 무분별하게 되풀이할 수 없네. 나는 이런 상황에 처해 있네. 신뢰성의 부재로 신용이 떨어지지 않을까 하는 두려움이 있다네(나는 이제 마흔여덟이 되었네. 그래서 아마 이런 말이 나오는 것 같네). 나는 『크리티크』지를 사랑하고 자네도 사랑하네. 그렇기에 내가 자네에게 간 거니까, 그 점에 대해서는 긴 말이 필요 없을 걸세. 하지만 나로서는 (슬프게도 일치된 것은 아닐지라도) 그 화목함 속에서 (자네가 말하는, 임기 1년이라는 종류의) 최소한의 의무를 수락하는 것은 문제가 되지 않네. 그러나 그 의무를 지속할 수 없는 상황이네(아니, 확실히 말하지만 그 이상이지). 절대로 정당화될 수 없는 그 무용지물의 상황 말이네. 그렇기에 나는 편집위원회가 본모습을 찾도록 조만간 물러날 것이네. 그렇게 하는 것이야말로 모든 일을 아름답게 끝맺는 일일 거야. 두고 보면 알 걸세. 이미 인원이 줄었지만 그 팀이 와해되지 않도록 가능한 한 일이 조용히 잘 처리될 수 있을 것이네. 『크리티크』지가 어떠한 흔들림도 없기를 바라네. 하지만 물러나겠다는 마음은 확고하네. 편집의 참여 등 어떠한 참여도 내 능력과 내 바람을 넘어서는 것이라네. 물러나는 것이야말로, 냉철해지세, 진정으로 자네를 도울 수 있는 유일한 일이라네.

다시 말하네만, 나는 아무것도 과장해서 말하고 있지 않네. 칼로 무 자르듯 결단을 내리는 것은 더더욱 아니고. 이 일에 대해 다시 생각하고 또 함께 이야기를 나눌 시간이 있을 것이네. 하지만 내 마음이 참여 쪽으로 변하지 않으리라는 것은 되돌릴 수 없는 일인 것 같네.

곧 또 연락하세. 변함없는 우정을 전하네.

R. 바르트

1965년 10월 24일, 파리에서

친애하는 친구,

솔레르스154가 플레이네155에 대한 그의 이 짧은 글156을 자네에게 추천해달라고 내게 부탁하더군. 나는 이 글이 훌륭한 만큼 더욱 쉽게 추천하네. 자네 생각은 어떤지? 다른 한편, 프랑수아 발157이 나를 자꾸 조르네. 베르스트라에탱의 글158이 어떻게 되었는지 알고 싶다면서 말이야. 자네가 그에게 수정할 부분을 말해주었다면서? 마지막으로, 자네를 만나 피카르 사건159에 대해 이야기해야 할 것 같네. 과대평가하고 싶지는 않지만 나는 반박하기로 거의 결심을 한 상태야. 하지만 어떤 식으로 할지, 어디에 실어야 할지 아직 모르겠어. 그 점에 대한 자네의 생각을 알고 싶네. 곧 만날 수 있겠지?

---

154 필리프 솔레르스Philippe Sollers(1936~). 프랑스의 작가이자 비평가다. 1960년 전위계간지『텔켈』지를 창간하여 이를 중심으로 롤랑 바르트와 자크 데리다, 쥘리아 크리스테바, 미셸 푸코, 피에르 기요타 등과 함께 포스트구조주의 사상을 알리는 데 기여했다.—옮긴이

155 마르슬랭 플레이네Marcelin Pleynet(1933~). 프랑스의 시인이자 예술비평가, 에세이스트다. 1962년부터 1982년까지『텔켈』지의 편집장을 역임했다. 파리의 에콜 데 보자르École nationale supérieure des Beaux-Arts의 교수를 역임했다.—옮긴이

156 1966년 3월『크리티크』지에 게재된「시에 대한 비평」.

157 프랑수아 발François Wahl(1925~2014)은 프랑스의 철학자다. 쇠유 출판사에 근무하면서 1966년 폴 리쾨르와 함께 'L'Ordre philosophique' 총서를 창간, 바르트와 라캉의 저서들을 출판함으로써 구조주의의 발전에 기여였다.—옮긴이

158 피에르 베르스트라에탱Pierre Verstraeten(1933~2013)은 이 시기에『크리티크』지에 게재한 글이 없다.

159 앞서 인용한 레이몽 피카르의 거친 비방문의 출판으로 초래된 사건.

그럼, 이만. 크노의 책160 잘 받았네.

R. 바르트

[1965년 11월 10일]

친애하는 친구,

모로코로 출발하면서 부랴부랴 쓰네. 내 반박에 대한 『크리티크』 지의 환대를 내가 무시한다는 인상을 갖지 않기를 바라네. 우리 우정에 비추어 보면 내게 그 환대가 필요한 것은 틀림없는 사실이네. 하지만 나는 서점에 한 공간을 차지하도록 책으로 피카르에게 반박하기를 바라기에 반박을 되풀이할 수가 없네.(반박을 되풀이하는 것은 그의 함정 속으로 굴러떨어지는 꼴이 될 거야!) 만약 우리가 라신의 기도tentative du Racine에 대해 『크리티크』 지의 연대를 역설하는 누군가를 만난다면 더할 나위 없을 것이네. 하지만 자네도 알듯이 내가 그렇게 할 수는 없네.161 무엇보다도 이 말(그건 말로 하는 것보다는 쓰는 것이 더 적절하지)을 자네에게 해야겠네. 자네의 우정이 내게

---

160 1965년 갈리마르 출판사에서 나온 『푸른 꽃Les Fleurs bleues』일 것이다.
161 『크리티크』 지는 바르트와 피카르의 논쟁에서 바르트의 편을 들지 않는다. 이 문제에 대해서는 실비 파트롱, *Critique, 1946-1996, op. cit.*, 218쪽 이하를 참조할 것.

큰 용기를 주었다고.

곧 또 보세.

R. B.

[1966년 8월 27일]

친애하는 친구,

답장이 이토록 늦어 죄책감이 많이 드네. 올여름은 평년보다 더 프롤레타리아적이네. 모든 일에 만기일이 다가오고 있기 때문이네. 그러니 작업을 중단할 수가 없네. 자네가 보내준 목록에 감탄하며 게걸스럽게 읽었네. 예고하는 글들이 부러움을 불러일으키네. 베르테릴Wetherill(이 사람이 누군가?),162 토도로프,163 켐프, 루로,164 바타니,165 드기,166 아탈,167 르 보,168 블레망Bleman169(나는 내 '전공분야'에 대해 이야기하는 것이네). 정말, 나는 『크리티크』지의 훌륭한 구독자가 될 걸세. 목록이 전부 아주 좋은 것 같네. 필요한 글들을 쓰게 만드는 자네의 기발함에 감탄한다네. 자네가 낙담하지 않기를 진심으로 비네. 벌써 나는 2년가량을 너무 많은 작업과 아주 오래된 간단치 않은 약속들을 청산하려 애쓰고 있네. 직업적인 일(고등연구원) 또는 돈벌이를 위한 일(조사들) 때문에 어쩔 수 없이 했던 약속들을 말이네. 나는 끈기를 가지고 그 일들에 열심이네. 자네는 내가 6개월 전부터 모

---

162 우리는 이 이름을 확인하지 못했다.
163 츠베탕 토도로프는 1965년 쇠유 출판사에서 『문학의 이론. 러시아 형식주의 텍스트들Théorie de la littérature. textes des formalistes russes』을 출간한다.
164 르네 루로René Lourau(1933~2000)의 글은 없다. 그러나 로제 켐프는 1966년 10월호에 신체에 관한 글을 싣는다(「쿨리 보종의 신체에 관하여」).
165 1967년 5월호에 실린 언어학에 관한 장 바타니Jean Batany의 글임에 틀림없다.
166 미셸 드기는 1966년 10월 「연극과 사실주의」를 싣는다.
167 장피에르 아탈Jean-Pierre Attal은 1966년 7~8월호에 「모리스 세브, 라 델리Maurice Scève, la Délie」를 싣는다.
168 마르크 르 보Marc Le Bot는 1966년에 게재한 글이 없다.
169 우리는 M. 블레망의 글을 찾지 못했다.

든 원고 청탁을 거절하고 있는 것을 모를 걸세. 나는 더 이상 아무것도 약속하지 않아. 지금부터 사오 개월 안으로 부채가 청산되면 이 나이에 내게 절대적으로 필요한 다른 생활 리듬을 갖게 될 걸세. 그러니 자네에게 약속하네. 그때가 되면 한편으로는 꾸준히 자네에게 원고를 보낼 것이며, 다른 한편으로는 자네의 편집 일을 더 많이 돕겠다고 말이네. 내가 말하는 것은 그저 미루거나—아니면 아무렇게나 하는 그런 말이 아니네. 『크리티크』지와 가까이 지내는 일은 나에게는 더 자유로운 작업과 관련되네. 그러니 가까이 지내게 될 걸세!

내 이번 여름이 어땠는지 아주 잘 알고 있을 거야. 나는 일만 하고 있어. 다행히도 여기는 아주 조용해. 나는 9월 말에나 돌아갈 생각이야. 그때 만날 수 있겠지(나는 10월 15일부터 30일까지 미국에 가네[170]).

건강하기를 비네. 우정도 함께 전하네.

R. 바르트

---

170 바르트는 1966년 10월 18일에서 22일까지 볼티모어 존스홉킨스대학에서 르네 지라르의 주도하에 개최되는 비평에 대한 콜로키움에 참석한다. 당시 그 콜로키움에는 리샤르 마크세Richard Macksey, 샤를 모라제Charles Morazé, 조르주 풀레, 에우제니오 도나토, 뤼시앵 골드만, 츠베탄 토도로프, 장 이폴리트, 자크 라캉, 기 로졸라토Guy Rosolato, 네빌 다이슨허드슨Neville Dyson-Hudson, 자크 데리다, 장피에르 베르낭, 니콜라 뤼베Nicolas Ruwet 등이 참석한다.

[1967년 초] 월요일

친애하는 친구,

아주 훌륭했던 저녁 파티에 다시 한번 감사하며 바디우의 글171을 보내
네. 개인적으로는 별로 마음에 들지 않는 어렵고 긴 글이야.172 하지만 이
례적인 사고의 소산인 것만은 분명하네. 게재할 필요가 있음은 의심의 여
지가 없어 보이네. 하지만 푸코에 대한 주註를 다는 조건으로 말이네. 푸코
가 문제를 제기할 것 같지는 않지만 그에 대해 당사자로부터 인쇄 허락을
받을 필요가 있을 걸세.173 만약 푸코에게서 정말 답이 없다면, 그럼에도
글을 게재할 필요가 있다고 생각하네.

변함없는 우정을 전하네.

R. 바르트

---

171 알랭 바디우Alain Badiou는 『크리티크』지 1967년 5월호에 루이 알튀세르에게 헌정한 「변증법
적 유물론의 (재)개시」를 싣는다.
172 자크 데리다도 같은 느낌을 받는다. "바르트의 말처럼 나도 그 글이 어조나 저자에 의해 꾸며진
형식들, 일제 점검의 날이나 최후의 심판의 날에처럼 마구 달아놓은 '주'들로 어쨌든 신경을 거스른다
는 생각이 든다." 하지만 데리다는 그 글의 게재를 수락한다(데리다가 1967년 2월 26일 피엘에게 보낸
편지. 실비 파트롱, *Critique, 1946-1996, op. cit.*, 88쪽에서 인용).
173 알랭 바디우는 앞에서 인용한 글에 "미셸 푸코는, 구조적임에도 불구하고 일반적인 그의 묘사에
서 과학과 비과학의 변별적인 작용소들을 제시하지 못함", "마르크스에 대한 그의 판단들의 전前이론
적인 경솔함"(『말과 사물』, Gallimard, 1966, pp. 273~274)과 같은 주를 달았다.

〔1967년〕 5월 11일, 파리에서

친애하는 친구,

지라르의 글을 다시 읽어보았는데, 정말 빼어난 글이라는 생각이 들어. 게재할 만할 글일 뿐 아니라 그 글에 감사하네.174 문제가 있다면 다만 자네가 지적했던 것, 즉 분량(하지만 지라르는 줄일 용의가 있을 것 같네)과 라캉에 대한 이해방식뿐이네. 그 이해방식은 라캉의 책에 대한 서평(하지만 서평은 필요하네)으로 간주될 정도로 너무 애매하네. 정신분석학(라캉)이 중심이 되는 한 호를 계획한다면 분명 아주 훌륭할 것이네. 비평 쪽으로 예정된 이번 호에 지라르의 글을 싣지 않는 이상 말일세……. (이번 호는 문학의 이론, 문학과 상징 등 비평보다 더 폭넓은 것에 대한 것이 나을 것 같네.) 나는 5월 20일 이탈리아에서 돌아가네. 그 이후로 한번 만날까?

그럼,

R. 바르트

---

174 르네 지라르는 1968년 2월호(제249호)에 「오이디푸스 신화 속의 대칭과 비대칭」을 게재한다.

[1968년 6월 27일]

친애하는 친구,

편지 고맙네. 대학에 대해 다음 호를 만들어보자는 아이디어 잘 알겠네. 동의하네. 하지만 감히 말하자면, 아주 분명한 조건이 붙어야 하네. 이를테면 사건들에 대한 분석은 말할 것도 없고, 일련의 증언들(요즘 잡지들이 그와 같은 계획을 세우고 있네. 나는 열 번은 원고 청탁을 받았던 것 같아…… 그때마다 똑같은 내용의 글이었네. 그럴 수밖에. 각 글 사이에 시간적으로 거리를 두지 못하니 뭘 더 생각해볼 수 있겠는가)에 관한 것이어서는 안 되네. 대신 소망하는 대학에 대한 진정한 생각에 관한 것이어야 할 걸세. 그동안 발표된 글들을 보면 바로 그 점에 대한 결핍이 가장 염려스럽네.(나는 그 결핍이 즉흥적인 것이 아니라고 확신하네. '운동'은 사실 모든 대학을 조건 없이 없애버리는 것을 목표로 하는데다, '혁명가들'과 동시에 '관료주의자들'로 둘러싸여 있어서 그 결핍에서 벗어날 가능성은 거의 없어 보이네!)

나는 8월 1일 월요일부터 사흘간 파리에 있네. 전화해줄 수 있는가?(월요일 점심시간 무렵이랄지) 만날 시간을 잡아보겠네. 어쩌면 다른 사람들도 함께 만날지도 모르겠지만. 즐거울 걸세.

안녕히.

R. 바르트

[1968년 7월 25일]

친애하는 친구,

『크리티크』지에 게재할 훌륭한 글을 보내네. 토도로프의 글로 방자맹 콩스탕에 관한 것이네.[175] 이 글은 처음에는 『랑가주Langages』지에 싣기로 했었네. 하지만 전체적으로 그 잡지에 맞지가 않아. 아무래도 언어학적이지가 않아서인 것 같네. 반대로 『크리티크』지에는 알맞을 걸세. 물론 자네가 알아서 하게. 다른 사람들에게 물어도 보고. 하지만 싣는 게 좋을 거라 생각되네. 문학에 관한 글이니까. 문학에 관한 글은 언제고 귀중하네. 게다가 토도로프도 아주 마음에 들어할 걸세.

내 건강은 여전히 좋지가 못해 불안하네. 종종 맥이 빠진 느낌이 들고는 해. 자네가 말한 그 며칠의 휴가 기간만이라도 잘 이용하기를 바라네.

변함없는 우정을 전하네.

R. 바르트

---

175 「콩스탕의 파롤」로, 1968년 8~9월호 『크리티크』지에 게재된다.

[1969년 3월 19일]

친애하는 친구,

콕토-데리다에 대한 훌륭한(내 생각이네) 글을 보내주었던 그 친구가 『크리티크』지에 영화감독 루이스 부뉴엘176의 영화 「은하수La Voie lactée」에 대한 글을 쓰고 싶다고 하네.177 때때로 영화에 대한 글을 소개하기 위해 이 제안을 활용할 수 있지 않을까? 적어도 원칙적으로는 텍스트와 영화의 전통적 구분을 없애기 위해서 말일세. 자네 생각은 어떤가? 자네의 생각을 알아야 하기에 어떠한 긍정적인 말도 아직 하지 않았네. 가능하면 그 점에 대해 빨리 한마디 주게.

친구.

R. 바르트

---

176 루이스 부뉴엘Luis Buñuel(1900~1983)은 스페인과 멕시코의 영화감독, 각본가. 반부르주아주의자이며, 초현실주의자였다. 영화 「안달루시아의 개」(1929), 「잊혀진 사람들」(1950), 「절멸의 천사」(1961) 등이 있다.—옮긴이

177 클로드 오댕Claude Hodin은 1970년 10월 『크리티크』지에 「작업하는 작가」를 게재한다. 그것은 특히 장 콕토의 『한 미지인의 일기Le Journal d'un inconnu』(Grasset, 1953)를 다루고 있다. 루이스 부뉴엘의 「은하수」(1969)에 대한 글은 게재되지 않았다.

6.

클로드 레비스트로스와 나눈 편지들

    롤랑 바르트와 클로드 레비스트로스(1908~2009)와의 관계는 복잡했다. 레비스트로스는 바르트의 박사학위 논문 지도를 거절했다. 『S/Z』에 대해서는 부드러우면서도 가시 돋힌 말투로 비웃었다.[178] 반대로 『라신에 관하여』에 관한 피카르와의 논쟁 때는 『르 몽드』지에 게재한 바르트의 맹렬한 공격을 지지했다. 무엇보다 콜레주 드 프랑스에서 바르트를 교수로 선출할 때 레비스트로스는 바르트를 지지했다. 반면 바르트는 프랑스의 구조주의 창시자 가운데 한 사람인 레비스트로스에게 변함없는 경의를 표하면서도 그와 자신을 구분 짓는다. 특히 바르트는 영도 degré zéro와 중성neutre의 사상으로 레비스트로스 저작 특유의 실증주의 경향과 그가 집착하는 이원주의를 구분 짓는다.

---

178 1970년 4월 5일자 편지의 주를 볼 것.

클로드 레비스트로스가 롤랑 바르트에게

1960년 11월 30일, 파리에서

친애하는 롤랑 바르트,

12월 17일에 몇몇 친구들과 함께 저녁 식사를 하고 우리 집에 잠시 들렀다 가면 아주 기쁘겠네. 그날 저녁에 시간이 나기를 바라네. 곧 볼 수 있기를. 그럼, 아무쪼록 나의 호의를 받아주기를 바라며.

클로드 레비스트로스

생미셸가 10번지

Ode. 94-22

롤랑 바르트가 클로드 레비스트로스에게(BNF)

1961년 10월 3일, 파리에서

존경하는 선생님,

  몇 개월 전 선생님을 찾아뵈었을 때 '유행'에 대한 저의 작업에 대해 말씀드린 적이 있습니다.[179] 이제 그 작업의 윤곽은 그려진 것 같습니다. 아직 많은 수정과 보완이 필요합니다.[180] 그렇지만 비평가들에게 내보일 수 있을 정도로 통일성은 충분히 갖춘 원고입니다. 선생님께 그 원고를 보여드릴 수 있다면 영광일 것입니다. 겸연쩍지만 선생님께서 시간을 할애해주십사 감히 요청드립니다. 이 원고가 필요로 하는 것은 정확히 선생님의 일별인 것 같습니다. 선생님께서 허락하신다면 선생님 댁으로 원고를 보내드리겠습니다.

  저의 무례함을 용서해주시기를 빌며, 이만 줄입니다.

R. 바르트

파리 제6구 세르방도니가 11번지

Dan. 95-85

---

179 바르트는 그의 박사학위 논문 지도를 부탁하기 위해 레비스트로스에게 만남을 요청하여 1월 16일에 만난다.
180 『유행의 체계』의 초판. 또는 초벌 작업 상태를 말한다. 이 책은 1967년에 가서야 출간된다. 바르트는 이 무렵 레비스트로스가 그의 박사학위 논문 지도를 수락해주기를 바라지만, 이루어지지 않는다.

클로드 레비스트로스가 롤랑 바르트에게

1961년 10월 4일

친애하는 롤랑 바르트,

이렇게 회피하는 듯한 모습으로 답장을 해서 미안하네. 하지만 자네가 바라는 것은 가볍게 한번 훑어봐달라는 것이 아닐 터, 현 상황에서 내가 그 이상으로 하기는 어려울 것 같네. 최근 조그마한 책을 한 권 출판사에 넘겼는데, 10월 말까지 또 한 권을 마쳐야 한다네. 더 중요한 책이어서.[181] 이어 강의 준비가 또 기다리고 있고……. 그로 인해 전혀 쉴 새가 없네. 자네의 책이 많이 기대가 되는 만큼 더욱 안타깝네. 『아날』지 최근 호에 발표한 자네의 연구[182]를 보면, 자네는 미개척 분야의 주제들에 적용하고 있는 만큼 적용 범위가 더욱 넓다고 판단되는 하나의 방법론을 제시하고 있는 것 같네.

따뜻한 마음을 전하네.

클로드 레비스트로스

---

181 『오늘날의 토테미즘Le Totémisme aujourd'hui』의 일부와 『야생적 사고La Pensée Sauvage』일 것이다. 이 저작들은 각각 PUF와 플롱Plon에서 출간된다.
182 「유행의 사회학을 위하여」, 『아날』, 1960년 3~4월호.

롤랑 바르트가 클로드 레비스트로스에게(BNF)

1965년 12월 24일, 위르트에서

존경하는 선생님,

여행에서 돌아와, 『르 몽드』지의 글과 그 글에 대해 상세하게 적어 보내 주신 선생님의 입장을 동시에 읽었습니다.[183] 선생님의 입장은 제게 커다란 위안을 줍니다. 수고스럽게도 선생님께서 그 글을 J. 피아티에[184]에게 써 보내신 것에 깊이 감동했습니다. 사실 그녀가 선생님의 글을 게재해줄지는 잘 모르겠습니다. 그만큼 이 사건에서 그녀의 악착스러움은 이해가 안 되

---

[183] 『르 몽드』지(1965년 12월 18일자)는 '신비평' 사건과, 앞서 본 바르트에 대해 아주 비판적인 레이몽 피카르와의 논쟁에 할애한 면에 간지 광고를 싣는다. 그 광고에는 '한 독자'에 의해 제보된, 1965년 4월 이탈리아 잡지 『파라고네Paragone』에 실린 레비스트로스의 글의 일부가 드러남으로써 피카르 쪽에서 사실상 레비스트로스를 그 논쟁에 끌어들인다. 그 발췌본은 이런 문장으로 시작한다. "구조주의적 취향의 문학비평의 근본적인 결함은 너무 자주 거울놀이 같은 것jeu de miroirs으로 귀착된다는 사실에서 기인한다. 그 놀이에서는 대상과, 주체의 의식 안에서의 그 대상의 상징적인 울림을 구별할 수 없게 된다." 『르 몽드』지는 1965년 12월 25일자에 바르트가 말한 레비스트로스의 그 '상세한 입장 설명'을 싣는다. "『르 몽드』지는 최근의 한 '문학 관련 부록'에서 내가 썼던 몇 문장으로 나를 당혹스럽게 만들고 있다. 1964년에 쓴 글과 관련된 것인데, 그 글은 그러므로 (내가 틀리지 않다면) 나로 하여금 어느 쪽이냐고 강요하는 것 같은 그 논쟁 이전에 쓴 글이다. 이탈리아 잡지에 실린 나의 답변은 인터뷰 담당 기자들이 그렇게 받아들이는 것 같았던 것과는 달리, 단지 구조주의 비평과 역사적 비평은 서로 상반되기는커녕 서로를 내포한다는 것을 설명하고자 했을 뿐이다. 훌륭한 구조주의 연구는 언제나 역사를 열심히 살폈음을 전제로 한다. 그리고 문학작품의 경우는 언어학을 열심히 살폈음을 전제로 하는 것이다. 즉, 이 두 분야는 연구자의 가정들을 외적인 통제에 복종시키기에 가장 알맞은 분야다. 그러니 당신들이 인용한 그 문장들은 자칭하여 그 두 진실에 무관심한 비평가들을 겨냥했던 것뿐이다."

[184] 자클린 피아티에Jacqueline Piatier(1921~2001)는 『르 몽드』지의 문학 관련 부록 책임자였다.

는 동시에 집요합니다. 그런데 제게 중요한 것은, 저를 선생님으로부터 부당하게 떼어놓지 못한다는 사실입니다. 즉, 선생님이나 저에 의하지 않는 이상 어느 누구도 선생님과 저를 부당하게 떼어놓지 못한다는 말입니다. 그러기에 선생님의 도움은 저에게 너무도 중요합니다.

깊이 감사드립니다.

롤랑 바르트

클로드 레비스트로스가 롤랑 바르트에게

1966년 1월 16일

친애하는 친구,

자네의 『비평과 진실』을 읽기 시작했네. 악의는 없지만 피카르의 작은 책은 읽지 않았네. 솔직히 말하면, 나는 자네에게 전적으로 동의할 수 있을지 확신이 서지가 않네. 먼저, 자네는 '신비평' 전반을 옹호함으로써 내 생각에는 별로 그럴 필요가 없는 것들까지 옹호하는 것 같아 보이니 말이네. 다음으로는, 주관성, 정동 현상에 대한 너무 큰 배려로 인해 표면화되는 어떤 절충적 태도, 솔직히 말하면, 문학에 대한 어떤 신비주의 때문이네. 내 생각에 작품은 열려 있는 것이 아니라(작품을 최악의 철학에 열어젖히는 개념. 즉 형이상학적 욕망의 개념, 은유를 실체화하기 위해 정당하게 부인된 주체의 개념 등), 닫혀 있네. 작품에 대해 객관적인 연구를 가능케 하는 것은 바로 그 종결clôture이지. 달리 말하면, 나는 작품과 그 작품의 명료성을 떼어놓지 않네. 구조주의 분석은 반대로 작품 위에 명료한 것을 포개놓는 replier 데 있기 때문이지. 그리고 리쾨르식의 해석학에 빠지지 않는 한 자네가 하고 있는 것보다 더 철저하게 구별 지어야 하네. 완전히 객관적으로 한정할 수 있는 상징적인 형태들과(그것에만 나는 관심이 있네), 그것들 속에 인간과 세월이 쏟아부을 수 있는 하찮은 내용들을 말이네. 간단한 이 성찰들은, 언제나 완전무결한 한 형태 및 그렇게나 많은 정확하고 중요한 지적들에 무심히 넘어가지 못하는 나의 즉각적인 한 반응의 결과일 뿐이라는 점을 이해해주게. 자네의 책에 대해 오래도록 숙고해보겠네. 생각해볼 문제들을 내게 주어서 감사하네.

이만 줄이네.

레비스트로스

롤랑 바르트가 클로드 레비스트로스에게(BNF)

1967년 1월 14일, 파리에서

존경하는 선생님,

선생님께 두 번 큰 감사를 드립니다. 하나는, 선생님께서 『신화학』[185] 제 2권을 보내주신 데 대한 것이고, 다른 하나는 선생님의 연구소 차원에서 저를 맞이하고 싶다는 것에 대한 것입니다. 저는 선생님의 저서를 아주 기 쁜 마음으로 정신없이 읽기 시작했습니다. 연구소에서 저를 맞이하고 싶다 고 한 소식은 조금 전 그레마스로부터 전해 들었습니다. 아주 기쁩니다. 많 은 일에서 제게 큰 도움이 될 것입니다.

다시 한번 감사드립니다. 안녕히 계십시오.

R. 바르트

---

185 『신화학 2: 꿈에서 재까지Mythologiques II: Du miel aux cendres』(Plon, 1967).

클로드 레비스트로스가 롤랑 바르트에게

1967년 1월 17일

친애하는 친구,

연구소에는 자네의 합법적인 자리가 늘 있었네! 마을 교회에 있는 성주 전용 자리처럼 말이네! 내가 자네에게 그것을 귀띔해주지 않았던 것은 단지 자유에 대한 자네의 어떤 생각을 존중하려는 배려에서였네. 내가 '어떤 생각'이라고 말한 것은 자유 그 자체에 대해 문제 삼을 수 있는 것은 아니기 때문이라네. 게다가 연구소가 자네를 돕기 위해 할 수 있는 것은 결국, 자네도 알겠지만, 별것은 못 되네. 하지만 우리 명부에 이름을 싣는 것을 허락한다면 그 자리는 자네로 인해 더욱 빛날 것이네. 그러니 내가 자네에게 감사해야 할 테지. 이 신비주의적인 결합은 적어도 내게 우리가 이야기할 기회가 더 많아지리라는 희망을 갖게 하네.

그럼, 잘 있게.

클로드 레비스트로스

1970년 4월 5일, 파리에서[186]

친애하는 친구,

시골에서 돌아와 자네에게서 온 편지와 『기호의 제국』을 보았네. 서둘러 고마움을 전하네. 자네의 비옥한 펜에서 흘러나온 그 저서에 크게 감동받 았네. 여섯 살 때 히로시게[187]의 판화 영향으로 내가 일본 예술광狂이 되어 한동안 전문가가 되다시피 했을 정도로 수집가인 체하며 유년기와 청소년 기를 보냈던 만큼 더욱더 감동적이라네. 그리고 내가 단 한 번도 일본에 갈 결심을 하지 못했던 것은 아마도 일본을 신화처럼 마음에 품고 있기 위해 서였을지도 모르겠네. 그러기에 책 초반부터 일본을 하나의 신화로 다루겠 다는 의향을 표명하니, 나로서는 자네의 안내로 일본을 구경하여 아주 반 갑네.

지난번에 자네에게 편지[188]를 보낸 뒤로 일련의 생각들이 더 떠올랐네. 잠비넬라는 이야기 속에서 육체적으로 늙은이의 모습이기에 상징적인 계

---

186 BNF.
187 히로시게(1797~1858)는 우키요에 유파에 속하는 채색목판화의 마지막 대가 가운데 한 사람이 다. 풍경화 구성에 대한 그의 천재성을 서양에서 맨 처음 인정해준 것은 인상파와 후기 인상파 화가들 이었다. 연작 판화 「도카이도 53역참」(1833~1834)은 그의 가장 훌륭한 업적으로 통한다.—옮긴이
188 레비스트로스가 롤랑 바르트에게 보낸 『S/Z』에 대한 편지를 가리킨다. 훗날 바르트가 죽고 난 뒤 레비스트로스는 디디에 에리봉과 인터뷰를 했는데, 그는 그에게 롤랑 바르트에게 보낸 그 편지에서 『S/Z』의 당찮은 면을 조롱하면서 터무니없는 허풍이라고 썼다고 말했다(클로드 레비스트로스, 디디 에 에리봉, 『가까이서 멀리서De près et de loin』, Point-Seuil, 1990, p. 106). 레비스트로스가 자신의 책(『클로드 레비스트로스』, Gallimard, coll. Idées, 1979)에 이미 실었기에, 우리는 그 편지를 여기에 실을 수 없다. 이 두 번째 편지를 읽어보면, 레비스트로스가 자기 자신 역시 조롱하고 있다는 것을 느 낄 수 있다. 그만큼 이 편지에서의 패러디조의 화법은 『신화학』에 대한 몇몇 편지들 속의 화법과 유사 하다.

보가 아래에서 위로 읽히네. 실제 계보는 위에서 아래로인데. 그러니 오직 2차 층위만 불변이네. 그런데, 단락 443에서는 랑트리 부인이 잠비넬라를 전도시키고 있어. 그리고 잠비넬라가 실제 계보에는 비어 있는 그 자리를 채우러 올 것을 사라진에게 요구하는데, 랑트리 부인은 '남자형제가 없는 여인'이네. 동일한 추론에 따르면, 상징적 계보의 1차 층위는 실제 계보의 3차 층위(즉, sarrasin - 'Sarrasine'≤ Filippo - Marianina)에 해당해야 하지. 그런데 텍스트에는 전적으로 부재하는 것으로, 내가 체계의 균형을 잡기 위해 가정한 렉시$_{\text{lexie}}$(sarrasin = Arabe d'Espagne)가 필리포의 부계 가계家系에 내포되어 있는 것은 주목할 만하네. 그런데 필리포는 "스페인 남자처럼 거무튀튀한"(24) 그의 아버지와 "올리브색이 도는 얼굴빛과 강렬한 눈썹, 빛나는 부드러운 눈"(22)밖에 닮은 것이 있을 수 없네. 그러므로 체계는 최대편차(Filippo - Marianina), 즉 경사비율 1차 층위/3차 층위의 최소편차(sarrasin - Sarrasine)로의 변화에 의해 닫히고 마네. 그런데 이 최소편차에서는 어미가 있기만 하면 완전히 '수평적이' 되어버린 두 항 사이의 편차는 최소 'incestueux'가 되네.

이 마지막 부분의 지적들에 대해서는 답변하는 수고를 하지 않아도 되네. 그것들이 갖는 이상의 중요성을 내가 부여하지 않기 때문이라네.

그럼, 잘 지내게.

레비스트로스

추신. 전도(잠비넬라/랑트리 부인)에 관해서는, (남편이 아닌 남자형제를 받아들일 수 있는) 한쪽의 족내혼과 남자형제가 아닌 남편(텍스트는 이 남편의 이국적인 성격—외지에서 온 애인의 전형인 조쿠르가 "힘과 열정이 넘쳐나는 강건한 한 여인"에게 들려주는 이야기에 의해 더욱 강화된 족외혼적인 성격—을 강조하고 있네)이 있는 다른 한쪽의 족외혼에 대해서도 할 말이 있을 걸세. 단락 21과 443을 비교해보게.

1972년 1월 5일, 파리에서

친애하는 친구,

편지 고맙네. 그런데 자네를 걱정하게 할 일은 없었네. 요전 몇 달 동안 우편배달이 아주 여의치가 않아. 내가 사는 이 구역은 특히나 더하네……. 여러 통의 편지가 배달되지 않았다네. 자네에게 물어 신문사에 홍보용 신간 증서를 정확히 보냈는지 확인하고 싶었네.

이번 휴가 때 『사드, 푸리에, 로욜라』를 읽고 아주 좋아하게 되었네. 로욜라라는 사람에 대해서는 별로 낯익지 않은(하지만 그의 작품은 이미 알고 있었네) 나는 앞의 두 저자, 특히 자네가 훌륭하게 언급하고 있는 사드에 애착을 가졌네. 나는 사드를 가장 잘 논의할 수 있는 것은 논리학과의 조합이라는 간접적인 수단을 통해서일 거라고 늘 생각해왔네. 그런데 자네는 서로가 다른 매력과 삽입을 가지고 논증을 이끌어가고 있네.

잘 지내게.

클로드 레비스트로스

롤랑 바르트가 클로드 레비스트로스에게(BNF)

1973년 6월 10일, 파리에서

존경하는 선생님,

플롱 출판사에서 보내온 6월 4일의 리셉션[189] 관련 초대장을 어제에서야 받았습니다. 정말 죄송합니다. 제때에 초대장이 도착했더라면 당연히 뵙고 인사드리고, 또 선생님 작업의 또 다른 영역으로의 (의식儀式적인) '이행'에 즐거웠다고 말씀드렸을 텐데요.

본의 아니게 참석하지 못한 점 용서해주십시오.

안녕히 계십시오.

롤랑 바르트

---

189 『신화학 2』(Plon, 1973)의 출판을 기념하기 위한 리셉션.

1975년 11월 9일, 파리에서

존경하는 선생님,

보내주신 가면에 대한 두 권의 책190에 대해 고마운 마음을 간직하고 있으면서도 아직까지 진심 어린 감사의 표시를 하지 못했습니다. 선생님의 책을 읽으면서 열광적인 기쁨 같은 것을 맛보았습니다. 매력적이지만 수수께끼 같은 그 가면이라는 대상에 대해 정말 처음으로 뭔가가 밝혀진 것 같습니다. 예증이 숨이 멎을 정도로 놀랍기 때문입니다. 저는 그 책이 대상 자체를 앞에 두고 진행하는 훌륭한 구조주의 수업 같다는 생각을 했습니다. 그것은 마치 스키라 총서 덕분에 이를 수 있는 완전한 한 박자 같습니다.

제가 소중하게 간직할 책을 보내주셔서 감사드립니다.
선생님, 이만 줄입니다.

롤랑 바르트

---

190 1975년 스키라 출판사에서 출간된 『가면을 쓰는 법La voie des masques』을 가리킨다. 바르트의 『기호의 제국』과 같은 '창조의 오솔길Les sentiers de la création' 총서에 들어 있다.

1976년 2월 18일, 파리에서

존경하는 선생님,

콜레주 드 프랑스의 문학기호학 강좌 교수 자리가 얼마 전에 공석이 되었다는 것을 알았습니다. 지원을 하겠습니다. 선생님의 후원에 다시 한번 감사의 말씀을 올립니다.

안녕히 계십시오.

롤랑 바르트

1975년(1976년인데 원문대로 둔다) 12월 3일, [파리에서]

존경하는 선생님,

선생님의 후원과 온정에 깊은 감사를 전하기 위해 선생님께 짧게나마 한 자 보냅니다. 여러 면에서 선생님이 아니었으면 제가 콜레주에서 강좌를 맡게 되리라고는 저로서는 상상도 할 수 없었을 것입니다.

진심으로 감사드립니다.

R. B.

7.

모리스 블랑쇼와 나눈 편지들

모리스 블랑쇼[191]는 롤랑 바르트에 대해 두 편의 중요한 글을 썼다. 1953년부터 그는 아마도 당시 자신의 사상에 부재(영도)의 기표signifiant manquant—중성le Neutre—를 제공하는 『글쓰기의 영도』의 중요성을 인정한 최초의 인물 가운데 하나일 것이다. 또한 그는 1957년에 출판된 『신화론』에도 경의를 표한다.[192] 그들이 가장 자주 만났던 시기는 블랑쇼가 바르트를 끌어들여 '국제 비평지' 창간을 주도하던 1960년대 초다. 1970년대부터 정치적 분쟁들은 그들의 관계를 비교적 소원하게 만들었다. 하지만 그들이 서로 갈라진 것은 어쩌면 사상의 지나친 유사함 때문이기도 했을 것이다. 블랑쇼는 바르트가 콜레주 드 프랑스에서 마지막으로 소설의 집필에 대해 강의할 때 그에 대해 아주 깊게 다시 성찰한다.

바르트와 블랑쇼의 편지들은 주로 '국제 비평지'의 계획과 관련된 것들이다. 그 계획은 1960년에 시작되어 1961년 여름과 1963년 여름 사이 큰 진전을 이루었다. 이 '국제 비평지'는 임시 제목이 '걸리버'였는데 글쓰기 행위pratiques d'écritures의 혁신에 대한 아주 야심찬 계획이었다. 그리하여 특히 독일, 이탈리아, 프랑스 작가와 지식인들을 규합하지만 실패하고 만다. 바르트는 1979년의 한 인터뷰에서 블랑쇼에 대한 우정과 함께 그 당시의 추억을 되살린다.[193]

---

191 모리스 블랑쇼Maurice Blanchot(1907~2003)는 프랑스의 작가이자 사상가다. 철학과 문학비평, 소설에서 많은 글을 남겼다. 특히 존재의 한계와 부재에 대한 사유를 대변한다. 주요 저서로 『죽음의 선고』, 『문학의 공간』, 그리고 낭시의 『무위의 공동체』에 대해 응답한 『밝힐 수 없는 공동체』 등이 있다.—옮긴이

192 하나는, 1953년 9월에 『엔에르에프』지에 게재한 「영도보다 더 멀리」로, 『도래할 책Le Livre à venir』(Gallimard, 1959)에 「영도의 탐구」라는 제목으로 재수록된다. 다른 하나는, 1957년 6월에 『엔에르에프』지에 게재한 「큰 사기」로 『비평의 조건: 글들, 1945~1998La Condition critique: Articles, 1945-1998』(Gallimard, 2010)에 재수록된다.

193 "그 일을 하면서 나는 블랑쇼 같은 사람, 즉 지극히 날카롭고 지극히 고상한 사상과, 문학과 고독과 부정성에 대해 고차원적인 사상을 가진 사람이 적극적 행동주의의 온갖 결함을 지닌 한 활동에 가담하는 것을 볼 수 있었습니다."(OC. t. 5, pp. 778~781) 그 계획에 대해 더 전반적인 사항을 알기 위해서는 『리뉴Lignes』지 1990년 9월호에 게재된 인용 자료를 참고할 것.

롤랑 바르트가 모리스 블랑쇼에게

1962년 5월 12일

존경하는 선생님, 보내주신 책[194]과 편지에 감사드립니다. 터무니없이 감행하여 현재 진행 중인 유행에 대한 기호학은 (그것이 비록 저에게 필요한 시도일지언정) 종종 저를 너무 불행하게 만들고 있는데, 선생님께서 보내주신 책은 저에게 진정으로 위안이 되고 있습니다. 선생님의 책을 마치 하나의 '실마리'처럼 읽을 때마다 지금 제게는 너무 부족한 참된 언어를 발견합니다. 어느 날 그 모든 것에 대해 선생님께 말씀드리고 싶습니다. 선생님께서는 보통 파리에 계시는지요? 제가 찾아뵈어도 될지 모르겠습니다. 허락해주신다면 기쁘겠습니다.

안녕히 계십시오.

롤랑 바르트

194　모리스 블랑쇼는 그해 갈리마르 출판사에서 『기다림 망각L'Attente l'oubli』을 출판한다.

〔1962년 6월 18일〕 목요일.195

존경하는 선생님,

제가 출발하기 전(저는 수요일에 출발할 생각입니다) 잠시 뵐 수 있을까요.
되는대로 이렇게 시간과 장소를 잡아봅니다. 다음 주 월요일(6월 25일) 오후
7시 카페 드 라 메리. 카르네트가와 생쉴피스 광장이 만나는 구석진 장소
에 있습니다. 여의치 않으시면 제게 전화를 주십시오(Danton 95-85). 그렇
지 않으면, 월요일에 뵙겠습니다.

선생님을 뵈면 아주 즐거울 것 같습니다.

안녕히 계십시오.

R. 바르트

---

195 원서의 오류로, 1962년 6월 18일은 목요일이 아닌 월요일이다.—옮긴이

[1962년?] 화요일

존경하는 선생님,

편지 감사드립니다. 저는 좀 긴 주말을 보내기 위해 떠납니다. 하지만 다음 주 중반경 그곳에 갈 생각입니다. 선생님께 곧 편지를 드려 뵐 날짜를 제안드리겠습니다.

또 뵙겠습니다.

R. 바르트

『아르귀망』[196]

[1962년 7월] 토요일

존경하는 선생님,

선생님께 전화를 드렸는데 연결이 되지 않습니다. 혹시 파리에 안 계시는지요? 특별한 일은 아니고, 제가 돌아왔다는 것을 말씀드리려고 전화를 걸었습니다. 뵐 수 있기를 빕니다.

안녕히 계십시오.

R. 바르트

---

196 바르트는 상단에 『아르귀망』지의 이름이 찍힌 편지지에 쓰고 있다. 이 잡지는 앞서 언급한 것처럼 1956년 에드가 모랭, 롤랑 바르트, 장 뒤비뇨, 콜레트 오드리에 의해 창간되었다. 태동하고 있는 스탈린주의, 특히 소련군의 헝가리 침공에 대한 반발로 창간되는데, 1962년 말 폐간된다.

모리스 블랑쇼가 롤랑 바르트에게

〔1962년〕 7월 31일, 파리 마담가 48번지

친애하는 롤랑,

자네에게 여러 번 전화를 했네. 하지만 나 또한 여러 번 집을 비웠네.
9월 중에는 다시 집에 있을 걸세. 그러니 그때, 자네가 돌아오면 이야기를
나누고 싶네. 내게 기별을 주면 기쁘겠네. 자네를 만날 때처럼 기쁠 걸세.
별것 아닌 이야기들을 서로 나눌지라도 말이야.

그러니 이 편지는 우정 어린 추억을 전하기 위해 보내는 것이라네.

M.

[1962년] 9월 28일, 파리 마담가 48번지, Babi. 14-12

친애하는 친구,

자네는 우리의 토론을 기억하겠지. 계획 중인 비평지[197]의 집행부와 구
상 작업에 자네가 참여를 수락해주어서 얼마나 기뻤는지 모르네. 독일과
이탈리아 편집진들은 작업을 시작할 준비가 되어 있는데[198] 우리도 작업
을 시작할 준비를 해야 해서, 독립적인 장소가 마련될 때까지 디오니스 마
스콜로[199]의 집(생브누아가 5번지, 왼쪽에서 세 번째 집)에서 매주 수요일 오후
2시에 모임을 갖기로 결정했네.

우리 모두는 자네가 그 모임에 참석할 수 있기를 몹시 바라고 있네. 우
리 모두(내가 자네에게 말했던 사람들)는 자네의 참석이 얼마나 유익할지를
잘 알고 있네. 특히 어떤 계획이 막 구체화되려는 참이지만 여전히 수정할
수 있고 확고하지 않은 이런 초기 단계에서 말이네.

예산상의 협상은 진행 중이지만, 출판사 문제는 원칙적으로 해결되었네
(프랑스판은 갈리마르에서 하기로 했고,[200] 독일에서는 수어캄프Suhrkamp 출판사

---

197 앞서 언급한 '국제 비평지'를 가리킨다.
198 당시 프랑스 편집진은 로베르 앙텔름, 미셸 뷔토르, 루이르네 데 포레, 마르그리트 뒤라스, 미셸
레리스, 디오니스 마스콜로, 모리스 나도였다. 이탈리아에는 주로 이탈로 칼비노, 피에르 파올로 파솔
리니, 엘리오 비토리니, 알베르토 모라비아, 프란체스코 레오네티가 있었다. 그리고 독일에는 한스 마그
누스 엔첸스베르거, 잉게보르크 바흐만, 귄터 그라스, 우베 욘존, 마르틴 바슬러 등이 있었다. 바르트
는 조르주 페로스를 그곳에 끌어들인다(1962년 12월 28일자 페로스에게 보낸 편지를 볼 것).
199 디오니스 마스콜로Dionys Mascolo(1916~1997)는 제2차 세계대전 때 레지스탕스 운동을 했으
며, 프랑스 좌파 정치인이자 에세이스트다. 마르그리트 뒤라스의 남편이기도 하다.—옮긴이
200 갈리마르 출판사는 곧 포기한다. 이어 쥘리아르 출판사가 출판하기로 하지만 이 잡지는 결국 빛
을 보지 못한다.

가, 그리고 이탈리아에서는 에이나우디Einaudi 출판사에서 하기로 했네).

만날 수 있기를 기대하네. 깊은 우정을 전하네.

모리스 블랑쇼

사실, 나는 자네가 지금 파리에 있는지 잘 모르겠네.

롤랑 바르트가 모리스 블랑쇼에게

〔1962년 10월 1일〕월요일

존경하는 선생님,

저는 얼마 전에 돌아왔습니다. 선생님과 함께하는 문제에 대해서는 변함
없이 찬성입니다. 문제는 제가 매주 열리는 모임에 참석할 수 있을지 자신
이 서지 않는다는 점입니다. 어쨌든 이번 수요일(10월 3일)에는 안타깝지만
참석할 수 없을 것 같습니다. 다음 주 수요일(10월 10일) 모임은 확정된 건
지 말씀해주십시오. 저로서는 주마다 참석하기가 어려우니 어떻게 하면 만
남을 조정할 수 있을까요? 11월에나 사정이 명확해질 것 같습니다. 그때 고
등연구원 세미나 수업 시간이 정해질 테니까요.

또 뵙겠습니다.

R. 바르트

[1962년 11월] 일요일

존경하는 선생님,

수요일을 어떻게 하지요. 대학 강의 시간표가 편성되어 이제 확실해졌는데, 매주 수요일을 빼앗기게 되었습니다. 제가 소속된 매스커뮤니케이션 연구 센터Centre d'Etudes des Communications de Masse의 모임이 하필 그날로 정해졌습니다. 다음 주 수요일부터 모임이 시작되니, 선생님과 함께할 수 없게 되었습니다. 간절히 바랐건만 단 한 번도 함께할 수 없게 되어버렸습니다. 제가 생각하기에, (선생님께서 좋으신 날) 하루를 정해 선생님과 저만 만나는 것이 가장 좋은 방법일 것 같습니다. 그때마다 준비 중인 계획이 어떤 상황인지 선생님께서 설명해주시면 될 것 같습니다. 이후, 독립적인 장소가 마련되면 선생님께서 말씀하신 것처럼 시간이 날 때마다 더 자주 들러 선생님을 뵈면 어떨까 싶습니다.

안녕히 계십시오.

R. 바르트

Dan. 95-85

[롤랑 바르트의 비망록에 따르면 그는 1962년 가을에서 겨울 사이 생브누아가에 있는 디오니스 마스콜로의 집에서 열린 모임에 여러 번(10월 16일 화요일, 26일 금요일, 11월 8일 목요일, 16일 금요일, 27일 화요일, 12월 4일 화요일, 14일 금요일) 참석한다. 그 집은 마르그리트 뒤라스의 집이기도 하다. 그가 '국제 비평지'를 위해 '대화'에 관한 짧은 글(「세 개의 대화」)[201]을 쓴 것은 12월 2일이다.

롤랑 바르트는 1963년 1월 19일 토요일부터 1월 20일 일요일까지 열린 취리히 모임에 참석한다. 그 모임에는 독일, 이탈리아, 프랑스 편집진들도 참석했다.

롤랑 바르트는 1963년 마스콜로의 집에서 열린 여러 번의 모임(4월 18일 목요일, 19일 금요일 오후, 20일 토요일 오전, 5월 17일 금요일)에도 참석한다. 이어 다시 몇 번의 모임(10월 23일 수요일, 12월 13일 금요일)에도 참석한다. 그 이후로는 바르트의 비망록에 기록된 것이 없다.

그해 한 해 동안 바르트가 모리스 블랑쇼하고만 만난 것은 두 번이다.(6월 14일 금요일, 7월 17일 수요일)]

모리스 블랑쇼가 롤랑 바르트에게

[1963년 5월] 목요일, 파리 마담가 28번지

친애하는 롤랑에게,

며칠 동안(길어야 일주일) 내가 파리에 없을 거라고 디오니스가 자네에게 말했을 것으로 아네. 하지만 출발 전 자네의 책[202]과, 괴로웠던 그때[203] 이

---

201 *OC*, t. 2, pp. 559~561.

202 『라신에 관하여』를 가리킨다.

203 취리히 모임은 힘들었다. 아주 심한 정치적 대립이 서로 간에 노출되었기 때문이다(「국제 비평지」에 대한 자료」 속 1963년 2월 1일자 우베 욘존에게 보낸 모리스 블랑쇼의 편지 참고). 분출된 이견들

후 내게 필요했던 자네의 따뜻한 인사에 대해 고마움을 전하고 싶었네. 어떻게 그때의 그 괴로움을 감출 수 있겠는가? 지금 자네의 생각은 어떤가? 자네는 아직도 뭔가가 가능하다고 생각하나? 어떤 방향일 때 그럴 수 있는가? 자네도 알다시피, 나와 가까운 친구들은 자네의 생각이 결정적으로 중요하다고 생각하네. 자네에게 불쾌한 짐을 지우려 이렇게 말하는 것이 아니야. 그보다는 아주 솔직하고 자유롭게 자네의 견해를 말해주었으면 하는 바람에서라네.

진심을 전하네.

모리스

가운데 예를 들면 이런 것이 있다. 즉 프랑스 편집진들은 관념적으로 구체적인 것을 경시한다고 성토한다(*Ibid.*, pp. 268~275).

〔1963년 5~6월〕204 금요일

친애하는 롤랑,

디오니스가 특히 이탈리아 밀라노에서 일주일간 머물기로 했는데, 그의 중재로 비토리니와 레오네티, 칼비노와 마지막으로 국제적인 협력 가능성을 검토해볼 필요가 있다는 생각이 들었네. 잡지가 프랑스어와 이탈리아어 두 언어로 한정될지라도 편집진은 프랑스인과 이탈리아인 외에 독일 작가 한 명, 영국 작가 한 명, 그리고 스페인계 미국인 한 명으로 구성할 수 있을 것이네. 만일 이탈리아인들이 엔첸스베르거205의 해결책이 마음에 끌려서든 아니면 다른 이유에서든 계획을 거절하거나 또는 수용하기를 주저할 경우, 우리가 다른 계획을 세워보는 것은 각자의 자유겠지. 물론 그 계획은 그때까지 일사천리로 고찰된 출판과 글쓰기에 대한 모든 형태를 전제로 해서 완전히 별개로 고찰되어야 할 것이네.

나는 현재 다음 사실은 분명하다고 생각하네. 1) 모리스 나도는 프랑스어와 이탈리아어로 된 잡지가 성사될 경우 참여에 동의할 거라는 것. 2) 이 잡지 발간이 성사되지 못할 경우, 그는 우리가 동의하지 못하는 엔첸스베르거의 해결책206 쪽으로 마음을 되돌리리라는 것. 마찬가지로 그에게 낮

---

204 '금요일'로만 적힌 이 편지의 날짜를 이렇게 추정하는 것은 이탈리아와 프랑스 편집진끼리만이라도 시도해봄으로써 '국제 비평지'의 준비를 계속해보기 위해 바로 그 시기에 마스콜로가 일주일 동안 이탈리아로 떠나기 때문이다(*Ibid*., pp. 289~292).
205 한스 마그누스 엔첸스베르거Hans Magnus Enzensberger(1929~)는 독일의 유명한 작가다. 『수학 귀신』『달과 달팽이』『타이타닉의 침몰』 등의 작품이 있다.—옮긴이
206 엔첸스베르거의 입장은 '국제적인 성향의 서로 다른 세 개의 잡지'를 출판하는 것이었다(마스콜로가 레오네티에게 보낸 1963년 5월 22일자 편지, *Ibid*., p. 289). 엔첸스베르거와 독일 편집진은 전반

선데다(내 생각이네) 지금 확실하게는 말하기 어려운 그 다른 계획에도 협력하지 않을 거라는 것.

나는 10여 일 집을 비우네. 그때 가서 잠시 만날 수 있을 것으로 기대하네. 얼마 전 렌가에서 지나가는 자네를 보았네. 몇 걸음 되지 않았지만 차량들의 흐름이 자네와 나를 갈라놓았네. 그토록 가까운데도 전혀 다가가지 못하고 그렇게 자네를 보니 콧등이 시큰했네.

친애하는 롤랑, 내 돈독한 우의를 전하네.

M.

적으로 1961년 이후 1961년 8월의 베를린 장벽 건설 관련 위기에 사로잡혀 있었다. 1961년 9월 19일자 마스콜로에게 보낸 그의 편지를 보면 그는 '그 계획에 독일의 참여'를 처음부터 재검토한다(*Ibid.*, p. 232). 그는 또 깊은 역사적 비관론뿐 아니라 프랑스 편집진의 특권적 지식인의 미학에 적대감을 갖기까지 한다(엔첸스베르거가 마스콜로에게 보낸 1963년 2월 25일자 편지, *Ibid.*, pp. 278~280).

Venher

Cher Roland,

Dionys devant faire un séjour d'une semaine en
Italie, à Milan principalement, il nous a semblé que
nous devions, par son intermédiaire, examiner une derniers fois
avec Vittorini, Leonetti, Calvino la possibilité d'une coopé-
ration internationale, fût-elle réduite à nos deux langues,
en projetant une revue franco-italienne, dont le comité
directeur pourrait comprendre, outre Français et Italiens, un
écrivain allemand, un écrivain anglais et un écrivain
hispano-américain. Si les Italiens, soit parce qu'ils seraient
tentés par la solution Enzensberger, soit par d'autres raisons, repous-
saient ce projet ou même ne l'accueillaient qu'avec
réticence, alors nous serions libres — d'esprit et aussi de
cœur — et nous tournerions vers l'Autre projet lequel, supposant
il me semble une remise en question radicale de toutes les
formes de publication et d'écriture jusqu'ici couramment en-
visagées, demande à être considérée sur ce fait à

블랑쇼가 바르트에게 쓴 편지(1963년 5~6월 추정)

tout à part.

Je crois qu'il est maintenant clair que Maurice
Nadeau 1°) serait d'accord pour participer à une revue
franco-italienne, si celle-ci se réalisait 2°) si
celle-ci ne pouvait se réaliser, se retournerait vers la
solution Enzensberger à laquelle nous ne nous associerions
pas, de même qu'il ne s'associerait pas à l'autre
projet qui lui est, je crois, étrange et dont d'ailleurs il
est difficile de parler dès à présent, sauf en termes équi-
voques.

Je m'absente une dizaine de jours et j'espère qu'alors
nous pourrons nous voir un moment. Il y a quelque temps, je
vous ai aperçu rue de Rennes à quelques pas de moi, mais
séparé par un flot de voitures. C'était émouvant de
vous voir ainsi, si près et tout à coup inaccessible.

Je vous dis, cher Roland, toute mon amitié

M

롤랑 바르트가 모리스 블랑쇼에게

이 우편엽서에는 카라바조의 그림 「세례 요한의 참수」(쿠슨트부세움, 바젤, 1609)가 실려 있다.

[1965년] 9월 4일, 위르트에서

존경하는 모리스 선생님, 선생님의 편지에 크게 감격했습니다. 선생님의 건강이 걱정이 됩니다. 9월 말경 돌아가면 바로 선생님께 전화드리겠습니다. 아니면 적어도 디오니스에게라도 전화를 걸어 선생님의 안부를 묻겠습니다. 저는 이탈리아에서 레오네티[207]를 만날 수 없었습니다. 그는 끈기 있는 사람 같습니다.[208]

선생님,
곧 또 뵐 수 있기를 빕니다.

롤랑 B.

---

207 프란체스코 레오네티Francesco Leonetti(1924~2017)는 이탈리아 작가이자 시인이다.—옮긴이
208 레오네티는 '국제 비평지'의 주동자 중 가장 끈질기게 노력을 기울인 사람 가운데 하나였다. 그 예로, 그는 1964년 봄 이탈리아 잡지 『일 메나보Il Menabò』에 어찌 보면 '국제 비평지'의 창간호를 구성할 수 있는 일련의 글을 '걸리버'라는 제목으로 게재한다.

모리스 블랑쇼가 롤랑 바르트에게

[1966년 3월 또는 4월] 토요일

친애하는 친구, 자네의 책209을 읽으면서 언어의 진실 및 끊임없이 권고하는 뭔가에 대한 재검토가 주는 행복에 감사하네. 그 교란―새로운 형태를 이루기 전의 교란―을 무한히 조심스럽게 행하고 있지만 어떤 사람들에게는 개인적으로 상처가 될 것 같다는 생각도 드네. '글쓰기'와 관련된 연구는, 그것이 어떤 형태든, 우리 내부의 편이便易를 거스르고 만족감을 저해하며 안전을 위협한다는 생각을 할 필요가 있네. 이미 우리의 그 안타까운 계획에 대한 사람들의 거칠고 격렬한 태도를 보며 그 점을 깨달았네. 그런 일은 되풀이될 수 있네. 그러니 그 일에서 배워야 할 점이 아주 많다고 생각하네.

그렇지만 어떤 깊은 연구가 진행 중에 있음을 아는 것, 그 연구에 연결되어 있고 또 그 연구에 의해 도움을 받고 있음을 느끼는 것, 그것은 삶의 부담을 얼마나 덜어주는지.

그럼…… 친애하는 롤랑.

M. B.

---

209 『비평과 진실』인 것 같다.

〔1967년〕 5월 11일, 파리에서

친애하는 롤랑,

아주 오래전부터 거의 끊임없이 자네를 생각하네. 괜한 이유에서든 아니면 자네의 글들이 그 생각의 한복판으로 나를 되돌아오게 해서든 말이야. 그런데 그 생각은 종종 나를 도와주었네. 지적인 능력 속에서만 지속되는 것이 아닌, 음울한 정신이 지배하는 어두운 곳에서 방향을 잃지 않게 해주는 그런 식으로 말이네.

이 모든 것에 감사하네.

또한 얼마 전부터 어느 정도 현실 세계로 돌아온 나는 다시 우리가 교류를 할 수 있으면 좋을 것 같다는 생각을 했네. 하지만 일상의 일로 연락이 끊겨버렸을 때는 어려운 일이지. 거기에는 어떤 매개물이 필요하지. 이렇게 자네에게 글 하나를 보냄으로써 그것을 매개 삼아 그런 기회를 만들려 하는 것에 대해 양해해주게.

이 글에 대해 한마디. 자네가 아는 친구들과 준비했네. 하지만 이 글을 보내는 것은 단지 자네의 동의를 구하기 위한 것만은 아니네. 그보다는 오히려 그 단절의 문제에 대해 우호적인 사람의 의견을 묻기 위한 것이라네. 물론 우리는 모든 사회에서 지적이고 미학적인 활동들이 어떠한 남용으로 문화적 힘의 영향에 의해 항상 위협받고 있는지 잘 알고 있네. 그런데 일반적인 문제가 다른 문제, 즉 이 글이 언급하는 더 현실적인 문제의 알리바이로 이용될 수는 없네. 적어도 이 글이 가능하기는 한가? 더 정확한 글이 되도록 검토해본 뒤 수정할 사항이 있거나 아니면 덧붙일 사항이 있으면 좀 말해주겠는가?

친애하는 롤랑, 잘 있게.

모리스 블랑쇼

모리스 블랑쇼가 동봉한 글

군사적 강권 발동으로 권력을 잡아, 자기만의 판단으로 자신의 의도를 강화시킬 때만 인민의 호소를 수용하는 역사적 정당성을 내세우면서, 군주제 성격의 헌법을 강요하면서 사건들로 인해 알제리의 대령들, 즉 반복되는 내전의 위협이 그의 사실상의 지지자가 된 혼란기에 그 헌법을 강요하고는 그 헌법을 지키는 일에는 관심조차 없고, 그 헌법이 개인적인 의지를 합법화하기 위해 존재할 정도로 해를 거듭할수록 권위주의적으로 만들면서, 드골은 이 나라의 민주주의 전통과는 아무 관련도 없는, 이름만을 뜻할 뿐인 그의 이름의 체제를 수립했다!

정의의 영역으로는 되찾은 '위대함'에 대한 만인의 평등한 공유밖에 없는—지금 그 위대함이라는 것도 민족주의적 미망에 불과하다, 특권층을 위해 존재하는 사회적으로 퇴보한 체제. 모든 철학이 다음과 같은 것에 기인하는 정치적으로 퇴보한 체제. 즉 먼저 의회민주주의에 종말을 가져온 것, 다음으로 정치적 결정들이 단 한 사람에 의해 행해지고 법 자체도 단 한 사람에게서 구현됨으로써 모든 근본적인 시민의 생활을 박탈한 것이 바로 그것이다.

끔찍하게 퇴보한 이 체제는 모든 독재 권력처럼 위험에서 벗어나기는커녕 위험을 유발할 뿐이었다. 마침내 권력 자체가 진정 위험한 존재로 드러나고 있다. 그것은 안녕을 보장하는 힘으로 인정되지 않고, 가장 부당한 폭력, 즉 온갖 민족주의의 정수로서 인민주권이 제도와 법에 의해 더 이상 표현되지 못할 때마다 마침내 더 강해지는 폭력의 표현으로 규탄받고 있다.

우리는 전환점에 서 있다. 체면이 땅에 떨어지고 있다. 최근의 선거들이 그것을 증명하고 있다. 다음의 사실은 그 선거들에 기인한다. 즉 늘 그렇게 오용했던 것처럼 자기 자신의 영광을 위해 위험하게 예찬된 '프랑스'라는 한 개체의 이름으로 말할 수 있기는커녕, 드골은 오직 소유하고 있는 권력의 요구에만 응할 수 있을 뿐이며, 그가 소유한 권력과 정치권력과 화폐권력을 흉포하게 결합시키려 결심한 한 무리의 지지를 받을 수 있을 뿐이라는 사실 말이다. 이 체제가 사라져야 하는 것이 명약관화한 것처럼 오늘날 그 사실 역시 명백하다. 우선 상황이 우호적이다. 그리고 이 나라의 시민들은 이 체제의 종결을 앞당길 능력이 있다.

우리를 위해서 우리 고유의 힘을 통해 임박한 한 결정에 실제로 참여할 때가 온 것 같다. 우리는 저항을 넘어 단절 능력을 엄격하고 정확히 사용함으로써만 그 힘을 더 잘 행사할 수 있다. 그 단절 능력에 우리의 힘이 있다. 그러므로 그 힘은 우리가 아직도 자유롭게 사용할 수 있는 유일한 것이다.

우리는 진실을 직시해야 한다. 체면(이것이 없으면 진실의 본질은 더 이상 가려지지 않을 것이다)을 위해 드골 체제는 지식인 계층이 필요하다. 그 체제는 지식인 계층이 없어서는 안 되어서 끊임없이 그 계층에 의존했는데, 그뿐만 아니라 그 계층의 비위를 맞추고 또 문화행사라는 명예로운 방식을 통해 지식인 계층을 이용했다. 서로를 인정하면서 공모의 모양새가 되는 그 관계를 어떻게 막을 수 있는가? 권력이 우리의 비판까지, 항상 결단성이 부족한 우리의 거부까지 왜곡하여 그들의 목적을 위해 이용하지 못하게 하려면 어떻게 해야 할까? 멀리하는 것만으로는 충분치 않다. 우리는 그 체제의 사회에서 살고 있어서, 그가 통제하는 기관들 곁에서 살고 있다. 그러기에 우리가 아무리 국외자적인 개인으로 행동해도 소용이 없다. 그가 우리를 자신의 재산, 국가의 재산으로 취급하리라는 것은 말할 필요가 없다. 비록 전복적인 형태를 지닐지라도 그것은 '국가의' 위신에 필요한 재료일 뿐이다. 심지어는 모든 혼잣말에 이르기까지 이미 표명한 모든 말은 우리가 그렇게 사라지기를 바라는 현 상황을 더욱 공고히 하고 있다.

우리를 이 체제의 동맹군으로 만드는 이 관계들에 종지부를 찍기 위해 우리는 모든 사상가, 작가, 지식인, 저널리스트들에게 정부에 의해 통제되어 예컨대 프랑스 라디오텔레비전총국ORTF(Office de Radiodiffusion Télévision Française)처럼 전혀 자율성도 갖지 못하는 업무, 조직체, 기관들이나 토론회에 협력을 거부할 것은 물론 그곳들에서 그들의 말과 글, 작품, 이름의 사용을 금지할 것을 호소한다. 이 기관들은 관공서가 아니다. 어떠한 시민도 이 기관들의 주선에 의한 다른 시민들과의 소통에 환상을 품지 않는다. 권력의 소유물이 된 이 기관들은 권력에만, 때로 약간의 항의 발언을 들어주는 만큼 더욱 권력에만 봉사한다.

사람들의 행동과 곤궁한 현실(가장 놀라운 예 하나만 들자면, 늘 묵과되거나 아니면 더 나쁜 일이지만 속이거나 왜곡된 노동자들의 곤궁한 현실)에 대해 끊임없이 진실을 속이는 것이야말로 적어도 완전한 기만의 명백한 증거가 되는 것이다! 우리 중 누구도 현재 선전의 영향 속에서 허울뿐인 자유로운 담론을 사라지게 하지 못하니, 이 선전은 선전이라 인정되지 않을 수 없으며, 그 담론은 자유로운 모습을 잃어버리니 그것이 오로지 그의 반대자들의 보증 덕택으로만 갖게 되는 대부분의 권위를 잃게 될 것이다. 공모자가 되지 말자. 가장 중요한 방법은 단절이다. 모든 드골 집단과 단절하는 것이다. 그 집단이 지식인의 기능 운운하면서 작가, 사상가, 지식인의 협력을 요청하는 모든 장소와 모든 상황에서 말이다. 저서들이 그 집단에 제공해줄지도 모를 알리바이를 거부하는 것, 진실한 말들이 정부의 기만에 연루되기를 거부하는 것, 이 체제의 기관이나 인사들과 어떤 접촉도 용인하지 않는 것이 가장 중요하다.

우리 중 어떤 사람들은 이미 그렇게 행동하고 있지만, 이제 그 단절은 공개적으로 선언되어야 한다. 우리는 여기에서 그 단절을 공개적으로 선언한다. 우리는 지식인 모두가 우리와 함께 그 단절을 선언해줄 것을 권유한다.

롤랑 바르트가 모리스 블랑쇼에게

1967년 5월 22일,[210]

이탈리아에서 돌아와서야 선생님의 편지를 읽었습니다. 선생님께서 보내주신 글에 대해 몇 자 답변을 드립니다. 그 글이 담고 있는 정치적인 분석

---

210 이 편지는 롤랑 바르트가 가지고 있던 것으로 카본지 편지지에 쓰여 있다. 그러니 주소도 인사말도 없을 수밖에 없다. 롤랑 바르트는 블랑쇼에게 편지를 보낼 때 타자기로 친 원본에 그 주소와 인사말을 손으로 썼다. 이 편지의 원본은 찾지 못했다.

은 제가 보기에 그리 정확하지는 않습니다. 그 분석은 모든 것을 드골에 의존하고 있습니다. 제 생각에는 거꾸로 계층들에서부터 시작하여 경제, 국가, 관료 지배 체제를 비판해야 할 것 같습니다.211 이 분석이 정확하지 않은 것은 부정확한 행위들을 억지로 집어넣고 있기 때문입니다. 드골주의를 무조건 독재로 부르려 함으로써(마치 그런 식으로 하면 어떤 상투적인 지식인 상황을 결합시키는 이점을 갖는 것처럼) 그에 맞서 싸울 수단을 포기할 위험이 있습니다. 저는 또 고백건대, 이 글이 국제적 상황에 전적으로 무관심하다는 사실이 조금은 의외입니다. 제 견지로는 이 국제적 상황이 향후 우리와 관련된 유일한 정치적 주제이며, 또 모든 것이 이미 미국과 중국과의 미래 전쟁에 연관되어 있음에 틀림없음에도 불구하고 말입니다. 마지막으로, 선생님께서도 알고 계시는 저의 기질—그런데 그 기질이 지금보다 더 심했을 때 그것이 선생님과 저를 갈라놓았던 적이 있었지요212—때문에 저는 여전히 작가의 삶에서 그의 글쓰기 밖의 행동처럼 보일 수 있는 모든 것에 반감을 느낍니다. 그렇지만 그 글쓰기는 그 자체의 일관성과는 관계없이 어떻게 보면 제도적으로, 최고의 문학 선집을 가득 채울 수 있는 자산이라는 생각이 널리 알려져 있습니다. 한 작품에 (자기 것이라고) 서명할 수 있다는 생각을 우리가 전방위적으로 공격하고 있는 바로 이때, 어떻게 한 작품의 이름으로 서명을 할 수 있겠습니까?

---

211 1959년에 이미 블랑쇼가 참여한 『카토르즈 쥐예14 Juillet』의 드골 장군 체제에 대한 앙케트에 응답하면서 바르트는 드골의 모든 특징을 '파시스트'로 공박했다(*OC*, t. 1, pp. 984~986).

212 모리스 블랑쇼와 디오니스 마스콜로가 대부분 집필하고 앙드레 브르통, 장폴 사르트르, 미셸 레리스 등이 서명했던 '121인 선언'('알제리 전쟁 불복종권에 관한 선언')에 대한 그의 서명 거부를 암시한다. 이 선언은 1960년 9월 6일에 발표되었다. 바르트는 클로드 로포르, 에드가 모랭, 모리스 메를로퐁티, 조르주 캉길렘 등의 선언문에 합류하는 쪽을 택했다. 그 선언문은 10월 6일에 『콩바』지에 발표되었는데, 알제리 해방전선의 민족주의에 보다 덜 관대하다.

SADE, FOURIER, LOYOLA

a Maurice Blanchot,
de son vieil ami
qui lui est profon-
dément attaché

Rolan Barthes

블랑쇼를 위한 바르트의 헌사

블랑쇼를 위한 바르트의 콜레주 드 프랑스 취임 강의안 헌사. 이 강의는 1978년 쇠유 출판사에서 『강의』라는 제목으로 출간되었다.

Roland Barthes[7], si nous sommes xx vraiment soucieux de cette muette
et constante duperie qui est en nous et hors de nous, qui est l'air
que nous respirons et le souffle de nos paroles: comment pourrions-
nous nous désintéresser de cet effort de correction des images et de
cette mise à nu de nos arrière-pensées?

Je doute pourtant que cette lecture plus juste plaise à tous.
La résistance qu'on lui opposera et le caractère de cette résistance
ne manqueront pas de nous apprendre aussi quelque chose. Pendant deux
années, Roland Barthes a publié chaque mois, le plus souvent dans
Les Lettres Nouvelles, un texte assez court où il xxxxx commentait
un fait divers choisi à son gré dans l'actualité banale: parfois un
incident très petit, une formule publicitaire, la parole d'une actric
ou bien de ces phénomènes de curiosité collective, Minou Drouet, les
discours de M. Poujade/ ~~phénomènoboxxxxx~~, ou de ces institutions plus durables, comme le Tour
de France, le strip-tease, les combats de catch, qui, par l'intermé-
diaire de la presse, de la radio, du cinéma, même si nous croyons
y rester étrangers, font partie de l'intimité de notre vie et en com-
posent la substance. C'est de cela que nous vivons, tous, n'en dou-
tons pas. Commentaire, donc, de notre vie quotidienne, mais qui est
en réalité une lecture. Cette manière d'approcher les plus petits
événements - dont nous remplissons, par le vide, nos instants de
videx -, comme s'il s'agissait d'un texte à lire et, dans ce texte
d'allure insignifiante ou de signification évidente, d'un sens plus
caché et plus malin à mettre au jour, est déjà très caractéristique.
Elle vient en partie de la phénoménologie et de la psychanalyse. Ces
deux grandes méthodes, toutes différentes qu'elles sont l'une de
l'autre, ont cela de commun: d'abord qu'elles s'intéressent à toutes
choses - il n'y a plus de sujets d'intérêt privilégiés -, puis,
qu'elles se dirigent vers les choses en les soupçonnant de plus de
sens qu'elles n'en montrent ~~ou aucune~~ en ~~xxxx~~ en elles un envelop-
pement, une intrication de significations latentes qu'il s'agit d'ou-
vrir sans violence, par une lente et patiente approche dont le mouve-
ment doit reproduire en quelque sorte le sens, la direction et la
visée qu'est le sens. De là que la phénoménologie paraisse n'être,
dans certaines de ses tâches, qu'une description, description qui
serait une "décryptxxxtion", une manière de déchiffrer le centre caché
des significations en allant vers elles selon un mouvement qui mime
~~en quelque sorte~~ celui de leur constitution et aussi par une sorte
de négligence souveraine, capable de laisser de côté les présupposi-
tions de tout savoir naïf. On voit par là pourquoi Husserl, ~~fait par-~~
~~tie~~, non moins que Freud et non moins que Marx, des grands dénon-
ciateurs.   *(fait partie)*

Le livre de Roland Barthes aura sa place dans cette entrepri-
se. On y trouve, ~~d'abord~~, réunis, ces brefs essais, sévères et joyeux,
divertissants et redoutables, où il nous faut découvrir avec une
surprise effrayée tout ce que notre participation passive à la sur-
face des jours suppose d'entraînement actif à des intentions politi-
quement et philosophiquement graves: quand nous regardons ~~avec~~ ~~com-~~
~~plaisance~~ les photographies d'acteurs d'un studio célèbre, quand nous

----

10.8 ⌠
  ⌡
2

~~Exxxxd~~ 1. Roland Barthes : Mythologies (éditions du Seuil)

바르트의 『신화론』에 할애된, 블랑쇼가 직접 타이핑하고 수정한 원고 「위대한 사기」의 일부. 이 글
은 『엔에르에프』 지 1957년 6월호에 게재되었다.

474   바르트의 편지들

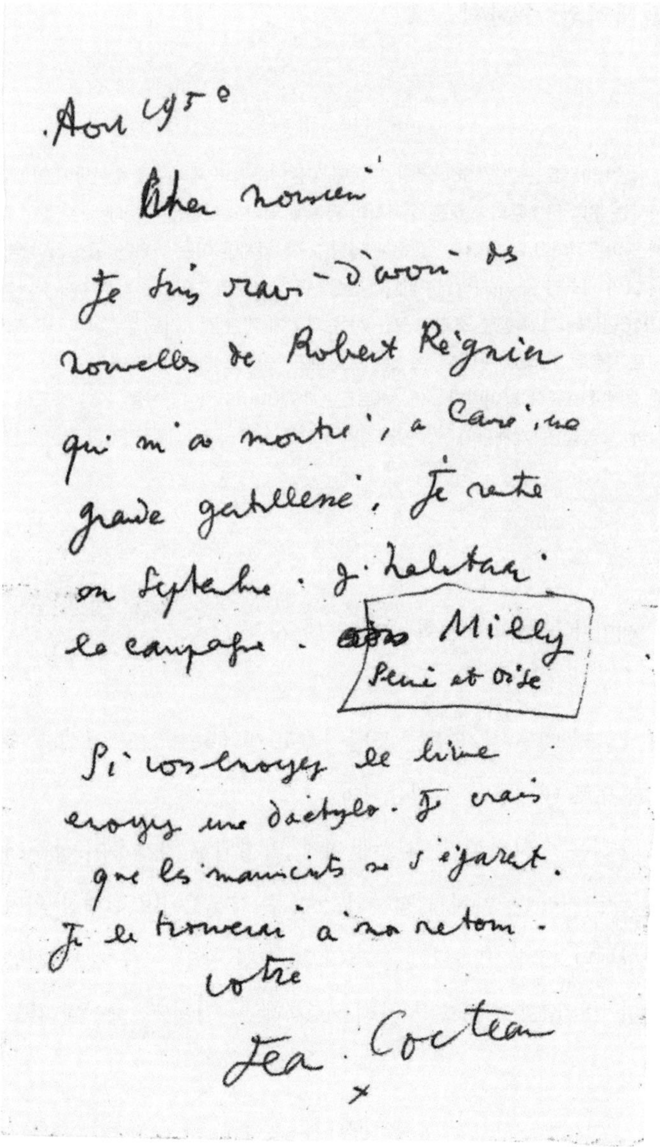

Août 1950

Cher monsieur

Je suis ravi d'avoir des
nouvelles de Robert Régnier
qui m'a montré, au Caire, une
grande gentillesse. Je rentre
en Septembre. J'habiterai
la campagne. Milly
Seine et Oise

Si vous envoyez le livre
envoyez une dactylo. Je crains
que les manuscrits ne s'égarent.
Je le trouverai à mon retour.
Votre
Jean Cocteau

『글쓰기의 영도』의 첫 원고를 읽어줄 것을 부탁한 바르트에 대한 장 콕토의 답을 담고 있는 메모

발레리와 수사학

롤랑 바르트는 2년(1964~1966) 동안 고등연구원의 세미나를 수사학에 할애했다.[213] 이 세미나는 문학 구조주의와 모든 수사학이 담론에 제기한 오랜 문제들에 대한 깊은 검토로부터 행해진 이론적이고 계보학적인 질문에 답한다.[214] 하지만 이는 어쩌면 '글쓰기의 영도'에 조금 앞서 그의 최초의 글 '수사학의 미래'(이 글은 여전히 게재되지 않았는데, 이 책에 실어놓았다)를 통해 1946년부터 그가 행한 초기의 모든 사유 과정에 대한 답이기도 할 것이다.[215] 조르주 페렉, 세베로 사르뒤, 제라르 주네트, 츠베탄 토도로프, 필리프 솔레르스, 미셸 뷔토르 등이 이 세미나를 듣거나 토론에 참여한다⋯⋯. 바르트는 1970년『코뮈니카시옹』지에 중요한 글 「이전의 수사학: 요약집」을 게재한다.[216] 「발레리와 수사학」은 이 글에 대한 명백한 보완의 글인 듯하다.

세미나 '오늘의 수사학', 1965~1966

오늘날 어떤 작가가 큰 도발이라고 생각하지 않고 자신을 수사법의 보증인으로 내세우려 하겠습니까?

우리는 수사학이라는 말에 대해, 과장되고 차가우며 상투적이고 수식된 글쓰기라는, 가치가 격하되고 아주 경멸적이며 편협한 의미밖에 알지 못합니다. 그렇지만 그것은 거의 2000년 동안 아주 큰 발전을 보여왔습니다. 소피스트에서부터 아리스토텔레스, 키케로, 쿠인틸리아누스, 중세

---

213 그가 고등연구원 연보에 실은 세미나의 요약 참조(*OC*, t. 2, pp. 747~749와 875).
214 예를 들어 1964년 8월 16일자 뷔토르에게 보낸 편지를 볼 것.
215 'Le premier Barthes' 끝부분에 있음.
216 *OC*, t. 3, pp. 527~601.

의 예술을 거쳐 르네상스에 이르기까지 수사학은 하나의 철학인 동시에 언어의 기법으로, 오늘날 사람들이 놀랍도록 감탄하며 그 진실을 재발견하기 시작하고 있는 깊고 독창적이며 끊임없는 성찰의 대상이었습니다.

그렇지만 아주 오래된 이 제국은 19세기에 몰락하기 전, 17세기에 근대정신의 공격으로 심하게 동요했습니다. 아주 다른 스타일의 두 강적 데카르트와 파스칼이 바로 그들로, 전자는 수학적 이성의 이름으로 그리고 후자는 담화에 생생한 질서를 부과할 가슴속 진실의 이름으로 그랬던 것입니다. 후자는 우리의 귀를 솔깃하게 함에 틀림없습니다. 수사학의 적인 파스칼은 발레리의 적이기도 합니다. 그런데 파스칼과 발레리 사이에 있는 것은 정확히 말해 결국 언어에 대한 어떤 사용법, 즉 수사학입니다. 발레리는 파스칼의 유명한 사유들 가운데 하나인 "이 무한한 우주 공간의 침묵은 나를 두렵게 한다"에 대해 이렇게 공격하고 있습니다.

"나는 몹시 우울한 이 태도와 절대적인 공포에 체계와 방식 같은 것du système et du travail이 있다고 생각하지 않을 수 없다. 아주 조화로운 한 문장은 완전한 단념을 거부한다.

글을 잘 쓰려는 고뇌는 그렇게 완전히 사라지지는 않아서 파멸로부터 약간의 정신적 자유와 약간의 조화로운 감각, 그리고 약간의 논법과 상징을 보존했는데, 이것들은 스스로 하는 말을 반박한다.

(…)

뿐만 아니라 의도가 순수할 때조차 오직 쓰는 것에 대한 관심과 쓰는 것에 들이는 세심한 주의는 어떤 저의와 동일한 효과를 갖는다. 온건했던 것을 극단적으로 만들고, 듬성듬성했던 것을 압축적으로 만들고, 나뉘었던 것을 온전한 하나로 만들고, 살아 움직일 뿐이었던 것을 감동적으로 만드는 것은 불가피한 일이다…… 장식용 창문들은 스스로 모습을 드러내게 된다. 예술가는 거의 그가 관찰하여 깨달은 인상의 강도를 증대시킬 수가 없다. 그리하여 그는 그의 근본 개념의 전개를 대칭적으로 만든다. 마치 그가 일반화시켜서 국지적인 변형을 존재 전체로 확대할 때 신경계통이 하는 것과 마찬가지로 말이다. 그것은 예술가에 대한 반론이 아니라, 작품이 상상케 하는 인간으로 작업을 했던 진짜 인간과 결코 혼동하지 말라는 경고인 것이다."[217]

보시다시피, 발레리는 내가 언어의 숙명적인 무대라고 부르는 것을 파스칼이 무시한다고—아니, 더 정확히 말해 무시한 체한다고—비난합니다. 언어는 인간이 단죄되는 하나의 무대입니다. 그러므로 수사학은 그 단죄를 자유로이 변화시키는 규율입니다. 그것은 책임이 있는 하나의 기술입니다. 그러므로 그것은 무시할 일이 아닙니다.

수사학에 대한 발레리의 이해는 그러므로 깊고 신중합니다. 설령 폭넓은 것은 못 될지라도 그것은 전통적인 이해의 단순한 아류가 아닙니다. 발레리는 배열술dispositio의 수사학을 철저히 경멸했기 때문입니다. 그러한 이해는 세 가지 원리에 기초합니다.

1. 첫 번째 원리는, '문학은 곧 언어다'라는 문학의 언어적 조건을 확인—끊임없이 재확인—합니다. 그러므로 말의 세계un univers des mots가 있습니다.

"문학은 언어의 몇 가지 속성의 일종의 확장이자 적용 이외의 것은 될

---

217 「한 "사유"에 의한 변주」, 『바리에테Variété』, Gallimard, 1924, pp. 143~144.

수 없다."[218]

　문학=언어라는 등식은 폴 발레리에게는 너무도 확고해서 그는 아주 뚜렷한 일종의 역설을 통해 문학과 언어 사이에서 진정한 하나의 순환 논리적 특성을 봅니다. 문학은 언어이지만 언어 그 자체가 곧 문학입니다. "게다가 사항을 아주 대국적으로 생각해보면 언어 그 자체를 문학의 걸작 중 걸작으로 간주할 수 없는가? 그 차원에서의 모든 창작은 결정적으로 확립된 형태들에 따라, 주어진 한 어휘의 가능태들의 조합으로 귀착되기 때문이다."[219] 지금 보면 그것은 진부할 수 있습니다. 그러나 발레리가 우리 문단에 언어의 제국을 세웠던 말라르메, 심지어는 위고, 플로베르와 시기적으로 아직 아주 가까운 사람이었다는 사실을 잊지 말아야 합니다.

　"라신에서 빈번한 수식은 담화에서 추출된 것 같은데, 바로 그것이 그의 놀라운 연속성의 수단과 비밀이다. 반면에 현대의 작가들에서는 수식이 담화를 단절시킨다.

　라신의 담화는 비록 늘 아주 과장적이지만 살아 있는 사람의 입에서 나온다.

　라퐁텐에서도 마찬가지다. 하지만 그 살아 있는 사람은 익숙해져서, 종종 아주 무시된다.

　그 반대로 위고와 말라르메와 몇몇 다른 작가들에서는 비인간적인 담화를, 좀 절대적인 의미로는—어떤 인간과도 무관한 뭐라 말할 수 없는 존재를 암시하는 담화, 즉 말 전체의 전능함이 계시를 주는 언어의 신을

218 「콜레주 드 프랑스에서 행한 시학 교육」, 『바리에테』, 갈리마르, 1944, p. 289.
219 *Ibid.*, p. 290.

만드는 경향 같은 것이 나타난다. 다름 아닌 말하는 능력이 말을 하는 것이다. 그리하여 말하면서 취하고, 취한 상태에서 춤을 춘다."220

문학과 언어의 완전한 동일시는 비록 진부한 일이지만 형식을 단순히 내용의 옷 정도로만 생각하는 모든 전통주의자나 사실주의자(그들은 내용을 여전히 문학예술의 주요한 대상이라고 생각한다)로부터 여전히 강력하게 반론이 제기되고 있다는 것도 잊어서는 안 됩니다(그러나 발레리는 플로베르와 말라르메에 이어 내용/형식의 대립에 강력한 반론을 제기했습니다). 마지막으로, 문학의 언어적 성격이 비평가들에 의해 아직 거의 개척되지 않았다는 사실도 잊어서는 안 됩니다. 만일 문학이 언어라면 그 문학은 어떤 면에서는 언어학의 영역에 속합니다. 이 방면에 대한 연구와 논쟁은 아주 초기 상태에 있을 뿐입니다. 물론 발레리는 그 방면에서 이미 선배로 여겨집니다. 순수 어학 잡지 『카이에 페르디낭 드 소쉬르Cahiers Ferdinand de Saussure』에서 기호에 대한 그의 글들을 얼마 전 재수록하지 않았습니까?

2. 발레리 수사학의 바탕이 되는 두 번째 원리는 어떻게 보면 첫 번째 원리에 대한 하나의 설명입니다. 문학이 언어인 것은 사실 언어의 기능 자체가 불가피하게 둘로 나뉘기 때문입니다. 현실을 전환시키는, 그리하여 바로 그런 방법으로 자신의 목적을 이루자마자 곧 사라져버리는 용도인 실용적 언어가 있습니다. 그것은 대체로 발레리가 항상 분명하게 시와 구별했던 산문의 언어입니다. 우리 생각에 그 구별은 너무도 분명합니다. 발레리 자신의 산문처럼 아주 문학적인 산문들이 당연히 있기 때문입니

---

220 『나침반들Rhumbs』〔Œuvres, Gallimard, coll. Bibliothèque de la Pléiade. t. 2, 1960, p. 635〕.

다. 다음으로, 시적 언어가 있습니다(더 보편적으로 문학적인 언어). 그것은 무엇보다도 언어의 민감한 속성들에 대한 사색입니다. 그것들로는 불투명성과 형식의 독립이 있습니다. 문학은 곧 2차 언어인 것입니다.

"시는 곧 언어의 예술이다. 언어는 그렇지만 행위의 창조물이다. 인간들 사이의 모든 의사소통은 행위 속에서, 그 행위가 우리에게 주는 확인을 통해서 어떤 확실성을 가질 뿐임을 먼저 지적해두자. 내가 당신에게 불을 달라고 요구한다. 당신은 내게 불을 준다. 당신은 나의 말을 이해했던 것이다.

그런데 내게 불을 요구했을 때 당신은 중요하지 않은 그 몇 단어를 어떤 어조로, 어떤 음색으로, 즉 어떤 억양으로 느리거나 빠르게 말할 수 있었다. 나는 당신의 말을 이해했다. 얼떨결에 나는 당신이 요구한 것, 즉 그 불을 당신에게 내밀었기 때문이다. 그런데 일은 그것으로 끝나지 않았다. 이상하게도 그 음성이 당신의 그 짧은 문장의 수식처럼 내 안에서 다시 들리며, 반복된다. 마치 당신의 그 짧은 문장이 내 안에서 즐기는 것처럼. 그래서 나는 의미를 거의 잃어버려 쓸모가 없어졌지만 전혀 다른 삶을 다시 살고 싶어하는 당신의 그 짧은 문장을 되풀이해서 말해볼 것을 내게 요구하고 싶어진다. 그 짧은 문장은 어떤 가치를 얻게 되었다. 그런데 그것은 그것의 완결된 의미를 희생시켜 그 가치를 얻었던 것이다. 그것은 다시 듣고 싶은 욕구를 낳았던 것이다…… 우리는 이제 시의 상태의 일보 직전에 와 있는 것이다. 이 작은 경험은 우리가 여러 진실을 발견하게 하는 데 충분하다.

이 경험은 언어가 전혀 다른 두 종류의 효과를 초래할 수 있음을 보여주었다. 그중 한 효과는 언어 자체를 완전히 무효화하기 위해 필요한 것을 부추기는 경향이 있다. 내가 당신에게 말을 한다. 그런데 당신이 내 말을 이해했다면 그 말 자체는 사라져버린다. 당신이 이해했다는 것은 그 말이 당신의 마음에서 사라져버렸다는 것을 뜻한다. 그 말은 이미지, 관계, 일시적 감정들로 대체된 것이다. 그리하여 그때 당신은 당신이 수신했던 것과는 전혀 다른 언어로 그 개념들과 이미지들을 다시 전달하는 데 필요한 것을 갖게 될 것이다. 이해하는 것은 음색과 음가와 기호로 이루어진 한 체계를 완전히 다른 것으로 비교적 빨리 대체한다는 데 있다. 그런데 완전히 다른 그것은 결국 듣는 사람의 내적인 변화 또는 재조직인 것이다. 그런데 그 명제와 정반대의 성격을 보이는 것이 있다. 즉 이해를 하지 못한 사람은 그 말을 되풀이하거나 아니면 다시 말해달라고 한다.

결과적으로 이해가 유일한 목적인 한 담화의 완벽성은 물론 그 담화를 구성하는 말parole이 완전히 다른 것으로, 그리고 언어를 먼저 비언어non-langage로, 이어 만일 우리가 원한다면, 최초의 형식과는 다른 언어 형식으로 변화시키는 용이성에 있다.

달리 표현해보자면, 언어의 실용적이거나 추상적인 사용에서 형식, 즉 담화의 외관과 감지될 수 있는 것과 행위 자체는 보존되지 않는다. 그 형식은 이해가 되고 나면 살아남아 있지 않는다. 그것은 투명하게 사라져버린다. 그것은 행동을 했다. 그것은 자신의 역할을 했다. 그것은 이해를 시켰다. 이를테면 그것은 충실하게 살았던 것이다.

하지만 반대로, 감지될 수 있는 그 형식이 그 자신의 효과에 의해 부여되는 어떤 중요성을 갖게 되자마자, 이를테면 주목을 받고 존중을 받을 뿐만 아니라 원하는 대상이 되어서 다시 사용되자마자 새로운 어떤 것이 나타난다. 즉, 우리는 우리도 모르는 사이에 변화되어, 어떤 한 방식에 따라 그리고 더 이상 실용적인 순서의 법칙이 아닌 법칙에 따라 살고 호흡하고 생각할 결심을 한다. 요컨대 그 상태에서 일어나는 것들 중 아무것도 특정된 한 행위에 의해 결정되고 완성되어 사라지지 않게 되자마자 우리는 시의 세계로 들어가는 것이다."221

형식은 난해함에 대한 작가의 어떤 권리를 정당화시켜주기에 아주 중요해 보입니다(작가는 단지 전달하기 위해서만 쓰는 것이 아니라 사색하기 위해서도 씁니다). 형식은 문학을 2차 언어 부류에 속하게 해주기에 아주 현대적입니다. 이를테면 모든 사회제도처럼 언어는 피드백 효과(부메랑효과)를 가집니다(사회학은 점점 더 그렇게 주장합니다). 그러므로 문학은 어떻게 보면 언어의 자기 자신으로의 회귀의 개척장인 것입니다. 결국 형식은 아주 비관적으로 보입니다. 발레리의 이론은 작가에게 비실용적인 활동을 부여하는데, 그 활동에는 현실의 모든 대가가 거부됩니다. 작가는 곧 무용한 언어의 전문가인 것입니다.

"지식인들의 일은 모든 사물을 현실 행위에 대한 억제력이 없이 그것들의 기호나 이름 또는 상징으로 움직이는 것이다. 그로 말미암아 그들의 말은 놀랍고 그들의 전략은 위험하며 그들의 쾌락은 경박하다.

그들은 흥분제 일반의 이점과 위험을 가진 사회적 흥분제인 것이다."222

우리는 이런 질문을 던질 수 있을 것입니다. 그렇다면 작가는 무엇에 소용되는가? 발레리는 이렇게 대답합니다. 한 나라의 언어를 약간의 완벽한 패치워크로 만드는 데 소용된다고 말입니다. 사회학적으로 작가는

---

221 「시와 추상적 사고」, 『바리에테 5』, *op. cit.*, pp. 142~144.
222 『나침반들』(*op. cit.*, p. 619).

무엇보다도 언어의 조련사일 것입니다. 그리하여 사회는 바로 그런 자격으로 그를 소비할 것입니다.

3. 세 번째 원리는 문학─언어의 이론에서 훨씬 더 앞서갑니다. 그것은 그에게 정신분석학적인 동시에 도덕적인 토대를 제공해주기 때문입니다. 다음의 질문, 즉 '왜 형식의 기능에 영예로운 가치를 부여하는가?'에 대해 발레리는 요컨대 이렇게 답합니다. "형식은 우월적 가치를 지닌다. 왜냐하면 내용은 그러한 가치를 지니지 못하기 때문이다."

발레리에게 내용은 '관념들'(Idées, 변함없이 복수입니다. 그것은 자아를 특히 일체성을 피하는 분열로 보는 원자론자 발레리의 심리 때문입니다)입니다. '관념들'은 정신의 번득임, 독창적인 착상, 이미지, 몽상들을 말합니다. 이를테면 무질서하고 연속적인 정신의 흐름인 것입니다. 그것은 기의가 아닙니다. 왜냐하면 그것은 의미inventio 이전이기 때문입니다.

'관념들'의 발생 방식(발레리의 이론에서는 중요합니다)은 책임을 면제받습니다. 인간은 자신에게 떠오르는 관념들에 아무 책임이 없다는 뜻입니다. 결국 관념들의 (…) 발생 방식은 '우연'인 것입니다. 이를테면 사람들은 관념들을 우연히 가지게 되는 것입니다(주지주의자에게 이런 생각은 모순이라는 점 지적해두겠습니다). 우연은 관념의 훌륭한 공급자입니다. 그러니 발레리에게처럼 자연Nature은 곧 주어진 모든 것입니다. 따라서 그에게 관념들은 자연적인 것naturel이라고 말할 수 있습니다. 하지만 이 말 자체로만 보면 모순됩니다. 즉 이 관념들은 인간이 세상과 맺는 최초의 접촉이기에(예컨대 잠에서 깨어났을 때) 감정적으로는 아주 사랑스러운 것이며, 인간이 그것들에 자신의 권리를 주장하지 않기에 지적으로는 가치가 떨

어집니다. 한마디로, 관념들은 우연한 일들(accidents, 매우 발레리적입니다)
인 것입니다.

형식이란 정확히 말하면 관념의 우연을 저항성의 한 작품으로 변화시
키는 기능입니다. 따라서 작품은 구제된 우연, 의도로 변형된 한 상황인
것입니다. 결국, 형식은 관념 뒤에 오는 것입니다.

"나는 어떤 용건이 있어서 사무실로 들어간다. 나는 글씨를 써야 한
다. 아주 마음에 드는 펜과 잉크와 종이를 준비한다. 나는 무엇인지 모
를 하찮은 것을 쉽게 쓴다. 나의 글씨가 마음에 든다. 그 글씨가 내게 뭔
가를 쓰고 싶게 만든다. 나는 나간다. 나는 걷는다. 나는 집필에 대한 흥
분을 느끼며 걷고 있다. 말, 리듬, 시구들이 떠오른다. 이것은 마침내 한
편의 시가 될 것이다. 그 시의 주제, 언어의 조화, 매력은 우연한 소재에
서 유래하지만 그것들은 그 우연한 소재에 대한 어떠한 흔적도 지니고
있지 않을 것이다. 어떤 비평가가 그 기원을 알아낼 수 있을까? 비평가
들이 알아낼 수 있을까? 나는 우리에게 도움이 될 그런 비평가를, 우리
가 하는 것을 우리가 어떻게 하는지 좀 이해시켜줄 그런 비평가를 원한
다……"223

사람들은 현대적인 표현으로 형식, 즉 형식의 기능은 무의한 것에 의
미를 부여하는 것, 하찮은 것에 생각을 부여하는 것이라고 말합니다. 그
러므로 형식은 사고하는 데 있습니다. 따라서 인간이 그의 관념들의 자
연에서 떼어놓는 것은 바로 인간의 영역입니다. 이 떼어놓기를 확대하는
모든 것(법칙들, 예를 들면 시와 문체의 법칙들), 곧 형식으로 글쓰기를 정당

---

223 *Ibid*[pp. 628~629].

화시키는 것은 바로 그것입니다.

"내게 이미 쓰는 것은 즉시 유발된 언어에 의한 어떤 '관념'의 즉각적인 표현과는 완전히 다른 작업이었다. 관념들은 사실들이나 감정들과 마찬가지로 별것이 아니다. 우리에게서 생겨나는 이미지, 유추, 단어나 리듬 같은 아주 소중하게 보이는 관념들은 우리의 창의적인 삶에서 비교적 빈번히 발생하는 우연들이다. 인간은 창조하는 일밖에 거의 하지 않는다. 하지만 그 발생의 용이성과 빈약성, 비일관성을 아는 사람은 정신의 노력으로 그에 맞서게 한다. 그로부터 사고의 가장 장엄한 기념물들, 즉 가장 강력한 '창조물들'을 즉각적이고 연속적인 우리의 말과 이야기와 충동들의 '창조'에 저항하는 자발적인 수단들의 신중한 사용으로 얻어냈다는 그 놀라운 결과가 생겨난다. 아주 자발적인 발생은 예를 들어 모순들과 '악순환들'에 아주 잘 적응한다. 그것들에는 논리가 방해물이 된다. 논리는 정신이 스스로에게 금지시켰던 모든 명백하고 명료한 규칙들 가운데 가장 잘 알려져 있으며 가장 중요한 것이다. 방법들, 잘 규정된 시작법들, 규준과 비례, 조화의 규칙들, 창작의 원칙들, 일정한 표현 방식들은 (우리가 보통 생각하고 있는 것처럼) 창작을 구속하는 방책들이 아니다. 그것들의 근원적인 목적은 체계적으로 사고하는 완전한 인간, 즉 행동하기 위해 태어난 존재를, 정신의 산물들 속에서 강한 인상을 주는 그의 행동이 완성하는 그런 존재를 원하는 것이다."[224]

다시 한번 요약해보지요. 즉 형식이란 내용에는 없는 자유인 것입니다.

"나는 말라르메가 난해하고 비생산적이며 섬세하다는 것에 동의한다.

---

[224] 「한 편의 시에 대한 기억들」, 『바리에테 5』, *op. cit.*, pp. 86~87.

하지만 만약 그가 그 결점들의 대가로—심지어는 그 모든 결점을 이용하여, 그 결점들로 인해 저자가 들이는 노력과 독자에게 요구하는 노력을 이용하여—나로 하여금 언어의 기능에 대한 의식적인 파악과 고차원적인 표현의 자유(그것에 비추어 모든 생각은 하나의 우연이며 특별한 한 사건일 뿐이다)를 이해하게 하고 모든 작업보다 상위에 두게 했다면, 그의 글에 대한 독서와 명상에서 내가 얻었던 그 결과는 내게는 비할 바 없는 소득으로, 어떠한 명료하고 쉬운 작품도 그와 같은 큰 소득을 내게 가져다주지 않았다."[225]

결론

바로 그것이 발레리에게 아주 양면적인 위치를 부여하는 이론인 것입니다. 한편으로, 그에게 예술이 무엇보다도 반反우연contre-hasard, 반反영감 contre-inspiration인 한 발레리는 고전주의자입니다. 그러나 그가 관념들의 공급자(따라서 내용의 창조자)의 역할을 무작정 인정하는 한 그는 (편리한 신화적 대립어를 다시 사용하면) 낭만주의자입니다. 이 양면성은 발레리가 몽상에 대해 갖는 개념('몽상은 낭만주의 이후 현대 문학의 시금석이다')에서 아주 잘 표현됩니다. 주지주의 작가에 대해 상상할 수 있는 것과는 반대로 발레리는 자주 꿈에 대해 언급했습니다. 예를 들면 그는 다음과 같이 몇 가지 꿈에 대해 아주 아름답게 묘사했습니다.

"콩트(잠에서 깨어나 꿈의 잔재들이 남아 있을 때 쓴 초벌)

---

[225] 「나는 종종 스테판 말라르메에게 말하고는 했다……」, 『바리에테 3』, Gallimard, 1936, p. 32.

용 한 마리(또는 다른 종류의 괴물)가 첫 번째 문에서 보물을 지키고 있다.

만약 네가 그놈을 격분케 하는 데 성공하면 너는 그놈을 꼼짝 못하게 하리라.

그놈은 저의 가슴을 드러낼 것이니, 너는 그 가슴을 찔러버려라.

완벽한 아름다움을 가진 영묘한 한 여인이 두 번째 문을 지키고 있다.

만약 네가 그녀를 매혹시키는 데 성공하면 너는 그녀를 네 마음대로 복종시키리라. 그녀는 너에게 자신의 두 팔을 벌릴 것이니, 너는 그녀를 사슬로 묶어버려라.

슬퍼하는 한 어린아이가 세 번째 문을 지키고 있다. 만약 네가 그 아이를 웃게 하는 데 성공하면……

여기에서 콩트는 중단되어 있다. 그리하여 나는 그것을 계속 써나가는 것이 곧 창조하는 일일 것임을 아주 분명하게 느꼈다……"[226]

그러나 발레리는 꿈에 머물러 있지 못합니다. 이성 때문이 아니라 인간은 각성 상태의 꿈에 대해 말하지 않을 수 없기 때문입니다. "자신의 꿈을 쓰고자 하는 사람은 끝없이 깨어 있어야 할 의무가 있다."[227] 달리 말하면 글쓰기는 숙명적인 반反꿈contre-rêve인 것입니다. 우리는 파스칼에게서 드러난 모순으로 되돌아옵니다. '쓰는 것은, 그것이 꿈을 사용하는 것인 한 그 꿈을 버리는 것이다.' 발레리가 선호하는 순간인 잠에서 깨어났을 때가 바로 꿈과 글쓰기의 불안한 그 불화의 순간, 즉 꿈-접착Rêve-

226 『사념邪念들Mauvaises pensées』〔『사념들과 기타Mauvaises pensées er autres』, *Œuvres*, t. 2, *op. cit.*, p. 855〕.
227 『바리에테』, *op. cit.*, p. 56.

adhérence에서 글쓰기-분리Ecriture-séparation로 이행하는 순간입니다.

　"꿈속에서, 사고는 삶과 구별되지 않아서 그 삶에 뒤지지 않는다. 사고는 삶에 접착된다. 사고는 삶의 단순함에 완전히 접착된다. (…)"[228]

228　「꿈에 대한 연구와 단장斷章들」, 『바리에테』, Gallimard, 1925〔*Œuvres*, t. 1, 1957, p. 936〕.

제 4 부

몇 권의 책에 관한 편지들

『라신에 관하여』[1]에 관한 편지

루이 알튀세르가 롤랑 바르트에게

바르트와 알튀세르가 처음 만난 것은 미셸 푸코와도 함께 보냈던 1962년 10월 5일 밤의 한 파티에서였다. 알튀세르는 그의 여자 친구 프랑카에게 이렇게 편지를 쓴다. "바르트와는 관계를 돈독히 유지해나갈 생각이에요. 확실히 그의 (이론적인) 경험들로부터 받아들일 게 적지 않기 때문이에요."[2] 바르트와 알튀세르는 같은 해 11월 11일과 1963년에도 계속 푸코와 함께 만난 다. 알튀세르는 공산당 내에서 자신의 지위와 연관된 이유에서, 구조주의에 대해서처럼 바르트 에 대해 1966년부터 거리를 둔다.

1963년 5월 7일, 〔파리에서〕

친애하는 바르트,

라신의 '심리학'이니, 그 연극이 야기하는 것으로 생각되는 그 유명한 '열 정'이니 하는 것들은 존재하지 않는다(그 열정을 정말 갖고 싶어하는 사람들이 나 그리 떳떳하게 밝힐 정도가 못 되는 열정을 가진 사람들에게는 아마 아주 큰 위 안이 되겠지만)는 것을 읽는 것은 정말 기쁜 일이네. 상황의 논리에서는 불

---

1 Seuil, coll. Pierres vives, 1963.

2 『프랑카에게 쓴 편지들』, Stock–IMEC, 1998, p. 229.

가능한 어떤 해결책을 오직 언어만이 줄 수 있었다는 것, 그리고 그 언어로부터 세계가 생겨난다는 것을 읽는 것 또한 정말 기쁜 일이네. 일순간도 자네는 조심성에서든 아니면 선배들에 대한 전략에서든 그 위험들을 크게 건드리지 않고 언급하고 있네. 이를테면 프로이트의 말들은 그가 그 말들을 차용한 세계에서 완전하게 제자리에 있네.

자네의 책 마지막 글 역시 아주 좋았네…… 나는 자네가 대학인들에게 자신의 의견을 당당하게 주장하라는 도전장을 그토록 잘 던지고 있다는 것을 모르고 있었네!

자네의 책이 얼마나 설득력 있으며 명쾌하게 설명하는지. 나는 자네에게 기탄없이 그 사실을 말해주고 싶네. 그 사실은 자네의 것으로, 한 친구의 사유를 통해 읽을 수 있기 때문일 뿐 아니라 또한 진실이기 때문이라네.

고마움을 전하네.

L. 알튀세르

Cher Barthes,

        Ça fait rudement plaisir de lire que
la "psychologie" racinienne, et les fameuses "passions"
à qui l'on doit, paraît-il, ce théâtre (pour le plus
grand soulagement, sans doute, de ceux qui voudraient
bien avoir celles-là ! ou en avoir d'aussi peu "avoua-
bles" !), ça n'existe pas. Je lire que le seul langage
pouvait donner une solution, impossible à la logique de
la situation, et que de ce langage un univers est né.
Pas un instant, vous ne frôlez les risques que, par
pudeur, ou par tact vis à vis de vos pédécesseurs, vous
évaquez : les mots de Freud sont parfaitement à leur
place ici, dans un des mondes auxquels il les emprunta.

        J'ai beaucoup aimé aussi votre article de la fin...
je ne savais pas que vous aviez si bien jeté aux Uni-
versitaires le défi d'avoir le courage de leurs pensées!

        Combien votre livre est convaincant et éclairant,
je vous le dis sans réserve, non seulement parce qu'il
est de vous, et qu'on peut lire à travers les raisons
d'un ami, mais parce qu'il est vrai.

     · A vous de tout coeur, avec gratitude

알튀세르가 바르트에게 쓴 1963년 5월 7일자 편지

『비평과 진실』[3]에 관한 편지

루이르네 데 포레[4]가 롤랑 바르트에게

〔1966년〕 3월 17일

친애하는 롤랑 바르트,

단숨에 읽어내려간 자네의 훌륭한 책에 대해 깊이 감사하네. 오늘날 이런 독서는 우리 각자에게 건강에 좋은 어떤 효능 같은 것이 있네. 마지막으로, 어떻게 하면 조심스러움을 저버리지 않고 이 말을 자네에게 전할 수 있을지 모르겠네. 진실에 대한 용기를 가졌다는 것을. 그리고 또 자네 특유의 진지함이라는 폭력으로 시시하고 보잘것없는 논쟁에 자네가 맞서는 것을 즐거워하고 있다는 것을.

거듭 고맙네. 이만 줄이네.

루이르네 데 포레

---

3 Seuil, coll. Tel Quel, 1966.
4 루이르네 데 포레Louis-René des Forêts(1918~2000)는 프랑스의 작가다. 작품으로는 『말꾼 Bavard』(1946), 『숲 속의 한 병자Un malade en forêt』(1985), 『오스티나토Ostinato, fragments autobiographiques』(1997) 등이 있다.—옮긴이

자크 라캉이 롤랑 바르트에게

1966년 4월 12일

친애하는 롤랑 바르트, 보내준 책 고맙네. 답장을 해야 할 텐데 하고 있었네. 이렇게라도 말이야.

좋은 반응이 있을 거라 생각하네.

이만 줄이네.

라캉

내 작업 상황은 나쁘지 않네.

5, RUE DE LILLE, VII⁵

LITTRÉ 30-01

[라캉의 수기 편지]

라캉이 바르트에게 쓴 1966년 4월 12일자 편지

장마리 귀스타브 르 클레지오가 롤랑 바르트에게

1966년 4월 29일, 니스 일드보테 광장에서

선생님,

선생님이 옳습니다. 저는 전통적인 비평에 맞선 그 논쟁에서 전적으로 선생님 편입니다. 피카르에 대한 반박문5을 읽었습니다. 저는 선생님이 옳다고 생각하는데, 선생님의 말이 진실이기 때문일 뿐 아니라 그 진실이 섬세하고 정교하고 단호하게 표현되고 있기 때문입니다. 요컨대 예리하고 통찰력이 있기 때문입니다. 오늘날 더 이상 문학의 깊이에 무관심할 수는 없으며, 랭보와 말라르메와 로트레아몽 시대의 그 포근하고 쉽게 만족하는 안락함에 머물러 있을 수는 없습니다. 선생님의 관점은 현대적입니다. 그것이 진정으로 온당한 것은 바로 그 때문입니다. 그런데 그 점은, 자질 있는 선생님의 친구들이든 시시한 적들이든 이미 잘 알고 있을 것입니다! 시시한 사람들의 질투는 종종 아주 우습습니다.

다시 한번 감사드립니다.
감탄을 전합니다.

JMG 르 클레지오

---

5 1965년 11월 21일 미셸 뷔토르에게 보낸 편지에 달아놓은 주를 볼 것.

『S/Z』[6]에 관한 편지

미셀 푸코가 롤랑 바르트에게(BNF)

[1970년] 2월 28일

친애하는 롤랑, 보내준『S/Z』감사하네. 단숨에 읽었네. 훌륭하네. 내가 읽은 최초의 진정한 텍스트 분석이네. 나는 조만간 미국으로 출발해. 버펄로에서 두 달간 '프랑스 문학'을 가르치네.『S/Z』를 가져가서 학생들에게 기초 텍스트로 제시하겠네. 자네의 텍스트에 기초하여 학생들과 텍스트 분석 연습을 해볼 생각이네.

모로코에 대해 물었지? 5월에 돌아와서 보세.

친애하는 롤랑, 우정과 찬미를 전하네.

M. 푸코

---

6 Seuil, coll. Tel Quel, 1970.

미셸 레리스가 롤랑 바르트에게(BNF)

1970년 7월 10일

친애하는 롤랑 바르트,

자네의 『S/Z』를 잘 받았다는 감사의 편지를 이렇게 늦게 보내게 된 것에 서운해하지 말기를 바라네. 어떻게 보면 지금 그 책에서 읽는 법을 배우고 있네. 이—아주 재미있는—입문 수업은 분명 꽤 길 것이네!

아무튼 감사하네.
이만 줄이네.

미셸 레리스7

---

7 미셸 레리스Michel Leiris(1901~1990)는 프랑스의 작가다. 그의 작품들은 작가의 약점·공포·환상 등을 집요하게 파고들어간다. 초현실주의자들과 합류하여 시집 『환상Simulacre』(1925)을 출간했고, 1920년대 후반에 소설 『오로라Aurora』를 써서 1946년 출간했다. 자전적 소설 『성년L'Âge d'homme』(1939), 그리고 인류학적 평론으로는 『환상의 아프리카L'Afrique fantôme』(1934), 『일상에서의 성스러움Le Sacré dans la vie quotidienne』(1938), 『민족과 문화Race et civilisation』(1951) 등이 있다.—옮긴이

롤랑 바르트가 알랭 보스케[8]에게(BLJD)

1970년 5월 22일, 라바트에서

친애하는 알랭 보스케,

자네의 주소를 알 길이 도통 없으니, 어디로 편지를 써야 할지 잘 모르 겠네. 하지만 『콩바』지에 실은 『S/Z』에 대한 자네의 글[9]에 깊이 감동했다 는 말을 전하고 싶네. 한 작품을 진지하게 생각할 뿐 아니라 그 작품에 굴 복하지 않고 동화하는 새로운 방식, 참으로 행복한 표현들, 한 작업에 대 해 즉시 판단하지 않고 인정하려는 태도, 요컨대 우리를 연결해주는 것, 즉 텍스트에 대한 사랑을 느끼고 말할 줄 아는, 충분히 우아하고 적절한 대화 (뜻이 변질되었지만 여기에서는 참신한 말이네)에 대해서 말이네.

자네의 글에 대한 나의 이 모든 말이 적절할지 잘 모르겠지만, 『S/Z』에 대한 몇몇 글 중 자네의 글은 어떤 특별한 '인상을 준다'는 말을 확실히 전 하고 싶네. 깊이 감사하네.

이만 줄이네.

롤랑 바르트

---

8 알랭 보스케Alain Bosquet(1919~1988)는 러시아 출신의 프랑스 시인이다. 1986년 샤토브리앙상 등 많은 상을 수여했으며, 『나의 혹성을 추모하며A la mémoire de ma planète』(1948), 『사어Langue morte』 (1951), 『아이들Les enfants』(1980) 등 많은 시집을 비롯하여 에세이집, 소설 등을 남겼다.―옮긴이
9 알랭 보스케는 1970년 5월 14일 『콩바』지에 「롤랑 바르트, 또는 비평이 꿈이 되다」라는 제목의 『S/Z』에 대한 서평을 싣는다.

『기호의 제국』10에 관한 편지

로제 카유아11가 롤랑 바르트에게

1970년 5월 18일

친애하는 롤랑 바르트,

모로코에서 돌아와 보내준 책을 봤다네. 내가 원하면 차 한 대를 구해주 겠다는 친절한 말에 감사하네. 사실 나는 보다 더 간편한 해결책을 택했네. 즉시 그 방법을 생각했어야 하는 건데. 바로 내 차를 가지고 가는 거야. 나 는 그런 종류의 운송을 전문으로 하는 배가 있는지 몰랐네. 그것과는 상관 없이 자네의 수고에 여전히 감사한 마음이네. 라바트는 그냥 지나치기만 해 서 자네와 인사를 나눌 형편이 못 되었네.

일본에 대한 자네의 책 참 좋았네. 내게 막연히 남아 있던 인상들은 일 관성 있고 설득력 있게 그 새로운 의미를 부여한 자네의 분석들 덕에 보다

10　Genève, Skira, coll. Les sentiers de la création, 1970.

11　로제 카유아Roger Caillois(1913~1978)는 프랑스의 평론가이자 사회학자다. 고등사범학교를 졸 업한 뒤, 바타유 등과 함께 사회학연구회Collège de Sociologie를 조직하여 비평 활동에 힘썼다. 저 서로는 놀이의 개념을 정의한 『유희와 인간Les jeux et les hommes』(1958), 『신화와 인간Le Mythe et l'Homme』(1938), 『인간과 성스러운 것L'Homme et le Sacré』(1939) 등이 있다.—옮긴이

더 명쾌해졌네. 내 『암석문자L'Ecriture des pierres』[12]를 받았으리라 생각하네. 자네의 책(자네의 책들)에서 얻은 기쁨을 그 책이 조금이나마 갚아준다면 즐거울 걸세.

연구에 큰 진전이 있기를 비네.

R. 카유아

---

12 『암석문자』는 『기호의 제국』과 같은 해 역시 스키라 출판사에서 간행된다.

장피에르 파예[13]가 롤랑 바르트에게(BNF)

〔1970〕

롤랑 선생님, 놀라운 '기호의 제국'에 대해 감사드립니다. 그리고 또 '구름이 사라지기를' 보고자 하는 선생님의 바람에 대해서도요.

(설사 '황당무계한 쑥덕공론'[14]이 일게 했던 구름일지언정 말입니다.)

감사드립니다.

J. -P. 파예

---

13 장피에르 파예Jean-Pierre Faye(1925~). 프랑스의 철학자이자 소설가. 『텔켈』지의 편집위원이었다. 작품으로는 1964년 르노도상을 수여한 『수문L'écluse』『이야기 이론Théorie du récit』『전체주의의 언어Langages totalitaires』(1996) 등이 있다.—옮긴이
14 같은 해, 솔레르스를 강하게 비판했던 파예의 『라 가제트 드 로잔』지와의 인터뷰 뒤에 발생하는 장피에르 파예와 필리프 솔레르스 사이의 불화를 암시. 바르트가 솔레르스에게 보낸 1970년 10월 25일자 편지 참고(*OC*, t. 5, p. 1044).

『사드, 푸리에, 로욜라』[15]에 관한 편지

루이 알튀세르가 롤랑 바르트에게

1971년 12월 4일

　친애하는 롤랑 바르트, 자네의 책, 자네의 관심, 자네의 우정 어린 생각에 감사하네. 큰 감동을 받았네. 유감스럽게도 12월 8일 쇠유 출판사에서 자네를 위해 마련된 출판기념회에 참석할 수가 없을 것 같네. 그렇지만 멀리서나마—아주 가깝게—자네의 노력과 자네의 글들, 자네의 명석함, 그리고 자네의 용기에 깊은 경의를 표하고자 하네. 그럼, 안녕히, L. 알튀세르

---

15 Seuil, coll. Tel Quel, 1971.

알랭 주프루아[16]가 롤랑 바르트에게

1971년 12월 6일

롤랑 바르트 선생님,

사드, 푸리에, 로욜라에 대한 선생님의 책 아주 고맙게 잘 받았습니다. 어쩌면 선생님의 책 가운데 가장 뛰어나고 가장 간결한 책인 것 같습니다. 저는 선생님의 저서들에서 많은 것을 접했습니다. 첨부한 시들의 '추기追記'를 읽어보시면 아실 것입니다.『텔켈』지에 재수록된, ORTF에서 행한 앙케트[17]에서 티보도의 질문들 초반부의 것들에 보내주신 통찰력이 예리한 의외의 답변들을 보고 순결하고 수수께끼 같은 선생님을 보았습니다. 깊은 감사를 드립니다.

알랭 주프루아

---

16 알랭 주프루아Alain Jouffroy(1928~2015)는 프랑스 시인이자 예술가다.『뉴욕New York』(1977) 등 많은 시집이 있으며, 2007년 시 부문 공쿠르상을 수상했다.―옮긴이
17 1971년 가을호에 실린 인터뷰(*OC*, t. 3, pp. 1025~1042).

앙드레 피예르 드 망디아르그[18]가 롤랑 바르트에게

1972년 5월 1일, 파리 3구 세비녜가 36번지

친애하는 롤랑 바르트, 자네가 보내준 『사드, 푸리에, 로욜라』에 아주 기뻤네. 자네의 책들 중 가장 나의 취향에 '황홀하게' 맞는 책이네. 진심 어린 마음을 보내며 진정으로 감사하네.

앙드레 피예르 드 망디아르그

(베네치아에서는, 전기를 공급하는 프랑스전력공사EDF에 해당하는 건물 출입구에서 SADE[19]라는 문구를 볼 수 있네. 그처럼 오만한 그 이름은 감전사를 시키는 케이블들과 치명적인 힘을 가진 변압기 부스에 대문자로 인쇄되어 있네……)

---

18 앙드레 피예르 드 망디아르그André Pieyre de Mandiargues(1909~1991)는 프랑스의 소설가이며 1967년 『여백La marge』으로 공쿠르상을 수상했다.—옮긴이
19 Società Adriatica di Elettricità(아드리아해 전력 회사).

『신新비평 선집Nouveaux Essais critiques』[20]에 관한 편지

루이 알튀세르가 롤랑 바르트에게

1972년 10월 4일

친애하는 R. 바르트, 보내준 자네의 책에 감사하네. 거기에서 『글쓰기의 영도』를 다시 읽게 되고 또 자네의 여러 명석한 글들(로티!21)을 발견하니 기분이 좋네.

심심한 우의를 전하네.

루이 알튀세르

---

20   Seuil, coll. Points, 1972.
21   쇠유 출판사에서 『신비평 선집』에 『글쓰기의 영도』를 함께 실은 책을 출판하는데, 그 책에 피에르 로티의 『아지아데Aziyadé』에 대한 글이 실려 있다.

『텍스트의 즐거움』에 관한 편지

엘렌 식수가 롤랑 바르트에게(BNF)

1973년 3월 2일, 몬트리올에서

롤랑 선생님, 이 책에서 일종의 원초적인 자극에서부터 변화가 풍부하고 넉넉한 여백, 발버둥치는 언어까지 예기치 못한 샘들을 발견하는 기쁨에 감사드립니다. 억압과 그만큼 강력하게 행해진 검열의 제거 심급들 사이의 그런 대조 및 빠름과 느림의 대조는 그동안 좀처럼 보기 힘들었던 부분입니다.

선생님께 키스를 보냅니다.

엘렌 식수

앙드레 그린[22]이 롤랑 바르트에게(BNF)

1973년 2월 23일, 루시용에서

롤랑 선생님,

보내주신 『텍스트의 즐거움』 감사드립니다. 저 역시 이렇게 말할 수 있을 것 같습니다. "바로 이거야!" 꼭 그렇게만 말할 수 없는 일이 종종 있는 만큼 더욱더 그렇게 말하고 싶습니다. 선생님을 뵈면 직접 그렇게 말씀드릴 것입니다. 이 최근 저작은 어쨌든 제가 보기에는 어떤 단절을 보여주는 것 같습니다. 선생님의 언어학적 시기(저는 그 시기의 필요성을 이해합니다!)가 거리를 유지하는 데 기여했던 억압된 것의 회귀가 그로부터 돌출되어 나오는 그런 단절 말입니다.

하지만 선생님께서 이런 비판을 허락하신다면, 선생님은 저처럼 텍스트가 주는 고통을 느끼지는 못했던 것 같습니다. 기쁨, 아마 그렇겠지요. 그런데 어떤 애도에 대한 승리로서의 기쁨이겠지요? 결국 중요한 것은 삶은 변함없이 이어지고 있다는 것입니다.

곧 또 뵙지요.

앙드레 그린

---

22 앙드레 그린André Green(1927~2012)은 프랑스 정신분석학자다. 1965년, 파리 정신분석학회Société Psychanalytique de Paris 회원이 되었다. 1960년대 초 라캉의 정신분석학 세미나에 참여했다.─옮긴이

『아, 중국이?』[23]에 관한 편지

롤랑 바르트가 크리스티앙 부르구아[24]에게

1976년 2월 14일

나는 그 모든 반응에 아주 기쁩니다. 당신의 책을 받은 분들이 수고스럽게도 그 책에 대해 언급했다는 것이 놀랍기까지 합니다. 그런 주목의 대상이—이번만은—내가 아니라 당신이라는 사실[25]에 해방감 같은 것을 느낍니다. 그러니 그 모든 것에 감사합니다.

이만 줄입니다.

RB

---

23 Christian Bourgois, 1975.

24 크리스티앙 부르구아Christian Bourgois(1933~2007)는 프랑스 출판업자다. 크리스티앙 부르구아 출판사를 설립했다.—옮긴이

25 부르구아는 실제로 『아, 중국이?』를 출판한 뒤 그에 대한 감사의 편지를 많은 사람들, 예를 들면 디디에 앙지외, 자크 랑시에르, 다니엘 빌렘, 프랑수아 디 디오, 자크 오몽으로부터 받았다.

롤랑 바르트가 마르슬랭 플레이네에게(BLJD)

1979년 2월 25일, 파리에서

친애하는 친구,

자네의 여행 일기26를 받은 즉시 단숨에 읽었네. 그 책의 간결함과 정확함, 확고한 박애심에 진심으로 매혹되었네. 자네는 내가 얼마나 모든 독단주의와 오만과 극단적 열광의 제거에 민감했는지 돌이켜볼 수 있을 것이네. 자네는 또한 순간순간 여백에서처럼 자네가 이야기하는 것이 내 개인적인 추억들을 떠올리게 했다는 것을 상상할 수 있을 걸세. 뿐만 아니라 자네는 아마도 내가 억눌러놓았던 것들을 상기시킴으로써 나 대신 그것들을 기억시켜주었네. 그리고 또 자네가 우리 각자에게 저마다의 '익살스러움'을 되돌려주었던 만큼 그것은 은근슬쩍 소설적이네. 그리고 시도 아주 아름답네.

자네의 책을 내가 먼저 읽도록 베푼 세심한 마음에 감사하네. 친애하는 마르셀랭, 내 변함없는 우의를 전하네.

롤랑 바르트

---

26 『중국 여행Voyage en Chine』의 원고를 가리킨다. 이 책은 1980년 POL에서 출판되며, 2012년 마르시아나Marciana 출판사에서 다시 출판된다.

『사랑의 단상』[27]에 관한 편지

앙드레 피예르 드 망디아르그가 롤랑 바르트에게(BNF)

1977년 4월 12일

나는 말의 가장 순수한 의미에서 『사랑의 단상』에 매혹되었네. 친애하는 롤랑 바르트, 그 매혹적인 선물에 감사하네. 어느 날 만나 감사의 마음을 전할 기회가 있으리라 기대하네. 그럼, 줄이네.

앙드레 피예르 드 망디아르그

---

27 Seuil, coll, Tel Quel, 1977.

미셸 투르니에[28]가 롤랑 바르트에게(BNF)

.1977년 8월 26일, 슈아젤에서

롤랑 바르트 선생님,

저는 선생님이 『플레이보이』지와 한 인터뷰의 한 구절에 아주 놀랐습니다. '사랑할 사람을 낚으러 다니는' 사람들, 즉 그 특별한 부류의 난봉꾼들에 관한 구절 말입니다. 선생님은 그 부류를 동성애자들 사이에서 많이 볼 수 있다고 덧붙이고 있습니다. 저의 소설 『메테오르Météores』[29]에서 그런 식으로 말한 적이 있는데, 거기에서 동성애자인 알렉상드르는 이렇게 말하고 있습니다.

"나는 통째로 완전한 한 남자다! 사랑=섹스+가슴. 다른 사람들—대부분의 다른 사람들—은 여자를 사냥하러 갈 때에는 가슴을 집에 놓고 간다. 여편네의 앞치마나 애 엄마의 앞치마 속에. 그것이 더 사려 깊은 일이다. 병들거나 늙은 사랑은 그것의 두 요소로 분해된다. 때때로—그것이 이성애자들의 공통된 운명이다—욕망은 약화된다. 애정만 남게 된다. 습관에 기초하고 타인의 시선에 기초한 애정. 때때로 그 반대이기도 하다. 애

---

28 미셸 투르니에Michel Tournier(1924~2016)는 프랑스를 대표하는 현대 작가 중 한 명으로, 신화와 고전을 바탕으로 현실세계에서 벗어난 형이상학적인 공간과 상황에서 인간이 어떻게 존재하는가에 대해 탐구한 작품 세계를 펼쳐왔다. 작품으로는 『방드르디, 태평양의 끝Vendredi ou les limbes du Pacifique』 『황금 구슬Le goutte d'or』 등이 있다.—옮긴이

29 Gallimard, 1975.

정의 힘이 감퇴하는 것이다. 욕망만 남는데, 그것은 메마른 만큼 더욱 불타 오르며 억제할 수가 없다. 그것은 동성애자들의 통상적인 운명이다.

　나는 그 두 종류의 퇴화에 위협받지 않는다. 내 안에서는 육체적인 욕망과 마음의 애정이 하나의 금괴 속에 용해되어 있다. 그것은 정력과 건강에 대한 정의 그 자체다. 장사壯士 에로스. 그렇다. 하지만 두려운 정력, 위험한 건강, 폭발하기 쉽고 재연되기 쉬운 에너지. 다른 사람들에게는 충족되지 않는 욕망일 뿐인 먹잇감의 부재는 내게는 절망을 야기한다. 다른 사람들에게는 욕망의 채움을 가져올 뿐인 먹잇감의 존재는 내 경우에는 화려한 열정의 의식의 과시다. 나와 함께면 모든 것이 항상 감동적이 된다."(91~92쪽)

　그것은, 요컨대 '총력전'이라는 말을 썼듯 '총력적 여자(남자) 낚시'라 부를 수 있을 특별한 종류의 여자(남자) 낚시입니다. 그런 난봉꾼은 반反후안 타입입니다. 그런 난봉꾼은 더 자주 이성애자보다 동성애자일 가능성이 충분한데, 그 이유가 뭐지요?

　안녕히 계십시오.

미셸 투르니에

『밝은 방』[30]에 관한 편지

마르트 로베르[31]가 롤랑 바르트에게

1980년 2월 22일

훌륭한, 아주 훌륭한 책이에요, 친애하는 롤랑. 게다가 이 순간 내게는
감동적인 한 친구 같은 책이네요. 지난 11월 어머님을 잃고 난 뒤 나 또한
다른 모든 이미지를 아우르는, 유일하게 없어서는 안 될 어머니의 이미지
를 찾고 있기 때문이에요. 그 때문에 당신의 책을 읽지 않았던 것 같아요.
다른 때 같으면 바로 읽었을 텐데 말이에요. 그렇지만 이제 그 책을 읽었어
요. 계속해서 나를 빠져들게 만드는 고통과 묘한 감미로움의 그 혼합 속에
서 책의 가치를 느끼고 있어요.

보내주어 감사해요. 그런데, 친애하는 롤랑, 왜 당신은 오지 않는 거죠?
하루 저녁 시간을 할애하여 우리 집에 와주면 우리는 아주 기쁠 거예요.

다정스레 키스를 보냅니다.

마르트

---

30 Gallimard-Seuil, coll. Les Cahiers du cinéma, 1980.
31 마르트 로베르Marthe Robert(1914~1996)는 프랑스 문학비평가이자 번역가다. 그녀는 카프카 전
문가 중 한 사람으로 잘 알려져 있다.―옮긴이

21, RUE CASIMIR PERIER
75007 PARIS
705-59-33

22.02.80

Un beau, un très beau livre, mon cher Roland,
et pour moi en ce moment un aussi émouvant.
Car j'ai perdu ma mère en novembre dernier,
et je suis moi aussi à la recherche de l'image
d'elle qui contiendrait toutes les autres, et serait
seule essentielle. A cause de cela je n'ai peut-être
pas lu votre livre comme je l'aurais fait en d'autres
circonstances, mais que je l'aie bien lu tout de même.
Je le sais par ce mélange de douleur et de bizarre
douceur où il ne cesse de me plonger.
Merci de me l'avoir envoyé. Mais, mon cher Roland,
pourquoi ne venez-vous pas? Nous serions si heureux
de vous avoir à la maison que vous devriez bien nous
sacrifier une soirée

Je vous embrasse affectueusement
Marthe

로베르가 바르트에게 쓴 1980년 2월 22일자 편지

기타 편지들

롤랑 바르트가 크리스티앙 프리장[32]에게

〔1973년〕 8월 25일, 위르트에서

잊지 않고 이렇게 텍스트들[33]을 보내주어 매우 감사하네. 자네는 이 텍스트들에 내가 관심이 있는지, 내가 전적으로 공명하며 흥미롭게 읽었는지 상상하고 있겠지? 이 텍스트들에 대해 자네와 정말 토론을 하고 싶네만, 여전히 너무 피곤하네.

아마 만나게 되겠지?

그때를 기다리며, 다시 한번 감사하네.

R. 바르트

---

32 크리스티앙 프리장Christian Prigent(1945~)은 프랑스의 작가이자 시인, 문학비평가다. 여러 권의 시집과 소설이 있으며, 자크 라캉, 자크 데리다. 쥘리아 크리스테바, 랭보, 프랑시스 퐁주에 대한 글을 썼다.—옮긴이
33 시 텍스트를 가리킨다.

[1974년] 6월 28일

자네의 텍스트[34] 잘 받았네. 감사하네. 막 출발하려는 참이어서 자네의 텍스트를 가져갈 수가 없네. 하지만 현상학적 방법론 공부가 필요할 것 같은 그 '글쓰기 시각'에서 텍스트를 스치듯 한 번 훑어보았는데, 마음에 드네. 훌륭한 것 같네. 어느 날 자네와 함께 논문 전반에 대해 이야기를 나누고 싶네. 개학을 하면 그렇게 해보세. 그러니 이번에 보내준 것도 그때 함께 해보세. 감사하네.

이만 줄이네.

롤랑 바르트

---

34 프리장의 박사학위 논문 중 일부. 그는 바르트의 지도로 프랑시스 퐁주에 대해 쓰고 있었다.

1977년 4월 2일, 파리에서

나는 지금 어머니의 건강 때문에 걱정이 아주 많네. 그래서 몇 줄밖에 쓸 수 없지만, 자네 편지에 감동했다는 것과 자네의 문제들에 깊은 연대의 식을 느끼고 있다는 것을 전하고 싶네. 이곳 상황이 좀 더 나아져 한가할 때 그것들에 대해 자네와 이야기를 나누면 정말 기쁘겠네. 그러니 이야기한 대로 3학기가 시작되면 내게 연락을 주게.

이만 줄이네.

R. 바르트

1977년 5월 30일, 파리에서

친애하는 프리장,

자네의 아주 인상 깊은 책35을 보내주어 감사하네. 그야말로 자네의 '프리장 그 사람으로Prigent par lui-même'이네. 몹시 신랄한, 아주 훌륭한 책이야. 자네 책을 헌정한 사람들 가운데 나를 끼워주어 감사하네.

이만 줄이네.

롤랑 바르트

---

35 크리스티앙 프리장은 그의 책 『이마지메르 쪽으로Du côté de l´imagimère』(Terra incognita, 1977)를 그에게 보냈다.

롤랑 바르트가 쥐드 스테팡[36]에게

1975년 5월 17일

우정 어린 글 아주 좋았네. 감사하네.[37] 그중에서도 특히 자네는 우리의 견해차조차 오해되고 있다는 것을 가르쳐주고 있네. 내가 에리크 사티[38]의 작품들 중에서도 바로…… 「소크라테스의 죽음」 등등을 좋아하기 때문이네.

정중함과 호의에 다시 한번 감사하네.

이만 줄이네.

R. B.

---

36 쥐드 스테팡Jude Stéfan(1930~)은 프랑스 시인이자 중편소설가. 본명은 자크 뒤푸르Jacques Du-four다.—옮긴이

37 이 편지 다음 편지를 볼 것.

38 에리크 사티Éric Alfred Leslie Satie(1866~1925)는 프랑스의 작곡가이자 피아니스트다. 신고전주의의 선구자로 「별의 아들」 「가난한 사람들을 위한 미사」 「소크라테스의 죽음」 등을 남겼다.—옮긴이

쥐드 스테팡이 롤랑 바르트에게(BNF)

〔1975년〕 5월 30일

선생님,

선생님의 편지에 감사드립니다. 선생님의 편지를 받고 안심이 됩니다. 그 글을 쓰는 것은 커다란 영광이었습니다.[39] 하지만 그 글이 잘못 이용될 수도 있습니다. 예를 들면, 그 글에서 풍자의 반복만 볼지도 모를 악의적인 독자나, 얼마나 큰 열정과 감사의 마음으로 그 책을 썼는지 느끼지 못했을 거만한 친구들에 의해서 말입니다. 그런데 그 열정은 표기에 의해 감춰지고 있습니다. 저는 꽤—따라서—너무 빨리 써야 했기에, 주의가 부족했습니다(예컨대, 공명 상태로 들었더라면 이로웠을 이름의 R에 대해서). 그 어휘는 어쨌든 마법 같은 것일 겁니다.

---

39 『롤랑 바르트가 쓴 롤랑 바르트』에 대한 쥐드 스테팡의 글은『풍자시Xénies』(Gallimard, doll. Le Chemin, 1992)에 재수록되었다. 훗날 한 짧은 증언에서 쥐드 스테팡은 바르트에 대해 이렇게 쓰고 있다. '바르트는 '고유명사의 에로티시즘'에 대해 말했고, 시인들은 자주 성의 중요성에 대해 생각한다. 그의 성에는 많은 것이 있다. 먼저, 이니셜 B. 그것은 무엇보다 브르통, 보르헤스, 블랑쇼, 바타유를 읽었던 1950년대 그 세대에게는 문학적인 'B'이다. 다음으로, 그 성에 숨어 있는 단어 'ART'. 'H'도 있다. 성의 끝 부분에 살짝 숨겨져 있지만 중요하며 핵심적이다. 'H'와 수평으로 이어진 줄은 두 인간을 이어줄 수 있다고, 그는 썼다. 그의 경우, 동성의 두 인간이다. 그가 분명 그의 호모섹슈얼리티 정체성에서 찾아보고 발견했을 랭보 시의 'H 찾기(chercher le H)'의 'H'. 이어 또 영어와 동시에 그리스어 음인 'H'. 영어로 발음되는 Barthes는 우아하고 음악적이다. 그리스 학자 바르트, 고전문학 교수 바르트. 마지막으로, 'ES'가 있다. 발음이 되지 않는 여성 어미다. 그 자신이 그랬던 것처럼 다원적 구조를 가진 한 이름의 기호다.'(『글로브 에브도Globe Hebdo』 1993년 11월 3~9일자)

그러니 선생님께 감탄 어린 감사를 드립니다.

쥐드 스테팡

롤랑 바르트가 프랑수아 샤틀레[40]에게(IMEC)

〔1976년〕 1월 11일, 파리에서

친애하는 프랑수아 샤틀레에게,

내게 편지를 쓰기 잘했네. 언제나 그렇듯이 서둘러 자네에게 답장을 쓰
네. 나는 푸코와 쥘리아 크리스테바와 함께 벤브니스트 문제로 정신이 없
었네(자네는 내가 그를 얼마나 좋아하고 얼마나 그에게 감탄하는지 알 걸세).[41] 그
런데 우리는 아무것도 할 수가 없어. 1) 실제로, 그의 금전적인 사정은 나
쁘지 않고, 2) 겁이 많은데다 고집이 센 그의 누나가 모든 제안을 거절하
고 있기 때문이네. 우리가 그의—아주 끔찍한—처지(그래서 나는 그를 보러

---

40 프랑수아 샤틀레François Châtelet(1925~1985)는 프랑스 철학자다. 미셸 푸코, 질 들뢰즈와 함께
뱅센대학(파리 8대학) 철학과를 창설했다.—옮긴이
41 에밀 벤브니스트는 1969년 12월 발작을 일으켜 실어증에 걸린다. 그는 1976년 10월 3일 사망한다.

갔었네)를 호전시켜줄 수 있는 유일한 일이라고는 그를 교외의 병원에서 꺼내 와 보다 더 인간적인 전지요양소에 입소시키는 것이네. 그런데 이건 돈의 문제가 아니야. 사실 그의 누나가 막고 있네. 그래서 현재로서는 그만두었다네. 분명하게 내릴 수 있는 결론은, (그가 원하지도 않는) 어떤 동정을 베푸는 것 같은 일은 절대로 하지 말아야 한다는 거야. 만일 라디오에서 지식인 벤브니스트에 헌정하는 방송을 해주기를 원한다면(물론 그의 금전적인 사정과는 관계없이, 그리고 또 그 사정에 대해서는 암시도 하지 말고 말이네) 물론 백 번 천 번 동의하네. 하지만 그것은 완전히 별개의 계획이네.

자네가 곤잘레스에게 그걸 설명해줄 수 있는가? 그가 추진력이 있어 보이니 말일세.

변함없는 우정을 전하네.

롤랑 바르트

나는 아직 자네의 책을 읽지 못했네. 늘 몇 달씩 이렇게 느리네. 그렇지만 출판이 되어, 이야기되고 있는 것을 보고 기뻤네.[42]

---

42 프랑수아 샤틀레는 알리에 출판사에서 소설 『파괴의 시대Les Années de démolition』를 출판한 터였다.

롤랑 바르트가 베르나르 포콩[43]에게

1977년 5월 12일, 파리에서

자네의 사진들은 놀라워. (자네가 이 현학적인 단어를 허락한다면) 존재론적으로 사진 그 자체인 것 같네. 그것을 매혹이라는 존재로 규정하는 한도 내에서 말이네.[44] 고맙네.

내게 다시 전화를 걸어주겠는가? 어머니는 좋아지고 계시다네. 하지만 나는 여전히 여유를 누리기에는 많은 어려움이 있네. 좀 더 두고 보세.

이만 줄이네.

롤랑 바르트

326 95 85

---

43 베르나르 포콩Bernard Faucon(1950~)은 프랑스의 사진작가이자 작가다. 프랑스와 일본에서 여러 권의 사진집을 출간했다.—옮긴이

44 바르트는 이듬해 1978년 10월 『줌Zoom』지에 베르나르의 사진에 대한 글을 게재한다(*OC*, t. 5, pp. 471~474).

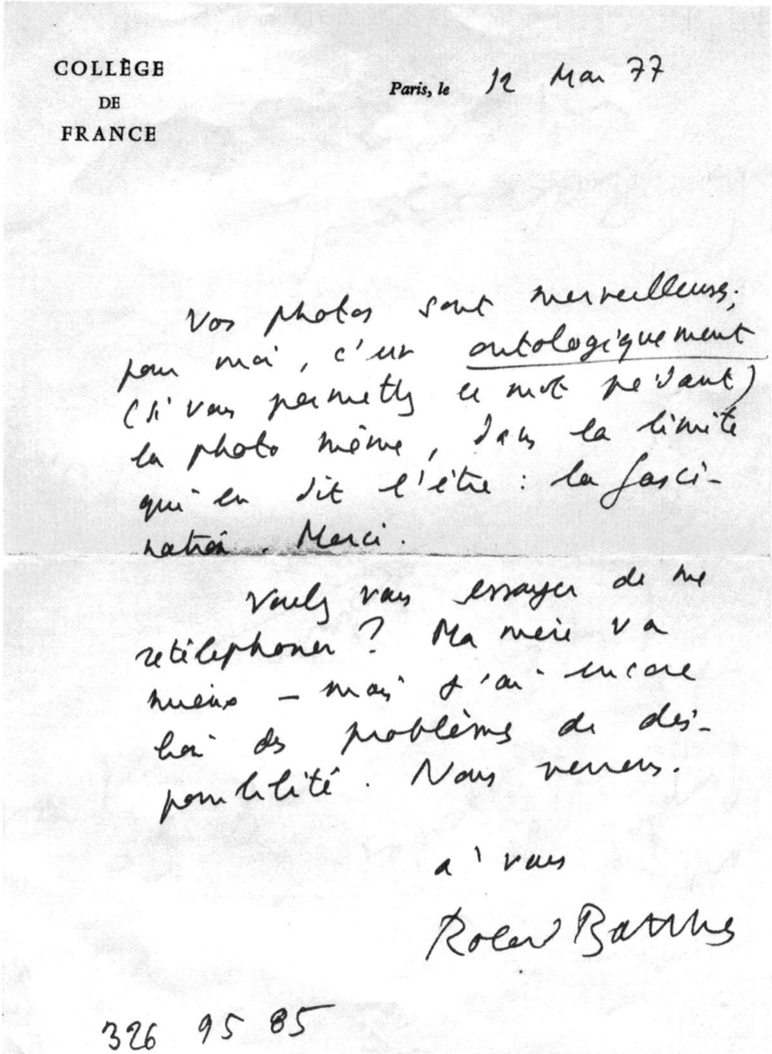

COLLÈGE
DE
FRANCE

Paris, le 12 Mai 77

Vos photos sont merveilleuses;
pour moi, c'est ontologiquement
(si vous permettez ce mot pesant)
la photo même, dans la limite
qui en dit l'être : la fasci-
nation. Merci.

Voulez vous essayer de me
retéléphoner ? Ma mère va
mieux – mais j'ai encore
bien des problèmes de dis-
ponibilité. Nous verrons.

à vous
Roland Barthes

326 95 85

바르트가 포콩에게 쓴 1977년 5월 12일자 편지

롤랑 바르트가 피에르 클로소프스키[45]에게(BLJD)

1978년 2월 16일 목요일, 파리에서

친애하는 친구들이여, 처음부터 끝까지 수수께끼 같기도 하면서 명쾌한 아주 멋진 그 영화에 감사드립니다.[46] 드니즈는 아주 아름다웠고, 피에르는 철저하게 음흉한—그야말로 완전한 조작자였습니다. 내게 준 이 즐거움, 이 성찰에 감사드립니다.

당신들의 친구.

R. B.

---

45 피에르 클로소프스키Pierre Klossowski(1905~2001)는 프랑스 작가이자 번역가, 미술가다. 배우로도 활동했다. 『사드, 나의 이웃Sade mon prochain』(1947), 『니체와 악순환Nietzsche et le Cercle vicieux』(1969) 등이 있다.—옮긴이

46 바르트는 『누벨 옵세르바퇴르』지의 그의 '시평들'에서 피에르 클로소프스키와 피에르 쥐카Pierre Zucca의 영화 「로베르트, 오늘 저녁에」에 찬사를 보내는데, 이 영화에 관한 문제다(OC, t. 5, p. 650).

롤랑 바르트가 필리프 르베이롤[47]에게

친애하는 친구 필리프,

가지 못하고 다시 한번 불참해서 좀 유감스럽네. 나는 요 근래 고통스러
웠네. 자신을 믿는 일이 이토록 어렵다네! 자네를 보러 가고 싶었네. 지금
아주 불가사의한 일이지만 어머니가 돌아가신 뒤로 나는 '자아로의' 여행에
대단한 저항감을 느끼고 있다네. 그런데 이런 일이 일어나고 있네. 즉, 몇
달 동안 나는 '할 일들'(강의, 텍스트, 지도하는 박사학위 논문 등)이 끊임없이
내 개인적인 일을 중단시키고, 나를 그 일로부터 갈라놓아 괴로웠네. 그 일
은 내게는 정서적으로 중요하네. 나는 (총서를 계획하고 있는 『카이에 뒤 시네
마』지의 요청으로) 사진에 대한 텍스트(짧은 책)를 하나 써야 하고, 쓰고 싶
네. 그런데 내가 계획했던 그 텍스트는 모든 면에서 어머니의 이미지와 긴
밀하게 연결되어 있네. 그렇기 때문에 내가 그 일을 할 수 없었던 몇 달 동
안 잠재적인 고통이 있었던 것 같네. 이제 강의와 그 밖의 것들에서 놓여났
으니 그 일을 시작할 수 있을 것 같네. 아니, 당장 시작했네(하지만 아직 본
격적으로 쓰지는 못하고 있네). 나는 어떤 짧은 여행일지라도 그로 인해 그 계
획을 한 번 더 중단시킬 용기가 없네. 고작 며칠도 그 계획을 미룰 용기가
없네. 나는 단번에 계속하고 싶고 또 그래야 하네. 요컨대 도저히 어쩔 수
가 없어 아무 데도 갈 수가 없다네(아마 여기에서처럼 작업을 할 수 있는 위르

---

47 필리프 르베이롤에 대해서는 이 책 42쪽을 볼 것.

트가 아니고서는). 아마 텍스트의 준비 기간(지금의 단계)과 쓰기 시작하는 날 사이 며칠간의 틈을 이용할 수도 있을 걸세. 하지만 미리 그렇게 인위적으로 계획을 짜기는 아주 어렵네. 만일 운 좋게도 그 준비를 오래지 않아 끝낸다면 아슬아슬하게 출발할 수도 있을 걸세. 그럴 경우 곧바로 전화를 하겠네. 하지만 부활절 휴가 기간이어서 비행기가 혼잡한 만큼 더욱 복잡할 것도 같네. 핑계들만 대서 미안하네, 필리프. 좀 신경증적인 핑계들이라는 것을 나도 잘 알고 있네. 그런데 나는 프루스트가 "햇빛이 있는 한 일을 하라"는 복음서의 구절을 인용하면서 표현했던 일종의 일의 필요성에 대한 의식 속에서 환상적으로 살고 있다네.

자네가 나를 이해해주리라 믿네. 어쩌면 곧 자네에게 전화를 할 수 있을지도 모르겠네. 어쨌든 내 일이 어떻게 잘 풀리느냐에 달린 문제지. 물론, 이 계획이 중단되면 어쩌지 하는 걱정일랑 조금도 하지 말게.

필리프, 돈독한 우정을 보내네.

롤랑

우표

1964년 6월에 쓴 바르트의 텍스트인 이 우표에 대한 '신화지'는 같은 해 장마르크 뢰벤[48]이 감독한 단편영화 「미크로코스모스」의 대본이다. 대본은 피에르 상티니[49]가 낭독했으며, 배경음악은 베토벤의 「디아벨리 변주곡」이었다.

우표란 무엇인가? 국가로서는 그것은 아마 우편요금을 지불케 하는 편리한 수단에 불과할지 모른다. 하지만 우리에게는 그 작은 종잇조각을 봉투에 붙여 우체통에 넣을 때, 그것은 단지 우리가 납부하는 요금에 불과한 것이 아니라, 우리가 구경하는 한 이미지다. 그런데 이미지보다 더 멋진 것이 무엇이 있는가? 탁월한 발견물인 것이다. 우리는 요금을 지불한다는 생각 없이 한 이미지에 황홀해한다.

그 이미지가 즐겁게 해주고 가르쳐주고 또 꿈을 꾸게 만들 때, 아마도 그것은 바로 그 이미지의 작은 크기 덕분일 것이다. 작은 것은 충만함에 틀림없으며, 다양화될 수 있기 때문이다. 예전에 몇 세기 동안 우리 문명은 세밀화의 예술에 의해 풍요로워졌다. 이 예술은 아주 자유롭게 상상을 펼치게 하는 동시에 데생도 아주 정밀했다. 그것은 크게 두 가지 주제를 다루었는데, 하나는 일상생활이고 다른 하나는 영적인 모험이다. 우리의 우표는 오늘날의 세밀화다. 무진장으로 발행할 수 있는 정밀한, 그

---

48 장마르크 뢰벤Jean-Marc Leuwen은 프랑스의 배우이자 영화감독이다. 감독 미셸 드빌Michel Deville과 함께 부감독으로 촬영한 「투나잇 또는 네버Ce soir ou jamais」(1961)로도 유명하다.—옮긴이
49 피에르 상티니Pierre Santini(1938~)는 프랑스 배우다.—옮긴이

것은 또한 우리가 어떻게 살고 있고 어떻게 생각하는지를 환기시킨다. 우표첩, 그것은 곧 조금은 현대에 관한 책이다.

우표에서 우리는 지구 곳곳에서 행해지는 인류의 모든 활동이 묘사되어 있는 것을 발견한다. 우표는 그들이 무엇에 노력을 기울이는지, 그들의 직업과 그들의 상거래가 어떤 것들이 있는지 우리에게 말해준다. 그것은 또 궁정과 교량, 댐, 기념건축물 같은 그들이 건축하는 것을 우리에게 말해준다. 마지막으로 그것은 국가와 사람, 장소, 이상한 동물, 기이한 꽃과 같은 그들이 알고자 하는 것의 목록을 작성한다. 우표는 인간이나 자연이 만들어내고 개량해나가는 모든 섬세한 사물들에 대한 도해사전이다.

우표는 우리에게 우리의 예술과 우리의 사상, 우리의 기술, 우리의 지식을 만들었던 모든 창조자, 이를테면 클루에[50]에서 모차르트에 이르기까지, 카르포[51]에서 아폴리네르에 이르기까지의 이미지와 음악과 말의 창조자들과 데카르트나 베르그송 같은 사상의 창조자들, 왕이나 혁명가들 같은 역사의 창조자들, 그리고 스포츠 영웅들과 과학적 발명가들 같은 미지의 것에 대한 창조자들을 우리에게 보여준다.

그러므로 여기에 집결한 것들은 일종의 정신적인 올림포스산의 신들인 것이다. 우표가 전시대와 모든 국가의 그 올림포스산의 신들 사이의 모든 조합에 바쳐진 끊임없이 변화하는 이미지인 것처럼, 그것은 계속되는 무한한 대화다. 즉, 같은 한 봉투 위에서 베토벤은 마리즈 바스티에[52]

---

50 프랑수아 클루에François Clouet(1510~1572)는 르네상스 시기의 세밀화가다. 아버지 장 클루에도 세밀화가였다.—옮긴이
51 장 바티스트 카르포Jean Baptiste Carpeaux(1827~1875)는 프랑스의 조각가이자 화가다.—옮긴이
52 마리즈 바스티에Maryse Bastié(1898~1952)는 프랑스 최초의 여자 비행사다.—옮긴이

와 대화를 나눌 수 있고, 뷔조53는 미켈란젤로와, 그리고 가르강튀아는 엘리자베트 수녀54와 대화를 나눌 수 있는 것이다.

우표는 그 자체의 윤리를 가지고 있다. 사람들은 그것이 어디에 있든 어떤 선의 이념을 표현하도록 그것에 책임을 부과한다. 그 이념은, 인간은 행동하여 자연의 난관들과 물질계의 저항을 극복해야 한다는 것이다. 이러한 유용성과 연대성의 윤리 속에서는 불안에 대해 어떠한 여지도 없다. 즉, 혁명가들은 세월이 흘러 그들이 위험하지 않게 되었을 때만 우표 속에 수용되며, 저주받은 시인들은 그들이 마음을 바꾸었을 때만 받아들여진다. 그러니 우표는 사회가 인정한 것만을 보여준다. 우표는 사려가 깊다. 하나의 이미지로서는 말이다.

그렇지만 우표는 자신만만하다. 그것은 비둘기 사육이나 오트쿠튀르, 바스크 지방의 민속경기인 펠로타나 랭스 대성당의 가브리엘 천사상의 미소 같은 새로운 주제들을 계속해서 첨부한다. 우표에는 백과사전에 들어갈 수 있을 만한 모든 주제가 있다. 우표는 그처럼 세상에 대한 신뢰 어린 소유를 약속한다. 그 세계의 모든 사물은 이미지에 의해 탐지되어 순화됨으로써, 인간이 지배했던 산물들의—안심이 되는—질서를 회복한다. 우표는 알리기 위해 끈기 있게 온갖 일을 한다.

초기의 우표는 간결했으며, 무엇보다 곡신 케레스와 평화의 신, 상거래의 신, 씨 뿌리는 여인 같은 알레고리들이 차지했다. 이후로 그 작은 장방형의 종이는 차츰 세계적인 유명인사들과 장소, 기념건축물, 꽃, 짐승,

---

53 토마 로베르 뷔조Thomas Robert Bugeaud(1784~1849)는 프랑스 제독으로 알제리 총독을 지냈다. 군대에 관한 여러 권의 책을 남겼다.—옮긴이
54 엘리자베트 수녀Mère Élisabeth Silbereisen. 그녀는 수녀를 그만둔 뒤 1522년 종교 개혁가였던 마르틴 부처Martin Bucer(1491~1551)와 결혼했다.—옮긴이

기념, 위업들을 망라했다. 세계를 뛰어다니도록 만들어진 우표는 그 자체
가 한 세계가 되었다. 스테인드글라스와 세밀화, 그리고 문장紋章들의 뒤
를 이어 또 하나의 소우주가 탄생한 것이다.

『부바르와 페퀴셰』의 일곱 문장에 대하여[55]

플로베르의 작품, 특히『부바르와 페퀴셰』(1881)에 대한 바르트의 애착, 나아가 매료는 잘 알려져 있다. 그 지속적인 열정에 대해서는 1953년부터 그의『글쓰기의 영도』속의 '문체의 장인'이라는 장이 증명하고 있다. '한계 작품œuvre-limite', 다시 말해 한 작가의 작품들에서 분류할 수 없는 이색적인 작품으로 규정된 플로베르의 이 소설은, 바르트가 1971년에 고등연구원에서 행한 요컨대 어리석음과 필경에 대한 세미나에서 중요한 위치를 차지한다. 몇 년 뒤 1975년 봄, 이번에는 파리 7대학에서 행한 세미나에서 바르트는 다시 자신의 연구를 플로베르의 그 소설에 바쳐 그의 이전 작업을 되돌아본다. 실제로 그는 원고에 분명히 보이는 것처럼 1971년 메모의 긴 대목들을 다시 사용한다. 하지만 그는 곧 그의 첫 작업과 거리를 두면서, 문장이라는 새로운 연구 주제를 정한다. 그에게 물론 그 주제는 새로운 것이 아니다. 지적인 매혹, 감정의 투사, 그리고 정신의 집중 사이에서 바르트는, 잘 알다시피, '문장을 열렬히 사랑한다'(「숙고」, 1979). 글「플로베르와 문장」(1967)은 이미 플로베르의 미학과 윤리학에서의 통사론의 중요성을 강조했다. 바르트는『부바르와 페퀴셰』에서 일곱 문장을 골라서 떼어놓은 뒤, 통상적인 텍스트 설명들과는 거리가 먼 분석을 제시한다. 1975년 봄에 행한 강의 '문장-근대성'[56]은 이 글의 보완으로 읽힐 수 있다.

연구의 출발

어떻게 되어갈지 확실치 않으며 기간도 불확실한 한 연구 개시에 대한 이야기에 불과합니다(잘 풀리지 않을 경우 어쩌면 이 연구를 중단하고 다른 것을 할지도 모르겠습니다. 어쨌든 우리에게는 세미나 시간이 몇 번밖에 주어지지 않았습니다). 어떻게 출발할까요?

---

55 1975년 파리 7대학에서 행한 세미나의 단편들. 에리크 마르티의 도움을 받아 클로드 코스트가 옮겨 적고 주해를 붙였다.
56 이 글은 2010년 6월『제네시스Genesis』지에 재수록되었다. 에리크 마르티와 아를레트 아탈리가 옮겨 적었다.

1. 텍스트-후견인texte-tuteur을 접할 때, 즐거움을 얻는 게 중요합니다 (나의 즐거움이겠지요? 당분간은 불가피한 일이지요). 욕망, 그것은 타인에 의해 내보여지는 것입니다. 욕망은 강요되는 것이 아니고 내보여집니다. 그러니 그 수에 넘어가든지 아니면 넘어가지 않든지의 문제지요. 유토피아 주창자들이라고요? 우리는 욕망을 내보이는 사람들입니다.

2. 나는 그 욕망에 대해 어떤 말을 할지 대략 미리 말해두어야겠습니다. 이런 것입니다. 즉 그것은 어떤 지식의 영역에 자리 잡을 수 있을까요? 그것은 어떤 빗나감digressions(그러므로 잠재적으로, 어떤 글쓰기)을 유발할 수 있을까요?

1. 나는 그리하여 (1975년 봄에 한 번 더) 『부바르와 페퀴셰』를 읽었습니다. 나는 다음과 같은 것을 알아보려 합니다. 즉, 나는 무엇을 좋아하는가? 텍스트의 표면에서 무엇이 나를 즐겁게 하는가? 내 안에서 무엇이 뜻하지 않게 떠오르는가? 행위인가? 너무 막연합니다. '구성'인가? 설마. 작품의 부분들인가? 나는 잠시 그렇게 생각하고는 『부바르와 페퀴셰』에서 마음에 드는 부분들의 발췌를 시작해봅니다(그 발췌로부터 일련의 텍스트 설명이 시작될 것이지만, 어쨌든 좋습니다). 적어도 나는 나를 즐겁게 해주는 한 부분, 즉 공작 에피소드57를 고릅니다. 그런데 또 다른 부분들을 찾다가는 그만 난관에 봉착합니다. 경계표지를 설치하는 일, 즉 어디에서 끊어야 할지가 막막합니다. 실패하고 맙니다.

그렇지만 나는 내 맘에 드는 부분들을 찾으면서 마침내 내 즐거움(나

---

57 10장에 있다.

의 감동인가? 나의 흥분인가?)을 명확히 하기에 이릅니다. 그 즐거움이 단속적이라는 것을 나는 더 잘 이해합니다(즐거움은 단속들에 기초합니다). 그 단속들의 담화 형태가 문장들입니다. 나는 몇몇 문장에 사로잡힙니다. 내가 향하게 되는 것은 바로 그 문장들입니다. 내 안에서 뜻하지 않게 떠오르는 것은 그러므로 문장인 것입니다.

2. 즐거움의 대상, 즉 (『부바르와 페퀴셰』에서 플로베르의) 문장은 지식에 관련된 것일까요? 나를 매료시키는 그 문장들에 대한 검토를 기대해도 좋을까요?

어렴풋한 지식의 '배치' 윤곽이 곧 드러납니다. 나는 무엇을 이용할 수 있을까요?

a) 문장에 대한 일반적인 지식은 어떤 것이 있는가? 그 지식은 정리되어 있지 않아 여전히 아주 모호합니다. 여기저기 단편적인 제안이 몇 가지 있습니다.

— 소쉬르 언어학에서는? 별로 없습니다. 문장은 파롤(그러므로 결합
〔문맥〕의) 영역이기 때문입니다. 마르티네에게서는 좀 찾을 수 있습
니다.[58]

— 촘스키에게서는요? 예, 문장의 이론이 있습니다. 그러나 촘스키의
문장은 규칙에 따라서 무한합니다. 그것은 규칙에 따라 내포에 의
해 (주체가 죽을 때까지) 증식합니다. 그리하여 나는 이미 나의 문장

---

58 1967년. 언어학자 앙드레 마르티네에게 헌정한 「플로베르와 문장」이 『워드Word』 지(4월, 8월, 1968년 12월)에 게재된다. 1972년 『신비평 선집』에 다시 수록된다. 플로베르에 대한 바르트의 기록들 속에는 1967년 글의 첫 버전인 일련의 수업 메모가 실려 있다.

의 매력적인 점은 곧 끝머리라는 것을 압니다. 그렇지만 물론 두고 볼 일입니다. 하지만 그것은 문체론적 φ이나 기술 φ[59]이 아닙니다.

— 어쩌면 수사학 쪽에서 더 많은 것을 찾을 수 있을 것입니다. 아리스토텔레스, 스토아학파들, 할리카르나소스의 디오니시우스,[60] 숭고에 관하여peri hupsous,[61] 중세의 문서작성법dictamen.[62]

— 나는 방대한 영역의 민족학, 관례적인 문구나 창구唱句 및 '표현'에 의해 규제되는 창작이 있던 문명들(특히 종교라는 간접적 수단으로)에 연구거리가 많이 있을 것으로 예측합니다.

b) 보다 더 정확한 두 접근법이 존재합니다. 자, 이런 것입니다.

1) 먼저, 우리의 흥미를 끄는 문장의 이데올로기에 대해서는 쥘리아 크리스테바의 『시적 언어의 혁명』의 B부 '텍스트의 기호학 장치', 제2장 '통사론과 문장'(주사위 던지기에 관하여), 265쪽 이하.[63] 이 책은 우리의 참고 이론서인 동시에 우리가 문제를, 우리의 문제를 제기할 수 있도록 해주는 배경이 될 것입니다. 다른 연구자들의 작업이 훌륭하다면 그것 또한

---

59 그리스어 문자 φ는 여기에서 '문장'을 가리키는 것 같다.

60 Denys. 기원전 3세기경 알렉산드리아 출신의 신학자이자 교부. 삼위일체는 분리할 수 없는 세 위격으로 구성된다고 주장했다.—옮긴이

61 롱기누스Pseudo-Longin의 『숭고에 관하여Du sublime』(문자 그대로 하면 'Au sujet de la hauteur')를 가리킨다.

62 Dictamen 또는 ars dictaminis. 1070년에서 1250년 사이 중세사회의 요구에 부응하기 위해 적응된 고대 수사학의 라틴어 집필 기법의 총체.

63 『시적 언어의 혁명. 19세기 말의 아방가르드: 로트레아몽과 말라르메La Révolution du langage poétique. L'avant-garde à la fin du XIXe siècle: Lautréamont et Mallarmé』, Paris, Seuil, coll. Tel Quel, 1974. 바르트는 제2장 '통사론과 문장'의 대략적인 구성을 요약한 뒤 쥘리아 크리스테바의 논증의 진전을 단계적으로 따라간다. 크리스테바의 논증은, 문장은 말라르메 같은 시인이 술어 기능과 선조성, 규범성normativité을 처음부터 재검토함으로써, 따라서 '일문일어체계holophrase'(충동적인 것이 '상징적 규범성의 가장 확실한 대피처, 즉 통사론'까지 미치는 그 표현 방식)의 명맥을 이어감으로써 해체하는 어떤 이데올로기적인 대상으로 이루어진다.

이용할 것입니다.

2) 플로베르의 문장에 대해서는? 문장–가치valeur-phrase에 대한 나의 중요한 한 접근 방식[64]을 참고 바랍니다(문법적이거나 문체론적인 연구가 아니기에 플로베르의 작품 속에서의 문장이 아니라, 플로베르의 관점에서의 문장을 말하는 것입니다).

(…)

그러므로 우리의 탐구 원칙은 왜 『부바르와 페퀴셰』의 몇몇 문장과 나의 독서 사이의 즐거움(현재로서는 쾌락plaisir과 주이상스jouissance[65]에 대해 너무 신경 쓰지 맙시다)[66]의 관계가 확립되는지를 알아보는 것입니다. 그렇게 어쩌면 우리는 그런대로en echarpe 이데올로기와 주이상스로 되어 있는 대상으로서의 문장에 대한 어떤 지식의 윤곽을 잡게 될 것입니다.

그 문장들의 선택은 어떻게 이루어지는가?

a) 나는 개체화의 원리에 따라 (처음부터 자의적으로) 할 것입니다. 그러므로 나는 어떤 유형의 흥미에 근거하는지는 잘 모르겠지만, 내가 흥미를 갖는 것들을 고를 것입니다(당신들이 원하는 누군가에 대해서도 이렇게

---

64 이 책 537쪽 주 58을 볼 것.
65 라캉의 영향을 받아 바르트는 쾌락과 주이상스를 대비적으로 논한다. 텍스트론에서 '수동적인 즐거움, 즉 쾌락plaisir에 대비되는 능동적인 즐김jouissance'을 주이상스라고 설명한다. 즐거움은 의미의 단절 없이 잘 읽히는 고전적 작품œuvre에서 얻어지는 편안하고 유쾌한 쾌락이며, 즐김은 독자 스스로 단절된 의미를 채워가야 하는 전위적 텍스트texte에서 얻는 불편하고 고통스러운 주이상스다.—옮긴이
66 이 대립에 대해서는 『텍스트의 즐거움』(Seuil, 1973)을 참고할 것.

말할 수 있습니다. 나는 당신에게 흥미가 있습니다, 라고요).

b) 얼마만큼의 문장이냐고요? 처음에는 아주 많은 문장을 생각했습니다(때로는 페이지당 두세 문장). 모두 다 논하지는 못할지라도 알려주어 목록을 작성하는 것을 무릅쓰고 말입니다. 그것이 올바른 방법일 것입니다. 그 목록의 분량은 문제에 대한 새로운 인식을 낳을 수 있기 때문입니다. 그러나 몇 번 안 되는 세미나 회수 때문에 그렇게 할 수가 없습니다.

나는 작품 전체에서 명문집의chrestomathique(가장 '유익한' 문장들) 원칙에 따라 잠재적으로 풍요로운 해설을, 다시 말해 지식 가능성을 지닌 20여 개의 '우수한' 문장을 고를 것입니다. 그러나 이 명문집은 선집과는 다릅니다. 선집은 즐거움의 원리의 영역에 속하기 때문입니다. 한 텍스트는 그것의 주이상스 현실에서 볼 때 언제나 선집에 관련된 것입니다(작은 섬에 관한 것, 복수에 관한 것, 파멸에 관한 것, 고립군群에 관한 것). 그것은 하나의 표절작품cento, onis, 하나의 패치워크입니다. 우리는 명문집의 원리가 아니라 선집의 원리를 지켜야 합니다.

그러므로 우리는 부득이 아주 적은 수의 문장만을 분석할 것입니다. 그렇지만 분명 작품 전체에서 고루 선택할 수는 없을 것입니다. 독서의 순서에 따라, 그러므로 부득이 우리는 초반부에서 고를 것입니다. 그것은 우리가 더 길게 작성할 수는 없지만 그처럼 전제되는 한 목록의 출발이며 예시입니다.

해설 방식?

비록 원칙적으로는 형식적인 한 대상(문장)을 대상으로 하지만 우리는 내용의 즐거움이나 흥미를 배제하지 않을 것입니다.

물론, 출발은 언어학적일 것입니다(규범적인 통사 구조에 대한 우리의 서문을 볼 것). 하지만 소쉬르적인 명령을 준수하는 언어학입니다(의미는 언어의 일부입니다. 따라서 의미론들은 언어학의 일부입니다).

형식과 내용의 구별은 잘못된 이분법입니다. 내용은 그 자체로 하나의 형식(하나의 코드)입니다. 우리는 한 문장을 그것의 형식에 멈추게 할 수 없습니다. 우리는 그것을 의도가 아닌 외연적으로 제한할 수 있습니다.

우리의 흥미를 끄는 것은 곧 문장이라는 대상입니다. 그 대상은 두껍습니다. 그것은 양파처럼 껍질로 이루어져 있습니다(과일의 은유와 구별되는 양파의 은유를 생각할 필요가 있습니다. 양파에는 '씨'도 없고, 껍질 안에 숨어 있는 비밀도 없습니다).

'선집의' 작업 범위?

문장들을 떼어내 다룸으로써, 각각의 문장을 분리된 한 대상으로 다룸으로써 우리는 그 문장들이 분리 작용을 따르도록 만듭니다.

우리는 단순한 조작적 선택을 가장하여 급진적인 의식의 변화에 이릅니다. 우리는 그 문장을 보고는 그 조직tissu으로부터 분리시키기 시작합니다(하지만 우리는 이 조직의 안쪽에 있는 문장은 보지 못합니다). 바타유의 『성찰의 방법Méthode de méditation』을 참조. "우리의 활동이 기재되는 그 잘 알려진 요소들의 체계는 그 체계의 산물일 뿐이다. 자동차 한 대가, 사람 한 명이 한 마을로 들어간다. 나는 자동차도 사람도 아닌, 내가 관여하는 활동에 의해 짜인 조직을 본다. 나는 '존재하는 것ce qui est'을 보는 것 같은 곳에서 거기 있는 그 활동에 종속시키는 관계들을 본다. 나는 보지 못한다. 나는 지식의 조직 내에 있기 때문인데, 그것은 존재하는 것의 자유(기본적인 자주성[주권]과 반反종속)를 자기 자신, 자기 자신의 종속 상태로 만든다."[67]

자동차를 보기 위해 우리는 마을의 공간 속에서 그것을 그 일상적인 기능으로부터 분리시킵니다. 마찬가지로 문장을 보기 위해 우리는 그것을 그 서사학적 또는 추론적 기능(담화 분석le discursif)으로부터 분리시킵니다. 분리하는 것, 그것은 곧 관용, 기능으로부터 분리시키는 것이며, 수단을 목적으로 전환하는 것입니다(뒤샹과 레디메이드를 참조). 우리는 문장을 문장 스스로가 명제의 기능을 포함하는, (소위) 문장의 의사소통 기능으로부터 분리시킵니다(진실을 제시하는 문제입니다). 우리는 파라노이아에서 성적 도착으로 넘어갑니다(분리된 문장은 하나의 물신이 될 수 있습니다). 그러므로 처음부터—고른 문장들이 어떤 것이든—분리의 주이상스에 대해 이야기할 필요가 있습니다. 분리된 문장은 그처럼 최면력을, 아연실색케 하는 힘을 얻습니다(사르트르의 『구토』의 나무뿌리[68] 참조). 그런 식으로 우리는 문장의 자주성[주권]을 이해하게 됩니다.

우리는 우리의 해설과 본론에서 빗나간 여담에서 절대로 다음 사실을 놓쳐서는 안 됩니다. 즉, 우리의 출발점은 곧 그것의 담화 기교와 이데올로기적인 인위성으로부터 떼어놓은 바로 그 언어라는 대상의 놀라운 명증성이라는 것을 말입니다.

---

67 *La Somme athéologique I*, dans *Œuvres complètes*, t. 5, Paris, Gallimard, 1979, pp. 204~205.
68 사르트르의 『구토』(Gallimard, 1938)의 주인공 앙투안 로캉탱은 마로니에 뿌리의 모양새에 매료되어 우연성을 의식한다.

1

"Comme il faisait une chaleur de trente-trois degrés, le boulevard Bourdon se trouvait absolument désert."

"33도로 날이 푹푹 찌고 있었기 때문에, 부르동 거리는 완전히 텅 비었다."(p. 31)[69]

1. 전통적인 의미에서의 형식

― 우리는 잘 분리된 두 구성 요소를 가진 이항의 한 문장에 주목합니다. 우리는 거의 하나의 운율 조직을 가지고 있습니다.

― 이 문장은 é/è(degrés/désert)의 음성적 대립으로 강조되고 있습니다.

― '논리적인' 한 토막의 문장인 것입니다(수사학 개설에서 어휘의 고전적인 의미에서 볼 때). 종속절과 주절을 가지고 있는 것이지요. 퐁타니에는 종속절에 대해 이렇게 말합니다(퐁타니에,[70] p. 51). 만약 절(주어와 술어)이 주절의 일반적인 의미와 연관이 있다면 특별히 주어나 속사에 걸리지 않는다(이 경우 삽입절인 것입니다)고 말입니다. 여기에서 우리는 훌륭한 논리적인 관계에 주목합니다. 인과성comme 말입니다. 원인과 결과는 논리적인 포화성, 문장의 표준 정의에 따르면 '종결된 완전한 의미'를 만들어냅니다(퐁타니에, p. 52).

---

69 플로베르, 『부바르와 페퀴셰』, Flammarion, 1966.
70 Pierre Fontanier, *Les Figures du discours*, Paris, Flammarion, coll. Champ linguistique, 1977, p. 51.

2. 분리

플로베르의 문장은 격언적이거나 간결하지는 않지만 분리는 아주 잘 됩니다. 그것의 위상은 섬세하냐 단호하냐의 양미간에서 볼 때 섬세한 쪽입니다. 따라서 플로베르의 문장은 격언도 아니고, 다른 문장들로부터 뽑아낼 수 없는 조직에 스며들어 있지도 않습니다. 그것은 복잡하지 않아, 뽑아낼 수가 있습니다. 그것은 격언의 향기 같은 것(단지 향기)을 가지고 있습니다. 이 문장은 의사 격언 차원으로 승격된 무의미인 것입니다.

문장은 그때부터 모사할 수가 있습니다. 그것은 모사를 야기합니다. 기념비적인 문장(간결한 격언주의)은 변모하여 그것의 희극적 행위pratique-farce(즉 모사) 속에 함몰됩니다(밀로의 비너스상, 에펠 탑의 모사들을 참고). 그것은 영원성 게임을 합니다. 무한히 모사할 수 있는, 미래의 문장이자 언제나 변함없는 문장인 것입니다. 플로베르는 그것을 알고 있었습니다. 그는 이 문장을 그의 질녀 카롤린에게 보낸 편지에서 모사했습니다. "룰루야, 내가 『부바르와 페퀴셰』의 첫 문장을 네게 보낸 것은 너의 말을 따르기 위한 것이란다. 그렇지만 네가 그 문장을 기념물이라는 허울 좋은 이름으로 부르거나, 아니 더 정확히 말해 그 허울 좋은 이름을 붙임으로써 모사된 문장들을 숭배해서는 안 되기 때문에 말하는데, 네가 알고 있는 것이 진짜 문장이 아니라는 것을 알아라. 진짜 문장은 이것이란다. 'Comme il faisait une chaleur de trente-trois degrés, le Boulevard Bourdon se trouvait absolument désert.' (1874)"[71]

---

[71] Flaubert, *Extraits de la Correspondance, ou Préface à la vie d'écrivain*, édité par Geneviève Bollème, Paris, Seuil, 1963, p. 262.

분리할 수 있고 모조할 수 있는 이 문장은 그 자체로 패러디적입니다. 뿐만 아니라 여기에서 이 문장은 공시(암시적 의미)를 통해 과학적 담화의 한 패러디를 이룹니다(33degrés). 여기에서 이 과학적 패러디는 책 전체의 상징 같은 역할을 합니다(과학적 대중화 담화에 대한 패러디의 변이들처럼). 약간은 마치 부바르와 페퀴셰가 그 문장을 이미 말하고 있는 것 같습니다. 상징적이고 도식적이며 개회식의 기능을 확실히 수행하는 이 문장은 어조를 부여하여 정착시킵니다. 이 문장은 음유시인이 작품을 실제로 시작하기 전 시험 삼아 해볼 때 내보는 소리prélude 또는 들머리prôme의 기능을 회복합니다.

3. 생략과 촉매

대상이 되는 문장의 이해를 위해 더 다가갑시다. 프루스트가 도와줄 것입니다. 그가 발자크의 문장에 대해 말하는 것을 읽어봅시다(그는 발자크의 문장이 문장 그 자체를 위반하고 있음을 아주 잘 보았습니다). 이어 우리의 플로베르의 문장과 대립된 추론에 의해 비교해봅시다. "문장을 대화와 지식 등의 대상이 되었던 모든 것이 제거되어 더 이상 쉽게 알아볼 수 없는 특별한 실체로 이루어진 것으로 이해하지 않는 그는 각각의 말에 그가 그 말들에 대해 갖는 개념과, 그 개념이 그에게 불러일으키는 생각을 추가한다. 한 예술가에 대해 언급할 때 즉각 그는 단지 삽입apposition만으로 그 예술가에 관해 아는 것을 이야기한다."[72]

달리 말해, 발자크는 촉매를 행합니다. 즉 그는 포화상태로 만듭니다

---

72 마르셀 프루스트, 『생트뵈브에 반대하여Contre Sainte-Beuve』(1954), édité par Bernard de Fallois, Gallimard, 1954, p. 247.

(반면, 촘스키가 말한 것처럼, 문장은 포화성이 아닙니다). 발자크의 촉매는 삽입입니다(프루스트는 비교를 행합니다). '장황한 글'은 (문장, 에크리튀르와 대조적인) 파롤의 사용역域을 참고하게 합니다.

플로베르는 생략('특별한 실질')을 행합니다. 그는 삽입하지 않습니다. 인과성('comme', 'les jugeant stupides', 문장 6번)이 지배적이게 합니다. 바로 그 인과성으로 그는 문장의 뼈대 자체를 만듭니다(비율의 개념에 따라). 그에게 문장은 하나의 사물, 자체의 내적 위계를 지닌 하나의 소체계와 같은 것입니다(복수의 사건을 모아서 쌓는 발자크와는 대조적으로). 모든 논리가 문장 속에 내포되어야 합니다. 문장은 하나의 논리적인 외피입니다(문장의 기원, 문장의 모태는 바로 절, 문법적이 아닌 논리적인 개념인 절인 것입니다).

발자크가 촉매를 행했던 것, 그것은 바로 플로베르가 비워버렸던 것입니다. 플로베르의 그 단 한 문장이 첫 단락 전체를 유발했을 것입니다(파리에 대한 기후 관련 고찰들, 여름의 파리의 사회학, 바스티유가와 아르스날 역의 지형도).

과학과의 관계와 과학적 담화와의 관계도 눈여겨보아야 할 것 같습니다. 발자크는 플로베르보다 과학과 더 가깝습니다. 생략은 과학적이 아닙니다. 생략은 가치에 대한 다른 체계, 즉 예술을 택했다는 것을 전제합니다. 예술에서 생략implicite은 하나의 가치입니다(적어도 고전 예술에서는 그랬습니다).

혹은, 침묵silence. 플로베르의 문장은 전혀 난해하지는 않지만 침묵들이 의미를 갖습니다. 침묵은 음악에서처럼 문장의 구성 장소입니다.

연구의, 강의의 주요 주제에 대해 다시 한번 유의합시다. 생략입니다.

뒤크로의 책 『말하기와 말하지 않기Dire et ne pas dire』[73]를 참고하세요.

4. 두 진실의 파격 구문

그렇지만 플로베르의 문장에서 모든 것이 간결하거나 문법 규칙에 맞거나 논리적 비율에 부합하는 것은 아닙니다. 아주 교활한 문장(그로부터 매력이 유래합니다)에 관한 문제입니다. 내용 차원에서(내용의 형식 차원에서, 옐름슬레우[74] 참조) 우리는 구조의 단절, 즉 두 진실 유형(두 사용역) 사이의, 예를 들면 1) 물리적인 온도계의 진실(33degrés)과 2) 주체가 보는 것('complètement désert')에 관련된 현상학적인 진실 사이의 파격 구문을 찾아낼 수 있습니다. 우리는 산문적인 한 진실, 묘사적 동어반복, 거의 대화적 발언을 발견합니다. 그 두 진실이 제시되었기 때문에 그것들의 관계는 논리에 의해 신성시됩니다('comme'는 모든 종속절의 영도입니다). 여기에서 다시 한번 우리는 '예술'을 발견합니다. 이 문장은 원인에 근거한 묘사와 관계가 있기 때문입니다. 그것은 위대한 그 네덜란드 그림의 공간[75]('체험한 것'에서 오는 두려움과 관계되는 육체의 내적 공간)인 것입니다. 하지만 언어의 이탈을 드러내는 패러디적인 가벼운 변형을 항상 가지고 있는 공간 말입니다.

---

73 *Dire et ne pas dire. Principe de sémantique linguistique*, Paris, Hermann, 1972.

74 바르트는 1950년대에 『신화론』을 쓸 때 옐름슬레우Louis Hjelmslev의 저작들(그의 *Essais linguistiques*는 1959년에 출판된다)을 발견한다(다음 책도 참고. 롤랑 바르트, 『기호학 요강』, Paris, Denoël-Gonthier, 1963). 소쉬르가 기호를 시니피앙과 시니피에의 통일체로 이해할 때 옐름슬레우는 내용의 형식(생각)과 표현의 형식(음성 사슬)으로 구분한다.

75 「대상의 세계」(1953)에서 바르트는 이렇게 묘사한다. "(…) 대신에 인간과 그의 사물의 제국을 수립하기 위해 종교를 치워버린 네덜란드의 고전주의 그림의 자연 경관. 성모 마리아와 그녀의 천사들의 계단이 굽어보고 있던 곳에 인간이 살고 있다. 당당하게 자신들의 풍속에 둘러싸인 인간은 일상의 수많은 대상들에 발을 디디고 살고 있다."(*OC*, t. 2, p. 283)

혹은, 묘사와 원인의 결합은 혼합 명제 형식을 이룹니다. 사실을 제시하고, 이유를 제시하여 진실 게임을 합니다. 그러나 이탈(패러디적인 것)은 돌발적인 기복의 발생에서 유래합니다. 문장의 불변의 추상화로 헤아려진 고상하고 순수한 원인으로부터 진부한 결과로의 추락이 있습니다. 사람들이 외출하기에 너무 덥다는 것을 이해하기 위해 기온(30도나 35도가 아닌 33도)으로 헤아릴 필요는 없을 것입니다! 우리는 개그를 상상할 수 있습니다. 기온이 얼마나 되는지를 알기 위해 온도계를 엄숙하게 바라보는 것과 사람이 한 명도 없는 부르동 거리를 발견하는 그런 개그 말입니다!

파격 구문은 어떤 한 상황을 엉기게 하여, 고체화시키는 일종의 언어 이해입니다. 우리는 이제 아이러니의 완곡한 어법을 통해 아연실색sidération으로 다시 돌아왔습니다. 바타유는 이렇게 말합니다. "엄밀하게 말해 어떤 한 단순한 상황을 표시하는, 문장들의 그 무의지적 아이러니의 도움보다 이성적인 것을 더 잘 다룰 수단은 분명 아무것도 없다."(*OC* III, p. 12, 주석76) 이것은 우리의 문장을 아주 명확하게 규명해주고 있습니다. 우리의 문장은 상황을 제시하고, 그 상황에 이성적인 양상 및 문장의 아이러니(아이러니로서의 문장) 속에 얻을 수 있는 모든 것을 부여합니다. 그런데 이 아이러니는 무의지적(너무 심리학적인 말입니다만)이지는 않을지언정 적어도 불확실하며 알아볼 수가 없습니다.

---

76 조르주 바타유의 이 문장은 『전집』(Gallimard, 1971) 제3권 12쪽에 있는 두 주석에 보이지 않는다. 그럼에도 그 '문장'의 첫 번째 주석에는 문제가 있다. 바타유는 이렇게 쓴다. "나 역시 말을 한다. 그러나 말을 하면서 나는 내게서 말이 새어나올 것이라는 것뿐 아니라 새어나오고 있다는 것을 잊지 않는다."(『마담 에드와르다Madame Edwarda』의 서문)

5. 진실/어리석음

그 문장은 진실에 대한 활인화活人畫 같을 것입니다. 말라르메의 반문장anti-phrase에 대한 이론(크리스테바)을 기억해봅시다. 말라르메77는 진실의, 따라서 외연의 가능성으로서 명제의 심급을 주장합니다(외시를 통해 나타난 지시 대상이 하나 있습니다. 'le boulevard Bourdon désert' 말입니다). 플로베르는 명제, 외시화되어 나타난 것, 진실에 대한 (이 경우 이렇게 말할 수 있다면!) 엉기어 응고된 묘사를 제시합니다. 문장은 활인화 같습니다. 아니면, (플로베르의) 문장은 내 앞 테이블에 놓인pro-positio 하나의 대상ob-jectum, 하나의 선물입니다. 그런데 문장의 명제에 의한 진실에 대한 이 형식적인 패러디는 어리석음 그 자체입니다. 우리의 문장은 어리석은 (교활한) 한 산물입니다. 어리석음은 오류 쪽에서 보면 오류가 아닙니다. 어리석음은 명제가 필요합니다. 그것은 모사되어 엉긴 한 진실입니다. 즉 하나의 독사(억견臆見; doxa) 말입니다(키케로에게, 격언sententia은 독사, 즉 격언조를 가리키는데, 우리의 문장이 바로 그렇습니다).

이렇게 해서 우리는 이 문장의 향기를 이해하게 되는 것입니다. 언어라는 독사적 대상의 미학적 산물인 이 문장의 향기를 말입니다.

---

77 확실히 바르트의 오류다. 여기에서는 플로베르로 이해해야 한다.

2

"Tout à coup un ivrogne traversa en zigzag le trottoir; et, à propos des ouvriers, ils entamèrent une conversation politique. Leurs opinions étaient les mêmes, bien que Bouvard fût peut-être plus libéral."

"갑자기 한 주정뱅이가 왜뚤비뚤 보도를 건너갔다. 그러자 그들은 노동자들에 관하여 정치적인 대화를 나누기 시작했다. 부바르가 더 자유주의적이었지만 그들의 의견은 동일한 것이었다."(p. 32)

1. (전통적 의미에서의) 형식

이것은 (두 점 사이) 인쇄상, 규정상의 의미에서의 문장이 아닌, 종결된 완전한 한 의미의 연출로서 거시 의미론적인 의미에서의 문장입니다.

그러므로 이 문장은 문장 1과는 다릅니다. 휴지休止도 운율도 없습니다. 형식은 '구조' 속에 있지 않고 전적으로 앞으로 내뻗는lancé 문장의 몸짓 속에만 있습니다. 플로베르에게서는 부사들의 주요 위치에 주목할 필요가 있습니다(문장의 처음이나 마지막에 위치). 여기에서는 문장이 부사 toup à coup로 시작됩니다. 도식적인 기능을 확고히 하는 이 문장은 (동사로부터 먼) 맨 앞으로 부사를 이동하여 시간과 공간의 논리적인 단절을 가함으로써 문체적 개성을 확보합니다.[78]

하지만 주의하세요. 문장의 '특별한 실체'를 자주 드러내는 부사의 이동(프루스트)은 특히 플로베르에게서 비유추적이고 비모방적 동기를 따

---

[78] 바르트의 주해는 별로 명료하지 않다. "Fonction diagrammatique: accent par déplacement de l'adverbe en tête (loin du verbe), rupture logique du temps et de l'espace."

를 수 있습니다. 부사를 이동시킬 수 있습니다. 어떻게 보면 그 부사를 치우고, 명사구와 동사구를 만들기 위한 목적으로 문장을 없애버리기 위해 말입니다. 그러므로 진정한 한 연출(예술적 효과, 가공)에 관한 문제인 것입니다.

2. 환유

'논리적인' 틀은 환유적 사슬입니다(ivrogne → ouvriers → politique). 그러므로 그것은 진정한 논리(인과성의 고상한 논리)가 아닙니다. 비율과 문장의 관점에서 환유는 규범적인 구조처럼 조잡한 논리이며 논리의 패러디입니다. 위치 관계는 내포 관계로 여겨집니다post hoc, propter hoc.[79] 환유는 서사적 논리에 관련됩니다. 환유 사슬은 외부적 단서로부터 시작됩니다(동물들과 아이들 참조[80]).

우리는 그때부터 특별히 플로베르적인 이 조작자 'et'의 가치를 이해합니다. 'Et'는 환유적인 조작자입니다. 단순한 인접성은 문법적인, 따라서 의사 논리적인 관련의 알리바이를 받아들입니다(고전적인 개념에 따르면, 문법과 논리가 일치하는 공간으로서의 문장). 미세하지만 존재하는 관계, 일종의 장소, 일종의 환유적 움직임의 영도인 'et'는 양다리를 걸칩니다. 그것은 (동일한 단위들을 더하는, 그리하여 ouvrier는 ivrogne와 논리적으로 동등하다고 여겨집니다) 논리적인 열거자처럼 보이며, 이질적인 공간과 사물의 연결자의 기능(본래 환유의 기능)처럼 보입니다. 그것은 분절, 무례한 신호

---

79 *post hoc, ergo propter hoc*: après cela, donc à cause de cela. 서사 기능의 원동력은 연관성과 결과의 혼란이다. "'후에après' 오는 것은 이야기récit에서는 '-에 의해 야기된causé par'으로 읽히기 때문이다."(*Introduction à l'analyse structurale des récits*, 1966: *OC*, t. 2, pp. 840~841)
80 바르트는 이 암시를 몇 줄 뒤에 가서 명확히 진술한다.

로 고개를 팩 돌리는 (아이와 동물의) 몸의 움직임입니다. un ivrogne? un ouvrier.

3. 목소리들

쓰는 행위—하나의 글쓰기écriture, 하나의 텍스트texte를 만들어내는 것, 그것은 여러 개의 목소리(발화체에서 기원하는 여러 허구)를 가진 발화 행위를 생산하여, 그 목소리들을 다소 뒤섞어서, 예고 없이 한 목소리에 서 다른 목소리로 변하게 하여, 그 목소리들을 다소 돌이킬 수 없게 만드 는 것입니다. 플로베르는 고전적으로 씁니다. 목소리들은 다수이고 섬세 하지만 거의 식별이 가능합니다.

a) un ivrogne traversa……: 이것은 목격자의, 전형적인 화자의 목소리 입니다. 어떤 언어들은 사람들이 보는 것, 보았던 것, 목격자였던 것을 이 야기하는 특별한 방식, 즉 증언이 되는 것testimonial을 갖고 있다는 것을 잊지 말아야 합니다(야콥슨81 참조).

b) et, à propos des ouvriers……: 생략(과 환유)에 주목합니다. 'iv-rognes'는 'ouvriers'를 가리킵니다. 우리는 플로베르의 목소리를 이해합니 다. 그가 작가의 지위와 그의 고유의 '자질'에 의해 타인의 담화에 대한 비판적 지식을 가지고 있는 한 말입니다. 플로베르는 관례, 대화의 단계,

---

81 "역사적 담화는 두 가지 타입의 연동소를 가지고 있는 것 같다. 첫 번째 타입은 청취 연동소em-brayeurs d'écoute라고 부를 수 있는 것들이다. 이 범주는 언어의 차원에서 증언이 되는 것의 이름으로, C^eCa^1/Ca^2의 공식으로 야콥슨이 알아냈다. 이야기되는 사건(C^e) 이외에 담화는 언어 자료 제공자의 행위(Ca^1)와 동시에 그 행위에 관련된 진술자의 말(Ca^2)을 언급한다. 이 연동소는 그러므로 기원과 증 언들에 대한 모든 언급, 자신의 담화의 '다른 곳'을 기록하고 그것을 말하는 역사가의 '청취'에의 모든 준거를 말한다."(Roland Barthes, Le discours de l'histoire, 1967; OC, t. 2, p. 1251)

편견들ivrognes/ouvriers을 알고 있으며, 언어의 사실주의 예술가로서 그것들을 재현합니다. 그것은 신화와 패러디와 아이러니의 언어이며, 독사적인 추론 성격의 전문가 언어, 상투적 표현과 사회통념과 멋진 생각들의 보관자의 목소리입니다(우리는 여기에서 프롤레타리아와 포도주에 대한 도덕적이고 사회적인 발자크의 삽입을 볼 수 있습니다).

c) une conversation politique: 발화체는 한 장르(즉 정치적 대화)의 추상화를 부과합니다. 그러므로 우리는 추상력이 뛰어난 자의, 장르와 이름들을 제시하는 자의, 한 명명자의, 한 오노모테트onomothète[82]의 목소리, 가능성 있는 상투적 표현으로 향해 가고 있는 한 명목론의 목소리, 즉 "정치적인 대화"(따옴표가 있는)를 듣습니다. 이 차원에서 명명은 어떤 거리를 초래합니다.

d) Leurs opinions étaient les mêmes: 화자, 이야기하는 자의 목소리에 관한 문제입니다. 하지만 처음에는 화자–증인의 문제였습니다. 여기서는 의미를 해석하고, 일반화하고, 비교하고 조작하기 시작하는 화자–역사가의 문제입니다.

e) bien que Bouvard fût peut-être plus libéral: 우리는 동일한 역사가의 목소리지만 특별한 변종과 타입을 가진 목소리, 성실한 역사가의 목소리를 다시 만납니다. 이 역사가는 화자–창조자를 무효화합니다. 그는 모든 것을 알지는 못합니다. 그는 그 사실을 인정합니다. 바로 그런 식으로 그는 지시 대상의 외적인 존재를 믿게 합니다. 이 사실주의 기법은 사

---

82 바르트는 'onomothète'라는 신조어를 만드는데, 아마 'nomothète'를 생각해서였을 것이다. 그는 은유적으로 그것을 사용한다(nomothète는 아테네에서 법을 개정하기 위한 입법위원회 회원이다).

실임직함을 강화시키며, '실제 효과'[83]를 창조합니다. 실제 효과는 꼭 디테일의 정확성이나 증언에 대한 보장에만 달려 있는 것이 아니라, 바로 그 실제 효과의 절제와 조심성에도 달려 있다는 것을 유의해야 합니다. 다음과 같이 말할 때 더 정확하게 보입니다. "나는 어쩌면peu-être 편벽할지도 모른다." 그리고 다음과 같이 말할 때 더 진실처럼 보입니다. "나는 어쩌면 틀릴지도 모른다." '어쩌면 -일지도 모른다peut-être'는, 교양 있는 독사에 따르면, 실제를 가장 믿게 하는 단어입니다. 우리는 여기에서 이 목소리에 의해 설화적 상상계의 복잡한 공간 속에 있게 됩니다.

이 모든 빠르고 약한 목소리는 일종의 물결무늬[84]를 이룹니다. 분석으로부터, 훌륭한 서사 방법으로 관점들에 대한 연구(이야기의 구조 분석의 전前구조적 문장으로써)는 목소리들의 조직을 극단으로 다듬어야 한다는 견해를 다시 끌어낼 필요가 있습니다. 플로베르의 문장은 아주 복잡하지만 분석 가능한 입체음향(스테레오)입니다.

4. 독사

이 문장에서 우리는 전형적인 독사 세 개를 찾아낼 수 있습니다. a) ivrogne-ouvrier의 결합, b) ouvrier-politique의 결합, c) 여전히 상투적 표현이 많은 정치적 대화 그 자체(정치적으로, 그 견해들은 전혀 혁명적이지 않

---

83 「실제 효과」(1968)에서 바르트는 플로베르의 『단순한 마음』의 현실을 직접적으로 드러내기 위해 의미에서 벗어나는 데 쓰려고 정해둔 몇몇 구체적인 개념(「판지 더미가……」)이 마침내 어떻게 사실주의를 분명히 하는지를 분석한다.
84 'moire'는 물결무늬다. 바르트의 견해로, 은유는 문학 텍스트에서 의미의 어른거림과 일정한 간격을 두고 의미를 늘어놓는 것échelonnement du sens을 가리키기 위해 자주 사용된다.

습니다. 혁명 그 자체가 독사의 대상이기 때문입니다). 그러므로 이 문장은 ―
사실상―(부바르와 페퀴셰에 의한) 독사의 사취를 공시합니다. 사취 대상
으로서의 독사, 우리는 그것을 파괴할 수 없으며 단지 사취할 수 있을 뿐
이기 때문입니다. 부바르와 페퀴셰는 억지로 독사에 거주하고 있습니다.
그들은 독사의 무단 거주자인 것입니다(그들의 별난 기호, 그들의 기행, 그들
을 역설적이게 만드는 것, 그것은 그들이 너무 자주 독사를 바꾸기 때문입니다).

3

문장과 즐거움 사이의 관계를 다시 명확하게 하는 것이 좋겠습니다.
그것이 왜 나를 즐겁게 하는지 조금씩 알아가는 반성적인 일에 관한 것
이 아니라, 그 모든 사고와 모든 실마리의 단서로서 그 즐거움을 이용하
는 문제인 것입니다. 그 사고와 실마리들이 좋은 것들인지 여전히 알지
못한 채 말입니다.

"Bouvard l'emportait par d'autres côtés. Sa chaîne de montre en cheveux
et la manière dont il battait la rémolade décelaient le roquentin plein
d'expérience, et il mangeait, le coin de la serviette dans l'aisselle, en
débitant des choses qui faisaient rire Pécuchet."

"부바르는 다른 면들에서는 페퀴셰보다 뛰어났다. 머리카락으로 만든
그의 손목 시계줄과 레뮐라드 소스를 치는 태도는 그가 젊어 보이고 싶
어하는 경험 풍부한 늙은이라는 것을 잘 나타내주었다. 그러면서 그는

냅킨의 모서리를 겨드랑이에 끼고 떠들어대면서 음식을 먹었는데, 페퀴셰는 그 이야기를 듣고 웃고 있었다."(p. 34)

1. 형식

우리는 다시 플로베르의 'et'를 만납니다. 티보데[85]는 그것의 특징을 '움직임의 et'로 규정짓습니다. 하지만 그 말로는 좀 부족합니다. 사실 'et'는 수사학의 열에서 파격을 가리킵니다.

'et'는 관습에 따라 같은 성질의 구들의 동질적이고 동등한 단위들을 연결합니다(라틴어 번역들에서는 하나의 속임수). 확실히 여기서 'et'는 두 특성을 잘 정리합니다. 그것은 문법적이지만, 담화의 차원에서는 단절, 이질성이 있습니다. 'et'는 메타 언어적인 보편성déceler le roquentin과 우연적이고 단편적인 기호 체계를 연결시킵니다. 그것은 문자 그대로 조리에 맞지가 않습니다. 형식과 내용 사이에 불균형이 있지 않는 한 'et'는 실제로 'roquentin'의 두 예를 연결시킵니다.

---

85 플로베르가 훌륭하게 사용하는 'et'는 묘사나 서술이 이루어지는 동안 더 중요하거나 더 극적인 때 더 높은 긴장, 진행으로의 이행을 동반, 혹은 의미하는 움직임의 'et'이다. "그동안 구름이 뭉게뭉게 일어나고 있었다. 뇌우를 예고하는 하늘은 몰려드는 구름의 전기를 가열한다. 몰려드는 구름은 중심을 잃고 거대하게 일렁거리면서 소용돌이치고 있었다. 그런데 사람들은 그 구름의 깊숙한 곳에서 헤아릴 수 없는 힘을, 자연의 에너지 같은 것을 느꼈다Cependant des nuages s'amoncelaient; le ciel orageux chauffait l'électricité de la multitude, elle tourbillonnait sur elle-même, indécise, avec un large balancement de houle; et l'on sentait dans ses profondeurs une force incalculable, et comme l'énergie d'un élément." (*Education*, p. 453) (Albert Thibaudet, *Le style de Flaubert*, dans Gustave Flaubert, 1935, Paris, Gallimard, coll. Tel, 1982, pp. 265~266)

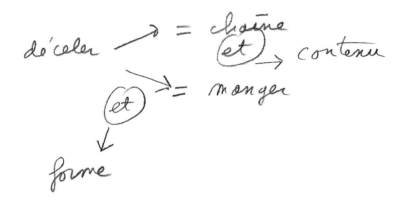

어쨌든 그것은 불안합니다. 'et'는 수사학 조직의 불안한 변화를 만들어냅니다(그 장르는 현금화됩니다). 포옹의 불안을 아래와 같이 메모할 수 있을 것입니다.

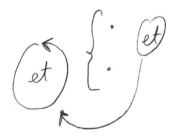

2.

장면은 키치입니다(chaîne de montre en cheveux, rémolade, serviette dans l'aisselle). 하지만 더 정확히 말하면 그것은 키치의 하위 변종(통속적인 키치)에 해당합니다.

'Kitsch'(Munich, 1860)는 'Kitschen'(일을 날림으로 해치우다, 낡은 가구로 새 가구를 만들다)이라는 남부 독일어에서 온 것입니다. 키치는 외연적이 아닌 공시(내포)적인 현상에 의한 진짜인 것l'authentique의 부정(정확히 요구하는 것과 다른 것을 파는 것)을 가리킵니다.

일반적으로 우리는 사물과 배경의 공시들을 만납니다. 여기에서 우리는 행위 및 사물들battre la rémolade, mettre sa serviette을 가집니다. 여기 미학적인 분석들에서는 사물에 부여된 우위에 유의합시다. 몸짓gestes에 대한 것이 아닌 행위comportement, 즉 기능적인 몸짓gestes fonctionnels에 대한 미학이 있음에도 불구하고 말입니다. 한 몸짓의 인위성, 비본래성, 그 몸짓의 복고주의적인 지시 대상은 무엇일 수 있을까요? 기억을 해보면, 도식은 활동 중인 신체(육상선수, 연설가, 입상立像86)의 태도입니다. 도식학의 개념은 부바르와 페퀴셰에게 아주 중요합니다.

키치는 사물들의 집합(수집, 진열, 한 집합체의 전시) 속에서 완성됩니다. 우리는 그것을 디스플레이display의 개념(전개, 진열, '당혹스럽게 하는 것' 같은 과장된 표시)과 비교할 것입니다. 이것도 바로 그런 경우입니다. 부바르는 완전히 디스플레이 중이기 때문입니다. 디스플레이는 한동안 전체 속에 존재하는 사물들의 복잡성에 해당합니다. 그것은 플로베르적인 열거를 의미합니다. 그 열거는 항상 키치의 의미를 가지고 있기 때문입니다.

---

86 1974년에서 1976년까지, 즉 『부바르와 페퀴셰』에 대한 세미나와 함께 바르트는 그의 고등연구원에서의 세미나를 『연애 담론』(Seuil, 2007)에 할애하는데, 그로부터 『사랑의 단상』(1977)을 발췌한다. 「이 책은 어떻게 만들어졌는가」라는 제목의 후자의 책(『사랑의 단상』)의 후기에서 바르트는 연애 담론의 '피귀르'를 다음과 같이 정의 내린다. "우리는 담론의 그 파편들을 'figures'라 부를 수 있다. 이 단어는 수사학적인 의미보다는 오히려 체조나 무용의 의미로 이해되어야 한다. 요컨대, 그리스어 의미의 schéma는 'schéma'가 아니다. 그것은 훨씬 더 생기 있는, 활기 자체가 활동하는 신체의 행동이지 휴식 상태에서 생각하는 신체가 아니다. 이를테면 육상선수들과 연설가들 그리고 입상들의 신체다. 자신의 태도(피귀르)에 사로잡힌 연인도 마찬가지다. 그는 조금은 미쳐 운동에 날뛰며, 육상선수처럼 분투한다. 그는 연설가처럼 미사여구를 늘어놓으며, 조상처럼 한 역할에 사로잡혀 망연자실한다. 피귀르, 그것은 작업 중인 연인이다."(OC, t. 5, p. 29)

키치를 참조하지 않고 플로베르를 제대로 이해하는 것은 불가능한 일입니다(상투적 표현과 어리석음 참조).

키치에 대해 우리는 전체의 키치와 부분들(램프, 침대, 조그만 원탁 등)의 기능성에 대해 유의할 것입니다. 여기에서 몸짓들(소스를 만드는 것, 먹는 것, 시계를 차는 것)은 기능적입니다. 전체는 키치의 중단과 부동에 의해 갑작스러운 충격을 받습니다. 그런데 전체, 그것은 곧 문장인 것입니다. 플로베르의 문장은 디스플레이로 이루어져 있습니다. 그것은 키치의 구체적인 실현 매체입니다.

각 행동praxémie은 기능적임에도 불구하고 과도하고, 과장됩니다. 그것은 과도한 기능을 지닙니다(사르트르와, 카페의 웨이터[87] 분석 참조). 젊어 보이고 싶어하는 늙은이처럼 레물라드 소스를 치는 행동은, 경험에 의한 과도한 여유와 일로부터 과도하게 자신을 보호하고 떠들어대는 행위와 관련됩니다. 이 과도한 열거는 소비의 도취로서의 키치입니다.

전체적으로 보면, 부바르와 페퀴셰는 키치입니다. 더 정확히 말해 샤비뇰레(그들의 정원, 그들의 서재)에서 그들은 키치를 제작합니다. 그들은 키치를 만들어내는 것(이어 그들은 정원처럼 다른 키치를 만들기 위해 먼저 만든 키치를 해체합니다)을 즐깁니다. 이것은 키치와, 다른 용도의 부품들로 도구를 만들거나 무대용이 아닌 것들로 무대를 만드는 것 같은 간단한 목공 일과의 유사성을 강조합니다.

---

87 『존재와 무』의 유명한 한 페이지에서 사르트르는 자신의 역할을 과장되게 하는, 그가 '자기기만'의 한 예로 제시하는 카페 웨이터의 태도를 묘사하고 있다(Paris, Gallimard, 1943, 제1부 5장 II 기만 행위들).

3. 부바르는 과시(디스플레이) 상태에 있습니다.

'roquentin'은 늙은 퇴역군인으로 성과 성채들에서 반액 임금을 받고 일하는 피고용인입니다. 이어 그 말은 통속 풍자 가요를 부르는 가수를, 마지막으로 젊어 보이고 싶어하는 우스꽝스러운 늙은이(바위, 로켓탄, 성채)를 가리킵니다. 여자를 유혹하기 위한 과시 행동인 페퀴셰의 사랑의 미소는 그 자체로 키치 속에 붙잡혀 있습니다.

4

"Bouvard fumait la pipe, aimait le fromage, prenait régulièrement sa demi-tasse, Pécuchet prisait, ne mangeait au desert que des confitures et trempait un morceau de sucre dans le café. L'un était confiant, étourdi, généreux ; l'autre discret, méditatif, économe."

"부바르는 파이프 담배를 피우고 치즈를 좋아하며 어김없이 그의 작은 커피잔으로 커피를 마셨으며, 페퀴셰는 코담배를 맡으며 디저트로는 잼밖에 먹지 않고 커피에는 설탕을 한 조각 넣어 마셨다. 한 사람은 남을 쉽게 믿고 경솔하며 인심이 후했으며, 다른 한 사람은 신중하고 명상적이며 절약가였다."(p. 38)

1. 종결

사소한 특징들의 열거(분석)와 심리적 총합을 가진 아주 수사학적인 문장에 관한 문제입니다. 그러므로 일련의 분석과 종합은 각 부분 속의 대구對句와 함께 규범적인 문장을 만듭니다.

우리의 흥미를 끄는 것은 바로 대구입니다(내용 부분들에 관한 분석이나 총합이 아닙니다). 왜 그럴까요? 대구는 뛰어난 종결의 조작자입니다. 그것이 거꾸로 된 거울이기 때문입니다. 덧붙여 말하기가 불가능하지요. 두 번째 어휘가 제시될 때 그것은 끝이 납니다(대칭은 완결성을 창출합니다). 그런데 종결은 (문체론적인) 문장을 명확히 규정하는 것입니다. 촘스키와는 달리, 종결부의 쉼표에 의해 제한된 발화 행위 단위로 규정한 문장의 정의(J. Rychner, Mort Artu, 크리스테바의 인용.88 p. 288)를 기억합시다. 또한 플로베르에게 어리석음은 곧 종결하는 것('fermé(닫힌)'은 라틴어로 'conclu-sus')입니다. 플로베르의 문장은 끊임없이 어리석음을 흉내냅니다. 플로베르의 문장은 (삼단논법의) 내용 종결을 교묘하게 피하지만, 그것을 바꾸어 불변케 하고, 형식에 의거해 패러디합니다. 그리하여 문장은 그 자체로 종결됩니다. 가치 없는 이 형식은 조소적인 것le dérisoire을 만들어냅니다.

2. 그렇지만 분석/종합의 대립으로 되돌아옵시다.

분석 부분은 '기호들goûts'을 대상으로 합니다. 기호들은 그 자체로는 아무 의미가 없습니다. 나는 좋아한다/나는 좋아하지 않는다. 누가 이 문장에 흥미를 갖습니까? 아무도 흥미를 갖지 않지만, 그것은 항상 타자와 관계됩니다. 그것은 내 신체 앞에 한 신체를, 나의 것이 아닌 한 신체를 가정합니다. 그 신체를 개별화함으로써 기호는 상호주관성의 과정을 개시합니다. 타자는 내게는 다른 사람이고, 나는 그에게 다른 사람입니

---

88 줄리아 크리스테바, 『언어의 혁명』, *op. cit.*

다. 그러니 각자의 나 je는 타자이고 각자의 타자는 나 je입니다. 바로 그 때문에 이유도 없이 각각의 기호는 우리의 마음에 드는 것입니다.

기호들은 점점 더 무질서하고 '불투명'하면 할수록 더 혼란스럽게 만듭니다. 그렇기 때문에 그것들에 어떤 의미를 부여하여, 의미 질서와 해석 속에서 그것들을 회복하기 위한 끊임없는 노력이 필요한 것입니다(의미는 마음을 평온하게 해주며 안심을 시킵니다. 그것은 독서 공간 속에서 변증법적으로 발전시킴으로써 타자의 신체를 해체하기 때문입니다).

그것은 최종 종합의 역할입니다. 최종 종합은 기호들에 심리적 의미를 부여합니다. 그것은 잘 알려진 아주 사회화된 질서, (형용사들에 의한) 상용 심리학의 질서, 즉 성격학에 의해 그 기호들을 초월합니다. 우리는 심리학과 설교prédication의 물화物化하여 마음을 평온하게 해주는 기능을 다시 발견합니다.

3.

(최종) 심리학적 종합에는 의미에 의한 우연성의 지양이 있습니다. 바로 여기에 다시 대구가 작용합니다. 대구는 계열의 생성, 의미의 생성과 관계가 있기 때문입니다. 아래와 같이 모든 것은 단어마다 말 그대로 계열화되어 있습니다.

Fumer la pipe	Priser(les femmes prisaient)
Fromage: salé	Confitures: sucré
Demi-tasse	'Canard'
= café - avec de l'eau	= idée du café, son goût, non son pouvoir

Confiant	Discret
Etourdi	Méditatif
Généreux	Econome
Bouvard	Pécuchet
Homme	Femme

계열의 의미가 다음의 두 가지라는 것은 자명한 일입니다.

a) 부바르와 페퀴셰를 차별화하고(연속적인 시도는 그들을 차별화하되 분리하지 않는 것입니다), 그들을 식별하게 하되 분리하지 않는 것이 중요합니다. 이 완벽한 정체성의 식별은 어떻게 보면 동기가 없고 기능하지 않으며, 순전한 지성의 (식별의) 즐거움에 의해 정당화됩니다. 그들은 행동의 차원에서 서로 반대되는 것이 아무것도 없기 때문입니다(Plick et Plock[89] 참조). 그들의 성격상의 구별은 아무런 서술적diégétique 효과를 갖지 않습니다.

그러므로 그것은 진실임직함의 제약입니다. 읽을 만한 가치가 있는 것이 있기 위해서는—설령 그것이 아무 소용도 없을지언정—의미의 허구가 있어야 하는데, 포괄적 의미는 곧 부바르와 페퀴셰이기 때문입니다.

b) 계열은 신화적으로 Bouvard-homme/Pécuchet-femme이라는 암묵적인 대립을 제시할 수 있게 합니다(pipe/priser, salé/sucré, excitant/peur de l'excitant). 남성/여성의 대립은 어떠한 생식적 성적인 효과(또는 깊이)를

89　1893년에서 1904년까지 『르 프티 프랑세 일뤼스트레Le petit Français illustré』 지에 연재된 크리스토프의 흑백 만화. 지혜를 발견하기 전까지 폭력과 재난을 되풀이하는 두 난쟁이 지신地神의 모험을 다룬다.

갖지 않습니다. 그것의 기능은 커플을 이루는 것입니다. 커플은 전적으로 동일한 조직체 쌍(쌍둥이)과는 구별됩니다. 커플은 분리된 세포, 차이들(문자 그대로 단어마다의)을 숨기는 것을 전제로 합니다. 이 문장은 사실 대립 주머니 같은 커플을 만드는 외피입니다.

이 문장의 '의미'는 그러므로 커플인 것입니다.

5

"Une fois, ils entrèrent au cours d'arabe du Collège de France, et le professeur fut étonné de voir ces deux inconnus qui tâchaient de prendre des notes."

"한번은 그들이 콜레주 드 프랑스의 아랍어 강의를 들으러 갔는데, 교수는 필기를 하려고 애쓰는 모르는 그 두 사람을 보고 깜짝 놀랐다."(p. 39)

오래전에 읽은 뒤로 계속해서 마음에 남는 문장입니다. 그런데 오히려 그렇기 때문에 나는 이 문장을 잘 분석할 수 없습니다. 매혹은 설명이 미치지 못하는 것l'en-deçà이 아니던가요? 하나의 대臺가 아니던가요? 경대 말입니다.

그렇지만 그 주위를 분석적으로 '맴돌면' 잘 보입니다(이것은 분명 원초적인 장면,90 그 자체로 '매혹적인' 장면 속에서의 아이의 행동을 환기시키는 어

---

90 바르트는 프로이트의 '늑대인간'에 대해 정식으로 재검토한다. 환자의 거세 환상은 '원초적 장면', 즉 부모의 성교 광경으로 거슬러 올라간다. 무엇보다 다음의 책을 참조할 것. *Le Discours amoureux*.

떤 행동, 어떤 연구 방식인 것입니다).

1. 파격

다시 한번 파격에 관한 이야기입니다. 그렇지만 이번에는 아주 큰 파격입니다. 정확히 말해서 쓰는 것(고전적으로 쓰는 것, 왜냐하면 문제는 '현대적' 글쓰기와는 확연히 다르기 때문입니다), 그것이 곧 하나의 순서를 정하고는 그 순서를 전복시키는 것이 아닌지 누가 알겠습니까? 그것이 바로 파격이 만드는 것입니다. 파격은 구조, 문장, 담화의 논리를 정하고는 전복시키기 때문입니다.

이 파격은 문장 속에서뿐만 아니라 문장 그 자체에까지—그 문장의 어조와 동일한 형태에 따라—예고 없이 행한 관점들의 급격한 방향 전환, 전도인 것입니다.

이 전도의 효과를 잘 이해하기 위해 촬영을 상상해보면, 두 대의 카메라가 필요할 것입니다. 한 대를 가지고 우리는 부바르와 페퀴셰를 따라 홀 안쪽으로 들어갑니다(홀, 벤치, 멀리 연단 등의 풍경). 카메라는 부바르와 페퀴셰의 눈 속에 있습니다(틀림없이 이동촬영입니다). 그런데, 예고도 없이 이 카메라는 앞에 있는, 교수의 눈 속에 있는 카메라 2로 대체됩니다(이 카메라는 이동촬영이 아닙니다). 교수는 머리를 들어 한 편의 그림을 봅니다(일반적으로 이것은 연구의 한 방법입니다. 플로베르는 아주 영화적이기 때문입니다). 요컨대 이 문장은 두 조작자를 전제로 합니다.

그렇지만 이 두 장면은 단절 없이 서로 이어집니다(파격은 마치 은밀한

Séminaire à l'Ecole pratique des hautes études, 1974—1976: Fragments d'un discours amoureux: inédits, édité par Claude Coste, Paris, Seuil, 2007, p. 603.

것인 양 고무풀이 칠해져 연결됩니다). 서로를 잇는 조작자는 'et'입니다(다시 한번 그 유명한 'et'에 대한 이해입니다). 접합 부품으로서의 'et'는 이질성들을 동일한 등급이 되게 하여, 수문이나 철도의 연결 포장 같은 동일한 한 표면, 윤활유가 듬뿍 칠해진 회전판을 그것들에 부여합니다. 그런데 두 이질성의 은밀한 연결은 괴물 같은 것을 생성시킵니다. 괴물 같은 것, 그것은 대개 아마 이런 것일 것입니다. 즉, 마치 자연스러운 것인 양 불시에 연결된 다른 종류의 수족들(과 갑작스러운 수족들). (제롬 보쉬가 그린 인물과 이미지들, 바타유의 솔방울 형태의 눈[91] 등을 생각해보세요.) 그런데 그 괴물 같은 것은 예컨대 멜론에 대한 삽화[92]처럼 검토할 필요가 있는 플로베르의 한 범주입니다. 같은 혈통끼리 결혼하면 괴물을 낳는다고 주장하는 미슐레의 분석과 달리 이를테면 터무니없는 식물학에서처럼, 두 번째 것(문장)이 느닷없이 첫 번째 것(문장) 위에서 발아한다고 말할 수 있습니다. 왕들은 외부 가문과 차단된 채 이어집니다. 울혈은 앙주 가문의 특징입니다. 플랜태저넷 왕가는 이상 신장을 보여주며(정복자 기욤의 시체를 그의 무덤에 눕히지 못합니다), 탐욕스럽고 증오심을 품으며 극악무도합니다.

파격의 또 다른 효과—또는 내용—는 두 주체가 가까이 다가온다('ils entrèrent')는 것입니다. 그런데 그들은 불시에 대상들로 변해버립니다('ces deux inconnus'). 더 문제인 것은 그들이 익명의 희미한 대상들(실루엣)로 변해버린다는 것입니다. 바로 마술적인 효과(납이 은으로 전환되는 것처럼 한 종류에서 다른 종류로 전환)에 관한 문제지만 불길한 마술에 관한 문

---

91 George Bataille, *L'Oeil pinéal*, dans *Œuvres complètes*, t. 2, Paris, Gallimard, 1970.

92 페퀴셰는 저도 모르게 묘목들을 교배하여 괴물 같은 야채들을 생산한다(『부바르와 페퀴셰』, 제 2장).

제입니다. 이미 알려져 있는 존재가 (언어의) 마술봉에 의해 미지의 존재로 변해버리기 때문입니다. 사랑하는 존재가 모르는 먼 존재로 변해버릴 때 그것은 악몽의 과정 그 자체로, 페이딩Fading[93]의 고통스러운 주제입니다. 이 기묘한 일, 정신을 어지럽게 하는 이 거리두기, 이 본성의 붕괴는 마법의(마력의) 원동력 그 자체인 것입니다.

2. 알로퀴투아르allocutoire

나는 이 (부드러운) 단절, 이 페이딩을 『부바르와 페퀴셰』에서 내가 아주 강한 인상을 받은 전반적인 한 특성과 결부시키고 싶습니다. 『부바르와 페퀴셰』에는 알로퀴투아르적 차원이 없는 것 같습니다. 아무도 아무에게 말하지 않습니다. 그러니 메시지가 어디로 가는지 전혀 알지 못합니다. 예를 들어, 부바르와 페퀴셰는 (거울에 비친 모습처럼) 완전히 반대로 된 모습(이것은 협력의 의미입니다)이며, 서로에게 말을 하지 않습니다. 그들은 사랑의 블록을 이룹니다(연애 담론은 닫힌 이미지이기에 알로퀴투아르가 아닙니다). 그런데 플로베르의 작품 전체가 그런 식이어서 그 블록은 투사적投射的이지 않습니다. 그러니 책은 우리에게 말을 하지 않습니다. 그렇기에 바로 거기에 그 책의 답답함이 있습니다. 『사회통념 사전 Dictionnaire des idées reçues』에 대해 사르트르가 한 말(『집안의 천치L'Idiot de la famille, pp. 629~640)을 봅시다. "예사롭지 않은 책이다. 무수히 많은 글이 있는데 그것들이 자기 자신을 겨누고 있다고 느끼는 사람이 누가 있는

---

93 사라짐. 그런데 바르트는 특히 목소리에 대한 이 라캉적인 개념을 아주 자유롭게 사용하고 있다. 페이딩은 『사랑의 단상』의 피규르 중 하나다. "사랑하는 사람이 모든 만남을 포기하게 만드는 고통스러운 시련. 그런데 그 수수께끼 같은 냉담한 말은 사랑하는 주체를 향하거나, 세상 사람들이 됐든 라이벌이 됐든 타인을 위한 것도 아니다."(OC, t. 5, p. 145)

가? 아무도 없다. 귀스타브 자신을 제외하고는……"[94] 나는 사르트르의 이 견해에 대해 의문을 표시합니다. 내 생각에는 그 견해가 그 마력에 대해 설명해주지 않기 때문입니다. 정말 매력적인 것은 바로 알로퀴투아르의 완전한 상실입니다. 파격은 알로퀴투아르의 문란 같은 것을 야기하기 때문입니다. 우리는 메시지(그것은 아주 명확하며, 아주 읽을 만한 가치가 있습니다)의 페이딩이 아닌, 알로퀴투아르의 페이딩을 가집니다. 우리는— 기괴하게도—(파롤이 아닌) 랑그의 블록과 직면하는 것 같습니다.

이 발화의 상실(하지만 의미의 분실이 아닙니다. 플로베르에게는 항상 외시와 지시 대상의 허구가 존재하기 때문입니다)은 『부바르와 페퀴셰』에 깊이 영향을 미치는 또 다른 상실, 즉 증여don의 상실과 연결됩니다. 부바르와 페퀴셰는 전혀 아무것도 주지 않습니다. 모든 것이 교환되지만 그 모든 교환은 실패합니다. 그러니 소비가 없습니다. 자연과 언어의 세계는 불투명합니다. 배설물들까지도 재활용되지만(아주 가치 있는 퇴비에 대한 삽화 참조) 그것 역시 실패합니다. 소비는 교환에 의해 거부되지만, 교환은 실패합니다. 세계는 두 번 봉쇄됩니다. 그것은 일종의 수신자 없는 활인화活人畫입니다(정물화 또는 'still living'이라고 말하는 것처럼 활인화 또는 'tableau mort'). 이 책의 활인화를 빼어나게 만드는 것은 이야기의 '주체들'(부바르와 페퀴셰)이 줄곧 안dedans에 있기 때문입니다. 그러니 그들은 결코 배제되지 않습니다(그 때문에 그들은 결코 지루하지 않습니다). 그러나 플로

---

94 사르트르의 이 책은 온통 어리석음을 다룬다. 바르트는 인용을 요약하고 있다. 사르트르는 이렇게 썼다. "(…) 그런데 누가 자신을 겨누고 있다고 느끼는가? 아무도 없다. 아니 더 정확히 말하면 한 사람이 있다. 가장 신기한 것은 그가 겨눔의 대상인데도 정작 본인은 그것을 알지 못하는 것 같다는 것이다. 그 사람은 다름 아닌 작가 자신이다."(*L'Idiot de la famille. Gustave Flaubert de 1821 à 1857*, t. 1, Paris, Gallimard, coll. Bibliothèque de philosophie, 1971, p. 635)

베르는 활인화밖에는 아무것도 남아 있지 않도록 항상 문장으로 조치합니다. 생략의, 그렇지만 남아 있는 것이 아무것도 없는sans reste 예술의 놀라운 역설입니다. 바로 그것이 우리 문장의 효과인 것입니다.

6

"La monotonie du bureau leur devenait odieuse. Continuellement le grattoir et la sansaraque*, le même encrier, les mêmes plumes et les mêmes compagnons! Les jugeant stupides, ils leur parlaient de moins en moins."

* Résine dont on frotte le papier qu'on a gratté pour l'empêcher de boire.

"그들은 단조로운 사무실이 지겨워졌다. 늘 같은 나이프와 종이,* 똑같은 잉크병, 똑같은 펜과 똑같은 동료들! 그 동료들이 어리석다고 생각한 그들은 그들과 이야기를 나누는 횟수가 점점 줄어들었다."(p. 40)

* 잉크가 번지지 않게 하기 위해 글자를 긁어 지운 종이에 문질러 바르는 송진.

이 문장의 형식에 대해서는 할 말이 없습니다(나도 할 말이 없습니다). 다음의 두 가지를 제외하고는 말입니다. 1) 현재분사('Les jugeant stupides')에 의해 순화된, 지배적인 인과성 관계를 상기시키는 점과 2) 두 'et'의 열거와 위치의 리듬에 대한 섬세한 분석이 필요할 것이라는 점이 그것입니다. 따라서 나는 두 가지 내용(의미론적인) 표시에 대해 언급할 것입니다.

1. 분열

문장은 부바르와 페퀴셰와 일, 타인들, 일상, 즉 세상(사교계의 사람들) 사이의 분열을 보여줍니다. 세상은 일과 언어(언어행위 같은 타인들의 '우둔함')로 공격을 하거나 분리를 조장합니다. 먼 사람들, 막연하게 싫증을 느끼는 사람들, 지겨워하는 사람들에게 닥치는 이 분열은 일반적으로 사랑에 빠진 주체의 행동입니다. 그는 세상을 완전한 결핍으로 느끼기 때문입니다. 이 감정은 부바르와 페퀴셰가 속마음을 서로 털어놓은 뒤 커플을 이룰 때부터 그들에게 나타납니다. 이것은 전형적인 열정의 문장입니다. 그런데 열정은 그들에게 노동의 소외에 대해 이해시켜줍니다. 열정은 진실의 전수자이자 중개자입니다. 열정은 교육적입니다.

2. 모사

다시 모사 이야기입니다. 그들을 싫증나게 하는 것은 필사가 아니라, 모사의 관습들입니다(그 관습들은 한편으로 보면 즐거움을 줄 수도 있습니다). 대상들은 더 이상 물신, 육체 행위의 실현 매체('문구류들'에 대한 편집증)가 아닙니다. 그것들은 다시 공명도 없고 상징도 없는(환유도 은유도 없습니다) 평범한 대상으로 변합니다. 모사는 그때부터 일반적인 의견이 아닌 것, 즉 견딜 수 없는 어리석음으로 변합니다.

부바르와 페퀴셰에게 (상속에 의한) 해방은 자신들이 자본을 부담하여 모사의 경영(책의 내용들을 현실에 '적용하기')을 맡는 것일 것입니다. 그리하여 그때부터 그 경영은 아주 재미있어집니다. 그들은 노예 상태에서 애호가가 됩니다(자유롭게 받아들인 모사의 무가치라는 피날레를 기대하면서).

나는 아주 짧은 여담으로 이 문장의 분석을 마칠까 합니다. 모사와 모사된 언어의 방대한 파노라마 속에서 『부바르와 페퀴셰』의 위치(나는 플로베르의 작품들 속에서 이야기하고 싶습니다)가 그것입니다. 그것은 결국 ―방법론적으로― 소설 인물들을 언어의 창조물, 언어의 행위자로 주장하는 일이 될 것입니다. 우리는 인물들을 언어의 모사에 대한 그들의 태도에 따라 분리(분류)할 것입니다. 플로베르의 작품들 속에는 이런 부류들이 있습니다.

a) 유일한 하나의 언어, 유일한 하나의 모사의 일관성, 지속. 고유한 모델을 가진 개인 언어의 고집: 이것은 언어의 편집광(오메, 보바리 부인)입니다.

b) 히스테릭하고 순환하는 다양한, 언어의 모사. 셔츠(윗옷)처럼 언어를 바꾸고, 언어를 다듬게 하고, 언어를 열거(언어 도서관)하는 문제입니다. 『부바르와 페퀴셰』에서 그러한데, 범위를 조금만 이동시키면 『성 앙투안의 유혹』에서도 그렇습니다.

c) 비非언어, 언어의 이쪽en deçà, 실어증, 미사여구에 의해 회복된, 부담을 갖지 않는 것으로서의 정동: 샤를 보바리가 있습니다(샤를은 엠마의 죽음으로 죽습니다). 그리고 또 베르트[95]가 있는데, 무산자화된 그녀는 언어로 죽습니다.

d) 사회성의 범위 밖의 이상적인 언어, 언어의 관념성, 모사의 범위 밖의 것le hors-copie. 『성 쥘리앵전Saint Julien l'Hopitalier』에서 그렇습니다.

이 네 부류는 각기 어리석음, 히스테리, 우둔함, 예술에 해당합니다.

---

95 베르트는 샤를과 보바리 부인 사이의 딸로 소설의 끝에 고아로 남는다.

"Pour savoir où s'établir, ils passèrent en revue toutes les provinces. Le Nord était fertile, mais trop froid; le Midi enchanteur par son climat, mais incommode vu les moustiques, et le Centre, franchement, n'avait rien de curieux. La Bretagne leur aurait convenu, sans l'esprit cago des habitants. Quant aux régions de l'Est, à cause du patois germanique, il n'y fallait pas songer."

"어디에 거처를 정할 것인지를 알아보기 위해 그들은 모든 지방을 검토했다. 북부는 비옥하지만 너무 춥고, 남부는 날씨가 아주 매력적이지만 모기 때문에 불편하고, 중부는 솔직히 호기심을 가질 만한 것이 아무것도 없었다. 브르타뉴 지방은 주민들의 위선적인 마음만 아니면 마음에 들었을 것이다. 동부 지역들은 독일식 사투리 때문에 생각해볼 필요도 없었다."(p. 43)

1.

이름은 한 이미지를 제기합니다('lever un lièvre'. '어려운 문제를 갑자기 제기하다'는 말처럼 말입니다). 이것은 프루스트의 이론입니다(장소의 이름들: 게르망트Guermantes, 발벡Balbec, 파르마Parme, 쿠탕스Coutances[96]). 이름은 창립자입니다. 이름은 묘사하지 않으며, 번역하지 않으며, 무엇 다음에 오는 것이 아닙니다. 『부바르와 페퀴셰』의 경우, 이름은 이미지가 아닌 고정관

---

[96] 이 문제에 대해서는 '프루스트와 이름들'(1967)을 참조. 이 글은 『신비평 선집』(1972)에 재수록되었다.

넘들의 관광 지리학 사전이라는 상투어구를 제기합니다.

단체 여행에 대한 모든 광고 관광, 독사적인 지리학은 실망시키는 것이 아닌 긍정적인 그 동일한 메커니즘에 기초하여 기능합니다.

2.

상투어구는 반감을 표현하지 않습니다('그것은 내 맘에 들지 않아'). 그것은 반감의 근거를 제공합니다. 여기에서 만드는 것former과 보증하는 것cautionner은 같은 작용입니다. 'je me laisse constituer par ce qui me cautionne(나는 기꺼이 나를 보증하는 것에 의해 만들어지는 것을 받아들입니다).' 그런데, 우리가 알듯이 상투어구는 다음 문장처럼 하나의 문장입니다. 타자로 친 문장인 것입니다. 'le Centre, franchement, n'a rien de curieux.' 그것은 닫힌 한 문장입니다. 마침표 하나, 그것뿐입니다. 이것도 아니고 저것도 아닙니다. 그저 끝입니다. 나는 타인들의 문장에 의해 만들어졌습니다(사르트르의 『주네』97처럼). 그러므로 상투어구를 해체하여 가치를 바꾸어놓기 위해서는 문장을 해체하는 것으로 충분합니다. 프랑스 중부 지방에 대해서는 미슐레의 생각도 마찬가지입니다(『프랑스의 장場』98).

---

97 『성聖 주네, 배우와 순교자』(Gallimard, 1952)에서 사르트르는 주네가 자신에 대해 타인들이 품은 이미지에 따라 어떻게 정체성을 이루는지를 분석한다.

98 『프랑스 지도: 물리, 정치, 도덕 지리학Tableau de la France. Géographie physique, politique et morale』은 1875년에 출판된다. '프랑스의 화학Chimie de la France'(1953)에서 바르트는 다음과 같은 논평을 했다. "보통 지리학의 효시로 생각하는 『프랑스의 장』은 사실은 화학 실험에 대한 보고서다. 거기에 나오는 여러 지방에 대한 열거는 묘사이기보다는 프랑스 전체의 화학적 작업에 필요한 자료와 물질에 대한 체계적인 조사다. 그것은 조금은 훌륭한 요리법 서두에 기록된 목록 같기도 하다. '상파뉴, 피카르디, 노르망디, 앙주, 보스를 조금씩 집어 드시오. 중앙의 핵인 일드프랑스 둘레로 돌게 하시오. 그것들을 음극 속으로 흡수되게 하시오. 그러면 유럽 최상의 국가인 프랑스를 가지게 될 것입니다.' 바

3. 전체 문장은 두 번 실망시킵니다.

a) 각 절 안에서는 좋습니다. 하지만 전체적으로 (선택의 순간) 좀 매끄럽지 못하게 만드는 어떤 것이 있습니다. 대상은 한 출혈점point d'hémorragie에 의해—실망하고—분리됩니다. 그리하여 그것은 변질됩니다(마요네즈처럼).

b) 열거는 물론 실망의 강력한 집행자입니다. 그것은 일반화되고 체계화됨으로써 우연성, 불확실성으로부터 벗어나 어떤 한 구조를 참조케 합니다. 어쩌면 실망의 히스테리가 존재할지도 모릅니다(무기력 상태 히스테리, 졸림 히스테리, 실패 히스테리처럼 말입니다). 심리적으로 그것은 싫증을 느끼게 되는 것, 힘든 것, le chaouchoun[99](유치한 것)과 관련이 있습니다.

그런데, 이상하게도 『부바르와 페퀴셰』의 실망을 주는 열거는 상동相同적으로, 그리고 상징적으로 성적 행위에 대한 실망스러운 열거를 반복합니다. 그런 열거는 '당직실에 관한' 외설스러운 한 대중가요 속에도 등장하는데, 어쨌든 전체를 인용해보겠습니다. 그만큼 이 노래는 본보기가 됩니다. '장 질의 콤플렉스'('장 질 나의 사위Jean Gilles mon gendre')라는 노래가 바로 그것입니다. 나는 후렴을 제외하고는 전혀 생략하지 않겠습니다.

— Beau-père, mon beau-père,

로 그것이 미슐레가 한 일이다. 조사해서 묘사하고 검토하여 평가한 재료들의 혼합 원리를 제시했던 것이다. 프랑스의 음성적 중심을 변방 지대, 즉 양성적인(따라서 불완전한) 프랑스로 둘러쌌던 아주 특별한 그 극성 덕분에 프랑스는 무한한 화학적인 국가일 뿐이며, 국가의 부분들의 배열 그 자체에 의해 유지된 그 공간 속에 존재할 뿐이다."(*OC*, t. 1, p. 311)

99 바르트는 콜레주 드 프랑스의 첫 강의인 '어떻게 함께 살 것인가'(édité par Claude Coste, Paris, Seuil, 2002, p. 109)에서 이 어휘를 설명하고 있다. 남서부 지역 가스코뉴 지방 사투리인 'chaouchoun'은 변덕스러운 응석둥이를 가리킨다.

Je viens me plaindre à vous.

— De quoi vous plaignez-vous,

Jean Gilles, mon gendre?

Ma fille est toute à vous.

— Oui mais que faut-il faire,

Quand nous sommes entre nous?

— Que ne la baisez-vous?

Ma fille est toute à vous.

— Oui mais, si je la baise,

Des enfants elle me fout.

— Que ne la pelotez-vous,

Jean Gilles mon gendre?

Ma fille est toute à vous.

— Oui mais si je la pelote,

Ses seins deviendrons mous.

— Que ne la branlez-vous,

Jean Gilles, mon gendre?

— Oui mais si je la branle,

On se foutra de nous.

— Que ne la gougnotez-vous,

Jean Gilles mon gendre?

— Oui mais si je la gougnote

Ça me laiss'ra comme un goût.

— Que ne l'enculez-vous,

Jean Gilles mon gendre?

Ma fille est toute à vous.

— Oui mais si je l'encule

Elle me chiera partout.

— C'est vous qui me faites chier,

Jean Gilles mon gendre.

Zut, merde, et branlez–vous!

— 장인어른, 장인어른

장인어른께 불평이 있어 왔습니다.

— 무슨 불평인가

장 질, 내 사위여?

내 딸은 온전히 자네 것이네!

— 예, 하지만 어떻게 해야지요,

우리끼리 있을 때는요?

— 왜 자네는 그 애를 따먹지 않는가?

내 딸은 온전히 자네 것이네!

— 예, 하지만 제가 그녀를 따먹으면

그녀는 제게 애들을 내지를 텐데요!

— 왜 자네는 그 애를 애무하지 않는가,

장 질, 내 사위여?

내 딸은 온전히 자네 것이네.

— 예, 하지만 제가 그녀를 애무하면

그녀의 가슴이 물러질 겁니다!

— 왜 자네는 그 애의 성기를 애무하지 않는가?

장 질, 내 사위여?

— 예, 하지만 내가 제가 그녀의 성기를 애무하면

사람들이 우리를 조롱할 거예요!

— 왜 자네는 입으로 성교를 하지 않는가,

장 질, 내 사위여?

— 예, 하지만 제가 입으로 그녀의 성기를 자극하면

그것은 제게 맛처럼 남을 거예요!

— 왜 자네는 비역을 하지 않는가?

장 질, 내 사위여?

내 딸은 온전히 자네 것이네!

— 예, 하지만 제가 비역을 하면

그녀는 어디서나 제게 싸지를 거예요!

— 자네는 나를 참 지겹게 만드는군,

장 질, 내 사위여.

이런, 젠장! 그러면 자네 성기나 수음하게!

열거 형식과 실망 사이의 분명한 관계를 검토할 필요가 있을 것입니다. 열거(그 내용이 어떤 것이 됐든)는 사실 늘 실망을 줍니다. 그런데 플로베르는 그 열거의 정수를 가장 잘 보여준 작가일 것입니다(『성 앙투안의 유혹』 『살람보』). 흥미로운 것은 열거는 (명세 목록에 대한) 창의력을 전제로 하는데 종종 승리의 탈을 쓰고 있다는 것입니다(아이스킬로스, 『페르시아 사람들』의 목록, 자신이 했던 모든 것과 원하는 모든 것을 헐떡거리면서 이야기하는 아이). 우리는 (클라인[100]의 편집광적인 승리자 의식에서처럼) 급속한 자아의 팽창과 그에 뒤이은 그 자아의 냉혹한 수축으로 상상계의 한가운데에 있게 됩니다. 이 편집광적─우울증적 구조는 소아 우울증에 해당합니다. 그런데 『부바르와 페퀴셰』가 분명 그 경우입니다. 그런데 우리의 노래에서 장 질과 그의 장인이 열거(성적인 승리)와 그 열거의 실망의 주인으로 하나의 주체를 이루는 것은 분명합니다.

결론……

플로베르는 이렇게 말합니다. "그렇다. 결론을 내려 하는 것은 어리석은 짓이다." 그러므로 나는 결론을 내지 않을 것입니다. 어리석게 그렇게 해야 할 의무가 없으니 말입니다. 설령 결론을 내지 않더라도 『부바르와 페퀴셰』에서 집요하게 나의 흥미를 끄는 것, 즉 결코 멈추지 않는 것으로서의 언어기계, 혹은 언어의 프리휠la roue libre, 아니면 발화 행위 정도들의 배열bathomologie[101]의 관점에서 이 일곱 문장을 분석할 필요가 있습니다.

1.

먼저, 플로베르가 그 코드를 준수하는─그는 코드 준수 문제에 있어서 과장해서 말합니다─바 그대로의 문장 속에서, 언어 행위의 멈춤, 발화 행위의 정지, 정지 상태의 착각을 야기하는 모든 것을 제시할 필요가 있습니다.

---

100 연애 담론에 대한 그의 세미나에서 바르트는 정신분석학자 멜라니 클라인Mélanie Klein의 작품을 꾸준히 참고한다. "(잘 알듯이, 연애 담론과 관계가 아주 많은 소아 우울증의 몇몇 계기에 대해 멜라니 클라인에 의해 소개되고 묘사된) 승리자 의식: 자아는 자신을 중시함으로써 인위적으로 더 강해진다. 어떤 일이 일어나도 내게는 항상 자아가 남아 있다."(코르네유의 『메데이아』 참조. OC, t. 5, p. 240) '승리감'에 대해서는 멜라니 클라인의 『정신분석 시론』, Paris, Payot, 1968, p. 349 참조.
101 바르트의 작품에 자주 등장하는 신조어 'bathomologie'는 의미 효과의 복수성과 배열을 가리킨다(그리스어 'bathmos'는 'degré(급, 정도)'를 의미한다).

a) 먼저, 완전한 의미의, 완전한 의미로 가득 채워진 공간으로서의 문장의 착각에 유의할 것입니다(술어 기능의 핵인, 포르루아얄의 논리학[102]과 관련 있는 고전적 정의, 고대 수사학). 완전한 의미라고요? 그것은 다음의 두 기교에서 발생하는 한 착각입니다.

— 가능한 한 자주 보이는, 인과성 관계의 이환율(원인에서 결과로 이동합니다).

— 제어, 즉 실은 촉매 작용의 제어. 촉매 작용에 굴하는 것, 그것은 문장과 의미를 끝없이 드러내는 것이며, 문장의 '특별한 실질'을 상실하는 것입니다(발자크에 대한 프루스트의 말에 따르면). 절도 있고 용의주도한 생략, 이를테면 그렇게 두드러지지 않는 생략은 의미를 넘치게 할 수 있을 망각을 야기합니다. 생략은 사고체에 직접 맞추어 만들어질 한 문장의 착각을 야기합니다(플로베르는 그것에 아주 뛰어납니다. 그는 고급 재단사입니다).

b) 다음으로, 우리는 모든 종료의 조작자, '주의하시오, 종지부입니다. 이 뒤로는 더 이상 아무것도 없습니다!'라고 말하는 모든 기교(언어의, 문장의 선조성으로 보아 그것은 '이 뒤로는 더 이상 아무것도 없습니다'와 관련이 있습니다), 문장에 내재하는 모든 대칭, 대구에 유의할 것입니다. 우리는 문장 4에서 문장은 하나의 외피처럼, 둘러싸고 있는 닫힌 막처럼 기능하며, 그런 식으로 커플을, 보기 드물게 완전한 이데올로기적인 의미를 이루기까지 하는 것을 보았습니다.

---

102 '포르루아얄의 논리학'은 일반적으로 (포르루아얄 수도원과 얀센주의와 관련 있는) 앙투안 아르노와 피에르 니콜의 저서 *La Logique, ou l'Art de penser* (1662)를 가리킨다. 언어를 사고의 표현으로 여기는 그 분석들은 19세기 중반까지 기준으로 이용된다.

발화 행위(사실상 발화체)의 정지는 플로베르에게 너무 훌륭해서 플로베르의 문장은 (술어적인) 규범적 문장의 정수 그 자체를 완성하는 것 같습니다. 명제적인 플로베르의 문장은 진리를 제시합니다. 그렇기에 나는 이렇게 말할 수 있었습니다. "플로베르의 문장은 진리와 현실세계와 지시대상과 외시에 대한 활인화活人畫다"라고 말입니다. 그것은 바타유[103]가 말하는 사물의 단순한 상태입니다. 플로베르의 문장은 항상 남아 있는 것이 아무것도 없는 것처럼 보입니다. 마치 자연(발레리[104]가 말했던 것처럼 지연은 등등et caetera을 포함하지 않는 유일한 것이다)처럼 말입니다.

2.

이 모든 것은 플로베르의 문장을 완벽한 한 언어 블록, 완결된 한 블록으로 만드는데, 그 블록 안에서 언어 행위는 멈춰서, 새어나오지 않아, 표출하지 않기에 아무에게도 전달되지 않습니다(발화 회피carence allocutoire 참조). 그렇지만 이 블록은 구조 내부의 은밀하고 비밀스러운 해체에 따라 플로베르가 원하는 은밀한 균열들을 갖습니다.

a) 특별한 형식, 개인어의 구조가 반복되어 연장될 때(플로베르의 문장이 그 경우입니다), 그것은 반복해서 모사되는 것처럼 보여 스스로 계열체가 되어버린다는 것을 기억할 필요가 있습니다. 모든 저자는 그 자신과

---

103 이 책 548쪽의 주 76을 볼 것.
104 "등등Et cetera. Et cetera. 말라르메는 이 단어-행위mot-geste를 좋아하지 않았다. 그는 그것의 사용을 금지했다. 나는 그것의 사용을 즐겼으며, 그 즐김에 놀랐다. 정신은 그보다 더 특별한 반응을 갖지 못한다. 그 대화가 개입하게 하는 것은 바로 그 정신이다. 자연에는 등등Etc이 없다. 총체적인 열거. 전체에 대한 부분은 자연에 존재하지 않는다. 정신은 반복을 용인하지 않는다. 정신은 단수용으로 만들어진 것 같다. 이번에야말로. 정신은 법칙과 단조로움을 깨닫자마자 그것들을 버려버린다."(*Cahiers*, t. 1, Paris, Gallimard, coll. Bibliothèque de la Pléiade, 1973, p. 983)

패러디 관계에 있습니다. 뿐만 아니라 아주 역설적이지만 바로 그 점에서 글쓰기는 세계를 위해 언어 전체를 가져다줍니다. 바타유는 이렇게 말합니다. "세계는 전적으로 패러디적이다. 다시 말해 우리가 바라보는 각각의 것은 다른 것의 패러디거나, 같으면서 기만하는 형태를 띤다."(Anus solaire[105]) 플로베르의 문장은 이러한 기만적인 패러디입니다. 즉, 자기 자신의 패러디일 뿐 아니라, '형식'과 '내용'을 떼어놓을 수 없는 것처럼 진실과 외시의 패러디입니다. 어쩌면 플로베르의 자랑거리와 솜씨는 '완벽한'(완결된) 형식(이 형식은 그 완벽성에 의해 지시 대상을 일종의 출혈 상태에서 소실되게 합니다)을 이용하여 기만적인 패러디 기술을 만들어내는 것이었는지도 모릅니다. 사실, 정반대로, 말을 하기 위해 모색하는 것은 진실이 있다는 것을 암시할 것입니다. 거짓과 공의空意, 파악하기 어려운 것, 멈출 수 없는 것만이 분명한 것입니다. 그러니 이 역설에 익숙해져야 합니다.

b) 또 다른 해체 지점: 내가 문법적이 아닌, 발화 행위의 추론적 성격과 기저 도식 속의 구조적 파괴로서 파격(파격 장소들)이라 불렸던 것. 그 예로 나는 두 진실의 파격(문장 1 속의 과학적 진실과 평범한 진실, 그리고 문장 5 속의 콜레주 드 프랑스)을 들 것입니다. 또한 나는 흔히 파격의 표시인 플로베르의 'et'의 역설적인 역할을 환기시킬 것입니다. 플로베르에게서는 항상 이 두 운동(단절하는 것, 단절을 중단시켜 미끄러지듯 스며들게 하는 것)을 확인할 수 있습니다. 전복의 '위선'에 관한 문제겠지요? 이것은 연구해 볼 만하며, 가치 있는 연구거리가 있을 것 같습니다.

c) 우리는 다시 한번 은밀한 해체, 즉—플로베르 고유의 특징인—파

---

105 1927년에 출간된 『태양의 항문』(*Œuvres complètes*, t. 1, Paris, Gallimard, 1970, p. 81)의 첫 문장과 관련된 설명이다.

격과 관련이 없지 않은 열거를 특기할 것입니다. 열거하는 'et'는 겉으로는 논리적인 열거자로, 동질의 단위들을 결합시키는 어큐뮬레이터(누산기) 같지만 실제로는 그렇지 않습니다. 축적되는 것, 전개되는 것은 이질적이며 혼합적입니다. 플로베르의 열거는 기괴한 것의 미학의 기반이 됩니다(머리를 갑자기 돌리는 아이 또는 새 참조). 이것은 프루스트의 파스티슈에 많이 보입니다. 다른 한편, 열거는 키치(디스플레이, 기괴한 전시)의 정수 그 자체라는 것을 우리는 보았습니다(문장 3). 마지막으로, 열거는 실망의 강력한 조작자입니다(문장 7). 열거는 모든 가능한 결론을 거부하고, 궁지 속에서 약화되어 주이상스를 더 뒤로 연기시키기 때문입니다(장 질의 콤플렉스).

문장의 해체에 대한 그 방법들의 원칙은 무엇입니까? 어떤 점에서 그 방법들은 무한한 언어 기계들의 일반적인 문제와 관련이 있는 것입니까? 나는 이렇게 요약할 것입니다. 플로베르의 창조는 그 창조의 질서(전형적으로 아주 훌륭한 문장)를 제시하는 동시에 그 질서를 망가뜨립니다. 플로베르의 창조는 『빨간 망토를 두른 소녀』에서처럼 더 잘 망가뜨리기 위해 그 질서를 제시합니다. "할머니, 할머니 이빨이 정말 크네요! — 너를 더 잘 잡아먹기 위해서란다, 애야." 플로베르는 헌신적인 노예의 순종으로 고전적인 언어 질서를 받아들입니다. 하지만 슬그머니 몇몇 표정을 통해 그 질서를 망가뜨립니다. 그런데 심지어 그런 식으로 그는 문장의 차원에서 거시구조로서의 『부바르와 페퀴셰』가 계속해서 말하는 것을 한 번 더 되풀이하여 말합니다. 언어에는, 언어들에는 내용과 끝이 없다는 것을, 언어들은 마침내 언어의 진실이, 다시 말해 진실의 불가피한 면제인 모사가 드러날 때까지 돌고 돈다는 것을 말입니다.

3.

그러므로 우리는 모사 이야기로 다시 돌아옵니다. 그리하여 주제의 중요성 그 자체로 우리는 역사, 대역사, 기념비적인 역사라는 주제에 이릅니다. 부바르와 페퀴셰는 어떻게 그 역사에 기록되는가?

a) 몇 세기 동안 유럽의 모든 문학은 미메시스(지시 기능은 넓은 의미에서 사실주의를 정의합니다) 위에 세워졌습니다. 여기에는 (어쩌면 이전에는 여기저기) 또 다른 미메시스, 즉 언어의 미메시스가 자리잡고 있습니다. 그런데, 단번에 이 미메시스는 유명무실한 것sans fond으로 규정(묘사)됩니다. 모든 것은 모사되기에, 원본은 끝없이 뒷걸음질 칩니다. 그리하여 이 뒷걸음질 속에서 원본은 또 다른 모사들을 낳습니다. 예를 들면:

— 모든 지식은 담론과 마찬가지로 전파됩니다. 그것들은 모두 궁지에 빠집니다. 그러니 모사밖에 남지 않습니다.

— 부바르와 페퀴셰는 편집적이고 히스테릭하며 변태적인 역할 등 정신분석학의 모든 '역할'을 차례로 거칩니다.

— 각 언어는 고급 차원에 비해 어리석음의 차원입니다. 그러나 이 차원 자체는 그 언어를 어리석게 만드는 새로운 돌출에 의해 관장됩니다. 그런데 이것은 그 운동의 끝을 알아볼 수 없습니다.

— 샤비뇰(프랑스)은 어리석다.

— 부바르와 페퀴셰는 어리석음 A인 샤비뇰을 관장한다. 그들은 영리하고 도덕적·정치적으로 전복적이다.

— 플로베르는 A와 B를 관장한다. 그는 어리석음이 갑자기 나타나게 한다.

— 우리는 A B C (사르트르와 플로베르) 등등을 관장할 수 있습니다.

이 해독에 대해서는 신회의주의자들(섹스투스 엠피리쿠스)의 두 번째 논거인 끝없는 뒷걸음질과 유사합니다.[106] 하지만 언어와 관련해서는 '끝없는'보다는 '끊임없는'이라는 말이 더 나을 것입니다. 언어는 만년력의 구조를 가지고 있습니다(아르고 범선[107] 참조).

b) 우리는 주제의 유형학(주제들이 언어 행위를 중지시키는지 아닌지, 언어에 박공을, 고정 장치를 마련해주는지 아닌지, 또는 그 언어가 프리휠로 가도록 내버려두는지에 따른 유형학)을 생각해내고—물론 다듬을 수 있을 것입니다.

— 언어 행위를 중지시키지 않는 주제들: 수다쟁이, 광인, 아이(재잘거림), 텍스트를 육필로 쓰는 사람scripteur-textuel, 부바르와 페퀴셰.

— 언어 행위를 중지시키는 주제: 무엇보다 정치적·신학적·성적인 운동가(독단론자), 이데올로기적인 주제.

c) 그러므로 이 말을 반복해서 할 필요가 있습니다. 플로베르의 객체는 언어, 어법들이라는 말을 말입니다. 주체는 언어와 실랑이를 벌이는 인간입니다. 어법들은 양파처럼 언어의 표피들, 껍질 이외에 아무것도 아

---

106 "보다 최근의 회의주의자들은 우리에게 잠정적인 동의의 중단에 대해 다섯 가지 형태를 전해주었다. 첫째는 대립, 둘째는 끝없는 연기, 셋째는 상대성, 넷째는 가언적인 것, 다섯째는 순환논법이다. (···) 끝없는 연기에 의거하는 형태는, 검토하는 것에 대해 확신을 가져다주기 위해 제공된 것은 또 다른 보증을 필요로 하고, 이 보증은 다시 또 다른 보증을 필요로 하고, 그렇게 끝없이 되풀이되는 형태를 말하는데, 우리가 어떤 것을 정립시킬 수 있게 해주는 논거가 없기에 잠정적인 동의를 중단하는 상황에 이르게 된다."(Sextus Empiricus, *Esquisses pyrrhoniennes*, trd. fr. Pierre Pellerin, Paris, Seuil, 1997, I, 15, p. 141)

107 황금양모를 찾기 위해 이아손과 그의 동료들이 승선하는 아르고 범선. 바르트는 그것을 자주 참고한다. 특히, 「아르고 범선」(1975)을 참고할 것. "흔히 볼 수 있는 이미지. 아르고 범선을 탄 그리스 영웅들이 부품들을 조금씩 교체했던 (번쩍이는 흰색의) 이 배의 이미지. 그리하여 그들은 결국 이 배의 이름도 형태도 변화시키지 않고 완전히 새로운 범선을 가지게 되었다."(*OC*, t. 4, p. 626) 만년력으로서의 아르고 범선은 다시 만들어지지만 항상 자신의 모습을 잃지 않는 어떤 구조들이다.

니기 때문입니다. 그것은 어떻게 역사 속에 위치하지요?

라이프니츠는 자신의 머릿속에 모든 (과학적인) 지식을 가질 수 있었던 최후의 인간이었다고들 말합니다. 이후로, 그처럼 지식을 수집하는 일은 여러 번에 걸쳐서밖에 이루어질 수 없는데, 이로부터 백과사전에 대한 아이디어가 나옵니다. 마찬가지로 프랑스에서는 발자크가 혼자 사회에 대한 모든 지식을 가질 수 있었던 최후의 인간이었으며, 이후로 '사회' 소설은 여러 번에 걸쳐서밖에 쓰여질 수 없을 것입니다.

지식 백과전서? 그것은 디드로로 인해 성공을 거둡니다. 이후로, 그것은 소극笑劇으로 다시 나타납니다(또는 유지됩니다). 그러므로 『부바르와 페퀴셰』는 소극 백과사전une encyclopédie-farce('소극으로 된 일종의 백과사전'108)인 것입니다. 오늘날, 『부바르와 페퀴셰』는 아마 작은 별장이나 농가를 한 채 사서, 알파나 보르다스109 같은 백과사전을 읽고, 병아리를 키우고(실패할 것입니다), 수공으로 옷감을 짤 것이며(팔리지 않을 것입니다), 마르크시즘과 구조주의, 정신분석학, 생물학 등에 대해 차례로 심취하게 될 두 타이피스트일 것입니다.

그러므로 플로베르 시대에 지식 백과사전은 익살스러운 단계에 해당합니다. 그러나 지식 백과사전은 플로베르로 인해 또 다른 한 백과사전, 즉 어법 백과사전으로 대체됩니다. 이것은 내용이 진지할 수 없습니다. 그렇기에 그것의 어조와 에토스는 불확실한데, 언어, 어법들은 진실 안

---

108 "이것은 소극으로 된 일종의 비평 백과사전을 모사하는 그 두 영감에 대한 이야기입니다."(귀스타브 플로베르, 에드마 로제 데 주네트에게 보내는 편지, 1872년 8월 18일. *Correspondance*, t. 4, Paris, Gallimard, coll. Bibliothèque de la Pléiade, 1998, p. 559)
109 보르다스와 알파는 대중용 백과사전을 출판했다. 1970년대 초 알파 백과사전은 매주 낱권을 출판했는데, 그것들은 후에 책으로 제본되었다.

에 있지도 밖에 있지도 않기 때문입니다. 그런데 그것은 분명 플로베르의 에토스입니다. 확신을 갖지 못하여 어느 누구도 아직 플로베르를 분명하면서도 불확실한 발화자로 바라보지 못했습니다.

플로베르는 어법들로 가득 차 있습니다. 하지만 어떤 어법도 결정적으로, '진정으로' 지배적이지 않습니다. 한 대상은 소극 수준으로 밀려난 백과사전이 아니라 사전, 훨씬 더 낮게 말한다면 관용구 사전(『리트레』 사전의 항목들)이라는—하이퍼 의미적hypersémantique이며 불충분한 독단론적인sous-dogmatique—동일한 기능을 가집니다. 사회 통념 사전에서 중요한 단어인 생성기는 '사회 통념'(어리석음)이 아니라 '사전'이라는 단어입니다.

제 5 부

서신 교환

1.

롤랑 바르트가 르네 샤르에게

르네 샤르René Char(1907~1988)와 롤랑 바르트가 만난 적이 있다고 생각할 만한 여지는 없다. 『고전주의 시대에 있어서 광기의 역사』(Gallimard, 1961)에서부터 『자기에 대한 배려 Souci de soi』(Gallimard, 1984)에 이르기까지 미셸 푸코가 집요하게 이 시인의 작품과 나눈 것과 같은 무언의 대화에 대해서도 마찬가지다. 그렇지만 샤르는 바르트의 첫 작품 『글쓰기의 영도』에 처음 언급되는 생존하는 시인의 이름이다. 어떤 면에서는 시가 '문학'의 신화 형식을 참조케 하는 그 책에서 샤르는 프랑시스 퐁주, 앙리 미쇼와 함께 그 인위성, '그 장황한 문체', 보통 '시적 감정'이라 불리는 '그 소중한 감동의 여운'에 의해 시적 글쓰기의 쇠퇴를 모면한다. 샤르의 말대로라면 '말'은 곧 '주거'이며, '갑작스러운 진실의 폭로로 식량이 되어 욕구를 충족시켜준다.' 그리하여 바르트는 이렇게 덧붙인다. "이 진실을 시적인 질서라고 말하는 것은, 하지만 시의 말은 전체total이기에 절대로 오류가 있을 수 없다고 말하는 것이다."[1] 그 후 바르트는 자기 자신의 독서에 의해서든 모리스 블랑쇼나 로제 라포르트 같은 그의 친구들의 독서에 의해서든 샤르의 작품을 참조할 것이다.

---

1   *OC*, t. 1, pp. 196~202.

1955년 3월 5일

선생님,

곧 출판될 선생님의 아주 좋은 책2을 저에게 헌정할 생각이라는 말씀에 크게 감동받았습니다. 혹시, 제가 할 수 있겠다고 느껴질 때 그에 관해 말씀드리도록 하겠습니다⋯⋯3 현재로서는 선생님께 저의 친근감과 선생님에 대한 깊은 찬미의 감정을 말씀드리는 것이 최선의 방법이며 수사가 가장 덜한 일인 것 같습니다.

롤랑 바르트

1968년 11월 18일

선생님께서 보내주신 책4과, 그 책에 곁들인 몇 마디 말씀에 깊은 감사를 드립니다. 아울러 선생님에 대한 깊고 변함없는 마음을 전합니다.

롤랑 바르트

---

2 같은 해에 갈리마르('에스프아' 총서로 알베르 카뮈가 관장했다)에서 출판된 『밑바닥과 꼭대기를 찾아서Recherche de la base et du sommet, suivi de Pauvreté et privilège』를 가리킨다.
3 바르트는 샤르의 시 모음집과 뉴욕에 관한 그 책의 제목을 암시한다.
4 『쏟아지는 빗속에서Dans la pluie giboyeuse』(Gallimard, 1968)를 가리킨다.

à Roland Barthes
avec ma très vive
sympathie

R. Ch

RECHERCHE
DE LA BASE ET DU SOMMET
SUIVI DE
PAUVRETÉ ET PRIVILÈGE

바르트를 위한 르네 샤르의 헌사

바르트의 편지들

DANS LA PLUIE GIBOYEUSE

à Roland Barthes.
cette espèce de deuxième
vie de Rancé'...
    En très fidèle souvenir
et amitié.
            René Char

2.

롤랑 바르트가 조르주 페로스[5]에게

바르트는 그의 어떤 책에서도 조르주 페로스(1923~1978)의 이름을 언급한 적이 없다. 그렇지만 페로스가 자신의 책에서 바르트의 작품을 참고한 것과, 바르트가 그에게 보낸 편지를 보면 둘 사이가 아주 가까웠다는 것을 확인할 수 있다. 그들은 1954년 미셸 뷔토르와 피에르 클로소프스키와 함께 만났는데, 피아노와 연극, 글쓰기에 대한 취향을 공유하며 작은 모임을 이루었다.[6] 1960년대 초 페로스가 브르타뉴 지방에 은둔해 살게 되자 그 지리적인 거리가 그들이 서로 '편지를 교환'하게 하는 큰 동기가 되었던 것 같다. 지리적일 뿐 아니라 '신화적인' 거리다. 그만큼 페로스의 브르타뉴는 바르트의 바스크 지방과는 다르다. 연극과 (바르트와 페로스가 파리에 있는 클로소프스키 부부의 집에서 연탄連彈하면서 연습했던) 피아노 이상으로 글쓰기, 특히 단편적인 글쓰기가 있다. 바로 그 '단편'이 바르트로 하여금 페로스에게 1962년 블랑쇼의 '국제 비평지' 창간 시도에 참여할 것을 요구하게 만든다. 그는 그리하여 그에게 이렇게 편지를 쓴다. "뛰어난 단편에 있어 자신감이 넘치는 자네는 이 일에 안성맞춤인 사람이네. 동봉하는 블랑쇼의 메모는 이 비평지의 방향을 말해줄 것이네. 문학이 세상에 던져야 하는 그 간접적인 강렬한 빛인 몇 편의 단편으로 참여해주게."[7] 바르트에 대한 페로스의 공개적인 논평을 넘어 페로스가 미셸 뷔토르에게 보낸 편지들은 서로 간의 찬미와 말 없는 우정을 짐작케 한다. "저는 바르트의 작은 책(『비평과 진실』)을 받았습니다. 언제나 그렇듯이 아주 재미있습니다. 그런데 그 속에는 작품에 대한 아주 놀라운 향수가 있습니다. 그런데 바르트의 글 세 줄에는 요즘 우리 젊은 창작인들의 100쪽에서보다 더 많은 '창조'가 있습니다."[8] 우리는 조르주 페로스가 롤랑 바르트에게 보낸 편지는 발견하지 못했다.

---

5 조르주 페로스Georges Perros(1923~1978)는 프랑스 작가이자 연극배우다. 작품으로는 『푸른 시 Poèmes bleus』(1962), 『콜라주 작품들Papiers collés』(1973) 등이 있다.—옮긴이

6 373쪽의 미셸 뷔토르에 대한 설명을 볼 것.

7 1962년 12월 28일자 편지를 볼 것.

8 미셸 뷔토르, 조르주 페로스, 『서한 1955~1978』, *op. cit.*, p. 220.

[1954년 6월 1일] 화요일, [파리에서]

친애하는 친구,

자네가 혹시 내 주소를 모를 것 같아서. 파리 제6구, 세르방도니가, 11번지, 당통 95-85이네.[9]
자네가 이사를 했는지도 궁금하네. 그래서 어디로 가야 자네를 만날 수 있을지 잘 모르겠네. 이 편지 받으면 약속을 잡자고. 내게 전화 한 통 부탁하네.

이만 줄이네.

롤랑 바르트

---

9 바르트는 팡테옹 광장의 아파트에서 세르방도니가로 이사한다. 그는 그곳에서 죽을 때까지 산다.

1955년 2월 7일, [파리에서]

친애하는 친구, 자네를 잊지 않고 있네. 지금 자네가 파리에서 너무 멀리 있어[10] 마음 아프기는 하지만 자네의 편지를 받고 기뻤네. 나는 갈수록 더 마음이 산란해져서 걱정하며 세월을 보내고 있네. 연극에 관한 '체계'에 부딪혀 모든 것이 어렵네. 브레히트의 이론에 매료된 우리는 브레히트적인 위기에 직면해 있어. 우리는 문제를 아직 잘 이해하지 못해서 우리가 보는 (심지어 경험으로 보아 형편없는) 모든 연극에 대해 완전히 해로운 영향력을 발휘할 뿐이네. 게다가 이것은 잡지에서 관계의 긴장과 단절을 유발하고 있네.[11]

게다가 나는 마침내 '이해관계를 떠난' 글을 시작하기 위해 약속했던 원고들을 써서 넘겨주려 노력하고 있네. 그러나 쉽게 되지가 않네. 그래서 좀 도형장 같네. 이제 CNRS에 내야 할 이력서 작성에 신경을 써야 할 것 같네. 조금은 진지한 사회학에서만 나의 모습을 되찾을 것 같기 때문이야.[12] 나는 사실 연극에 대해 진저리가 난다네. 그런데 어떻게 하면 성공적으로, 다시 말해 어떤 하찮은 짓을 하면서 거기에서 빠져나올 수 있을지 잘 모르겠네.

자네도 알고 있듯이, 자네가 떠난 뒤로 별로 변함이 없네. 파리에 잠시

---

10 조르주 페로스는 뫼동 벨뷔 구역 오뵈프가를 떠나 생말로에서 살고 있었다. 그는 1956년에서 1959년 사이 뫼동에 다시 돌아와 살다가, 브르타뉴의 두아른네즈로 아주 은둔해버린다.

11 1954년 3월자 로베르 부아쟁에게 보낸 편지를 볼 것.

12 2월 26일, 바르트는 'Recherche sur les signes et symboles sociaux dans les relations humaines (domaine français contemporain)'이라는 제목의 계획안을 제출했다. 페르낭 브로델과 뤼시앵 페브르의 찬사 어린 지지 덕에 바르트는 1960년까지 그 연구소에 자리를 얻게 된다.

오지 않겠는가? 자네를 만나고 싶네.

적어도 자네의 소식이라고 전해주게. 줄이네.

R. 바르트

파리 제6구, 세르방도니가 11번지

[1955년 2월 18일] 금요일

친애하는 친구,

파리에 오도록 노력해보게. 좀 보세. 도착하면 바로 알려주게. 그런데 나는 3월 6일에서 12일까지는 영국에 있다네.[13] 알고 있게. 자네를 몹시 보고 싶어하는 것은 어리석은 일일 테지.

곧 볼 수 있기를. 지금, 자네를 도울 일은 없는지?

우정을 전하네.

바르트

13　바르트는 BBC에서의 일련의 방송 때문에 런던에 간다.

[1956년 5월 18일] 금요일

자네, 편지 고맙네. 전화에서 자네에게 소홀히 대한 것 같아 여전히 너무 아쉽네. 정진하기를. 또 전화하게. 다음 주 중 자네와 점심이나 저녁을 함께 하고 싶네.

나는 여전히 건강이 아주 안 좋아! 그래서 무기력하게 지내고 있네. 내게는 한 가지 생각밖에 없네. 『신화론』을 쓰는 것이네. 그런데 아주 힘이 드네. 어떠한 증거도 없이 행동하고 있다는 느낌 속에서, 정말 맹목적으로 하고 있다네. 모두에 맞서 고집스럽게 그것을 출판하려는 것 같다는 느낌이 들어. 어쩌면 그게 '글을 쓴다는 것'일 테지.

자네 전화를 기다리네. 우정을 전하네.

RB

[1956년 9월 중순] 금요일

　자네의 소식에 기뻤네. 잊지 말고 또 소식 주게. 얼마 전 앙다이에서 완전한 고독 속에서 일만 하며 한 달을 보냈네. 알다시피, 우리는 우리 힘의 최고치를 넘어서고 있는 것 같군! 내 작업의 주제에 대해 불안이 일상화되어 있었지만 의지가 약하고 질척거리는 지적 능력으로 너무도 많은 것을 해결했던 작년의 그 한 달에 대해 좋은 추억을 지니고 있는 것도 사실이네. 나는 신화론에 대한 나의 이론적인 글[14]을 썼던 것뿐이네. 끝이 났네. 몇 곳만 수정하면 되네. 그런데도 나는 이런 나 자신으로부터 벗어나지 못하고 있어. 아니 더 정확히 말하면, 그러리라 생각했던 것처럼 나는 그 일에서 벗어나지 못했네. 그렇지만 지적인 관점에서 그것이 내게 별것 아닌 것이라고는 생각하지 않네. 마르크스주의적인 터부들을 넘어 감히 형식주의 개념을 정면으로 바라보면서 일보 전진했다고 생각하기 때문이네.

　파리에 돌아온 뒤로는 한 일이 별로 없네. 그렇지만 나는 며칠 일정으로 나도와 함께 취리히로 떠난다네.[15] 그곳에서 몇몇 문학 관련 러시아 사람을 만날 걸세. 이어 어쩌면 잠시 이탈리아로 갈 것 같네. 파리에는 10월 15일쯤 돌아올 것이네.

　겨울에는 파리에서 자넬 보지 못하는가? 내게 사흘 정도의 여유와 자동차가 있게 된다면 자네의 정어리도 함께 좀 나눠먹고 또 내게 완전히 낯선 그 지방도 구경할 겸 가보려 노력하겠네.[16]

14　「신화, 오늘」이라는 제목의 『신화론』의 후기를 가리킨다.
15　1956년 9월 28일자 로베르 부아쟁에게 보낸 편지의 주 84를 볼 것(이 책 267쪽).
16　조르주 페로스는 그 당시 두아른네즈에 있었다.

잘 있게. 친애하는 조르주.

롤랑

1956년 12월 9일

친애하는 친구,

자네를 좀 볼 수 없겠는가? 파리로 와서 자네의 지혜로 모든 지식인의 균형을 되찾아주게. 그들은 완전히 미쳤네. 나는 사회학(그것은 아주 정적주의적이네)과 자질구레한 많은 글로 그들에 맞서고 있네. 정말, 자네는 언제 오는가? 자네를 무척 보고 싶네.

롤랑

〔1957년 1월 26일〕 토요일

자네, 정말 보고 싶네. 망설임을 막기 위해 장소와 날짜를 제안하겠네.
1월 31일 목요일 저녁 6시 30분 라르슈.17 조용히 술 한잔하세.
괜찮으면 답장을 보내지 말고 목요일에 보세. 그렇지 않을 경우 전화를
주게, 당통 95-85.

곧 또 보세,
이만 줄이네.

R. 바르트

---

17 라르슈 출판사를 말한다. 바르트는 1954년부터 1955년까지 그곳의 문학고문이었다.

[1957년 8월 26일, 이탈리아] 라스페치아에서[18]

한 달 전부터 친구 올리비에[19] 곁을 꼼짝 못하고 지키고 있네. 그의 척추뼈가 두 개나 나가버렸네. 모든 면에서 아주 힘이 들어. 하지만 건강은 좋아지고 있네. 우리는 앙다이로 돌아갈 걸세. 만약 자네가 9월 초 파리에 오게 되면 그곳으로 몇 자 보내주게.

잘 지내게.

롤랑
에체토아
앙다이해변 BP

---

18 카드에는 라스페치아의 정경이 인쇄되어 있다.
19 올리비에 드 메슬롱. 장 케이롤에게 보낸 1956년 4월자 편지 속의 그 인물(이 책 355쪽).

[1957년 9월 22일] 일요일

친애하는 조르주,

나는 바다를 바라만 보네.[20] 물속으로 들어가지는 않네. 물 밖에만 있으면 너무 엉뚱한 일이라 생각하여 물속으로 뛰어들어가야 하는 것은 어리석은 짓이네.

곧 파리로 돌아가네. 자네에게 바로 기별하겠네. 정말, 뭔가 피아노 연주를 좀 해보세.

롤랑

---

20 이 편지는 생장드뤼즈Saint-Jean-de-Luz에서 보냈다.

[1957년 10월 23일] 수요일

친애하는 조르주,

어렵게 연기延期했었네! 이 기관지염 때문일세. 나는 밀라노로 출발한다
네. 출판 일로, 아니면 별다른 이유도 없이 그냥! 잘 모르겠네!
　31일 목요일쯤 돌아올 걸세. 기별을 주겠는가?

친구,

롤랑

[1958년 1월] 금요일, [앙다이에서]

친애하는 조르주, 자네에 대해 많이 걱정했네. 어떻게 되었는가? 의회는? 국립 민중극장은? 브르타뉴는? 자네가 이리로 오면 아주 좋겠네. 언제 올 텐가? 혹시 내가 다음에 여기 체류할 때? 내 작업은 겨우 시작되었을 뿐이네. 하지만 나는 곧 돌아가네. 하찮은 나의 굼뜬 작업 방식을 내가 여전히 신뢰할 수 있다면 좋겠는데! 내 글 같은 종류의 글은 잘 풀리지가 않아. 계속해서 놀라운 날씨라네. 곧 또 보세. 그럼. RB

[1958년 4월 27일] 일요일, 앙다이에서

다음 주에 돌아가네. 한 달 동안 만족스럽게 작업했지만 계획한 것들을 아주 조금밖에 고찰하지 못했네. 내게 소식을 주겠는가? 나는 아마 5월 15일경 파리에 갔다가 이곳으로 다시 와서 내 강의를 끝낼 계획이네. 나는 6월 17일에 미국으로 떠나네.

이만 줄이네.

RB

[1958년] 7월 6일, 노즈배틀, 미들베리 칼리지[21]에서

자네도 이런 종류의 것을 알고 있겠지? 나는 정신적인 동요를 좀 느끼네. 하지만 뉴욕은 아주 멋진 도시라네! 몇 시간 만에 나는 이 숙소에 있게 되었네. 자신들의 집에 있는 1200만의 사람들과 자유. 자네를 생각하며.

RB

[1958년 8월 19일, 뉴욕에서][22]

나는 자주 자네를 생각하네. 내면적으로는 무섭도록 소용돌이쳤던 체류. 그렇지만 나는 나도 모르게 상황의—놀라운—외면을 간직했기를 하는 바람이네. 나는 곧 돌아가네. 숨을 좀 돌릴 필요가 있을 것 같네.

이만 줄이네.

R. B.

---

21 미들베리 칼리지에 대해서는 같은 시기 미셸 뷔토르에게 보낸 우편 카드와 378쪽의 주 75를 볼 것.
22 우편엽서에는 롱아일랜드의 풍경이 인쇄되어 있다.

[1958년? 가을] 금요일, 앙다이에서

그렇다네, 친애하는 조르주, 자네 말처럼 내가 죄인이네. 그렇지만 미국에서 돌아오자마자 부아쟁23에게 자네 주소를 물어봤다네. 알다시피, 나는 착한 마음이었다네……. 나는 아주 건강하게 돌아왔네. 내 개인적인 문제들은 해결된 것 같았네. 그런데 그것들만이 아니었어. 그곳에 머무는 동안 어려운 때도 있었으니까. 하지만 일종의 아주 훌륭한 하제下劑 같았네. 나는 항상 잘 지내고 있다네. 물론 파리에서 악의적인 많은 여론조작이 다시 일어나서 약간 배가 모래톱에 다시 좌초된 기분이긴 하지만, 전체적으로는 별문제가 없네. 여기에 혼자 내려왔는데, 오늘 저녁에 출판사 사람들이 오기로 되어 있어. 클뢰 프랑세 뒤 리브르 출판사의 라신 작품들의 출판을 위한 일로 말이네.24 나는 지금 정말 카드놀이에서 지고 있는 것 같네. 그런데 (이 놀이가) 끝이 없을 것 같아. 어쨌든 나는 다른 일을 더 하고 싶네. 더 신화적이고 더 경쾌한 시선으로 다시 돌아가고 싶네. 라신은 저절로 위안을 줘. 어떤 의미에서 보면 너무 닮은 한 전형에 대해 때려 부숴야 할 기만도 있지만 말이네(나는 기법에 대해서가 아니라 의미에 대해서 말하는 걸세). 나는 11월 10일경 파리로 돌아갈 생각이네. 하지만 11월을 전부 라신과 함께 보내게 될 걸세. 이후, 사회학에 대해 좀 작업을 해야 할 것 같네. 그들은 내게 고집스럽게 연구비를 주려 하기 때문이지.25 갑갑한 것은 언제 우리가

---

23 로베르 부아쟁. 조르주 페로스는 당시 브르타뉴의 두아른네즈 근처 툴드리즈에 있었다. 미셸 뷔토르, 조르주 페로스, 『서한 1955~1978』, *op. cit.*, pp. 22~23.

24 클뢰 프랑세 뒤 리브르 출판사에서 간행하는 라신 극작품에 대한 서문을 가리킨다. 『라신에 관하여』는 1963년에서야 출간된다.

25 바르트는 1955년부터 CNRS에서 연구담당관으로 있었다. 하지만 매년 연구 수당을 갱신해야 했다.

만날 것인지 알 수 없다는 걸세. 겨울에는 자네가 브르타뉴에 있을 것이라 추측되네. 12월 크리스마스 때 내가 이곳으로 돌아올 때 자네가 있는 곳으로 길을 우회할 필요가 있을 것 같네. 그리 못할 이유도 없지 않은가? 이곳의 바다는—오늘 날씨가 좋지 않은데도—풍경이 말할 수 없이 좋네. 자네가 있는 곳은 아마 더 환상적이겠지.

변함없는 우정으로 자네를 생각하네.

롤랑

[1959년 1월 28일, 파리에서]²⁶

소식 좀 주겠는가? 라신을 마쳤다네.²⁷

롤랑

26　우편엽서의 그림은 「골목길La Ruelle」(Rijksmuseum, Amsterdam, 1658)이라는 제목의 얀 페르메이르Jan Vermeer의 작품이다.
27　바로 앞의 편지를 볼 것.

[1959년? 4월] 목요일, 앙다이에서

친애하는 조르주,

내가 바랐던 만큼, 아니면 생각했던 만큼 그렇게 작업이 잘 이루어지지 않았네. 어리석은 건지 모르지만, 나는 작업이 막히리라고는 전혀 생각하지 않네. 이 모든 일에는 여전히 영감 같은 것이 있을 걸세. 요컨대 끊임없는 난관 속에서 늘 지성을 이용하여 헤쳐나갈 수 있다고 믿지만 주관적인 구조의 규칙들밖에 얻지 못하고 있네.[28] 그 때문에 걱정이 많아. 용기를 내어 억지스럽게 쓰고는 있네만, 좋지는 않을 것 같아. 얼마 전부터 나는 바보 같은 짓을 하고 있는 것이 아닌지 겁이 나네. 새로운 것을 찾지만 찾지 못하고 있네. 그리고 옛것을 잃을까봐 두렵고. 그것은 친구들의 동의 같은 것도 얻을 수 있어 늘 안전한 것이지. 그리고 또 이 아름다운 길 끝에 이르러 완전히 혼자가 되지 않을까, 완전히 바보가 되지 않을까 두렵네. 그러니까, 어쨌든 나를 저버리지 말게.

나는—우리는—아마 일요일 늦게 돌아갈 것 같네. 다음 주에 소식을 주게. 파리에 있는 내 피아노를 이곳으로 보내라고 했네. 그래서 마침내 피아노를 실컷 칠 수 있었네. 그런데 결국 나는 낭만주의 음악밖에 좋아하지 않는 것 같네(쇼팽은 제외하고). 이상하지.

자네의 친구.

롤랑

---

28 바르트는 당시 유행에 대한 구조주의적 연구에 몰두하고 있었다.

〔1959년〕 5월 2일 토요일, 〔두브로브니크29에서〕

나는 둘째 날 관절을 삐어 질질 끌며 걷네. 그래서 여행의 재미가 좀 달아났어. 어쩔 수 없이 자네를 생각하지 않을 수 없네. 인간적인 측면에서, 사람들 말처럼, 친근감이 넘치네. 활발한 국민이지만 연극이 없네! 그게 큰 특징인 것 같네.

변함없는 우정을 보내네.

롤랑

---

29 두브로브니크Dubrovnik는 크로아티아 달마티아 남부의 아드리아해에 면한 역사적인 도시다.—옮긴이

〔1959년? 7월 4일〕 앙다이에서30

마침내 날씨가 맑네. 나는 작업을 열심히 하고 있지만 맴돌고만 있네. 해결하지 못하는 문제처럼 말이야. 생전 처음으로 개요를 쓰고 있네. 기를 쓰고 노력하고 있다네.

곧 또 보세.

롤랑

---

30 우편엽서의 그림은 헤이만 둘라에르트의 정물화다.

[1959년? 9월] 목요일

친애하는 조르주,

드디어 나는 자네가 소식을 주지 않는다고 말하지 않아도 될 것 같네. 친구들을 통해 어렴풋하게나마 중요한 소식을 들었으니 말일세. 하지만 자네 주소는 모르고 있었네.[31] 한두 자일지언정 자네에게 편지를 써서 내가 있다는 것을 말해주고 싶었네. 그래서 뭔가 내가 도울 일이 있는지 묻고 싶었네! 자네가 돈이 좀 필요하다면 마련할 수 있다네. 그러라고 친구들이 있는 게 아닌가. 서로 돈을 좀 융통할 수 있게 말이네. 그리고 또 다른 일은 없는가? 자네는 돌아오는 것에 대해서는 전혀 말이 없구먼. 여기 있는 우리가 어떻게 해서든 자네가 돌아올 수 있도록 준비하면 안 되겠는가?

나는 별일 없이 잘 지내네. 이번 여름에는 유행에 대해 많은 작업을 했네. 구조주의를 열심히 공부하면서 말이야. 그런데 모든 것이 걱정이 되네. 열정적인 작업에도 불구하고 나는 내 노력에 대해 근본적으로 의심이 드네. 그런 내 마음을 진정시키지 못하고 있어. 이런 종류의 신통치 않은 작품을 체계적으로 쓸 수 있을지조차 자신이 없네. 그건 터무니없는 생경한 짓이며, 재능도 없으면서 그냥 덤벼든 짓일 거야. 나는 고정된 직업이 없네.[32] 내게 ―어렴풋이―재계약을 약속하기는 했는데. 3개월은 더 버틸 수 있네. 유예 상태로 지내고 있는 셈이지. 1월 1일에는 나도 결정을 할 거야. 만약 내게 아

---

31 앞서 보았듯이 조르주 페로스는 그가 1956년부터 살았던 뫼동을 떠나 브르타뉴로 이사했다. 이 편지가 보여주는 것처럼 경제적인 이유에서였다. 그는 1960년 여름까지 두아른네즈 에밀 졸라가에 살았으며, 그 후로도 같은 도시 아나톨 프랑스가와 리슈펜 주택단지에서 살았다.

32 바르트는 더 이상 CNRS의 연구담당관 자리를 갱신하지 못한다.

무엇도 제시하지 않으면 난 대학과 학문에 작별인사를 하고 고등학교에 한 자리를 얻어 밤과 일요일에 평론을 쓸 것이네.33 사실 내 마음이 끌리는 것은 그런 식의 소박함이야. 나는 거의 사람들을 만나지 않았네. 바로 그 때문에 나는 어쨌든 그런대로 잘 지내고 있네.

소식 전해주게. 무엇이 됐든 필요한 게 있으면 말하게.

이만 줄이네.

롤랑

---

33 바르트의 상황은 1960년 1월 고등연구원에 자리를 얻게 됨으로써 해결된다(뒤에 1960년 2월 7일 자 편지를 볼 것).

[1959년 11월 29일] 일요일

친애하는 조르주,

힘든 일도 많을 텐데 제라르 필리프[34]까지 죽었으니 더 힘들었으리라 생각되네. 자네가 멀리 있어 아쉽네. 이 모든 것은 입 밖으로 꺼낼 때 의미가 더 증폭되는 것들이네. 그렇지 않을 경우, 절대 부조리가 아닌가?

여기 우리는 여전히 궁지에 빠져 있네. 내 동생은 회복되지 않고 있어. 모든 것이 불확실해. 진단도 그렇고 예후豫後도 그렇네. 우리는 풀이 죽어 있네. 그는 아픈 적이 없었어. 그래서인지 잘 견뎌내지 못해. 신체적으로 강건했던 사람들이 한번 무너지면 걷잡을 수 없이 무너지는 것처럼 말이야. 나는 이 문제에 매몰되어 있어서 아무것도 즐거운 것도 없고 집을 떠나지 못하고 있어. 이 모든 시간이 얼마나 우울한지.

어쨌든 내게 소식 주게. 자네가 돌아오기를 고대하네.

이만 줄이네.

롤랑

---

34   조르주 페로스와 아주 가까운 제라르 필리프는 1959년 11월 25일에 사망한다.

〔1959년 12월 13일〕 일요일

친애하는 조르주,

자네의 편지 반가웠네. 피에르 클로소프스키와 자네에 대해 늘 이야기를 나눈다네. 그렇지만 사실 한 가지에 대한 이야기뿐이네. 자네가 정말 돌아오는 것을 보고 싶다는 이야기지. 나는 이번 주에 그들 집에 피아노를 치러 갈 예정이네. (자네가 부러워하겠지.) 슈베르트 곡을 좀 연습하고 싶어. 특별히 새로운 일은 없네. 그렇지만 우리는 내 동생이 두 번의 우발 증상을 보인 알 수 없는 병으로 불안해했네. 그 증상에 대해 알지 못하니, 또 일어날 수 있을 걸세. 그래서 우울하네. 그런 일을 견뎌내기가 쉽지 않군.

'유행'에 대한 연구는 여전히 지지부진이네. 그래서 나는 '유행'을 쿵쿵 짓밟고 있네. 그보다 더 파괴적인 연구는 생각할 수 없으니까 말이네. 아주 드문 일이지만 나는 가끔 이 연구가 아주 멋지다는 생각을 하기도 해. 하지만 보통은 내가 잡혀 있는 곳에서 진퇴양난을 보고는 불안을 느낀다네. 어쩌면 또한 그것은 결국 내가 언급은 할 수 있지만 쓸 수는 없는 한 주제에 불과한 일일지도 몰라. 몇 달 후면 그 모든 것에 대해 알게 되겠지. 게다가 지적으로도 그것은 내 능력을 벗어나네. 그래서 나는 이전보다 훨씬 책을 덜 읽네. 어떤 연극도, 사르트르도, 주네[35]도 보러 가지 않았네. 선의가 결국 사기에 불과할지언정 그 형편없는 『황소개구리Crapaud-Buffle』[36]를 빼고는

---

35 9월 23일. 프랑수아 다르봉이 『알토나의 유폐자들Les Séquestrés d'Altona』을 르네상스 극장의 무대에 올렸다. 10월 28일. 로제 블랭은 『흑인들Les Nègres』을 뤼테스 극장의 무대에 올렸다.
36 아르망 가티Armand Gatti(1924~2017)의 이 희곡은 1959년 10월 23일 장 빌라르의 연출로 프랑스 국립민중극단에 의해 레카미에 극장에서 초연되었다.

말이네.

자네를 기다리네.

롤랑

1959년 12월 28일, 앙다이에서

친애하는 조르주,

다시 며칠 동안 앙다이에 와 있네. 황량하고 축축하지만 여름보다는 훨씬 더 날씨가 좋네. 나는 기력을 좀 회복하고 있네. 정말 고약한 3학기야. 어쨌든 잘 끝났네. 내 동생은 재발했네. 네 번째야(이제는 끝난 것 같네). 나는 느닷없이 스위스로 떠나야 했다네. 내 논문 지도교수이자 친구인 조르주 프리드만[37]을 도와주러 말일세. 심한 우울증에서 벗어나려 노력했지만 별 성공을 거두지 못했네. 그런 종류의 문제에 대해 책임감을 느껴보는 것은 이번이 처음이었네. 걱정을 많이 했어. 그 모든 일이 끔찍했어! 용기 있는 어머니(브레히트의 희곡 『억척 어멈』에 나오는 어머니)가 그렇게 세상은 돌아

---

37 바르트는 1955년부터 고등연구원 사회학 연구소에서 (사회학자인) 조르주 프리드만을 지도교수로 '쓰여진 유행mode écrit'에 대한 박사학위를 등록한 상태였다. 그렇기에 프리드만은 그의 박사학위 '지도교수'다.

가지만 잘 돌아가지는 않는다고 말하는 것처럼 말이네.

클로소프스키와 뷔토르를 만나면, 우리는 함께 자네에 대해 이야기하네. 자네가 돌아오기를 바라네. 자네가 서둘러 돌아오도록, 그 일을 준비하는 데 우리가 할 수 있는 일은 아무것도 없는가? 나는 1월 초에 파리로 돌아가네. 그곳에서 부활절까지 착실하게 머물 생각이야. 이 모든 혼란과 이성의 상실 뒤 나는—어리석게도—이렇게 질서와 원활함과 이성, 무난하고 갈등이 없는 친구를, 요컨대 지혜를 원하고 있네. 이 모든 말이 두려움을 주기는 하지만. 나는 여전히 '유행' 외에는 아무 생각이 없네. 그런데 내가 하고 있는 것이 어린애 같다는 생각이 드네.

자네를 생각하네.

롤랑

1960년 2월 7일

친애하는 조르주,

자네는 아마 편지를 쓰지 않는 나를 저주하고 있겠지. 그런데 나는 사실 편지 쓰는 습관을 좀 잃어버렸네. 내 손은 머리보다 훨씬 더 느려. 자네에게 말해야 할 모든 것, 자네에게 말할 필요가 있는 모든 것(우정은 매우 이기적이기 때문이지)은 아주 빠르네. 요컨대 침묵을 포함하여 대화의 리듬이 말이네. 실제적인 말 몇 마디만 하겠네. 나는 지금 '고등연구원 연구 책임자'[38]라는 새로운 자리를 얻었네. 그런데 아무런 일이 없으니 책임자도 아니지. 아무 일도 하지 않는 생활이네. 웬만큼 일도 하지 않는 것에 마음이 쓰이고, 마음이 해이해지지 않을까 하는 생각 등등으로 괴롭네.

내게 요구하는 것이라고는 역사 잡지 『아날』에 협력하는 일, 즉 서평 몇 개를 쓰는 것이 전부라네.[39] 그런 것들을 쓰느라 그 긴긴 유행의 언어학, 끝낼 수 있으리라 믿기지 않는 그 미지의 걸작은 종종 중단되기도 한다네. 피에르와 드니즈[40]를 보지만, 모차르트 이후의 모든 피아노에는 거만할 정도로 무관심하네. 미셸은 그가 떠나기 전에 만났네. 나는 『글쓰기의 영도』를 시작했다네.[41] 아주 기뻐(그런데 사실 그건 내가 교수이기 때문인 것 같네).

---

38 연구 책임자의 신분은 조교수에 해당한다. 바르트는 '사회경제연구소'에 소속되어 있었다.

39 예컨대 바르트는 『아날』지 1960년 9~10월호에 조르주 뒤비와 로베르 망드루의 『프랑스 문명사 Histoire de la civilisation française』(Armand Colin, 1958)에 대한 서평을 쓴다.

40 클로소프스키 부부.

41 롤랑 바르트가 미셸 뷔토르에게 보낸 1960년 2월 14일자 편지를 볼 것. 이 책 381쪽.

한 마디 더. 돈에 관한 이야기라네. 예술문학국 국장인 피콩42이 말하기를, 작가들을 위한 보조금이 좀 있는데, 내게 그것을 사용하는 일을 도와달라고 했네. 그 돈을 자네 쪽으로 돌려도 되겠는가? 돈이 무기명이라면 바로 그 돈이 그럴 것이네. 어쨌든 이상적인 문예학술 후원이야(나는 국가로부터 급여를 받고 있으니 그 후원을 받을 수 없다네).

친구로부터.

롤랑

---

42 작가이자 예술 비평가인 가에탕 피콩Gaëtan Picon으로, 당시 문화부 장관이던 앙드레 말로 밑에서 일하고 있었다.

[1960년 4월 9일] 토요일, [앙다이에서]

친애하는 조르주,

예정대로 나는 앙다이에 와 있네. 산책하고 수영하는 저 밀집한 군중을
앞에 둔 이곳의 일상 속에서 나는 마치 정신분열증 환자처럼 내 작업에 파
묻혀 사네. 나의 맹렬한 작업은 무엇보다 그 허풍 떠는 책을 마무리하고 싶
은 욕망 때문일세. 늘 말하는, 결코 끝내지 못할 것만 같았던 그 책 말이야.
아무튼 나는 집필을 시작하기 전 카드들을 마지막으로 분류해야 하네. 8월
10일경에나 가서야 집필을 시작할 수 있을 것 같네. 서머스쿨로 일주일 동
안 브장송에 가야 하기에 중단해야 할 것 같다네. 그렇지만 아주 조급한 느
낌이 드네. 10월에 파리로 돌아가기 전까지 『유행의 체계』[43]를 마치지 못하
면 지치고 말 걸세. 내년에는 다른 일들이 너무 많아. 그래서 주제들 중에
서 가장 '하찮은' 주제에 대한 그 터무니없는 공상보다는 더 인간적인 주제
를 논할 필요가 있을 것 같네. 만약 모든 것이 잘 풀리면, 아니 이렇게 말
해야겠네. 만약 모든 것이 기적적으로 잘 풀리면, 만약 내가 여름이 끝나갈
무렵 해방된다면 새학기가 시작되기 전에 자네를 보러 가도록 해보겠네. 잊
지 않고 있을 테니, 의심 말게. 하지만 의지가 박약한 사람이 그렇듯 나는
처박혀서밖에 작업을 할 수 없네. 그러니 그런 미친 짓을 하지 않고서 어떻
게 글 쓸 용기를 갖겠는가?
　　자네도 알다시피 내 마음속에는 언제나 똑같은 갈등들이 있네. 즉 타이

43　처음으로 확정적인 제목이 나온다. 이 책은 1967년에서야 출판된다.

밍, 작업의 고통, 요컨대 체력이나 쉽게 하는 뛰어난 능력 등에 대한 꿈을 그저 저버리고 마는 모든 갈등 말이네. 그렇지만 그 '유행'은 내게 중요해. 그것은 나의 유토피아 같은 그 모든 내적인 공상을 몰아내어 청산하는 한 방법이네. 그렇지만 많은 비난의 목소리가 예상되네!

나의 무소식에 자네가 실망하지 않기를 바라네. 자네도 알듯이, 무소식 은 아무것도 가로막지 못한다네. 내게 다시 활력을 주게. 자네의 편지들은 언제나 내게 큰 기쁨을 주니 말이네.

이만 줄이네.

롤랑

[1960년 4월] 월요일, 앙다이에서

친애하는 조르주,

자네의 『콜라주 작품들Papiers collés』44을 단숨에 읽었네. 만족스럽네. 오래전부터 읽었던 어떤 책보다 더 빨리 말이네. 상상이 아닌 것으로 마음을 끌 수 있다니 놀랍네. 결국 자네가 쓰는 것은 항상 꿈과 사고를 이어주고 있기 때문이겠지. 바로 그 점 때문에 자네를 흉내낼 수 없으며, 또 자네가 찬미하지만 별로 빚지고 있지 않은 발레리와도 매우 다르다네. 자네가 그 책에서 보여주는 것은 아주 특별해서, 괜찮다면, 문학의 기능의, 일종의 교활한 과장에 의한 대상, 즉 실망스러운 사고pensée déçue, dé-ception에 관한 것이네. 그런데 이 단어dé-prise를 라틴어로 놓아두고 싶네. 현실에 대한 문학의 이탈dé-prise을 표현하기 위해서 말이네. 자네는, 그것이 바로 글쓰기의 존재론 자체라고 내가 얼마나 확신하는지 너무 잘 알고 있겠지. 글쓰기에 대해서라면 나는 열렬히 자네의 편이라는 것을 의심하지 말게. 사실, 자네의 명증明證들 가운데 몇 가지를 곧이곧대로 받아들일지언정 나는 즉각 그것들에 이의를 제기할 것이네. 그런데 바로 그 점에서 자네는—구제불능의 놀라운—작가라네. 자네에게서 가장 중요한 것은 요소가 아니라 생동감이네. 바로 그것이 뛰어난 문학을 만드는 그 유명한 매개물이네. 그리고 또 물론 그 기능을 넘어, 훌륭한 재치로, 자네 자신이자 특히 자네의 책을 자네를 벗어난 동시에 자네 이상으로 우호적으로 만드는—그리하여 자

---

44 조르주 페로스의 이 책은 1960년 3월 갈리마르 출판사에서 출판된다(미셸 뷔토르에게 보낸 1960년 4월 11일자 편지도 볼 것. 이 책 385쪽).

네에 대한 호의를 더욱 증대시키는―그 모방 불가능성 또한 있네.45 자네는 이 모든 것에 대해 잘 알고 있어. 이제 자네가 무엇을 하게 될지, 즉 다시 시작하게 될지에 대해서는 아직 모르는 일인가? 알 수 없겠지. 절대 알 수 없을 걸세.

그러니 한 번 더 갑작스러운 변화가 필요하네. 다음번의 매개물. 마지막 매개물, 즉 어떤 한 규칙의 매개물?

서두르든 안 그러든 자네는 바로 그것을 향해 가야 할 것 같네. 그런데 아마 자네의 새로운 삶, 즉 자네의 은거의 종료가 자네를 그렇게 하게 도와줄 걸세.46

고맙네, 사랑하는 조르주. 자네와 함께 보낸, 사진발처럼 현실보다 더 사실적인 이 순간에 대해. 곧 또 보세. 또 연락하게.

자네의 친구로부터.

롤랑

---

45 미셸 뷔토르에게 보낸 한 편지에서 조르주 페로스는 『콜라주 작품들』에 대해 이렇게 쓴다. "바르트는 이 책이 '우호적'이라고 내게 썼습니다. 저는 더 바랄 것이 없습니다."(『서한 1955~1978』, *op. cit.*, p. 49)
46 페로스의 아내인 타니아는 임신 중이었다. 불행히도 그녀는 유산을 한다(*Ibid.*, p. 56).

[1960년 6월 12일] 일요일

친애하는 조르주,

답장이 매우 늦었네. 자네는 알고 있을 걸세. 내가 편지를 쓰는 데 무능한 것은 얽매이지 않으려는 그런 성미 때문이라는 것 말이야. 성미라는 것이 의미는 있지만 의도적인 것은 아닐 걸세. 나는 다시 나의 언어 속에 있네. 나는 '유행'에 대해 나의 기의들로 마무리하기 시작하고 있네. 분류 작업을 몇 시간만 더 하면, 진전이 없다고 늘 말하는 그 책의 집필을 마침내 아무것도 중단시키지 못할 것이네. 나는 이미지에 관한 한 학술대회에 참석하기 위해 며칠간 이탈리아로 떠나네. 이어 앙다이로 다시 돌아와 '유행'에 대한 작업을 계속할 것이네(가을에, 앙다이로 돌아오면 자네를 보러 갈 생각이네). 나는 현재 공연 중인 보잘것없는 몇 편의 연극을 보았네(오래전부터 연극을 보지 못했네). 그중 한 작품은 『발코니』[47]이며, 다른 한 작품은 비할 바 없이 아주 탁월한 브레히트의 『어머니』[48]라네. 나는 다시 그 아름다움에 심취했네. 요컨대 나 또한 같은 처지이기에 감동을 받고, 심정이 토로되고, 강해지고 영리해져서 세상 사람들의 생각이 이해된다네. 그리고 또 그런 작품이 하나뿐이라는 것이 안타까웠네. 외로운 하나의 명증으로 어쩔 것인가?

---

47 바르트는 『민중연극』 지 1960년 2분기호에 짐나즈 극장의 피터 브룩의 연출에 대해 아주 비판적인 평을 게재한다(OC, t. 1, pp. 1037~1038).
48 연극 『어머니』는 막심 고리키의 동명의 소설을 베르톨트 브레히트가 희곡으로 각색한 작품으로, 테아트르 데 나시옹에서 르 베를리너 앙상블 극단에 의해 상연되었다. 바르트는 『민중연극』 지 1960년 3분기호에 그 평을 게재한다. 『비평 선집』에 재수록되었다(OC, t. 2, pp. 400~402).

편지 주게. 피에르와 드니즈를 통해 자네의 소식을 계속 듣고 있네. 하지만 자네의 글씨를 보면 기쁠 것이네.

이만 줄이네.

롤랑

[1960년 11월 10일] 목요일

친애하는 조르주, 특별한 소식은 없으니 짧게 우정의 표시를 전하네. 방을 어질러놓은 저작들로 나는 넋이 나갈 지경이네. 지금 앉을 자리조차 없어. 그래서 책을 읽을 수밖에 없네!(침대 위에서 읽을 수 있기 때문에.) 그런데 자네를 예술과 화해시킬 피에르의 놀라운 책49을 발견했다네. 그 밖의 그 하찮은 사회학은 이럭저럭 끝이 없네. 그리고 '유행'은 너무 자주 진퇴양난이네. 내가 해야 할 그 모든 일로 인해 내게는 폭발적인 체감體感이 필요할 것 같네. 그런데 나는 느리고 게을러! 자네가 알다시피, 나는 아무것도 해결하지 못하고 안간힘만 쓰고 있을 뿐이네. 그리고 정치에 대해서는, 글쎄, 나는 반대로 점점 더 합리적으로 되어가는 것 같아. 예를 들면, 역설적으로, 융통성 없는 내 성격이 좀 고쳐지고 있는 것 같아.50

---

49 포베르 출판사에서 출간된 『프롬프터, 혹은 사회 극장』을 가리킨다.
50 1960년 여름에 '121인 선언'이 발표되었다. 바르트는 참여하지 않았다.

친애하는 조르주, 잘 있게.

롤랑

1960년 11월 19일 〔목요일〕

친애하는 조르주,

자네의 편지에 아주 기뻤네. 자네도 알겠지. 그런데 우리가 서로 편지를 쓰지 않을 때조차 항상 피에르를 통해 자네에 대해 많은 부분 듣고 있다네. 작년 여름에 찍은 사진들과 타니아와 꼬마51의 사진도 보았네. 마치 나도 자네 곁에 있는 것 같았지. 그렇지만 물론 실제와 같겠는가. 그러니 브르타뉴로 잠시나마 자네를 보러 갈 필요가 있을 것 같네. 하지만 할 수 없지 않은가, 여전히 힘든 해인걸. 3~4년 전부터 나는 매년 겪는 직업상의 어려움에서 이번만은 벗어나고자 노력하고 있다네. 나는 언젠가 이 고등연구원의 완전한 일원이 되기를 원하네. 지금은 여전히 비정규직에 가깝네.52 그렇게 되면 좀 자유로울 거라고 생각해(그럴 거라 믿고 싶네). 적어도 느슨해진 집필과 문학, 요컨대 조금은 변칙적인 작가의 삶으로 돌아가는 자유를

---

51 타니아는 조르주 페로스의 아내이고, '꼬마'는 그들의 첫째 아이 프레데리크를 가리킨다.
52 정식 임용을 말하며, 이는 1962년에 이루어진다(뒤에 1962년 6월 17일자 편지를 볼 것).

말이야. 그러기 위해 나는 대학에 몇 가지 증거물을 제출할 필요가 있네. 그래서 나의 '유행'을 박사학위 논문으로 전환시켜 올해 안으로 이 문제를 정리하려 하네. 그런데 아직은 자네에게 읽어보라고 보내줄 수 있는 단계가 못 되네. 지금 300쪽 정도 타이핑을 했는데 원고를 다 마치려면 아직도 2~3개월은 더 필요할 것 같네. 다 끝나면 자네에게 사본 한 부를 보내주 겠네. 요컨대 아직도 1년의 고난의 시기가 남았네. 그렇지만, 정말이네, 이번이 마지막일 거라 믿네. 적어도 이 고난의 시기만은 말이네! 그러니 장면이 눈에 선하겠지. 나는 오로지 이 일에만 매달려 있네. 책은 여전히 언어학에 대한 것 몇 권을 제외하곤 전혀 읽지 않네. 기껏해야 편지나 쓰는 정도지. 사실 사람들은 거의 만나지 않네. 저녁에는 물론 잠시 밖으로 나가지. 그저 바람을 쐬기 위해서네. 그런데 자네는 파리가 싫은가? 의미 없고 피곤하게 만들긴 해도 여기에서 좀 머문다면 서로 만나 함께 피아노 연습도 할 수 있을 거야. 노력해보게.

　　친구,

　　　　　　　　　　　　　　　　　　　　　　　　　　롤랑

[1962년 봄] 화요일, 위르트에서

친애하는 조르주,

내가 무소식의 기록을 경신하고 있다는 것을 잘 알고 있네. 일 때문이라고 항상 이유를 대네만, 그건 사실이네. 방학 전까지 논문 일부를 제출해야 해서[53] 그런 긴급한 상황에서 지난달 나는 어떠한 약속도 어떠한 편지도 쓰지 못했던 것 같네. 하루 종일 작업을 하고는 마치 쥐처럼 저녁 늦게야 좀 밖으로 나갔었네. 5월에도 여전히 그런 삶일 것 같다는 생각이 드네. 많은 일이 결정되는 달이기 때문이지. 그런데 이렇게 말해도 좋다면, 마음은 철야를 한다네. 이해하겠지. 자네는 거기에서 봄을 보낸 것으로 생각되네만. 내가 나흘 동안 지내기 위해 온 이곳은 사흘간 햇살이 찬란했네. 하지만 오늘은 우중충해서 나의 논문 원고와 고등연구원의 내 사소한 걱정거리들을 해결하기 위해 서둘러 떠나려 준비 중이네. 내게 안정과 자유를 가져다줄 연구부장직을 얻게 되든 아니면 대학과의 이 일시적 관계를 완전히 청산하든 아마 이 달이 그런 결정이 있기 전 마지막 달일 걸세.

소식 주게, 친애하는 조르주. 그리고 부디 나의 무소식을 원망하지 말아주게.

깊은 우정을 보내네.

롤랑

---

53 고등연구원 연구부장직 지원과 관련된 '유행'에 대한 그의 박사학위 논문 원고에 관한 것인가? 바르트는 1962년에 어떤 책도 출간하지 않는다.

[1962년 6월 17일] 위르트에서

친애하는 조르주,

나는 사흘 일정으로 남서 지방에 내려와 있네. 직업적인 흥분을 가라앉히기 위해서지. 나는 고등연구원 연구부장직에 선정되었다네.[54] 콜레주 드 프랑스나 아카데미 회원 선출 시의 흥분에 못지않네. 뿐만 아니라 그것은 내게 중요한 일이었네. 주 2시간의 적은 수업과 몇 개월의 휴가에, 상급자도 없을뿐더러 매년 의무적으로 제출해야 하는 연구물이 필요 없어서 매여 있지 않아 자유롭기 때문이야. 그 명백한 이유들 외에도 사실 오금을 못 폈던 그 대학에 복귀했다는 막연한 만족감도 있네. 내가 청소년기에 갖기를 원했던, 중년이 되어 3~4년 전부터 문학에서 '손을 뗌으로써' 그것을 얻기 위해 어쨌든 좀 분투노력했던 것으로 보아 아마도 여전히 원했던 장난감 같은 것이기도 하네. 이제 나는 큰 계획들도 좋아하게 되었네. 이런 것들 말이네. 1년이 더 필요한 작업('유행'과 프티트 테즈[55])이 남아 있고, 이어 주 2시간의 수업 준비가 끝나면 진정한 글쓰기에 이를 것이네. 이상이네. 그 때문에 현재의 작업이 어떻게 되는 것은 아니네. '유행'은 진전을 보이고 있어.(언제부터 나는 자네에게 이렇게 말하고 있는 것인지?) 하지만 여름이면 끝나리라 생각하네. 그 뒤, '프티트 테즈'를 준비해야 하고. 이어 첫 세미

---

54 연구부장직은 정교수직에 해당된다. 바르트는 고등연구원 '기호와 상징, 표상의 사회학 연구소'에서 근무하게 된다.
55 당시에 국가 박사는 '프티트 테즈petite thèse'라 부르는 제2의 논문을 하나 더 써야 했다. 바르트의 이 논문은 샤를 푸리에의 한 텍스트의 출판에 대한 것이었다.

나 수업을 준비해야 하네. 기호56에 대해 할 수 있을 것 같네.

다음 주에 파리로 돌아가네. 그렇지만 며칠 동안만 있을 것 같네. 피곤해서 이탈리아로 휴가를 떠나고 싶은 마음이 아주 크기 때문이야. 이후, 여름은 잘 모르겠네. 아마 위르트에 가거나 작업을 계속할 것 같아. 파리에 언제 한 번 오는가? 소식 좀 주게. 무엇을 읽고 있는지, 무엇을 쓰고 있는지 말해주게.

이만 줄이네.

롤랑

[1962년 10월 초] 일요일

친애하는 조르주,

자네도 알고 있지. 자네에게 편지를 써야겠다는 생각이 늘 내게서 떠나지 않고 있다는 것을 말이야. 그런데 어떻게 보면 나는 청소년기가 지난 뒤로는 더 이상 편지 쓸 줄을 모르는 것 같아. 바로 그 때문에 나는 자네가 멀리 떨어져 있는 것이 너무도 안타깝다네. 내가 자네에게 말할 것이라고는

---

56 바르트의 첫 세미나(1962~1963) 제목은 '현대의 의미 체계 목록-사물들의 체계(의복, 음식, 주거)'였다. 이 세미나를 들은 학생들 중에는 장 보드리야르, 뤼크 볼탕스키, 올리비에 뷔르줄랭, 자크알랭 밀레르, 장클로드 밀네르, 로베르 다비드 등이 있었다(*OC*, t. 2, pp. 253~254).

대화 영역에 관한 것뿐인데, 내 손은 너무 느리고 너무 굼떠.(나의 필적에 보이잖나!) 그런데도 나는 이기적으로 자네의 편지를 받는 것을 아주 좋아하네. 우리는 오늘 늦게 남서 지방에서 돌아왔네. 날씨가 아주 좋았지. 프랑시스 잠이 그 지방에서 인정받는 시인이었을 때 아주 잘 묘사했던 바스크 지방 베아른의 그 황금빛 초록의 포도알맹이.[sic]57 나는 여름 동안 작업을 별로 하지 않았네. 게으름을 부렸어. 게다가 개강을 한 지금 이 10월은 자질구레한 일들로 넘쳐나네. 중요한 일은 '유행'일 것이네. 하지만 그것은 아직 겨우 절반밖에 타이핑되지 않았다네. 그러니 아직도 할 일이 많이 남아 있네. 그런데 고등연구원 세미나는 11월에 시작하네. 하지만 올해는 주 단위로 즉흥적인 주제로밖에 할 수 없을 것 같네.

언제 자네를 볼 수 있는가? 나는 9월에도 자네를 여전히 그리워했네.

친구,

롤랑

---

57 *sic*(원문 그대로). 원문에는 'grain de raisin' 대신 'grain de raison'으로 되어 있다.

1962년 12월 28일

친애하는 조르주,

자네는 블랑쇼와 마스콜로를 중심으로 (최후의 순간에) 나도 참여한 한 그룹에 의해 우리 학교에서 구상한 이탈리아어-독일어-프랑스어로 된 잡지 출판 계획에 대해 들었겠지.58 그것의 의미에 대해 자네에게 길게 설명해주고 싶네만 시간이 촉박해서 지금 나는 물불을 가리지 않고 있네. 지금 자네가 좀 필요해. 모두가 내게 달려와서는 자네에게 알려 우리 일에 참여해줄 것을 부탁해달라고 난리야. 우리 생각인데—이 잡지의 참신한 요점은 우리 각자가 쓴 단편들fragments로 이루어진 일반적인 한 난欄인 '사물들의 흐름le Cours des Choses'이 있다는 거야. 뛰어난 단편에 있어 자신감이 넘치는 자네야말로 이 일에 안성맞춤이네. 동봉하는 블랑쇼의 짧은 기사는 이 잡지59의 방향을 알려줄 걸세. 문학이 세상(타인들의 세상, 자기 자신의 세상)에 던져야 하는 그 간접적인 강렬한 빛인 몇 편의 단편으로 참여해주게. 만약 자네가 그 단편들을 1월 10일까지 우리에게 보내줄 수 있다면 이상적일 것이네(우리는 1월 중에 국제적인 모임60을 가질 예정이야).

우리는 자네를 믿네, 친애하는 조르주. 다른 사람들에 대해 갖는 요구가

---

58 이 문제에 대해서는 448쪽에 있는 모리스 블랑쇼와의 편지를 볼 것.

59 우리는 이 기사를 발견하지 못했다. 그것은 아마도 '사물들의 흐름에 대한 메모Mémorandom sur le cours de choses'라는 제목의 기사였을 것이다. 이 기사는 「국제 비평지에 관한 자료」의 185~186쪽에 수록되어 있다.

60 이 책 458쪽에 있는 1963년 1월 19~20일 취리히 모임에 대한 글을 참고할 것.

사실은 우리 애정에서 가장 집요한 것이기에 나는 주저 없이 이 호소와 함께 자네의 건투를 비네. 자네의 오랜 벗으로부터.

롤랑

[1963년 1월 14일] 월요일

자네가 보내준 아름다운 단편들에 진심으로 감사하네. 모두가 자네에게 고마워하고 있어. 잡지(아직 나오지는 않았네)의 진행 상황을 알려주겠네.[61] 그들은 이 계획을 위해 소중한 기금을 마련 중이라네.

그 단편들이 마치 내게 보내는 편지 같아 기뻤네. 자네는 이런 짧은 글들을 자네의 친구들에게 정기적으로 보내주어야 할 걸세! 자네와 함께 있다는 느낌이 드네.

자네를 생각하네.

롤랑

---

61 앞서 보았듯이 '국제 비평지'는 빛을 보지 못한다.

[1964년 4월 9일] 금요일

천만에, 친애하는 조르주, 나는 처음처럼 자네를 아끼네. 나는 항상 변함 없는 우정으로 자네를 생각하네. 어찌 자네가 그걸 의심하는가? 만약 자네가 내가 편지 쓰기에 어려움을 느낀다는 사실을 알면(자네는 알고 있을 걸세. 자네에게 말을 했으니까) 그걸 의심하지 않을 걸세. 실존적인 어려움 말이네. 하지만 그 '실존적인'이라는 말은 쓰는 사람들의 펜과 머리—그리고 마음 —사이에서 돌아다니는 그 작은 신경증들, 나아가 정신분열증 가운데 하나라는 것 이상의 아무 의미도 없네. 나는 좋은 대화에 적합한 유형이지(어쨌든 그렇기를 바라네), 아쉽지만 편지에 적합한 유형은 못 되네. 그 때문에 내게서 멀리 있는 자네는 훨씬 더 그리움을 주네. 책에 대해서는 무죄를 주장하네.62 이번에는 쇠유 출판사가 저자 증정본 25권을 내가 포장해서 보내라며 떠맡겨버렸네. 그래서 내 친구들에게 상당히 늦게 보낼 수밖에 없게 되었네. 자네의 책은 포장된 채 휴가 이전부터 내 피아노 위에 놓여 있네. 어제야 위르트에서 돌아왔기에 그만. 늦은 이유라네. 자네 아들에 대한 소식을 곧 내게 알려준다면 즐겁겠네. 그리고 또 자네가 곧 파리로 와 이번에야말로 아쉬운 마음이 없도록 해주면 정말 좋겠네. 정말이네.

---

62 얼마 전에 출간된 『비평 선집』을 말한다. 1964년 4월 미셸 뷔토르에게 보낸 한 편지에서 조르주 페로스는 바르트의 책에 대해 이렇게 논평한다. "여전히 아주 흥미를 끄는 책입니다. 실존주의적으로 무엇인지 모를 어떤 우울한 것과 함께. 정말 우리는 내과학에서 외과학으로, 이어 무엇인지 모를 어떤 것으로 옮겨간 것이 사실입니다. 정신분석학이 가볍게 스쳐 지나가지만 대개는 아닙니다."(『서한 1955~1978』, *op. cit.*, p. 166)

우정을 보내네.

롤랑

[1964년] 7월 2일, 위르트에서

아버지를 잃는 고통을 당했다는 것을 미셸을 통해 알았네.63 내가 있다네, 친애하는 조르주. 자네를 생각하네. 편지를 보내주게. 자네의 말이 필요한 것은 바로 나인 것 같네.

친구,

롤랑

---

63 미셸 뷔토르가 롤랑 바르트에게 보낸 1964년 6월 2일자 편지를 볼 것. 이 책 396쪽.

1964년 8월 16일, 위르트에서

친애하는 조르주,

몇 자 우정의 표시를 적네. 표시(기호), 그것이야말로 내가 할 수 있는 유일한 것이기 때문에! 나는 모로코에서 이탈리아까지 여행을 좀 많이 했네. 이제 다시 이곳에서 부동不動, 즉 (악착스러운) 작업이네. 나는 수사학에 열심이네. 쿠인틸리아누스를 읽고 있어. 마음이 편하지가 않고, '영혼'은 너무 예민해서 불안하지만 쿠인틸리아누스가 많은 것을 해결해주네. 나는 이곳에 물론 몇 주 예정으로 와 있네. 그다음에는 파리. 그런데 가고 싶은 마음이 안 드네.

자네를 생각하네.
이만 줄이네.

롤랑

[1967년] 10월 6일, 볼티모어에서[64]

친애하는 조르주,

자네의 글씨를 보니 기뻤네. 하지만 나는 화가 치밀어 있지! 왜 그렇게 나를 화나게 하는가? 자네도 잘 알지 않는가. 나의 무소식은 아무런 의미가 없다는 것을. 내게는 '자동사적으로' 편지를 쓰는 일이 얼마나 어려운지를, 편지를 변함없음의 의무적인 표시로 간주하는 것을 얼마나 용납하지 않는지를 자네에게 설명해주지 않았던가. 자네를 다시 보더라도 전과 조금도 다름없는 우정과 신뢰를 갖고 만날 것이네. 자신하네. 그리고 '유행'은 또 한 번 오해라네. 나는 특별한 경우(예컨대 '투피스 정장'에 흥미를 보였던 피에르[65])를 제외하고는 친구들을 지루하게 하지 않겠다는 단호한 생각에서 그 두껍기만 한 기호학 책[66]을 (자네에게 보내는 것을) 아쉽지만 포기했네. 그것은 '선물' '기념' '징표'를 표시할 수 없는 책이네. 물론, 자네가 원하기 때문에 쇠유 출판사를 통해 그 책을 자네에게 보내겠네. 그리고 참, 나는 어느 날 자네가 와서 내가 파리에 돌아갈(나는 이제 막 시작되는 미국에서의 지루한 일이 끝나면 2월에 돌아갈 것이네) 보통 때처럼 우리가 만나기를 바라네.

변함없는 친구.

롤랑

---

64 바르트는 이때 볼티모어에 있는 존스홉킨스대학에서 가르치고 있었다.
65 대부분의 데생에서 클로소프스키의 여주인공 로베르트는 투피스 정장을 입고 있다.
66 1967년에 출판된 『유행의 체계』를 가리킨다. 이전의 책들과는 달리 바르트는 분명 1961년 11월 19일자에 나오는 그의 약속을 잊고 페로스에게 보내주지 않았던 것 같다.

1970년 5월 1일, 라바트에서

친애하는 조르주,

자네는 '바보 같은 말들'[67]에 대해서도, 나를 기쁘게 해주었던 것들에 대해서도, 어색하지 않아서 좋은 작업을 지지(가혹함 속에서 오로지 친구들에게서만 받는 지지, 언론과 대중은 항상⋯⋯)해주는 그 기쁨에 대해서도 편지에서 말하지 않았네.

자네에게 '일본'[68]을 보내네(스키라 출판사에서 홍보용 신간 증정본을 받지 못했네. 그래서 좀 망설임이 있었네). 자네가 기뻐할 것 같네. 흔하지 않은 장르의 책이네. 만족스러운 비평서라네!

이만 줄이네.

롤랑
피에르세마르가 11번지
라바트

67　페로스의 편지 내용을 알 수 없지만, 얼마 전 출간된 『S/Z』에 관해서라는 것을 상상해볼 수 있다.
68　『기호의 제국』이 얼마 전 스키라 출판사에서 출간되었다.

1973년 4월 28일, 파리에서

친애하는 조르주,

『콜라주 작품들 II』를 잘 받았네. 매우 기뻤네. 아직 읽지 않았지만 여기 저기를 건너뛰면서 대강 훑어보며 즐거워하고 있네(나는 즉시 내게 할애한 글에 빠져들었네. 즐거웠다네[69]). 요컨대 자네의 책은 지루하지가 않아. 마침내 뭐라고 말하기 아주 어려운 그 특징에 매료되네. 자네가 지난번 왔을 때 소홀히 대접한 것에 대해 아쉬워했다는 점을 말하기 위해 이 말, '뭐라고 말하기 아주 어려운'이라는 말을 다시 사용하고 싶네. 언제 또 오는가? 오기 전에 내게 편지 주게.

고맙네,
친구.

롤랑

---

69 '독서'라는 제목의 절에서, 페로스는 '별이 총총한 바르트'라는 제목으로 몇 쪽을 바르트에게 할애한다. 그 글은 대부분 『기호의 제국』에 관한 것이다. 페로스는 다음과 같이 쓴다. "사랑의 시기를 즐기는 그의 푸리에식의 유행에 대한 주제다. '에크리튀르'는 무無에 기초하여 다시 가능하고 바람직한 것이 되었다. 그 까다로움과 엄격한 태만이 그를 매료시켰던 하이쿠에서 너무도 정확하고 명쾌하지만 설명할 수 없는 그 무."(*Papiers collés 2*, 1973, Paris, Gallimard, coll. Tel, 1998, pp. 293~294)

1975년 3월 8일

고맙네 조르주, 자네의 편지 멋지네.[70] 참된 비평은 점점 더 편지 속에 있는 것 같네. 부탁하네만 자네가 파리에 올 때 좀 먼저 내게 알려주게. 그러면 만날 수 있을 테니까. 그러기를 바라네.

줄이네.

R. B.

---

70 페로스의 편지는 『롤랑 바르트가 쓴 롤랑 바르트』에 관한 것일 것이다.

1976년 3월 28일

친애하는 조르주,

자네가 아파 수술을 했다는 말을 랑브리히[71]에게서 들었네.[72] 내가 그 토록 좋아하는 그 추억의 '프락타fracta'를 통해 얼마 전 자네와 다시 만났던 만큼[73] 더욱 가슴이 아팠네.

쾌유를 비네. 변함없는 나의 우정을 믿어주기를.

롤랑

---

71 루이즈 랑브리히Louise L. Lambrichs(1952~)는 프랑스의 소설가이자 에세이스트다. 소설 『안나의 일기Journal d'Hannah』(1993) 등 다수의 작품이 있다.—옮긴이
72 조르주 페로스는 파리에 있는 래네크Laennec 병원에서 3월 초 후두암 수술을 받았다. 성대까지 제거한 그 수술에 대해 그는 『마법 석판L'Ardoise magique』(Givre, 1978)에서 이야기한다. 사후에 출판된 이 책은 『콜라주 작품들 III』(Gallimard, 1978)에 재수록된다.
73 『콜라주 작품들 II』(Gallimard, 1973)의 재독再讀에 관한 이야기다.

3.

장 스타로뱅스키와 나눈 편지들

롤랑 바르트와 장 스타로뱅스키[74]의 관계는 여러 요인으로 시작된다. 무엇보다 그들이 연구하는 작가들, 즉 미슐레와 라신, 라 로슈푸코 등이 있다. 그러나 무엇보다 그들의 비평적 글쓰기 개념에서의 동일한 요구와 윤리를 들 수 있다. 피카르와의 논쟁[75] 기간 동안 바르트에 대한 스타로뱅스키의 지지는 그 점을 증명한다. '변함없는 지지'에도 불구하고 그 당시 스타로뱅스키가 썼던 편지가 보여주는 것처럼, 편지들은 대립이 아닌 서로 뒤섞일 수 없는—그 중성Neutre이 접속점일 수 있을—개별적인 문제들을 환기시킨다. 1971년 초 스타로뱅스키가 바르트를 제네바 대학의 세미나에 초대하는데, 그 일로 둘 사이의 우정은 더욱더 공고해진다. 또한 그들은 함께 '창조의 오솔길' 총서에 참여하여 같은 해(1970) 스키라 출판사에서 훌륭한 두 책『기호의 제국』과『광대로서의 예술가의 초상』을 출간한다.

장 스타로뱅스키가 롤랑 바르트에게

1954년 7월 18일, 제네바에서

선생님,

---

74 장 스타로뱅스키]Jean Starobinski(1920~2019)는 스위스의 문학비평가다. 루소와 디드로, 볼테르 등 18세기 프랑스 작가들에 대해 연구했다. 유명한 저서로『장자크 루소: 투명성과 장애물Jean-Jacques Rousseau, La Transparence et L'obstacle』(1971)이 있다.—옮긴이
75 이 사건에 대해서는 미셸 뷔토르에게 보낸 1965년 11월 21일자 편지의 주 121을 볼 것. 이 책 400쪽.

보내주신 책 『미슐레』 잘 받았습니다. 고맙습니다. 미국에서 돌아와 선생님의 책을 보았습니다. 그곳에서 겨울을 보냈습니다.

선생님이 적용하는 '방법'은 대단히 유익해 보입니다. 저는 분석이 그렇게 이루어져야 한다고 확신합니다. 켐프76나 쿠아플레77가 무슨 말을 하든 주제 연구를 포기하지 마십시오! 선생님이 다루는 작가를 선생님은 왜곡하지 않았으며 그토록 어려운 평론가의 일에 소홀하지도 않았다는 것을 느끼기 위해 저의 갈채를 필요로 하지 않는다고 생각합니다. 이 책과 같은 책들을 계속해서 우리에게 보여주세요.

저는 여름 내내 제네바에 있습니다. 혹시 올 일이 있으시면 제게 연락 주십시오. 9월 말 미국으로 가는 길에 잠시 파리에 머무는데, (쇠유 출판사에서?) 선생님을 뵐 수 있으면 매우 기쁘겠습니다.

또 뵙겠습니다.

장 스타로뱅스키

76　로베르 켐프Robert Kemp(1879~1959)는 프랑스의 저널리스트이자 문학비평가다.—옮긴이
77　장 스타로뱅스키는 비평가들인 로베르 켐프와 로베르 쿠아플레(이 비평가에 대해서는 롤랑 바르트가 장 라크루아에게 보낸 1957년 5월 11일자 편지의 주 41을 볼 것. 이 책 241쪽)를 지칭하고 있다. 바르트는 『민중연극』지의 논설에서 로베르 켐프를 자주 다루었다(OC, t. 1, 524쪽 혹은 591쪽 참조).

롤랑 바르트가 장 스타로뱅스키에게(BNS)

1961년 4월 30일, [파리에서]

보내준 책과 그 책에 곁들인 몇 마디 고맙네. 이렇게 고마움의 표현이 늦은 것 양해해주겠지? 내 작은 책『라신』[78]을 쓰기 전에 얼마나 자네의 책을 구하려 했는지 알아주었으면 하네! 정확한 참고를 위해 자네에게 편지를 썼어야 했는데. 한편으로는 자네를 반박하는 것이 아닌지 걱정이 됐고 또 한편으로는 자네의 말을 되풀이하는 것이 아닌지 걱정이 됐네. 그래서 이제 막 자네의 책을 읽었는데, 자네가 쓴 것의 완벽함과 '정확성'은 나 자신의 감정이었을 뿐인 모든 불안감을 거두어주었네. 나는 자네와 동감일 뿐이네.[79] 아주 훌륭한 책으로, 전적으로 뜻을 같이하네. 그러니 그 모든 것에 감사하네. 언젠가 꼭 한 번 만났으면 하네. 혹시 파리에 오면 내게 연락을 주면 아주 기쁘겠네.

뜨거운 호의를 보내네.

R. 바르트

---

78 장 스타로뱅스키는 1957년 8월호『엔에르에프』에 「라신과 시선의 시학」을 게재한다. 이 글은『살아 있는 눈』(Gallimard, 1961)에 재수록된다. 바르트는『라신에 관하여』를 1963년에 출판한다. 그러나 첫 부분은 1960년에 클럽 프랑세 뒤 리브르 출판사에서 발간한 라신 연극의 11, 12권의 서문에 먼저 실었다.

79 분명 바르트가 잘못 쓴 것이다. '나는 자네와 동감 이상이네'라는 말을 하고 싶었던 것 같다.

장 스타로뱅스키가 롤랑 바르트에게

1961년 6월 3일, 제네바에서

롤랑 바르트 선생님,

선생님의 편지를 받고 아주 기뻤습니다. 제게 하신 모든 말씀이 제게는 너무 소중해서 선생님께서 제 책에 대해 보여주신 우호적인 환대에 행복한 마음을 갖지 않을 수 없습니다.

제네바에 들른 베르나르 팽고[80]를 통해 선생님이 라 로슈푸코에 대해 준비하고 있다는 말을 들었습니다. 그 책은 출판되었습니까?[81] 저도 같은 주제로 연구를 진행 중입니다. 선생님의 시도는 제게 아주 소중할 것 같습니다(제 글의 일부—머리말—가 『메드신 드 프랑스Médecine de France』지 1959년

---

80 베르나르 팽고Bernard Pingaud(1923~2020)는 프랑스의 작가다. 1960년 121인 선언에 참여했으며, 장피에르 파이, 미셸 뷔토르 등과 함께 1968년 작가연맹Union des écrivains을 창립했다. 『안녕 카프카Adieu Kafka』(1989) 등 많은 작품이 있다.—옮긴이

81 1961년 클럽 프랑세 뒤 리브르 출판사에서 출판한 라 로슈푸코의 『잠언집』의 서문을 가리킨다. 바르트는 이 서문을 그의 『신비평 선집』(1972)의 첫머리에 재수록한다.

107호에 실렸습니다. 하지만 수정이 필요합니다82).

9월 말이나 10월 초에 파리에 계신가요? 특별한 일이 없는 한 그 시기에 프랑스에서 보름 정도 보낼까 합니다.

안녕히 계십시오.

장 스타로뱅스키

1966년 5월 16일, 제네바에서

롤랑 바르트 선생님,

변함없는 지지와 함께 『비평과 진실』을 읽었습니다. 선생님은 비평에 대한 폭넓은 시도와 위험성을 되돌려주고 있습니다. 선생님을 비판하는 사람들이 이용하는 진실은 궁한 진실입니다. '그럴듯한 비평'은 모든 것을 자신의 법령에 고정시키려 합니다. 그것은 자신이 말한 후에는 더 이상 할 말이 없다고 생각합니다. 따라서 그것은 작품들과 미래의 모든 비평에 침묵을 강요합니다.

저는 여전히 그렇게 '결정적'이라 부르는, 한 저자에 대해 다시 언급하는 것을 막는 연구들로 둘러싸일 것입니다. 비평적 재갈입니다!

---

82 장 스타로뱅스키는 또한 『잠언집』(UGE, 1964)에 서문도 쓴다.

저를 좀 주저하게 하는 것은 선생님의 '주체의 공백'에 대한 것입니다. 주저하게 만들지만 매혹적입니다. 주체는 '무한하게 변형된 파롤을 엮는' 바로 그 작가겠지요. 아니면 변형되어 이동하는 선행先行의 파롤인가요? 그때 주체는 파롤 속에서 늘 자기 밖으로 관통하는 파롤이겠지요. 그런데 외재성은 내재성이 없으면 그 의미를 잃습니다. 블랑쇼가 제시하는 것처럼 그때 객관적이지도 주관적이지도 않은 어떤 중성이 남을 것입니다⋯⋯. 아마 스리지에서 이 모든 것이 다시 논의되겠지요.[83]

안녕히 계십시오.

장 스타로뱅스키

---

83 신비평의 명사들(제라르 주네트, 폴 드 만, 장 리카르두, 세르즈 두브로브스키)이 참여했던 "현대비평의 길Les chemins actuels de la critique"이라는 주제로 열린 스리지 콜로키움(1966년 9월 2~12일)을 가리킨다. 바르트와 스타로뱅스키는 참여하지 않았다.

롤랑 바르트가 장 스타로뱅스키에게(BNS)

1970년 3월 4일, 라바트에서

친애하는 친구, 자네의 편지와 신뢰, 그리고 초대에 깊이 감동했네. 자네의 확실한 요청에도 역시 감사하네.[84] 후한 초청에 크게 기뻐하면서도 현재로서는 몇 가지 문제가 있다네. 하지만 자네의 대학에서 두 달 동안 세미나 수업을 한다는 것은 매우 마음에 드네. 나는 얼마 전 파리에서 다시 세미나 수업을 할 결심을 했네. 그래서 라바트에서는 더 이상 할 수가 없어 (많은 매력에도 불구하고 너무 힘이 드네). 그러니 1월과 2월에 제네바에 갈 수 있을 것 같네. 뿐만 아니라 (그 원칙을 자네가 받아주려 하기 때문에) 나는 제네바에서 주 2일(월요일과 화요일이 내게는 좋을 것 같네)을 보낼 수 있어야 할 것 같네. 이틀은 또 내가 해야 할 일에 완전히 할애해야 할 것 같고. 그러니 원칙적으로는 아주 기쁜 마음으로 동의하네.

나는 20~25일경 단숨에 제네바로 달려갈 생각이네. 하지만 스키라 출판사에서 '일본에 관한 책'이 출간[85]될 즈음에도 우리는 만날 수 있을 거야 (어쨌든 그렇게 된다면 나는 매우 기쁠 걸세). 그때 우리 계획에 대해 자세히 의견을 나눌 수 있겠지. 아를레트 페르누가 그 여행에 대해 자네에게 자세히 말해줄 걸세. 나는 어쨌든 3월 19일에는 파리에 있을 계획이라네.

---

84 스타로뱅스키는 1971년 1~2월의 제네바대학 세미나 수업을 바르트에게 부탁한다.
85 당시 스키라 출판사에서 출간되는 『기호의 제국』을 가리킨다.

거듭 고맙네.

이만 줄이네.

R. 바르트

1971년 3월 21일, [파리에서]

친애하는 친구,

우리 사이에 침묵이 흐르도록 내버려두고 싶지 않네. 아주 즐거웠던 그
몇 주간의 만남 이후 내가 자네에게 갖고 있는 신뢰 어린 생각과 어울리지
않을 것이기 때문이야. 자네에게 다시 이야기하지 않겠네. 아니 더 정확히
말해서 진정 그 경험에 내가 얼마나 행복했는지를 자네에게 다시 이야기하
고자 하네. 나는 그때 전혀 피곤하지 않았네. 그러니 자네가 내게 베푼 모
든 것에 감사하네. 장 루세 선생님86께도 나의 고마움 전해주게. 우리가 그
분의 연구실에서 나눴던 대화와 관련하여, 사드(『규방 철학』)의 (당신이 상상
하는 것과는 반대의) 정숙함에 대한 글이 하나 있다는 것도 그분께 알려주
게.87

　나는 부활절 때 모로코에 가네. 하지만 부활절 뒤에 제네바도 둘러볼

86　장 루세Jean Rousset(1910~2002)는 제네바대학 교수이자 유명한 비평가다. 『형식과 의미』(Cor-
ti, 1962)의 저자다.

87　이 글이 1795년에 출판된 사드의 저서 속에 나타나는 것은 '프랑스인들이여, 당신들이 공화주의
자라면 더 많은 노력을'이라는 제목이 붙은 부분에 있다.

생각이네. 그러니 자네도 만날 수 있겠지.

부인에게 인사를 전해주게. '르 쿠쿠'를 연주해준 어린 피아니스트[88]에게
도 나의 우정을 전해주게.

이만 줄이네.

R. 바르트

스키라 총서를 포기해야 할 것 같네.[89] 깊이 생각해보았지만 글을 쓰는
일에서 멀어지게 할 그 일을 감히 책임질 수가 없을 것 같네. 머지않아 스
키라에게 편지를 쓰겠네.

---

88 「르 쿠쿠Le Coucou」는 프랑수아 쿠프랭의 클라브생을 위한 작품으로 스타로뱅스키의 아들 조르
주가 연주했다. 당시 그는 열두 살 정도였다.
89 알베르 스키라는 롤랑 바르트에게 그의 출판사의 총서를 맡아서 이끌어줄 것을 제안했다.

4.

조르주 페렉과 나눈 편지들

바르트 사후 1년 뒤 조르주 페렉(1936~1982)은 "나의 진정한 스승은 롤랑 바르트다"라고 말한다.[90] 페렉은 바르트의 제자이지만, 이 발언은 단순한 한 제자의 발언이 아니라 한 작가의 발언으로 들을 필요가 있다. 『사물들』(Julliard, 1965)이 『신화론』의 소설적 전환으로 읽힐 수 있는 것은 두 작품 사이의 불균형과 페렉의 특별한 재능, 그리고 물론 '울리포Oulipo'에서의 아주 특별한 글쓰기 방법들을 높이 평가하기 때문이다. 조르주 페렉의 작업에 대한 바르트의 지지는 메디치 문학상 수상을 위해 그가 『인생 사용법』(Hachette, 1978)에 보내준 도움을 통해 표현되었다. 그렇지만 바르트는 페렉을 인용하지도 그에 대해 글을 쓰지도 않는다. 1970년에 쓴 페렉의 감동적인 편지는 '스승'의 침묵 앞에서의 그의 당혹을 잘 보여준다. 바르트의 약속들("곧 자네에 대한 글을 쓸 것이네"라고 바르트는 1965년 그에게 편지를 쓴다)에도 불구하고 그것들을 지키지 않았던 사정은 다음과 같은 이유로는 다 설명되지 않는다. 이를테면 바르트는 페렉의 작품에 대해서는 진정으로 감탄했지만 그의 미학에 대해서는 지지하지 않았으며, 페렉과 바르트의 형식주의에는 미묘한 차이가 있는 만큼 더욱더 가까워질 수 없었다.

---

90 *Entretiens et conférences*, t. II, Nantes, Joseph K., 2003, p. 328.

롤랑 바르트가 조르주 페렉[91]에게(BA)

[1962년?] 월요일

친애하는 조르주 페렉,

보내준 자네의 글 고맙네.[92] 주의 깊고 흥미롭게 읽었네. 그 글들이 실제로 나와 관련이 있다는 생각을 꾸준히 하면서. 몇 가지는 정확한 것 같지만, 나머지 것들은 정확성이 덜한 것 같네. 즉 자네의 요구는 정확하지만 문학과 문학의 존재에 대한 생각, 이를테면 문학의 목적과 수단에 대해 자네가 가지고 있는 듯한 생각은 비현실적이네. 그것들에 대해 유효하게(즉 서로의 생각을 변화시키기 위해) 토론을 할 수 있을지 모르겠네. 자네와 내가 선택의 여지가, 다시 말해 자유로운 시간이 서로 다른 것 같기 때문이지. 그렇지만 그것에 대해 자네와 상의하고 싶네. 지금은 내가 할 일이 너무 많지만 한 달 정도 뒤에 내게 전화를 주면 약속을 정할 수 있을 것 같네.

잘 있게.

R. 바르트

---

91 조르주 페렉Georges Perec은 프랑스의 소설가다. 『사물들Les choses』(1965), 『잠자는 남자Un homme qui dort』(1967) 등 많은 작품을 남겼다.―옮긴이

92 빛을 보지 못한 '라 리뉴 제네랄La ligne générale'이라는 잡지에 대한 계획과 관련하여 조르주 페렉이 1959∼1962년에 쓴 글들을 가리키는 것 같다. 하지만 이 글들은 1961년 프랑수아 마스페로가 창간한 『파르티장Partisans』지에 1962∼1963년에 게재된다. 그 글들은 그의 사후에 출판된 『엘.제. 60년대의 모험L. G. Une aventure des années soixante』(Seuil, 1999)에 재수록된다.

〔1962년?〕 화요일

친애하는 페렉,

급히 몇 자 쓰네. 자네의 원고에 대해 직접 언급할 필요가 있을 것 같아서.[93] 그 원고에 대해 자네의 이야기를 듣고 싶다네. 내 당장의 생각은 좀 엇갈리네. 만약 자네의 계획을 인정할 경우 그 계획을 실행하는 가장 확실한 방법에 어찌 민감하지 않겠는가? 자네에 관해 내가 읽은 것에서 나는 글쓰기의 견고함과 재능, 그 계획의 적합성, 그리고 어떤 완벽성에 대해 감탄하고 있네. 그런데, 어쩌면 내 개인적인 비판에서 오는 이유겠지만 나는 그 시도의 선택에 별로 지지를 보낼 수 없네. 나는 모방적인(물론, 의도적인 모방 말이네) 글쓰기를 지지하지 않아. 그 모델이 설령 알아채기 힘들 정도로 불분명할지라도 말이네. 이 말은 비평이 아니라 거북함에 대한 해명이네. 어쩌면 자네는 그런 조언을 바랐을 테지. 만나게 되면 그 모든 것 대해 내게 설명해주게. 자네가 그 텍스트에서 고려하는 관점들에 대해서도 이야기해주게.

그럼,

R. 바르트

---

93 1962년에 페렉이 해보려고 애쓴 조이스의 『율리시스』를 다시 쓰는 시도인 '포르튈랑Portulan'(항해 지도)을 가리키는 것 같다.

[1964년? 1월] 일요일

친애하는 조르주 페렉,

아주 서둘러 몇 자 쓰네. 자네의 글[94]을 천천히 잘 읽어보았네. 아주 좋다고 생각해. 나는 (자네와 관련해서가 아니라 내가 보통 읽는 것과 관련해서) 자네 작품의 성공과 간결하면서도 우아한 완숙미, 명쾌하지만 문학적인 관점에서 신중한 그 의미에 놀라기까지 했네. 나는 자네가 그 작품에서 다시 기대할 수 있는 모든 것을 발견하는 것 같네. 디테일의 리얼리즘이 아닌—가장 훌륭한 브레히트적인 전통에 따른—상황의 리얼리즘과, 부의 이미지에 복잡하게 뒤얽힌 가난에 대한 한 소설 또는 이야기 같은 것 말이네. 그런 소설은 매우 아름다운데 오늘날에는 아주 드물지. 자네의 작품은 '자기 상실'의 소설이네. 결국 꽤 고통스러운 소설이지. 감정적임과 동시에 사회적이고 인간적인 문제는 자네가 신화적인 맛을 다시 부여하는 그 유명한 사물들을 훌륭하게 다룬 데 기인하기 때문이네. 자네가 무엇을 손질하고 싶은지, 아니면 무엇을 덧붙이려는지 잘 모르겠네. 아무튼 빨리 끝내서 출판하게. 자네의 책은 명명백백해서, 그 '간결한' 텍스트를 통해 오늘날 이야기 속에서 문제가 되는 많은 것을 해결해줄 것으로 생각되네.

---

94 '대모험'이라는 제목의 원고. 조르주 페렉의 전기 작가인 다비드 벨로스에 따르면, 이 원고는 1962년 12월 11일 롤랑 바르트에게 보내졌다. 그러니 이 답장의 시기는 1963년 1월 정도가 될 것이다. 1964년 6월 갈리마르 출판사로부터 거절당한 이 소설은 모리스 나도에 의해 조건부로 쥘리아르 출판사의 '레 레트르 누벨' 총서로 받아들여진다. 페렉이 다시 손질을 한 그 원고는 『사물들』이라는 제목으로 1965년에 출간된다(David Bellos, *Georges Perec. Une vie dans les mots*, Paris, Seuil, 1994, pp. 313~318).

만나서 다시 이야기 나누세. 그게 더 나을 것 같군.

곧 또 보세.
이만 줄이네.

R. 바르트

[1965년 가을] 화요일

친애하는 페렉, 얼마나 기쁜지 모르겠네!95 문단발發 놀라운 희소식이지만 정당한 소식이라네. 그렇다네, 그건 우연이 아니네. 승리한 것은 자네 안의 선의 힘이네. 자네는 우리가 몽매주의에서 벗어나도록 도울 것이네. 열심히 하게.

이만 줄이네.

R. 바르트

곧 자네에 대한 글을 쓸 것이네.

---

95 조르주 페렉은 『사물들』로 르노도상을 받았다(바로 앞 편지의 주를 볼 것).

[1967년] 5월 9일

친애하는 페렉,

『레탕모데른』지에서 자네의 텍스트[96]의 일부를 읽자마자 자네에게 몇 자 쓰고 싶었네. 자네의 글쓰기 앞에서 내가 느꼈던 잔잔하고 확실한 충격 같은 것, 즉 글쓰기의 존재 같은 것에 대한 확신(그것은 우리에게 아주 드물게 주어지는 것이네)을 말하기 위해서 말이야. 나는 아직 책 전체를 다룰 시간이 없었네. 일로 기진맥진했네. 그렇지만 자네가 쓴 것 전체에 대해 글을 써야겠다는 생각을 항상 하고 있다는 것을 자네에게 말해주고 싶다네. 아직 몇 개월은 더 필요하지만 '내가 신경을 쓰고 있고' 자네 텍스트들의 등불이 늘 내 곁에서 타고 있다는 것을 알아주게.

언젠가 만날 수 있기를 바라네.

이만 줄이네.

롤랑 바르트

자네가 『유행의 체계』[97]에 흥미 있어 했다는 말을 뒤비뇨[98]에게서 들었네. 고맙네.

---

96 『레탕모데른』지 1967년 3월호에 게재된 『잠자는 남자』로. 이 소설은 같은 해 드노엘 출판사에서 모리스 나도가 이끄는 총서에 삽입되었다.
97 1967년에 출간된 『유행의 체계』를 말한다.

1968년 1월 28일

친애하는 친구,

나는 9월부터 최근까지 미국에 있었네. 그래서 이제야 게츨레르의 전시회[99] 초청장을 보았네. 가보지 못한 것 용서하게. 하지만 의도적인 것은 아니었네.

나 또한 자네를 만난다면 즐겁겠네. 맥 빠지게 하는 이 산만한 정신을 떨쳐버리기 위해 기력과 마음 상태가 나보다 더 나아질 때 소식 주게.

이만 줄이네.

R. 바르트

---

98 장 뒤비뇨Jean Duvignaud(1921~2007)는 프랑스의 소설가이자 사회학자, 인류학자다. 고등학교에서 조르주 페렉을 가르쳤다. 『예술의 사회학』(1972), 『페렉 또는 상처』(1993) 등 많은 저서가 있다.—옮긴이
99 조르주 페렉의 아주 가까운 친구인 피에르 게츨레르Pierre Getzler의 그림과 데생 전시회는 1967년 12월 파리 제7구 드박가 92번지에 있는 조르주 페렉의 아파트에서 열렸다.

1968년 3월 26일

친애하는 페렉,

이렇게 늦게 『유행의 체계』에 대한 자네의 글에 고마움을 표하는 것을 용서하게. 그 작품에 대해 글을 쓸 정도로 관심을 가져주니 기뻤네.[100] '자발성'과 반주지주의 등 옛 낭만적 신화 속에 다시 빠질지 모르지만, 사실 나는 어떻게 코드 없는 체계가 있을 수 있을지도, 왜 그 체계를 초보적으로 공포와 동일시하는지도 잘 모르겠네. 그것이 자네의 의도는 아닐 것이라 바라네만. 그 모든 것에 대해, 무엇보다 훨씬 더 재미있는 자네의 계획들에 대해 이야기를 나눌 필요가 있겠지.

곧 또 보세,
잘 있게.

R. 바르트

---

100 조르주 페렉은 롤랑 바르트의 발언과는 달리 『유행의 체계』에 대한 꽤 비판적인 이 논평을 게재한 적이 없다.

조르주 페렉이 롤랑 바르트에게(BNF)

1970년 6월 15일

롤랑 바르트 선생님,

『옵세르바퇴르』지 최근 호에 게재하신 마생[101]에 대한 선생님의 글[102]을 읽고 저는 다시 한번 선생님의 침묵에(이런 말씀을 드려야겠군요, 점점 더 쓰라리게라고 말입니다) 섭섭한 마음이 듭니다.

가르침과 글을 통해 선생님이 저의 작업과 발전에 끼친 영향은 너무 컸고 또 여전히 커서, 제 텍스트들은 오로지 선생님의 독서가 그것들에 부여할 수 있는 의미와 중요성과 존재성밖에 갖고 있지 않은 것 같습니다.

롤랑 선생님,
안녕히 계십시오.

조르주 페렉

---

101   로베르 마생Robert Massin(1925~2020)은 프랑스의 그래픽 디자이너이자 예술 감독이다.—옮긴이

102   『르 누벨 옵세르바퇴르』지가 아니라 『라 캥젠 리테레르』지 6월호다. 바르트는 레몽 크노가 서문을 쓴 마생의 『문자와 이미지La Lettre et L'Image』(Gallimard, 1970)에 대한 글을 게재했다.

Georges Perec,
53 rue de Seine
Paris 6ᵉ

6 15.6-70

Cher Roland Barthes,

la lecture de votre article sur
Massin dans un récent Observateur
me fait regretter, une fois de plus
(et je dois le dire, de plus en plus
amèrement) votre silence.

l'influence que vous avez
eue, par votre enseignement et vos
écrits, sur mon travail et sur
son évolution a été et demeure
telle qu'il me semble que mes
textes n'ont d'autre sens, d'autre
poids, d'autre existence que
ceux que peut leur donner votre
lecture –

Croyez, cher Roland Barthes,
à mes sentiments amicaux G. P.

페렉이 바르트에게 쓴 1970년 6월 15일자 편지

롤랑 바르트가 조르주 페렉에게(BA)

[1970년] 7월 4일, 라바트 피에르세마르가 11번지에서

친애하는 페렉,

자네의 편지는 감동적이지만, 조금 유감이네. 자네도 잘 알다시피 나는 이를테면 비평 기사는 전혀 쓰지 않고 있네. 내게 절대적으로 시간이 부족하기 때문(지금 오로지 책을 쓰는 데만 신경 쓰고 있으며, 그 일을 지연시키는 모든 것에 시달리고 있다는 말을 하고 싶네)인 동시에, 비평을 쓰는 일은 힘이 들기 때문이야. 내가 우연히 주간지에 뭔가를 보내는 것은 부담이 되는 어떤 우연성의 압박 때문이네. 자네의 작품에 대해 침묵하고 있는 것이 아니라고 말해주고 싶네. 자네의 작품을 언급하기 위해서는(나는 그럴 수 있기만을 바라네) 그 작품이 나와 관련되는(그 점은 자네의 초기 원고 때부터 확실하네) 것이 아닌, 내가 하는 작업에 자연스럽게 들어갈 수 있어야 할 것이네. 그러니 우리 각자의 작업이 합류할 때까지, 아니면 우연성이 우리를 합류시킬 때까지 인내가 필요하네. 그때 자네의 신뢰와 우정에 대해 내가 빚진 것을 가능한 한 갚고자 노력할 것이네. 나는 흔연히 그 일을 할 것이네.

잘 있게.

R. 바르트

1972년 12월 17일

친애하는 페렉,

자네의 책을 곧 즐겁게 읽을 것 같네. 그렇게 느껴지네.[103] 자네는 '대압 운파 시인들 같은' 신랄한 생각들을 갖고 있네. 우리는 중세의 종말이 필요하네. 그러니 먼저 감사하네.

곧 볼 수 있겠지?

이만 줄이네.

R. 바르트

---

103   롤랑 바르트는 아마 페렉이 보내준 『울리포: 창조, 재창조, 유희Oulipo. Créations, re-créations, récréations』(Gallimard Idées, 1972)에 대해 언급하고 있는 것 같다.

1973년 6월 25일

친애하는 페렉,

자네의 『어두운 가게』[104]를 꼭 읽어봐주기를 바라는 마음에 매우 감동했네. 책 받고 기뻤네. 바캉스 때나 가져가서 읽겠네. 지금은 기진맥진한 상태야. 하지만 천천히 잘 읽어보겠네. 그 단편적인 글쓰기에 보이는 것에 벌써 마음이 끌린다네. 매우 고맙네. 그럼 곧 또 보세.

잘 지내게.

R. 바르트

---

104 『어두운 가게: 124개의 꿈La Boutique obscure: 124 rêves』은 그해 드노엘 출판사에서 출간된다.

5.

클로드 시몽이 롤랑 바르트에게

롤랑 바르트와 클로드 시몽(1913~2005)의 관계는 아주 신중했다. 몇 통에 불과하지만 그들이 나눈 편지와 바르트가 시몽에게 바친 헌사는 그것을 증언한다. 그들은 같은 세대로서 제1차 세계대전 때 둘 다 아버지를 잃었다. 무엇보다 그들은 아주 비슷한 문학 행위로 깊은 관계를 맺게 되었다. 롤랑 바르트는 클로드 시몽에 대해 글을 쓰진 않았지만 여기저기에서 그를 인용하면서 그의 작품의 독서와 그에 대한 변함없는 호감을 나타냈다. 같은 해 같은 출판사(스키라 출판사)에서 출간된 그들의 저서 『눈먼 오리온』과 『기호의 제국』으로 그들은 가까워진다. 그러나 편지들은 클로드 시몽이 자신의 작품 『풀Herbe』(Minuit, 1958)을 각색한, 별로 알려지지 않은 희곡 작품 『이별La Séparation』에 대한 바르트의 찬미를 보여준다.

1963년 5월 10일, 페르피냥에서

친애하는 롤랑 바르트,

보내준 자네의 책105 매우 고맙네. 지금 나는 힘든 일들(이사와 집 정리)로 정신이 없네. 안정이 되면 자네의 책을 읽으려 하네. 하지만 여기저기 빠르게 훑어보지 않을 수 없었네.

『이별』에 대한 자네의 말을 들을 터라 나는 좀 어색함을 느낀다네(자네

---

105 『라신에 관하여』.

가 내게 한 것과 같은 말을 되돌려주는 것 같아서. 하지만……). 자네의 엄밀한 사고와 통찰력(자네의 서문에서 떨리는tremblé 의미와 닫힌fermé 의미 사이의 너무도 명확히 인식된 그 구분을 보고 놀랐네)에 내가 또 한 번 얼마나 할 말을 잃었는지(나는 지난달 로브그리예에 대한 모리셋의 책에 실린 자네의 서문[106]을 읽고 또 읽었네) 자네에게 말하려 하니 말이네.

독학자일 뿐으로 모색하는 직관력을 지닌 나로서는 자네가 내게 보여주는 관심에 좀 주눅이 드는 느낌이라는 것을 고백해야겠네. 마치 모리스 메를로퐁티가 내게 보내는 평가가 그랬던 것처럼. 그도 내게 이렇게 말할 것 같은데, 나는 이 모든 것이 전혀 내가 아닌, 그저 열심히 노력한 나머지 표면화되는 그런 인물에 어울린다는 것을 잘 알고 있네. 그러니 유감스럽지만 내가 떠나면 그 모든 것도 사라지고 말 걸세. 자네가 만나게 되는 것은 다른 사람일 걸세.

파리에서 자네를 볼 수 있으면 기쁘겠네. 우리는 그곳에 조그만 임시 거처 하나를 구해놓았네. 하지만 다시 이사를 하고 정리를 해야 하네!

레아[107]가 자네에게 안부 전해달라고 하네.

클로드 시몽

---

106 로브그리예 연구가인 브루스 모리셋Bruce Morrissette의 『로브그리예의 소설들Les Romans de Robbe-Grillet』(Minuit, 1963)의 서문을 가리킨다. 『비평 선집』에 재수록되었다(*OC*, t. 2, pp. 458~459).
107 레아는 클로드 시몽의 아내다.

1964년 3월 9일, 살스에서

친애하는 롤랑 바르트,

자네의 책과 자네의 헌사에 진심으로 감사하네. 크게 감동했네.[108]

이기적이지만, 자네의 최근 글을 모아 단행본으로 출판하니 기쁘네. 그 글을 대부분 잘 알고 있지만 참고할 때마다 옛 잡지들에서 하나하나 다시 찾아야 했네. 몇몇 글들, 즉 『마녀La Sorcière』(내가 아주 좋아하는 책이네)에 대한 글과 『모던 랭귀지 노트Modern language Notes』 지와 『타임 리터러리 서플리먼트Time Literary Supplement』 지에 실린 비평 관련 글들은 몰랐던 것이네.

자네에게 이미 말했던 것처럼, 나는 자네의 분석들이 정말 중요하다고 생각하네. 자네는 내가 어렴풋이 느끼고 있는 많은 것을 명확히 해주었네.(아주 훌륭한 방식으로!) 자네 이전에는 글쓰기의 문제에 대해 자네처럼 이야기한 사람은 아무도 없네. 그렇기에 우리 여럿은 그에 대해 찬미와 감사의 마음을 표해야 한다고 생각하네.

모든 어려움이 해결되면 우리는 곧 파리에 얻어놓은 작은 임시 거처로 이사를 할 수 있을 것 같네. 그러면 우리는 더 자주 그곳에 갈 수 있을 거야. 그곳에 웬만큼 자리를 잡으면(뜻밖의 일이 일어나지 않는 한 5월 말쯤 될 거야) 어느 날 저녁 바로 자네를 부르겠네.

---

108 『비평 선집』을 가리킨다.

레아가 자네에게 안부를 부탁하네. 그 만남을 즐겁게 기다린다고 하면서.

클로드 시몽

1966년 4월 9일, 살스에서

친애하는 롤랑 바르트,

친절하게도 자네가 보내준 신간[109]에 감사하네. 그것들에 대해 언급해줘서 고맙네.
자네가 있어서 다행이네.

진실한 우정을 전하네.

클로드 시몽

---

109 『비평과 진실』을 가리킨다.

à Claude Simon,
son admirateur fidèle
et son ami
R Barthes

CRITIQUE ET VÉRITÉ

클로드 시몽을 위한 바르트의 헌사

LE PLAISIR DU TEXTE

*à Claude Simon
et à Réa,
en grande amitié*

R Barthes

6.

쥘리아 크리스테바와 나눈 편지들

바르트가 『세메이오티케, 기호분석론』에 대한 글 제목을 「그 외국 여인」[110]이라 붙인 것은, 그녀가 바르트에게 불러일으킨 모든 매력, 또 매혹을 말해준다. 바르트에게는 '그 외국 여인'만 이 오직 그에게 중요한 것, 즉 랑그langue, 랑가주langage, 기호signe 등에 대한 '희소식'을 가 져다줄 수 있다. 그는 아주 명확하게 이런 표현으로 그녀를 소개한다. 즉 그녀는 사물들의 위치 를 이동시키고 변화시키는 사람이며, 끊임없이 이렇게 일러주는 사람이다. "우리는 여전히 너 무 느리게 가고 있다", "우리는 '믿어버리면서', 다시 말해 같은 말을 되풀이하면서, 만족해하면 서 시간을 허비하고 있다." 그녀를 '그 외국 여인'이라고 부르면서, 그녀에게 동양과 연결된 기원 ("우리가 동유럽과 극동에서 유래한 새로운 지식을 빚진 여인")을 부여하면서, 그리고 또 그녀가 "우 리의 일천한 기호학을 측면에서 들이받아 낯선 자국을 낸다(그것은 기이한 일이기보다는 훨씬 더 어려운 일이다)"고 쓰면서 바르트는 자기 자신에 관한 것, 즉 자신의 탐구에 대해서도 이야기하 면서 그 방향에서 다음의 사실을 명확히 한다. 1947년 그의 첫 지적 행위부터, 아주 오래된 프 랑스 수사학의 전통은 그 기원이 외국이라고 하면서 그가 자신에게 중요한 '글쓰기의 영도' 개 념을 차용한 것도 바로 한 외국인 비고 브륀달[111]에게서라는 사실을 말이다. 자신의 작업을 하 는 동안 내내 롤랑 바르트는 크리스테바가 제시한 이론적인 변화들을 항상 참조하면서 그녀의 지적인 탐구에 변함없는 깊은 애정을 보낸다.

---

110 『세메이오티케, 기호분석론Séméiotikè, recherche pour une sémanalyse』은 쥘리아 크리스테바 의 첫 저작으로 1969년에 출판된다(Seuil, 텔켈 총서). 바르트는 이 책에 대한 이 글을 『라 캥젠』지 1970년 5월호에 게재했다(*OC*, t. 3, pp. 477~480).

111 비고 브륀달Viggo Brøndal(1887~1942)은 덴마크의 철학자이자 로망스어학자다. 코펜하겐 언어 서클Linguistic Circle of Copenhagen을 창립하여 코펜하겐 학파를 주도했다.—옮긴이

롤랑 바르트가 쥘리아 크리스테바에게

1967년 9월 12일, 위르트에서

친애하는 친구,

   매우 중요한 당신의 글 고맙습니다. 당신의 모든 글에서처럼 이 글에 대해서도 마음 졸이는, 이 글에 의해 변화되는, 이 글에 사로잡히는 것 같은 느낌을 맛봅니다. 옛날 기호학에 완전히 빠져 행한 작업인 『유행』을 쓰면서 나는 그 모든 느낌을 상상 속에 떠올려보지도 바라지도 않았습니다. 하지만 다수의 체계를 분석할 때 이미 의심(당신은 그 의심을 승리로 바꾸어놓고 있습니다)이 있었던 것도 사실입니다. 하지만 그 때문에 나에게 유일한 당신의 호의가 혹독한 비판일 수 있는 것을 데리다의 말인 하나의 대리보충, 하나의 보완물로 변화시키지는 못합니다. 그 말은 그 말의 옹호자보다 더 중요하며 훨씬 더 발전한 것입니다. 그러니 많은 차원에서 그 글에 감사합니다. 그 글을 쓰느라 들인 수고에 감사합니다. 무엇보다 지금 아주 피곤할 텐데도 말입니다. 당신의 글들은 곧 단행본으로 출판될 필요가 있을 것입니다. 우리는 그 작업 도구, 혁신의 도구가 절실히 필요합니다. 나는 당연히 당신의 연구가 빨리 『크리티크』지[112]에 게재되었으면 하는 바람입니다. 내 생각에는 글의 분량 외에는 문제가 없는 것 같습니다. 그러나 그것은 부차

---

[112] 「의미와 유행」이라는 제목의 크리스테바의 글은 장 피엘이 주도하는 『크리티크』지 1967년 11월호에 게재된다.

적입니다. 시간을 벌기 위해 가장 현명한 행동은 내가 당신의 글을 데리다에게 보내는 일인 것 같습니다. 그는 『크리티크』 지의 편집위원으로, 어떻든 아주 좋아할 것입니다. 그렇지만 피엘을 통해 당신의 글을 보내겠습니다. 피엘에게 우편으로 보낼 생각입니다.

당신의 건강이 걱정된다는 말을 하고 싶습니다. 당신은 분명 휴식을 충분히 취하지 않고 있겠지요. 휴게 시설에서 두 달은 휴식을 취해야 할 것입니다. 나 역시 전지요양소에 있어본 적이 있습니다(휴게 시설과는 같지 않습니다만). 단언컨대 휴식을 취할 수 있는 곳은 거기뿐입니다. 체계적이고 실용적인 인식 없이 효과적인 휴식은 없습니다. 건강을 위해 조금은 일인극적일 필요가 있습니다.

나는 이틀 뒤 파리로 돌아갑니다. 그곳에서 다시 10월 2일에 볼티모어로 떠납니다.[113] 당신이 피곤하지 않다면 그때 만날 수 있었으면 합니다. 가능하다면 내게 전화를 주도록 하세요.

몸조리 잘 하기를 바랍니다. 다시 한번 깊이 감사합니다.

당신의 친구,

R. 바르트

---

113 존스홉킨스대학으로 떠난다(1967년 11월 20일자 자크 데리다에게 보내는 편지를 볼 것. 이 책 680쪽).

쥘리아 크리스테바가 롤랑 바르트에게(BNF)

〔1977년〕 금요일

저는 (소위 새로운 '모성애—왜 그렇게 자랑스레 부르는지는 아무도 모릅니다—의 대상'114 때문에 커갔던) 걱정과, 유일하게 한 『사랑의 단상』의 독서—가슴으로 한 유일한 독서—에서 간신히 빠져나와 이렇게 선생님의 책을 읽는 동안 얼마나 행복했는지를 말씀드리고 있습니다. 아마도 그 책이 요즈음 저를 유배지, 즉 그 상상계의 죽음에서 끌어내어 바로 선생님의 것이기도 한 어떤 땅을 제게 선물하기 때문일 것입니다. 물론 그 땅은 정열적인 열광의 쇄도도 중립적인 접촉의 미지의 땅도 아닌, 수면에서 깨어난 뒤의 꿈, 이미 환한 아침의 꿈, 낯선 여자로서뿐만 아니라 희열 속에 있는 나 자신을 알아보는 그런 꿈입니다.

선생님의 책을 읽은 것이 (벌써!) 10년이 더 됐습니다. 다 읽고 날 때마다 늘 이어 다가오는—번개 같은 그런 행복의 선물입니다.

마음으로부터의 포옹을 보냅니다.

쥘리아

---

114 1975년. 필리프 솔레르스와의 사이에서 낳은 아들 다비드를 암시한다.

7.

피에르 기요타와 나눈 편지들

롤랑 바르트와 피에르 기요타[115]의 관계는 1970년 갈리마르의 『에덴, 에덴, 에덴』의 출판 사건과, 그가 발견했던 문학적·미학적·지적 충격과 분리해서 생각할 수 없다. 세 명이 쓴 서문(롤랑 바르트, 미셸 레리스, 필리프 솔레르스)이 보호해줄 것 같았음에도 판매 금지가 내려진 그 책에 대한 검열의 문제 외에도, 바르트의 눈에 사건인 것은, 그가 1969년 9월 13일에 쓴 편지에서 공개적인 그의 글보다 훨씬 더 정확히, 이를테면 이전의 단절들을 야기했던 '구실들', 특히 위반들이 항상 전제로 하는 '과오'의 구실들에서 벗어나는 어떤 문학혁명의 가능성을 언급하고 있다는 것이다. 바르트는 그의 서문에서처럼 편지에서 이렇게 쓰고 있다. "남아 있는 것이라고는 욕망과 언어밖에 없다."[116]

롤랑 바르트가 피에르 기요타에게(BNF)

1969년 9월 13일

친애하는 기요타,

---

115 피에르 기요타Pierre Guyotat(1940~)는 프랑스의 작가다. 필리프 솔레르스, 롤랑 바르트, 자크 데리다, 쥘리아 크리스테바, 미셸 푸코와 함께 포스트구조주의 사상을 알리는 데 기여했다. 『책Le livre』(1984), 『에덴, 에덴, 에덴Éden, Éden, Éden』(1995) 등 많은 작품이 있다.—옮긴이
116 「시니피앙에 일어나는 것」(*OC*, t. 3, p. 609).

보내준 자네의 원고117에 감사하네. 원고를 보고 매우 기뻤네. 이 말에 자네는 놀랄 테지만 그것은 내가 자유로운 한 텍스트를 알아보고 갖게 되었던 그 기쁨, 그 안도를 표현하는 거라네. 생명이 있는, 아직 알려지지 않은, 하지만 이미 꿈꾸어진, 새롭지만 즉각 이해할 수 있는 온갖 풍미와 언어의 무한성을 가진, 특이한 소재와 특이한 문장과 그 문장의 반복으로 아름다운 한 물질처럼 창작된, 모든 주체와 모든 대상과 모든 상징으로부터 자유로운 텍스트를 말이네. 자네의 텍스트는 내게 일종의 역사적인 돌발, 역사적인 충격처럼 보이네. 자네는 사드에서 주네에 이르기까지, 말라르메에서 아르토에 이르기까지 이전의 행동 전체를 담고 있네. 자네는 그 행동을 옮겨와서 그 시대적인 구실들을 씻어내고 있네. 더 이상 이야기Récit도 과오Faute도(물론 같은 말이네) 없이, 욕망과 언어밖에 남아 있는 것이 없네. 그 욕망과 언어는 서로를 지워버리지 않고 분리할 수 없는 상호적인 환유 상태로 있어서, 자네의 텍스트는 그 텍스트의 큰 희생을 치르고 행하고 싶어질지도 모를(행하고 싶어질) 모든 검열에 성과 언어를 동시에 검열케 하여 즉각 과도하게 만들어, 이를테면 검열의 본질을 드러나게 한다네. 내가 얼마나 큰 확신을 갖고 자네의 원고가 출판되기를 강렬히 바라는지 말해주고 싶네. 그로 인해 모든 비평 작업에 진전이 있을 것이기 때문이네. 최선을 다해 그 일을 도울 걸세. 확신컨대 나 혼자만이 아닐 거야. 자네의 텍스트는 금석문 같은 영향력이 있어서, 그것은 아주 드문 매력과 동시에 의심의 여지 없이 놓치기 아까운! 지표로 작용할 것이네.

---

117 『에덴, 에덴, 에덴』을 가리킨다. 바르트는 그 원고를 읽고 이 편지를 쓰고 있다. 그렇지만 세 명의 서문에 대해서는 언급하지 않고 있다.

이 텍스트의 운명과 모험들에 대해 내게 알려주기를 부탁하네. 우호적인 감탄의 마음을 전하네.

롤랑 바르트

1969년 11월 23일

내 짧은 글118을 보내네. 만족할 만한 것이었으면 하네만(자네라는 말 대신 그라는 말을, 편지라는 말 대신 텍스트라는 말을, 기요타라는 말 대신 저자라는 말을 사용함으로써 내가 자네에 대해 가지고 있는 찬미의 마음이 덜 전달되는 것은 아닌지 걱정이 되네). 출판이 되면 내게 알려주게. 자네를 만나서 매우 기뻤네. 이만 줄이네.

R. 바르트
피에르세마르가 11번지
라바트

---

118 그가 쓴 『에덴. 에덴. 에덴』의 서문을 가리킨다. 바르트는 당시 모로코에 체류하면서 라바트대학에서 강의를 하고 있었다.

피에르 기요타가 롤랑 바르트에게(BNF)

1971년 12월 18일

선생님,

선생님의 책 『사드, 푸리에, 로욜라』를 잘 받았습니다. 감사합니다. 20년 전부터 해오고 있는, 글쓰기 작업의 모든 역사적 국면(역사적으로뿐 아니라 한 개인의 역사에 있어서)을 가능한 한 가장 정확하고 자연스럽게 설명해주시는 그 멋진 작업에 감탄해 마지않습니다. 선생님이 아닌 누구도 그렇게 글쓰기에, 오직 글쓰기에만 신경을 쓴 사람은 없습니다. 그리하여 선생님은 ─이 시대 '문학' 생산의 한 방향에 크게 영향을 주는 말들의 변화로─ 작업의 가장 '은밀한' 과정들을, '나아가' 오랫동안 '관습'이라 불린 그 거친 충동의 과정들을 밝혀주셨습니다.

저의 찬미와 변함없는 존경을 이 기회에 다시 한번 전합니다.

피에르 기요타

롤랑 바르트가 피에르 기요타에게(BNF)

1973년 5월 13일

친애하는 친구,

　어제저녁의 공연[119] 뒤 자네를 찾아 고마움을 표하지도 못하고 바로 떠나온 것 용서하게. 내 친구 앙드레 테시네[120]가 몹시 추워해서 걱정이 되었다네. 나는 프랑수아 발과 전적으로 생각이 같아. 즉, 자네는 아주 적절하게 최대한 멀리 나아갔네. 텍스트는 훌륭했고, 원칙은 논의의 여지가 없으며(명쾌하며) 공연은 기념할 만하네(머리에서 떠나지 않아). 배우들의 연기는 깜짝 놀랄 정도였네. 완전히 동의하지 않는 점이 있다면 극작법에 대한 다음의 중요한 두 가지라네. 먼저, 두 배우가 동시에 말을 할 때에는 대사가 들리지 않네. 그리하여 그때부터 모든 것이 무너져 내려. 소위 '진실임 직한' 텍스트에서보다 훨씬 더 시니피앙의 발음의 명확성은 중요하기 때문이네. 예를 들면, 끝 부분에서 쿠키[121]의 일인극은 감동을 불러일으킬 정도로 훌륭하네. 자네도 알듯이, 모든 것이 '들리다entendre'보다 '이해하다

119　같은 해 4월 25일부터 5월 20일까지 뱅센의 카르투슈리Cartoucherie 극장에서 공연된 기요타의 작품 「좋아, 전진Bon en avant」을 가리킨다. 바르트는 이 공연을 관람했다.

120　앙드레 테시네André Téchiné(1943~)는 프랑스의 영화감독이자 영화 각본가다. 1985년 영화 「랑데부」로 칸 영화제 감독상을 수상했다. 프랑수아 트뤼포, 클로드 샤브롤, 장뤼크 고다르에 이은 『카이에 뒤 시네마』의 2세대 영화 평론가 중 한 명으로 평가받는다.—옮긴이

121　알랭 올리비에와 이 연극을 공연한 프랑수아 쿠키François Kuki를 가리킨다.

comprendre'를 노리네('들리다'이해하다'가 아니야). 그러니 텍스트는 잘 들려야 하는데, 이 경우는 그렇지 못해. 적어도 오랫동안 말이야. 그다음으로는, 배우들이 연기와 달리 대사가 정확하지 않다는 것이네. 그들은 자신들이 말하는 것이 잘 들린다고 믿고 있는 것 같아. 그들은 '연극적으로' 열정적이어서 마치 우리에게 없는 어떤 의미를 자기들은 자연스럽게 갖고 있는 듯이 하고 있어. 그들은 열정을 풍부하게 표현함으로써 벌거벗겨진 무의식을 완화시키고 있네. 그런데 자네도 알듯이, 무의식은 영혼도 열정도 아니지 않은가. 나는 어떤 아시아적이거나 그레고리오 성가적인 '발성'(고대 수사학에서는 actio라고 말했네)을 바랐네. 물론, 그들의 잘못이 아니야. 그들 뒤에는 오래된 전통, 조상 전래의 숙달이 필요할 걸세. 그러니 우리 문명에 대한 반감을 다시 맛보게 되는 것이지. 어쨌든 그들에게, 그리고 쿠키에게 그의 개시와 끝맺는 말, 그의 일인극에 감사하네. 물론 자네에게도.

　　친구,

　　　　　　　　　　　　　　　　　　　　　　　　　　R. 바르트

8.

자크 데리다와 나눈 편지들

자크 데리다(1930~2004)가 바르트에게 헌정한 훌륭한 글 「롤랑 바르트의 죽음들Les morts de Roland Barthes」[122]보다 더—그들을 연결해주는 것, 즉 글쓰기와 같이—물의도 무례함도 없는 그 관계를 잘 설명해주는 것은 없다. 그런데 이 '글쓰기'는 하나의 실천일 뿐 아니라 그들 각자의 첫 저서 『글쓰기의 영도』와 『글쓰기와 차이』[123] 속에 있는 단어다. 그런데 데리다는 바르트의 전작들이 없었더라면 글쓰기 문제의 본질에 대한 모든 것을 참고했더라도 그만의 고유한 분야를 개척해내지 못했을 것이다. 그 헌정의 글에서 데리다는 바르트의 '죽음들', 기억, 어머니, 바르트라는 사람 그 자체를 언급하는 것에 만족하지 않는다. 그는 개념들, 예컨대 바르트가 『밝은 방』에서 요약하고 있는 '스투디움studium'과 '푼크툼punctum' 개념의 중요성 또한 언급한다. 바르트의 비망록에 자크 데리다라는 이름이 처음으로 등장하는 것은 필리프 솔레르스와 제라르 주네트와 저녁 식사를 함께한 1964년 3월 2일이다. 그 후로는 폴 테브냉[124]이 그들의 만남에 큰 역할을 한 것 같다. 어쨌든 바르트는 공동의 고찰로 깊이 가까워지게 된 데리다의 초기 저작들에 깊은 감동을 받았다.

---

122 1981년 9월 『포에틱Poétique』 지에 게재되었다. 이후 『프시케』(Galilée, 1987)와 『매번 유일한, 세상의 종말Chaque fois unique, la fin du monde』(Galilée, 2003)에 재수록되었다.

123 『글쓰기와 차이L'Ecriture et la différence』는 1967년에 쇠유 출판사(텔켈 총서)에서 출간되었다. 『그라마톨로지』(Minuit)와 『목소리와 현상La Voix et le phénomène』(PUF)도 같은 해에 출간된다.

124 폴 테브냉Paule Thévenin(1918~1993)은 갈리마르 출판사에 근무하면서 필리프 솔레르스의 도움을 받아 그녀의 가까운 친구였던 앙토냉 아르토Antonin Artaud에 대한 총서를 발간했다.—옮긴이

자크 데리다가 롤랑 바르트에게

1966년 3월 26일

선생님,

먼저 『비평과 진실』을 써주시고, 또 제게 그 책을 보내주시니 깊이 감사드립니다. 그 책을 막 즐겁게—일종의 환희입니다—읽었는데, 단연코 논쟁적 '상황'을 초월합니다. 선생님은 반격에만 그치지 않고, 선생님의 편인 모든 '훌륭한' 정신의 소유자들에게 엄격한 이론적 정당성을 가져다주셨습니다. 선생님은 그들의 암묵적인 동조를 얻는 이론적 그물을 짰거나 아니면 복원했습니다. 그 점에서 또한 이 저서는 역사적입니다.

다시 한번 감사드립니다.
안녕히 계십시오.

자크 데리다

롤랑 바르트가 자크 데리다에게(IMEC)

1967년 11월 20일
메릴랜드주 볼티모어, 존스홉킨스대학

친애하는 친구,

답장이 많이 늦었네. 이미 자네에게 '에둘러' 말했듯이 나는 파리에서만큼이나 마음이 산만하네. 그 잘못은 홉킨스대학(더할 나위 없는 자유, 완전한 자유를 누리고 있으니 걱정은 하지 않아도 될 걸세)이 아닌 내게 있네. 이리저리 학회나 다니고 있으니 말이야. 그 틈에 이 나라를 조금씩 구경하기는 한다네. 그렇기에 학회 강연 글과 진행 중인 논문들을 수정하거나 하면서 시간을 보내고 있네.

자네가 내년에 이곳에 오는 것(지라르[125]에게서 들었네)에 동의했으리라 생각하네. 벌써부터 학생들은 자네를 알고 싶어 안달이야. '나의' 미국에 대해 자네에게 말해주겠네(하지만 자네는 이미 잘 알고 있겠지). 내 생각에 이곳으로의 여행에 의미를 부여할 수 있는 것은 단 한 가지, 즉 '연구를 위한 마음의 평정'밖에 없는 것 같네. 그런데 나는 향수에 젖어 이 말을 하고 있는데, 그 평정을 찾지 못했기 때문이지. 혼자 있지 않고 좋아하는 사람들에 둘러싸여 있으면 자네는 나보다 훨씬 더 평정을 얻을 수 있을 걸세.

---

125 르네 지라르를 가리킨다. 당시 그는 존스홉킨스대학 로망어과 과장으로 있었다.

그런데 미국에 대한 나의 '망상'을 서면으로 이야기하고 싶지 않네. 잘못하면 불공정할 수 있네(왜냐하면 한마디로 나는 반대이니까, 철저히). 그러니 말로 하면 보다 덜 심각하겠지!

나는 1월에 돌아가네. 하지만 언제 돌아갈지 정확히는 몰라. 자네들 모두 몹시 보고 싶네.

잘 지내게.

R. 바르트

그 일본인에 대해서는 백 번 천 번 동의해. 그에게 답장을 했네. 나는 그를 알고 있는데, 멋진 인간이야.

그리고 『그라마톨로지』[126] 고맙네. 엄청나게 고마워. 이곳에서 이 책은 마치 종교재판의 나라에서 갈릴레이의 책, 아니 더 쉽게 말하면 미개 사회에서 문명인의 책 같네!

---

126 『그라마톨로지』는 그해 미뉘 출판사에서 간행되었다.

자크 데리다가 롤랑 바르트에게(BNF)

1970년 3월 22일

선생님,

오늘은 그저 『S/Z』에 대한 저의 감사와 감탄의 마음을 전하고자 할 따름입니다. 다른 어떤 텍스트에 대해서도 저는 오늘처럼 절대적인 동의와 연대감을 느낀 적이 없습니다. 『S/Z』의 페이지 구성과 기법은 모든 면에서 오래된 규칙에서 말하는 하나의 모델, 혹은 방법론, 혹은 모범적인 기준이 될 것입니다. 어쨌든 새로운 독서 공간과 글쓰기 공간을 드러내고 증대시키고 '해방시키는 일'을 『S/Z』는 하고 있고, 또 오랫동안 할 것이라고 저는 확신합니다.

곧 뵐 수 있기를 바랍니다.
안녕히 계십시오.

자크 데리다

1972년 3월 30일, 니스에서

선생님,

방금 『레 레트르 프랑세즈』[127] 지 잘 받았습니다. 그저 무한한 감사를 드려도 되겠지요? 선생님의 아주 너그럽고 개방적인 마음에 대한 이 감사의 마음은 아주 오래전부터(오늘은 그 어느 때보다도 더 큽니다. 선생님도 아시겠지요) 있어왔습니다. 그 감사의 마음은 제가 글을 쓰기 시작하기 전부터도 줄곧 있어왔으며, 둘도 없이 소중한 비평적 수단으로뿐 아니라 가장 동조적인 시선 중 하나로 저의 곁을 지켜주었습니다. 하지만 그 시선의 엄격함은 저를 전혀 제약하지 않고 반대로 자유롭게 내버려두면서 글을 쓰게 하고 즐기도록 해주었습니다. 선생님이 말씀하시는, 그렇습니다, 바로 그 고독에서 이렇게 생겨나는 이 유대는 작업할 때 저에게 —제 편인 것처럼— 너무도 친숙하고 은밀하며 비밀스러워서 이야기의 대상이 절대 되지 못합니다. 이런 법이 어디 있겠습니까? 그리하여 저는 저 자신의 그러한 점을 가책하기도 합니다. 아마 선생님과의 관계처럼 긴밀하고 감사하고 은밀히 통하는 이런 관계를 가진 유일한 분이기도 한 블랑쇼 선생님에 대해서처럼 말입니다. 긴 이야기를 나누지 못해서 그렇지 솔직하고 자신 있게 그 말씀을 드릴 수 있을 것입니다.

오늘처럼 저는 자주 오랫동안 선생님에 대해 선생님과 이야기를 나누고 싶은 마음이 듭니다. 하지만 선생님이 이미 알고 계실 텐데 제가 무슨 이야기를 할 게 있을까요? 그러니 감히 선생님을 붙잡지 못하겠습니다.

---

127 『레 레트르 프랑세즈』지 1972년 3월호에 자크 데리다에 관해 롤랑 바르트가 장 리스타Jean Ristat 에게 보낸 편지가 게재된다(*OC*, t. 4, pp. 125~126).

아무쪼록 저의 변함없는 깊은 우정을 믿어주시기를 빕니다.

자크 데리다

9.

모리스 팽게와 나눈 편지들

모리스 팽게Maurice Pinguet(1929~1991)는 프랑스 지성계에 일본에 대한 관심을 불러 일으키는 데 중요한 역할을 했다. 그는 도쿄대학에서 가르치거나 일본 주재 프랑스 문화원장 (1963~1968)으로 그의 삶 대부분을 보냈으며, 오늘날 고전이 된 중요한 저서 『일본에서의 자살』(Gallimard, 1984)을 썼다. 미셸 푸코와 가까워 그를 일본에 오게 하기도 했던 팽게는 바르 트가 '기호의 제국'을 발견하는 데 도움을 준 인도자이자 안내자였다. 『기호의 제국』이라는 제 목이 붙은 그 책은 당연히 그에게 헌정되었다. 팽게는 바르트가 죽고 난 뒤 얼마 안 돼 그에 대 해 「일본 텍스트Le texte Japon」[128]와 「롤랑 바르트의 모습들Aspects de Roland Barthes」[129] 을 썼는데, 그 글들은 미카엘 페리에[130]에 의해 발견되었다. 페리에 덕분에 우리는 그와 바르트 가 1957년에 서로 알게 되었다는 것을 알 수 있다. 팽게는 도쿄에 있는 바르트를 회상하는 아 주 짧은 메모를 통해 그를 잘 이해하고 있다. "그는 무턱대고 혼자 오래도록 산책을 나가곤 했다. 그는 보들레르가 말하는 '군중 속의 인간'처럼 도시를 한가로이 거닐었다."

---

128 1982년 롤랑 바르트에게 할애된 『크리티크』 지에 게재되었다.
129 먼저 『랭피니L'Infini』 지 봄호에 게재되었으며, 사후 출판된 책 『텍스트 일본: 발견할 수 없고 미 간된Le Texte Japon: introu vable et inédits』(Seuil, 2009)에 재수록되었다.
130 미카엘 페리에Michaël Ferrier(1967~)는 도쿄에 살고 있는 프랑스 소설가이자 에세이스트다. 소 설 『도쿄』(2004)와 에세이집 『도쿄의 맛』(2008) 등이 있다.—옮긴이

롤랑 바르트가 모리스 팽게에게(IMEC)

[1966년] 6월 9일 목요일, 파리에서

친애하는 모리스,

힘들고 우울한 일주일을 보내고 처음으로 숨을 돌리며 자네에게 편지를 쓰네.[131] 페사로와 토리노[132]를 거쳐 어제 파리에 돌아왔네. 육체적으로는 무사하지만 정신적으로는 좀 쇠약해져 있네. 물론 예상은 했었지. 나는 일본을 잃은 것 같아 매우 슬프네. 좋아하는 사람과의 아득한 이별의 그 감정은 실제로 순수한 실존성과 너무 비슷해서 루마니아어나 포르투갈어 같은 몇몇 언어가 같은 단어le fado에 쓸쓸한 이별과 숙명적 이별fatum[133] 관념을 뒤섞어놓을 정도지. 에어프랑스를 타고 왔는데, 별문제는 없었지만 오랜 비행으로 짜증이 났으며, 프랑스 군중 속에 묻혀 견딜 수가 없었다네. 그리하여 오는 동안 아주 우울했네. 이탈리아에서조차 햇빛과 장미꽃으로 찬란한 그 나라 자체를 제외하고는 모든 것이 견디기 힘들었네. 사람들은 물론 (프랑스 사람들보다 훨씬 더) 친절했지만, 용모가 너무 거칠었네. 요컨대,

---

131 모리스 팽게의 초청으로 5월 2일에서 6월 2일까지 그가 한 첫 일본 여행을 말한다.

132 페사로에서 바르트는 '구조적 분석의 원칙과 목적Principi e scopi dell'analisi strutturale'이라는 제목의 글을 발표했다. 이 글은 그의 「이야기의 구조적 분석 입문」을 요약한 것이다. 토리노에서는 『비평 선집』의 이탈리아어 번역을 소개한다.

133 바르트는 루마니아어 'dor'에 대해 이야기하는 것 같다. 이 단어는 '결핍', 우울. 노스탤지어뿐만 아니라 욕망이라는 의미도 있다. 이 단어는 루마니아 낭만주의 시인들이 맹목적으로 좋아하는 단어다.

내게 일본의 매력이 지속되고 있네. 물론 나는 자네가 있는 곳으로 다시 떠날 생각으로 오직 버티고 있다네. 내게 페사로를 받아들이게 했던 것은 그곳에서 조금의 리라[134]를 벌어 일본에 가기 위한 돈을 곧바로 저축할 수 있었기 때문이야. 나는 이미 왕복 비행기 요금의 3분의 1은 갖고 있다네. 어떤 속도로 나머지를 채울 수 있을지는 아무도 모르지! 하지만 이 모든 것은 도덕적으로 훌륭하네. 어떤 한 가지를 열렬히 바라는 것은 바라지 않는 것들을 제 위치에 되돌려놓는다네. 나는 내 저축을 불어나게 해주는 돈에 따라 나의 모든 글과 강연 전략을 재검토하고 있는 중이야. 그런데 그것은 아주 정상적인 일이라네. 일본은 내게 돈을 절약하게 만들기 때문이지. 내가 가지고 왔던 물건들은 많은 도움이 되네. 어떤 것들은 내게 큰 즐거움을 주었으며 어떤 것들은 조금씩 내 방에 동화되고 있네. 내 앞에는 그 미남 배우 가즈오 푸나키[135]의 사무라이복 차림의 사진이 놓여 있네(내가 확대한 사진과 유라쿠초[136]의 작은 가게를 생각해보게). 그리고 나는 천천히 일본인 얼굴[137]에 대한—다시 말해 일본에 대한 글을 차츰 구상 중이네. 그 일에 성공하면 그것은 자네에게 헌정하겠네. 또한 여러 번 그 어린 유이치[138]를 생각했네. 그의 말 중 몇 마디가 잊히지 않네. 나는 그곳에서 내가 행하고 보았던 것들을 다시 생각하고 회상하네. 지금 중요한 것은 사람들이 15년 전에 말했던 것처럼 이 투자를 날려버리지 않고 잘 간직하기 위해 '변증법적으로 발전시키는 것'이라네. 나는 그 작업이 그 일을 도울 거

---

134 이탈리아 화폐. 지금은 물론 유로다.
135 그의 사진은 『기호의 제국』의 첫 페이지와 끝 페이지에 나온다.
136 유라쿠초有樂町는 도쿄의 상점이 많은 거리 가운데 하나다.
137 『기호의 제국』의 한 장의 제목은 '쓰여진 얼굴'이다.
138 유이치는 한 일본 남성의 이름이다. 정확히 누구를 가리키는지 알 수 없다.

라 생각하네. 나를 여기에서 견디게 해주는 것은 사실 그것뿐이네. 나는 프랑수아139를 다시 만났는데, 큰 위안이 되었네. 그는 내 안의 일본을 반박하지 않아. 자네도 그 점을 잘 알겠지. 그 작업을 시작하기 전에(밀린 다른 일들이 아주 많네), 우리가 이야기했던 것처럼 일본에 여러 통의 편지를 쓸 것이네. 이제 겨우 시작된 그곳 지식인들과의 교류를 놓치고 싶지 않기 때문이지. 바르샤바 등 몇몇 여행을 포기하면서까지 최대한 여름을 조용히 보낼 생각이네. 어쨌든 모리스, 자네가 돌아오면 꼭 알려주게. 파리에 들를 때 꼭 만나세. 자네와 이야기를 나눌 필요가 있을 것 같네. 나는 아직 아무도 만나지 않았네. 로베르와 미셸140이 무엇을 하고 있는지 모르겠어. 친애하는 모리스, 앙드레141와 하시모토 상, 니코 상,142 유치 가족, 모든 미카타,143 그리고 학생들까지 도쿄의 모두에게 심심한 나의 애정과 안부를 전해주게.

친구,

롤랑

사실, 나는 지금 아주 우울하네.

---

139 프랑수아 브롱슈바이크를 가리킨다.
140 로베르 모지Robert Mauzi와 미셸 푸코를 가리킨다.
141 앙드레는 팽게의 동료다.
142 팽게 외 바르트의 친구들.
143 미카타みかた는 일본어로 '친구', '가까운 사람', '우리 편 사람'을 뜻한다.

1966년 6월 20일, 파리에서

친애하는 모리스,

자네의 이야기는 아주 만족스러웠고 감동적이었네. 자네 덕분에 지금 나의 평판이 아주 좋은 문화 교류 전반에 효과가 있었네. 그리고 자네의 두 번째 편지를 오늘 아침에 받았는데, 가슴 뭉클했으며 기분이 아주 좋았네. 돌아온 뒤로 반달 동안 나는 상당히 우울했네. 우리가 이야기했던 것처럼, 일본은 서양 문명에 멋진 거울이 돼. 이렇게 더운 저녁에 생제르맹데프레 거리를 산책하는 것은 정말 집단적인 히스테리와 마주하는 것이지. 얼굴들에는 사색에 잠긴 어떠한 모습도 없이, 오로지 이상하게 보이려는 의지밖에 없어. 우스꽝스러운 모습의 그 사내애들을 보면 나는 계속해서 일본 젊은이들의 세대를 생각한다네. 돌아온 뒤로 한동안 사람들을 만나는 일이 힘이 들었네. 거기에다 글들, 취해야 할 조치들, 서류들, 학계의 문제들, 처리를 못해 늦어진 일들 등 온갖 종류의 책무의 공세가 더해졌네(일본은 아무 책임이 없네. 서양도 마찬가지고). 힘과 주의력의 분산은 나로 하여금 일종의 걱정을 갖게 하네. 이런 상황에서 내 작업의 방향을 잘 잡지 못하기 때문이지. 그것은 3년 전부터 심해진, 오래된 문제라네. 지금 일본은 다시 매일매일의 작업에서 또 다른 한 차원의 욕망과, 진정한 삶의 지혜로 지적인 비대에 균형을 주어야 할 필요성만 명확하게 할 뿐이네. 게다가 나는 삶의 지혜의 개념에 대해 여러 번 숙고해보았네. 만약 내가 일본에서 산다면 무엇인가 삶의 지혜를 얻어보려 노력할 것이네. 보름 전부터 내 마음을 산만하게 하면서 사로잡은 것은, 곧 내가 일본과 다시 관계를 이어나가겠다고 계속해서 결심했다는 거야. 매일 회화 책으로 일본어를 조금씩 배우고 있어(더 진지한 뭔가를 기대하면서). 나는 환상을 가지고 있지는 않네. 하지만 적어도 언어학적으로는 아주 재미있는 것들을 배운다네. 나는 또한 내가 샀던 바카리[144]의 책에 따라 조금씩 붓글씨도 써보고 있네. 그것은 좋은 휴식이 된다네(뿐만 아니라 대단히 어렵기도 하군). 나는 자네가 친절하게 환기시켜주어 내가 잊지 않고 있는 일본에 대한 그 글을 쓰기 위해 메모를 하네. 하지만 너무 서두르고 싶지는 않아. 글이 비뚤어지기 때문이야. 그런데 글에 정동affect을 통하게 하는 일은 적어도 내게는 아주 어렵다네. 그런데 나는 지적으로 분석하면서 되레 내가 좋아하는 것을 파괴하는 것 같네(『미슐레』를 쓸 때 바로 그런 일이 있었네). 나는 건강이 좋지 않은 상태에서 경솔하게 야마무치의 장학금에도 신경을 썼네. 다른 방법이 없지 않은가! 어떻든 무엇보다 다음 여행에 대해 생각하고 있네. 역설적이지만 상황은 너무 좋은 쪽으로, 아니면 너무 빨리 벌어지고 있네. 10월에 며칠 일정으로 미국에 가네.[145] 아마 그곳에서 일본 여행과 체류 비용을 넉넉히 벌수 있을 것 같아. 단번에 저금통이 채워졌어. 뿐만 아니라, 미국 여행에 그 일본 여행을 접속시키는 것이—금전적으로—무리한 일은 아닐 것 같네. 왜냐하면 세계 일주에 들어가는 비용은 파리-도쿄 왕복 비용과 맞먹는데, 파리-도쿄 왕복 비용은 이미 지불했기 때문이야.[146] 진짜 문제는 시기를 맞추는 거야. 9~10월에는 로베르[147]가 있을 걸세. 그래서 나는 익명으로

---

144 오레스트 바카리Oreste Vaccari의 책 『중국어-일본어 그림 교본Pictorial Chinese-Japanese Characters』(Trubner, 1950)을 말하는 것 같다.
145 존스홉킨스대학에서 열리는 콜로키움과 그 밖의 여러 강연을 위해 볼티모어에 간다.
146 바르트는 1967년 봄에 두 번째 일본 여행(3월 4일~4월 5일)을 하게 된다.
147 로베르 모지.

조차 그곳에 체류함으로써 가당찮게 그의 여행을 방해하고 싶지 않네. 그리고 11월에 나의 세미나 수업은 다시 시작되네. 이 모든 것이 내 머릿속에서 어지러이 오가네만 지나친 생각은 아닌 것 같네. 아무튼 급할 것이 아무것도 없지만 자네와 상의를 하고 싶어서. 내 다음 체류의 구상 방식에 대해 자네에게 말하고 싶네(시기가 어떻게 되든 조금은 '깊숙한' 체험 같은 것 등등을 말이야). 일본에서 2~3년 정도 가르치는 자리(내가 모로코에 대해 이미 생각해보았던 것처럼 이곳에서 그 기간 동안은 계약을 파기할 수도 있네)를 구할 수 있는 가능성(명확하지는 않을지라도)에 대해서도 자네와 살펴보았으면 하네. 그러니 모리스, 자네가 프랑스에 도착하는 대로 연락을 주기 바라네. 7월 초부터 나는 위르트에 있을 거야. 하지만 자네도 알듯이, 그곳에서 파리로 쉽게 그리고 자주 돌아오고는 하네. 자네를 몹시 보고 싶네(나는 사실 친구들에게 일본에 대해 이야기하는 것을 포기했네). 먼저 파리(Danton 95-85)로 내게 전화를 해봐도 좋네. 그곳에 없으면 위르트로 편지를 보내 만날 방법을 말해주게. 자네가 출발하기 전에 이 편지를 받기를 바라네. 그 경우 (그 '성격'이 내게 큰 감동을 주었던) 하시모토 상과 앙드레에게 나의 심심한 안부 전해주게. 친애하는 모리스, 자네에게도 내 변함없는 깊은 우정을 전하네.

롤랑

위르트

바스피레네

전화. 47

모리스 팽게가 롤랑 바르트에게(BNF)

1970년 4월 17일

롤랑 선생님,

선생님의 일본[148]이 이곳에서 저를 기다리고 있었습니다. 저는—볼 것과 기후가 주는 즐거움 이외에는 어떠한 만족감도 없이—스페인 여행에서 돌아왔습니다. 그랬더니 선생님의 일본이 저를 기다리고 있더군요. 선생님은 폭발하는 노스탤지어에 빠지셨군요.

책을 아직 상세히 읽어보지는 못하고 그저 뒤적여보았습니다. 조금씩 접하는 것이 즐겁기 때문입니다. 그러면서 아주 주의를 기울여 읽고 싶습니다. 하지만 빠르게 훑어보면서 이미 그 책이 저에게 사고와 감동을 극도로 부추기는 것을 느낍니다.

제게 이 책을 가장 먼저 보내주셨다니 저로서는 얼마나 행복한지 모릅니다! 그토록 따뜻한 생각에 어떻게 감사드리지 않을 수 있겠습니까? 어쨌든 저 또한 선생님에 대해 따뜻한 마음을 똑같이 가지고 있다는 것을 아시겠지요. 선생님의 우정을 제가 알듯이 선생님도 저의 우정을 알고 계시겠지요.

---

148 모리스 팽게에게 헌정한 『기호의 제국』을 가리킨다.

고맙습니다.

모리스 팽게

1979년 11월 26일, 도쿄에서

롤랑 선생님,

자주 선생님이 생각납니다. 아주 자주요. 하지만 거의 편지를 쓰지 못했습니다. 용서해주세요. 저는 선생님께 몇 줄 쓸 시간도 없이 자주 쇠약한 상태에 빠집니다. 잘 이해하시겠지만 게을러서가 아닙니다. 정신적인 혼란입니다. 아이러니한 것은, 제가 10년 전부터 변함없이 아주 즐겁게 기다리며 꿈꾸어왔던 이 일본으로 다시 돌아왔는데도 너무 가혹한 삶의 위기에 처해 있다는 것입니다! 저는 때로는 이 위기의 발생이 단순히 저의 되돌아옴과 우연히 일치하는 신경질환, 신경성 질환에 기인한 것으로 생각하기도 합니다. 때로 저는 브르테셰르 드 테레즈 다빌라[149]처럼 '이 모든 것이 정신 신체상의 문제'라고 생각합니다. 아무리 해도 저의 증상이 전혀 보이지 않기 때문입니다. 그러나 이런 가정은 걱정을 덜어주지만 창피스러운 것이 사실입니다. 롤랑 선생님, 저와 관련된 일일 뿐인 제 몸의 불편함에 대해 제가 이야기를 너무 많이 한 것 같습니다. (…)[150] 하지만 연락을 드리

---

149 만화가인 클레르 브르테셰르Claire Bretécher는 그 시기에 『르 누벨 옵세르바퇴르』 지에 '테레즈 다빌라의 열정적 생애La vie passionnée de Thérèse d'Avila'를 게재했다.
150 종이가 접혀서 판독이 어려운 부분이다.

지 못했던 것에 대해 선생님의 너그러움을 구할 정도로 충분히 말씀을 드린 것 같습니다. 선생님께는 아마 세브르가에서의 마지막 만남의 감동과 그 사랑 이야기, 저의 지나친 편집광적인 활력이 여전히 남아 있겠지요. 지금은 사정이 정반대입니다. 하지만 어떠신가요? 파리에서 비록 전화를 자주 드리지 못했지만 언제나 원하면 전화를 드리고 만날 수 있었는데. 일본과 필리핀 방문 계획은 또 어떠신가요? 제 도움이 필요하면 말씀해주세요. 그 계획이 실현되어 어쩌면 몇 개월 안에 이곳에서 선생님을 다시 뵈면 아주 기쁠 것입니다. 원칙적으로는 봄으로 예정하셨지요? 저는 12월 21일부터 28일까지 일주일 동안 필리핀을 다녀올 계획입니다. 원하시면 최근 정보를 보내드릴 수 있습니다. 롤랑 선생님, 『재팬 타임스』(일본에서 가장 큰 영자 신문) 지에 기고하는 비평가 도널드 리치[151]가 최근에 일본에 대해 쓴 가장 훌륭한 책 다섯 권을 아주 엄격하게 선정했는데, 선생님의 『기호의 제국』이 포함되어 있다는 것을 알고 계신가요? 프랑스에서 재출판 계획은 어떻게 되었습니까? 아, 롤랑 선생님, 아직도 드릴 말씀이 많은데, 이 항공 엽서[152]가 너무 작아서 다시 편지 드리겠습니다. 저의 주소 잘 메모해주세요. 안녕히 계십시오. 모리스.

---

151 도널드 리치Donald Richie(1924~2013)는 『일본 영화 백년사』 등 일본에 대한 글을 많이 썼다.—옮긴이
152 모리스의 편지는 제한된 양식의 항공 엽서에 쓰였다.

10.

롤랑 바르트가 르노 카뮈에게

르노 카뮈[153]는 자신이 롤랑 바르트를 어떻게 만났는지에 대해 이렇게 말하고 있다. "내가 롤랑과 만난 때는 1974년 3월 2일이다. 나는 몇몇 친구와 카페 플로르에 있다가 함께 샤요궁 시네마테크로 워홀의 「누드 레스토랑」을 보러 가려 했다. 나는 선생님에게 (아주 과감하게) 함께 가자고 제안했다. 그는 주저하지 않고 수락했다." 바르트의 비망록에는 이렇게 적혀 있다. '[1974년] 3월 2일. 르노, 윌리엄과 함께 플로르. 시네마테크 앤디 워홀.' 그들의 우정은 특히 1975년 플라마리옹 출판사에서 출간된 르노 카뮈의 첫 작품『파사주Passage』에 대한 바르트의 옹호[154]나 또는 1979년 마자린 출판사에서 출간한『트릭Tricks』에 대한 바르트의 서문[155]을 통해 표출된다. 그들의 관계는 대부분 현대예술과 관련된다. 롤랑 바르트가 사이 트웜블리[156]의 작품을 알게 된 것은 무엇보다 앤디 워홀을 비롯한 몇몇 미국 예술가와 어울리던 르노 카뮈를 통해서였다. 뿐만 아니라 바르트는 카뮈와 함께 1980년 베네치아에서 열린 팝 아트 대회고전에 참석한다. 바르트는 그 회고전을 위해 그의 마지막 글 중 하나인 「이 오래된 것, 예술……」[157]을 썼다.

---

153 장 르노 가브리엘 카뮈Jean Renaud Gabriel Camus(1946~)는 프랑스의 작가다.『가을 여행자 Voyageur en automne』(1992) 등 다수의 소설과 정치 관련 글이 있다.—옮긴이
154 1975년 2월 15일자 편지의 주 164를 볼 것. 이 책 699쪽.
155 OC, t. 5, pp. 684~687.
156 사이 트웜블리Cy Twombly(1928~2011)는 미국의 화가, 조각가, 사진작가다. 미국의 추상표현주의 2세대 화가로, 미국의 그래피티 아트, 즉 바스키아와 해링 등에 지대한 영향을 준 것으로도 잘 알려져 있다.—옮긴이
157 OC, t. 5, pp. 915~928.

1974년 3월 27일 수요일, 위르트에서

친애하는 르노,

자네가 생각나서 이렇게 일을 멈추고 편지를 쓰네. 돌아온 이후 모든 것을 무시하고(개학을 위해 할 일이 밀려 있네) '나를 위해서'만 일을 하고 있다네. 이 표현은 우리가 좋아하는 사람에게 편지를 쓸 때를 제외하고는 이해할 수 있는 틀린 표현은 아닐 걸세. 우리가 요전 저녁에 이야기를 나눴던 것처럼, 우리는 물론 타인에게 글을 '기부할(헌정할)' 수는 있지만 '쓰지는' 못하네. 그러니 그 타인과 함께 쓰면 훨씬 더 쉽겠지. 그러기에 나는 오래된 자료들을 분류하고 있는데 좀 쓸쓸하기도 해서(어둠이 내리니 창문 앞 초록색 전나무가 너무 어둡네), 이 작업에 대한 '보수'로 자네와 (샴페인이 곁든) 저녁이라도 함께하고 싶다는 마음이 드네. 그러니 화요일이 어떤가? 그날 (열차로) 도착하네. 만날 날짜와 장소를 제안하지. 4월 2일 화요일 오후 8시 카페 아폴리네르(그곳은 좀 음산하네만 거기에서 식사는 하지 않을 것이네). 문제가 있을 경우에만 답장이나 전화를 주게. 날씨가 너무 좋군. 자네의 책, 진전이 있기를 바라네.

이만 줄이네.

R.

1974년 6월 2일 월요일,158 밀라노에서

친애하는 르노,

자네의 편지 고맙네. 자네를 좀 알기에 중국에 대한 기사159에 대해 내가 받았던 최고의 찬사는 자네가 하지 않았는지 생각되네. 관계에는 그런 것이 필요하기도 하지. 회의가 불필요하게 질질 늘어지네.160 날씨는 좋지만 덥네. 이탈리아는 생활의 지혜를 잃고 있네. 하지만 그 기후를 만끽하고 싶으면 (함께) 올 필요가 있을 걸세.

아마 수요일 저녁에 돌아갈 것 같네. 내게 바로 전화 주게(부탁하네만, 가능하면 금요일이라도 오전에는 괜찮네, 이번에는).

이만 줄이네.

R.

---

158 이 편지는 상단에 밀라노의 졸리 프레지던트 호텔 그림이 찍힌 종이에 쓰였다. 날짜의 오류. 6월 3일 월요일이 맞다.
159 롤랑 바르트는 중국에서 돌아와 『르 몽드』지 1974년 5월 24일자에 「아, 중국이?」를 게재했다.
160 바르트는 6월 2일에서 6일까지 밀라노에서 열린 국제 기호학회 첫 회의에 참석한다.

1974년 7월 9일, 위르트에서161

1) 285번째 글을 쓰고 있네.162 아직도 165장이 남아 있네. 게다가 증보와 부록과 교정, 타이핑 등이 남아 있어. 그러니 어디를 간다든지 하면서 그 모든 것을 늦출 여유가 없네.

2) 나는 내 생활에 불행한 사람들을 면제해줄 결심을 했네.163 여름 동안의 단절이 있으니 말이네.

3) 나는 a) 자네는 여름 동안 무엇을 하는지, b) 자네의 원고는 어떻게 되었는지, c) 내가 곧 그 원고를 읽을 수 있는지를 알고 싶네.

이만 줄이네.

R.

---

161 우편엽서 뒷면에는 「신데렐라」를 선전하는 글래스고 극장의 포스터(1880)가 그려져 있다.
162 롤랑 바르트는 『롤랑 바르트가 쓴 롤랑 바르트』를 집필하고 있다.
163 『롤랑 바르트가 쓴 롤랑 바르트』에는 이런 구절이 있다. "X.는 내게 어느 날 자신의 생활에 불행한 사람들을 면제해주기로 결심했다고 말한다."(*OC*, t. 4, p. 719) 이 편지를 통해 'X.'가 바르트 자신임을 알 수 있다.

〔1975년 2월 15일〕 토요일

르노, 자네의 편지, 감미로운 만큼 지혜롭네. 내 생각에 필요한 것을 지적해주었네(그런 지적을 받는 일이 별로 없었네). 그리고 자네의 책164 — 마침 생각하고 있었는데, 감동적이네. 요컨대 두 가지 아름다운 것으로 나는 즐거웠네.

곧 만나세, 물론.

이만 줄이네.

RB

1975년 7월 22일, 위르트에서

친애하는 르노,

자네의 편지는 항상 그렇듯이 아주 감미롭네. 물론 자네의 안 좋은 소식들은 말고. 기꺼이 그리스로 자네를 만나러 간다면 매우 기쁘리라 기대되네만, 자네도 알지 않는가. 가능성이 거의 희박하다는 것을. 나의 여름은 사실상 이미 스케줄이 꽉 차 있네. 어느 정도 긴밀한 관계들이 있는 스케

---

164 『롤랑 바르트가 쓴 롤랑 바르트』는 2월에 출간되었으며, 르노 카뮈의 첫 작품 『파사주』도 플라마리옹 출판사에서 막 출간되었다. 바르트는 『라 캥젠 리테레르』지 1975년 5월 1일자에 3월 19일에 프랑스 퀼튀르 방송에서 방영된 르노 카뮈와의 대화 일부를 게재한다.

줄이어서 순서를 바꾸기란 거의 상상할 수 없다네. 그리고 자네는 그 고장에 어떻게 갈 수 있는지, 아니 무엇보다도 레스보스가 그리스 땅인지 아니면 터키 땅인지, 또한 그곳에서 자네가 얼마나 머물 것인지조차 말해주지 않고 있네. 그 점에 대해 몇 자 보내주게. 원칙적으로는 (감정은 예측 불가능한 측면이 있는 것이기에) 8월 2일이나 3일부터 말일까지 쥐앙에 있는 코르디에165의 집(Rapa Nui, 사라마르텔 공원)에 머물 예정이네.

내 글들에 대한 자네의 말은 언제나 그렇듯이 아주 기분 좋네. 그러나 자네의 재능, 자네의 예의 바름(뭐랄까, 그토록 많은 바보가 난폭함에 대해 생각하는 것과 반대로 예의 바름은 진실의 조건이 아닌가)은 그 말이 진실임을 확인해주고 있다네. 그 어린 비자주(그게 그의 이름이네)는, 글쎄, RB를 오해하고 있네.166 물론 그를 몽롱하게 하는—'텍스트 이론'의 관점에서 보면 그 책은 중요한 책이지만, 전혀 알려지지 않았네!

햇빛과 휴식, 그리고 몽상적인 재미가 함께하기를 소망하며 이만 줄이네.

---

165 바르트가 현대 예술가들을 통해 알게 된 다니엘 코르디에를 가리킨다. 바르트는 그 예술가 중 한 명인 베르나르 레키쇼Benard Réquichot에 대한 중요한 글 「레키쇼와 그의 신체」를 쓴다. 레키쇼는 코르디에 소유의 화랑에서 전시회를 했다(OC, t. 4, pp. 377~400). 『롤랑 바르트가 쓴 롤랑 바르트』에는 쥐앙레팽에 있는 그 빌라에서 작업 중인 바르트의 사진이 실려 있다(OC, t. 4, p. 618).
166 당시 겨우 스물세 살이었던 베르트랑 비자주Bertrand Visage. 앙드레 베르코프가 창간한 『걸리버』지에 참여한 그는 『롤랑 바르트가 쓴 롤랑 바르트』가 출간되었을 때 인터뷰를 하기 위해 바르트에게 편지를 보냈다. 바르트는 그에게 보낸 2월 23일자 편지에서 이렇게 답변한다. "당신의 질문들은 일반적으로 훌륭한 비평 작업과 관련된 것들입니다. 그렇게 하세요. 그것은 내가 그 문제에 대해 내 설명을 한 번 더 지겹게 되풀이하는 것보다 훨씬 나을 것입니다. 비록 잡지지만, 잡지가 비평에 관한 글을 게재하는 것은 이제 참신한 일이기도 하기 때문입니다." 1973년, 바르트는 『텍스트의 즐거움』에 대해 「형용사는 욕망의 '말dire'이다」라는 제목으로 베르트랑 비자주와 아주 멋진 인터뷰를 했다(『걸리버』, 1973년 3월. OC, t. 3, pp. 463~468).

W**167**에게 나의 안부 전하게.

RB

레스보스에 관해서는, 상투적인 인용이네만, 사포의 이런 시구가 있네.

"그 사람은 내게는 신들과 대등하게 보이네. 당신의 앞에 아주 가까이 앉아 그토록 달콤한 당신의 목소리에 귀 기울이는 저 남자는.

나의 마음을 녹여내렸던, 단언하지만, 그 매혹적인 미소. 당신의 그 미소 바라보는 순간 더 이상 말이 나오지 않았으니,

나의 혀는 부서지고, 별안간 살 속으로 사랑의 불길이 스며드네. 나의 눈은 시선을 잃고, 나의 귀는 웅웅거리기만 하네,

몸에서는 식은땀이 줄줄 흘러내리고, 몸은 전율에 휩싸이네. 얼굴은 풀보다 새파랗게 변하고, 거의 죽어가는 것 같은 나를 보네."**168**

— 자네는 이 시를 알고 있었는가?

---

167 당시 르노 카뮈의 동료였던 윌리엄 버크를 가리킨다.
168 바르트는 그리스 여류 시인 사포Sappoh(기원전 630~기원전 580)의 시 가운데 일부를 인용하고 있다. 테오도르 라이나흐Théodore Reinach의 번역본(『알카이오스, 사포』, Paris, Les Belles Lettres, 1937)에 「사랑하는 한 여인에게」라는 제목으로 실려 있다.

1977년 8월 18일, 위르트에서

이런, 아니네, 나는 베네치아[169]에 있지 않네. 위르트에 있어. 비정하게도. 자네의 엽서를 여기서 받았네. 우리가 더 이상 만나지 못하고 있는 것은 사실이네. 그 생각을 하면 아쉽고 회한에 사로잡힌다네. 하지만 나의 생활은 어머니의 사망 이후 많이 바뀌었네. 나는 다른 사람에게 마음을 쓸 여유가 없네. 다른 사람들의 마음 씀씀이와도 단절된 느낌이 드네. 나를 잊지 말아주게.

친구,

RB

---

169 바르트가 써서 보낸 엽서를 암시한다. 엽서 뒷면에는 카날레토의 그림 「총독궁의 거인의 계단」 (Alnwick, 1755~1756)이 인쇄되어 있다.

11.

롤랑 바르트가 앙투안 콩파뇽에게

바르트의 비망록에 앙투안 콩파뇽[170]의 이름이 처음으로 언급된 것은 1975년 5월이다. 그는 연애 관련 담론에 대한 첫 해 세미나 수업(1974~1975)을 들으면서 '음악과 반복'이라는 제목으로 발표를 했다. 이듬해 세미나 수업에서 그는 콘타르도 칼리가리스[171]와 함께 심리학의 담화에 대해 발표를 한다. 앙투안 콩파뇽은 당시 티에르 재단의 연구생으로, 쥘리아 크리스테바의 지도하에 인용에 관해 박사학위를 준비하고 있었다. 그는 롤랑 바르트의 부탁을 받아 1977년 6월에 열리는 스리지 콜로키움 '구실: 롤랑 바르트'를 준비하고 이끈다. 그 후, 바르트가 죽고 난 뒤 콩파뇽은 특히 그의 책 『앙티모데른: 조셉 드 매트르부터 롤랑 바르트까지Les Antimodernes. De Joseph à Roland Barthes』(Gallimard, 2005) 등에서 바르트에 대해 여러 편의 글을 쓴다. 콜레주 드 프랑스의 교수인 앙투안 콩파뇽은 여러 번 그의 중요한 수업을 자기보다 먼저 그곳에서 강의했던 바르트에게 바쳤다. 우리는 바르트가 그에게 보냈던 편지 중 『사랑의 단상』의 탄생과 관련된 것들만 골랐다.

---

170 앙투안 콩파뇽Antoine Compagnon(1950~)은 벨기에 출신의 작가이자 문학비평가다. 무엇보다 프루스트 전문가인 그는 2006년부터 콜레주 드 프랑스의 교수로 있다. 에콜 폴리테크니크 출신인 그는 바르트를 알고 난 뒤 문학으로 전공을 바꾸었다.—옮긴이
171 콘타르도 칼리가리스Contardo Calligaris(1948~)는 브라질에 거주하는 이탈리아의 저술가, 정신분석가다. 파리에서 롤랑 바르트와 함께 기호학 관련 박사학위를 받았다.—옮긴이

1976년 6월 23일, 위르트에서

친애하는 앙투안,

방금 자네에게 전화를 했었네. 이곳은 오후 세 시인데, 오후의 그 기분 좋은 정적이 느껴지네. 집안 소음도 전혀 들리지 않고, 길에는 꼬맹이 한 명도 보이지 않네. 덧문 뒤로는 햇볕이 내리쬐고, 나의 작업 공간이 기다리고 있네. 모든 것이 정말 나무랄 데 없네. 예컨대 오늘 저녁을 자네와 함께 보낼 수 있을지 알기만 하면 말일세. 나는 백 개의 피귀르172를 거의 끝냈네. 몇몇 피귀르에서 그런 것처럼, 자네가 내게 말한(가르쳐준) 것들을 작성하든 아니면 내가 자네나 우리 관계에서 독창적인 것(그렇게 말할 수 있겠지?)을 생각하면서 문채를 여기저기에 기록하든, 나는 자네를 만나고 있는 거라네. 이 책이 출판되면 자네는 수수께끼 그림 속에서처럼 나무 속에 숨어 있지만 분명히 존재하는 자네의 모습을 종종 알아볼 것이네. 이 모든 것은 물론 문학적으로 표현되었네. 하지만 문학은 일찍이 모든 것을 다 이야기하지 않으면서도 모든 것을 다 이야기하는 데 사용되지 않았던가? 문학만이 '말실수lapsus'를 등장시킬 수 있네(그 밖의 것, 시원스럽게 말하지 못한 말, 입안에서 뱅뱅 도는 말. 카탈레입시스kataleipsis와 카탈렙시스가 아닌 것non katalep-sis173).

---

172 『사랑의 단상』의 '피귀르figures'를 말한다. 롤랑 바르트는 그의 책에 그중 80개만 싣는다.
173 katalepsis와 kataleipsis의 대조는 연애 담론에 대한 두 번째 세미나의 첫 수업(1976년 1월 8일)의 중심 주제다. 스토아 철학 개념인 katalepsis는 사물에 대한 이해, 파악, 따라서 지배와 점령을 의미한다. 반면 kataleipsis에서 담론은 사물을 움켜잡는 것 대신 그 밖의 것un reste을, 말실수un lapsus를 남겨둔다. 『사랑의 단상』, *op. cit.*, pp. 327~332 참고.

곧 또 보세. 이만 줄이네.

R.

단골 멘트(즉, 언제나 그렇듯이 순전히 편집광적인 말). 다음 주, 물론 화요일에서 토요일까지 내게 시간을 좀 내주게.

1976년 6월 25일 금요일, 위르트에서

친애하는 앙투안,

오늘 오전에 받은 자네의 편지에 매우 기뻤네(고문체는 내게 매우 다정하게 느껴졌네). 그리고 나는 더 열심히 작업하여 '피귀르들'을 끝냈네. 어제부터는 '코드'174에 착수했네. 나는 그 책의 바로 그 부분에서 좀 불분명했네. 그런데 이제 많은 문제와 어려움, 선택해야 할 일들, 즉 개인적으로 우유부단함들을 앞에 두고 고민하고 있어. 내가 하고 싶은 것이 무엇인지를 알고 있지만, 언제나 그렇듯이 겁이 나. 그래서 다시 생각해본다네. 내 문제는 정확히 자네의 작업175과 같은 성질의 것이기 때문이야. 즉, '나의 것'이 아닌

---

174 이 문제는『사랑의 단상』의 '이 책은 어떻게 만들어졌는가?'라는 제목의 후기에서 다뤄진다. 바르트는 '코드'라는 말을『사랑의 단상』의 버팀목이 되는 텍스트인『베르테르』에서부터『사랑의 단상』속의 많은 인용, 그 책의 각주 속의 참고들, 언어, 이론적인 근거들에 이르기까지 자기 자신의 책의 근거들, 즉 '토양'의 의미로 사용한다(*Ibid.*, pp. 690~704).
175 앙투안 콩파뇽은 당시 인용에 대한 박사학위 논문을 준비하고 있었다. 그 논문에 기초하여『제

담론들을 인용하면서 얼마 전에 쓴 것을 '논평하고', 참조하고, 정착시키고, 능가하는 것이라네(즉, 그 '나의 것'을 들먹대는 것). 그 문제에 대해 자네가 이야기나 자네의 머릿속에서 얻은 것을 전부 말해주면 정말 좋겠네. 무엇보다 내가 필요로 하는 것은 빛나는 어떤 실제들이네. 자네가 전념했던 것이 바로 그 많은 실제들 아닌가? 나의 문제는 준거를 '실존적이게 만들어야' 하는 것이어서 나는 자네가 보여준 초반부의 내용(오려내기-콜라주176)에 대해 많이 생각해보았네. 나는 그 부분이 내게 용기를 주는 만큼 더욱더 그 부분을 좋아한다네(그렇지만, 아, 나는 자아주의가 없는 '나는$_{je}$'이라는 말을 하지 못할 걸세. 자아주의는 자네의 텍스트에는 전혀 없으며, 바로 그 점이 나를 열광케 했다네. 자네도 내가 열광했던 것을 기억하겠지). 나는 자네가 하고 있는 작업의 후반부도 정말 보고 싶네. 방해가 되지 않는다면 내게 보여주는 것도 한 번 생각해봐주게. 나는 그 부분이 필요하네.

작업에 대한 이런 생생한 잡담을 우리가 계속 나눌 수 있기를 바라네. 자네를 만나 여행에 대해 이야기 나누고 싶어 많이 기다려지네. 화요일 오전에 (파리에서) 전화하세. 빨리 자네를 만나 정다운 이야기를 나누고 싶네. 이만 줄이네. R.

2의 손 또는 인용의 작업La Seconde main, ou le Travail de la citation』(Seuil, 1979)을 썼다.
176 이 부분은 『제2의 손 또는 인용의 작업』의 제1부 초반부를 가리킨다.

1976년 6월 26일 토요일, 위르트에서

두 달이 지나 이렇게 '독서' 항목177을 좀 쓰기 시작했다는 말을 전하네. 파리로 돌아갈 때까지 써야 할 정도로 그리 오래 걸리지는 않을 거야. 좀 양이 많은데도 자네가 많은 부분을 썼다니 귀중한 일이네. 나의 게으름과 나의 신뢰로 자네에게 모두 다 쓰라고 맡기고 싶지만 뭔가를 자네와 공동 으로 하는 즐거움을 누리고 싶네. 그러니 양이 너무 많은 것 아닌지 걱정 하지 말게. 도리어 우리에게 큰 도움이 될 걸세. (불균형적이기까지 한) 우리 텍스트들을 조정해야 할 필요가 있는 한에서만 삭제할 부분들을 미리 생 각해두면 될 것이네.

화요일에 보세(전화로). 매우 기다려지네. R.

---

177 콩파뇽과 바르트가 쓰기로 되어 있는 '독서' 항목을 가리킨다. 이 항목은 루기에로 로마노의 책 임하에 집필되는 『에이나우디 백과사전Enciclopedia Einaudi』(1977~1982) 제15권에 들어가기로 되어 있었다. 바르트는 그의 친구들, 제자들(장루이 부트, 롤랑 아바, 에리크 마르티, 파트리크 모리에스)을 동원해 그 사전의 상당한 항목을 집필했다.

1976년 7월 5일 월요일 오후, 위르트에서

자네에게 편지를 쓰고 있는 지금 비바람이 무섭게 몰아치네. 이곳은 또다시 '자연'이 문제라네. 누구나 알듯이, 자연의 속성은 불균형적이 되는 것이겠지. 곳곳에서 천둥이 치네. 이미 집 앞 좁은 길에는 아주 많은 물이 흘러내리고, 플라타너스 나무들에는 돌풍이 몰아치네. 시 당국에서 나무들을 가지치기하지 않아, 전화 줄을 흔들어댄들 나와는 상관없는 일일 테지만, 전화가 고장이 날까 걱정이네. 지금부터 나는 자네가 도착할 때까지 백 개의 피귀르에 대한 수정을 끝내고(하지만 과연 그렇게 할 수 있을지), '독서' 항목에 대한 새로운 단편들을 준비해놓고 싶네. 또한 자네가 체류하는 동안 즐겁게 읽을 수 있도록 집의 책들을 좀 정리해놓고 싶네. 이번 주의 계획은 그렇다네. 자네가 기다려지네. 이만 줄이네. R.

1976년 7월 16일 금요일, 위르트에서

백 개의 피귀르에 대한 첫 수정을 방금 마쳤네. 하지만 자네는 이 노역에 대한 (때때로 싫증나게 하는?) 고백을 너무도 많이 들어서 나로서는 그 일을 마친 것에 대해 즐거워하기가 좀 그렇네. 자네와 이야기를 나누고 싶고, 자네를 보고 싶고, 자네와 함께 보냈던 그 감미로운exquis(어원을 찾아보게) 3일을 연장하고 싶다는 이 말을 자네에게 쓰면서 즐거워하고 싶은데 말이지(자네가 떠나자마자 비바람이 몰아치면서 날씨가 흐려졌네).

자네가 그립네(포토스178). 이만 줄이네. R.

오늘 오후에도 '독서' 항목 작업을 하네. 좀 더 열의가 생겨. 자네에게 그것을 보내주기 위해서라네.

1976년 7월 18일, 위르트에서

친애하는 앙투안,

우리가 나눠 쓴 것들179을 '편집했네.' 여기 그것을 보내네. 에이나우디의 편집진들이 부제들을 뺄 것을 예상하여 그것들을 지웠네. 부제를 뺀 '부분들'만 사용했네. 하지만 그들이 우리가 전에 쓴 것들 사이에 상당한 여백을

---

178   그리스 신화에 나오는 에로스의 동생인 포토스는 사랑의 욕망과 동일시된다.
179   『에이나우디 백과사전』에 넣기 위해 함께 집필한 '독서' 항목에 관한 원고를 가리킨다.

두도록 신경을 쓸 것이네(여백에 자네의 옛 제목들을 표시해놓았네. 그렇지만 단지 자네가 볼 수 있도록 하기 위한 것일 뿐이네. 자네가 수정을 하고 싶을 때 말일세. 나중에 편집진들이 그것들을 뺄 것이네). 자네의 글에는 조금도 손을 대지 않았네. 내 글보다 훨씬 더 나은 것 같아. 자네가 쓴 것이 정말 마음에 들어. 모방할 수 없으면서 어색하지 않은 어떤 것이 있으며, 간략하고 힘이 있어. 그러니까 섬세하면서도 간결한 힘, 히스테리적이 아닌 아토피적인 힘이라네! 그것은 글쓰기에서 실현 불가능한 일이네. 자네는 내게 정말 부러움을 불러일으키네. 그러니 손을 댈 수가 없어. 내 글을 끼워 넣을 때 한두 곳의 논지 전개를 제외하고는 말일세. 내 생각에 우리 글은 전체적으로 훌륭한데 어떻게 될지 잘 모르겠네. 나는 첫 번째 항목의 거절을 받아들일 수 없네. 그럴 바에야 계약 전체를 해지할 생각이야.[180] 그 점을 (에이나우디의) 로마노에게 편지로 쓸 거야. 자네에게 알려주겠네.

이 편집 작업을 하는 내내 나는 그 일을 조금은 자네를 위해 자네와 함께하고 있다고 생각했는데, 그 생각이 내게는 큰 도움이 되었네. 자네에 대한 헌정사는 없겠지만 이런 공동 작업은 계속될 걸세. 다성 음악처럼 말이야. 이런 주문의 글의 성가신 구속에서 벗어나 어떤 다른 공동 작업을 다시 자네와 하게 된다면 아주 즐거울 것 같네.

이제 더 힘든 '고행'을 시작하네. 더 외롭고 더 유아론적인 일이지. 이 피귀르의 '고행' 말일세. 진실이 드러나는 순간이 오고 있네. 가치 있는 것을 골라내야 할 필요가 있기 때문이지.

---

180 롤랑 바르트의 '한 제자'가 쓴 첫 글이 에이나우디에 의해 거절당했다. 바르트가 교정을 하기로 하고 타협을 보았다. 그런 거절을 피하기 위해 나머지 글들에 대해서는 바르트가 공동 집필을 하는 것으로 마무리했다.

자네의 친구 R.

보내는 이 텍스트를 이곳 위르트로 다시 보내주어야 할 것 같네(주의. 내게 복사본이 없네). 정리를 해서 복사를 해둘 참이네.

당연히 자네는 내 글을 포함해서 자네가 원하는 것이면 뭐든지 교정하고 순서를 바꿔도 된다네.

1976년 7월 20일, 위르트에서

자네의 편지(오전에 자네의 편지를 받았네)를 읽으면 늘 아주 기분이 좋네. 하루 종일 마음이 포근하네. 자네의 작업이 잘 진행되길 바라네(내가 문장에서 어휘의 순서는 바꿀 수도 있네). 자네는 다시 읽어보기가 겁이 난다고 말하는군. 나는 다시 읽어보기 시작했네(다시 읽어보는 일이야말로 진정으로 읽어보는 것이라네. 대부분 이미 교정이 되었기에 교정을 보느라고 읽기가 중단되는 일이 덜하기 때문이네. '헹구는 일'essangeage[181]이 이미 이루어졌기 때문이야). 내가 느끼기에는 전보다 많이 나아졌네. 하지만 아직 기뻐하기는 일러. 내게 아주 좋지 않은 기억을 남겼던 피귀르의 중반을 아직 읽어보지 못했기 때문이네. 그 일로부터 내가 깨달은 교훈은 한 번 '헹구는 일'이 끝난 뒤에도 다시 한 번 읽어봐야 한다는 것이지. 겁내지 말고 아주 천천히, 주의 깊게. 한 문장 한 문장을 아주 세세히 아주 비판적으로 말이네. 조금은 냉정한 시각

---

181 세탁을 하기 전에 세탁물을 헹구는 일을 말한다. (여기서는 원고의 수정을 의미하는 것으로 보인다.—옮긴이)

을 유지하기 위해 나는 이 작업을 오전에만 한다네. 오후에는 서론을 쓰기 위해 자료 카드를 분류한다네(그런데 거기에도 또 새로운 문제점들이 보이네).

우리가 만나기로 되어 있는 8월 1일 일요일 저녁을 기다리며 매우 즐거워하고 있네. 자네는 어떠한가?

정오를 지나고 있네. 잘 보내게, 친애하는 앙투안. 이만 줄이네. 곧 또 보세. R.

1976년 7월 28일, 콜레주 드 프랑스에서

아마 이 종이182를 처음 사용하는 것 같네. 물론 자네에게 예의를 갖춰 일요일에 만나자는 말을 하기 위해서이기도 하네.

R.

나는 금요일 저녁 파리에 도착할 예정이야. 화요일에 다시 그곳을 떠난다네.

1976년 8월 5일, [바이로이트183에서]

자네가 많이 그립네. 자네가 이곳에 오면 무엇을 좋아하지 않을지 알 것 같네. 안락하지만 짓누르는 듯한 도시, 나치즘의 냄새가 끊이지 않는 그런 종류의 독일 본성일 걸세. 자네가 좋아할 것도 알 것 같네. 결국 페스티벌 그 자체일 거야. 이를테면 분명 투우에 가까운 그 페스티벌의 민속(무대 뒤의 양호실, 의자가 너무 딱딱해서 사람들이 직접 가지고 온 방석들, 활기, 흥분된 의식. 또는 그 의식의 위험)과 그 공연 말일세(나는 무대에 아주 가까이 있었네. 그러니 내 말 이해하겠지). 다시 말하네만, 여기에 자네와 함께 오지 못한 것이

---

182 이 편지는 상단에 콜레주 드 프랑스의 주소가 찍힌 편지지에 쓰였다. 바르트가 콜레주 드 프랑스 교수로 새로 임명된 뒤 처음으로 사용한 것이다.

183 바르트는 바그너의 「니벨룽겐의 반지」 창작 100주년을 맞아 파트리스 셰로의 연출로 무대에 올려진 이 작품을 관람하기 위해 바이로이트에 갔다.

매우 아쉬워. 그 이유는 자네에게 말했지. 그 고약한 상황을 말이야.[184] 하지만 나는 이런 뜻밖의 일에는 익숙하지 않아. 도시를 제외하면 그 공연은 자네에게—우리에게 아주 좋았네.

우리가 마지막 날 저녁에 이야기를 나누었던 그 첫 번째 '논의'에 대해 좀 생각하고 있네.[185] 자네가 나보다 더 많이 쓰고 있으리라 생각하네. 자네를 다시 만날 날을 고대하네. 수요일이나 목요일 파리에 돌아가면 자네에게 연락하겠네. 바라는 일이지만 자네가 파리에 계속 있다면 말이야.

자네의 친구 R.

1976년 8월 16일 월요일, 위르트에서

친애하는 앙투안,

자네를 떠날 때 가졌던 아주 이상한 두려움이 조금은 현실화되었네. 원고를 끝내는 일이 다시 늦어지게 되었어. 도착한 다음 날, 작업을 하기 위해 내려오려 (쉬지 않고) 준비를 하느라 (렝rheins* 부근의[186]) 등이 심하게 아팠기 때문이네. 류머티즘은 아니고, 신체의 작동에 문제가 있다네(의사의 말이네). 그래서 나는 거의 움직이지를 못하고 있어. 물론 침대에 누워서 말이

---

184 바르트는 로마리크 쉴제뷔엘과 함께 바이로이트에 갔다.
185 『사랑의 단상』에 관한 '논의'를 가리킨다.
186 바그너의 오페라 「니벨룽겐의 반지」의 제1막 라인의 황금의 암시에 의한 말장난. 프랑스어 렝 reins(허리)과 라인을 뜻하는 rheins은 발음이 같다.

야. 글을 쓰기에 아주 옹색한 자세지만 작업을 좀 할 수는 있네. 아스피린 유의 약 때문에 정신은 민활하지 못하고 멍한 상태라네. 꼼짝도 못하고 집에 갇혀 있는 신세지. 위르트+침대+좋지 않은 날씨! 어쨌든 이 원고가 끝난다면 적어도 악착같은 노력의 결과일 걸세. 하지만 여전히 많이 남아서, 초조해하고 있네.

대조적으로 자네의 원고는 예정대로 평탄하게 잘되어, 그 일로부터 해방되었으리라 기대되네. 다시 읽어보는 일만이 남았겠지. 바캉스를 떠나게, 일을 중단하고. 그런 중단이 필요할 거야. 혹시 그림들을 보면, '사랑'에 대한 이 책 '표지'로 사용할 만한 이미지(또는 어떤 디테일)를 생각해보는 일 잊지 말게.

나는 벌써 자네가 보고 싶어 아주 안달이네. 파리에서 전화해주길 바라네. 우리의 두 원고가 끝나고 아픈 내 등이 나으면 다시 만나(9월 초) 우아한 곳에서 비싼 샴페인을 마시며 즐길 수 있기를 바라네.

이만 줄이네. R.

* 라인의 황금Rheingold에 대한 강박감!

1976년 8월 19일, 위르트에서

자네와의 통화는 언제나 내게 감미로움과 정신적인 안정을 주네. 그것은 관계의 '선禪'적인 측면에 기인하는 것 같네. 하지만 선의 특성은 자기반성성, 언어적 표출, 자기 논평 같은 것을 중지(중단)하는 것이지. 아, 그만하겠네. 이제 책상에서 작업을 한다네. 계속해서 좋은 자세(등은 여전히 많이 아파. 차도가 거의 없네)와 좋은 영감을 찾으면서 말이야. 원고는 정체된 상태야. 끊임없이 어려움이 발생하고, 그로 인해 작업은 중단된다네. 그럼에도 해나가고는 있지만 언제쯤 끝날지는 여전히 가늠하지 못하겠네. 이미 알고 있듯이, 이 원고 외에는 아무 일도 하지 않고 있네. 날씨는 상쾌하고 온화하며 좀 흐리지만 이미 가을이네. 햇빛이나 대기의 행복감을 느낄 때마다 자네도 이곳에 있었으면 하고 바란다네. 자네도 알다시피, 나는 자네가 돌아왔다는 전화를 애타게 기다리고 있다네.

멋진 이탈리아 체류가 되기를.

자네의 친구 R.

1976년 9월 1일 수요일, 위르트에서

자네의 두 번의 편지에 기뻤네. 자네를 보고 싶기 때문이야. 자네가 파리에 돌아오면 내게 전화를 하겠다고 말해놓고서는 전화를 하지 않아 실망했네. 어쩌면 좀 걱정이 되기도 했네. 모든 것이 좋았겠지? 돌아왔다는 전화나 편지를 기다리네. 이 편지는 내가 다음 주 중반이나 말쯤(10일경)이면 파리에 돌아갈 수 있다는 한마디를 하기 위해 쓰는 거라네. 미친 듯이 열심히 해서 원고를 마치고 곧바로 또 미친 듯이 타이핑을 했기 때문이지. 만약 내가 파리에 돌아가기 전까지 거의 다 끝내지 못하면 아주 뒤로, 너무 뒤로 미뤄질 것 같았네. 그렇기에 나는 이 원고를 미친 듯이, 거의 스타하노프 운동 참여자의 리듬으로 타이핑을 하고 있는 중이라네. 하지만 이 책은 내가 보여주지 못하면 존재하지 않을 만큼 충분히 히스테릭한 대상이네. 한 시간 한 시간이 중요한 빗속의(밖에는 비가 오네) 이 광란의 작업 가운데 나는 어떤 고독을 느끼네. 그러니 자네를 보면 마음이 편안할 것 같네. 주제 자체가 나를 세상으로부터 고립시키는 이 괴상한 모습의 원고에 내 가슴이 적적하다네. 나는 자네의 소식—자네의 여행에 대한 소식을 기다리네. 한시바삐 자네를 보고 싶네.

이만 줄이네. R.

1976년 9월 9일 목요일, 위르트에서

친애하는 앙투안,

오늘 내일 중 자네에게 전화를 하고 토요일이나 일요일에 만날 예정이지만, 지금 이 편지를 쓰는 것은 정말 자네에게 편지를 쓰고 싶기 때문이며, 자네의 베네치아 엽서(이 이미지는 은유적으로 크게 변형시키면 『사랑의 단상』에 어울릴 것 같네. '이야기하기'에 아주 잘 어울릴 걸세[187])를 받았기 때문이네. 또한 어제 내 책의 타이핑을 완전히 마쳤기 때문이기도 하다네. 2주 좀 더 걸렸네. 나는 정말로 아주 피곤해. 몸이 소진된 느낌이야. 그렇지만 어쩌면 '선禪의 법칙'에도 불구하고 이런 것들을 자네에게 털어놓으면 내게 도움이 될 것 같네. 어떨지 두고 봐야지. 전화하겠네. 그때 약속을 정하세. 보고 싶네. 이만 줄이네. R.

---

187 앞쪽 8월 16일자 편지를 볼 것. 그 편지에서 바르트는 사랑의 담론에 관한 자신의 책에 들어갈 만한 이미지를 알아봐달라고 부탁한다. 가을, 런던에 있던 콩파뇽은 바르트에게 베로키오의 그림 「토비아와 천사」(국립미술관, 런던, 1470~1475)의 사진을 보낸다. 바르트는 그 사진의 일부를 『사랑의 단상』의 표지 그림으로 사용한다. '이야기하기Tenir un discours'는 콜레주 드 프랑스에서의 바르트의 첫 세미나 주제다.

12.

에르베 기베르와 나눈 편지들

어떤 면에서 에르베 기베르[188]와 롤랑 바르트와의 만남은 문학적 전설에 속한다. 바르트는 에르베 기베르에게 처음으로 큰 영향을 준 사람이었다. 그러나 그들의 관계는 스승과 제자 사이 의 관계 이상으로 복잡하고 애매모호해진다. 전설적인 부분은 특히 바르트가 죽고 난 뒤 에르 베 기베르가 게재하여 유명해진 「H.를 위한 단상」[189]과 관련이 있다. 이것은 일종의『사랑의 단 상』의 부록으로, 에르베 기베르에 의해 끊긴 한 만남이 원인이 되어 바르트가 그에게 보냈던 것 이다. 그렇지만 이 글은 '타인의 몸의 비≠소유ne pas saisir l'autre'로 사랑 담론의 중심부에 중성에 대한 한 비명의 형태를 만들었던 그 책의 마지막 피귀르인 '비소유의 의지non-vouloir-saisir'의 불가능성과 동시에 숙명성을 엄숙히 확인해주고 있다. 바르트가 기베르에게 보낸 편지 들은 기베르가 바르트에게 보낸 편지들처럼 그 전설—몸에 반대하는 텍스트의 교환과 교류의 거부—에 전혀 어긋나지 않으며, 그 전설을 정동과 우아함과 우정, 찬미, 그리고 일종의 상호성 으로 미화하고 있는 것을 알아볼 수 있는 서한 문체를 보여준다.

---

188   에르베 기베르Hervé Guibert(1955~1991)는 프랑스의 작가이자 사진작가, 저널리스트다. 동 성애자인 그는 미셸 푸코와도 아주 가까웠다. 에이즈에 걸린 자신의 육체를 사진과 영상, 글로 세밀하 게 기록하여 프랑스인들이 에이즈에 대한 태도를 바꾸는 데 기여했다.『유령 이미지L'Image fantôme』 (1981),『천국Le Paradis』(1992),『선전용 죽음La Mort propagande』(1977) 등이 있다.—옮긴이
189   에르베 기베르가 1986년 3월 19일『로트르 주르날L'Autre journal』지에 게재했다(OC, t. 5, pp. 1005~1006).

롤랑 바르트가 에르베 기베르에게

1977년 1월 25일

보내준 자네의 책190을 자네의 글쓰기에 사로잡혀 단번에 읽었네. 진정한 글쓰기야. 나는 (자네의) 글쓰기와 환상의 관계에 대해 자네와 이야기를 나누고 싶네. 편지로는 어렵네. 그런데 지금은 내가 좀 아프다네. 혹시 약속을 잡게 내게 전화해줄 수 있는가? 내가 아프지 않을 때 말이네.

다시 한번 고맙네.

R. B.
326 95 85

---

190 1977년 초 레진 드포르주Régine Deforges 출판사에서 출간된 『선전용 죽음』.

에르베 기베르가 롤랑 바르트에게

1977년 2월 1일, 파리에서

글쓰기와 환상의 관계에 대한 선생님의 질문에 기초하여 제가 쓴 글을 보내드립니다. 일단, 이것은 하나의 시도입니다. 저는 이 글이 대화와 답장, 편지 교환이나 토론을 위한 시발점이라고 생각합니다.

저는 이 글을 빨리 썼습니다. 그러니 좋은 점도 있을 것이고 나쁜 점도 있을 것입니다. 무엇보다 더 발전시킬 필요가 있습니다.

그럼 토요일에 뵙겠습니다.

뵙기를 고대합니다.

에르베 기베르

에르베가 동봉한 텍스트

'선전용 죽음', 시위하는 이 혐오스러운 유기체organe-obscène의 죽음.

이 고름 같은 추잡스러운 죽음.

난자당한 사랑의 초탈.

해부학 천사에 바친 시.

'나는 너를 사랑하기를 갈망한다

나는 너를 죽이기를 갈망한다.'

성기 위에서, 성기 속에서의 이 망상.

의식구조가 없는 재미로 내뱉어진 너저분한 한 텍스트(어쩌면—경험에 의거한—망상성 환영을 가진 한 살인자의 몸과 과거를 뒤지는 조사, 수사 퍼즐).

이 텍스트는 나와 관련이 있다. 이 텍스트는 나의 몸이며, 나의 창자다. 나는 두렵다. 그것은 구역질난다. 나는 절망하여 쓴다. 욕망-혐오의 쾌락에서 유발된 제정신이 아닌 상태에서(나는 '원리'라는 말 대신 '쾌락'이라는 말을 쓴다. 그렇다. 나는 나의 혐오를 왜곡하고 변질시켜 쾌락을 만든다). 내 안에 뿌리 내리게 한 그 혐오를 나는 전복시킨다(친척들, 문화). 처음에는 나를 격분케 하는 '빌어먹을merde', '똥을 싸네chier', '비역질하다enculer', '빨다sucer' 같은 말들이 글쓰기에서 환상을 제공하다가 마침내는 나를 '열광시키는' 쾌락의 요소들이 된다. 환상은 현실을 왜곡하고, 유리시킨다. 그것은 내 머릿속에 지나가게 하는 하나의 투영, 이미지, 시나리오만이 아니다. 그것은 한 마디 말 속에 완전히 포함될 수도 있다. 그것은 환상적 성질을 가진 단어다. 그리하여 우리는 글을 쓸 때 완전히 환상 속에 있게 된다. 글은 말을 낳는데,

따라서 환상을 낳는다. '빨아! 씹해! 용두질해!' 이것들은 아주 재미있는 말이다. 나는 사랑 행위나 사랑 행동을 말로 '만들면서', 머릿속을 지나 글쓰기 속에 내뱉어지는 말의—그 쾌락의-관념화를 통해 감각을 배가시키면서 변질시킨다.

두 가지 가능성. 만날 때 혹은 사랑 행위를 할 때 은밀히 부풀었던 환상에 대한 기억, 회상, 글로 옮기기. 그렇지 않으면 글쓰기를 품는, 환상으로 이루어진 글쓰기에 의해 만들어지는 환상.

글쓰기는 환상을 낳는다. 글쓰기는 환상으로 이루어지며 환상을 낳는다. 쾌락의 대체물인 동시에 차원 높은 쾌락.

환상은 쾌락을 배가시키고 증가시켜, 쾌락을 무한대로 다양하게 만드는 반사 거울들의 콤비네이션인 만화경의 무한한 단편들처럼 무한히 쾌락을 느끼게 한다.

나는 글쓰기와 사랑 관계를 유지한다. 나는 글쓰기를 원하고, 글쓰기를 갈망한다. 글쓰기는 나를 흥분시키고 나를 차지한다. 광기에 사로잡히는 것처럼 나는 글쓰기에 사로잡힌다. 글쓰기는 내 몸을 온통 사랑의 열기 혹은 아프타열에 가까운 혼돈 상태로 몰아넣는다. 나는 글쓰기 앞에서 침을 질질 흘린다. 한 마디 한 마디에 쾌락을 주는, 쾌락을 멈추게 하지 않는 은밀하고 고독한 행동. 진정한 텍스트는 미리 계획된 게 아닌 몸—환상을 통해 분출되어 흘러나오는 것이다. 나는 글을 쓰면서 용두질하지는 않지만 용두질이 끝난 상태에서 글을 쓸 수는 없다.

글쓰기는 피곤에 의해서만 중단된다(아니면 글쓰기로 야기된 지나친 흥분에 의해서. 나는 '힘이 쭉 빠진다,' 나는 용두질에 의한 피곤 혹은 흥분을 약탈한다. 달리 말하면 글쓰기는 중단될 수 없다. 그것은 광란적인 기계 작동처럼 나를 몰고 간다. 분출하는 정액은 분출하는 글귀에 찍는 마침표다).

아주 일찍부터, 에로틱한 아니면 포르노적인 글쓰기, 아니면 관능적인 글쓰기에 대한 이 흥미. 독서 역시 환상을 야기한다. 나는 쓰여진 공간이 환상과 이미지들과 지속성으로 변화하는 모습을 즐긴다. 나는 책 속에서 성적 쾌락을 느낀다. 나는 텍스트를 탐독하면서 꿀꺽 삼켜버린다. 이어 그것은 발효한다. 반죽은 움직이면서 주물럭주물럭 이겨진다. 그러고 나서 나의 욕망에 맞게 변형된 그 모든 것을 나는 갑자기 토하면서 뱉어낸다. 글쓰기인 것이다. 전혀 아무것도 경험하지 않고 글을 쓰는 것은 가능할 것이다. 즉 소설과 영화에서 받은 인상들을 변형시켜 내뱉는 일. 글쓰기는 곧 환상인 것이다.

그러니 나의 텍스트 속에는 내 몸을 넘어, 먹어서 소화시킨 뒤 부분적으로 재분배된 다른 사람들의 몸, 몸-환상들이 지나간다. 쓰인 몸들, 그려진 몸들, 음악적인 몸들이 지나간다.

그런데 한번 쓰인 나 자신의 글은 새로운 욕망, 새로운 쾌락의 요인이 될 수 있는가? 잘 모르겠다. 각각의 말은 이미 쾌락을 주고는 만족스레 자기를 과시하여 환상을 야기하지만, 그 환상은 즉시 끝이 나버린다(나는 욕망하여 말-쾌락 또는 말-혐오를 죽여버리지만, 몸을 갖지 않고 몸에 작용하지도 않는 중성적인 말은 제거해버린다).

무엇이 나로 하여금 글을 쓰게 하는가? 무엇이 내게서 글쓰기를 유발하는가? 욕망이다. 그것은 명백한 사실이다. 그러나 그것만 있는 것이 아니다. 글쓰기에서만 실현되고 비워질 수 있는 환상-강박관념이 있다. 열광도 있다('선전용 죽음'에 대한 생각을 갖게 했던 첫 텍스트는 내가 흔한 맹장염 수술을 받았던 병원에서 쓰였다). 하지만 그 상태와 배경과 냄새들의 급변, 모습을 드러냈던 그 새로운 몸, 느닷없이 히스테릭해진 그 몸(수술실에서 나오자마자 깨어나 엘리베이터에서 나는 나의 괴성으로 몸이 흔들리면서 얼이 빠졌다. 나는 배에서 나오는 강력한 나의 또 다른 목소리를 발견했다. 나는 괴상한 말을 해댔다), 노출되면 다시 누가 덮어주는 그 몸, 열이 나는 그 몸은 나를 불안하게 한다. 너무도 맑은 수프나 스튜의 부드러운 맛처럼(갑자기 어린 시절로 돌아간 그 상태), 살균제의 냄새처럼, 복도에서 천천히 앞으로 나아가는 운반 수레의 소리처럼, 질질 끌며 걷는 파자마 차림의 늙은이들의 모습처럼. 나는 이렇게 생각한다. 이것이 바로 타일 바닥으로 획정된 그 고독 속의 죽음이라는 것이구나. 나는 사람들이 그 죽음의 입을 틀어막고 소독을 시도하지만 그것은 스며나오는 것을 좀처럼 멈추지 않고 시위하고 있다는 것을 깨닫는다.

이후 어느 날 아침, 눈을 떴을 때 꿈에서 본 그 두 단어, 즉 '선전용 죽음'과 '문화-남근의 엘리베이터'가 내 머릿속에서 떠올랐다.

이 열광적인 글쓰기와 동시에 연극 개념과 연관된 노출 성향의 글쓰기도 있다. 나는 내 몸을 보여주고, 내 몸의 사진을 붙이고, 내 몸에 대해 묘사하고, 내 몸의 기능과 내 몸의 쾌락이나 비쾌락non-jouissance의 양태를 재현한다. 나는 몸으로 하여금 '말하게' 하는 모든 것을 기록한다. 그러므로 나는 몸을 연극화하고 히스테릭하게 만든다. 나는 몸으로 상상 속 연극의 주인공, 즉 내 욕망과 내 혐오의 배우를 만든다. 처음에는 한 연극('단 한 번의 공연')의 개념으로, 나는 그 연극의 유일한 배우로 연기를 하고 독백을 하고 욕설을 퍼붓고 죽을 지경이 될 것이다. 공연을 하면서 내게 죽음을 줄 자살 연극spectacle-suicide.

[쾌락에 사로잡혀 있든 고통에 사로잡혀 있든 내 몸은 연구적 성격의 상태에 있게 되며, 그것을 사진이나 영화 또는 음악 테이프 등 어떤 방식으로든 재현하는 것은 나로서는 즐거울 것이다. 고통과 쾌락은 몸의 최고의 변장, 표현이다. 마취, 정신착란, 꿈, 제어되지 않는 울부짖음. 욕망과 공포는 가면을 쓰고서든 아니면 득의만면하게든 몸으로부터 흘러나오게 될 것이다.

내 습관적인 상태의 변형이 불시에 나타나자마자, 내 몸이 히스테릭하게 되자마자 재현의 메커니즘이 작동된다. 트림, 배설, 용두질이 끝난 뒤의 정액, 설사, 가래, 입과 성기의 카타르성 염증. 그것들을 사진 찍느라 애를 쓰는 것. 경련이 인, 손상되어 울부짖는 내 몸이 말을 하도록 내버려두는 것. 갑작스러운 지독한 경련, 사정이나 배변(때의 헐떡거림) 같은 아주 어려운 경우 내 입 안쪽에, 가능한 한 내 목 가장 깊은 곳에 마이크를 갖다 대는 것. 내 성기에 또 다른 마이크를 갖다 대거나 화장실 변기 속에 걸어놓는 것. 배 속의 꾸르륵거리는 소리, 헐떡거림, 음조가 맞지 않는 목소리 등, 두 소음이 서로 어울려 퍼지게 하는 것. 쾌락 반대쪽 극단에서 발현하는 내 분출물을 기록하는 것. 내 몸은 내가 자랑 삼아 내보이는 실험실이다. 내 기관의 열광의 유일한 배우, 유일한 악기. 살과 광기와 고통덩어리 위의 악보들. 내 몸이 어떻게 기능하는지, 그것이 어떻게 작용하는지를 관찰하는 것.

내 수음의 환상들처럼 내 다양한 용두질 방법이 진술된다. 실행은 쾌락이나 혐오에 고유한 혼돈 상태에서 이루어진다. 내 피부에서 여드름을 짜내거나 내 불알에서 정액을 짜내는 방법. 내 모든 짜내기ex-pressions('표현 expressions'을 의미). 내게서 흘러나오게 하고 분출하게 하고 뿜어 나오게 하는 모든 것. 나를 얼빠지게 하는 모든 것. 외과학, 문신 같은 모든 변화. 내 수음 방법들이 항문 환상과 연결되어 있기에[191] 나는 내 페니스와 동시에, 그 짓에 의해서든 나의 손가락에 의해서든 남근 같은 물건에 의해서든, 따라서 어떤 물건에 의해서든 뚫리어 삽입되는, 작동 중인 내 엉덩이를 촬영한다.

일련의 그 표현들이 끝난 뒤 내 몸의 최후의 변장, 마지막 변조, 곧 죽음.

나는 그 죽음의 입을 틀어막고, 검열하고, 다량의 살균제 속에 익사시키려 시도한다. 그것을 냉장시키는 대신 그것이 자신의 강력한 목소리를 높이도록 내버려둘 필요가 있다. 그것은 여배우로, 나의 유일한 파트너일 것이다. 즉각적이고 본능적이며 눈길을 끄는 그 원천을 잃지 않게 내버려두는 것. 내게 죽음을 주는 것과 내게 죽음을 주고 있는 중인 나를 촬영하는 것.

나는 죽을 때 내 몸에 대한 그 과도하고 극단적인 공연을 할 것이다. 그 공연의 표현 방식을 선택하여 촬영하고, 나아가 부패 과정의 내 몸, 해체되어 늘어놓아 못을 박아 고정하고 전시되는 내 몸을 촬영하게 하면서. 백 조각으로 몸이 잘리는 형벌-카메라 렌즈 앞에서 내 페니스와 내 엉덩이를 해체하게 함으로써. 이 죽음은 번식되어 증가하여 확산될 것이다. 나는 존재하기와 죽기를 멈추지 않을 것이다. 그리하여 나는 유명해지고 불멸하게 될 것이다. 과대망상증.

이 공연은 공포영화보다도 더 아름답고 사자의 아가리 속 희생물보다도

---

191 에르베 기베르가 사용한 표현을 그대로 둔다.

더 비극적으로 고조될 것이다. 기만도 없이 환상도 없는 진짜 나의 몸, 진짜 나의 피. 이것은 내 몸이니, 집어 먹으시오. 나는 내 몸을 비울 것이다. 피를 뽑고 산산조각으로 해체시키게 할 것이다. 관객들은 몸의 떨림, 정신적인 긴장, 혐오감, 발기, 전율, 쾌락에 사로잡힐 것이며, 온갖 종류의 토사물로 뒤덮일 것이다. 이제 그들 전체의 몸이 말하기 시작할 것이다. 휘둥그레 뜬 눈이 눈구멍 속에서 움직이며 희고 흐릿하게 드러난다. 부서진 그 골통은 그 눈을 튀길 것이다. 그러면서 자신 역시 그 눈을 피하게 할 것이다.

할리우드와 바빌론은 단 한 사람밖에 참여자가 없는 콧구멍만한 방의 공간으로 축소될 수 있다. 누가 정말 내 자살을 야기하기를 원할 것인가? 가장 느린 죽음을 주는 주사를 촬영하는 것. 키스로 스며드는, 입에서 입으로 전해지는 독극물을 촬영하는 것?]

*

사랑의 글쓰기도 있다. 나는 사랑에 빠질 때 글을 쓴다. 나는 좀처럼 끝나지 않는 편지들을 쓴다. 나는 '그에게(그녀에게)' 쓴다. 글쓰기는 자기 도취자인 나로부터 사랑하는 너로 이동한다. 부재에 회답하는, 사랑하는 존재와 가까워지게 하는 글쓰기가 있다. '그 글쓰기를 통해, 그 유희, 구성원으로서 너와 나의 그 조합을 통해 나는 너에게 말하고 너와 키스한다.' 글쓰기는 나를 너에게 연결하고, 나의 육체에 스며드는 최고의 이미지인 너의 육체를 내게 양도하는 밀물 같은 쾌락, 환상이 된다. 그것은 그리하여 텍스트에 무릎을 꿇는 공허, 굶주림, 흥분, 사랑이다. 나는 글쓰기로 만족된다. 나는 어떠한 용두질보다도 글쓰기에서 더 나를 비운다.

'아연실색'의 상태들 또한 있다. 나는, 우연히 물을 내리지 않았는데, 내 설사로 더러워진 변기의 물에서 멋진 색상을 발견한다. 나는 쭈그리고 앉아, 변모의 광경을 발견한다. 당혹스러운 문제. 나는 얼간이처럼, 다운증후군 환자처럼 입을 크게 벌린 채 아연실색하여 계속해서 거기에 쭈그리고 앉아 있다. 나는 그 유혹에서 빠져나올 필요가 있다. 나는 그곳으로 기어들어가는 경향이 있기 때문이다. 글쓰기를 통해 나는 그 상태의 끝까지 간다. 나는 환상의 완성, 극치를 꿈꾼다. 어쩌면 나는 내 죽음의 충동에서 벗어나기 위해 글을 쓴다.

보이지 않는 엉덩이 안쪽 역시 매혹의 성막이다. 그것은 쾌락의 성막이기 때문이다. 나는 그곳을 과학(타락한 과학)적으로 탐사하여 쾌락의 흐름, 과정을 거슬러 올라가고 싶다. 개그가 임상 강의 목록을 비켜나는 것은 바로 그때다. 쾌락에 의한 혐오의 지속적인 타락과 혐오에 의한 쾌락의 지속적인 타락. 몸의 지배를 시도하는 것의, 의사의 타락과 남용. 해부는 내 배를 가르면서 내게 쾌락을 준다. 죽음의 환상을 나는 역시 즐기고 싶다.

글쓰기는 용두질이며, 신화적인 백지, 환상 배수구다.

롤랑 바르트가 에르베 기베르에게

1977년 [3월] 4일 금요일, 파리에서

에르베, 자네192의 텍스트는 아주 좋네. 자네만의 어떤 것이네. 아주 명료한 글쓰기로 아주 현대적이고 아주 난해한 느낌을 갖게 하네. 글쓰기의 명료성은 그 느낌을 더 강하게 하네. 재능, 재능이 있네, 재능이 있어······ 게재되는 것, 확신하네.(잡지사에 보내고 싶지 않은가?)

곧 또 보세.

(마음을 써주지 못해 미안하네. 자네는 그 이유를 잘 알고 있을 걸세. 이해해주기를 바라네.)193

R. B.

---

192 1977년 2월 1일자의 편지와 달리 이 편지에서 기베르를 '자네tu'로 칭한 것은 바르트와 기베르가 2월 5일 토요일에 만났기 때문일 것이다. 따라서 바르트의 이 편지를 3월 4일에 쓴 답장으로 추정할 수 있다.
193 그의 어머니가 아프다는 것을 가리킨다.

1977년 6월 4일

친애하는 에르베에게,

나는 너무 자네를 즐겁게 해주고 싶고 자네의 초조한 기다림에 응하고 싶어 오늘 두 가지 일을 하는 도중에 자네에 대한 짧은 텍스트를 시작해보려 했네. 하지만 자네도 알겠지만 너무 피곤하고 너무 뒤죽박죽이어서 그렇게 하지 못하고 있네. 자네가 쓰는 것을 진정 너무 좋아해서 내가 뭔가를 졸속으로 쓸 수 없네. 만기가 다가오는 나의 다른 일들을 끝낼 때, 그러니 사실상 7월이 넘어야 그것을 쓸 수 있다는 점 이해해주기를 부탁해야겠네. 자네의 텍스트가 (나의 텍스트와 함께) 새학기가 시작될 때나 게재될 것이라는 약속을 레진 드포르주194로부터 얻어낼 수 있을 것 같네.195 자네에 대해 뭔가를 쓰기로 약속하겠네. 물론, 계약서 없이.(그것은 하나의 환상, 정신의 애무였을 뿐이네!) 그 텍스트를 쓰는 데 내게 도움이 되리라 생각되는 것은, 자네가 다시 썼던 것으로 곧 출판될 바로 그 텍스트를 참고하는 것이라네. 자네의 애타는 기다림을 저버려 아주 슬프다네. 자네의 그 안달은 내가 자네에게서 좋아하는 것의 일부이고, 우리를 묶어주는 것의 일부이며,

---

194 레진 드포르주(1935~2014)는 프랑스 작가이자 출판업자다. 공쿠르상에 버금가는 페미나상Prix Fémina의 심사위원으로도 오랫동안 활동했다. 『검은 탱고Noir Tango』(1991) 등 수많은 저서를 남겼다.—옮긴이

195 1991년 7월 18~24일자 『르 누벨 옵세르바퇴르』 지에 게재된 디디에 에리봉과의 인터뷰에서 에르베 기베르는 롤랑 바르트가 서문을 써주기로 되어 있던 『선전용 죽음』에 대해 언급한다. 분명 바르트의 변절로 그 계획은 무산되었다. 이 편지 이후에 바르트는 하나의 '환상'에 대한 계약으로 이 책에 관련된 '계약'을 암시한다. 그는—『S/Z』 속에 있는—하룻밤의 사랑에 관한 텍스트인 『사라진』의 에필로그에 관한 표현을 다시 사용한다(OC, t. 3, pp. 192~193).

그리고 우리 만남에 중요한 획을 그었던 것의 일부를 이루기 때문이네. 그렇지만 내가 저버리는 것은 자네의 애타는 기다림이지 자네의 요구가 아니라네. 나는 그 글을 틀림없이 쓸 거니까. 그런데 아마 짧을 것이네. 달리 쓸수는 없을 것 같아. 하지만 적어도 졸속으로 쓰지는 않을 것이네. 어렵게 생각하지 말고 내게 전화해도 좋네. 자네의 소식을 듣고 싶네.

　열심히 하게, 편지 주게.
　이만 줄이네.

R. B.

1977년 8월 9일, [위르트에서]

에르베, 미안하네. 내게 너무도 큰 기쁨을 주는 자네의 편지들과 아직까지 신경을 쓰지 못했던 자네의 원고에 대해 답장을 못 하고 있네. 이곳에 온 후로 나는 한 통의 편지도 쓰지 못했네. 처음에는, 이곳에 도착했을 때 어머니의 건강(지금은 나아지고 있네) 때문에, 그다음에는 계속해서 좀 기운이 빠져 세상, 나아가 내 다정한 친구들과도 연락을 할 수가 없었네. 무소식을 나쁘게 해석해서는 안 돼. 나는 큰 애정을 가지고 자네를 생각하고 있으니 말이야. 그리고 자네의 모든 글쓰기에 대해 항상 진정 크게 감탄하고 있네(자네의 편지들을 생각하네). 여전히 자네에 대한 글을 쓸 엄두를 내지 못하고 있어. 거의 아무것도 쓸 수가 없다네. 겨우 조금 읽는 것뿐. 초조해하지 말게. 무엇보다 내 무소식을 나쁘게 해석하지 말아주게.

에르베, 이만 줄이네.

R. B.

1977년 10월 17일

친애하는 에르베,

소식을 보내지 못한 것을 용서하게. 어머니의 건강이 (여름 이후) 다시 좋지가 않네. 나는 그 걱정에 완전히 정신을 빼앗겨 아주 힘든 날을 보내고 있네. 다른 일에 대해서는 신경을 쓰거나 약속을 잡을 수가 없네. 이런 식으로 내가 바보같이 자네로부터 마음이 멀어지고 있다고는 생각하지 않았으면 좋겠네. 내 삶의 일시 정지 같은 것이라 생각해주면 좋겠네.

이만 줄이네.

롤랑

1977년 12월 7일, 파리에서

에르베, 자네가 좋다네. 그렇게 순수하니……. 실제로 나는 우리의 그 저녁이 최악이라고 생각했네.[196] 나는 내 방에서 자네를 내게서 5미터 떨어진 곳에 우두커니 있게 한 것과, 5분이 지나 내가 그렇게 있던 것이 원망스러웠네! 자네는 내 친구들에 대해 물었지. 어떤 질투심을 가진 것 같았네. 그래, 나는 그들을 이렇게 규정할 수 있을 것이네. 즉 아무하고도 섹스를 하지 않았다고. 하지만 자네 또한 누구나처럼 자네 몸을 함부로 하지 말아야 하기에 나는 자네를 조금도 원망하지 않네. 나는 그저 정말 우리 관계를 더욱 공고히 해줄 수 있는 것은 아무것도 없으리라 생각하는 것뿐이야. 아주 유능한 한 가지, 즉 자네의 글쓰기의 매력에 대한 변함없는 내 찬미를 제외하고는 말이네.

이만 줄이네.

R. B.

---

196 이날 저녁에 관해, 롤랑 바르트는 며칠 뒤(12월 10일) 에르베에게 「H.를 위한 단상」을 보낸다. 이 사건에 대해서는 이 책 719쪽의 개요를 볼 것.

[1977년] 12월 14일, 파리에서

친애하는 에르베,

자네의 편지는 우아함으로 가득하네.(물론 자네 자신이 그렇겠지!) 고맙네.
우리 사이에는 더 이상 남아 있는 것이 아무것도 없네. 그 편지 교환으로
청산된 (카타르시스!) 짧은 과거를 제외하고 말이야. 자네가 정말 바란다면
다시 만나세. 휴가가 끝난 뒤 1월에……

이만 줄이네.

R.

1978년 1월 12일, 파리에서

에르베, 앙드레 T.197를 만나면 자네의 바람을 그에게 말해보겠네. 하지
만 문제가 좀 복잡해 보이네. 내가 아는 것만도 벌써 두 사내가 그 역할을
끈질기고 열렬히 요구하고 있기 때문이야.
　나는 세미나를 위해 며칠 일정으로 모로코에 가네. 2월에 돌아오면 예정
대로 만날 수 있겠지?

197　1978년 여름 「브론테 자매」를 촬영하게 되는 앙드레 테시네를 가리킨다. 문제의 그 역은 브랜웰
역으로 파스칼 그레고리가 맡게 된다.

친구,

R. B.

1978년 3월 14일, 파리에서

무슨 말을, 에르베, 단연코 아무 일 없었네. 단지 자네가 누군가와 함께 있었기 때문이네. 그리고 또 나는 내가 아는 사람이 보는 앞에서 모르는 사람을 소개받을 때면 일종의 무례함 같은 것을 느끼기 때문이기도 하네. 내가 아는 그 사람에게는 특히 의미 없는 말을 할 필요가 있네. 제삼자가 옆에 있기 때문이지. 요컨대 나탈리 사로트 등에 대한 이야기 같은 것 말이야! (내가 소설의 인물이 되지 말라는 이유도 없지 않은가?)

이만 줄이네. 자네가 좋을 때 한번 만나세.

R. B.

1980년 1월 21일

친애하는 에르베,

자네의 말이 아주 감미롭네. 고맙네. 뿐만 아니라 자네의 말에는 가시 돋친 데도 좀 있어. 그러지 말게. 나는 너무 자주 일에 짓눌려 절절매는 바람에 가장 간단한 친교의 행위까지도 포기해야만 한다네. 자네의 초대전에 대해 나는 그것이 중요하지 않다고 생각했네. 자네의 사진들을 보며 좋아했기 때문이야.[198] 추가적인 글들이 있다면 왜 내게 보내지 않는가? 기뻐할 텐데. 혹시 2월 어느 날 만날 수 있겠지? 아무 날이나 오전에 내게 전화를 해줄 수 있는가?

친애하는 에르베, 이만 줄이네.

롤랑 바르트

633 92 92

---

198 파리 4구 뒤 루이필리프가에 있는 아가트 가야르 화랑에서 열린 기베르의 사진전을 가리킨다.

에르베 기베르가 롤랑 바르트에게

1980년 2월 19일 화요일

친애하는 롤랑 선생님,

신문사에 있는 저의 우편함에서 어제 선생님의 책[199]을 발견했습니다. 고맙습니다. 기분 좋은 선생님의 헌사에 즐거웠습니다.

저는 막 선생님의 책을 다시 덮었습니다. 선생님의 목소리에 잘 어울리는 쾌청하고 감미로운 아침입니다. 대략적으로 빠르게 훑어보았는데, 재미있다고 생각했습니다. 지금으로서는 이 말밖에 드리지 못하겠습니다. 형편이 되면 다시 읽고 기사를 쓰고 싶습니다.[200]

저에게 가장 감동적이었던 부분은 물론 제2부입니다. 어머니와 관련된 내용 전체가 그렇습니다. 저는 몇 달 전 어머니와 함께 사진에 대한 글[201]을 한 편 썼는데, 그 글을 보내드립니다. 선생님의 마음에 들 것입니다. 제 전시회와 관련된 글들도 보내드립니다…… (진정한 글쓰기 교류일 것입니다. 선생님이 수락하신다면요. 저는 선생님의 글에 마음을 빼앗겼으니까요.)

건강하시기를 바랍니다. 이만 줄입니다.

---

199 막 출간된 『밝은 방』을 가리킨다. 기베르는 『르 몽드』 지에서 사진란을 담당하고 있었다.
200 「롤랑 바르트와 사진, 주제의 진정성」이라는 제목의 에르베 기베르의 기사는 1980년 2월 28일자 『르 몽드』 지에 게재된다.
201 『유령 이미지』(Minuit, 1981)에 재수록되었다.

추신 1. 함께 저녁식사를 할 계획을 한없이 미루지 말아주십시오. 어느 날 오전에 전화드리겠습니다. 그리고 이전의 답장에도 감사드립니다.

추신 2. 저의 고모님들에 대한 글은 찾지 못했습니다. 오히려 잘된 것 같습니다. 선생님을 괴롭히고 싶지 않으니까요. 봉투가 너무 무거웠을 것입니다……

Mardi 19 février 1980.

Mon cher Roland

J'ai trouvé hier ton livre dans mon casier au journal, et je t'en remercie. Ta dédicace, flatteuse, m'a fait plaisir.

Je viens juste de le refermer, par cette matinée douce, ensoleillée, qui va très bien à ta voix. A une première lecture rapide, survolante, je l'ai trouvé bien ; c'est tout ce que je t'en dis pour l'instant, car j'ai envie de le relire, et d'écrire un article dessus, si on me laisse le faire.

C'est la deuxième partie, bien sûr, qui m'a le plus touché : tout ce qui touche à la mère. J'ai écrit il y a quelques mois un texte sur une séance de photos avec ma mère, et je te l'envoie, il devrait te parler. Je t'envoie aussi les textes qui étaient à l'exposition (véritable échange d'écriture, si tu l'acceptes, puisque je viens d'absorber la tienne) …

J'espère que tu vas bien, et je t'embrasse :

hervé

P.S. (Ne remettons pas éternellement le projet de rédiger une fois ensemble : je t'appellerai un matin. Et je te remercie aussi pour ta précédente réponse).

기베르가 바르트에게 쓴 1980년 2월 19일자 편지

제 6 부

비타 노바 Vita Nova

'비타 노바' 계획, 즉 완전히 허구적이며 소설적이고 창조적인 글쓰기로의 변화 계획은 언제부터 구상된 것인가? 이미 오래전부터라고 대답할 수 있을 것이다. 그 정도로 예컨대 『글쓰기의 영도』와 같은 시기에 유토피아로서의 책, 지금부터 이해되어야 하는 미래의 책이 처음으로 계획된다. 이 계획은 롤랑 바르트가 콜레주 드 프랑스의 마지막 강의(이 강의에서 바르트는 어떻게 보면 쓰고 있는 작품의 '모의작품'을 내보인다)에서 보여주는 것처럼 생애 전체, '소설의 준비'에 요구된 생애 전체를 거는 약속에서였다.

모든 작품의 탄생이 그렇듯, 이 계획의 탄생도 상세히 재구성하기는 어렵다. 몇몇 단계와 징후는 말할 수 있을 것이다. 이 제목의 소설 계획이 구체화되는 것은 1973년이다. 바르트가 그해 8월 말에서 12월 중순 사이에 세우는 여덟 개 계획과, 그 시기에 그가 작성해놓은 많은 '자료 카드들'이나 '메모 카드들'이 그 사실을 증명해준다. 하지만 평론의 가장 자유로운 형식들에서 벗어나는 ('작은 사건들Incidents'이라는 말로 구체화되는) 글쓰기의 구체적인 행위가 최초로 시작되는 것은 1969년부터이기도 하다. 이 '작은 사건들'이라는 어휘는 당시의 한 자료 카드 (1969년 11월)를 보면 자세히 설명할 필요도 없이 레몽 크노와 연관된다. 크노의 작품인 『잡초 Chiendent』(Gallimard, 1933)에 대한 서평 의뢰서에 이 어휘가 출현한다. 하지만 크노가 다른 곳에서도 이 어휘를 사용한 것은 사실이다. 이후(1978~1979) 바르트가 1970~1971년 사이에 모로코에 체류할 때 모로코에 대해 썼던 모든 단상의 제목을 붙이기 위해 택한 것도 바로 이 어휘다. 당시 이 어휘는 후에 '비타 노바'가 될 다수의 글의 집합체의 한 장을 이룬다. 그렇지만 처음에 '작은 사건들'은 사실에 대한 모든 마이크로 픽션, 짧은 메모, 결말들처럼 소설의 구조에 주어지는 사건들을 가리킨다. 뿐만 아니라 그런 식으로 같은 시기에 바르트는 하이쿠의 작품 양식(그는 '소설의 준비'에서 이 하이쿠의 작품 양식을 자신이 구상하는 그 작품에 알맞은 결말의 모델로 설정한다)을 명명하기 위해 『기호의 제국』에서 이 어휘를 사용한다.[1]

물론 '작은 사건들'이라는 이 어휘는 중요하지만, 1960~1970년 및 그 이후로 다른 이름과 다른 제목들(작품을 신화론으로 향하게 하는 '우리의 프랑스', '레스토랑의 말들', 또는 예컨대 1974년의 '소설'이나 1975년의 '픽션' 같은 보다 더 총칭적인 어휘들)과 연관되는 계획을 아우르기에는 불충분하다. 때때로 메모 카드 상단에 '꿈', '소설. 사건', '소설. 텍스트' 같은 어휘들이 발견된다. 그리고 또 장의 제목으로 '헛된 밤들'(이 문제에 대해서는 1979년 8월 말과 9월 중순 사이에 그가 '비타 노바'의 초고와 동시에 쓰는 '파리의 밤들'을 볼 것[2])이나 '상기Anamèses'(『기호의 제국』과 함께 전체적으로 '비타 노바'의 전조 가운데 하나로 보일 수 있는 책인 『롤랑 바르트가 쓴 롤랑 바르트』에서 바르트는 '상기'라는 어휘에 대한 예감을 보여주었다)가 발견된다. 다음과 같은 또 다

---

1   *OC*, t. 3, pp. 409~413.
2   *OC*, t. 5, pp. 977~993.

른 제목의 글들(「우리의 문학」,[3] 「장면들」, 「불가능한 소설」, 「기억」, 「스트로마트」, 「과거의 영광」)이 1970년대 중반에서 말 사이에 게재된다.

그 자료 파일 곳곳에서 바르트가 구상 중인 작품의 미래의 집필을 위해 자기 자신에게 내리는 지시인 '제작 노트'가 발견된다. 예를 들면, 1977년 10월, 어머니의 사망과 관련된 '애도 일기'[4]를 '쓸' 때 그는 한 메모 카드에 이렇게 적는다. "여기에 '애도 일기'를 끼워 넣어도 좋을 듯." 또는 때때로 앙드레 지드의 『사전꾼들』을 생각케 하는, 바르트가 시사문제와 연결시키는 '모의자들'이라는 제목의 보다 더 고전적이고 보다 더 서사적인 소설 구상이 나타나는 것이 보인다. 이렇게, 1979년 8월 18일에 작성한 '모의자들의 생활'이라는 제목의 한 자료 카드를 보면, 그는 '모의자들'에 '메스린을 훔치다' 계획을 연결시킨다. 메스린은 유명한 폭력배로 같은 해 11월 2일 경찰에 의해 살해되었다. 이 구상은 때때로 다른 경쟁 제목인 '심판자 소설'과 함께 수정된다(1979년 9월 26일). 10월, '한 작가의 고백', '나의 생활 사전', '나의 타락의 역사' 같은 여러 가상의 제목이 발견된다. 또한 이미 언급한 '헛된 밤들'이나 '마에스트리 에 아우토리Maestri e Autori', '귀족과 평민들' 같은 '비타 노바'의 초안에 있거나 유사한 제목들도 발견된다.

'비타 노바'는 바르트가 메모에서 총괄적인 글쓰기로의 이행을 고려할 만큼 충분히 결정적인 형태를 갖지 못했다. 하지만 실제로는 이 작품의 몇몇 장은 그가 죽을 때 이미 집필되어 있었다. 그 목차는 다음과 같다. '최근에 모로코에서의 사건……', '파리의 밤들', '애도 일기'. 여기에 '소설의 준비'에 대해 콜레주 드 프랑스에서 한 마지막 두 강의를 추가할 수 있다. 이 두 강의는 아무도 중단시킬 수 없는 강의로, 일종의 끝없는 파롤이다. 이 강의의 가장 중요한 말은 시두안 아폴리네르의 퇴조하는 라틴어에서 그가 발굴한 그 희귀한 단어 '스크립투리레scripturire'로, 이는 '쓰고 싶은 욕망', '계속해서 쓰고 싶은 끊임없는 욕망'이라는 의미를 갖는다. 『롤랑 바르트가 쓴 롤랑 바르트』와 『사랑의 단상』에 이어 일종의 3부작의 마지막 작품─이 작품들은 자아, 사랑, 죽음에 대한 개론서다─인 『밝은 방』은 '비타 노바'가 아니다. 그것은 '비타 노바'의 자료가 되는 것 중 하나, 설명lumières 중 하나, 혹은 서문 중 하나다. 에필로그는 다른 곳에 있다.

우리는 여기에서 『전집』 끝부분에 이미 재수록된 '비타 노바'의 여덟 가지 초안과, 약간은 되는대로 고른 스무 개의 자료 카드, 장의 서두를 여는 스무 개의 메모 카드를 읽어볼 것을 제안한다. 친구, 기억, 베푸는 마음씨, 상처, 사내들, 사람들에 대한 사랑 같은 동정, 얼굴, 글쓰기, 시간 등이 '사건'에 대한 픽션 속에 구체화되고 있으며, 그것들은 어쩌면 상상의 독자에게 '비타 노바'에 대한 어떤 개념 같은 것을 그려 보여줄 것이다.

---

3 필리프 솔레르스와 함께 보낸 하루 저녁의 결과물인 '파리의 밤'에서 바르트는 이렇게 쓴다. "그(솔레르스)는 내가 가지고 있던 (욕망을 통한) 프랑스 문학사를 쓰고 싶은 생각에 불을 붙인다."(*OC*. t. 5, p. 982)

Vita Nova

Meditation · Bilan
Morale sans espoir d'application

Prologue — Deuil

I. Le Monde comme objet contradictoire de spectacle et
d'indifférence [comme Discours]
— Objets archétypiques : — [le Mal ?]
— le Militant
— la mauvaise foi

Il^{les} que les "plaisirs" sont insusceptibles de ....
— la Musique.

II — la décision du 15 Avril 78
— la littérature comme substitut d'amour
—
— Ecrire

III — Imagination d'une V.N.
— Régimes

IV   la litt. comme déception (c'était une Initiation)
— le déjà fait : l'Essai
— le Fragment
— le Journal
— le Roman
[le comique ?]
— la Nostalgie

V   le R L'Oisiveté [le Neutre ? le Tas/Tao]
compacte
le Rien faire   philosophique

Epilogue : la Rencontre

'비타 노바' 초안들

Rendre dialectique
plus dialectique
schéma trop si(di)fiant
trop décepts

Vita Nova
Méditation · Bilan
Morale sans espoir d'application

Prologue — Deuil
— le problème vital de l'Agir (pertinence de ce qui suit ?) *que faire ? Comment faire ?*

I. L'acédie amoureuse
— Suite de RH
— quêtes relicuaires

II. Que les "plaisirs" sont insusceptibles de force
— la Musique
— Abandon de la peinture, le kobold   } la Drague
— Dérisions : le Tricot, le kobold

III. Le Monde comme objet contradictoire de spectacle et d'indifférence. Examen et Typologie des Discours
le "Mal" ? le Militant. la mauvaise foi

IV. la déménci du 15 Avril 1978. La littérature comme surtout, espunné d'amour

V. Imagination d'une V. N
Regrets

VI. Littérature : il ne s'agit que d'une initiation ? Déceptif, impuissance ?
— le Déjà fait : l'Essai. le Roman
— le Fragment. le Journal. le Roman
— le Complexe
— la Nostalgie

VII. L'Oisiveté pure : le "rien faire philosophique" (le Neutre, le Tao/ le Tas.
— les Amis (Fantasme de ne s'occuper que d'eux)
— le Retour aux places antérieures. Continuer. Pas de V N

Épilogue : la Rencontre

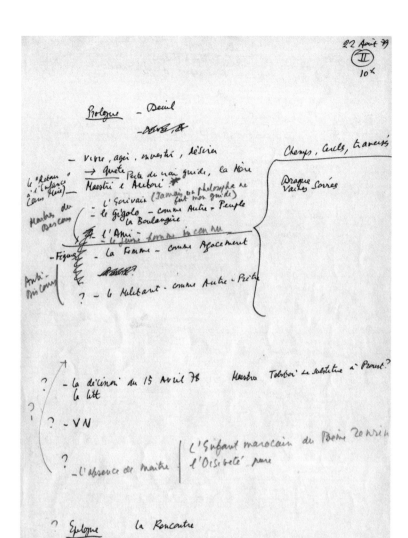

- Idée du Novelidos, du Roman Romanesque du Roman absolu. (v. Fiches à Cours 79-80 # 1 11

Formes :

- le Récit, la relation de quête (intellectuelle) cf Photo

- la Relation de soirée (vanité de la dia-chronie qui s'étire)

- les Fragments d'une "grande œuvre" (cf Pensées de Pascal) ≠ observations, aphorismes Fragments : comme reliefs d'une Apologie de quelque chose

- Faire dialogue (serait bon pour le Politique, qui est ratiocination contesta-trice sans fin) [lisant Pascal] Envie de :

— ~~XXXX~~ Faire comme si je devais écrire ma grande œu-
vre (Somme) ~~de Sujets~~ — mai Apologie de quoi ?
là est la question. En tout cas pas de "moi".) — et
qu'il n'en restât que des ruines ou littéralement, en
partie erratiques (comme le pied peint par Poussin)
des fragments d'énigale longueur, ~~peut être de XX~~
~~XX~~ (ni aphorismes, ni dissertations)

— Ces Fragmt : n'altéreraient la thèorie du Morkino,
du Roman romantique, du Roman absolu :
de rédaction dense, voire elliptique, toujours très "intelli-
geste" (surveillance rigoureuse) — 3 Travail lent,
acharné — pas seulement de la Forme, mais aussi
(nouveau pour moi) de la Pensée

— Renoncer au jeu s/ la Bêtise, les guillemets, le refus
de prendre position sur l'énonciation (alibi du
Romanesque de la diversité de mon moi).
Sans Complaisance - Pas de Semblant

— Quelle loi ? celle, absolue, de mam
[le Neutre ? en tout cas : ferme et courageux]

— Plus de Je : En tout cas, pas plus que Pascal.
— Ce sera difficile : lui pouvait dire : ~~l'homme~~ l'homme,
les hommes

— Classement ? "Liasses" : plan indéchiffrable et
cependant pas de désordre.

— L'idée s/ les Cercles, Méditateurs, par ex. ~~XX XX~~
ne sera pas enflée ; elle sera ce qu'elle peut être :
un Fragment - Apologie de 2 pages etc
— "Pensée" dans lesquelles la Référence aux Écriture (citations) serait
remplacée par la Référence à la littérature (citations)

— Tout ceci voudrait dire qu'on abandonne l'enfantilla-
ge du Récit Vita Nova : les efforts de grenouille qui
veut se faire aussi grosse ...

V. N

on
à la fin [: Deuil]

— L' Acidie

— Hypothèse de vie   [Vingtle]
    — Prague.   Bolge   Gig
    — Rencontre Fête.   le J L inconnu
    — belle (Politique H etc)   Militant
    — Charité   L'ami JL
    — le Tas.   L'enfant marocain
    — Musique Peinture Retraite

[Mam. comme guide]   Journal de Deuil
" le Cercle de mon possible " ⁿᵗ = la litt .
— Au croix du 15 Avril 78 : La littérature

✗ v. citation Heidegger de le Cours § 9/ Oisiveté

Roman
3.I.85

JL : dans une phrase où, au restau-
rant, il *déconstruit* les menus, au grand
shocking des garçons. L'autre soir chez
Prunier, huîtres et gratin d'huîtres, hier
au Balzar, œuf en gelée et huîtres —
glace au café et café.
qque chose de des Esseintes

'비타 노바' 관련 메모들

Dans une vitrine du Fbg St Hono-
ré, mannequins de femmes, désaffectés,
derrière un vague rideau. Je regarde:
par une malice de la fabrication,
elles sont tout de même fendues.

18 Mars 78

Chez H. Lefebvre :

le jeune Eric, marxiste-léni-
niste : jolis yeux gris, ??
cheveux poussés des ?? , beau
à la russe. Très charmant
pour ceci : parle par ~~s~~
blocs de syntagmes politiques
figés ("contradictis", "maîtriser
les lois du changement") etc
et des fusées de langage personnel.

13 Avril

Bal costumé. Hier soir, Jacques
g (à la figure toujours si triste,
donc présomption de secret, de pro-
fondeur, d'énigme). Je tombe sur
lui, pas ou peu déguisé. Je l'
en félicite. Il dit : Je suis en
Casanova. Vive lueur. Ce mot
inattendu m'éclaire sur sa bêti-
bête (sa dengaerie ou sa bêtise).
→ lueurs indélébiles. Persistance
rétinienne d'une image.

les yeux de A[hmed]. Je cher-
che en vain, et à plusieurs reprises
dans ma tête, à les décrire : quel-
que chose de : par moments, noir-lai-
teux, lumineux-lourd, corselet d'
un gros insecte ? Impression de beau-
té, d'étrangeté (rare chez les Ma-
rocains). Je renonce. Un jour, le
bon adjectif me viendra. Ou il sera :
celui dont je ne puis décrire les yeux

Roman Texte

El Jadida : matin très lumineux.
Devant le café passe un couple ;
l'homme, grand, en djellaba ; il
chemine lentement, au rythme d'
un chose qui progresse à son
côté : une vieille femme (je
suppose) complètement cassée en
deux, à angle droit, le dos, comme
une table, couvert d'une vieille →

17 Mai 78

Ce matin Radio, procès à Moscou
d'un dissident soviétique : "le
public, tué sur le volet, rit
bruyamment chaque fois que l'
accusé ~~vote~~ se défend "

Youri Orloff

23 Mai 78

Parmi les /garçons (amis) qui m'entourent
et à qui me lie ~~elle~~ quelque chose
de sensuel, de flirteur, et qui parfois
~~cependant~~ m'embarrassent, m'amenant à
imaginer que je renonce à certains,
Dans le choix qui se fait ("non, pas
lui"), le vêtement devient un
facteur d'indulgence, de prédilection :
M'éloigne de Bernard G. le

→

fait qu'il est mal habillé (c'd
pour Éric le R.) qu'il ne s'en in-
quiète pas. Je n'aime pas ce qui
est ou carence de narcissisme ou
ignorance esthétique.
Indulgence, chouchouterie pour
Patrick J. Philippe M. Paolo J.
parce qu'ils font attention à leur
vêtement

Éric M : gentiellement habillé
- RH : très incertain. Fait attention
mais je n'aime pas toujours
le résultat (ce manteau de
Rastaquouère ...)

Vend¹ᵉ Juil 79

Mon groupe de conjurés : de
quoi vivra-t-il ? La " subsistance ",
comme disait Rousseau ?

L'amour du monde, la Pitié.
Par ex :

Combien me faisait mal la gentillesse, l'absence de méchanceté, là vulnérabilité de Gracia, la soeur de Rachel, repartant auj. pour Israël, affolée par le voyage, impatiente de retrouver ~~son~~ les siens, son chez-soi — minuscule âme innocente, enfin d'une tempête mondiale (je retrouverais sans doute la même pitié du côté de quelque femme palestinienne)

23. VII. 79

(David R)

J'aime les visags fermé qui s'éclai-
rent longuement [et adorablement]

— le Hic ? Divine Comédie édifiée sur une [12]
vision du monde, une foi, une philosophie.
Je n'en ai point (à moins que l'
avantage ne soit de me forcer à en
prendre une).
La Démocratie (!)

L'Œuvre comme Telos

JL : il est si intelligent, si libre,
si "génial" (dit FW), si original, si
profond, possédant une telle culture et
si vivante (si douloureuse) : il ne fait
de doute pour personne qu'il _doit_
écrire : doxa irrésistible. Mais au
fond pourquoi ? (Puisque, visiblement, il
achoppe) ?

Nous posons l'Œuvre comme Telos naturel
(des qualités que je viens de dire). Mais n'
est-ce pas un préjugé ? Dignité et _naturel_
de l'agraphisme ? Un Socrate non péda-go-
gique, non Mythagogique — Oui mais Platon
était le Telos de Socrate

31 VII. 79

½ Vu Macadam Cow Boy

Idée de confier le rôle de conducteur
(et Maître : *maestro* et *duce*) à un
gigolo (itinéraire, parcours d'initiation)

(Dante Enfer I. 85 ?
"Tu es mon maître et conseil et auteur"

8 Août 79

Lettre d'Éric M s/ mon texte Photo —
Je semble que ce texte "prenne bien"
auprès des amis qui l'ont lu. Cela in-
diquerait là où en actuellement mon
talent (Çf aussi plaisir du texte et
des amis amoureux) : vers l'exposé de
"vérités affectives" (comme s'il y avait
un "bon "égotisme" et un moins
bon (celui du RB, plus hédoniste,
plus "Montaigne")

26 Août 79

VN

↓ — "Vaines Soirées" = tout le matériel : le
tout-venant, la contingence : Sans-guide

— Reprise systématique de la contingence avec
guide (Maestri, Auteur)
— [Tournée . Brecht ? }
— le gigolo
— le jeune homme inconnu
— L'Ami
— le Munichois
— L'Écrivain

Schéma :

« 1.   Deuil

2 .   Vacus. Soirées. La Contingence
      infénie , l'Acédie

3   Je décidai ~~alors~~ de <u>refaire</u> ces
      vains trajets,   à l'écoute de Mi-
      diatement qui   m'en disent la
      Dialectique   le mélange de Bien
      et de Mal   — la Transcendance

4   Je décidai   de rassembler tout
      cela dans la plus haute expression
      d'amour qui   me fent à la lenute
                    pomble : une Oeuvre.

17 Sept 79

3/ L' Acédié

Dante Enfer XII. 121 sq   (~~Drussa~~ Mansion 105)

5ᵉ Cercle . Styx
"Enfoncés' dans la vase, ils disent : Nous avons
été tristes dans le doux air que réjouit le soleil,
en portant au dedans de nous une fumée
d' accide … "

Accidiosi
Accidia : St Thomas (Sum . th . II^a, II^{ae}
XXXV) = une sorte de tristesse qui empêche
l'homme de faire le bien = péché car

pital, remplacé auj. par la paresse —
accidioso fumo : une fumée d'accide

13 Nov 79

"Ma" [Divine] Comédie :

- Enfer : la Mauvaise Foi
      dernière "île" : les Fanatiques

- Purgatoire = le Neutre

- Paradis : [Triomphe du Bien, de
      la Démocratie]

27 Nov 39

V. N
= ne pas mentir
c'est donc retrouver la litt . comme
morale .

30 IX 79

Mon problème est ceci :

— le 15 Avril 78, j'ai voulu concevoir
une grande œuvre déterminée par ma
rupture de vie, destinée à la compenser
mais sans rapport de contenu avec cette
période de mutation.

— Peu à peu, la Mutation est devenue l'
objet même du livre (Vita Nova), je
n'ai donc devant moi, à travailler, qu'
un matériel daté, limité, immédiat →

(mes notes de ces derniers mois)

→ Il faut donc choisir :

— ou la "période" vient en direct :
  — <u>Vita Nova</u>
    — Journal
    — Vaines Soirées

— ou l'œuvre est "objective" "atemporelle"
  (son origine de mutation passe en
  elle mais comme indirecte)

  — Apologie
  — "Roman"
  — Hist de la litt   etc
  — Suite Traités

— _Apologie_ : impossible car sans pertinen-
ce , sans for

— Une dernière fois , voir plan VN
pour voir si c'est possible

~~Sérier~~

Sinon :

— Retirer pour les grouper toutes
les fiches concernant l'Œuvre
et ne laisser ~~qui les ho~~
dans l'ordre que les notes.
Journal (Incidents) — et
celles qui concernent la langue

⎰ 1 heure d'écriture des
⎱ Incidents par jour

— Faire le deuil provisoire de
l'Œuvre . Ne pas s'entêter

— Se mettre à un grand
travail de lecture :
Litt , langue ?

bt IIX nr

Craquelure

ef écriture
et écaille de tortue

VN | Plan   13 XII 79

Suite des Hypothèses :
déceptions - traumatismes

— Drague → Ce qu'on cherche c'est un amour. On drague pour l'amour

— Rencontre → piège de l'oblation

[lutte ?]

— charité → cela se retourne et produit des méfaits
— le Tas ?

4 I 80

Souvent je regarde l'heure parce que
j'i trouve que "Ça" ne va pas assez vite
— Imprudent qui souhaite hâter ta
mort.

바르트의 편지들

　　　바르트의 편지들

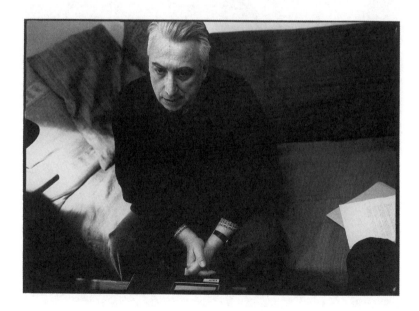

　　바르트의 편지들

감사의 말

우선 이 책에 실린 편지들을 보관해준 여러 기관에 감사의 말씀을 전한다. 모든 기관의 사서들이 아주 친절했고 큰 도움이 되었으며 또 큰 환대를 베풀어주었다는 점도 밝힌다.

우리는 특히 프랑스국립도서관과 이 도서관의 원고관리과, IMEC(현대출판물기록연구소), 자크 두세 문학도서관, 스위스국립도서관을 생각한다. 그리고 여러 이름 중에서는 특히 마리오딜 제르맹, 올리비에 코르페, 앙드레 데르발, 스테파니 퀴드레모루 등을 생각한다. 판권소유자들, 바르트와 편지를 주고받은 자들 혹은 이런저런 편지들의 소재를 알려준 사람들 중에서 다음과 같은 이들의 이름을 열거하고 싶다. 도미니크 부르구아, 르노 카뮈, 프랑수아즈 카네티, 마리클로드 샤르, 앙투안 샤틀레, 앙투안 콩파뇽, 마르코 콘솔리니, 라울 델레마쥐르, 마르그리트 데리다, 베르나르 포콩, 에마뉘엘 가벨리에리, 크리스틴 기베르, 피에르 기요타, 에리크 오페노, 쥘리아 크리스테바, 모니트 레비스트로스, 파트리크 롱게, 로라 마랭, 알렉산드루 마테, 질 나도, 미셸 파토, 실비 파트롱, 프레데리크 풀로, 크리스티앙 프리장, 앙투안 르베이롤, 장루 리비에르, 장 스타로뱅스키, 쥐드 스테팡, 카트린 베이, 미셸 비나베르……

하지만 그 누구보다 롤랑 바르트의 동생 미셸 살제도에게 감사를 드린다. 그의 우정과 신뢰가 없었다면 이 책은 아마 빛을 보지 못했을 것이다. 또한 현재 내가 소속되어 있고 또 내가 이 작업을 수행하는 데 많은 도움을 준 프랑스대학연구소에도 감사를 전한다.

옮긴이의 말

    이 책은 쇠유 출판사에서 2015년에 출간된, 20세기 프랑스를 대표하는 기호학자, 문학이론가, 문학평론가, 문화이론가, 작가 등의 직함으로 잘 알려진 롤랑 바르트(1915~1980)의 편지, 미간행 원고 및 여러 글을 모아놓은 *Album: Inédits, correspondances et varia*를 우리말로 옮긴 것이다. 바르트 전집œuvres complètes의 편찬자 에리크 마르티Eric Marty(1955~)에 의해 기획되고 편집된 이 책은 크게 바르트가 지인들과 주고받은 편지들, 문학과 예술에 대한 그의 사유의 단초를 엿볼 수 있는 미간행 원고들로 구성돼 있다. 또한 그의 마지막 작품이라고 할 수 있는 소설 『비타 노바』의 원고 사진들, 그의 필적과 지인들의 필적을 담고 있는 사진들, 그와 몇몇 지인의 저작에 들어 있는 헌사獻辭 사진들, 바르트의 모습이 담긴 사진도 함께 실려 있다.

    어쩌면 바르트의 저작 중 마지막이라고 할 수 있는 이 책의 의의를 몇

가지로 정리해볼 수 있을 것 같다. 서간문이 갖는 '유명한 인물homme illus-
tre'의 보증 기능, '자기에 관한 글쓰기écriture de soi'로서의 특징, '글쓰기 훈
련'으로서의 기능, 일종의 '문화 지층 탐사도'로서의 기능 등이 그것이다.

첫째, 이 책의 가장 큰 의의는, 바르트가 이른바 유명한 인물로 인정받
고 있다는 사실에 대한 보증이다. 프랑스에서 흔히 한 사람이 유명한 인
물이 되었다는 징표는, 그가 자서전autobiographie과 일기journal, 특히 서간
문correspondance을 출간하느냐의 여부다. 이런 시각에서 보면 바르트는 세
가지를 두루 갖춘 것으로 보인다. 『롤랑 바르트가 쓴 롤랑 바르트』『애도
일기』 등이 각각 부분적으로나마 자서전과 일기에 해당되고, 이 책은 서
간문에 해당된다고 할 수 있다.

둘째, 자기에 관한 글쓰기로서의 특징을 갖는 서간문의 경우와 마찬
가지로, 이 책 역시 바르트의 삶의 일부에 대한 상세한 전기적傳記的 사실
들을 담고 있다. 그가 인생의 여명기에 결핵에 걸렸다는 사실은 잘 알려
져 있다. 하지만 그가 어떤 고통을 겪었으며, 어디에서 어떤 치료를 받았
는지에 대해서는 알려진 바가 적었다. 이 책을 통해 비로소 그의 삶에서
불투명하게 남아 있던 부분을 보다 명확히 알 수 있다. 인간이라면 누구
나 자기 삶에서 남에게 드러내 보이고 싶지 않은, 말하자면 '사생활'이 있
기 마련이다. 바르트 자신의 이른 동성애 성향을 가감 없이 노출시키고
있는 이 책은 마치 그의 '내면 일기journal intime'와도 같다. 실제로 젊은 시
절에 결핵을 앓으면서 그가 경험했던 육체적 고통, 심리적 번민, 늘 죽음
을 염두에 두었던 그의 실존적 고뇌와 절망, 그리고 거기에서 힘들게 피
어난 삶에 대한 희망 등을 묘사하고 기술하는 부분이 이 책에서 가장 감
동을 주는 듯하다.

셋째, 이 책은 바르트의 끊임없는 글쓰기 훈련의 모습을 가감 없이 보여준다. 바르트의 저작을 관통하는 하나의 주제가 있다면, 그것은 '사소한 것incident'에 대한 세심한 '주의attention'라고 할 수 있다. 그는 항상 존재의 '깊이'가 아니라 그 '표면'을, '물 자체'가 아니라 '현상'을, '배후'가 아니라 '외양'을 중요시한다. 이런 그의 사유 태도는 변화무쌍한 '물결무늬'를 가리키는 '므와르moire', '구름nuage'의 다양한 모습을 연상시키는 '뉘앙스nuance', 하나의 사물을 다른 사물과 구별시켜주는 '디아포라diaphora' 등으로 개념화된다. 이는 모두 '동일성'보다는 '차이'를 중요시하는 태도와 무관하지 않다. (그래서 그는 일본의 전통 시가인 '하이쿠俳句' 같은 짧은 글을 선호한다.) 어쨌든 서간문을 포함해 이 책에 실려 있는 여러 편의 글에서 이와 같은 그의 사유 태도를 글쓰기로 전환시키고자 하는 노력, 즉 그의 글쓰기 훈련 과정의 일단을 엿볼 수 있다.

넷째, 이 책에서 바르트와 편지를 주고받거나 그와 어떤 식으로든 연결되어 있는 사람의 수는 아주 많고, 또 그들 대부분은 프랑스를 비롯해 독일, 이탈리아, 스위스, 벨기에 등의 지성계를 대표하는 인물이다. 그런 의미에서 이 책은 특히 1932~1980년까지 프랑스를 대표하는 문인들, 지식인들의 지위와 관계 등을 보여주는 일종의 '동시대 문화지형도'의 축소판이라고 할 수 있다. 이와 같은 지형도에서 특히 인상적인 것은, 자신의 저작이 출간되었을 때 이것을 다른 사람들에게 보내고, 또 그것을 받은 사람은 보내준 사람에 대한 감사의 말을 전하는 '전통'의 고수다. 또한 이런 전통에는 '지성계' '문화계'의 선배가 후배를 이끌어주는 전통과 후배가 선배에게 감사를 표하는 전통도 포함되어 있다. 20세기 중후반 프랑스의 문인들, 지식인들의 관계와 그들 사이에 이어져 내려온 아름다운 전통의 일말을 볼 수 있다는 점은, 이 책이 가지고 있는 또 하나의 의의라고 할 수 있다.

항상 그렇듯 번역은 기대와 고통과 후회와 실망과 걱정이 교차되는 작업임을 새삼 느낀다. 서간문 특유의 문체를 우리말로 충실히, 맛깔나게 옮기고자 했던 애초의 기대와 바람이 끝까지 유지되었는지 우려된다. 이 책을 반으로 나누어 앞부분은 변광배가, 뒷부분은 김중현이 맡아 번역했다. 서너 차례 원고를 주고받으면서 통사, 문체, 어휘 등을 통일시키고자 노력했다. 그럼에도 여러 면에서 부족한 점이 없지 않을 것이다. 독자 여러분의 질정을 바란다.

바르트가 한때 앓았던 병이 결핵이었다면, 그가 평생에 걸쳐 앓았던 병은 이른바 '문학병文學病', 즉 문학에 대한 과도하다 싶은 관심, 정열, 사랑이라고 할 수 있을 것이다. 문학병의 단초를 볼 수 있고, 또 이 병이 '좋은 의미'로 악화되고 심화되어가는 과정, 그 과정에서 그에게 직간접적으로 도움을 주기도 하고 실망을 안겨주기도 한 여러 사람의 '흔적痕迹'을 볼 수 있게끔 이 책의 번역을 기꺼이 추진해준 글항아리 강성민 대표님과 이 책의 편집을 맡아준 곽우정 편집자에게 심심한 감사를 전한다.

이 책을 우리말로 옮기면서 바르트를 만났던 시간은 언제나 즐겁고, 새롭고, 충격적이었다. 그 시간이 소중한 기회였음을 다시금 덧붙인다.

2020년 7월

변광배, 김중현

자료 출처

Fonds Roland Barthes / BNF
Lettre du Commandant Le Bihan à Madame [Louis Barthes]
Lettre de Raymond Queneau
Lettre de Jean Genet
Lettre de Gaston Bachelard
Brouillon de la lettre de Roland Barthes à Jean-Paul Sartre
Lettre de Maurice Blanchot
Lettre de Louis Althusser
Lettre de Jacques Lacan
Lettre de Marthe Robert
Lettre de Georges Perec
Lettre d'Hervé Guibert
huit plans de ≪Vita Nova≫ Pour une version transcrite et annotée de ces plans préparatoires, cf.
OC, t. 5, p. 1007-1018
fiches de travail pour ≪Vita Nova≫

Collection IMEC/Archives Philippe Rebeyrol
Remerciements aux enfants de Philippe Rebeyrol pour leur autorisation gracieuse

Lettre de condoléances à la famille de Jacques Veil
Remerciements à Hélène Douine et Claude Veil, sa soeur et son frère

Fonds Jean Paulhan/IMEC

Fonds Alain Robbe-Grillet/IMEC

Collection particulière, Maurice Blanchot

Lettre de Jean Cocteau à Roland Barthes
Remerciements au Comité Jean Cocteau

COMITÉ
Jean Cocteau

Dédicaces de René Char (succession Rene Char/tous droits réservés)

Dédicaces de Roland Barthes à Claude Simon
Remerciements à Réa Simon

Collection particulière, Bernard Faucon

*

© Michel Delaborde. Série de photographies inédite, réalisée cinquante jours avant la mort de Roland Barthes pour la revue *Culture et Communication*, le 5 février 1980

찾아보기

서명

인명

ㄱ

게노, 장Guéhenno, Jean 238
고다르, 장뤼크Godard, Jean-Luc 22~23, 676
골드만, 뤼시앵Goldmann, Lucien 21, 23, 424
그레마스, 알기르다스 쥘리앵Greimas, Algirdas
Julien 19, 196~197, 349, 438
그린, 앙드레Green, André 510
기베르, 에르베Guibert, Hervé 6, 25, 719~740
기요타, 피에르Guyotat, Pierre 24, 420,
672~677

ㄴ

나도, 모리스Nadeau, Maurice 18~19, 23,
204, 221, 246, 267, 328~348, 454, 460, 597,
652, 654

ㄷ

데 포레, 루이르네des Forêts, Louis-René 335,
455, 495
데리다, 자크Derrida, Jacques 22~23, 411,
420, 424~425, 429, 518, 669~670, 672,
678~684
도메나흐, 장마리Domenach, Jean-Marie 224,
226
뒤라스, 마르그리트Duras, Marguerite 9, 20,
231, 454, 458
뒤비뇨, 장Duvignaud, Jean 201, 257, 259,
262~263, 267~268, 335, 452, 655
들라크루아, 미셸Delacroix, Michel 17, 77, 254
들뢰즈, 질Deleuze, Gilles 25, 347, 411, 524

ㄹ

라세르, 피에르Lasserre, Pierre 52
라캉, 자크Lacan, Jacques 23, 25, 420, 424,
426, 496, 510, 518, 539, 566

라크루아, 장Lacroix, Jean 240~241, 254,
283, 360, 641
랑베르, 이봉Lambert, Yvon 25
랭보, 아르튀르Rimbaud, Arthur 204, 498,
518, 523
레리스, 미셸Leiris, Michel 411, 414, 454,
500, 672
레비스트로스, 클로드Lévi-Strauss, Claude
21, 251, 430~447
로베르, 마르트Robert, Marthe 21, 337, 341,
388~389, 516
로브그리예, 알랭Robbe-Grillet, Alain 20,
212, 244, 330, 335, 360~373, 411, 414, 416,
663
로세티, 알렉산드루Rosetti, Alexandru 324
루베, 장Rouvet, Jean 264
루아, 쥘Roy, Jules 258
르베이롤, 필리프Rebeyrol, Philippe 18,
42~91, 195, 201, 309, 529
르페브르, 앙리Lefebvre, Henri 9, 21~23
리샤르, 장피에르Richard, Jean-Pierre 265
리카르두, 장Ricardou, Jean 414, 645
리쾨르, 폴Ricœur, Paul 21, 420, 436

ㅁ

마생, 로베르Massin, Robert 657
마종, 폴Mazon, Paul 17, 76, 87, 100
마토레, 조르주Matoré, Georges 19~20
말라르메, 스테판Mallarmé, Stéphane 44, 51,
292, 391, 400, 479~480, 486, 498, 538, 549,
580, 673
망디아르그, 앙드레 피에르 드Mandiargues,
André Pieyre de 507, 513
메를로퐁티, 모리스Merleau-Ponty, Maurice
20~21, 663
메슬롱, 올리비에 드Meslon, Olivier de 355,
600

바르트의 편지들
: 편지, 미간행 원고, 그 밖의 글들

초판 인쇄 2020년 7월 29일
초판 발행 2020년 8월 7일

지은이 롤랑 바르트
옮긴이 변광배 김중현
펴낸이 강성민
편집장 이은혜
편집 곽우정
마케팅 정민호 김도윤 고희수
홍보 김희숙 김상만 지문희 우상희 김현지

펴낸곳 (주)글항아리ㅣ출판등록 2009년 1월 19일 제406-2009-000002호
주소 10881 경기도 파주시 회동길 210
전자우편 bookpot@hanmail.net
전화번호 031-955-1936(편집부) 031-955-2696(마케팅)
팩스 031-955-2557

ISBN 978-89-6735-808-2 03800

이 도서의 국립중앙도서관 출판예정도서목록(CIP)은 서지정보유통지원시스템 홈페이지
(http://seoji.nl.go.kr)와 국가자료종합목록 구축시스템(http://kolis-net.nl.go.kr)에서 이용하
실 수 있습니다. (CIP제어번호 : CIP2020029196)

geulhangari.com